BASTEI
LÜBBE
TASCHENBUCH

Weitere Titel der Autorin:

BLOODBOUND – Die Garde des Königs

ÜBER DIE AUTORIN

Erin Lindsey hat unter dem Namen E.L. Tettensor bereits erfolgreiche Mystery-Romane veröffentlicht. Mit der Reihe BLOODBOUND hat sie ihren ersten Vorstoß ins Fantasy-Genre unternommen. Dabei überzeugt sie mit einer gelungenen Mischung aus Spannung, Magie und einer fesselnden Liebesgeschichte. Lindsey lebt mit ihrem Ehemann in Brooklyn, New York.

Erin Lindsey

Bloodbound

Der Weg der Wölfe

Roman

Aus dem amerikanischen Englisch
von Christina Neuhaus

BASTEI LÜBBE
TASCHENBUCH

BASTEI LÜBBE TASCHENBUCH
Band 20839

MIX
Papier aus verantwortungsvollen Quellen
FSC® C083411
www.fsc.org

Dieser Titel ist auch als E-Book erschienen

Vollständige Taschenbuchausgabe

Deutsche Erstausgabe

Titel der amerikanischen Originalausgabe: »The Bloodforged«
Originalverlag: Ace Books, an imprint of
Penguin Random House LLC, New York

Textredaktion: Michael Neuhaus, Arnsberg
Umschlaggestaltung: Guter Punkt, München
Satz: two-up, Düsseldorf
Gesetzt aus der Garamond
Druck und Verarbeitung: CPI books GmbH, Leck – Germany
Printed in Germany
ISBN 978-3-404-20839-5

1 3 5 7 6 4 2

Sie finden uns im Internet unter www.luebbe.de
Bitte beachten Sie auch: www.lesejury.de

Für meine Mutter Billie,
die wildeste Cheerleaderin,
die sich eine Tochter nur wünschen kann.
In aller Liebe und Dankbarkeit.

1. KAPITEL

Stiefeltritte hallten von der hohen Decke wider. Hart. Präzise. Militärisch. Dunkel lag das Oratorium da, in dem zur Zeit noch keine der Feuerstellen brannte. Zu beiden Seiten fiel Sonnenlicht durch die Bogenfenster in die riesige Halle, doch es wurde durch das farbige Glas fast gänzlich geschluckt. Erst als einer der Strahlen auf ein Paar schimmernde Schulterplatten fiel, war es überhaupt möglich, die Figur auszumachen, die an der Wand entlanglief.

Sie streckte ihre Hand aus, strich über die kalte Mauer, bis sie eine Scharte in der glatten Oberfläche ertastete. Die längliche Einkerbung war ihr vertraut. Ein Schwerthieb hatte den Stein auf Oberschenkelhöhe beschädigt; der Schnitt verlief von links unten nach rechts oben. Ein linkshändiger Kämpfer, wie sie schlussfolgerte, der es auf die offene Flanke seines Feindes abgesehen hatte. Oft fragte sie sich, wer den Schlag wohl ausgeführt hatte, doch das Gefecht in diesen heiligen Hallen war zu wild und ihre Rolle darin nur kurz gewesen. Ihre Aufgabe hatte darin bestanden, den König in Sicherheit zu bringen. Wer immer hier sein Zeichen hinterlassen hatte, ob Gardist oder

Grauklinge, konnte noch am Leben oder schon längst tot sein. Sein Hieb mochte das Ziel getroffen oder verfehlt haben. Das wussten nur diese Mauern allein. Wie sie so vieles wussten. Über Generationen waren sie Zeuge gewesen von Hochzeiten und Beisetzungen, von Krönungen und Banketten. Doch auch von Täuschung und Verrat. Und dergleichen sollte niemals wieder passieren. Nicht, solange sie hier wachte.

Unter dem farbigen Fenster, auf dem Ardins Flamme dargestellt war, hielt sie an. Rubinfarbenes Licht ergoss sich auf sie, ließ ihre Rüstung wie von Blut schimmern und setzte ihr rotes Haar in Flammen. Sie blickte hinauf zu dem prächtigen Bildnis, dann runzelte sie die Stirn. In dem gelben Flammenband zeigte sich ein Sprung im Glas. *Wann bei den Höllen ist denn das passiert?* Vor nicht mehr als einer Woche, so viel war klar, andernfalls wäre ihr der Schaden aufgefallen. Sie kannte jeden Zoll in diesem Raum. Jede Erhebung im Geländer der Empore, jede Unebenheit im polierten Steinboden. Endlose Tage hatte sie das Oratorium inspiziert, bei Licht und Dunkelheit, mit Augen, Ohren und Händen, bis sie sicher sein konnte, alles, und zwar wirklich alles, bemerkt zu haben, was hier mit einem Mal ungewöhnlich erscheinen mochte. Selbst Eldora mit ihrem allsehenden Auge würde diese Halle niemals halb so gut kennen wie sie – Alix Black.

»Godwin!« Ihre Stimme hallte kühl von den Steinwänden wider.

Hinter ihr rasselte eine Rüstung. Godwin eilte von der Tür auf sie zu, wo er in Erwartung weiterer Anweisungen ausgeharrt hatte. Den ersten Rundgang erledigte Alix immer allein, um sich durch nichts und niemanden von dieser Arbeit ablenken zu lassen.

»Hauptmann?«

Sie zeigte nach oben. »Seht Ihr das?«

Ihr Adjutant blinzelte, verdrehte sich den Hals. »Leider nein, Hauptmann. Was meint Ihr?«

»Es geht ein Riss durch Ardins Flamme. Dort.«

Er grunzte. »Wie mag das nur passiert sein?«

»Das gilt es herauszufinden. Holt Arnot. Ich will, dass zwei Leute sich das mal aus der Nähe ansehen. Dazu brauchen wir aber Leitern.«

»Soll ich beim Hinausgehen die Dienerschaft anweisen, die Kohlenpfannen zu entzünden?«

»Ja, bitte.«

Godwin presste sich zum Abschiedsgruß die Faust gegen die Brust und eilte nach draußen, während Alix argwöhnisch das gesprungene Fenster betrachtete. Eigentlich war der Schaden nicht der Rede wert. Glas zeigte nun einmal gelegentlich Risse, vor allem Jahrhunderte altes Glas. Vermutlich eine Folge der Kälte. Aber auf Vermutungen durfte sich Alix nicht verlassen. Morgen um diese Zeit würden die wichtigsten Lords und Ladys des Reiches diese majestätische Halle bevölkern. Schon in Friedenszeiten ein verlockendes Angriffsziel, geschweige denn inmitten des heftigsten Krieges, den das Königreich Alden je erlebt hatte.

Alix wollte ihre Runde gerade fortsetzen, als sie jemanden hinter sich bemerkte. Instinktiv drehte sie sich um. Im Durchgang kauerte der Schatten eines grobschlächtigen Geschöpfes; gelbe Augen fixierten sie durch die Halle hindurch. Die Kreatur machte einen zögerlichen Schritt vorwärts, dann verharrte die muskulöse Gestalt erneut. Und wartete.

Alix lächelte. »Hallo, Rudi.«

Der Wolfshund tapste mit begeistert wedelndem Schwanz heran. Alix ließ sich auf die Hacken nieder.

»Das würde ich nicht tun«, ertönte drohend eine Stimme aus dem Durchgang. »Er könnte dir die Kehle zerfetzen.«

Alix lachte und kraulte dem Hund die Ohren. »Dir vielleicht.«

Schritte näherten sich. »Im Ernst. Wie machst du das bloß?«

Alix blickte auf und sah ihren Ehemann vor sich stehen, der sie ehrlich entrüstet musterte. Er hatte die Arme vor der Brustplatte verschränkt, auf der das Emblem der Weißen Wölfe prangte. Liam trug bereits seine unfassbar glänzende Prachtrüstung; das verhasste weiße Cape war mit einer Strahlenkranz-Spange an der linken Schulter befestigt. Daher also die schlechte Laune.

»Es ist eigentlich keine große Sache.« Alix erhob sich wieder. »Man darf nur keine Angst vor ihnen haben. Hunde können Furcht riechen, weißt du.«

»Ich habe keine *Angst* vor ihm, ich traue ihm nur nicht über den Weg.« Gereizt deutete Liam auf den Wolfshund, doch die Geste erfolgte zu plötzlich, und Rudi knurrte. Besänftigend hob Liam beide Hände.

»Er ist immer noch ein Welpe. Er wird schon noch ruhiger werden.«

Liam schnaubte. »Er ist das hündische Gegenstück zu einem heißblütigen Burschen, und er wiegt mittlerweile an die hundert Pfund. Nicht wirklich beruhigend, das alles.«

»Vielleicht nimmt er's dir übel, dass du ihn Rudi nennst.«

»Rudolf ist ein mächtiger, wölfischer Name.«

»Den du kurzerhand zu *Rudi* verkürzt hast.« Alix setzte ihren Rundgang fort, Liam begleitete sie. Rudi trottete vorneweg, schlüpfte durch das Geländer der Empore und schnüffelte an den Sitzbänken. »Wenn du ihn nicht hättest haben wollen«, sagte sie, »hättest du ihn nicht annehmen dürfen.«

»Als hätte ich eine Wahl gehabt. Tag und Nacht hat Highmount mir wegen der Sache in den Ohren gelegen und mir versucht klarzumachen, dass so ein Hund einfach obligatorisch ist.«

»Du hättest Nein sagen können. Immerhin bist du ein Prinz von Alden.«

Er verzog das Gesicht. »Erinnere mich bitte nicht daran.«

Alix ließ das Thema fallen, konzentrierte sich stattdessen wieder auf ihre Aufgabe. Ihr Blick wanderte vom Boden zur Decke und wieder zurück; so systematisch wie eine Dienerin mit dem Staubwedel ging sie dabei vor.

»Und warum arbeitest du überhaupt im Dunklen?«, fragte Liam. »Man sieht ja kaum was.«

»So mache ich es nur bei meiner ersten Runde. Hier ist es ja nicht völlig finster, und bei diesen Lichtverhältnissen fallen einem womöglich andere Dinge auf, als wenn die Halle hell erleuchtet wäre. Zum Beispiel dort drüben.« Sie zeigte zur Empore. »Siehst du den Nagel in der Bank und wie er das Licht reflektiert? Würden die Kohlenpfannen brennen, könnte man so etwas niemals entdecken.«

Liam musterte sie skeptisch. »Aber es ist doch nur ein Nagel.«

»Die Sicherheit des Königs obliegt meiner Verantwortung, Liam. Da kann es so etwas wie ›nur einen Nagel‹ nicht geben.«

Während sie sprach, legte sich ein warmer Glanz über die Mauern und erhellte den Boden unter ihren Füßen. Die Diener waren mit Fackeln eingetroffen, entzündeten nun die Kohlepfannen des Oratoriums. Da drang eine dünne Stimme an ihre Ohren. »Ach du liebe Güte!«

Rudi, der noch immer zwischen den Bänken herumschnüffelte, hob den Kopf und knurrte.

Im Durchgang stand Arnot und knetete seine weichen weißen Hände. »Ein Riss, Lady Alix? Seid Ihr sicher?«

»Ich fürchte, ja.« Alix bedeutete dem Haushofmeister, näher zu kommen. Wie alle anderen Bediensteten hütete er sich davor, das Oratorium ohne ausdrückliche Erlaubnis der königlichen Leibwächterin zu betreten.

»Das werden wir nicht mehr rechtzeitig schaffen.« Verzweifelt rieb sich Arnot über den kahler werdenden Schädel, eine nervöse Angewohnheit, die vermutlich erst zu den lichten Stellen an seinem Kopf geführt hatte. »Schon morgen werden die Bannerlords hier eintreffen.«

Alix musste unwillkürlich aufseufzen. »Nicht alle Bannerlords. Rig wird nicht hier sein.«

Mit bleicher Hand winkte Arnot ab. »Ja, aber Euer Bruder ist nun wahrlich der Letzte, der sich wegen eines …« Er brach ab, bevor er sich um Kopf und Kragen redete. »Ich meine, Lord Black hat sich ja noch nie sonderlich um das öffentliche Ansehen des Hofs geschert.« Er räusperte sich.

»Ihr meint, er würde das alles hier für Schwachsinn halten?«, meldete sich nun Liam zu Wort.

Arnot schaffte es, entsetzt und zerknirscht zugleich auszusehen. »Euer Hoheit, es tut mir sehr leid. Ich hatte Euch gar nicht bemerkt. Ähm, mit Eurer Erlaubnis …« Er deutete auf einen herbeieilenden Diener und zog sich zurück.

»Wie prinzlich«, bemerkte Alix ironisch.

Liam zuckte die Achseln. »Bin halt nur ein Bastard.«

»Und weil du ein Bastard bist, darfst du dich wie ein Flegel aufführen?«

»Irgendeinen Vorteil muss es ja haben.«

Alix verdrehte die Augen und ging weiter. »Du solltest dich morgen wirklich von deiner besten Seite zeigen, Liebling. Eriks Hof muss sich immer noch an dich gewöhnen, weißt du. Du solltest den Leuten keinen Grund geben, dich vollends abzulehnen. Und du solltest auch deinen Bruder nicht beschämen.«

Liams graue Augen umwölkten sich, der gereizte Ausdruck trat wieder in seinen Blick. »Ich weiß überhaupt nicht, was ich dabei soll …«

»Es ist die wichtigste Ratsversammlung, die Erik je einberufen hat. Wir sind im Krieg, Liam. Sehen uns drängenden Herausforderungen gegenüber. Natürlich musst auch du dabei sein.«

»Aber dabei geht's doch um rein politische Angelegenheiten, nicht um militärische. Ich hab keine Ahnung, wie ich da von Nutzen sein könnte.«

»Du stellst dein Licht unter den Scheffel. Davon abgesehen bist du nicht in deiner Funktion als Kommandant der Weißen Wölfe geladen, sondern als Prinz des Reiches.« *Ob es dir nun passt oder nicht.* Manchmal fragte sich Alix, ob Liam es bedauerte, dass sein Bruder ihn als rechtmäßiges Mitglied der Königlichen Familie anerkannt hatte. Nicht, dass es jetzt noch einen Unterschied machte; es gab in dieser Sache kein Zurück mehr. Insbesondere da Erik, zumindest im Moment, keinen legitimen Nachfolger hatte. Falls dem König also etwas zustoßen sollte …

Was für düstere Gedanken. Alix sammelte sich und nahm ihre Runde wieder auf.

»Ich bin vielleicht ein Prinz des Reiches, aber ich bin immer noch ein Bastard. Nie werden sie mich als einen der ihren anerkennen.«

»Du machst dir zu viele Gedanken darum. Mir hat es nie etwas ausgemacht. Und Rig auch nicht.«

»Ihr beide seid auch aus einem anderen Holz.«

Alix schnaubte. Nur wenige Angehörige der anderen Bannerhäuser würden dem widersprechen. »Raibert Green und Rona Brown sind mit dir in den Kampf geritten. Das macht schon mal drei Häuser zu deinen Gunsten. Und Sirin Grey …« Sie zögerte. »Nun, ihr hast du mal geholfen.«

»Ja, richtig. Als ich sie davor bewahrte zusammenzubrechen, nachdem mein Bruder den Mann, den sie liebte, vor ihren Augen hingerichtet hatte. Bestimmt denkt sie immer wieder gern daran zurück.«

»Der Punkt ist, dass die meisten Bannerlords dich kennen und akzeptieren. Der niedere Adel wird ihrem Beispiel irgendwann folgen – es sei denn, du gibst ihnen einen Anlass, es nicht zu tun. Es sind seither doch erst sechs Monate ins Land gegangen.« Als sie es laut aussprach, musste sie sich selbst darüber wundern. War wirklich erst so wenig Zeit vergangen? Seit die Oridianer die Stadtmauern umstellt und Erroman angegriffen hatten? Die Belagerung der Hauptstadt hatte im kollektiven Gedächtnis der Menschen von Alden bereits legendenhafte Züge angenommen. Als habe es sich hierbei um den endgültigen Sieg in einem großen, glorreichen Krieg gehandelt und nicht um einen vorläufigen Schlusspunkt in einem noch immer andauernden blutigen Konflikt. So viel war seitdem geschehen. Rig war zum Kommandanten der Königlichen Armee ernannte worden. Alix und Liam hatten geheiratet. Die Grauklingen waren aufgelöst und die Hälfte der Grey'schen Ländereien neu verteilt worden. Und bei all dem war der Krieg weiter und weiter gegangen, hatte das Leben der Menschen begleitet wie die Ernte oder das Mondfest. Als wäre es schon immer so gewesen und würde immer so bleiben.

Aber natürlich stimmte das nicht. Kein Krieg konnte auf ewig weitergehen, auch dieser nicht. Wenn Rigs Berichte von der Front zutrafen, würde er nicht einmal mehr den Sommer über andauern. Sadik der Kriegsherr hatte sie an der Gurgel; er musste nur noch zudrücken, und das Königreich Alden war verloren. Alix fühlte das altbekannte Gefühl von Panik in sich aufsteigen, wenn sie nur daran dachte.

So war sie dankbar, als Liam ihre Gedanken unterbrach. »Es ist nur … Ich gehöre an die Front, Allie. Ich bin Soldat. Wozu sind die Weißen Wölfe gut, wenn sie in der Kaserne versauern? Wenn wir sie nicht bald in den Kampf schicken, habe ich am Ende noch eine Meuterei zu befürchten.«

»Darüber macht man keine Witze.« Alix ergriff ihn am Arm und sah sich ängstlich um. Die Loyalität der Weißen Wölfe war immer noch ein heikles Thema, nachdem sie bei dem Verrat im

Boswyck-Tal eine unrühmliche Rolle gespielt hatten. Damals war der Rabe ihr Kommandant gewesen, und nach seiner Exekution waren die meisten Offiziere aus dem Dienst entlassen worden. Trotzdem würde der Eliteeinheit des Hauses White dieser Makel noch lange anhaften.

Liam knurrte leise. »Da siehst du es. Wie soll ich an einem Kriegsrat teilnehmen, wenn ich's nicht mal schaffe, mich mit meiner Frau zu unterhalten, ohne etwas Dummes von mir zu geben?«

»Folge meinem Beispiel und halte dich raus, Schwager.«

Die Stimme war Alix so vertraut wie ihre eigene, davon abgesehen hätte sie ihren Besitzer jederzeit an seinen energischen Stiefelschritten erkannt, die nun die Halle erfüllten. Rig lief nicht einfach durch einen Raum, er durchschritt ihn. Alix fuhr herum und grinste. »Seit wann hältst du dich denn raus?«

»Tue ich nicht? Dabei nehm ich's mir immer wieder vor.« Rig nahm sie in seine mächtigen Arme und drückte sie fest an sich. Er roch nach Leder und Stahl und Straßenstaub. Wie immer. Alix fühlte sich klein und geborgen an seiner Brust. Seine tiefe Stimme dröhnte in ihren Ohren. »Und? Wie geht's dir so, kleine Schwester?«

»Schlagartig besser.« Alix hatte sich damit abgefunden, dass Rig an der Front kämpfte, aber die Sorge um ihn war trotzdem immer präsent. Seine Besuche, zu kurz und zu selten, nahmen ihr immer eine Last von den Schultern, die sie kaum mehr wahrnahm, einer Rüstung gleich, derer man sich am Ende des Tages entledigt.

»Man sagte uns, du würdest nicht kommen«, meinte Liam, während er zur Begrüßung den Arm des Schwagers ergriff.

»Tja, *man* hat offenbar auch nicht die Vorladungen gelesen, die ich von Albern Highmount erhielt. Offensichtlich ist es in seinen Augen ein Ding der Unmöglichkeit, bei einer solchen

Versammlung nicht zu erscheinen. Unziemlich für einen Bannerlord, und so weiter und so fort.«

»Stimmt, das gehört unbedingt auf deine Liste der Ungebührlichkeiten für einen Bannerlord«, sagte Alix.

»So eine Liste brauche ich nicht. Highmount führt sie schon für mich.« Rig schüttelte den Kopf und zog die dunklen Augenbrauen zusammen. »Kann mir mal jemand erklären, wie solch eine Versammlung wichtiger sein kann als das Befehligen von Aldens Truppen?«

Alix seufzte. »Jetzt fängst du auch noch damit an. Hört mal, ihr beiden, hier geht es nicht nur um ein schnödes Plauderstündchen. Wir sind in ernsten Schwierigkeiten.«

Rig lachte humorlos auf. »Was für eine Untertreibung. Meine Männer sind erschöpft, und die Schneeschmelze beginnt schon bald. Der Krieg wird aus seinem Winterschlaf erwachen. Wir können von Glück sagen, wenn wir den Feind an der Grenze halten können, bis die Flotte der Onnani eintrifft.«

»Und genau darum geht es«, sagte Alix. »Sie könnte womöglich nicht rechtzeitig eintreffen. Es heißt, sie liegen weit hinter dem Zeitplan zurück. Der Onnani-Botschafter konnte uns nicht genau sagen, wann sie zum Ablegen bereit sind, aber es klang, als würde es noch Monate dauern.«

Rig fluchte und kratzte sich am stoppeligen Kinn. »Diese verdammten Fischköpfe. So lange kann ich den Feind nicht mehr zurückhalten, Allie. Wie um der Tugenden willen soll ich das anstellen?«

»Darum bist du hier. Um genau das zu besprechen, du und der Rest des Kriegsrats. Viele Möglichkeiten bleiben indes nicht.«

»Tatsächlich?« Rig schüttelte den Kopf. »Was ist mit den Harrami? Wie lauten hierzu die neuesten Nachrichten?«

»Ein wenig Getändel«, sagte Liam, »aber keine handfesten Aktionen.«

»So viel zu den unerschrockenen Kämpfern von Harram«, sagte Rig verbittert. »Wir werden schon auf halbem Wege durchs Jenseits sein, bevor sich diese Feiglinge entschließen, in den Krieg einzutreten.«

Alix wollte nicht mit ihm darüber streiten. Abgesehen davon, dass die Menschen des Westens Fremden gegenüber ein natürliches Misstrauen entgegenbrachten, hegte Rig eine persönliche Abneigung gegen die Harrami. Diese hatten es nämlich versäumt, ihre Bergstämme zu kontrollieren, sodass die Oridianer ungehindert in die Blacklands einfallen konnten. Allerdings hatte er die Stammeskrieger der Harrami im Gefecht erlebt, und das hatte einen bleibenden Eindruck bei ihm hinterlassen. So hatte er sich von ihnen die Taktik des überfallartigen Angriffs angeeignet wie auch die Fähigkeit, beritten mit Pfeil und Bogen zu kämpfen. Kampfkünste, die den Schwarzklingen in den ersten sechs Kriegsmonaten sehr genutzt hatten. Doch Alix bezweifelte, dass Rig hier und jetzt die positiven Seiten sehen wollte.

»Was soll der Putz?« Rig deutete auf Liams Paradeuniform.

Liam verzog das Gesicht. »Zu Ehren der geschätzten Gesellschaft. Die meisten Bannerlords treffen nämlich bereits heute Abend ein.«

»Ach ja? Gibt es ein Bankett?« Rigs Miene hellte sich etwas auf.

»In der Tat«, erwiderte Liam weitaus weniger begeistert.

»Den Neun Tugenden sei Dank. Ich kann von Glück sagen, wenn ich ab und zu ein bisschen Wild zu beißen kriege in diesen Tagen. Davon abgesehen ist die Kaiserstraße zu dieser Jahreszeit einfach eine Katastrophe.«

»Ja, das ist nicht zu übersehen.« Alix blickte auf die schlammverkrusteten Stiefel ihres Bruders. Er hatte seine Spuren auch auf dem polierten Steinfußboden hinterlassen. Das würde Arnot nicht gefallen. »Vielleicht solltest du dich erst mal frischmachen. Und vielleicht auch einen Barbierbesuch ins Auge fassen.«

Gedankenverloren fuhr sich Rig durch sein kohlschwarzes Haar. Es ging ihm fast wieder bis zu den Schultern, und die Wellen fielen ihm in derselben nachlässigen Weise ins Gesicht wie Alix ihre Locken. »Meinst du, Highmount wäre ungehalten, wenn ich's nicht täte?«

»Ganz sicher.«

»Dann werde ich's auf keinen Fall tun.«

Liam grinste. »Ein Mann nach meinem Geschmack.«

Rudi trottete heran, nachdem er im Oratorium seine ganz eigenen Untersuchungen angestellt hatte. Er roch an Rigs Stiefeln, ignorierte ihn aber ansonsten. »Beim Flagellum von Rahl!« Rig hielt dem Hund seine Hand hin, damit er daran schnüffeln konnte. »Ist das Rudi? Er ist ja ein Monstrum!«

»Ja«, sagte Liam. »Du sagst es.«

»Kaum zu glauben, wie sehr er gewachsen ist! Wir könnten ein paar von denen an der Front gebrauchen. Um diese gottverdammten oridianischen Kriegsköter das Fürchten zu lehren.« Rig tätschelte die Flanke des Tiers, und Rudi wedelte freudig mit dem Schwanz.

»Willst du ihn haben? Ich schenke ihn dir.« Liam wollte schon nach dem Wolfshund greifen, doch Rudi fletschte die Zähne.

»Also gut«, sagte Alix. »Raus mit euch, alle beide. Ich muss hier zum Ende kommen und dann zurück zu Erik gehen.«

»Komm, Rudi«, sagte Rig. »Lass uns was zum Essen auftreiben.« Der Wolfshund lief so frohgemut neben Rig her, als hätte *er* das Tier aufgezogen. Empört schaute Liam den beiden hinterher.

»Bis später, Allie.« Er gab seiner Frau einen Kuss auf die Wange. »Wir sehen uns dann auf dem Bankett.«

Kläglich schüttelte Alix den Kopf. Ein Bankett. Mitten im

Krieg. Sie verstand, dass so ein Ereignis von politischer Bedeutung war, und doch fühlte es sich irgendwie nicht richtig an. Wie eine Henkersmahlzeit. Das letzte Privileg vor der Hinrichtung.

Wieder ging ihr Blick hinauf zu dem Buntglasfenster, und sie verfolgte geistesabwesend, wie die Dienerschaft versuchte, den Riss zu reparieren. Doch sie erblickte in dem Motiv nicht mehr länger das Symbol von Ardins Leidenschaft. Sie sah die lodernden Flammen des Krieges.

Erik White stand am Fenster seines Studierzimmers und blickte in den Rosengarten hinaus. Ein schwacher Überzug aus Schnee bedeckte die Jutesäcke, mit denen die Rosenstöcke winterfest gemacht worden waren, und verlieh dem ganzen Ensemble einen deprimierenden Anstrich. *Wie eine Reihe Grabsteine*, dachte er. Eine endlose Armee aus Grabsteinen, die in Reih und Glied aufgestellt worden waren. Ob so die Gräber an der Front aussahen?

Sei nicht albern. Die haben gar keine Zeit, um Monumente für ihre Toten zu errichten.

Erik seufzte, und sein Atem ließ das Glas beschlagen. Es war nicht gut, wenn man solch düsteren Gedanken nachhing. Das wusste er, doch er konnte nichts daran ändern. Je länger der Krieg andauerte, umso weniger konnte er an etwas anderes denken. Er saß hier im warmen Palast, taten- und nutzlos, hielt Bankette ab und berief Versammlungen ein, während draußen an der Front hunderte, tausende seiner Männer ihr Leben ließen. Fast wünschte er sich die Zeit zurück, als er seine eigene Streitmacht in die Schlacht geführt hatte. Zwar war das Königreich damals schon zerrissen und vom Feind überrannt gewesen, doch zumindest hatte Erik nicht das Gefühl gehabt, sich wie ein Igel eingegraben zu haben, um gemütlich den Winter zu überstehen. Wenigstens hatte er Aug in Aug mit dem Feind gestanden. Falls sein Königreich dazu verdammt war, erobert zu werden, würde

Erik lieber durch ein Schwert sterben, als im Palast gefangen genommen und vor dem Kriegsherrn auf die Knie gezwungen zu werden. Um dann als Unterpfand in den Roten Turm geworfen zu werden, damit auch der Rest des Reichs sich gänzlich den neuen Herren unterwarf.

Hör auf. Noch wurde Alden nicht erobert. Noch nicht …

»Euer Majestät.«

Ihre Stimme war eine willkommene Unterbrechung. Erik wandte sich um.

»Das Oratorium ist sicher. In einem der Fenster zeigt sich ein Sprung, aber die Diener haben mir versichert, dass es am Alter liegt. Bis morgen wird es repariert sein.«

»Danke, Alix. Und was ist mit den Bannerlords? Sind schon welche eingetroffen.«

Sie lächelte. Erik wusste, was das bedeutete, und da lächelte auch er. »Also ist er doch noch gekommen?« Dabei hatte man ihm geraten, besser nicht mit Riggard Black zu rechnen.

Alix schloss die Tür, damit sie nicht belauscht werden konnten, und machte es sich auf dem Besucherstuhl bequem. »Ja, er erhielt wohl einen Brief von Highmount.«

»Ah.« Erik zog sich seinen eigenen Stuhl heran. »Ich schätze, das sollte mich nicht wundern. Mein erster Berater ist davon überzeugt, dass die wohl wichtigste Entscheidung ansteht, die das Reich seit der Belagerung zu treffen hat.«

Alix spielte mit dem Brieföffner mit Perlmuttgriff, der auf dem Schreibtisch lag. »Und? Ist das so?«, fragte sie leise.

»Möglicherweise ja«, sagte er ebenso leise. »Doch in Wahrheit bin ich mir nicht sicher, ob wir überhaupt eine große Wahl haben. Wenn unsere Verbündeten nicht in den Krieg eintreten, und das schnell, dann ist es für uns vorbei. Wir müssen daher alles daransetzen, dass sie es tun.«

»Und Ihr und Highmount, habt Ihr auch eine Idee, wie das zu

bewerkstelligen wäre?« Ein Hauch von Kälte lag in ihrer Stimme. Nur wenige hätten es überhaupt bemerkt; Alix hatte in den letzten Monaten gelernt, ihre Gefühle besser zu beherrschen. Eine gewisse Zeit bei Hof hatte diese Wirkung. Doch Erik verbrachte mindestens zwölf Stunden täglich mit dieser Frau und konnte in ihr lesen wie in einem offenen Buch. Sie war verstimmt, und er glaubte auch zu wissen, warum.

»Wir haben das ausführlich besprochen, ja. Und, nein, Ihr wart bei diesem Gespräch nicht zugegen. Und das war eine bewusste Entscheidung, Alix.« Das würde nicht ihren Beifall finden, aber er wollte, dass sie es verstand. »Ich musste sämtliche Optionen offen erörtern können, ohne Rücksicht darauf, wen die eine oder andere Lösung vielleicht betreffen könnte.«

Sie sah ihn skeptisch an. »Und das bedeutet?«

»Ich sehe nur eine Lösung, und die wird Euch nicht gefallen.«

»Das kling unheilvoll.«

»Unheilvoll.« Er seufzte wieder und rieb sich die Schläfen. »Ist das nicht auch das Wort, das unser aller Leben derzeit am besten beschreibt? Unheilvoll.«

Ihr Blick wurde weich. Sie griff über den Schreibtisch und nahm seine Hand. Instinktiv legten sich seine Finger um ihre.

»Dieser Zustand wird nicht ewig dauern, Erik. Das kann er nicht.«

Einen Herzschlag lang ließ er sich von ihrer Stimme trösten, von der Wärme ihrer Hand. Er löste die Berührung und lehnte sich auf seinem Stuhl zurück. »Nein, das kann er nicht. Das alles muss ein Ende haben. Und meine Pflicht ist es, dafür zu sorgen, dass es ein gutes Ende nimmt. Wie auch immer, ich hoffe, ich kann morgen auf Eure Unterstützung zählen, selbst wenn Euch nicht gefällt, was ich zu sagen habe.«

Der skeptische Ausdruck kehrte zurück. »In diesem Fall solltet Ihr es mir besser *jetzt* erzählen.«

»Wir werden das morgen ausführlich besprechen, das verspreche ich. Auch erwarte ich nicht, dass Ihr mir rückhaltlos zustimmt – hört mir einfach zu, ohne voreilige Schlüsse zu ziehen. Wenn Ihr danach immer noch Bedenken habt, steht es Euch frei, diese zu äußern, wie immer. Und ich wage zu vermuten, dass Ihr damit nicht allein sein werdet.«

Sie rutschte unbehaglich auf ihrem Stuhl hin und her. »Und dieser Vorschlag von Euch – ist er wirklich so schlimm?«

»Schlimm? Das hoffe ich nicht. Ich würde ihn eher verzweifelt nennen.«

Sie schluckte hart. »Stehen die Dinge wirklich so … Sind wir wirklich in einer so verzweifelten Lage?«

Sein Blick ging zurück zum Fenster, hinaus zum glitzernden Schnee und zu den aufragenden Grabsteinen. »Ja, Alix, das sind wir.«

2. KAPITEL

»Mylady?« Fast furchtsam kam Arnot heran. Er war vertraut mit Alix' Launen an Tagen wie diesen und hatte gelernt, damit umzugehen.

Sie nickte geistesabwesend, ließ den Blick ein letztes Mal durchs Oratorium schweifen. Obwohl kein Grund bestand, sich auf Ärger gefasst zu machen, wusste sie nur zu gut, dass man sich niemals allzu sicher sein durfte. Auch im letzten Sommer hatte sie die allergrößte Vorsicht walten lassen, an jenem schicksalhaften Tag, als Erik und sein Bruder sich zum Parley getroffen hatten, um über die Zukunft der Krone zu entscheiden, und es hatte ihr nichts genutzt. Roswald Grey hatte es trotzdem geschafft, seine Männer in den Palast zu schmuggeln. Und Erik wäre beinahe getötet worden. Niemals wieder würde sich Alix einen solchen Fehler erlauben.

Sodann führte Arnot eine kleine Heerschar an Dienern in die Halle. Unter seiner sachkundigen Führung wurden Feuerstellen und Kohlepfannen entzündet, Blumen arrangiert und Erfrischungen bereitgestellt. Das Holz war frisch gewachst, der Steinboden poliert. Und das Fenster, das Ardins Flamme zeigte, war mit einer neuen Bleirute ausgebessert worden. Seidene Kissen in grün, schwarz, braun und gold wurden sorgfältig auf den Stühlen arrangiert, damit jeder Bannerlord wusste, wo sein Platz war. Die Sitzordnung orientierte sich am Rang des jeweiligen Hauses. Alles war bereit.

Wie immer traf Albern Highmount als Erster ein, um sich persönlich davon zu überzeugen, dass alles bestens vorbereitet worden war. »Eure Hoheit«, sagte er und begrüßte Alix mit einem düsteren Nicken. Der Erste Berater war der einzige Mensch bei Hof, der sie auf diese Weise ansprach – vermutlich, weil er wusste, wie sehr es ihr missfiel. Sie war eine geborene *Lady Alix* und zum *Hauptmann der Königlichen Wache* ernannt worden. Diese Titel gehörten ihr – der eine gemäß Geburtsrecht, der andere ob ihrer Verdienste. Zur *Hoheit* dagegen war sie nur aufgrund eines verwandtschaftlichen Verhältnisses geworden. Diese Ehrenbezeichnung gebührte ihrem Ehemann Liam, nicht ihr. Sie sagte nichts über sie aus, nicht im Geringsten.

»Es freut mich, dass Euer Bruder uns mit seiner Anwesenheit beehren konnte«, sagte Highmount. *Es freut mich, dass Euer Bruder seiner Verpflichtung nachgekommen ist*, war das, was er wirklich meinte.

»Ein Glück, dass er die Zeit gefunden hat, es einzurichten. Ich meine, angesichts des Krieges und allem.«

»Kriege werden nicht allein mit dem Schwert geführt, Eure Hoheit. Tatsächlich werden sie in vielen Fällen ganz und gar nicht mit Waffen entschieden.«

Unwillkürlich hatte Alix eine Vision davon, wie Highmount auf dem frisch polierten Boden ausrutschte.

Der Erste Berater schloss seine Inspektion ab und ging, um seinen Posten am Haupteingang des Palastes einzunehmen. Das Protokoll verlangte, dass er jeden eintreffenden Bannerlord persönlich begrüßte. Alix war nicht traurig, als er endlich fort war.

Neben ihr tauchte Godwin auf. »Alles bereit, Hauptmann?«

Sie nickte. »Dann mal los.«

Kurz darauf verkündete der Herold das Eintreffen des ersten Gastes. »Lord Raibert Green.«

Eine vertraute Gestalt erschien im Durchgang zur Halle. Als Lord des ältesten und ehrwürdigsten Bannerhauses war Green der Erste seines Standes, weshalb ihm das Recht gebührte, die Häuser bei offiziellen Zusammenkünften anzuführen. Man hätte nun vermuten können, dass eine solch erlauchte Person mit einem gewissen Hochmut auftrat, aber nur, wenn man Raibert Green nicht kannte. Er wirkte ernst wie immer, der Ausdruck in seinem schmalen Antlitz weise und abgeklärt gleichermaßen, doch als er Alix erblickte, huschte ein Lächeln über sein Gesicht, und ein Funkeln trat in seine liebenswürdigen Augen. »Mylady, es ist schön, Euch wiederzusehen.«

Sie umarmte ihn wie einen Lieblingsonkel. »Ihr seht gut aus.«

»Und Ihr auch«, sagte er. »Die Ehe scheint Euch zu bekommen, wie ich sehe.«

Alix wollte etwas erwidern, da durchschnitt die Stimme des Herolds erneut die Luft. »Lady Rona Brown.«

Zögernd betrat die neueste Bannerträgerin des Reiches das Oratorium und blickte sich um, als wisse sie nicht so recht, warum sie eigentlich hier war. Es war erst ihre zweite Ratssitzung, seit sie das Banner ihres Hauses geerbt hatte. Mit ihren neunzehn Jahren und nach knapp einem Jahr als Ritterin musste sie sich erst in ihre neue Rolle einfinden. Alix hatte keinen Zweifel daran, dass sie es schaffte. Rona hatte beschlossen, in Garderüstung zu erscheinen, eine gewagte Entscheidung, die Albern Highmount sicherlich einen sauren Ausdruck ins Gesicht zaubern würde. Ein ungezügelter weißer Wolf, kleiner zwar, aber ansonsten identisch zu dem auf Liams Brustplatte, zierte ihren Panzer, womit sie sich als Offizier der Eliteeinheit zu erkennen gab. Die einzige Konzession an ihr Geburtsrecht bestand in einem braunen Seidenumhang, der ihre linke Schulter bedeckte. Dass sie die Etikette, kaum sechs Monate nachdem sie das Banner geerbt hatte, missachtete, zeugte von ihrem großen Unabhängigkeitsbedürfnis.

Und es sprach auch für etwas anderes, wie Alix fand. Indem sie die Rüstung der Weißen Wölfe trug, bekundetet Rona auch ihre Loyalität zu ihrem Kommandanten. Loyalität und vielleicht ein bisschen mehr. Nicht zum ersten Mal bemerkte Alix bei ihr so etwas wie … rückhaltlose Ergebenheit. Nun, daran war nichts auszusetzen. Und wer konnte es ihr auch verdenken? Liam war ein gutaussehender Mann, witzig und ein fähiger Schwertkämpfer. Dazu war er ein Prinz des Reiches. Bannerlady oder nicht, Rona hatte allen Grund, für ihn zu schwärmen. So lange sie die Finger von ihm ließ.

»Lord Riggard Black.«

Auch Rig erschien in Rüstung, doch selbst Highmount hätte bei ihm nichts anderes erwartet. Wie schon sein Vorgänger, Arran Green, war Rig durch und durch Soldat. Das schloss auch einen Sinn für soldatische Loyalität mit ein. Daher ging er, als er Rona Brown unsicher beim Eingang herumstehen sah, zu ihr und berührte aufmunternd ihre Schulter. Rona lächelte und entspannte sich ein wenig.

Als Nächster traf Norvin Gold ein, der noch viel älter aussah als beim letzten Mal. Lichte Haarsträhnen umwehten seinen fleckigen Schädel, die hervorstehenden Wangenknochen warfen dunkle Schatten auf sein eingefallenes Gesicht. Selbst sein Wams wirkte mitgenommen. *Die Golds haben harte Zeiten durchlebt*, dachte Alix. *Wie wir alle.* Doch auf keinen traf das mehr zu als auf den letzten Gast, der nun eintrat.

»Lady Sirin Grey.«

Alix und Raibert Green wechselten einen Blick. Sirin war

nicht die offizielle Repräsentantin des Grey-Banners; diese Ehre gebührte ihrer Mutter Alithia. Ein geringeres Familienmitglied zu einem Rat wie diesem zu entsenden, könnte als Affront aufgefasst werden. Die Greys hatten bereits erheblich an Ansehen eingebüßt, was dem Verrat von Sirins Bruder zuzuschreiben war. Und so überraschte es Alix, dass Lady Grey König und Adel erneut beleidigte, indem sie ihre Tochter schickte – kaum sechs Monate nachdem ihr Sohn die Krone hatte an sich reißen wollen.

»Vielleicht ist Lady Grey erkrankt?«, mutmaßte Alix in gedämpftem Ton.

Raibert Green schüttelte den Kopf. »Ich sah sie erst gestern. Da wirkte sie noch recht munter auf mich.«

Alix blickte ihn erstaunt an. Es ging sie zwar nichts an, aber wie gewöhnlich fiel es ihr auch jetzt schwer, den Mund zu halten. »Sieh an. Was habt Ihr denn mit den Greys zu schaffen?«

Ein schwacher Seufzer entfuhr Green. »Lady Grey war so freundlich, mir die Hand ihrer Tochter anzubieten.«

Alix sah hinab auf ihre Stiefel, um sich zu fassen. Dann: »Das … ist recht … unerwartet.«

Green zuckte die Achseln. »Lady Sirin ist die Tochter eines Bannerhauses. Unter diesen Umständen hätte sie längst verheiratet sein sollen.«

Unter diesen Umständen hätte sie längst mit Erik verheiratet sein sollen, dachte Alix. Sie konnte sich nicht dazu durchringen zu bedauern, dass dies nicht geschehen war, obwohl sie Sirin durchaus bedauerte. Verliebt zu sein in den Bruder des Verlobten war schon schlimm genug; dabei zuzusehen, wie der Geliebte enthauptet wurde, war ein Leid, dass Sirin ganz sicher nicht verdient hatte. Und dennoch, die Annahme, dass sie eines Mitglieds aus dem Geschlecht der Greens, dem angesehensten Bannerhaus von Alden, würdig war, war nun doch mehr als kühn. Politisch betrachtet wäre es weitaus sinnvoller gewesen, sie Rig anzubieten. Nicht dass Alix dies gefallen hätte; Sirin Grey als Schwägerin zu haben, wäre ihr schon sehr befremdlich vorgekommen.

»Lady Sirin ist noch jung, und sie ist sehr schön«, sagte Green. »Auch halte ich es nicht für richtig, dass man den Stab über sie bricht wegen der Vergehen ihres Bruders oder der des Raben. Mit dem Geschick ihres Hauses hat sie nichts zu tun, und sein Ruf wird sich mit der Zeit schon wieder bessern.«

»Aber …«

Er zuckte erneut die Achseln. »Aber sie liebt mich nicht. Wir kennen uns kaum. Wir brauchen beide Nachkommen, das stimmt, aber ich bin nicht so verzweifelt, dass ich die Ehe eingehe mit einer Frau, die immer noch trauert. Es ist kaum ein halbes Jahr her, dass Prinz Tomald hingerichtet wurde. Ich weiß, wie es ist, einen geliebten Menschen zu verlieren. Sechs Monate sind einfach nicht genug, Alix.«

Sirin Grey begrüßte die anderen mit einem Nicken und ging weiter zu ihrem Platz. Sie schritt mit großer Würde durch die Halle, den Blick nach vorn gerichtet und sich der Tatsache wohl bewusst, dass alle Augen auf sie gerichtet waren. Mit lautlosen Schritten schwebte sie in ihrem hellen Seidengewand fast durch den Raum, als wäre sie ein Geist. Und in gewisser Weise war sie das auch, wie Alix fand. Nur mehr ein Schatten der einst so einflussreichen Frau, die sie einmal gewesen war.

»Das wären dann alle«, sagte Alix, während nun auch die erkorene Schar von niederen Lords und Ladys eintraf. Da die Bannerhaus-Vertreter vollzählig anwesend waren, war es auch den anderen Ratsmitgliedern gestattet, einzutreten. Fehlten nur noch Seine Majestät der König und Seine Hoheit der Prinz.

Sie fand die beiden im Arbeitszimmer des Königs. Liam lehnte an Eriks Schreibtisch und sah einfach nur wunderschön aus in seiner Prunkrüstung. Erik dagegen saß mit gebeugtem Kopf da und streichelte geistesabwesend Rudis Fell. Er schien in Gedanken meilenweit weg zu sein. Der Wolfshund für seinen Teil hatte die Augen vor Wonne geschlossen. Erik war ganz offensichtlich sein Liebling – sehr zu Liams Verdruss.

Als Alix näher trat, hob der König den Kopf. »Sind wir bereit?« Fast wirkte er so angespannt wie an dem Tag, als der Parley mit dem Raben stattgefunden hatte. Dem Tag, an dem eine Wunde in die steinernen Wände des Oratoriums geschlagen worden war.

»Ja, alles bereit«, erwiderte sie. »Die letzten Lords und Ladys trafen gerade ein.«

Erik erhob sich. Er trug ein weißes Wams mit himmelblauem Besatz, das seine klaren blautopasfarbenen Augen noch strahlender erscheinen ließ. »Dann an die Arbeit«, sagte er und ging zur Tür.

Liam eilte an seine Seite; Alix heftete sich den beiden an die Fersen. Selbst nach all den Monaten kam es ihr seltsam vor, in Liams Windschatten zu gehen. Eine lange Zeit war er es gewesen, der ihr und ihrer Fährte durchs Unterholz gefolgt war, wenn sie sich auf Aufklärungsmission befanden. Auch sonst hatte er sich gern Alix' Führung überlassen – *wie ein Hündchen*, so hatte Arran Green einst gespottet. Aber in jenen Tagen war er auch nur einfach Liam gewesen, ein namenloser Bürgerlicher und ein Späher unter vielen. Heute hingegen standen die Dinge anders. *Völlig anders*, wie Alix dachte.

Schweigend warteten die geschätzten Lords und Ladys des Reichs hinter den ihnen zugewiesenen Stühlen. Erik begrüßte sie alle mit einem knappen Nicken und bedeutete ihnen, Platz zu nehmen. Lediglich Alix blieb stehen und nahm direkt hinter Eriks rechter Schulter Aufstellung, nah genug, um gegebenenfalls eine Hand auf sie zu legen. Zweifellos würden viele der Anwesenden dies als übertrieben bezeichnen. Und auch als beleidigend, weil es bedeutete, dass die Leibwache des Königs ihnen nicht über den Weg traute. Es war Alix allerdings herzlich egal, was sie dachten. Immerhin befand man sich im Krieg.

Ruhig ließ Erik seinen Blick von einem Gast zum anderen wandern. »Meine Lord- und Ladyschaften. Danke, dass Ihr Euch so kurzfristig hier versammelt habt. Einige haben dazu eine lange Reise auf sich genommen, und das, obwohl die Straßen nicht sicher sind. Die Krone schätzt Eure Loyalität und Euren Dienst am Reich. Ich möchte Euch versichern, dass ich diese Versammlung nicht leichtfertig einberufen habe. Die heute zu besprechenden Angelegenheiten sind für das Reich von existenzieller Bedeutung.« Er wandte sich an Rig zu seiner Linken. Alix' Bruder saß gleich neben Lord Green, der, seiner Stellung gemäß, seinen Platz direkt neben dem König hatte. »Lord Black, könntet Ihr uns zunächst über die Lage an der Front unterrichten?«

»Wie Ihr wünscht, Euer Majestät.« Rig hob die Stimme ein wenig über sein übliches Gebrumme an. »Wie erwartet war der Winter hart. Auf dem Schlachtfeld war es zwar relativ ruhig, aber es war schwierig, die Versorgungslinien zu sichern. Abgesehen von den saisonal bedingten Problemen sind aufgrund der Ernteausfälle des letzten Jahres unsere Vorratslager so leer wie nie. Zu allem Überfluss greift das Banditentum auf der Kaiserstraße von Tag zu Tag mehr um sich. Wir sind dadurch gezwungen, den Begleitschutz für unsere Versorgungskarren zu verdoppeln, und diese zusätzlichen Männer fehlen uns natürlich an der Front.«

»Mit Eurer Erlaubnis, General«, meldete sich Rona Brown. Und als Rig nickte, fuhr sie fort: »In den Brownlands hat sich das Problem sogar noch einmal verschärft. Die Wegelagerer überfallen nun auch die Höfe und Dörfer und rauben die Menschen aus. Besonders für die Frauen ist es grausam, denn sie werden manchmal … Nun, es ist schon öfter vorgekommen, dass sie …« Sie schluckte hart und senkte den Blick.

»Ja«, sagte Rig, und seine Augen funkelten vor Wut. »Das auch.«

»Jeder Kämpfer, den wir einberufen können, wird sofort an die Front geschickt«, sagte Rona. »Kurz: Es gibt schlicht und einfach niemanden mehr, den ich in den Brownlands zur Wahrung von Gesetz und Ordnung einsetzen könnte.«

»In den Greenlands ist es nicht anders«, meldete sich Raibert Green zu Wort. »Fast ein Dutzend unvorhergesehene Todesfälle diesen Winter sowie eine Handvoll Verschwundener. Und das sind nur die Ereignisse, die mir zur Kenntnis gelangten. Die wahren Verluste liegen mit Sicherheit sehr viel höher.«

Auf dem Tisch ballten sich Rigs Hände zu Fäusten, wobei die starken Muskeln seiner Unterarme hin und her zuckten. Alix wusste, er würde all dies als sein persönliches Versagen betrachten. Sie wollte etwas sagen, ihm versichern, dass es nicht sein Fehler war, aber dies war nicht der rechte Zeitpunkt dafür.

»Bitte fahrt fort, Lord Black«, sagte Erik.

Mit sichtlicher Mühe entspannte Rig seine Hände. »Auch dem Feind hat der Winter zu schaffen gemacht. Zwar sind seine Versorgungslinien stabil, was dem ungehinderten Zugang nach Andithyri zu verdanken ist, aber Oridias Soldaten wurden durch eine Epidemie geschwächt. Eine Art böser Husten, wie man mir berichtete. Vermutlich dieselbe Krankheit, die unsere Männer im letzten Winter heimgesucht hat. Mittlerweile können sie ihre Reihen nicht mehr so rasch auffüllen wie einst.«

»Wenn ich hier vielleicht einhaken dürfte«, sagte Albern Highmount. Anders als Rona Brown wartete er nicht darauf, dass Rig ihm das Wort erteilte. »Meine Spione haben mir berichtet, das oridianische Volk sei kriegsmüde geworden. Es befindet sich ja nun schon weitaus länger in diesem Zustand als wir, und nachdem der Priester gefallen ist, scheint auch der religiöse Eifer nachgelassen zu haben. Man beginnt, den Sinn dieses ungebremsten Expansionskurses in Frage zu stellen.«

»Selbst wenn das Volk müde sein sollte, so trifft dies auf Oridias Soldaten nicht im Geringsten zu«, sagte Rig. »Und erst recht nicht auf ihren Kriegsherrn. Er wird nie und nimmer aufgeben, es sei denn, Varad zwingt ihn dazu.«

»Was er kaum tun wird«, sagte Raibert Green. »Varad ist zwar König, aber mit dem Tod des Priesters wurde seine Position erheblich geschwächt. Es würde den beiden verbliebenen Trions nur schaden, wenn sie sich nach außen hin uneins zeigen würden. Bis auf Weiteres, so sehe ich das, wird der König den Kriegsherrn also in dieser Frage unterstützen.«

»Das denke ich auch«, sagte Erik, »aber trotzdem stimmt mich diese Nachricht ein wenig zuversichtlich. Das Volk ist das Rückgrat einer jeden Kriegsanstrengung. Es mag seine Zeit kosten, aber wenn sich die oridianische Öffentlichkeit mehrheitlich gegen diesen Kurs ausspricht, wird das Reich dadurch früher oder später geschwächt.«

»Mag sein,« sagte Rig, »aber unterdessen stehen dreißigtausend ihrer Soldaten auf unserer Türschwelle, und wir haben nur halb so viele Männer zu unserer Verteidigung. Verlief der Winter auch relativ ruhig, so wird der kommende Frühling die Dinge doch wieder ins Rollen bringen.«

»Wie lange, glaubt Ihr, kann man den Feind noch an der Grenze festhalten?«, wollte Highmount wissen.

»Die Überfälle ihrer Stoßtrupps werden so bald wie möglich wieder einsetzen, vermute ich. Was eine großangelegte Invasion betrifft, bin ich mir nicht so sicher, aber ich rechne in Wochen, nicht Monaten. Zur Zeit hält der Fluss sie noch davon ab; andernfalls wäre der Kriegsherr schon auf halbem Wege nach Erroman. Wir haben es geschafft, die meisten Brücken zu zerstören, aber es gibt noch immer ein paar Furten, die der Feind durchqueren könnte. Ich muss wohl nicht betonen, dass ausgewählte Einheiten an diesen Übergängen in Stellung gegangen sind.«

»Die Schneeschmelze wird helfen«, bemerkte Alix. Sie erinnerte sich noch gut daran, wie reißend der Schwarze Fluss im Frühjahr wurde, wenn der Strom aufgrund der geschmolzenen Schneemassen anschwoll.

»Ja, für eine Weile«, sagte Rig. »Der Wasserspiegel ist an einigen Stellen schon so weit angestiegen, dass ein paar Stellen unpassierbar geworden sind, aber dieser Zustand wird nicht ewig anhalten. Bis zur Jahresmitte werden aus zwei Furten fünf geworden sein, und ich habe einfach nicht genug Männer, um all diese Einfallsstore zu besetzen.« Obwohl er mit gleichbleibender Ruhe sprach, kannte Alix ihren Bruder gut genug, um die leise Verzweiflung aus seiner Stimme herauszuhören. »Ich weiß nicht, wie ich's anders ausdrücken soll, Euer Majestät, aber wenn wir keinen Weg finden, unsere Truppenstärke zu erhöhen, werden wir den Sommer nicht überstehen. Wir brauchen dringend Lösungen.«

»Ja«, Erik seufzte, »in der Tat. Und genau deshalb sind wir hier.« Er blickte seinen Ersten Berater an. »Lord Highmount, wenn Ihr so freundlich wärt.«

Schwerfällig neigte Highmount den Kopf. »Gewiss, Euer Majestät. Doch zuerst eine kleine gute Nachricht. Meine Spione haben mir versichert, dass der Feind noch immer auf die herkömmliche Weise rekrutiert. Das heißt, das Trionat hat nicht wieder damit begonnen, Unterjochte zu erschaffen.«

Rig beugte sich etwas auf seinem Stuhl vor. »Seid Ihr absolut sicher? Wie können wir wissen, ob sie hinter den feindlichen Linien nicht irgendwelche Bauern für ihre Zwecke verhexen?«

»Meine Spione haben es mir gesagt«, erwiderte Highmount gelassen.

»Auch ohne eine Armee von geistlosen Drohnen, die sich gegen unsere Befestigungsanlagen werfen, haben wir Probleme genug. Eine weitere Attacke wie diese würden wir nicht überleben.«

»Richtig«, sagte Highmount. »Doch glücklicherweise scheint es so zu sein, dass der Priester sein Geheimnis mit ins Grab genommen hat. Die Blutschmiede des Trionats sind zwar immer noch dabei, in schwindelerregender Geschwindigkeit Blutwaffen anzufertigen, aber es gibt kein Anzeichen dafür, dass sie dieses Verfahren auch anwenden, um Soldaten zu kontrollieren. Diese fragwürdige Kunst scheint mit Madan zusammen ihr Ende gefunden zu haben. Allerdings hat Nevyn mir berichtet, dass einige seiner Blutschmiedekollegen in Harram und Onnan mit Hochdruck daran arbeiten, dem Geheimnis auf die Spur zu kommen. Es scheint nur eine Frage der Zeit zu sein, bis einer von ihnen damit Erfolg hat. Vielleicht schon in wenigen Tagen, vielleicht aber auch erst in einigen Jahren, aber passieren wird es irgendwann.«

»Und was ist mit Nevyn selbst?«, fragte Norvin Gold. »Ich schätze, er arbeitet auch daran?«

Erik bewegte sich unbehaglich auf seinem Stuhl hin und her. Alix wusste, es gefiel ihm ganz und gar nicht, wenn Alden auf solch verderbte Macht zurückgriff, egal, wie verzweifelt die Lage auch sein mochte. *Den Geist eines anderen Menschen zu kontrollieren, ist verabscheuungswürdig*, hatte er Alix einmal gesagt. *Damit will ich nichts zu tub haben, niemals.* Erik hatte im Zuge des Krieges viele seiner Prinzipien und Ideale über Bord werfen müssen, doch es gab immer noch Grenzen, die er nicht bereit war zu überschreiten. Und die Versklavung von Männern mittels dunkler Magie gehörte eindeutig dazu.

Doch nicht jeder hatte diese Skrupel. »Falls es ihm gelänge«, warf Lady Stonegate ein, »dann könnte dies den Kriegsausgang entscheidend beeinflussen, vor allem, wenn er als Einziger diese Technik beherrschen würde.«

Raibert Green runzelte die Stirn. »Ihr würdet den Krieg gewinnen wollen, indem man tausende Unschuldiger verhext?«

»Wenn er dadurch ein Ende fände ...«

Green wollte etwas darauf erwidern, doch Highmount hob eine Hand. »Bitte nicht streiten, meine Lordschaften. Der Punkt ist irrelevant: Nevyn kennt das Geheimnis nicht.« Alix stellte fest, dass er Lord Golds Frage nicht beantwortet hatte. Nicht zum ersten Mal fragte sie sich, ob Highmount diese Angelegenheit ohne Eriks Wissen vorantrieb.

»Gut zu hören, dass wir es auf absehbare Zeit nicht wieder mit Unterjochten zu tun haben werden«, sagte Rig, »aber das ändert nichts an der Tatsache, dass der Feind zahlenmäßig doppelt so stark ist wie wir. Es ist allerhöchste Zeit, dass sich unsere Verbündeten in Marsch setzen.«

»Allerdings«, sagte Highmount. »Und in diesem Punkt, fürchte ich, habe ich weniger gute Nachrichten zu vermelden. Botschafter Corse hat mich wissen lassen, dass – entgegen früherer Zusagen – die Kriegsflotte der Onnani nun doch nicht im Frühjahr auslaufbereit sein wird. Stattdessen ist nun von einem Zeitpunkt frühestens Mitte Sommer die Rede.«

Ein Hauch von Verzweiflung schien von den Anwesenden Besitz zu ergreifen.

»Aber wie kann das sein?«, rief Osmond Swiftcurrent wütend aus. Sein Ausbruch war verständlich; seine Familie hatte mehr zur Finanzierung der onnanischen Flottenerweiterung beigetragen als jedes andere Haus im Reich, das der Whites selbst ausgenommen. »Sechs Monate sind inzwischen vergangen! Wie lange dauert es denn, ein verdammtes Schiff zu bauen?«

Highmount sah ihn tadelnd an. »Kein Grund, sich in Fluchen zu ergehen, Lord Swiftcurrent.«

»Das sehe ich anders«, knurrte Rig. »Tatsächlich haben wir allen Grund dazu. Wenn diese Flotte den Feind nicht bald in die Zange nimmt, dann war's das für uns. Ich kann ihn nicht an der Grenze festhalten, wenn nicht bald eine neue Front aufgemacht wird, vor allem, da die Oridianer im Süden ja schon alles erobert haben. Mit den unentschlossenen Harrami im Westen ist die onnanische Flotte unsere einzige Rettung.«

»Die onnanischen Blutschmiede arbeiten Tag und Nacht am Nachschub von Blutwaffen«, sagte Highmount, »und sie haben zugesagt, uns eines ihrer Bataillone zu schicken, das Euch an der Front unterstützt.«

»Tatsächlich? Ein ganzes Bataillon? Was hab ich nur für ein Glück!«

Highmount öffnete den Mund, aber Lady Stonegate schnitt ihm das Wort ab. »Haben die Onnani eine Erklärung für diese Verzögerung gegeben?«

»Nun ja, man hat uns *eine Art* Erklärung geboten«, sagte Erik, »aber es ist wohl nicht unangemessen, wenn ich sage, dass Lord Highmount und ich diese als nicht sehr überzeugend ansehen.«

Was eine ziemliche Untertreibung darstellte. Alix hatte diesem Treffen beigewohnt, und der onnanische Botschafter hatte sich gewunden wie ein Aal. Irgendetwas stimmte nicht in Onnan-Stadt – so viel war bei dem Gespräch klar geworden. Etwas, mit dem der Botschafter nicht hatte herausrücken wollen.

»Botschafter Corse behauptete, ihre ersten Anstrengungen wären nicht von Erfolg gekrönt gewesen«, ergänzte Highmount, »sodass sie noch einmal von vorn beginnen mussten.«

Ungläubig lachte Liam auf. »Als hätten sie nie zuvor ein Schiff gebaut. Man nennt sie doch nicht ohne Grund Fischköpfe.«

»Nun, die Onnani selbst nennen sich ganz gewiss nicht so, Euer Hoheit«, sagte Highmount. »Ein Umstand, den es unbedingt zu berücksichtigen gilt.« *Was für ein seltsamer Hinweis*, dachte Alix. Sie und Liam wechselten einen amüsierten Blick.

»Von vorn also«, sagte Swiftcurrent verächtlich. »Und was hatte Woodvale dazu zu sagen?«

»Ich fürchte, leider zu viel«, sagte Highmount. »Lord Woodvale hat seinen Dienst in Onnan-Stadt quittiert, nachdem er einen, nun … etwas aufbrausenden Auftritt in der Republicana hatte.«

»Sie haben unseren Botschafter des Landes verwiesen?« Norvin Golds Schnurrbart erzitterte vor Empörung. »Wie können sie es wagen?«

Erik seufzte. »Des Landes verwiesen zwar nicht, aber sie haben uns unmissverständlich zu verstehen gegeben, dass er als Gesandter nicht mehr länger tragbar ist. Ich musste Woodvale zurückbeordern. Im Laufe der Woche sollte er in Erroman eintreffen.«

»Und wer wird ihn nun ersetzen?«, wollte Green wissen. »In Zeiten wie diesen können wir seine Position nicht unausgefüllt lassen. Wir brauchen jemanden vor Ort, der sich um die Sache mit der Flotte kümmert.«

»Ganz recht, Mylord«, sagte Highmount. »Das zählt ebenfalls zu den Dingen, die wir heute zu klären haben.«

»Später«, sagte Erik. »Zunächst noch eine etwas positivere Nachricht. Die Harrami haben signalisiert, dass sie die Möglichkeit eines Kriegseintritts erörtern werden.«

»Hört, hört. Sie werden die Möglichkeit also erörtern.« Rig lächelte schwach. »Wenn sie sich damit mal nicht übernehmen.«

»Es sind frustrierende Verhandlungen, das stimmt, aber Lord Highmount und ich haben den Eindruck, dass König Omaïd der Möglichkeit offener denn je gegenübersteht. Nach Monaten der Korrespondenz hat er zugestimmt, eine diplomatische Abordnung aus Alden zu empfangen, um über die Angelegenheit zu sprechen.«

»Ein gutes Zeichen«, sagte Green. »Einen überzeugteren Isolationisten als Omaïd hat es kaum gegeben. Ich kann mich an keine einzige diplomatische Mission nach Ost erinnern, seit er den Thron bestiegen hat. Er würde keine Delegation empfangen, wenn er nicht ernstlich über das nachzudenken gedächte, was man ihm vorzutragen hat.«

»Dem stimme ich zu«, sagte Highmount. »Das ist das Signal, auf das wir gewartet haben, und wir dürfen diese Chance nicht ungenutzt verstreichen lassen.«

»Leichter gesagt als getan«, meinte Green. »Wie kommen wir angesichts der derzeitigen Lage dorthin? Die übliche Route ist unter der Kontrolle des Feindes.«

»Das wird nicht einfach werden«, musste Erik zugeben, »aber wir können es uns nicht leisten, diese Gelegenheit ungenutzt verstreichen zu lassen. Falls die Harrami wirklich in den Krieg eintreten, könnte dies alles verändern.«

»Also, ich weiß nicht …«, murmelte Norvin Gold skeptisch. »Niemand bezweifelt, dass die Harrami fähige Kämpfer sind, Euer Majestät. Ich habe ihre berittenen Bogenschützen ja mit eigenen Augen gesehen, und ihr Ruf als furchtlose Krieger ist wohlverdient. Aber sie haben in ihrer gesamten Geschichte erst einen einzigen Krieg zu bestreiten gehabt. Und die Tatsache, dass sie ihre eigenen Bergstämme nicht zu bändigen verstehen, spricht doch eher dafür, dass sie als kohärente Kriegsmacht eher nicht geeignet sind. Warum also denkt ihr, dass sie in diesem Krieg eine entscheidende Rolle spielen könnten?«

Rig antwortete für Erik. »Sie müssen nicht mal besonders effektiv sein. Es reicht schon, wenn ihre Truppen eine weitere Front eröffnen, sodass die Oridianer keine andere Wahl haben, als sich aufzuteilen. Diese Taktik wird sie weiter schwächen, nicht mehr, aber auch nicht weniger.«

»Falls wir die Harrami also als Kriegspartei gewinnen können«, sagte Erik, »würde sich das Gesamtbild zu unseren Gunsten ändern.«

»Und wie stellen wir das an?«, fragte Liam.

Erik räusperte sich.

Jetzt kommt's, dachte Alix.

Ich sehe nur eine Lösung, und die wird Euch nicht gefallen, hatte Erik gesagt. Und wie er seinen Bruder nun ansah, war klar, dass sie auch Liam nicht gefallen würde.

»Ich möchte, dass allen unmissverständlich klar ist, was auf dem Spiel steht«, sagte Erik. »Es geht um nicht weniger als unser Überleben als Nation. Das bedeutet, dass diese Reise nach Ost, so schwierig sie auch sein mag, die wichtigste diplomatische Mission unserer Geschichte sein wird.«

In diesem Moment wusste Alix, worauf das alles hinauslief. Entsetzt weiteten sich ihre Augen, und ihre Hände umklammerten Eriks Rückenlehne, bis die Knöchel weiß hervortraten. *Oh nein, Erik, bitte schweig. Rede zuerst mit mir darüber …*

Aber sie kannte ihn nur zu gut. Er hatte seine Entscheidung längst getroffen, und er würde die Sache hier und jetzt aufs Tapet bringen. Was danach kam, lag allein in der Hand der Götter, aber eines wusste Alix sicher: Ihre Aufgabe würde schwieriger werden – viel, viel schwieriger.

3. KAPITEL

Kurz sah Erik über seine Schulter, schenkte dem stillen Protest seiner Leibwächterin ansonsten aber keine Beachtung. »Ich schlage vor, die Delegation nach Ost persönlich anzuführen«, verkündete er. »Und das so bald wie möglich.«

Alle Anwesenden glotzten ihn an, als wäre ihm soeben ein zweiter Kopf gewachsen.

»Das kann doch nicht dein Ernst sein«, sagte Liam schließlich.

»Mein voller Ernst. Trotz der augenscheinlichen Risiken …«

»Augenscheinliche Risiken?«, platzte Rig fassungslos heraus. »Das ist purer *Selbstmord*, Erik!«

»Tssst«, machte Highmount. »Wir wollen die Sache doch nicht überdramatisieren, Lord Black.«

Der Blick, den er dafür erntete, machte Rigs Familienruf alle Ehre. Nicht zum ersten Mal hatte Alix die Befürchtung, ihr Bruder könnte über den Tisch hechten und den Ersten Berater erdrosseln.

»Tut mir leid, aber ich muss dem General zustimmen«, sagte Norvin Gold. »Sofern mich meine geografischen Kenntnisse nicht trügen, ist mir nicht klar, wie man Harram erreichen soll, ohne feindliches Gebiet zu durchqueren. Die südliche Straße führt Euch geradewegs in die Arme des Kriegsherrn und die westliche in die der Bergstämme. Ich weiß nicht, was schlimmer ist, um ehrlich zu sein.«

»Aber ich«, sagte Rig. »Hab in meiner Dienstzeit schon gegen einige dieser räuberischen Stämme gekämpft. Schwer genug, sie zu besiegen, wenn man sie auf offenem Gelände überrascht, doch nun wollt Ihr Euch ihnen auf ihrem eigenen Territorium stellen?« Er schüttelte den Kopf. »Selbstmord.«

»Und das Gebirge während der Schneeschmelze zu überqueren ist überaus gefährlich«, setzte Lord Swiftcurrent hinzu. »Um diese Zeit gehen viele Lawinen ab, ganz zu schweigen von den unberechenbaren Frühjahrsschneestürmen …«

Geduldig und mit auf dem Tisch gefalteten Händen hörte sich Erik die vorgebrachten Bedenken an, wobei sein Blick von einem Sprecher zum anderen ging. Er war auf all diese Einwände gefasst, wie Alix wusste. Hatte sie im Vorfeld schon mit Highmount erörtert, vermutlich mehr als einmal. Nun wartete er eigentlich nur noch den Moment ab, in dem der Rat am Ende zu demselben Schluss gelangte wie er.

»Besteht denn die Chance, die Berge zu durchqueren, ohne dass die Stämme es bemerken?«, fragte Rona Brown in die Runde.

»Einmal vielleicht«, sagte Rig. »Aber nicht zwei Mal. Selbst wenn man es bis nach Ost schaffen würde, wäre ein sicherer Rückweg so gut wie unmöglich.«

»Und wenn Omaïd eine Eskorte schicken würde?«, schlug Swiftcurrent vor, womit er seine mangelnden Kenntnisse der politischen Verhältnisse offenbarte.

»Das würde das Bergvolk anlocken wie Motten das Licht«, sagte Green. »Diese Stämme nutzen jede Gelegenheit, Harrami-

Soldaten anzugreifen. Nein, die einzige Hoffnung besteht darin, das Gebirge unbemerkt zu durchqueren.«

»Was genau das ist, was ich zu tun gedenke«, sagte Erik. »Dazu ist eine kleine Gruppe aus vornehmlich Kundschaftern vonnöten, die ganz auf Verstohlenheit setzt. Zum Glück ist der fähigste Kundschafter des Landes gleichzeitig auch meine Leibwache.« Er wandte sich nicht um, doch Alix spürte trotzdem, wie ihr bei diesen Worten heiß und kalt wurde. »Darüber hinaus stammt sie auch noch aus den Blacklands und kennt das Gebiet wie kaum jemand sonst.«

»Das Gebirgsvorland ist aber etwas anderes als die Zerklüfteten Berge, Euer Majestät«, wandte Alix ein. »Außerdem hab ich aus gutem Grund nie auch nur einen Fuß über die Grenze gesetzt.«

»Wären derlei Verhandlungen denn nicht die Aufgabe eines Botschafters?«, fragte Lady Stonegate bissig. »Oder haben die Harrami unseren dortigen Gesandten ebenfalls abgewiesen?«

»Lord Sommersdale hat in dieser Angelegenheit ein ganzes Jahr mit diplomatischen Gesprächen zugebracht«, erwiderte Highmount. »Ganz offensichtlich ohne Erfolg.«

»Dann sollte man ihn vielleicht ebenfalls austauschen.«

»Ein brandneuer Botschafter und gänzlich Fremder an Omaïds Hof, der die wichtigste Einigung in der Geschichte unser beider Völker erzielen soll?« Highmount hob die Augenbrauen.

Lady Stonegate seufzte. »Vermutlich habt Ihr recht.«

»Davon abgesehen wurde die Einladung an das Herrscherhaus von Alden ausgesprochen«, sagte Erik, »und zwar von König Omaïd persönlich. Wenn wir die nun ausschlügen …«

»Also haben wir keine Wahl«, sagte Rig. »Fabelhaft.«

»Man hat immer eine Wahl«, sagte Erik. »Aber Untätigkeit hat Konsequenzen, und diese müssen gegen die Risiken abgewogen werden.«

»Dies ist kein Dilemma, meine Lords und Ladys«, beeilte sich Highmount zu betonen, »es ist eine Gelegenheit. Wie Ihr eben noch sagtet, Lord Black, benötigen wir dringend militärische Unterstützung. Das ist die Chance, sie zu erhalten.«

»Aber warum muss es ausgerechnet Seine Majestät sein?« Wieder verkrampften sich Alix' Hände um Eriks Rückenlehne. »Gewiss könnte auch ein anderer … Lord Green vielleicht …«

Highmount schüttelte den Kopf, bevor sie ihren Gedanken zu Ende bringen konnte. »Die Harrami sind ein stolzes Volk, Eure Hoheit. Einen Geringeren als ein Mitglied des Königshauses zu entsenden, der diese Delegation anführt, würde als Beleidigung aufgefasst.«

»Dann lasst mich gehen«, sagte Liam. »Ich bin Mitglied der Königlichen Familie und bei Weitem ersetzbarer als der König. Außerdem hungern die Wölfe nach Betätigung.«

»Bevor du dich freiwillig meldest, Bruder«, sagte Erik, »hör mir zu. Es gibt für dich nämlich eine andere Aufgabe zu erledigen.«

Liam kniff die Augen zusammen. »Wieso hab ich das Gefühl, dass mir das nicht gefallen wird?«

»Ich würde dich nur zu gern als meinen Vertreter entsenden, aber nicht nach Ost. Ich wünsche, dass du nach Onnan-Stadt reist, um den Bau der Flotte zu überwachen.«

Liams Mund klappte auf. »Aber das ergibt doch keinen Sinn! Ich hab keinen blassen Schimmer von Schiffen. Hab in meinem Leben noch nicht mal das Meer gesehen!«

»Ich brauche zuverlässige Augen und Ohren in Onnan«, sagte Erik, »und glücklicherweise bietet sich dazu nun die Gelegenheit. Nach dem hässlichen Vorfall mit Woodvale fühlte sich die Republicana wohl verpflichtet, die Einladung auf das Königshaus von Alden auszudehnen, um zu signalisieren, dass kein böser Wille im Spiel ist.«

»Perfekt. Dann gehst du nach Onnan-Stadt, und ich reise nach Harram.«

»Bedaure, aber das ist unmöglich, Euer Hoheit«, sagte Highmount. »Wie bereits erwähnt, sind die Harrami …«, er räusperte sich, »sehr stolz.«

»Ich verstehe.« Eine Rötung verfärbte Liams Nacken und kroch langsam aufwärts. »Ein Halbblut ist ihnen nicht gut genug, richtig? Aber für die Onnani gerade ausreichend?«

Schweigen legte sich über die Halle. Alix quetschte besänftigend die Schulter ihres Mannes, während alle anderen, Lords wie Ladys, ein urplötzliches Interesse für die Maserung der Eichentischplatte an den Tag legten.

»Na großartig …«, knurrte Liam.

»Wie auch immer, es muss jemand nach Onnan reisen, um zu sehen, was da los ist«, sagte Rig. »Ich kann es nicht oft genug wiederholen: Ich brauche diese verdammte Kriegsflotte. Unbedingt!«

»Ja, das hattet Ihr bereits klargemacht«, sagte Erik. »Und entgegen anderslautender, unüberlegter Andeutungen«, er warf seinem Ersten Berater einen eisigen Blick zu, »sind auch die Onnani ein sehr stolzes Volk. Aus ihrer Sicht sind wir nun mal ihre ehemaligen imperialen Herren. Hier heißt es also mit aller Umsicht zu agieren, insbesondere nach dem Vorfall mit Woodvale.«

»Seine Majestät hat recht«, sagte Green. »Die Onnani waren stets treue Verbündete. Wenn wir eine königliche Abordnung nach Ost schicken, nicht aber auch nach Onnan-Stadt, wird die Republicana dies sicherlich als Affront werten.«

»Du siehst also«, sagte Erik, an Liam gewandt, »unsere beiden Verbündeten verlangen nach königlichem Blut, und ich kann nicht an zwei Orten gleichzeitig sein.«

Rig schnaubte auf. »So viel zu der Frage, ob Dilemma oder nicht, nicht wahr, Highmount?«

Erik ging nicht darauf ein. Er spreizte die Hände. »Dies sind also meine Vorschläge, Lords und Ladys. Wenn Ihr bessere Ideen habt, wäre dies nun der rechte Zeitpunkt, sie vorzubringen.«

In Alix' Kopf summte es; krampfhaft suchte sie nach etwas, *irgendetwas*, das als Alternative taugte, doch es wollte ihr einfach nichts einfallen. Schlimmer noch, an den grimmigen Mienen am Tisch war abzulesen, dass sie nicht die Einzige war, die ratlos dastand. »Aber es ist zu gefährlich, Euer Majestät«, sagte sie fast kläglich.

»Ich will das Risiko nicht leugnen«, erwiderte Erik. »Darum habe ich diesen Rat einberufen. Wäre es nicht ein so großes Wagnis, hätte ich die Entscheidung allein gefällt. Glaubt mir, nichts wäre mir lieber, als eine andere Lösung.«

Raibert Green seufzte. »Ich für meinen Teil hab keinen besseren Vorschlag zu machen, Majestät, wenngleich es mich schmerzt, das zugeben zu müssen.«

»Ich auch nicht«, sagte Norvin Gold, »obwohl sich unsere Verbündeten wie verzogene Kinder gebärden, wenn Ihr mich fragt.«

»Verzogene Kinder, die das Spielzeug haben, das wir dringend brauchen«, grollte Rig. »*Verdammte* Fischköpfe ...«

»Tssst«, machte Highmount wieder. »Sofern Lord Black seine Fassung wiedererlangt hat, nun fürs Protokoll: Gibt es noch andere Vorschläge seitens des Rates?« Er hob erwartungsvoll die Augenbrauen, doch am Tisch herrschte nichts als Schweigen. »Dann ist es also einstimmig beschlossen?«

»So scheint es«, sagte Gold, »mögen uns die Götter gnädig sein.«

»Ausgezeichnet. Dann wollen wir nun die Details erörtern. Zunächst die Mission nach Onnan.«

»Ich bin kein Diplomat«, stellte Liam verdrießlich klar.

»Das wissen wir, Euer Hoheit«, sagte Highmount. »Daher schlagen wir auch vor, dass Lady Brown Euch begleitet.«

Schweigen vermochte so viel auszudrücken. In der eintretenden Pause vermittelte Highmount den Anwesenden gleich drei Dinge: Erstens: Liam wurde nach Onnan entsandt, ob es ihm gefiel oder nicht. Zweitens: Highmount traute ihm diese Aufgabe nicht ohne zusätzliche Unterstützung zu. Und drittens: Rona Brown war ein Kind des Königlichen Hofes und würde hoffentlich den Bastardprinzen davon abhalten, in das hineinzutreten, was Liam für gewöhnlich einen *dampfenden Haufen Politik* nannte.

Bei den Göttern, wie gern Alix ihn dafür gewürgt hätte.

»Des Weiteren«, fuhr der Erste Berater fort, »wird es von Vorteil sein, wenn Ihr jemanden von onnanischer Herkunft zu Eurem Adjutanten ernennt, Hoheit.«

Abermals schnaubte Rig auf und tat damit seine soldatische Meinung zu rein politischen Entscheidungen kund.

»Aber ich *habe* bereits einen Adjutanten«, sagte Liam, um Beherrschung ringend. »Ide hat sich ihren Platz mehr als verdient. Was soll ich mit ihr machen? Sie entlassen?«

»Die symbolische Bedeutung dieser Maßnahme ist von allergrößter Wichtigkeit.« Zumindest Erik besaß den Anstand, peinlich berührt zu wirken. »Es wird dir vieles erleichtern, das verspreche ich dir.«

»Und woher soll ich einen onnanischen Ritter nehmen?«

»Ich hätte da einen«, sagte Rig. »Einen verdammt guten sogar. Eine ehemalige Braunklinge. Ich lasse ihn nur ungern gehen, aber er gehört dir, wenn du willst. Allerdings, und nur fürs Protokoll: Das alles ist ausgemachter *Blödsinn*.«

»Wird vermerkt«, sagte Erik trocken.

»Verzeiht, Euer Majestät«, erklang da eine sanfte Stimme. Sirin Grey hatte sich bisher noch nicht zu Wort gemeldet; Alix hatte fast vergessen, dass sie überhaupt da war. Eriks ehemalige Verlobte saß kerzengerade da, das blasse Gesicht ohne Regung, der wache Blick unergründlich. »Nachdem nun beschlossen wurde, dass Ihr und Seine Hoheit außer Landes reisen werdet, ist es erlaubt zu fragen, wer das Königreich während Eurer Abwesenheit regieren wird?«

Eine so naheliegende, wenngleich fundamentale Frage, dass Alix sich fragte, warum bis jetzt noch niemand darauf gekommen war.

»Seine Majestät beabsichtigt, mich zum Reichskanzler zu ernennen«, sagte Highmount, »auf dass ich die Regierungsgeschäfte in seiner Abwesenheit führe.«

Rig brach in schallendes, wenngleich humorloses Gelächter aus, wobei er sich in den Nasenrücken zwickte, als wolle er gar schreckliche Kopfschmerzen vertreiben. Die anderen Lords und Ladys sahen sich sprachlos an.

»Ganz so habe ich es nicht formuliert«, sagte Erik und warf seinem Ersten Berater einen seltsamen Blick zu. »Ich bitte die Versammelten hiermit darum, während meiner Abwesenheit als Ratgeber von Kanzler Highmount zu fungieren. Wichtige Entscheidungen werden mit Zweidrittelmehrheit getroffen und umgesetzt, nicht per Erlass. Der Kanzler wird also weniger regieren denn präsidieren, ähnlich dem Ersten Sprecher Kar, der den Vorsitz über die Onnanische Republicana hat.«

»Demokratie?« Lord Gold wirkte, als hätte er eine Kakerlake im Suppenteller entdeckt.

Erik lächelte schwach. »So weit würde ich nicht gehen. Ich habe mich stets auf die Weisheit dieses Rats verlassen. Und das wird auch Kanzler Highmount tun.«

Alix schürzte die Lippen und rang um Fassung, um einen Ausbruch zu unterdrücken, den sie gewiss bedauern würde. Typisch Erik, diese Entscheidung fast wie eine Nebensächlichkeit in den

Raum zu werfen, als handele es sich hierbei um eine belanglose Anordnung unter vielen. *Ach, ich danke nur für eine Weile ab. Macht Euch darüber mal keine Sorgen.*

»Sämtliche Modalitäten dazu werden noch niedergeschrieben und Euch in Eure Räumlichkeiten überbracht«, fuhr Erik fort. »Nehmt Euch am Abend die Zeit, sie zu lesen. Morgen werden wir dann darüber sprechen, in welchen Fällen Ihr aufkommende Fragen oder Bedenken an Highmount respektive mich richten dürft. Und nun, meine Lord- und Ladyschaften, bleibt mir nichts weiter zu tun, als Euch für Eure Meinungen in dieser Angelegenheit zu danken. Ich denke, wir sind alle zufrieden mit den Entscheidungen, die wir heute gefällt haben.«

Zufrieden war vielleicht ein wenig übertrieben; die Ratsmitglieder wirkten vielmehr wie benommen, als könnten sie nicht glauben, was soeben allgemein beschlossen worden war.

Erik erhob sich und signalisierte damit den Anwesenden, dass die Sitzung beendet war. In der eintretenden Stille wurden Stühle zurückgeschoben. Die Teilnehmer verbeugten sich und verließen wortlos das Oratorium. Alle, bis auf Rig und Liam, die beide, über die Rückenlehnen ihrer Stühle gebeugt, ihren König fixierten.

»Godwin!«, rief Alix durch die Halle. »Bitte schließt die Türen!«

Schweigend starrten die vier sich an, als auch die Wachen das Oratorium räumten, wobei das Klirren ihrer Rüstungen von den Wänden widerhallte. So warteten sie, bis auch die letzte Tür mit einem gedämpften *Rumms* geschlossen worden war. Keine Sekunde später platzten alle gleichzeitig heraus.

»Erik, du kannst doch nicht …«

»Wisst Ihr, es wäre wirklich nett gewesen, wenn Ihr …«

»Bist du eigentlich völlig …«

»*Ruhe.*« Erik hob beide Hände. Als er sicher sein konnte, dass er ihre ungeteilte Aufmerksamkeit hatte, sagte er: »Ich weiß, ihr seid verärgert, aber ihr kennt mich gut genug, um zu wissen, dass ich mir die Entscheidung nicht leicht gemacht habe.«

»Du hättest uns warnen sollen«, sagte Rig. »In die *Zerklüfteten Berge*, Erik? Du magst es noch so oft eine diplomatische Mission nennen, aber uns machst du nichts vor. Das ist nichts anderes als Eindringen in feindliches Gebiet.«

»Ja«, sagte Erik. »Das ist es.«

»Fein, da bin ich aber froh, dass wir das geklärt haben.« Rig machte einige ausladende Schritte Richtung Tür, bevor er herumwirbelte. »Und was willst du tun, wenn du irgendwelchen ruhmeshungrigen Bergmenschen in die Arme läufst, die auf leichte Beute aus sind? Von den fünfzig anderen Gefahren abgesehen, die um diese Jahreszeit im Gebirge lauern?«

Erik machte ein finsteres Gesicht. »Ist das der Riggard Black, den ich kannte und der mir nun einen Vortrag über kalkulierbare Risiken halten will? Ausgerechnet du?«

Rig stieß vernehmlich die Luft aus und strich sich durch den Bart. »Nein. Tatsache ist, dass ich auch keinen anderen Weg sehe als diesen. Ich möchte nur nicht, dass du es sein musst, der auf diese gefährliche Mission geht, oder meine Schwester.«

»Aber außer uns kommt niemand anderes in Frage, und das wissen wir beide.«

Alix lehnte sich gegen den schweren Eichentisch und holte tief Luft. Erik und ihr Bruder hatten recht; es gab keine Alternative, zumindest keine, die sie sahen. Und doch … »Einen schlechteren Zeitpunkt, um die Hauptstadt zu verlassen, könnte es für Euch kaum geben«, sagte sie. »Die Weißen Raben mögen zerschlagen worden sein, aber das heißt nicht, dass wir außer Gefahr sind. Der Adel ist sich uneins.« Das war noch freundlich ausgedrückt. Die Familien, die auf Tom und Roswald Grey gesetzt hatten, waren für ihre Illoyalität bestraft worden, einige von ihnen schwer. Manche waren im Kerker gelandet, Grund und Boden waren konfisziert und Bußgelder verhängt worden … Der eine oder andere unter ihnen mochte vielleicht nur auf eine Gelegenheit warten, dafür Rache am Königshaus nehmen zu können. »Was, wenn Eure Feinde im Reich die Gelegenheit Eurer Abwesenheit nutzen, um die Kontrolle über das Reich an sich zu reißen?«

»Warum, glaubt Ihr, habe ich so viel Macht wie möglich in die Hände des Rates gelegt? Nun hat jeder dieser Lords und Ladys ein persönliches Interesse daran, die derzeitige Ordnung aufrechtzuerhalten. Versucht einer von ihnen, eine Vormachtstellung einzunehmen, tut er dies zum Nachteil der anderen. Sie werden einander in Schach halten.«

Oder sich gegen dich verbünden. Alix musste es nicht laut aussprechen; Erik war sich des Risikos mehr als jeder andere bewusst. Doch auch hier hatte er keine andere Wahl.

»Lass mich mit dir kommen«, sagte Liam. »Das Rudel kann dich beschützen.«

Erik schüttelte den Kopf. »Das hatten wir doch schon besprochen. Ich brauche dich in Onnan. Diese Flotte bedeutet alles für uns. Du musst rausfinden, was es mit diesen Verzögerungen auf sich hat.«

»Und wie soll ich das bitte anstellen? ›Guckt mal, liebe Schiffbauer, da haben wir doch den Fehler!‹« Liam deutete auf einen imaginären Punkt in der Luft. »›Seht ihr das Ding da oben, das von diesem anderen Ding runterhängt? Nun, es ist lose. Problem gelöst! Und jetzt weitermachen, Jungs …‹«

»Ich habe dir noch nicht alles erzählt«, sagte Erik. »Da sind noch ein paar Details, die ich dem Rat gegenüber nicht öffentlichmachen wollte.« Er warf Alix einen auffordernden Blick zu.

»Botschafter Corse hat uns offenbar nicht die Wahrheit gesagt«, erklärte sie mit gedämpfter Stimme. Sie waren unter sich, vermutlich, aber man konnte nie vorsichtig genug sein. Die Ohren bei Hof waren allgegenwärtig und gespitzt. »Zumindest nicht die ganze Wahrheit. Sein gesamtes Verhalten sprach dafür. Was immer den Flottenbau behindert, es ist kein technisches Problem. Darauf verwette ich meine Eckzähne.«

»Mit Sicherheit steckt irgendeine politische Angelegenheit dahinter«, ergänzte Erik.

Liam zog ein langes Gesicht. »Da bin ich aber erleichtert! Und ich dachte schon, ich müsste mich mit etwas herumschlagen, von dem ich nicht die geringste Ahnung hab …«

»Du bist ein Prinz, Liam. Politik liegt dir im Blut. Du wirst dich daran gewöhnen.«

Die Verärgerung wich aus Liams Blick und wurde durch Resignation ersetzt. »Ich weiß, ich wünschte nur, es müsste nicht schon heute sein.«

Erik schenkte ihm ein dünnes Lächeln. »Wir alle wünschen uns gar viele Dinge, Bruder. Und jetzt entschuldige mich bitte, ich muss Hochlord König Omaïd einen Brief schreiben.« Alix wollte ihm folgen, aber Erik winkte ab. »Ihr könnt mich später in meiner Studierstube aufsuchen. Ihr beide solltet noch ein wenig Zeit miteinander verbringen.«

Denn schon bald werdet ihr dazu keine Gelegenheit mehr haben. Die Worte hingen unausgesprochen im Raum.

Rig fluchte leise in sich hinein. »So sieht's also aus. Mein König zieht von dannen, um sich durch Feindesland zu schleichen, mein Prinz wird abkommandiert, um sich in eine politische Schlangengrube zu stürzen, und Albern scheiß Highmount übernimmt die Reichsgeschäfte. Hab ich noch was vergessen?«

»Nur die dreißigtausend feindlichen Soldaten auf unserer Türschwelle«, sagte Liam.

»Gesegnete Farika.« Kopfschüttelnd machte sich Rig auf den

Weg zur Tür. »Wir können von Glück sagen, wenn wir das auch nur einen Monat überstehen.«

»Das ist einfach nicht richtig, Allie«, murmelte Liam und legte seine Stirn gegen ihre. Seine Hände wanderten zu ihrer Taille und zogen sie heran, bis sie eng umschlungen dastanden. »Wenn ich dich und Erik nicht begleiten kann, sollte ich zumindest an der Front kämpfen. Ich bin Soldat und kein …«

»Doch, das bist du. Und du wirst deine Sache gut machen.« Sie klang so überzeugend, dass sie fast selbst daran glaubte. Fast.

Ich hätte es sein sollen.

Der aufmüpfige Gedanke schoss ihr nur kurz durch den Kopf, bevor sie ihn niederkämpfte. *Du hast andere Verpflichtungen,* sagte sie sich bestimmt. *Du bist die Leibwache des Königs. Was immer du sonst hättest sein können, diese Türen sind dir nun verschlossen.* Die Entscheidung war gefallen. Und sie war so unabänderlich wie Eriks Entscheidung, sich nach Harram aufzumachen oder Liam zu einem offiziellen Mitglied des Hauses White zu ernennen. Sie alle hatten Entscheidungen gefällt, die sie nun an genau diesen Punkt geführt hatten.

»Du musst an dich glauben«, sagte sie. »Wenn du das nicht tust, wird man es dir anmerken, und dann werden sie das zu ihrem Vorteil nutzen. Vergiss nie, dass du ein White bist.«

»Ein halber.«

»Das spielt keine Rolle«, erwiderte sie und versuchte dabei, nicht allzu verzweifelt zu klingen. »Es mag sogar sein, dass sie dich aufgrund deiner Herkunft mehr schätzen als jeden anderen aus dem Königshaus. Wenn es etwas gibt, das die Onnani wirklich verabscheuen, dann einen selbstgefälligen Aristokraten aus Alden. Obwohl es nun Jahrhunderte zurückliegt, hängt ihnen die Zeit der Sklaverei immer noch nach. Deine Bescheidenheit wird ihnen gefallen. Du wirst schon sehen.« Sie lächelte. »Solange du sie nicht *Fischköpfe* nennst.«

Liam grunzte schwach. »Wenn du doch nur mitkommen könntest. Du bist in diesen Dingen so viel besser als ich.«

Alix wusste, sie hätte gegen diese Aussage Einspruch erheben sollen, aber sie konnte es nicht.

Sein Mund war nun ganz nah an ihrem Ohr. »Ich weiß nicht mal, wie ich ohne dich schlafen soll.« Sie spürte einen Ruck an ihrer Seite, als Liam an ihrem Unterhemd herumnestelte.

»Jetzt?«

»Jetzt. Später. So oft wir können. Wer weiß, wie lange wir noch ...« Das Zerren hörte auf. Reglos stand er da, sein Atem ging unregelmäßig. Alix schluckte den Kloß in ihrem Hals herunter.

»Alles wird gut«, flüsterte sie. Ein Versprechen oder ein frommer Wunsch? Sie wusste es nicht.

Eine warme Hand schlüpfte durch die Lücke in ihrem Hemd, strich über ihre nackte Haut. Finger wanderten über ihren Rücken langsam nach vorn. Sein Daumen fuhr über die Wölbung ihrer Brust, berührte den empfindlichsten Punkt. Scharf zog Alix die Luft ein.

»Schwöre, dass du zu mir zurückkommst, Allie.« Die Fingerspitzen seiner anderen Hand strichen über die Narbe an ihrem Rücken, die von dem Dolch des Attentäters stammte. Als er weitersprach, war seine Stimme rau. »Schwöre es.«

»Ich verspreche es.« Wieder glitt sein Daumen hin und her, und wieder stockte ihr der Atem. »Ich *schwöre* es.«

Er stieß langsam die Luft aus. Dann hob er sie mit solcher Leichtigkeit auf die Arme, als wäre sie ein Kind. »Gut, damit hast du deinen Part erfüllt.« Er trug sie Richtung Bett.

Sie sah zu ihm auf. Der Schalk war wieder in seine schiefergrauen Augen zurückgekehrt, eine leicht entflammbare Substanz, die jeden Moment Feuer fangen konnte. »Und worin besteht dein Part?«

»Dich dafür zu belohnen.«

4. KAPITEL

»Verstörende Neuigkeiten, in der Tat«, erklang die raue Stimme aus den Tiefen der Kapuze, gefolgt von einem Stoßseufzer.

»Ach, hört schon auf damit«, sagte Alix. »Das alles wusstet Ihr doch schon längst, oder Ihr seid das Geld nicht wert, das ich Euch zahle.«

Sie spürte, dass der Mann unter der Kapuze lächelte. »Und warum erzählt Ihr es mir dann?«

»Für den Fall, dass noch das eine oder andere Detail fehlte in dem Bericht, den Ihr erhalten habt.« Sie sah ihn eindringlich an. »Von jemandem, dessen Identität Ihr mir eines Tages enthüllen werdet.«

Gedämpftes Lachen. »Das bezweifle ich, Lady Black.«

Alix machte sich nicht die Mühe, ihn zu verbessern. Aus irgendeinem Grund gefiel es dem Spion, sie Lady Black zu nennen, als wäre sie und nicht ihr Bruder der Bannerträger. Ein Zeichen des Respekts vielleicht, womöglich aber auch das genaue Gegenteil. »Wir brechen so bald wie möglich auf«, sagte sie. Sie zog den Umhang noch ein wenig fester um sich und fügte hinzu: »Ich wünschte, es würde bald etwas wärmer.«

»Seid vorsichtig bei dem, was Ihr Euch wünscht. Mit dem Frühling kommt auch der Krieg.«

»Ich weiß.« An diesem Morgen war Rig davongeritten. Der Abschied von ihm war nie einfach, doch diesmal war er besonders schwer gefallen. Fast hatte sie ihre Tränen nicht zurückhalten können, als er ihr einen flüchtigen Kuss auf die Stirn gegeben hatte. *Mach's gut, Allie*, hatte er gesagt, wie er es immer getan hatte, als sie noch ein Kind gewesen war. *Möge Eldora dich behüten*, hatte sie erwidert. Und er hatte das erwidert, was er immer darauf erwidert hatte: *Sie mag mich nicht*. Also hatte sie sich stattdessen an Olan gehalten – als hätte es ihrem Bruder je an Mut gefehlt.

»So beschwerlich und riskant die Mission durchs Gebirge auch erscheinen mag«, sagte Saxon, »so hat Prinz Liam doch die schwierigere Aufgabe zu bewältigen.«

»Inwiefern?«

»Das politische System der Republicana ist … nun, komplex. Selbst erfahrene Diplomaten verirren sich nicht selten in diesem Dschungel.«

»Wie schwierig kann es sein? Hof ist Hof, wie immer man es auch nennen mag. Wenn überhaupt, dann sind die Verhältnisse dort einfacher als hier. Die Sprecher haben nur fünf Jahre, um Allianzen zu schmieden und sich Feinde zu machen, dann ist ihre Amtszeit vorbei. Hier dagegen manipulieren und intrigieren die immer gleichen Familien seit Jahrhunderten in ihrem Streben nach Einfluss und Machtzuwachs.«

»Ganz so wie in Onnan. Lasst Euch von den hochtrabenden Reden über Demokratie nicht täuschen, Lady Black. Auch die Onnani haben ihre Dynastien, egal, wie oft sie das Gegenteil behaupten. Die gleiche Handvoll Familien stellt seit Generationen die Sprecher des Landes. Doch ihre Loyalität gehört nicht allein ihrer Sippe.«

»Die Bünde.«

Unter der Kapuze wurde so etwas wie Zustimmung gemurmelt. »Das ist ein anderer Block, und nicht mal der einflussreichste. Die wahre Macht indes liegt bei den Geheimgesellschaften, den Logen, und die agieren bündnisübergreifend. Ein Sprecher, der die ›Allianz der Arbeiter‹ repräsentiert, kann durchaus ein ›Sohn der Revolution‹ sein, während ein anderes Allianzmitglied wiederum zu den ›Schilden‹ gehört. Müssten sie sich entscheiden, würden sie sich immer mit ihren Logenbrüdern solidarisieren, und nicht mit ihren Bündnisgenossen.«

»Klingt mir nicht wirklich kompliziert. So muss man doch nur die Interessen einer Loge in Erfahrung bringen, um zu wissen, wo deren Mitglieder stehen.«

Wieder erklang das raue Lachen. »Die wahren Absichten einer Loge zu ergründen ist in etwa so leicht, wie das Verlorene Königreich zu finden. Sie nennen sich ja nicht ohne Grund *Geheim*gesellschaften, Mylady. Selbst die Identität ihrer Mitglieder wird strikt geheim gehalten. Für die Angehörigen meiner Zunft ist es daher in Onnan nicht gerade ein Kinderspiel, an Informationen zu gelangen, wie Ihr Euch vorstellen könnt. Und dann wäre da noch der religiöse Flügel. Viele hochrangige Mitglieder der Republicana sind gleichzeitig auch Priester.«

Alix fluchte leise. Liam hatte schon genug Probleme damit, sich am Hof seines eigenen Bruders zurechtzufinden. Wie in Eldoras Namen sollte er sich jemals einen Weg durch dieses Dickicht bahnen?

»Ich könnte Seine Hoheit begleiten«, sagte Saxon, als hätte er ihre Gedanken gelesen. »Ich unterhalte ein starkes Netzwerk in Onnan-Stadt, bedeutender noch als in Oridia. Ich könnte von enormem Wert für ihn sein.«

»Daran habe ich keinen Zweifel, aber leider brauche ich Euch hier.«

Saxon grunzte nachdenklich. »Ihr befürchtet, während Seiner Majestät Abwesenheit könnte die hiesige Lage instabil werden.«

»Ihr nicht?«

»Die Verhältnisse sind nicht mehr ganz so unsicher wie sie einst waren. Der Krieg hat die Eigenschaft, eine Nation enger zusammenzuschmieden.«

»Die Position des Königs mag gefestigter sein als früher, aber das hat nicht viel zu bedeuten. Er hätte die Krone schon einmal beinahe verloren. Wie viel Firnis der Krieg auch immer über die alten Risse und Brüche gestrichen haben mag, sie sind immer noch da.«

»Das ist wahr.«

»Ich möchte, dass Ihr ein Auge auf Highmount und den Rat habt.« Sie hielt inne, warf ihm einen spitzbübischen Blick zu. »Zum Glück habt Ihr ja Eure Zecke, um diese Aufgabe zu erfüllen.«

»Meine Zecke könnte zu dem Schluss kommen, mir keine Informationen mehr zu geben, wenn sie erst erkennt, welche Macht sie angesichts der königlichen Verfügung in Händen hält. Ihrem persönlichen Ehrgeiz ist es zu verdanken, dass ich sie überhaupt erst als Quelle in Betracht gezogen habe. Der aber könnte ganz schnell dazu führen, dass sie sich von einem Informanten zu einer Belastung entpuppt.«

»In diesem Fall wisst Ihr ja, was zu tun ist.«

Der Kopf unter der Kapuze wandte sich ihr zu. Dunkle Augen starrten sie aus den Schatten heraus an, glitzerten wie auf Kohlen fallendes Mondlicht. »Seid vorsichtig, Lady Black. Manche Flecken lassen sich nie wieder auswaschen. Und manche Pfade, erst einmal beschritten, können nicht wieder verlassen werden.«

»Gebt Ihr mir jetzt schon gute Ratschläge?«

»Die gebe ich Euch schon seit dem Anbeginn unserer Zusammenarbeit, und Ihr tätet gut daran, sie zu beherzigen.« Er wandte sich ab, und sein Gesicht verschwand wieder unter der Kapuze. »Ich tue, worum auch immer Ihr mich bittet. Für dieses Privileg zahlt Ihr. Aber überlegt es Euch gut, bevor Ihr den Weg des Blutes einschlagt, weil der nur auf eine Weise enden wird.«

»Die da wäre?«

»Blutig.«

Alix blickte zur Seite. Sie betrachtete die glitzernden Jutesäcke über den Rosenbüschen, die die rissige Eisfläche des Ententeichs säumten. »Verführerisch, nicht wahr, darüber nachzudenken, dass all unseren Problemen mit einem Schlag ein Ende bereitet würde, wenn nur die richtige Person den Tod fände? Zum Beispiel Sadik, oder Varad.«

»Der Tod des Priesters hat nicht allzu große Auswirkungen auf den Konflikt gehabt. Warum sollte es mit dem Kriegsherrn oder dem König anders sein? Nur selten werden Kriege durch ein Attentat beendet.«

»Zu schade.« Kurz trat Stille ein, und Alix begann wieder zu bibbern. »Wo wir gerade vom Trionat sprechen. Gibt es von Euren dortigen Kontaktmännern irgendwelche Neuigkeiten?«

Er zuckte mit den Achseln. »Wenig Entscheidendes. Nur ein Machtkampf unter den Priestern um das Recht, Madans Nachfolge anzutreten. Derweil das Volk seinen Trion betrauert. Es ist des Krieges überdrüssig.«

Genau das hatte auch Highmount erwähnt. Erik hatte es als nützliche Information gewertet, aber Alix war sich dessen nicht so sicher. »Viel ist das nicht«, sagte sie. »Vielleicht ist Euer Netzwerk in Oridia doch nicht so stark wie Ihr annehmt.«

»Heißt das, Ihr seid an Informationen von dieser Seite nicht mehr interessiert?« Die raue Stimme triefte vor Sarkasmus.

»Ich bin an Informationen von Euch interessiert, und das so oft wie möglich. Ihr könnt mich über jede Poststation an der Weststraße bis nach Burg Blackhold kontaktieren. Danach werden wir nicht mehr in Verbindung treten können, bis wir Ost erreicht haben. Ich sorge dafür, dass Ihr die Königlichen Brieftauben nutzen könnt. So vermögt Ihr mir zu Händen des Königlichen Palasts in Ost zu schreiben, wenn nötig.«

»Eine umsichtige Maßnahme, die in beide Richtungen funktioniert. Falls Ihr etwas von mir benötigt, zögert nicht, mir Nachricht zu geben.«

»Bis dahin, sagt mir, was wisst Ihr über die Politik in Harram?«

»Vermutlich weniger als Ihr. Die Harrami halten sich tunlichst heraus aus allen Angelegenheiten in Gedona, was bedeutet, dass sie keine sonderlich wertvolle Informationsquelle für jemanden wie mich darstellen. Ihr solltet dazu vielleicht besser einen Gelehrten befragen.«

»Das werde ich unter Umständen tun.«

»In diesem Fall«, Saxon erhob sich von der Bank, »wünsche ich Euch einen guten Tag, Lady Black. Wir haben beide Recherchen anzustellen. Ihr in Sachen Harram, ich bezüglich meiner Zecke.«

»Ihr habt ihn noch nicht überprüft?«

»Doch, natürlich. Aber etwas sagt mir, dass ich angesichts dessen, was noch auf uns zukommt, mehr über ihn erfahren sollte.« Er lächelte. »Oder über sie.«

Alix blinzelte gegen den gleißenden Winterhimmel an, vor dem der Spion sich erhoben hatte. »Sagt mir eins, Saxon. Ist das Politikgeschäft in Friedenszeiten eigentlich weniger mörderisch?«

In einer Mischung aus Belustigung und Verachtung stieß der Spitzel die Luft aus. »Bei den Göttern, nein, Mylady. Schlimmer. Viel schlimmer.«

»Aufzeichnungen.« Skeptisch drehte Liam die Schriftrollen in seinen Händen. »Von deinem Spion.«

»Betrachte sie als eine Art Enzyklopädie der onnanischen Politik. Sie wird dir bei deiner Mission helfen, das verspreche ich dir.«

Er entrollte eine der Schriften und überflog sie. Je mehr er las, umso mehr legte sich seine Stirn in Falten. »Bei Hews Verstand, das ist ja grauenvoll!« Schnaufend ließ er sich zurück in seinen Sessel fallen. »Tut mir leid, aber das kann ich nicht.«

»Doch«, sagte Alix bestimmt. »Das kannst du. Sieh mal, so kompliziert ist es gar nicht.« Eine unverfrorene Lüge nach allem, was Saxon ihr gesagt hatte, aber eine, die Liam jetzt unbedingt hören musste. »Die Onnani wählen alle fünf Jahre ihr Staatsoberhaupt, ja?«

»Ja«, gab Liam mürrisch zurück.

»Es gibt drei Hauptbündnisse, die sich um die Regierungsverantwortung streiten.« Sie zählte sie an ihren Fingern ab. »Die Allianz der Arbeiter, die Union für die Republik und der Volkskongress. Die Allianz der Arbeiter ist nun schon zum zweiten Mal im Amt, und zwar unter dem Ersten Sprecher Kar.«

»Der gleichzeitig auch ein Priester ist.«

Alix hörte den Argwohn in seiner Stimme, und sie konnte es ihm nicht verdenken. Dass Religion mit Politik vermischt wurde, war ein Konzept, dass die Menschen in Alden mit Unbehagen erfüllte. Und ihre Erfahrung mit dem Priester von Oridia hatte sie in diesem Misstrauen nur bestärkt. »Erik sagt, man kann in Onnan nicht gewählt werden, wenn man nicht Mitglied des Klerus ist. Alle wichtigen Staatsmänner dort sind ordiniert.«

»Aber hier steht, sie sind auch Mitglieder in … irgendwelchen Geheimgesellschaften.« Liam schüttelte den Kopf, während er las. »*Die Söhne der Revolution. Die Schilde* … Bei den Göttern, und ich dachte, das Trionat wäre kompliziert …«

Alix hatte die Politik des Oridianischen Dreierbunds nie als sonderlich kompliziert empfunden, aber andererseits hatte sie auch eine umfassende Ausbildung erhalten. Zwar war Liam, nachdem er an den Hof gekommen war, unterwiesen worden, aber nur in grundlegenden Dingen, und ausländische Regierungsformen und politische Verhältnisse gehörten nun einmal nicht dazu. »Unser System ist einfacher als die meisten anderen, das ist alles«, sagte sie.

»Unser System ergibt einen Sinn.« Er hielt einen Finger in die Höhe. »Ein König. Ein Entscheider. Er lässt sich beraten, sicher, aber am Ende des Tages ist er es, der bestimmt. Drei Anführer zu haben ist der sicherste Weg ins Chaos. Was passiert, wenn sich die Trions mal nicht einig sind? Und dann diese Onnani-Burschen!« Er rollte das Pergament wieder zusammen. »*Dutzende* von ihnen, Allie. Wie gelangen die jemals zu einer Entscheidung?«

»Nun, sie stimmen ab.«

Er schimpfte weiter, als hätte er sie nicht gehört. »Und zu allem Überfluss auch noch diese Sache mit den Geheimgesellschaften – was soll das überhaupt bedeuten?«

»Das kann ich dir auch nicht sagen«, musste sie zugeben. »Ich denke, wichtig ist zu wissen, dass man sich nie sicher sein kann, wo ein Onnani-Politiker wirklich steht. Allein aufgrund seiner Zugehörigkeit zu einem Bund kann man das nämlich nicht beurteilen.«

»Na toll. Und wie soll *ich* es dann beurteilen? Wie soll ich *irgendwas* davon *richtig* beurteilen?« Die Hilflosigkeit im Blick seiner grauen Augen versetzte Alix einen Stich.

Sie ergriff seine Hand und drückte sie aufmunternd. »Das wird schon, Geliebter. Ich weiß, dass du es schaffen wirst.«

»Mit dieser Meinung stehst du aber ziemlich allein da.«

Alix setzte sich auf seinen Schoß und schlang ihre Arme um

seinen Hals. »Du musst wirklich aufhören, so daherzureden. Du bist pfiffiger als du derzeit von dir behauptest.« Sie tätschelte seine Schulter. »Oder glaubst du wirklich, dass ich einen Idioten geheiratet habe?«

Das war ihre Geheimwaffe, der Liam einfach nicht widerstehen konnte. Die Leichtigkeit kehrte zurück in seinen Blick, und er sah sie verschmitzt an. »Vielleicht ja doch, falls du's darauf angelegt hast, ihn zum Sklaven deines Willens zu machen.«

Sie lachte. »Und warum sollte ich so etwas wollen?«

»Tja, da fallen mir so einige Gründe ein.«

»Hmm.« Sie sah ihn verführerisch an, fuhr mit dem Daumen über seine Lippen. »Jetzt, wo ich so darüber nachdenke …«

Einer weiteren Ermunterung bedurfte es nicht. Er griff in ihre Haare und vergrub seine Finger in ihren Locken. Seufzend berührten seine Lippen die ihren, und sie spürte, wie er immer gelöster wurde. Er küsste sie langsam, doch fordernd, während alle Anspannung seinen Körper verließ. Schon bald hatte er sie sanft in die Kissen auf dem Sofa gedrückt, indes jeder Gedanke an onnanische Politik in Vergessenheit geraten war. Alix verlor sich ganz in diesem Moment, umfing ihn mit ihrem Körper und wünschte sich, ihn niemals wieder gehen lassen zu müssen. Doch selbst, als sie sich ihm ganz hingab, schien sich etwas über sie zu legen, etwas Graues und Schmerzliches, wie eine feine Schicht aus Asche. Dies war ihre letzte gemeinsame Nacht. Danach …

Was danach kam, das wusste niemand.

Alix packte den Gurt ihres Sattels und zerrte dabei stärker am Leder als nötig. Der Wallach schnaubte und bewegte sich protestierend hin und her. Sie schob die Lasche durch die Schnalle und tätschelte dem Tier entschuldigend den Hals. *Es ist nicht seine Schuld, lass deine schlechte Laune nicht an ihm aus*, sagte eine Stimme in ihrem Kopf, die verdächtig nach Gwylim klang.

Gwylim. Wie sehr sie wünschte, er wäre hier. Abgesehen von der Tatsache, dass sie seine Kundschafterfähigkeiten nur zu gut gebrauchen konnten – von seinen Heilkünsten und unzähligen Tricks, die er immer auf Lager gehabt hatte, ganz zu schweigen –, hatte Alix seine Gegenwart immer als tröstlich empfunden. Nie hatte er sich aus der Ruhe bringen lassen, er schien die Emotionen seiner Umgebung aufzusaugen, wie ein Wischmopp die Feuchtigkeit. Er war der Mann gewesen, den jeder um Rat gefragt hatte, den er stets voller Freundlichkeit und Empathie erteilte. *Diese Welt hat etwas ganz Besonderes verloren, als sie Gwylim verlor.* Einen Menschen, den man nicht ersetzen konnte.

Auch und vor allem nicht durch Kerta Middlemarch.

»Oh, Alix, das muss schrecklich für dich sein«, meinte Kerta, die mit ihrem eigenen Pferd beschäftigt war. »Den König so in Gefahr bringen zu müssen. Und dann die Trennung von Liam.« Kummervoll schüttelte sie ihr hübsches blondes Haupt.

»Ja, das ist es«, erwiderte Alix und versuchte, dabei nicht zu knurren. Kerta war eine Freundin, und sie meinte es gut, doch in Zeiten wie diesen hasste Alix ihre zuckersüßen Sympathiebekundungen wie die Pest. Schwer genug, mit der Situation irgendwie klarzukommen. Da konnte sie auf jemanden, der ihr Elend in einem fort kommentierte, gut verzichten.

Kerta ergriff mitfühlend ihren Arm. »Du wirst ihn schon beschützen, Alix. Und Liam wird es auch gut ergehen, du wirst schon sehen.«

Langsam stieß Alix die Luft aus. Dann nickte sie. Sie ergriff die Zügel und geleitete ihr Pferd fort von den Kundschaftern und über den Hof zum Haupttor des Palasts, wo sie das Tier an Godwin übergab. Als sie die Stufen hinaufging, fühlte sie sich wie eine zum Tode Verurteilte auf dem Weg zum Galgen. Drinnen warteten Liam und Erik auf sie. Auf ihr Wort hin würden sie aufbrechen und zusammen bis zum Südtor reiten. Dort würden sich ihre Wege dann trennen, und nur die Götter wussten, für wie lange. Liam würde Richtung Osten reiten, Alix und Erik gen Westen. Wie schon so oft standen auch jetzt Alix' Herz und Gewissen im Widerstreit.

Vor der Tür des Studierzimmers hielt sie inne, aber es nutzte nichts, die Sache noch weiter hinauszuzögern. Sie nickte den königlichen Wachen im Gang zu und betrat den Raum.

»Es ist Zeit, Euer Majestät.«

Erik sah einfach prächtig aus in seiner Rüstung aus Stahl und weißem Leder. Die granatbesetzte Parierstange seiner Blutklinge ragte in Höhe seiner Hüfte aus der Schwertscheide. Es war lange her, dass sie ihn in Kampfrüstung gesehen hatte. Der Anblick war inspirierend und entmutigend zugleich.

»Schaut nicht so niedergeschlagen, Alix«, sagte er. »Es geht Richtung Heimat.«

Sie lächelte mühsam. »Natürlich freue ich mich, die Blacklands wiederzusehen, aber …« Das Lächeln welkte dahin. »Ich frage mich nur, was ich vorfinden werde.«

Liam wandte den Blick ab, die Lippen fest aufeinandergepresst. Sie ahnte, was er dachte. Er wollte an ihrer Seite sein, wenn sie den Ort ihrer Kindheit betrat. Einen Ort, den sie nun schon fast zwei Jahre nicht mehr gesehen hatte. Und der dem Feind in die Hände gefallen war. Wobei niemand wusste, was das für den Zustand des geliebten Heims bedeutet hatte.

Ich frage mich, ob ich Blackhold überhaupt noch wiedererkennen werde.

Sie verdrängte den Gedanken. »Nach Euch, Euer Majestät.«

Im Palasthof herrschte heilloses Durcheinander. Stalljungen und Knappen schwärmten zwischen ungeduldig schnaubenden und stampfenden Rössern hin und her. Die Weißen Wölfe hatten sich neben der Waffenkammer versammelt, die Kundschafter bei der Zisterne. Allein die Versorgungskarren waren Inseln der Ruhe in einem Meer aus wogenden Pferdeleibern. Neben dem Tor saß gerade die Ehrengarde auf; die Banner der Whites hingen von vergoldeten Speeren, die in den Satteltaschen steckten.

Beim Erscheinen des Königs wurde es auf einmal sehr still im Hof, und alle Blicke waren auf ihn gerichtet. Besorgte Mienen waren zu sehen, aber auch erwartungsvolle Gesichter. Falls Erik sich der plötzlichen Aufmerksamkeit bewusst war, so ließ er sich nichts anmerken, denn er wirkte beim Aufsitzen fast so entspannt, als führe er eine Jagdgesellschaft an.

Die Straße der Sterne hatte man für die Prozession abgesperrt, doch dem Volk war es gestattet worden, sich überall sonst zu versammeln. Und das hatte es getan. Weshalb die Menschen nun in den angrenzenden Gassen und Seitenstraßen, auf Hausdächern und Balkonen standen. Fast hatte Alix den Eindruck, als habe sich jeder Mann, jede Frau und jedes Kind aus Erroman entlang der Route eingefunden, um fast andächtig den Auszug des Königs und seines Geleits aus der Stadt zu verfolgen. Unwillkürlich musste sie an den vergangenen Sommer denken, als Erik und die Bannerlords von der Front heimgekehrt waren. Auch damals war es still in den Straßen gewesen, weil die Menschen nicht wussten, wie sie auf den unerwarteten Anblick ihres Königs reagieren sollten. Eines Königs, dessen eigener Bruder ihm beinahe die Krone entrissen hatte. Doch die Ankunft in der Stadt war zu einem wahren Triumphzug geworden, denn die Menge war schließlich in einen beispiellosen Jubel ausgebrochen, der Erik und seine Entourage bis zu den Palasttoren begleitete.

Für Alix war es, als erlebe sie diesen Tag in umgekehrter Abfolge.

Die fast körperlich spürbare Beklommenheit der in den Straßen Versammelten begleitete König Erik bis zum Südtor und hinauf auf die alte Tempelstraße. Alix war seit *jenem Tage* nicht mehr hier gewesen, und sie konnte ein Schaudern nicht unterdrücken. Die Tore waren wieder instand gesetzt, die Toten längst bestattet worden, doch es war, als umgäbe eine Aura des Todes diesen Ort, dessen fauliger Gestank sich niemals wieder ganz verziehen würde.

Auch die anderen schienen es zu spüren. Eriks Blick ging über die Ruinen, grimmig und nachdenklich zugleich. Liam dagegen schaute nicht einmal auf den Trümmerhaufen, der einst das Ältestentor gewesen war. Vielmehr starrte er unverwandt nach vorn, als könne ihm der Ort, an dem Arran Green gestorben war, nichts anhaben, solange er ihn nicht ansah.

Am Wegkreuz kam die Kolonne zum Stehen. Erik, Liam und Alix stiegen ab.

»Schätze, es ist so weit«, sagte Liam.

»Ja.« Alix trat auf ihn zu und vergrub sich in seinen Armen, wobei sie spürte, dass alle Augen auf sie gerichtet waren.

Auch die von Erik. Er sah von Alix zu Liam und dann wieder zu Alix und seufzte. »Es tut mir so leid, und ich wünschte, es gäbe einen anderen Weg.«

Alix nickte. Unzählige Male schon hatten sie dieses Gespräch geführt. Es war sinnlos, hier und jetzt schon wieder davon anzufangen. Vor den Weißen Wölfen und königlichen Wachen und einem halben Hundert anderer aus ihrem Gefolge.

Sie zwang sich zu lächeln. »Zumindest ist Rudi bei dir«, sagte sie, als der Wolfshund herantrottete.

»Ja, ganz wunderbar.« Liam warf dem Hund einen zweifelnden Blick zu. »Wenn dich die Nachricht von meinem Tod ereilen sollte, dann wirst du dir ja denken können, wie es dazu kam.«

»Todeswitze. Perfekt.« Kurz erwog sie, ihrem Mann eine runterzuhauen, doch zu seinem Glück waren sie nicht allein hier.

»Du bist ein Blödmann, Bruder, weißt du das.« Erik lächelte kläglich und klopfte Liam zum Abschied auf die Schulter.

Der grinste. »Ja, eine seltene Gabe.«

»Versprich mir nur, dass du davon bei den Onnani keinen Gebrauch machen wirst.«

»Ich tue mein Bestes.«

Eriks Lächeln verblasste. »Ich zähle auf dich, Liam. Wir alle tun das.« Er schwang sich wieder in den Sattel. »Möge Eldora über dich wachen«, sagte er, bevor er sein Pferd davonlenkte.

Liam starrte auf seine Stiefelspitzen, fuhr sich mit der Hand durch seine widerspenstigen Haare. Er hatte nichts mehr zu sagen.

»Viel Glück«, presste Alix hervor.

»Pass auf ihn auf, Allie. Und pass … auf dich auf.« Er sah sie an, dann verzog sich sein Mund zu einem schwachen Lächeln. »Nicht dass ich von erfrorenen Zehen oder Berglöwen in deinem Schlafsack erfahren muss.«

»Berglöwen. In meinem Schlafsack.«

»Katzen lieben es, sich an warme Dinge anzukuscheln.«

»Ich werde das im Hinterkopf behalten.«

»Wo wir gerade von warmen Dingen sprechen …« Er griff in seine Satteltasche und holte eine Schriftrolle hervor. »Hier. Nicht aufmachen. Heb sie dir für eine eiskalte Nacht auf.«

Sie fuhr mit dem Daumen über das wächserne Siegel, das die königlichen Sonnenstrahlen zeigte. »Was ist das?«

»Ein Brief, du Dummchen.«

»Ja, das sehe ich auch, aber …«

»Für eine wirklich eiskalte Nacht, Allie. Wenn du ein wenig Wärme brauchst.«

Verblüfft schüttelte sie den Kopf.

»Bei den Göttern, Frau, hast du denn gar kein bisschen Fantasie.« Er nahm sie in die Arme und flüsterte ihr etwas ins Ohr.

»Oh.« Alix spürte, wie ihre Haut sich erhitzte.

Sein Lachen an ihrem Ohr machte sie fast weinen. Nur die Götter wussten, wann sie es wieder hören würde. Und *ob* sie es je wieder hören würde.

Er nahm ihr Kinn in seine Hand. »Nicht doch«, sagte er. »Wenn du jetzt weinst, steckst du mich womöglich damit an, und wie soll ich dann noch diesen wackeren Haufen von überaus männlichen Kerlen überzeugend anführen?«

Sie lachte. »Und was ist mit den Frauen?«

»Die Frauen meiner Kompanie sind besonders männlich.«

»Lass das bloß nicht Rona Brown hören.«

Er sah sich über die Schulter. »Wir sollten jetzt aufbrechen. Der Krieg wartet nicht.« Er gab ihr einen zärtlichen Kuss auf den Mund.

Alix legte eine Hand auf seine Wange, sog ein letztes Mal seinen Duft ein, als könne sie ihn in sich einschließen und versiegeln. Sie wollte sich schon von seinen Lippen lösen, als sie seine Zunge in ihrem Mund spürte. Einen Moment später wich sie zurück und warf einen Blick über die versammelte Menge, während ihr die Schamesröte ins Gesicht stieg.

»Sie werden schon darüber hinwegkommen«, sagte Liam. Mit einer Grazie, die das Gewicht seiner Rüstung Lügen strafte, schwang er sich auf sein Pferd. Dann griff er hinab und bot Alix eine Hand, um ihr beim Aufsitzen auf ihr eigenes Pferd behilflich zu sein.

»Nicht vor all diesen überaus männlichen Kerlen«, sagte sie und stieg selbstständig in den Sattel.

»Hergehört, Wölfe!«, rief Liam. »Wir reiten zur Kaiserstraße.«

Ide sagte etwas, das Alix nicht hören konnte, dann wandte sich das berittene Rudel wie ein Mann gen Süden. Sie würden der Kaiserstraße bis zum Fluss folgen und sich dann nach Osten auf die Überlandstraße nach Onnan begeben.

»Glaub mir, ich würde mich lieber mit einer Horde Unterjochter anlegen«, sagte Liam, als er davonritt.

»Es gibt keine Unterjochten mehr«, rief Alix ihm nach. *Aber diese wilden Bergstämme sind auch nicht besser*, dachte sie. Wäre sie nur ein bisschen wie Liam, hätte sie nun einen Witz darüber gemacht, aber ihr war nicht nach Scherzen zumute. Sie ließ den Mann zurück, den sie liebte, und alles, was vor ihr lag, war schneidende Kälte und bittere Erinnerungen.

Und die tödlichen Bergstämme von Harram.

5. KAPITEL

Es gab einige feste Konstanten im Leben. Immerwährende Wahrheiten. Dinge, auf die man sich stets verlassen konnte, egal, welche verschlungenen Pfade das Schicksal auch einschlug. Hunde gehorchten ihrem Herrn. Ritter kämpften in der Schlacht, mit Schwertern und Pfeilen und anderen spitzen Dingen. Und Kommandanten hatten ihren Adjutanten zu benennen – besonders in ihrer Funktion als *Prinz* eines verdammten *Königreichs*.

Wie also hatte es nur so weit kommen können?, fragte sich Liam. »Absoluter Schwachsinn«, knurrte er daher laut.

Ide erwiderte nichts, auch wenn Liam, zugegebenermaßen, die Angelegenheit schon ein wenig früher zur Sprache hätte bringen müssen.

»Und total unfair«, fügte er trotzig hinzu.

Das provozierte eine Antwort, allerdings nicht die, die er hatte hören wollen. »Bei allem gebotenen Respekt, Kommandant, aber Ihr hört Euch an wie ein Fünfjähriger.«

»Aber dir hätte diese Ehre gebührt.«

Ide zuckte die Achseln, während ihr mächtiger Oberkörper

rhythmisch auf dem Pferd vor und zurück schwang. »Was soll's. Hat doch keinen Sinn, über vergossene Milch zu jammern. Entschieden ist entschieden. Mir war's ohnehin nicht so wichtig. Hatte sowieso nie damit gerechnet, zum Ritter geschlagen zu werden.«

»Aber du hättest es verdient«, sagte Liam. »Bist eine fähigere Kämpferin als die Hälfte der Männer unter meinem Kommando, und das sind die Besten der Besten.« Zumindest das, was von den Wölfen noch übrig war.

Ide hob erneut die Schultern. »Bin immer noch ganz vorn mit dabei, so sehe ich das.«

Und genau aus diesem Grund hatte er sie vor allen anderen erwählt. Nie hatte er einen Menschen kennengelernt, der nüchterner war als diese Frau. Keiner war im Kampf so gelassen und kühl wie Ide. Und danach konnte sie jeden anderen unter den Tisch trinken und einen dabei noch beim Kartenspiel schlagen. Sie war in der Lage, einer Schwalbe im Flug das Auge auszuschießen, und das noch, bevor sie ihren Blutbogen erhalten hatte. Und jetzt musste er auf sie verzichten, wegen einer dahergelaufenen Braunklinge, die er noch nie gesehen hatte. Immerhin kam sein neuer Adjutant auf Empfehlung von Rig, ansonsten hätte sich Liam nie auf dieses Arrangement eingelassen.

Und natürlich hatte Ide recht – über vergossene Milch sollte man nicht jammern. In weniger als einer halben Stunde würde sie als seine Adjutantin entlassen werden, ob ihm das gefiel oder nicht.

Die Landschaft zog an ihnen vorbei, ein Bild aus dutzenden Brauntönen unter einem aschfarbenen Himmel. Die Hufe der Pferde stampften rhythmisch über den gefrorenen Schlamm, ein fast einschläferndes Geräusch. Letzte Nacht hatten sie ihr Lager auf dem knüppelharten Boden aufgeschlagen, und die Nacht davor … Nur wenig hatte er geschlafen zwischen den Stunden, in denen er und seine Frau sich liebten und er trübsinnig an die Decke gestarrt hatte (natürlich nicht zur selben Zeit, das hätte ihn sonst mindestens ein Körperteil gekostet). Er fragte sich, wie wohl die Betten in der Herberge sein mochten. *Bequemer als fast alles, was du in deinem Leben gehabt hast, vermutlich.* Ja, die Dinge hatten sich definitiv geändert, nachdem er Liam White geworden war.

Größtenteils natürlich zum Besseren. Aber wenn es um solche Dinge ging … diplomatische Missionen und politische Treffen …

Schwachsinn.

»Da ist es, Kommandant.« Rona Brown zeigte auf einen unbestimmten Punkt vor ihnen. Sie hatte sich das Haar in der Art geflochten, wie sie auch Alix bevorzugte: ein einzelner Zopf, der hoch am seitlichen Kopf ansetzte, um sich dann in einem Strang über ihre Schulter zu schlängeln. Modisch genug, um sie als Adlige auszuweisen, aber immer noch eine überaus schlichte Frisur. *Wie schlau*, dachte Liam. Das würde den Onnani gefallen, wenn es stimmte, was Alix über sie erzählt hatte. Er war froh, dass Rona ihn begleitete, erkannte er, obwohl er sich dessen anfangs nicht so sicher gewesen war. Er hätte es vorgezogen, wenn sie das Kommando über den Teil des Rudels übernommen hätte, der in Erroman zurückgeblieben war. Nie wäre es ihm in den Sinn gekommen, sie in höfischen Angelegenheiten zu konsultieren. Und doch war es, so musste er zugeben, eine gute Idee.

»Wart Ihr schon mal in Onnan, Kommandant?«, fragte Ide.

Liam schüttelte den Kopf und ließ seinen Blick über die unregelmäßige Silhouette des Dorfes wandern, das sich am Horizont erhob. »Tatsächlich war ich noch nie so weit im Osten unterwegs.«

»Da habt Ihr auch nichts verpasst«, meinte Ide. »Es sei denn, ihr liebt Schweinefarmen.«

Sie hatte es noch nicht ganz ausgesprochen, da konnte Liam ihn auch schon riechen: den unverwechselbaren und beglückenden Gestank von Schweinemist. *Das wird ja immer besser …*

Das Dorf war wie viele, die an der Überlandstraße lagen, kaum mehr als eine bessere Pferdestange für Reisende, die zu einem bedeutenderen Ziel unterwegs waren. Seine überschaubaren Annehmlichkeiten reihten sich entlang der Straße auf wie Soldaten, die hofften, für eine besondere Aufgabe ausgewählt zu werden. Liam entdeckte eine Schmiede, einen Bäcker, einen Schuster und eine Ansammlung von Marktständen, an denen Gemüse und Fleisch verkauft wurde. »Ob die wohl Schweinshaxen im Angebot haben?«, fragte er humorlos.

Der »Eberzahn« war das einzige Steingebäude im Dorf. Ein adrettes, weiß gekalktes Haus mit zwei Stockwerken und einem Strohdach, das mit einem derart heiligen Ernst auf seine bescheidenen Nachbarn herabblickte wie ein Priester auf seine Gläubigen. Zu jeder Seite der Eingangstür befanden sich ausladende Erkerfenster. *Eine piekfeine Bleibe also,* dachte Liam. Und schon war ihm nicht wohl bei dem Gedanken, getrennt von seinen Männern zu nächtigen, so sehr ihm der Gedanke an ein warmes Bett auch gefiel. Im Palast war diese Tatsache leichter zu ignorieren. Die Kaserne des Rudels bot zumindest einen gewissen Komfort, soweit man das von Kasernen erwarten konnte, und Liam hatte in Erroman eine Familie, auf die er sich am Ende des Tages freuen konnte. Aber hier, weit draußen im Hinterland, kam er sich plötzlich vor wie ein Wichtigtuer.

Gewöhn dich dran, sagte er sich. *Du bist keiner von ihnen mehr.*

Er stieg vom Pferd und übergab Stig die Zügel. »Sag dem Stallburschen: keinen Hafer!«, erinnerte er den Knappen. »Und nimm Rudi mit, ja?«

»Sehr wohl, Kommandant.« Mit einem schrillen Pfiff rief Stig den Wolfshund herbei und machte sich auf den Weg zu den Ställen.

Die Tür der Herberge ging auf, und es erschien ein stämmiger dunkelhäutiger Mann in einem viel zu engen Wams. Aufgrund seines Teints hätte man ihn für einen Onnani halten können, doch er war offensichtlich ein Mischling, denn er trug einen Schnurrbart von der Größe eines Frettchens über der Oberlippe. *Der Wirt*, wie Liam vermutete.

»Euer Hoheit«, sagte der Mann und verbeugte sich tief. »Es ist eine große Ehre, Euch im Eberzahn begrüßen zu dürfen. Ich heiße Cull und bin für die Dauer Eures Aufenthaltes Euer bescheidener Gastgeber. Kommt doch bitte hinein. Euer Abendessen ist schon auf dem Herd.«

Liam, Ide und Rona Brown folgten dem Mann in eine warme und in gedämpftes Licht getauchte Gaststube voller unbesetzter Tische. Einen bangen Moment lang fragte sich Liam, was das wohl über die Qualität des Essens aussagen mochte. Dann wurde ihm klar: *Sie haben die ganze Herberge für uns räumen lassen. Für dich.* Fast hätte er laut aufgeseufzt, und im Stillen entschuldigte er sich bei den armen Teufeln, die man wer weiß wohin umquartiert hatte. An der hinteren Seite gab es einen langen geschwungenen Tresen und einen Kamin. Hinter einer geschlossenen Tür brutzelte es herzerwärmend. Speck natürlich.

Der einzige Gast im Raum erhob sich von seinem Tisch nahe des Kamins. Er trug eine Rüstung der Königsklingen, besaß brünettes Haar, glattrasierte Wangen und die dunkle Hautfarbe eines Menschen aus dem Osten. Er verbeugte sich.

»Kommandant Dain Cooper, wie ich annehme.« Liam hoffte, herzlicher zu klingen, als ihm zumute war.

»Euer Hoheit.« Abermals verbeugte sich der Ritter.

»War nicht sicher, ob Ihr's rechtzeitig herschafft.« *Wobei ich mir fast wünsche, es wäre nicht so gewesen.* »Ihr reitet schnell.«

Dain Cooper antwortete nicht darauf.

»Soll ich dem Mädchen sagen, dass es Euch ein Bad einlassen soll, Euer Hoheit?«, fragte der Wirt.

Liam blickte zu seinen Begleitern. »Ich denke, wir essen erst«, erwiderte er, woraufhin Ide energisch nickte.

Cull blinzelte irritiert angesichts dieser ungehobelten Verhaltensweise. Und Liam war gereizt genug, um sich daran zu ergötzen.

Die drei Wölfe gesellten sich an den Tisch ihres neuesten Mitglieds. Liam ergriff zur Begrüßung den Arm des Ritters, was den Mann sichtlich überraschte. Dann stellte er Ide und Rona vor und zog sich einen Stuhl heran.

Man setzte sich, woraufhin ein Moment des Schweigens eintrat.

»Also«, sagte Liam schließlich. »Ihr seid also mein neuer Adjutant.«

Toller Einstieg. Warum versuchst du nicht, ein Feuer mit nassem Stroh zu entzünden, wo du schon mal dabei bist?

»Es ist mir eine große Ehre, Euer Hoheit«, sagte der Ritter.

»Kommandant, bitte.«

»Wie meinen?«

Rona Brown sprang helfend ein. »Der Kommandant zieht es vor, mit seinem militärischen Rang angesprochen zu werden, nicht mit seinem Adelstitel. Nur im Palast wird er mit ›Euer Hoheit‹ angeredet. So wie ich nur bei Hof oder auf Brownhold ›Lady Brown‹ genannt werde.«

»Verstehe«, sagte Dain in einem Ton, der darauf schließen ließ, dass dem keineswegs so war. »Ich bitte um Verzeihung, Kommandant. Das war mir nicht bekannt.«

»Wie auch?«, sagte Liam. *Wo ich dich doch nie auch nur zu Gesicht bekommen hab, bevor man dich zum Adjutanten meines Rudels ernannte.*

Dain rutschte unbehaglich auf seinem Stuhl hin und her, wirkte wie ein Mann, der sich völlig fehl am Platze fühlte. Eine Situation, die Liam nur zu gut kannte. Auch ihn hatte man ungefragt auf einen Posten gehoben, wo er nun von Leuten umgeben war, vor deren Urteil er sich fürchtete.

Weißt du was, Liam White? Du bist ein ausgemachter Trottel.

»Also«, begann er noch mal, und diesmal zwang er sich, dabei zu lächeln. »Ein Cooper der ersten Generation?« Es ging ihn eigentlich nichts an, und im Grunde war es ihm auch egal, aber ihm wollte beim besten Willen nichts Besseres einfallen, um ein Gespräch mit diesem Mann zu eröffnen.

»Das ist richtig«, sagte Dain Cooper ein wenig zögernd. Seine dunklen Augen begegneten denen von Liam. Er hatte vermutlich keine Ahnung, wo sein neuer Kommandant politisch stand. Ob Liam vielleicht verschnupft war ob der Tatsache, dass er sich einen Nachnamen zugelegt hatte, wo die meisten Bürgerlichen doch nur einen trugen.

Natürlich hätte er selbst darauf kommen können, wenn er nur ein bisschen darüber nachgedacht hätte. Liam beschloss, ihm auf die Sprünge zu helfen. »Ich persönlich hab einen Nachnamen nie vermisst, wenn ich ehrlich bin. Muss mich immer noch dran gewöhnen.« Die Schultern des Mannes entspannten sich sichtlich, und Liam fühlte sich auf einmal merkwürdig stolz. »Aber warum ›Cooper‹?«

Der Ritter zuckte die Achseln. »Fand ich irgendwie besser als ›Fassbinder‹.«

Die Schankmagd erschien mit einer großen Platte gerösteter Speckstreifen am Tisch, und Liams Magen begann zu knurren. *Es gibt wahrlich Schlimmeres,* befand er, *als in einer Stadt von Schweinezüchtern zu* übernachten.

Er griff nach einem Stück Brot, brach es entzwei. Es zerbröselte wie eine Mauer unter Schwarzpulverbeschuss. »Vom Fassbinder zur Braunklinge zur Königsklinge. Interessanter Werdegang.«

Dain nahm das Körbchen mit dem altbackenen Brot und reichte es an Rona Brown weiter. »Nach dem Dienst für den König musste ich erkennen, dass mir der Schwertkampf mehr liegt als Eichendauben in Fässer zu verwandeln.«

»Ich weiß gar nicht, ob mein Vater je einen Onnani-Ritter in seinen Diensten hatte«, überlegte Rona.

»Hatte er nicht.« Dain tunkte sein Brot ins Schweinefett, um es ein wenig aufzuweichen. Zumindest versuchte er es, doch die Dinger schienen resistent gegen jede Form von Flüssigkeit zu sein. Ideal als Munition für Trebuchets. »Ich diene erst wenige Monate als Ritter. Wurde vom Generalkommandanten dazu ernannt.« In seiner Stimme schwang unverkennbar Stolz mit, aber Liam nahm es ihm nicht übel. Ihm war es genauso gegangen, als Arran Green ihn schließlich in den Ritterstand erhoben hatte.

»Rig …« Liam räusperte sich. »Das heißt, General Black … hält große Stücke auf Euch.«

»Er ist ein großartiger Mann.«

Liam hätte es als Schmeichelei gewertet, hätte Dain dies nicht mit allergrößtem Ernst vorgetragen.

Eine Spur weniger ernst setzte er hinzu: »Davon abgesehen schuldet er mir noch ein kleines Vermögen.«

Liams Hand mit dem Speck erstarrte in der Luft. »Wie das?«

»Tja, er kann ein ganzes Bataillon mit nur fünfzig Mann vernichten und im Kampf Mann gegen Mann jeden Gegner niederknüppeln, aber bei Hew, er ist ein saumäßig schlechter Kartenspieler.«

In diesem Moment wusste Liam, dass er Kommandant Dain Cooper mochte.

»Nun«, sagte Ide und reichte das Fernrohr weiter, »wie gefällt Euch das?«

Liam starrte in den langen Metallzylinder und versuchte ihre Zahl zu ermitteln. Etwa fünfzig, schätzte er, obwohl man nicht sicher sein konnte. »Ganz klar Soldaten.« Das allerdings hatte er gewusst, noch bevor er in die Langlinse geblickt hatte. Erst das Glitzern ihrer Rüstungen am Horizont hatte ihn überhaupt aufmerksam werden lassen. »Und ich erkenne das Onnani-Banner.«

»Eine Ehrengarde?«

»Das wollen wir hoffen, andernfalls könnte es peinlich werden.« Liam rutschte unbehaglich in seinem Sattel hin und her. »Aufgepasst, Wölfe. Ich möchte, dass ihr eure Reihen sauber und ordentlich präsentiert. Von wegen erster Eindruck und so.«

»Ihr habt den Kommandanten gehört!« Dain Cooper wendete sein Pferd und ritt die Linie ab. »Lasst uns das gleich hier erledigen. Wir repräsentieren Seine Majestät den König von Alden, also sollten wir verdammt noch mal auch danach aussehen!«

Wenig später stand Liams Truppe aus fünfzig Reitern so akkurat in Reih und Glied wie die Zähne eines Kamms. Sein neuer Adjutant machte seine Sache gut, musste er zugeben. Nach weniger als drei Tagen fühlte sich Dain Cooper so sichtlich wohl in seiner neuen Rolle wie ein Fisch im …

Nein! Schluss damit! Keine Fischvergleiche mehr. Knurrend gab Liam seinem Pferd die Sporen.

»Gleich hinter dem Hügel liegt der Grenzposten«, sagte Dain.

»Lustig, dass sie uns bereits auf dieser Seite in Empfang nehmen«, meinte Ide.

»Tatsächlich sind die Onnani der Meinung, dass wir ihre Landesgrenze schon vor einer halben Stunde übertreten haben.«

Überrascht blinzelte Liam in die Runde. »Ach ja?«

»Dieser Abschnitt hier ist technisch gesehen immer noch umstritten«, sagte Dain. »War es seit dem Fall des Kaiserreichs.«

»Aber der Grenzposten …«

Dain zuckte die Achseln. »Die Onnani waren bereit, guten Willen zu zeigen und das Kastell zur Grenzsicherung zur Verfügung zu stellen, aber das heißt nicht, dass sie die Demarkationslinie akzeptieren, die Alden festgelegt hat. Soweit es sie betrifft, beherbergen sie auf ihrem Territorium lediglich ein Kontingent aus Alden.«

»Ach so.« Liam hatte nicht gewusst, dass die Grenze zwischen den beiden Verbündeten in irgendeiner Weise ein Streitthema war. *Davon stand natürlich nichts in Saxons Notizen.* Alix hatte ihm versichert, dass der Spion alles Wissenswerte über die onnanische Politik auch tatsächlich wusste und seine Aufzeichnungen ein verlässlicher Führer sein würden. Das kleine Versäumnis ließ nichts Gutes erahnen. *Auf wie viele Stolpersteine ich mich wohl noch gefasst machen muss?* Diese Unterlassung war alles andere als vertrauensstiftend.

»Wart Ihr schon mal hier, Dain?«, wollte Ide wissen.

»Als ich noch ein kleiner Junge war, kamen wir oft hierher. Um entfernte Verwandte zu besuchen. Meinem Vater war es wichtig, dass wir Kinder das alte Land zu sehen bekamen.«

»Und? Hat es Euch gefallen?«, fragt Rona.

Dain lächelte. »Habt Ihr jemals das Meer gesehen?« Als Rona den Kopf schüttelte, setzte er hinzu: »Dann wartet nur ab. Jedermann sollte einmal im Leben das Meer gesehen haben.«

Sie näherten sich den fremden Reitern, und Liam stellte fest, dass es mehr waren, als es zunächst den Anschein gehabt hatte. Viel mehr. Mindestens achtzig. *Wozu im Namen der Neun brauchen sie achtzig Mann?*

Ihr Anführer hob eine Hand, als die Wölfe heranritten. Er sagte etwas, worauf seine Männer einen Arm über ihre Brust legten und sich im Sattel leicht verneigten. Liam hatte keine Ahnung, was darauf zu erwidern war, also winkte er.

Die Reiter in der ersten Reihe erhoben ihre Banner, dann – *wie seltsam* – streckten ihre Pferde wie auf Kommando je ein Vorderbein vor und gingen mit dem anderen in die Knie. Ein hübsches Kunststück, wie Liam zugeben musste.

Der Kommandant der Eskorte ergriff das Wort. »Euer Königliche Hoheit. Im Namen des Ersten Sprechers Kar und der Republicana heiße ich Euch in der Republik Onnan herzlich willkommen. Es ist uns eine große Ehre, Euch in die Hauptstadt zu begleiten.« Wiewohl sich der Befehlshaber ebenfalls in der ersten Reihe befand, hatte er sein Pferd nicht in die Knie gezwungen. Stattdessen verbeugte er sich nun abermals im Sattel vor den Staatsgästen. Dieses Mal tat Liam sein Bestes und erwiderte den Gruß auf gleiche Weise.

»Ich danke Euch«, sagte er. »Und hoffe, wir können Euch Eure Freundlichkeit eines Tages vergelten.«

»Mein Name ist Rellard Mason, und ich bin der Hauptmann Eurer Ehrengarde.«

»Sehr erfreut, Euch kennenzulernen. Dies ist mein Adjutant …« Er wollte sich schon zu Ide umwenden, bemerkte den Fehler aber rechtzeitig. »… Kommandant Dain Cooper.«

Rellard Mason neigte höflich den Kopf. Falls er erstaunt war, einen Onnani in der ersten Reihe der legendären Wölfe anzutreffen, so ließ er es sich nicht anmerken. »Bitte hier entlang, Euer Hoheit. Wenn wir uns beeilen, können wir noch vor Sonnenuntergang in Onnan-Stadt sein.«

Liam war ehrlich erfreut, das zu hören. Er hatte angenommen, sie hätten mindestens noch zwei Tagesreisen vor sich. Natürlich kannte er die Karte der Region, aber es war auf dem Papier immer schwierig, Entfernungen abzuschätzen. Offensichtlich war der Abschnitt, der Alden vom Meer trennte, doch nicht so groß wie angenommen. Auf der Karte sah es aus, als hätte ein riesiges Untier einen großen Happen aus Onnans westlicher Flanke gebissen. Und gewissermaßen, so dachte Liam, war genau das ja auch geschehen. Das Erromanische Kaiserreich hatte erbittert darum gekämpft, die onnanische Abspaltung zu verhindern – nicht allein wegen der Sklaven, sondern auch, weil ein unabhängiges Onnan den Verlust des besten Seehafens für das Kaiserreich bedeutete. Bis jetzt war Liam nicht bewusst gewesen, wie nah Erroman davor gewesen war, sich Onnan-Stadt zurückzuholen. *Kein Wunder, dass der Grenzverlauf noch immer umstritten ist.*

Nie zuvor war Liam außer Landes gewesen, und so erwartete er fast, die Grenze als eine Art physische Barriere vor sich auftauchen zu sehen. Vielleicht als eine dichte Reihe Bäume oder ein langer Graben. Oder als einen lebensfeindlichen Streifen Brachlandes in der Art einer Feuerschneise. Und dass ihn der Übertritt selbst in eine fremde Landschaft voller halbnackter Wilder und exotisch gemusterter Schweine und Rinder führen würde. Stattdessen war die Gegend hier genauso eintönig wie jenseits der Grenze. Wäre er nach durchzechter Nacht auf dieser Seite der Straße erwacht, er hätte sich irgendwo in den Greylands gewähnt. Selbst die Bewohner sahen aus wie Aldener, wenngleich von onnanischer Abstammung. Er konnte nicht eine einzige Sache finden, die sie von den Leuten unterschied, an denen sie in den letzten Tagen vorbeigekommen waren. Sie waren einfach … ganz normale Menschen.

Der Eindruck beruhte indes nicht auf Gegenseitigkeit. Die Wölfe und ihre Eskorte zogen recht viel Interesse auf sich. In jedem Dorf, bei jedem Gasthaus an der Straße blieben die Leute stehen und starrten ihnen nach. Das lag sicherlich nicht nur an ihrer hellen Haut, sondern, wie Liam vermutete, an den königlichen Insignien, die sie mit sich führten – den prunkvollen Rossharnischen, dem White-Banner, den vergoldeten Speeren. *So muss sich Erik fühlen, wo immer er auch auftaucht.* Aus irgendeinem Grund behagte ihm die ganze Aufmerksamkeit nicht besonders.

So ritten sie stumm dahin. Doch nicht etwa in kameradschaftlicher Schweigsamkeit, sondern in einer fast beklommenen Ich-würde-am-liebsten-im-Boden-versinken-Atmosphäre. Liam fragte sich, ob es an ihm lag. Vielleicht wartete man nur darauf, dass er, der Prinz, ein Gespräch begann. Doch ihm wollte nichts Gescheites einfallen, vor allem nichts Unverfängliches. Jedes mögliche Thema schien voller Fettnäpfchen und Fallgruben zu stecken, die nur darauf warteten, dass er hineintrat oder -plumpste. Im Allgemeinen rettete er sich über solche Situationen gern mit Humor hinweg, was ihm unter den gegebenen Umständen jedoch zu riskant erschien. So hielt er deshalb einfach den Mund, und die anderen taten es ihm gleich. Stunde um Stunde, Meile um Meile ging das so, bis Liam nur noch schreien wollte.

Und wenn dankenswerterweise nicht irgendwann die Stadt in der Ferne aufgetaucht wäre, hätte er es vermutlich auch getan. Ein Meer aus Grau und Schwarz erhob sich vor ihnen, anonyme verstreute Blöcke am Horizont, als hätten die Götter dort ein Würfelspiel abgehalten. Eine Glocke aus Rauch lag über den Dächern, sodass diese fast mit dem sich verdunkelnden Himmel verschmolzen. Auch stieg Liam ein unbekannter Geruch in die Nase, der vielleicht vom Ozean herrühren mochte.

Er straffte sich im Sattel, holte tief Luft und versuchte, Zuversicht auszustrahlen.

Das ist es, dachte er. *Onnan-Stadt.*

Mögen die Götter mir gnädig sein.

6. KAPITEL

Je näher sie Blackhold kamen, umso schweigsamer wurde Alix.

Immer öfter verfiel sie mitten im Gespräch in nachdenkliches Schweigen, schweifte ihr Blick gedankenverloren ab, und Erik wusste, dass sie etwas gesehen oder gerochen hatte, das sie in die Vergangenheit zurückversetzte. Ein stilles Lächeln hier und da, das Erik unwillkürlich erwiderte, auch wenn er keine Ahnung hatte, was es ausgelöst haben mochte. Diese Heimkehr in die Blacklands, sie war für ihn ebenso bittersüß wie für sie. Zu erleben, wie ihr Herz mit jeder Meile, die sie zurücklegten, sichtbarer, ja, verwundbarer wurde, war für ihn schmerzhaft und unwiderstehlich gleichermaßen.

Nach und nach jedoch bekam ihr Schweigen etwas Grüblerisches. Das stumme Lächeln wurde zu zusammengepressten Lippen, und es lag nicht mehr länger im Dunkeln, was der Grund dafür war. Verkohlte Felder, niedergebrannte Dörfer. Freilaufende Schweine auf der Straße, weit entfernt von jeglicher Zivilisation und bereits halb verhungert aufgrund der Zeit in der Wildnis. Das Herz der Blacklands hatte schwer gelitten unter dem Feind, und obwohl Arran Green das oridianische Heer schließlich zerschlagen hatte, war der Schaden zu diesem Zeitpunkt schon angerichtet. Erik und sein Gefolge ritten zwei Tage lang, ohne auch nur einer lebenden Seele zu begegnen. Am Ende des vierten Tages war Alix dann so still geworden wie die Geister der Verstorbenen, die sie hier zu sehen glaubte.

Erik hatte angenommen, dass zumindest der Anblick von Blackhold sie wieder ein wenig froher stimmen würde, doch er hatte sich geirrt. Als die Burg am Horizont erschien, sank sie noch mehr in sich zusammen, und alle Farbe wich aus ihrem Gesicht. Fast wirkte sie, als sei sie ernsthaft erkrankt.

»Alix.« Er griff nach ihrer Hand, und sie nahm sie, presste sie so fest, dass seine vor Kälte steifen Finger schmerzten. Erik war sich bewusst, dass man sie beobachtete, doch diesmal war es ihm gleich. Alix brauchte ihn, und er konnte nicht bestreiten, dass sich das gut anfühlte.

»Ich weiß nicht, ob ich das kann«, flüsterte sie.

Er drückte ihre Hand. »Ihr könnt es. Davon abgesehen wird es nicht so schlimm werden, wie Ihr denkt. Das alles liegt jetzt schon Monate zurück. Die Dienerschaft ist zurückgekehrt und hat hart gearbeitet. Es ist vielleicht noch nicht alles genau so, wie Ihr es in Erinnerung habt, aber es ist immer noch Euer Zuhause.«

Sie schüttelte den Kopf. »Aber ich kann mir dessen nicht sicher sein. Und Ihr auch nicht.«

»Doch, das kann ich. Glaubt Ihr wirklich, Highmount würde zulassen, dass ich irgendwo einkehre, wo nicht alles für einen königlichen Besuch hergerichtet worden ist? Es gilt doch um jeden Preis zu verhindern, dass die Würde der Krone Schaden nimmt.«

Das war eine Lüge. Oder zumindest nur die halbe Wahrheit. Highmount hatte sich um den Zustand von Blackhold nicht zu sorgen brauchen, weil sich Erik bereits darum gekümmert hatte. Nie hätte er es zugelassen, dass Alix den Stammsitz ihrer Familie in einem solchen Zustand wiedersah. Und so hatte er Diener vorausgeschickt mit Gold und Gänsedaunen und feinstem Tuch, um dem Majordomus von Blackhold bei den Vorbereitungen für die Ankunft seiner Lady zu helfen. Jeder Zoll in der Burg würde geschrubbt, poliert und durchgelüftet sein. Erik hatte sogar eine großzügige Menge an schwarzer Wildseide in Rigs und Alix' Zuhause liefern lassen, für den Fall, dass die Oridianer das Familienbanner geschändet hatten.

Und doch zeigte Blackhold noch immer Zeichen des Angriffs, selbst auf diese Entfernung. Die Tore schimmerten hell von dem frisch geschlagenen Holz, aus denen sie kürzlich erst gefertigt worden waren, und stachen aus den dunklen Mauern heraus. Vom Feuer geschwärzte und gekrümmte Kiefern umsäumten die abschüssigen Rasenflächen. Aber die Burg stand noch, altehrwürdig und stolz erhob sie sich vor den majestätischen Ausläufern der Zerklüfteten Berge.

Alix schloss die Augen, holte tief Luft. Erik dachte, sie wappne sich für das, was kommen mochte, doch dann, gnädiger Weise, lächelte sie. »Riecht Ihr das?«

Das tat er. Klare, frische Bergluft und noch etwas anderes: Kiefernduft.

Ihr Lächeln wurde breiter. »Heimat.«

Das Tor in seinen frisch geölten Angeln schwang auf. Das Fallgitter war noch nicht wieder ersetzt worden, wie Erik feststellte, und der Wehrgang wirkte noch ein wenig behelfsmäßig. Auch ein paar der Fenster waren noch vernagelt, doch alles in allem wirkte Burg Blackhold schon wieder halbwegs intakt.

In Reih und Glied und mit erwartungsvollen Gesichtern stand die Dienerschaft auf dem Vorplatz. Ein Stallbursche eilte herbei, um Alix die Zügel abzunehmen, doch da gab ein uralt wirkenden Mann einen Befehl aus, und der Junge wandte sich stattdessen erst einmal Eriks Pferd zu.

Es folgte ein Moment der Verwirrung, in dem die Dienerschaft mit dem Protokoll kämpfte, um sowohl die Lady des Hauses als auch den König des Reichs sowohl zeitgleich als auch angemessen willkommen zu heißen. Alix scherte sich nicht darum, saß von ihrem Pferd ab und rannte mit weit geöffneten Armen auf den alten Mann zu. Einen Moment lang fürchtete Erik, sie würde den Greis einfach zerschmettern, doch da erinnerte sie sich im letzten Moment an ihre schwere Rüstung und beschränkte sich auf eine angedeutete Umarmung.

»Henning«, rief sie. »Wie schön, Euch zu sehen.«

Der Alte wirkte gleichermaßen erschrocken wie erfreut angesichts dieses ungebremsten Gefühlsausbruchs. Zurückhaltend tätschelte er Alix' Rücken.

Der Majordomus, wie Erik in diesem Moment erkannte. Es war Jahre her, dass er den Burgverwalter zuletzt gesehen hatte, doch Henning war seither keinen Tag älter geworden, was vor allem daran lag, dass er schon damals bereits unfassbar alt gewesen war.

»Mylady«, sagte Henning, »wir freuen uns so sehr, Euch wieder hier zu haben.«

»Nur für eine Weile, leider. Gerade so lang, dass die Kundschafter den Pass ausspähen können, dann ziehen wir weiter. Ich hatte auf wärmeres Wetter gehofft, doch nun muss es auch so gehen.«

»Wir haben uns die Freiheit genommen, Eurer Gruppe ein paar schwere Umhänge zu besorgen«, sagte Henning. »Nichts geht über Blackland-Pelze gegen Kälte und Schneegestöber.«

Alix lächelte. »Ja, an die erinnere ich mich. Als ich noch klein war, hab ich mir immer vorgestellt, ich wäre von einem Bären verschluckt worden.«

Henning erwiderte das Lächeln pflichtgemäß, scharrte dabei jedoch fast mit den Füßen. Erik wartete und verbarg seine Belustigung unter dem feierlichsten Gesichtsausdruck, den er zustande brachte.

Schließlich bemerkte auch Alix das Unbehagen des Dieners. »Oh, ich bitte um Entschuldigung, Henning. Fahrt fort.«

Sichtlich erleichtert verbeugte sich der Verwalter hastig und wandte sich dann Erik zu. »Euer Majestät. Es ist uns eine große Ehre, Euch auf Blackhold begrüßen zu dürfen.«

Besagte große Ehre kam normalerweise Rig zu, doch der war nun mal nicht hier, und Alix, selbst Besucherin, konnte schlecht diese Rolle einnehmen. Daher war es an Henning, diese Aufgabe zu erfüllen. Er war groß und eine überaus noble Erscheinung, selbst im Herbst seines Lebens, was durch sein schiefergraues Haar und den sorgfältig getrimmten Bart noch unterstrichen wurde. Die Linien der Weisheit in seinem Gesicht, euphemistisch auch als Eldoras Anmut bezeichnet, rundeten dieses Bild noch ab.

»Es ist eine Freude, Euch wiederzusehen, Henning«, erwiderte Erik und begleitete den Majordomus in die große Eingangshalle. *Sie ist größer als ich in Erinnerung habe*, dachte er. Dann hörte er, wie Alix neben ihm scharf die Luft einsog, und da sah er auch, warum.

Die Halle war ganz und gar leer.

Vereinzelt hingen Seidenbahnen von den rauen Steinwänden, ein hastiger Versuch, das Fehlen von Teppichen und Behängen zu kaschieren. Einsam stand eine einzelne Keramikvase in der Ecke, die von dem vielen Platz um sie herum schier verschluckt wurde. Was immer an Mobiliar an den Wänden gestanden haben mochte, es war längst fort. Ein verräterischer heller Fleck in Form eines Wappenschildes verunzierte den Torbogen über ihnen. Alix blieb darunter stehen, blass und unergründlich.

»Bitte hier entlang, Euer Majestät.« Mit steifer Geste wies Henning den Weg. Der arme Mann war so angespannt wie eine Bogensehne. Er wollte Alix aus diesem Raum bringen, und zwar schnell, und so tat Erik das Einzige, was er konnte: Er beschleunigte seinen Schritt und zwang damit seine Leibwächterin, ihm zu folgen.

Das Ambiente gewann erheblich an Charme, als sie das Privatgemach in der Kernburg erreichten. Ob die Möbel hier neu waren, vermochte Erik nicht zu sagen, aber sie schmückten den Raum aufs Vorzüglichste. Im Kamin knisterte ein Feuer, und am Sims darüber schimmerte das Banner des Hauses Black. Das Original, wie Erik mit Erleichterung feststellte; das konnte man an der Patina auf der bronzenen Stange erkennen, von der die Fahne gehalten wurde.

Alix huschte in den Raum; dann schweifte ihr Blick langsam umher.

»Sie haben alles von Wert geplündert«, sagte Henning mit gesenktem Blick, »und den ganzen anderen Rest dann verbrannt. Aber wir haben viel von der Einrichtung des Seehauses retten können.«

Alix nickte stumm, wirkte wie betäubt. Erik wollte seinen Arm um sie legen, aber natürlich konnte er das nicht tun – nicht einmal, wenn sie allein gewesen wären. Vor allem nicht dann.

»Könntet Ihr mir bitte einen Moment geben, Henning?« Ihre Stimme klang dünn und wie aus weiter Ferne.

»Natürlich, Mylady.« Er verbeugte sich und zog sich zurück. Erik wollte ihm schon folgen, da hörte er Alix seinen Namen rufen.

»Bitte bleibt.«

»Seid Ihr sicher?«

Nickend zog sie das Ende der Bank unter dem Tisch hervor und setzte sich. Sie deutete kurz auf den leeren Platz neben sich, doch Erik tat so, als hätte er es nicht gesehen und nahm ihr gegenüber Platz. Auf diese Weise hatte er nun den Kamin im Rücken. Der Feuerschein umschmeichelte Alix' Konturen und verlieh dem dicken Zopf kupferfarbene Akzente.

Eine Weile sagte sie nichts, saß mit abwesendem Blick einfach nur so da. Erik beobachtete, wie sie mit dem Finger kleine Kreise in die Holzplatte des Tischs malte. »Es war so schön hier«, sagte sie schließlich.

»Das wird es wieder sein. Und bis dahin ist es immer noch ein Heim, oder nicht?«

Sie antwortete nicht. Erik fragte sich, ob sie gerade an Liam dachte, sich wünschte, er wäre statt seiner nun hier.

Vielleicht habe ich einen Fehler gemacht, dachte er. *Vielleicht war es grausam, sie hierher zu bringen.*

»Rig wird sich freuen, wenn er hört, dass das Banner überlebt hat«, sagte Alix. »Aber der Schild … das ist …« Sie beendete den Satz nicht. Weil ihr die Worte fehlten, wie Erik vermutete.

»Es überrascht mich, dass Ihr das nicht schon gewusst habt. Hattet Ihr Euch denn nicht mit Henning wegen der Neuigkeiten ausgetauscht?«

»Nein, nur Rig hat ihm geschrieben, aber ich schätze, da ging es nur um das Wesentliche. Ob die Burg noch bewohnbar ist und so. Ich denke nicht, dass er sich nach ganz speziellen Dingen erkundigt hat. Wenn man so weit fort ist, fällt es leicht, so zu tun, als sei es nie geschehen.« Sie seufzte. »Aber so schlimm wie befürchtet ist es nicht. Das ist immerhin etwas. Und Ihr habt recht – Blackhold wird mit der Zeit wieder in neuem Glanz erstrahlen. Nicht genauso wie einst, aber mit diesem Gedanken kann ich inzwischen leben. Der Krieg belässt nun mal nichts so, wie es einmal war.«

Besser hätte es selbst Destan nicht ausdrücken können.

Haselnussbraune Augen trafen seinen Blick. Wie immer

verursachten sie Erik eine Gänsehaut, wie ein tief bewegendes Stück Musik. »Ich bin so froh, dass Ihr hier seid«, sagte sie. »Es bedeutet mir viel.«

Die Worte wühlten sich in seine Brust, ließen sich dort nieder und entfachten ein kleines warmes Feuer. Er hasste sich dafür. »Ich sollte besser gehen.« Er erhob sich. »Ihr solltet« – sein Kopf summte, während er ihn nach möglichen Ausreden durchsiebte – »ein wenig Zeit mit alten Freunden verbringen.«

Ein Hauch von Verwirrung huschte über ihr Gesicht, aber dann nickte sie. »Ich danke Euch.«

Erik machte sich auf die Suche nach Henning. Ein heißes Bad, etwas zu essen, und dann würde er sich seiner Korrespondenz widmen. Er hatte sich noch nicht zu einer Strategie für den Umgang mit den Harrami durchgerungen; er musste noch die eine oder andere Möglichkeit mit Highmount erörtern. Vor noch nicht allzu langer Zeit hätte er sich dazu mit Alix beraten, anstatt eine halb erschöpfte Taube in die Hauptstadt zu entsenden. Aber diese intimen Gespräche gehörten der Vergangenheit an. So war es der bessere Weg.

Es war der einzige Weg.

Alix streifte durch den Irrgarten und strich mit den Fingerspitzen über die Oberkante der Buchsbaumhecken. Sie waren frisch geschnitten worden, wie sie sah, eine weitere von vielen Maßnahmen, um die Spuren zu tilgen, die Zeugnis ablegen konnten von Blackholds Fall. Die Oridianer hatten unter Zeitdruck gestanden, als sie die Burg einnahmen, die im Zuge ihrer nächsten Eroberung praktisch auf dem Weg gelegen hatte. Dieser Umstand und eine dichte Schneedecke auf dem Gelände hatten die Feste vor den schlimmsten Verheerungen bewahrt. Ja, sie hatten die Waffenkammer und die Ställe verloren. Ja, sie hatten Alvan, ihren Waffenknecht, verloren, wie auch ein Dutzend weiterer

Getreuer, die zu trotzig gewesen waren, um zu fliehen, als Rig ihnen die Möglichkeit dazu eröffnete. Doch am Ende des Tages hatte Blackhold überlebt. Von außen vernarbt und im Innern einesteils leer und dunkel zurückgelassen, aber das traf irgendwie auch auf Alix zu. Wie auf eigentlich jeden, der unter diesem Krieg gelitten hatte.

Der Lustgarten war so bezaubernd wie sie ihn in Erinnerung hatte, selbst im Winter. Die Buchsbäume bildeten ein komplexes Muster zwischen den glitzernden weißen Kieswegen, ein kunstvolles Wunderwerk, das sich dem Betrachter erst vom Wehrgang oder von den obersten Fenstern der Burg aus erschloss. Hier unten schimmerten die akribisch getrimmten Büsche in einem wächsernen Sattgrün; ein wunderbarer Kontrast zu den hellroten Beeren der Ebereschen. Der Geruch der Nadelbäume, der Duft des fallenden Schnees und das rhythmische Knirschen des Kieses unter ihren Sohlen versetzten Alix in einen Zustand herrlich schläfriger Ruhe. Es war, als schlendere man durch ein Labyrinth der schönen Erinnerungen.

Sie hatte Erik diese Gärten zeigen wollen, doch der hatte sich in seine Kemenate zurückgezogen. So wie gestern und auch vorgestern. Was immer ihn belastete, er wünschte offenbar allein damit zurechtzukommen. Das betrübte Alix mehr als sie zugeben wollte. Sie hatte sich nicht viel von dieser Reise versprochen, aber sie hatte doch gehofft, Eriks Vertrauen zurückgewinnen zu können. Nicht dass sie es je verloren hätte, doch er verließ sich nicht mehr länger auf sie, so wie es einst der Fall gewesen war. Noch vor nicht allzu langer Zeit war es so, als kämpften sie beide allein gegen den Rest der Welt. Und ihre Meinung war Erik wichtiger gewesen als die jedes anderen. Nun konnte sie sich glücklich schätzen, wenn er sie überhaupt noch um Rat fragte. Er hielt sie auf Abstand, zumindest nach außen hin. Zwar herrschte zwischen ihnen keine peinlich förmliche Atmosphäre – was ein unerträglicher Zustand gewesen wäre –, aber ihr Verhältnis zueinander war eindeutig nicht mehr dasselbe.

Nichts wird je wieder so sein, wie es einmal war.

Wie oft sie sich das wohl noch sagen musste, bis sie es endlich begriffen hatte?

»Alix?«

Sie hielt inne. Einen Moment lang konnte sie die Stimme nicht einordnen, aber als sie sich endlich umdrehte, grinste sie übers ganze Gesicht wie eine Närrin. »Edolie!«

Ein Ladung Seide und Rosenparfüm landete in Alix' Armen. »Wie schön, dich zu sehen!« Edolie drückte Alix so fest an sich, dass es schmerzte.

»Ich kann nicht glauben, dass du hier bist! Dachte, deine Familie hätte schon längst Zuflucht in Erroman gefunden.«

»Und ich wäre schon viel früher hergekommen, wenn ich gewusst hätte, dass du hier Halt machst. Henning hat mir kein Wort davon gesagt, dieser komische alte Kauz.«

Mit schnellem Blick musterte Alix die Freundin aus Kindertagen. Edolies zarte Gestalt wurde eingehüllt von üppigen Falten aus Samt und Seide. Blütenblattgleich präsentierte sich der Rock ihres Kleids Lage um Lage in den heitersten Frühlingsfarben. Sie sah aus wie eine auf den Kopf gestellte Rose, und Alix fragte sich, ob dieser Eindruck – zusammen mit dem Blumenduft – wohl beabsichtigt war. »Bei den Göttern, Edolie, du musst doch frieren! Wo ist dein Umhang?«

Edolie machte eine wegwerfende Handbewegung. »Pelze sind in diesem Jahr einfach nicht aktuell, Alix. Gewiss hast du's in Erroman schon bemerkt, oder? Samt oder gar nichts, das ist die Devise der Saison, Liebes.«

Alix lachte auf. »Nein, bedauere, das hab ich nicht mitbekommen. Ich weiß nicht, wann man mir das letzte Mal gestattete, über so etwas wie Modefragen auch nur nachzudenken.«

»Aber, Eure Hoheit, es ist doch Eure *Pflicht*, einfach umwerfend auszusehen.« Sie hatte den Satz kaum ausgesprochen, da brach sie schon in schallendes Gelächter aus.

Alix nahm sie erneut in den Arm. Wie sehr sie Edolies beißenden Spott vermisst hatte. Zu gut erzogen, um ihre Kinderstube zu vergessen, aber zu gewitzt, um sich nicht auch darüber lustig zu machen. *Liam könnte noch einiges von ihr lernen*, dachte sie.

»Ich konnte es kaum glauben, als ich davon erfuhr«, sagte Edolie. »Ihre Königliche Hoheit, Alix White.« Sie verbeugte sich huldvoll.

»Ja, es kam auch für mich ein wenig überraschend«, erwiderte Alix trocken.

»Wenn man bedenkt, dass es da all die Jahre diesen anderen White-Bruder gegeben hat …« Edolie lächelte kokett. »Den du dir dann geschnappt hast!«

»Ich hab ihn mir geschnappt, bevor ich wusste, dass er ein White ist.« Irgendwie war es Alix wichtig, das klarzustellen.

»Ein Mann mit einem geheimen Doppelleben! Wie romantisch!« Edolie hakte sich bei Alix ein. »Du musst mir alles darüber erzählen.«

Alix ließ es zu, dass die Freundin sie in Richtung Pavillon mitzog. »Soll das heißen, wir tratschen jetzt ein bisschen?«

»Bei den Göttern, ja! Es muss dich doch förmlich danach hungern.«

Wieder lachte Alix, denn im Grunde stimmte es. Sie hatte so viel Zeit damit zugebracht, über Krieg und Tod und Verrat zu brüten, dass es bestimmt nett war, sich mit jemandem über ganz triviale Dinge auszutauschen. Sie setzten sich in den Pavillon – Alix in ihrem Pelzumhang, Edolie zitternd wie eine Rose im Eiswind. »Sicher, dass du dir nicht was Wärmeres überziehen willst?«

Edolie schüttelte den Kopf. »In diesen Zeiten des Krieges, Alix, da müssen wir alle tapfer sein. Obwohl …« Sie warf einen Blick Richtung Burg. »Ein Tässchen Tee?«

Alix lächelte. »Du bleibst hier. Ich suche einen Diener. Und bis dahin« – sie warf den Pelzumhang ab und reichte ihn Edolie – »wirst du gut auf den hier aufpassen?«

»Und ob! Mit meinem ganzen Leben werde ich ihn beschützen.« Mit einem Augenzwinkern legte sie sich den Pelz über die Schultern.

Der Tee kam, heiß und angenehm herb. Dazu knabberten sie kleine Kuchen und tauschten bedeutungslose Neuigkeiten aus, ganz wie es sich geziemte. Nein, es gehörte sich nun wirklich nicht, dass man wichtige Dinge beim Genuss von Leckereien besprach. Alix kaute absichtlich langsam, wohl wissend, dass Edolie sie mit Fragen bestürmen würde, sobald sie fertig waren. Aber ewig ließ sich das nicht hinauszögern, und als sie sich die letzten Krümel von den Fingern wischte, fragte Edolie sogleich: »Und?«

Alix seufzte. »Was willst du wissen?«

»Alles. Von Anfang an.«

Alles. Das war aus Alix' Sicht kaum zu schaffen. Also gab sie der Freundin eine Zusammenfassung der Ereignisse – beginnend in dem Jahr, da sie Blackhold verlassen hatte, bis zu dem Tag, an dem sie wieder hier eingetroffen war. Nur die schmerzhaftesten Erlebnisse ließ sie aus.

Zumindest versuchte sie es. Doch der Hofklatsch schien seinen Weg auch bis in den letzten Winkel des westlichen Vorgebirges gefunden zu haben, denn am Ende fragte Edolie: »Hast du nicht was vergessen?«

»Habe ich?«

»Tu nicht so, als wüsstest du nicht, wovon ich rede! Du und der König.« Dies wurde nun gänzlich ohne jeden Humor vorgetragen, und Edolie fixierte Alix aus ihren braunen Augen. »Hast du ihm wirklich das Leben gerettet?«

»Ja, darum bin ich überhaupt erst zu seiner Leibwache ernannt worden.«

»Und dann?«

Alix rutschte auf der Bank hin und her, senkte den Blick.

»Dann ist es also wahr«, stieß Edolie atemlos hervor. »Ihr *wart* tatsächlich Liebende.«

»Nicht wirklich.«

Edolie hob die Augenbrauen. »Nicht wirklich? Du hörst dich an wie ein Priester, der sich um die Details herumwindet.«

»Edolie …«

Die Drangsal in Alix' Stimme sehr wohl vernehmend, verlegte sich Edolie wieder aufs Scherzen. »Prinz Liam muss ja eine ziemliche Augenweide sein, denn ich hab den König einmal gesehen, und besser kann es eine Frau ja eigentlich nicht treffen. Weißt du, dass ich mal mit ihm getanzt habe? Diese blauen Augen …« In gespielter Ohnmacht ließ sie sich in ihren Stuhl zurückfallen. »Eisige Dolche, die sich einem mitten ins Herz bohren!«

»Edolie, bitte. Er ist gleich hinter dieser Burgmauer dort, um der Götter willen.«

»Ach ja? Meinst du, ich sollte mal reingehen und ihn begrüßen?« Doch als Alix den Köder nicht schluckte, kam sie wieder auf den Boden zurück. »Aber ehrlich, ich hätte nicht gedacht, dass es wahr sein könnte.«

Leicht irritiert zuckte Alix die Achseln. »Da ich nicht weiß, was du gehört hast, kann ich dir auch nicht sagen, ob es wahr ist. Ja, es war die Rede von Hochzeit, wenn du das meinst, aber das war hauptsächlich ein politisches Arrangement.« *Hauptsächlich*. Das Wort glitzerte ihr entgegen wie eine halb im Dreck vergrabene Goldmünze.

»Ich muss dich einfach fragen … warum hast du es nicht getan?« Edolie ergriff Alix' Hand, wie um ihrer Frage die Schärfe zu nehmen.

»Ihn zu heiraten?«

»Ich weiß nichts über Prinz Liam, aber wenn man die Chance hat, die Frau von König Erik zu werden … Warum ergreift man sie dann nicht? Eine bessere Partie kann es doch nicht geben.«

»Um gute oder schlechte Partien ging es dabei nicht. Es war eine Frage des Herzens.«

Fast mitleidig sah Edolie sie an. »Alix, Liebes, du bist eine Black. Da hat eine Heirat wenig mit Herzensfragen zu tun. Davon abgesehen …« Der bedauernde Blick intensivierte sich. »Allzu laut hätte dein Herz dabei wohl nicht protestiert, so viel kann ich dir selbst jetzt noch ansehen.«

Alix zuckte zusammen, dann goss sie sich noch etwas Tee nach. Plötzlich hielt sie inne. Sie stellte die Kanne ab und faltete die Hände in ihrem Schoß. »Ich liebe Liam.« Es war die Wahrheit. Warum nur kam sie ihr dann so schwer über die Lippen?

Weil du Erik wehtust.

Darum hielt er sie auf Abstand, natürlich. Es lag nicht daran, dass er ihren Rat nicht mehr schätzte; er wollte und konnte sich in ihrer Gegenwart keine Schwäche mehr erlauben. Dergleichen hatte sie schon einmal erlebt. Mit Liam. Als er gedacht hatte, sie würde sich für Erik entscheiden.

Ich kann einfach nicht mehr in deiner Nähe sein. Das waren Liams Worte gewesen, damals am Fluss.

So weit war Erik zwar nicht gegangen, denn er war beherrschter als sein Bruder, geübter darin, seine Gefühle zu verbergen. Sein ganzes Leben schon hatte er sich zusammennehmen müssen. Aber Alix hatte hinter die Maske geblickt. Für sie hatte er sie abgenommen, und sie hatte es ihm mit einem Schlag ins Gesicht gedankt. Unwahrscheinlich, dass er sich ihr gegenüber je wieder öffnen würde.

»Es tut mir leid«, sagte Edolie sanft. »Ich wollte deine Entscheidungen nicht in Frage stellen. Es ist nur … dieser Krieg …« Sie schüttelte den Kopf. »Ich nehme an, er führt dazu, dass ich mehr als sonst über Pflichten nachdenke.«

»Du denkst, es wäre meine Pflicht gewesen, Erik zu heiraten?« Die Frage kam härter als beabsichtigt.

»Das hab ich nicht gesagt. Aber du musst zugeben, dass die Dinge einfacher wären, wenn er eine Königin an seiner Seite hätte. Und einen Thronerben in Aussicht.« Sie sah auf. Es war nichts Anklagendes in ihrem Blick, nur Sorge. »Mehr hab ich nicht gemeint, Alix. Ich bin mir sicher, dass Prinz Liam ein wunderbarer Mann ist, und ich bin mir auch sicher, dass du, was dein Herz betrifft, die richtige Entscheidung getroffen hast. Ich freue mich für dich, wirklich, und ich hoffe, du glaubst mir.«

»Das tue ich. Und ich hoffe, du glaubst mir, dass meine Entscheidung nicht nur für mich die richtige war. Am Ende war es das Beste für uns alle.« Selbst als sie die Worte aussprach, fragte sich Alix, wen von beiden sie versuchte zu überzeugen.

Edolie nickte. Dann streifte sie sich Alix' Pelzumhang von den Schultern und gab ihn der Freundin zurück. »Ich gehe jetzt besser. Nach Sonnenuntergang ist es auf den Straßen nicht sicher.«

»Danke, dass du gekommen bist«, sagte Alix und umarmte sie. »Es war so schön, dich wiederzusehen.«

»Ja, das fand ich auch. Ich wünsche euch eine gute Reise. Und … sei vorsichtig, Alix.«

Alix versuchte ein Lächeln. »Berglöwen und erfrorene Zehen, ich weiß. Liam hat mich schon gewarnt.«

Edolie sah hinauf zu den raureifbesetzten Fenstern der Gästezimmer. Es sah aus, als wollte sie noch etwas sagen, doch dann drückte sie zum Abschied nur Alix' Arm und ging auf dem Pfad davon.

7. KAPITEL

Er bahnt sich einen Weg durch das wogende Farbenmeer und presst die Arme eng an seinen Körper, damit er mit seiner Rüstung nicht versehentlich jemandes Festkleidung streift. Doch die Tänzer bemerken ihn gar nicht. Sie drehen und wiegen sich im Takt der Musik. Das Oratorium scheint unter ihrer Energie zu vibrieren. Es hat etwas fast Hypnotisches, wie sich die Szenerie in einem fort ausdehnt und zusammenzieht, sich Farben und Formen immer wieder neu anordnen und vermischen in einem Kaleidoskop aus Seide, Samt und Atlas.

Er kann Alix nicht finden. Er weiß, dass sie hier irgendwo sein muss, aber sie ist in der Menge untergetaucht. Ist eins mit ihr geworden und sticht nicht mehr länger aus ihr heraus. Er versucht, jemandes Aufmerksamkeit zu erregen, jemanden nach ihr zu fragen, doch es ist, als ob die Tänzer ihn überhaupt nicht sehen. Als wäre er gar nicht hier.

Da entdeckt er Erik. Der König steht beim Orchester, lacht über irgendeinen Witz, das kristallene Weinglas halb zu einem Trinkspruch erhoben. Wie eine Kerze in einem dunklen Raum strahlt er, die Gesichter der Umstehenden dagegen wirken seltsam fremd und unbedeutend. Aufrecht und stolz steht er da, herrschaftlich, und obwohl er nicht der größte der anwesenden Männer ist, scheint er sie doch um ein Vielfaches zu überragen. Und dennoch ist Erik die entspannteste, unaffektierteste Person im Saal. Ganz und gar mühe- und makellos. Und wunderschön.

Er versucht, zu ihm zu gelangen, doch eine königliche Wache tritt ihm in den Weg. »Was soll das werden? Wo willst du hin?«

»Zu meinem Bruder.«

»Zu deinem Bruder?« Der Ritter schüttelt den Kopf. »Das muss ein Irrtum sein.«

Die Tänzer halten in ihrem Tun inne. Einer nach dem anderen wenden sie sich mit missbilligender Miene zu ihm um. Und sie ziehen sich von ihm zurück, als könnte schon seine Nähe sie besudeln.

Erik lacht noch immer. Wie auch die Männer und Frauen in seinem Gefolge, die sich eng um ihn scharen wie in der Hoffnung, dass ein wenig von seinem Glanz auch auf sie fallen möge.

»Du solltest nicht hier sein.« Der Ritter, der sich ihm in den Weg gestellt hat, ist Alix, wie er nun sieht. Sie folgt seinem Blick. »Du glaubst doch nicht wirklich, dass er dein Bruder ist?«, sagt sie mitleidig.

Liam schaut hinüber zu diesem goldenen Wesen, diesem … König. »Nein«, sagt er. »Wohl nicht.«

Es war vielleicht kein Alptraum, aus dem man schreiend und schweißgebadet erwacht, aber ein idyllisches Szenario mit Schäfchenwolken und Singvögeln war es auch nicht.

Liam trat die Zudecke beiseite und stand auf. Er ging zum Fenster, kam beim Bettende an Rudi vorbei, der sich dort zu einem Knäuel aus drahtigem Fell zusammengerollt hatte. Der Wolfshund hob den Kopf und knurrte. Liam belegte ihn mit einem Zweisilbenfluch, woraufhin sie beschlossen, einander bis auf Weiteres zu ignorieren.

Er zog die Vorhänge auf. Unter ihm erstreckte sich das Tal, ein glühendes Kohlebett unter einem errötenden Morgenhimmel. Fischer erhoben sich früh aus den Federn, das wusste er; ihre Laternen brannten vermutlich schon seit Stunden. Im Osten endete der Teppich aus orangefarbenen Lichtern abrupt, und dahinter lag nichts als Dunkelheit. Ein finsterer Tintensee, der bis zum Horizont reichte. *Der Ozean*. Schon bald würde er ihn selbst sehen. Es war schon dunkel gewesen, als sie gestern Abend die Stadt erreicht hatten, daher musste er sich einen Eindruck von der Umgebung erst noch verschaffen. Bislang war alles, was er von Onnan-Stadt wusste, die Tatsache, dass die Wohlhabenden und Mächtigen die frische Luft auf den Hügeln den Niederungen der Stadt vorzogen. Weshalb sie Liam und seine Entourage genau hier untergebracht hatten. Das Botschaftsviertel beherbergte dutzende Anwesen, von denen ein jedes so eindrucksvoll war wie ein Tempel. Und eines davon, ein ausgedehnter, weiß getünchter Komplex namens Meerblick, würde für die nächsten Wochen ihr Zuhause sein.

Liam öffnete die Balkontür und trat hinaus. Eine kühle Brise streifte seine Haut und trug einen unbekannten Duft heran. Er schloss die Augen, versuchte dem Geräusch von Wellen nachzuspüren, doch er hörte nichts. Vielleicht lag Haus Meerblick zu weit von der Brandung entfernt.

Er sah zu, wie die Sonne über einem endlosen grauen Horizont aufging. Schon immer hatte er davon geträumt, das Meer zu sehen, sich vielleicht sogar einmal in seine Fluten zu stürzen. Aber das da hinten war nicht das Meer seiner Träume. Auf Gemälden und Wandteppichen war es stets ein heiteres, schäumendes Naturspiel, blau und weiß und kapriziös. Die See dort indes lag ruhig, dunkel und trügerisch da, als lauere sie auf irgendwas. Eine schiere Masse Wasser – bei den Göttern, eine Unmasse. Von seinem Aussichtspunkt in den Hügeln sah die Stadt klein und unbedeutend aus, wie von den Wellen angespültes Strandgut. Wie weit waren die Seefahrer der Onnani aufs offene Meer hinausgefahren, bevor sie angstvoll gewendet hatten und zurückgekehrt waren? Wie mochte es sich wohl anfühlen, wenn man freiwillig in die Ewigkeit hineinsegelte?

Das werde ich wohl nie erfahren, dachte er. Ihm wurde bewusst, dass das Wesen des Ozeans als Metapher für seine Mission herhalten konnte: unverzichtbar, unergründlich und ganz und gar fremd.

Er suchte sich etwas zum Anziehen. Gebadet hatte er bereits gestern Abend und sich dabei den gröbsten Dreck der Straße abgewaschen. Das musste reichen. Man konnte nur hoffen, seine Gastgeber nahmen es nicht als Affront, wenn er in etwas allzu Bequemes schlüpfte. Andererseits konnten sie sich provoziert fühlen, wenn ein Besucher sich zu sehr aufputzte. Normalerweise hätte man ihm auf Reisen einen Kammerdiener und zahllose weitere helfende Hände zur Seite gestellt, die sich um solch knifflige Fragen kümmerten. Doch Erik und Highmount waren der Meinung gewesen, Liam bei den Onnani nicht ins offene Messer laufen zu lassen, indem man seine königliche Herkunft über Gebühr betonte. Die erbitterten Onnani könnten dies als anmaßend ansehen, im schlimmsten Fall gar als Beleidigung auffassen. Da war es besser, die Sache auf kleiner Flamme zu kochen. Was bedeutete, dass Liam ganz auf sich gestellt war. Sorgfältig durchsuchte er seine Reisetruhe und vermied es, die ordentlich arrangierten Wäschestapel in Unordnung zu bringen, die Alix vorbereitet hatte. Jeder Stapel umfasste ein Ensemble für jede Gelegenheit. In Zweifelsfragen, so ihre Anweisung, solle er Rona Brown um Hilfe bitten. Und unter keinen Umständen jedoch sollte er die Ensembles mischen! Improvisation, so hatte man ihm eingeschärft, sei in diesem Fall eine wirklich schlechte Idee.

Und der heutige Tag war besonders wichtig, da er sich zum ersten Mal offiziell der Republicana vorstellen würde. Zu diesem Zweck hatte ihm seine Ehefrau ein Wams aus schwerem Brokat eingepackt. Als Liam eingewendet hatte, es könnte vielleicht eine Spur zu … *pompös* sein, hatte sie ihn mit einem Blick bedacht, der Milch hätte sauer werden lassen.

Er schlüpfte in die pompöse Weste.

Kaum war er fertig angekleidet, als es leise klopfte. Wie ein Pfeil schoss Rudi auf die Tür zu. Mit zusammengebissenen Zähnen und hoffend, dass ihn das nicht seine Hand kosten würde, zerrte Liam den Hund am Halsband beiseite.

»Euer Hoheit?«

»Ja. Ähm … einen Moment …« Er zog den widerspenstigen Rudi zu seiner Reisetruhe, fand die Leine und fixierte die Höllenbestie am Bettpfosten.

Der junge Mann auf dem Gang war sichtlich erleichtert zu sehen, dass die Bestie sich nun auf der anderen Seite des Raums befand. »Guten Morgen, Euer Hoheit«, sagte er und verbeugte sich. »Darf ich Euch zum Frühstück begleiten?«

Liam folgte dem Diener durch ein Labyrinth aus widerhallenden Korridoren, die willkürlich möbliert zu sein schienen. Schon nach kurzer Zeit hatte er jede Orientierung verloren, fühlte sich wie in einem dieser Träume, wo man um eine Ecke nach der anderen bog, nur um sich in demselben Gang wiederzufinden, durch den man gerade erst gelaufen war. Er hätte schwören können, dass sie bereits fünfmal hintereinander links abgebogen waren, und auch diese Kommode hatte er mindestens schon zwei Mal gesehen … *Na toll,* dachte er, *auf diese Weise werde ich niemals ohne Begleitung irgendwohin gehen können …*

Als sie endlich das Speisezimmer erreicht hatten, musste Liam verblüfft feststellen, dass außer den Dienern niemand hier war. »Wo sind denn die anderen?«, fragte er, während er argwöhnisch den Tisch betrachtete. Speckscheiben waren nirgends zu sehen und auch keine wie auch immer zubereiteten Eier. Brot, Käse und verschrumpelter Stockfisch schien alles zu sein, was sich die Onnani zum Frühstück gönnten.

Der Diener sah ihn überrascht an. »Speisen Euer Hoheit denn für gewöhnlich mit den Wachen?«

»Mit meinen *Offizieren*, ja.«

Der Diener errötete leicht. »Ich bitte um Verzeihung, Euer Hoheit. Das wird nicht wieder vorkommen«, sagte er.

Woraufhin es Liam war, der sich mit einem Mal schuldig fühlte. *Perfekt* …

Nach dem Frühstück begleitete man Liam in den Wohnhof, wo Dain Cooper und Rona Brown ihn schon erwarteten. Den Rest seiner Männer hatte man – unter Ides Kommando – in einem Außengebäude untergebracht.

Vom Rücken ihres Pferdes strahlte Rona Brown ihm entgegen. Sie wirkte ein wenig nervös auf ihn, ob nun aus Sorge um ihren Kommandanten oder um sich selbst, vermochte Liam nicht zu sagen. Ihr Haar war wieder akkurat geflochten, und die Rüstung auf Hochglanz poliert. So wie auch die von Dain. Die beiden würden auf dieser Mission sowohl seine Leibwächter wie auch seine Berater sein. Nicht dass Liam mit irgendwelchen außergewöhnlichen Vorkommnissen rechnete.

Rellard Mason und seine Ehrengarde waren ebenfalls anwesend – in merklich geschrumpfter Mannstärke, wie Liam erleichtert feststellte. Er nahm seinem Knappen die Zügel ab und saß auf. »Bereit«, sagte er und fragte sich im gleichen Moment, ob das auch stimmte.

Sie ritten den Hügel hinab, über eine gepflasterte Straße, die von blühenden Birnenbäumen gesäumt wurde. Auch die Kirschen standen in voller Blüte, pinkfarbene Wolken schmückten die Gärten und verteilten ihre zarten Blätter über die schimmernden Oberflächen von Ententeichen. Der Weg ins Tal erlaubte ihnen einen unverstellten Blick in die Gärten am Hang, und Liam war überwältigt zu sehen, welch Wohlstand hier herrschte.

»Ich wusste gar nicht, dass Onnan-Stadt so bezaubernd ist«, sprach Rona das aus, was er dachte.

»Das trifft auf das Botschaftsviertel sicherlich zu«, erwiderte Dain. »Aber wartet nur, bis wir die Kernstadt erreicht haben.«

Selbst von hier aus konnte Liam sehen, was er meinte. Mit dem Bild vom angespülten Strandgut, das ihm in den frühen Morgenstunden in den Sinn gekommen war, hatte er gar nicht so falsch gelegen. Je weiter sie den Hügel hinabritten, umso heruntergekommener wirkte die Stadt. Wie etwas, das man nach dem ersten Gebrauch einfach achtlos weggeworfen und sich selbst überlassen hatte. Ein Gewirr aus verschlungenen Gassen durchzog die Reihen der niedrigen Steingebäude, die von Flechten überwuchert waren – die Reste der Kaiserstadt, wie Liam annahm. Hier und da waren in dem architektonischen Chaos Tempel zu erkennen, doch sie wirkten bescheiden im Hinblick auf ihre Größe und Ausstattung und waren kaum vergleichbar mit den prächtigen Monumenten in Erroman. Je näher sie dem Wasser kamen, umso mehr Behausungen aus Holz kamen in Sicht, die sich den knappen Baugrund mit Lagerhäusern und Landungsstegen teilen mussten. *Mit Birnbäumen darf man hier wohl nicht rechnen*, dachte Liam. Tatsächlich fand sich in der Altstadt nirgends das kleinste Fleckchen Grün, wenn man einmal von den moos- und algenbedeckten Dächern absah.

»Da hinten ist die Republicana.« Dain zeigte in die entsprechende Richtung.

Natürlich. Was sonst. Das beeindruckendste Gebäude im ganzen Tal. Von Ferne wirkte der Bau wie ein gleißendes weißes Dreieck mit vergoldeter Kuppel. Das goldene Dach funkelte in der Morgensonne, als wolle es mit Rahls Herrlichkeit konkurrieren. Liam wusste genug über Onnans Geschichte, um sich zu erinnern, dass dieses Bauwerk in einem Akt des Stolzes und des Trotzes aus den Überbleibseln der Paläste errichtet worden war, die einst im Besitz des abgesetzten erromanischen Adels gewesen waren. Den neuen republikanischen Herrschern schien es seinerzeit nur angemessen, ihren Sitz der Macht auf den Trümmern des zerschmetterten Kaiserreichs zu errichten.

Eines Reichs, dessen legitime Nachfolger Liam nun hier zu repräsentieren hatte. Er fragte sich, inwieweit das die Ereignisse beeinflussen mochte, die noch folgten.

Doch das würde er schon bald herausfinden.

Liam stieg von einem Fuß auf den anderen, während er die reich verzierte Tür vor sich anstarrte. Auf der anderen Seite war eine dröhnende Stimme zu vernehmen, die offensichtlich so etwas wie eine Rede hielt, aber verstehen konnte er nichts. Davon abgesehen sprach man hier ohnehin Onnani, wie er vermutete. Er warf seinen Offizieren einen Blick zu, Dain stand zu seiner Linken, Rona zu seiner Rechten. Er hoffte, nicht halb so ängstlich zu wirken, wie sie aussahen, aber daran hatte er so seine Zweifel. Es war ihm mehr oder weniger gut gegangen, bis seine Eskorte ihn ins Vorzimmer geführt hatte. Nun machte sich das Frühstück in seinem Magen unangenehm bemerkbar. Gut nur, dass er die Finger vom Fisch gelassen hatte … Die Halle der Sprecher lag gleich hinter der Tür, die Bänke, wie zu vermuten war, voll besetzt mit der Gesamtheit aller stimmberechtigten Mitglieder der Republicana.

Jetzt wird's ernst, dachte Liam. Er brachte seine Gesichtszüge unter Kontrolle, straffte sich, versuchte alles in allem möglichst majestätisch zu erscheinen.

Die Stimme auf der anderen Seite verstummte. Schritte

wurden laut, und mit einem jedem schien der Untergang ein Stück näher zu kommen. Dann schwang die mit Schnitzereien verzierte Tür auf, um das Innere eines Tempels zu offenbaren. Zumindest sah es hier genauso aus: Marmorsäulen und hohe Decken und goldenes Zierwerk allüberall. Zu jeder Seite eines breiten Ganges standen Bankreihen, in denen Schulter an Schulter wenigstens zweihundert Männer saßen. Und jeder einzelne von ihnen starrte Liam nun an.

Mit einem letzten hilflosen Blick in Richtung seiner Offiziere betrat Liam die Halle der Sprecher.

Man hätte eine Stecknadel fallen hören können, wäre da nicht das Geräusch ihrer Schritte gewesen, das vielfach von der vergoldeten Kuppel zurückgeworfen wurde. Vielfach und so laut, dass Liam fast zusammengezuckt wäre. Der Mann, der das Portal geöffnet hatte, geleitete sie durch den Mittelgang auf ein erhöhtes Rednerpult am anderen Ende der Halle. Die Wand hinter dem Podest war mit Einlegearbeiten aus Gold verziert; dünne Linien und breite Streifen, die wie ein Sonnenstrahlenkranz vom Zentrum, den das Podium bildete, fortstrebten. Beinahe konnte man den Eindruck gewinnen, es handele sich hierbei um den Thron von Rahl selbst. Auf der breiten Plattform waren Gestalten zu erkennen, und beim Näherkommen machte Liam sie als Priester aus. Sie waren maskiert und in Roben gehüllt, die in den Farben der Heiligen Tugenden gehalten waren, denen sie jeweils dienten.

»Seine Königliche Hoheit, Prinz Liam White.« Die Ankündigung – donnernd und feierlich zugleich – kam von einem kleinen, silbern gewandeten Herold, der am Fuß des Podestes stand.

Liam verbeugte sich vor den Priestern und dann, einer Eingebung folgend, auch vor den versammelten Ratsmitgliedern.

»Seid willkommen, Euer Hoheit.« Zunächst wusste Liam

nicht, wer von den Priestern gesprochen hatte, waren ihre Gesichter doch allesamt hinter Masken verborgen. Dann neigte der Mann in der Mitte, ein Priester Ardins, leicht sein Haupt. Das zarte Gespinst seiner Maske aus feinstem Glas glühte und funkelte im flackernden Licht der Kohlepfannen, ließ die Reflektionen tanzen wie echte Flammen. »Im Namen der Republicana heiße ich, Erster Sprecher Kar, Euch willkommen.«

Der Erste Sprecher Kar also. Das hatte sich Liam zwar schon gedacht, denn Saxons Notizen hatten ihn natürlich entsprechend vorbereitet, dennoch fühlte er sich unwohl, als ihm dies nun bestätigt wurde. In Alden hielt sich die Priesterschaft aus der Politik heraus. Sie stand über diesen Dingen, zumindest in der Theorie. Hier aber schienen Religion und Politik untrennbar miteinander verbunden zu sein, was nur eine weitere Dissonanz in der komplexen Symphonie dieses Republicana-Orchesters darstellte.

Und ich hab nicht mal meine Tanzschuhe dabei …

Mit einiger Verspätung begriff Liam, dass man eine Erwiderung von ihm erwartete. Er räusperte sich und sagte: »Ich danke Euch, Erster Sprecher, und überbringe Euch die besten Grüße Seiner Majestät König Erik. Er bedauert, dass er nicht selbst erscheinen konnte, da er sich gezwungen sah, sich anderenorts einzufinden, aber dies sind beunruhigende Zeiten, wie Ihr sicherlich wisst.« Diese Eröffnung stammte von Highmount. Aus Liams Sicht nicht mehr als ein paar unverbindliche Worte, aber er wusste, dass sie mit größter Sorgfalt gewählt worden waren. Eine Entschuldigung, ja, aber eine hoheitsvolle, die nur den Hauch eines Tadels enthielt. Hörte man Highmount übers Redenschreiben dozieren, so war es, als lausche man einem Koch, der die Zubereitung eines exklusiven Gerichts beschreibt.

»Das wissen wir in der Tat«, sagte ein anderer Priester. Er trug die Maske Olans, eine silberne Scheibe mit schmalen Schlitzen für Augen und Mund. *Irtok, der Vorsitzende der Republicana und passenderweise ein Mitglied der Schilde.* Aus Saxons Aufzeichnungen, die Liam fast auswendig gelernt hatte, wusste er, dass dieser Mann fast genauso mächtig war wie der Erste Sprecher Kar – und sein Rivale. »Die Republicana verabscheut die feigen Akte des Trionats von Oridia und steht unseren Verbündeten in Alden in voller Solidarität zur Seite. Das Volk von Onnan möchte Euch sein aufrichtiges Bedauern über Euren Verlust aussprechen. Wir schließen Euch in unsere Gebete ein.«

»Eure Unterstützung wird überaus geschätzt«, sagte Liam, womit er sich in den zweiten Teil seiner Ansprache vortastete. »Und wir wissen, Ihr unternehmt alles in Eurer Macht Stehende, um die Vorbereitungen voranzutreiben, die nötig sind, uns in diesem Kampf zu unterstützen.«

Eine neue Stimme ergriff das Wort – weich und dunkel war sie, und so träge wie Sirup flossen die Worte. Sie ertönte hinter einer seltsamen Maske aus Ebenholz, auf der ein einziges, allsehendes Auge prangte. Liam meinte, im Gesagten einen leichten Unterton mitschwingen zu hören, der nicht eben herzlich klang, aber er konnte es nicht mit Bestimmtheit sagen, weil der Mann Onnani sprach. *Redet er zu mir? Wie um der Neun Domänen willen soll ich …*

Der kleine Herold am Fuß der Empore unterbrach seine Gedanken. »Gut, dass Ihr dies betont«, übersetzte er mit dröhnender Stimme. »Denn in Anbetracht Eures Erscheinens hier hätte man den Eindruck gewinnen können, dass Seine Majestät in diesem Punkt Zweifel hegt.«

Mit einem Mal war die Atmosphäre im Saal angespannt wie eine Bogensehne, wobei die Pfeilspitze direkt auf Liam zu zeigen schien.

»Aber dem ist nicht so«, erwiderte Liam – allzu schnell. Er versuchte ein entwaffnendes Lächeln. »Wenn es so wäre, hätte er wohl kaum mich entsandt, einen Mann, der rein gar nichts über den Schiffbau weiß.«

Deine Bescheidenheit wird ihnen gefallen. Du wirst schon sehen, hatte Alix gesagt.

Aber Alix hatte auch nie diesen Priester Eldoras getroffen, wer auch immer er war. Er neigte den Kopf, das allsehende Auge blickte nun direkt in Liams Richtung, als seine honigschwere Stimme erneut erklang. Er hatte die Übersetzung nicht abgewartet, schien eine solche auch gar nicht zu benötigen. *Ich wette, er spricht verdammt gut Erromanisch,* dachte Liam mürrisch.

»Ach wirklich?«, donnerte die Stimme des kleinen Herolds unter der Kuppel wider, als er die Worte übersetzte. »Und welchen seiner Ratgeber hätte er andernfalls geschickt?, fragt man sich. Welchen Kapitän zur See hätte er wohl entsandt, uns gute Ratschläge zu erteilen?« Die Übersetzung war bar jedes Sarkasmus, wodurch die Spitze umso schärfer ausfiel.

Süße Farika. Hilflos blickte Liam zu Rona Brown, seine Tutorin in allen höfischen Angelegenheiten. Mit ausdruckslosem Gesicht starrte sie zurück. Sie konnte nichts für ihn tun, nicht ohne ihn wie einen Idioten dastehen zu lassen. Liam war auf sich allein gestellt.

Hunde können Furcht riechen, hatte Alix gesagt. Offensichtlich traf das auch auf Politiker zu. Liam war mit mehr Zuversicht in große Schlachten gezogen als in diese Anhörung, hatte dem Tod stets mit kaltblütiger Entschlossenheit getrotzt und nun …

Der Gedanke brachte ihn auf eine Idee.

»Viele Schiffsführer haben wir in unseren Reihen wahrlich nicht, das stimmt.« Liam richtete seine Worte nun direkt an den Priester von Eldora, fixierte dabei das allsehende Auge mit dem gleichen Blick, den er Gegnern auf dem Schlachtfeld zuteilwerden ließ. »Aber wir haben Kriegsanführer. Erfahrene und erprobte Befehlshaber, besonders in diesen *beunruhigenden* Zeiten. Und ich schmeichle mir nur ungern, wenn ich sage, dass ich einer von ihnen bin.« Er vollführte eine angedeutete Verbeugung. »Ich bin nicht hier, um Euch gute Ratschläge zu erteilen, verehrter Sprecher. Ich bin hier, um zu lernen, so viel ich kann und so schnell ich kann. Auf dass mein König und sein Generalkommandant alle Informationen erhalten, die sie benötigen, um eine Strategie für die kommende Kriegssaison zu erarbeiten.«

Zu Liams grenzenloser Erleichterung war es der Erste Sprecher Kar, der nun wieder das Wort ergriff. »Und bei dieser Aufgabe wollen wir Euch nach Kräften unterstützen. Weil, wie Sprecher Irtok sehr richtig ausgeführt hat, das Volk von Onnan seinen Brüdern aus Alden zur Seite steht. Euch soll jede Aufmerksamkeit und Unterstützung zukommen.« Die Flammen, die sich im Glasgespinst seiner Maske widerspiegelten, zuckten auf, wie um seine Worte zu unterstreichen.

Ein Moment der Stille trat ein. Dann zerrte jemand leicht an Liams Ellbogen. Der Mann, der sie aus dem Vorraum hierher geleitet hatte, stand neben ihm und wartete. Sie waren entlassen.

Der winzige Herold verkündete abermals etwas, doch diesmal in Onnani und ganz klar nicht für Liams Ohren bestimmt. Mit so viel prinzlicher Würde, wie er aufzubringen imstande war, verließ er die Halle und wagte nicht zu atmen, bis sich die schwere Holztür wieder hinter ihm geschlossen hatte.

»Heilige Tugenden«, murmelte Dain Cooper. »Jetzt brauch ich was zu trinken.«

»Und ich brauch einen Umhang«, sagte Rona. »Ich hab dort drin gefroren bis auf die Knochen.« Dabei bezog sie sich nicht nur auf die Außentemperatur, wie Liam wusste.

Ein paar Minuten, wenige Worte, mehr hatte man ihm hier nicht zugestanden. Ob sie Erik wohl auch so rasch abgefertigt hätten? Liam bezweifelte dies. »Dieser Priester Eldoras? Wer ist er?«

Seine Offiziere schüttelten unisono den Kopf. »Glaubt Ihr, wir werden ihn noch mal wiedersehen?«, fragte Dain.

»Oh ja«, sagte Liam humorlos. »Und ich schätze, das wird sich gleichzeitig zum Problem entwickeln.«

8. KAPITEL

Liam ging im Wintergarten auf und ab wie einer dieser Bären, die man auf Jahrmärkten in Käfigen ausstellte. (Eine Vermutung seinerseits, denn er war noch nie auf einem Jahrmarkt gewesen, hatte aber schon davon gehört.) Allmählich lief er den Boden stumpf, ein schwarzer, spiegelglatter Marmoruntergrund, der leicht für die Oberfläche eines gefrorenen Sees gehalten werden konnte. Ein Wunder, dass er noch nicht ausgerutscht war und sich den Hals gebrochen hatte, aber das hinderte ihn nicht daran, hin und her zu gehen, wie er es bei Erik schon unzählige Male beobachtet hatte. Zu Gelegenheiten, bei denen er aufgebracht war oder Zeit zum Nachdenken brauchte. Oder beides.

Nicht dass ihm das irgendwie weiterhalf. Seit einer Stunde schon waren sie wieder zurück in Haus Meerblick, und Liam war keinen Schritt weiter in der Frage, was im Namen der Neun er nun als Nächstes tun sollte. Seine Offiziere sahen ihm schweigend zu; ihre Mienen variierten von gelangweilt (Ide) über besorgt (Rona) bis hin zu leicht peinlich berührt (Dain).

»Vielleicht sollten wir uns betrinken«, schlug Ide vor.

Rona sah sie erstaunt an. »Ich glaube kaum, dass uns das weiterbringt.«

»Aber man bekäme die Zeit schneller rum. Hast du unseren Kommandanten schon mal angeheitert erlebt? Er beginnt zu kichern. Sehenswert. Jedenfalls unterhaltsamer als das hier.«

»Aber er muss nachdenken«, erwiderte Rona. »Das ist eine sehr ernste Angelegenheit.«

»Und verwirrend«, warf Dain ein. »Ich weiß beim besten Willen nicht, was man noch Sinnvolles aus dieser Situation machen kann …«

Liam hielt inne. »Euch ist aber schon klar, dass ich *anwesend* bin, oder? Ich bin vielleicht blöd, aber ich bin nicht taub.«

»Ihr seid nicht blöd, Kommandant.« Rona erhob sich. »Ihr habt Euch gut geschlagen. Ein jeder wäre von der Situation überwältigt gewesen.«

Jeder bis auf Erik, dachte Liam, doch er behielt den Gedanken für sich.

»Wichtig ist nur, nicht überwältigt zu *wirken*«, fuhr Rona fort. »Bei der Diplomatie geht es vor allem darum, ein bestimmtes Bild zu zeichnen. Benehmt Euch einfach, als gehörtet Ihr hierher, und schon bald wird es auch so sein.«

Sie klang ganz wie Alix, wurde Liam bewusst, und das tröstete ihn. Er nickte und zwang sich dazu, mit dem Hin- und Herlaufen aufzuhören.

»Entschuldigt, Euer Hoheit.« Der Diener, der sie zuvor schon herumgeführt hatte – sein Name war Shef –, erschien im Türrahmen. »Ihr habt Besuch. Der Erste Sprecher Kar und Verteidigungskonsul Welin warten in der Eingangshalle.«

Liam erstarrte vor Überraschung. »Hier? Jetzt?«

»Ja, Euer Hoheit. Soll ich …«

»Natürlich. Führ sie herein.«

Rona Brown huschte zum Sessel beim Fenster und brachte

sich in eine Pose, die würdevoll und unverkrampft zugleich wirkte. Sie warf Liam einen vielsagenden Blick zu.

Bei der Diplomatie geht es vor allem darum, ein bestimmtes Bild zu zeichnen. Er musste zuversichtlich wirken, ganz, als gehöre er hierher. Er sah sich im Raum um, schnappte sich ein Glas und stellte sich nahe des Tischs auf.

Als der Erste Sprecher Kar und sein Verteidigungskonsul den Wintergarten betraten, bot sich ihnen ein Bild grenzenloser Lässigkeit: Der Prinz und seine Offiziere gossen sich gerade Wein ein und lehnten sich bequem zurück oder blätterten nonchalant in irgendwelchen alten Büchern. Die Sprecher hatten noch einen dritten Mann mitgebracht, wie Liam feststellte, der als Einziger nicht in die Roben eines Priesters gewandet war.

Es war Rona Brown, die das Schauspiel eröffnete. Sie erhob und verneigte sich – gelassen und ohne Hast, keine unterwürfige Geste, sondern eine Begrüßung unter Gleichen. Sie spielte ihre Rolle perfekt, war so gut in diesen Dingen wie Alix, vielleicht sogar besser. *Farika sei Dank, dass sie hier ist,* dachte Liam nicht zum ersten Mal.

»Sprecher«, sagte er. »Seid willkommen.«

»Euer Hoheit.« Dankenswerterweise hatte der Erste Sprecher seine formelle Maske abgelegt. Liam konnte ihm nun ins Gesicht sehen, und das entspannte die Situation ungemein. Er konnte einfach niemandem vertrauen, dem er nicht in die Augen zu schauen vermochte.

»Darf ich Euch meinen Sekretär, Ash Bookman, vorstellen.« Der dritte Mann, den Liam nicht kannte, verbeugte sich leicht. »Ash wird Euch während Eures Aufenthaltes hier zur Verfügung stehen. Er wird Euren Kalender verwalten und sämtliche Treffen organisieren, die Ihr wünscht.«

»Ich danke Euch.«

»Ich muss mich außerdem entschuldigen, Euer Hoheit, falls

meine geschätzten Kollegen heute Morgen wenig hoffähig aufgetreten sind. Sprecher Syril ist ein strammer Republikaner und kein Freund der Kriegsanstrengungen. Wir hatten es, so fürchte ich, hier mit einem Fall von ›Tötet den Boten‹ zu tun.« Er lächelte – ein Ausdruck, so kunstvoll choreographiert, dass Liam glaubte, einen Pantomimen vor sich zu haben. *Und noch immer trägt er seine Maske,* dachte Liam. *Allerdings ist sie nicht aus Glas, sondern aus Fleisch und Blut.*

»Ich war mit der Person des Sprechers Syril nicht vertraut«, erwiderte Liam diplomatisch.

»Nur zu verständlich.« Nun sprach Welin, und er klang eine Spur herablassend dabei. Er war ein rundlicher und gleichzeitig verknittert wirkender Mann mittlerer Hautfarbe, der in Liams Augen einer übergroßen Walnuss glich. *Bis hinein zum bitter schmeckenden Kern*, dachte er, *wenn man seinen hämischen Gesichtsausdruck betrachtete.*

»Was Sprecher Welin meint«, sagte Kar, »ist, dass Sprecher Syril diese Position erst seit Kurzem innehat. Der Volkskongress hat sich im letzten Sommer so etwas wie einen internen Machtkampf geliefert, aus dem Syril dann als neuer Anführer hervorging. Er ist« – wieder folgte das aufgesetzte Lächeln – »gerissen.«

»Ich verstehe«, sagte Liam, obwohl das keineswegs stimmte. »Bitte nehmt doch Platz.«

Kar setzte sich in den Sessel beim Fenster, den Rona verlassen hatte, und arrangierte seine Priesterroben um sich. Die Walnuss rollte direkt an seine Seite.

»Wein, meine Herren?«, fragte Rona.

»Ja, vielen Dank, Lady Brown.« Kars Augen folgten Rona mit leicht erhobenen Augenbrauen durch den Raum. *Sie verwirrt ihn*, dachte Liam. Beklagenswert genug, dass sie eine weibliche Ritterin war – etwas, das die konservativen Onnani einfach nicht verstanden –, war sie zu allem Überfluss auch noch eine Bannerlady. Zwar waren die Republikaner darüber in Kenntnis gesetzt worden, dass sie die Delegation begleiten würde, aber sie hatten offenbar nicht gewusst, dass sie bei den Weißen Wölfen diente. Vermutlich hatten sie erwartet, eine aufgeputzte und juwelenbehängte Aristokratin anzutreffen. Stattdessen trug Rona die Rüstung der Wölfe und ein Schwert am Gürtel.

Gut. Sollen sie sich doch zur Abwechslung mal über unser System wundern. Vielleicht wird die Schlacht dadurch ein bisschen ausgeglichener. »Nun«, fragte Liam, »was geschieht als Nächstes?«

Kar ergriff das Glas, das Rona ihm reichte, und nahm einen Schluck. Dann setzte er es ab und drehte es, als bewundere er den exquisiten Kristallschliff. Schließlich faltete er die Hände über seinen Knien und sah Liam an.

Nun macht er es aber spannend.

»Kann ich offen sprechen, Euer Hoheit?«

Das wage ich zu bezweifeln, dachte Liam, doch laut erwiderte er: »Bitte.«

»Meine Kollegen und ich haben Grund zu der Annahme, dass die Verzögerungen beim Bau der Flotte nicht ganz versehentlich zustande kamen.«

Liam sah ihn misstrauisch an. »Und das bedeutet?«

»Das bedeutet«, sagte Welin, »dass jemand die Sache absichtlich verschleppt.«

»Und warum sollte jemand das tun?«

»Um die Regierung zu beschämen«, erwiderte Kar. »Um uns wie unfähige Idioten dastehen zu lassen. Nächstes Jahr ist Wahljahr, Euer Hoheit. Aber das Spiel um die Macht hat längst begonnen.«

Entgeistert starrte Liam sein Gegenüber an. Sein Land war im Krieg, tausende litten und starben an der Front, Banditen marodierten durch große Teile des Reichs, raubten, vergewaltigten und töteten … und diese Fischköpfe benutzten die Flotte als Spielstein in einem verdammten *Wahlkampf*?

Dain Cooper räusperte sich. »Kommandant …«

»Sprecht.« Liam war froh, dass Dain sich einmischte; das verschaffte ihm Zeit, sich wieder zu fassen. Den Anführer eines Gastlandes windelweich zu prügeln, würde vermutlich einen gewissen Missklang in die diplomatischen Verhandlungen bringen.

»Habt Ihr dafür auch Beweise?«, fragte Dain. »Oder ist das nur eine Vermutung?«

»Es ist die einzige plausible Erklärung«, sagte Kar. »Aber vielleicht wollt Ihr Euch lieber selbst ein Urteil bilden. Möchtet Ihr vielleicht die Werft besuchen, Euer Hoheit? Ich weiß, das stand erst für morgen auf dem Programm, damit Ihr Euch erst einmal von Eurer Reise erholen könnt, aber …«

Weiter kam er nicht, denn Liam war schon auf den Beinen. »Lasst uns gehen.«

»Und das«, sagte der Erste Sprecher Kar, »ist Mallik, unser Erster Schiffbaumeister.« Er nickte in Richtung eines stämmigen Mannes mit lederner Haut. »Meister, wenn Ihr bitte …«

»Gerne, Erster Sprecher.« Der Schiffbauer deutete auf eine turmhohe, eingerüstete Struktur hinter sich. »Nach Euch, Euer Hoheit.«

Im Näherkommen bog Liam den Kopf zurück, bis der Nacken schmerzte. Das Ding war *riesig*, und sein hölzernes Gerippe erhob sich über ihnen wie der Kadaver eines gigantischen Seeungeheuers.

Dain Cooper stieß einen anerkennenden Pfiff aus. »Das nenn ich mal ein Boot. Wie viele Ruder?«

»Hundert auf jeder Seite«, sagte der Schiffbauer grinsend. Er warf einen Blick zurück auf den Ersten Sprecher und seinen Vertreter. »Die größte Galeere, die je gebaut wurde«, setzte er hinzu. »Um die Hälfte größer als alles, was die Oridianer haben.«

Die Luft war erfüllt von Hammerschlägen und den Rufen der Arbeiter. Möwen kreischten über ihren Köpfen, und der Geruch von Pech und feuchten Sägespänen füllte Liams Nasenlöcher und rang dort um die Vorherrschaft mit dem würzigen Duft von Salz und Seetang. Alle paar Momente mischte sich ein sanftes, rhythmisches Branden darunter. *Die Wellen des Ozeans.* Er sehnte sich danach, endlich das Meer zu sehen, doch er hatte Arbeit zu erledigen.

Als sie die Galeere erreichten, sah man, dass sie nur die erste in einer langen Reihe von Schiffen war, die auf hölzernen Bühnen standen. Bei einigen schien der Bau schon fast abgeschlossen zu sein, andere bestanden aus nicht mehr als zu Rumpfskeletten zurechtgebogenen Spanten.

Aber keines der Schiffe schien fertig zu sein. Nicht ein verdammt *einziges*!

»Die Umsetzung eines meiner Entwürfe«, sagte der Schiffbauer nicht ohne Stolz. »Seht Ihr die Vordertürme hier? Perfekt für die Bogenschützen. Und an Deck ist noch jede Menge Platz für den Transport von Belagerungswaffen.«

»Wie viel Mann können sie transportieren?«

Der Sekretär des Ersten Sprechers antwortete ihm. »Vierhundert pro Schiff, die Mannschaft nicht eingerechnet. So jedenfalls die Anweisungen der Republicana.«

»Die verflucht schwer umzusetzen waren, wenn ich das mal anmerken darf«, sagte Mallik, »aber wir haben's geschafft.«

Liam wollte den Mann schon nach seiner Definition von »schaffen« fragen, als er einen Blick auf sich spürte. Er drehte sich um und entdeckte einen Dockarbeiter, der ihn regelrecht anstarrte. Mit einem Ausdruck, den man nun beim besten Willen nicht als wohlwollend bezeichnen konnte. Als er sich weiter umsah, stellte er fest, dass jeder Mann in der Werft die kleine Besuchergruppe fixierte, und keiner von ihnen wirkte auch nur ansatzweise erfreut über ihren Besuch. Galt die unausgesprochene Feindseligkeit ihm oder den Mitgliedern der Republicana, fragte er sich.

»Sprecher«, fragte er mit gedämpfter Stimme. »Haben wir ein Problem?«

Kar hob die Augenbrauen und sah sich um. »Was meint Ihr? Die Arbeiter?« Er machte eine wegwerfende Handbewegung. »Die gucken immer so.«

»Die notorisch Unzufriedenen«, fügte Welin hinzu. »Das ist mitunter so schlimm, dass ich diese ganzen Gewerkschaften zum Teufel jagen möchte.«

Liam sah zu seinen Offizieren, stellte fest, dass auch sie verwirrt dreinschauten. »Was ist das? Gewerkschaften?«

»Damit solltet Ihr Euch nicht belasten, Euer Hoheit«, erwiderte Kar. »Ash wird Euch dies und vieles andere zu gegebener Zeit erklären.«

Sie gingen weiter an der halb fertiggestellten Galeere entlang, während Mallik über diese und jene Innovation plauderte, ihnen vorrechnete, wie viele Wagenladungen Holz und wie viele Männer für den Bau benötigt wurden, wie ausbalanciert die Konstruktion war und wie gut der Rumpf im Wasser lag und so weiter und so fort. Als wäre dieses Schiff die größte Erfindung in der Geschichte der Kriegskunst. Was es vielleicht sogar war, das vermochte Liam nicht zu beurteilen. Und es war ihm auch *scheißegal.* Alles, was ihn derzeit interessierte, war: »Wie lange dauert denn für gewöhnlich die Fertigstellung eines solchen Schiffs?«

Der Erste Schiffbaumeister verfiel in Schweigen. Sein Blick ging kurz zu Verteidigungskonsul Welin. Dann: »Wenn alles wie geplant läuft, etwa sechs Monate.«

»Sechs Monate. Das heißt, die ersten sollten jetzt vom Stapel laufen, wenn mit ihrer Konstruktion sofort im Anschluss an die Kriegserklärung begonnen worden wäre.«

Mallik sah ihn eindringlich an. »Wie gesagt, sechs Monate, sofern alles nach Plan verläuft«, wiederholte er.

»Und wie lang sind diese hier schon im Bau?«

»Etwa drei Monate, Euer Hoheit.«

Liam runzelte die Stirn. »Wie kann das sein? Meine rechnerischen Künste mögen nicht die besten sein, aber ...«

»Euer Hoheit.« Der Erste Sprecher Kar lächelte und spreizte die Hände. »Das können wir gern in Meerblick besprechen. Gibt es sonst noch etwas, das Ihr zu sehen wünscht?« Sein Lächeln war so hölzern wie die Spanten, vor denen er stand, während sich in seinen Augenwinkeln kleine Splitter zu sammeln schienen.

»Gewiss«, sagte Liam. »Und nein, ich denke, ich habe genug gesehen.« *Genug, um zu wissen, dass ich mit dir an meiner Seite kaum weiterkommen werde.*

Er dankte dem Schiffbauer für seine Zeit. Dann folgten sie dem Ersten Sprecher Kar den Hügel hinauf, wo ihre Pferde warteten.

»Nochmals danke, Euer Hoheit.« Kar verbeugte sich. »Ash wird zeitig morgen früh hier eintreffen. Er wird sich gut um Euch kümmern, und wenn es irgendetwas gibt, das ich persönlich für Euch tun kann, dann lasst es mich wissen.«

Ja, sicher, weil du mir bisher auch eine so große Hilfe gewesen bist ..., dachte Liam, doch stattdessen sagte er: »Vielen Dank. Auf Wiedersehen.«

Ide trat zu ihnen, als sie Kar und die anderen davonreiten sahen. »Und? Wie ist's gelaufen?«, wollte sie wissen.

»Ganz ausgezeichnet, nein, perfekt! Es sei denn, man hätte

was Konkretes erfahren wollen, dann war's ein Schlag ins Wasser …«

»Hm, so sind wir also keinen Schritt weiter?«

Liam schnaubte. »Dieser Mann windet sich wie …« *Nein, nicht Aal! Bitte jetzt nicht zu allem Überfluss auch noch ein Fischvergleich!* »… eine Schlange«, sagte er lahm und vermied es, Dain anzublicken.

»Dieser Bootsbauer hatte eindeutig mehr zu sagen«, meinte Rona. »Die Frage ist, warum Kar uns so schnell wieder aus der Werft haben wollte. Was sollten wir auf keinen Fall hören?«

»Da ist so viel, was einfach keinen Sinn ergibt«, sagte Liam. »Wie es scheint, zimmern sie die Schiffe von Grund auf neu zusammen. Aber warum? Was ist mit ihrer existierenden Flotte passiert?«

»Eine gute Frage, Kommandant«, sagte Dain. »Ich hab die Flotte sogar schon einige Male gesehen. Groß war sie nie – die Onnani haben sich eher auf Fischerboote und Handelsschiffe konzentriert als auf Kriegsgaleeren –, aber sie war da. Nicht selten sah man die stolzen Galeeren in der Bucht liegen. Ein wunderschöner Anblick bei Sonnenuntergang.«

»Schön und gut, aber wo ist sie hin, diese stolze Flotte?«

Eine rhetorische Frage, natürlich, und eine, die niemand beantworten konnte.

Sie betraten das Haus und wurden dort schon von Shef erwartet. »Ihr habt noch einen weiteren Besucher, Euer Hoheit«, verkündete der Diener. »Vorsitzender Irtok erwartet Euch im Wintergarten.«

Liam seufzte und fand, er hatte hiermit seine Politiker-Quote für diesen Tag mehr als erfüllt.

Der Vorsitzende erhob sich, als Liam und seine Offiziere den Raum betraten, und die Falten seiner Silberrobe fielen akkurat in Position. »Euer Hoheit.«

Hätte man Liam nicht gemeldet, wer da auf ihn wartete, er hätte den Mann nicht wiedererkannt. Mit Maske war Irtok eine gravitätische, imposante Erscheinung gewesen. Ohne sie war er nur ein alter mürrischer Mann mit eng stehenden Augen und einem verkniffenen Mund. Er war fast kahl, versuchte diese Tatsache aber zu verbergen, indem er sich die Strähnen seines lichten Haares einmal quer über die Glatze kämmte.

»Bitte verzeiht mein spontanes Erscheinen«, sagte der Vorsitzende. »Ich hätte mich vorher ankündigen sollen, aber ich hielt es für besser, diesen Besuch unbemerkt abzustatten.«

»Unbemerkt?« Liam legte die Stirn in Falten. »Ihr meint, Ihr seid heimlich hergekommen?«

Irtok lachte kurz auf, was seine Hängebacken in Wallung versetzte. »So dramatisch ist es nun auch wieder nicht. Ich versuche nur, unnötige Fragen zu vermeiden.«

»Fragen wie?«

»Zum Beispiel die Frage, warum ich es für nötig erachte, mit Euch unter vier Augen zu sprechen.« Er wartete, räusperte sich, doch als klar wurde, dass Liam nicht vorhatte, seine Offiziere fortzuschicken, fügte er hinzu. »Oder, wenn doch nicht unter vier Augen, dann zumindest außer Hörweite meiner geschätzten Kollegen.«

»Und warum solltet Ihr dergleichen für nötig erachten?« Liam bedeutete dem Vorsitzenden, Platz zu nehmen.

»Ich nehme an, der Erste Sprecher und sein Vertreter haben Euch eine Erklärung dafür geliefert, warum der Bau der Flotte sich verspätet. Ich vermute, man hat angedeutet, dass die Opposition aktiv die Bemühungen der Regierung sabotiert.« Irtok lehnte sich vor und sprach nur mehr flüsternd weiter. »Aber ich versichere Euch hier und jetzt, Euer Hoheit, dass das völliger Blödsinn ist. Der Volkskongress mag den Krieg missbilligen, aber so weit würde Syril niemals gehen.«

Liam sah ihn aus zusammengekniffenen Augen an. »Ihr seid Mitglied der Arbeiter-Allianz, nicht wahr?«

»Selbstverständlich. Andernfalls hätte man mich kaum zum Vorsitzenden berufen können.«

»Es wundert mich nur, dass Ihr Euch so offen gegen Euer eigene Vereinigung aussprecht.« Das entsprach nicht ganz der Wahrheit. Aus Saxons Aufzeichnungen wusste er genau, dass auch Irtok sich um das Amt des Allianz-Anführers bemühte und dass sich in Anbetracht der anstehenden Wahlen seine Differenzen mit Kar noch ausweiten würden. Liam verstand nicht viel von Politik, aber man musste kein Spitzendiplomat sein, um das zu begreifen.

»Mir geht es allein um das Wohlergehen dieses Landes, Euer Hoheit«, versicherte ihm Irtok. »Wir sind im Krieg, und da brauchen wir kompetente Männer am Ruder. Allerdings zählt unser derzeitiger Verteidigungskonsul nun mal nicht dazu. Es tut mir leid, dies sagen zu müssen, aber der Erste Sprecher Kar tut wirklich sein Bestes, um das Versagen seines eigenen Kabinetts unter der Decke zu halten. Womit er sich ebenfalls schuldig macht, wie ich hinzufügen muss.«

Dabei klang Irtok keineswegs so, als würde er all dies über die Maßen bedauern.

»Also haltet Ihr das Ganze lediglich für die Folge von Inkompetenz?«, sagte Liam. »Niemand zieht das Projekt demnach vorsätzlich in die Länge?«

»Eine schreckliche Anschuldigung«, sagte Irtok. »Es würde mir in der Seele wehtun, falls meine Kollegen Euch dies haben glauben machen wollen in dem Versuch, von sich selbst abzulenken, Euer Hoheit.«

»Und was soll nun geschehen?«

Irtok blickte auf seinen Schoß und pflückte ein unsichtbares Stäubchen von seiner Robe. »Ich bedaure sagen zu müssen, dass sich nichts ändern wird, solange die Dinge nun mal so sind, wie sie sind. Wenn wir also einen Ausweg aus dieser verzweifelten Lage finden wollen …« Er schüttelte bekümmert den Kopf. »Nun, dann fürchte ich, werden größere … Umwälzungen vonnöten sein.«

»Aha.« Liam ahnte, worauf das hinauslief. Er hätte es von Anfang an wissen sollen.

»Nichts so Dramatisches wie vorgezogene Wahlen natürlich. Eine solche Destabilisierung können wir uns nicht erlauben. Wenn aber vielleicht der Bruder Eurer Majestät einigen meiner geschätzten Kollegen nahelegen könnte …«

»Verstehe«, sagte Liam, und diesmal verstand er nur zu gut.

Indem alles gesagt war, was es von seiner Seite zu sagen gab, leerte der Vorsitzende Irtok sein Weinglas und ging. Liam machte sich nicht einmal die Mühe, sich zum Abschied zu erheben, geschweige denn, ihn zur Tür zu begleiten. Er war bestürzt und sprachlos und wie betäubt.

»Tja«, sagte er, als Irtok fort war, »das war definitiv der Höhepunkt meines Tages …«

»Was er Euch da gerade vorgeschlagen hat …«, sagte Rona mit aufgerissenen Augen. »Ich meine, was, wenn das jemand mit angehört hat?«

»Was genau meint Ihr? Den Teil, wo er mich praktisch bat, ihm beim Sturz seiner eigenen Regierung zur Hand zu gehen?«

»Verrat«, flüsterte Ide mit Blick auf die geöffnete Tür.

»Nein«, sagte Dain. »Das hier ist keine Monarchie. Die Allianz der Arbeiter kann jederzeit darüber abstimmen, die amtierende Führung durch eine geeignetere zu ersetzen. Insofern stellt Irtoks Vorschlag keinen Verrat dar, nur einen unfassbar schmierigen Winkelzug.«

Es geht also los. Man hatte Liam vor den hiesigen Verhältnissen gewarnt, jedoch hatte er nicht damit gerechnet, so schnell in den Strudel aus üblen Machenschaften und Intrigen hineingezogen zu werden. Er fuhr sich durch die Haare und fluchte leise. Bei den Götter, wie er das hasste. Er gehörte an die Front, zu Rig und den anderen, so wie alle Wölfe. Stattdessen stocherte er hier in diesem Wespennest herum.

»Euer Hoheit.« Shef trat auf ihn zu; er trug eine Schriftrolle mit sich. »Dies hat vorhin ein Bote abgegeben. Ich wollte Euch eben nicht stören, daher …«

Kurz flackerte Panik in Liams Blick auf. Wie lange hatte der Diener schon dagestanden? Hatte er sie belauscht? Verrat oder nicht, es würde den Onnani nicht gefallen, wenn der Prinz von Alden sich mit irgendjemandem gegen ihre Regierung verbündete.

Falls Shef etwas mitbekommen hatte, ließ er sich nichts anmerken. Liam nahm die Schriftrolle entgegen und hoffte, seine Hände wirkten ruhiger als er sich fühlte. Das Pergament war versiegelt, aber nicht gestempelt worden. Liam betrachtete den nichtssagenden gelblichen Wachsklumpen. Stirnrunzelnd öffnete er das Schreiben.

Als er las, spürte er, wie die Hitze sein Rückgrat hinaufkroch und sich sein Puls beschleunigte. Man musste es ihm angesehen haben, weil sich nun Rona aus ihrem Sessel erhob. »Kommandant?«

»Ich war zu voreilig«, knurrte Liam. »*Das hier* ist definitiv der Höhepunkt meines Tages.«

»Was ist denn los?«, fragte Ide.

»Nun, die Handschrift ist ein bisschen ungelenk, aber ich bin mir ziemlich sicher, dass hier steht: *Monarchistenbastard. Du bist in Onnan nicht willkommen. Hau ab und nimm deine Weißen Hunde mit dir. Du wurdest gewarnt. Wenn du bleibst, wirst du sterben.* Er zerknüllte das Pergament in seiner Hand. »Glaubt

Ihr, die haben das mit dem Bastard wörtlich oder eher im übertragenen Sinne gemeint?«

»Wir könnt Ihr nur darüber Witze machen?« Rona war blass geworden. »Das ist eine Todesdrohung!«

»Ja, den Eindruck hab ich auch gewonnen.«

Sie schnappte sich den Brief aus Liams Hand. Die anderen scharten sich um sie, um ihn mit eigenen Augen zu lesen.

Liam stand auf, um sich noch etwas Wein einzugießen. Dann überlegte er es sich anders und öffnete die Türen des Balkons. Er trat hinaus, sog tief die salzige Luft in seine Lungen ein und ließ den Wind sein Haar zerzausen.

Wenn du bleibst, stirbst du. Eine ziemlich unmissverständliche Aussage. Klarer als alles, was man ihm seit seiner Ankunft hier mitgeteilt hatte.

Er vermisste Alix. Sie würde wissen, was zu tun war. Wusste, wie man ein solches Dilemma löste und wie man Feinde bekämpfte, die man nicht kannte. Ebenso Erik. In dieser Hinsicht waren sie sich sehr ähnlich. *In vielerlei Hinsicht,* flüsterte eine Stimme in seinem Kopf. Liam schloss die Augen und versuchte, nicht daran zu denken.

So blieb er im Freien stehen, bis die Sonne unterging, ignorierte die wiederholten Aufforderungen von drinnen, doch wieder hereinzukommen und etwas zu essen. Erst als der Mond am Himmel erschien und Nebel den Hügel hinaufkroch, kehrte er mit feuchten Kleidern und zitternd vor Kälte auf sein Zimmer zurück.

Aus einer dunklen Ecke heraus knurrte ihn Rudi an. Liam war zu erschöpft, um sich groß darum zu scheren. Er ließ sich auf dem Boden vor dem Kamin nieder. Da trottete der Wolfshund herbei und schnüffelte an seinen salzverkrusteten Hosen. Liam achtete nicht auf ihn. Im nächsten Augenblick ließ sich der warme massige Tierkörper auf seinen Beinen nieder. Dann legte Rudi seufzend den Kopf zwischen seine Pfoten und schloss die Augen.

Die Hand im dichten Fell des Tiers vergraben, schlief auch Liam ein.

9. KAPITEL

Es waren vier. Und obwohl sie nicht in Rot gekleidet waren, konnte er selbst auf die Entfernung hin ausmachen, dass es nicht seine Männer waren. Was nur bedeuten konnte, dass es sich um Feinde handelte. Ein Spähtrupp offenbar und eine gute halbe Tagesreise von der Grenze entfernt – viel näher am Fort also, als sie sollten.

»Verdammter Mist«, fluchte Riggard Black.

»Ganz Eurer Meinung, General.« Kommandant Morris reichte ihm die Langlinse.

Rig winkte ab; er hatte alles gesehen, was er sehen musste. »Und ich dachte, wir hätten noch mindestens zwei Wochen, bevor der Spaß erst richtig losgeht. Noch immer friere ich mir jeden Morgen den Arsch ab, und vor uns liegt mindestens noch ein weiterer Wintereinbruch mit Eis und Schnee. Das passiert alles viel zu schnell.«

»Auch hier muss ich Euch zustimmen«, sagte Morris. »Man kann sich glücklich schätzen, dass sie gewartet haben, bis Ihr aus der Hauptstadt zurückgekehrt wart.«

»Ich werde die Tugenden dafür in mein Gebet einschließen.«

»Hätte nicht vermutet, dass Ihr ein gläubiger Mann seid, General.«

»Und ob. Stehe kurz vor meiner Ordination zum Priester.«

Sie robbten den Hügel wieder herab, wobei ihre Rüstungen eine glänzende Schlammspur in den Untergrund pflügten. Von oben bis unten waren sie mit Dreck bedeckt, und das war gut so. So waren sie schwerer zu entdecken, wenn sie sich dem Feind näherten.

Männer und Pferde, jeweils acht, erwarteten sie am Fuß der Anhöhe. »Pfeile«, zischte Rig ihnen zu. »Und zwar schnell und leise.«

Wortlos machten die Männer ihre Bögen bereit. Rig löste seinen eigenen Blutbogen und den Köcher vom Sattel und bedeutete seinen Männern auszuschwärmen. Sie würden den Abstand zwischen sich und den Feinden ein wenig verringern und die Späher dann von den Flanken aus angreifen. Das erste Blutvergießen der Saison. Die ersten Tropfen vor dem Wolkenbruch.

Rig und Morris trennten sich; jeder von ihnen führte vier Männer an. Vorsichtig nahmen sie den Weg durch das Unterholz. Der Wind war auf ihrer Seite, rauschte durch die Bäume und trug alle Geräusche vom Feind fort. Rigs Puls hallte zufriedenstellend in seinen Ohren wider. Nicht dass er Gefechte liebte – die Götter wussten, dergleichen hatte er mehr als genug unter seinem Kommando ausgetragen –, aber es machte einen Mann schier verrückt, den ganzen Winter herumzusitzen und darauf zu warten, dass der Feind zuschlug. So hatte er darauf bestanden, selbst auszurücken, als feindliche Späher nahe des Forts gesichtet worden waren. Eigentlich keine Aufgabe für einen Generalkommandanten, das wusste er, aber wie hieß es so schön? Wer rastet, der rostet.

Er führte seine Einheit in einem weitem Bogen herum, darauf vertrauend, dass Morris dasselbe mit seinen Männern auf der anderen Seite tat. Er hielt seinen Trupp außer Sicht, bis er den Abstand für gut befand, und rückte dann Richtung Gegner vor. Es gab kein Signal, keinen Pfiff oder ein Spiegelsignal. Rig würde zuerst angreifen, dann würden die anderen folgen. Einfach. Kein Raum für Missverständnisse. Über den Tod konnte es keine Missverständnisse geben.

Die feindlichen Späher bewegten sich langsam voran, hofften vermutlich, noch unentdeckt zu sein. Das machte sie zu leichten Zielen. Rig legte an. Sein Daumen berührte seinen Bart. Der Blutbogen knirschte. Er hielt inne, kniff die Augen zusammen, hielt den Atem an – als bestünde auch nur der Hauch einer Chance, dass er verfehlte, dass ein Pfeil, der von einem Blutbogen abgeschossen wurde, etwas anderes tun konnte, als sein Ziel zu treffen. Rig hätte aus dieser Entfernung das Ohr seines Feindes durchlöchern können. Und dann schoss er.

Der Späher-Anführer schlug nach hinten, nachdem der Pfeil in sein Auge eingedrungen war.

Die anderen stoben auseinander wie aufgeschrecktes Wild. Doch auch für zwei weitere von ihnen war es schon zu spät; von Pfeilen gespickt brachen sie zusammen. Doch in Morris' Einheit war offenbar die wortlose Kommunikation abgerissen, denn alle Bogenschützen hatten dieselben beiden Männer ins Ziel genommen. Dem überlebenden Gegner gelang es, sich wegzuducken und durch die Bäume zu entschwinden.

Rig fluchte und nahm die Verfolgung auf. Es war nur mehr ein einziger Mann, doch bis jetzt war es ihnen gelungen, den Standort ihres Forts geheim zu halten. Rig würde sich bis an sein Lebensende verfluchen, wenn ein einziger überlebender Späher sie an den Feind verraten konnte. Mit dem Blutbogen in der rechten Hand und dem wild hin und her schwingenden Schwert an seiner Hüfte brach er durch das Gehölz. Er war ein großer Mann, athletisch gebaut, doch er trug Brustplatte und Kette sowie schwere Stiefel, eine Ausrüstung für den berittenen Kampf. Der feindliche Späher in seiner leichten Lederkluft würde ihm mit Leichtigkeit davonlaufen können. Zum Glück hatte Rig ebenfalls zwei Kundschafter an seiner Seite, die schon vorausgeeilt waren, um dem Fliehenden nachzusetzen. Er machte sich keine Sorgen.

Bis er die anderen sah.

Sieben insgesamt, also drei weniger, als Rig in seinem Trupp zur Verfügung hatte. Späher, wie er aufgrund ihrer Lederrüstungen und der leichten Bewaffnung schloss. Und sie waren kampfbereit, seit dem Moment, da zehn Mann durch den Wald auf sie zurannten wie eine Horde Wildschweine. Ein Pfeil pfiff an Rigs Schulter vorbei und traf eine seiner Kundschafterinnen in die Brust. Mit einem Schrei ging sie zu Boden. Kurz darauf fiel weiter östlich und deutlich hörbar ein weiterer Kundschafter – einer von Morris' Männern. Nun herrschte fast Waffengleichheit. Rig fluchte und holte einen Pfeil aus seinem Köcher.

Er war hier der Einzige, der einen Blutbogen besaß; das konnte er an den ziellosen Schüssen erkennen, die in beide Richtungen abgegeben wurden. Er erledigte drei Männer. Es war kein großartiger Kampf, aber das hieß nicht, dass alles gut war. Er konnte den ersten Späher, der zuvor geflohen war, nirgendwo entdecken. Das bedeutete, dass der Mann einfach weiter in Richtung seiner Basis gerannt war – ein für sie gefährliches Vorhaben.

Rig spannte den Bogen erneut, doch in diesem Moment duckte sich sein anvisiertes Ziel unter dem Pfeil eines anderen Schützen weg und damit aus Rigs Schusslinie. Blutbögen waren tödlich präzise, aber um die Ecke schießen konnten nun mal auch sie nicht. »Morris!«

»Hier, General!«

»Bringt das hier zu Ende. Ich nehme die Verfolgung auf!«

Ein leidenschaftlicher Fluch drang durch die Baumreihen.

Morris mochte es nicht, wenn sein Kommandant sich in Gefahr begab. Aber er war Soldat, und Soldaten befolgten Befehle, daher rief er nun: »Ja, General!«

Doch Rig hatte die Antwort nicht mehr abgewartet, hatte sich längst schon aus dem Gefecht zurückgezogen und war in die Richtung gerannt, in die er den Späher hatte davonrennen sehen. Er bezweifelte, ihn noch einholen zu können, aber er wollte es zumindest versuchen.

Schon bald wurden die Kampfgeräusche vom Wald verschluckt. Das war gut, denn jetzt konnte Rig hören, wie seine Beute vor ihm floh. Raschelnd und keuchend. Er wandte sich den Geräuschen zu, und schon bald hatte er die Fährte aufgenommen. Es war nicht schwer, einem Mann zu folgen, der durch das Laub des vergangenen Jahres stob. Rig gestattete es sich sogar, ein wenig langsamer zu machen und Verstohlenheit über Geschwindigkeit zu stellen. Den Gegner zu überholen erschien ihm aussichtslos, doch wenn dieser sich in Sicherheit wähnte, würde er vielleicht sein Tempo verringern, wenn nicht ganz innehalten.

Rasselnd rang Rigs eigenes Atmen an sein Ohr. Er konnte sich nicht erinnern, wann er das letzte Mal in voller Rüstung eine längere Strecke gerannt war. *Schon morgen wird dich jeder verdammte Muskel in deinem* Körper *daran erinnern,* dachte er. *Vorausgesetzt, ich lebe so lange …*

Es wurde immer schwieriger, der Spur zu folgen. Der feindliche Späher war, wie erwartet, langsamer geworden, doch dadurch wirbelte er auch weniger Laub auf. Rig verfiel in einen gemächlicheren Gang und verließ sich nun ganz auf sein Gehör. Die Geräusche kamen aus dem Süden, aus Richtung Fluss. Der Späher hatte noch eine lange Reise vor sich, aber wenn er es über die Grenze schaffte, würde er wie ein Held gefeiert werden. Seit dem letzten Herbst hatten die Oridianer versucht, dass Fort ausfindig zu machen. Es war eilig errichtet worden und alles andere als ein großartiges Bollwerk, aber es verschaffte Rig westlich der Zitadelle Pir eine sichere Stellung. Und er konnte sich von dort aus viel flinker an der Grenze entlangbewegen und das Loch stopfen, dass es dem Feind im letzten Herbst erlaubt hatte, von Andithyri aus ins Königreich Alden einzudringen. Wenn die Oridianer also das Fort entdeckten, würden sie es leicht zerstören können, und dann stand nichts mehr zwischen ihnen und den Greenlands.

Zu spät bemerkte Rig, dass die Geräusche des Waldes verstummt waren. Er erstarrte. Eine Windbö raschelte durch die Zweige um ihn herum, ansonsten rührte sich nichts. Er schloss die Augen, lauschte. Nichts.

Über ihm begann ein Eichhörnchen zu schnattern. Fluchend schaute Rig nach oben, erwog, den Störenfried mit einem Pfeil zum Schweigen zu bringen. Stattdessen erblickte er etwas Großes und Dunkles, das sich von der Baumkrone aus auf ihn stürzte. Es erwischte ihn mit vollem Gewicht, riss ihn zu Boden und trieb ihm die Luft aus den Lungen.

Es folgte ein Moment der Verwirrung, in dem sich die Welt um ihn herum in einem irren Tempo drehte, dann wurde er von einer Masse aus Leder und Stahl am Boden festgenagelt. Metall blitzte auf. Rigs Hand schoss vor, erwischte das Handgelenk über sich und verdrehte es mit einem Ruck. Der Mann, dem die Hand gehörte, grunzte auf, aber er ließ den Dolch nicht fallen, stattdessen kam der immer näher. Sie kämpften; irgendwie gelang es dem Späher, sein Knie gegen Rigs Kehle zu drücken und einen zerstörerischen Druck auf seine Luftröhre auszuüben. Panik, die noch stärker als der Schmerz war, erfasste Rig. Immer fester presste sich das Knie gegen seinen Hals. Lange würde er nicht mehr standhalten können, bevor er das Bewusstsein verlor. Er bäumte sich wild auf, wollte seinen Angreifer abschütteln, während er den Dolch abzuwehren versuchte und seine linke Hand erfolglos in den Lederharnisch des Mannes schlug. Der Späher bewegte sich wieder, trachtete danach, Rigs linken Arm mit seinem anderen Knie am Boden zu fixieren.

Das war ein Fehler.

Mit seinen befreiten Beinen besaß Rig nun die dringend benötigte Hebelwirkung für eine effektive Gegenwehr. Mit der linken Faust verpasste er dem Gegner einen harten Schlag gegen die Schläfe, der ihn kurz betäubte. Ein weiterer Hieb ließ den Mann zur Seite kippen. Rig rollte herum und schwang sich mit dem ganzen Gewicht auf seinen Angreifer. Mit aller ihm noch zur Verfügung stehenden Kraft hielt er den Mann am Boden und schritt zur Tat. Wieder und wieder sausten seine Fäuste in einer Mischung aus blinder Wut und grenzenloser Erleichterung auf seinen Widersacher nieder.

Das war nicht hübsch, dafür dauerte es aber auch nicht lange. Als er endlich fertig war, besaß das Gesicht unter ihm kaum etwas Menschliches mehr.

Rig sprang auf die Beine, trat neben den blutigen Körper zu seinen Füßen und fasste sich hustend und schnaufend an den Hals. Er konnte nirgendwo Satteltaschen oder einen Beutel entdecken, nichts, was darauf hindeutete, dass der Späher wertvolle Informationen bei sich getragen hatte. Natürlich nicht. Dafür war der Kriegsherr zu listig. Wie auch Rig, schickte er seine Späher mit kaum mehr als ihrer Lederrüstung und ihren Fähigkeiten ins Feld. Weshalb so viele von ihnen als ausgeweidete Kadaver endeten, nachdem sie von einem Pfeil erwischt oder von riesigen wütenden Männern zu Tode geprügelt worden waren.

Er versuchte zu Atem zu kommen und ließ den Blick schweifen. Das Erste, was ihm auffiel, waren die hellen Scharten in der Rinde des Baumes neben ihm, in den der Späher geklettert war, um sich auf ihn zu stürzen. *Wie konnte dir das bloß entgehen, du blöder Ochse?* Er war dem Angriff nur mit knapper Not entkommen.

Zum Zweiten stellte er fest, dass er absolut keine Ahnung hatte, wo er sich befand. Na großartig, da war er mit einem ganzen Trupp aufgebrochen, um nun mutterseelenallein auf weiter Flur dazustehen.

Er hatte nur zwei Möglichkeiten. Entweder lief er zurück, bis er seine Spur wiederfand, oder aber er versuchte, sich bis zur Straße durchzuschlagen, die irgendwo in nordwestlicher Richtung liegen musste. Er entschied sich für Letzteres. Ein längerer Weg, aber der sicherere, weil er dabei höchstwahrscheinlich nicht irgendwelchen umherstreifenden Soldaten in die Arme laufen würde.

Es dauerte eine gute Stunde, bis Rig die Straße gefunden hatte. Und natürlich begann es in diesem Moment zu regnen. Ein kaltes Nieseln zunächst, das schon bald in einem unerbittlichen Wolkenbruch gipfelte. Das Wasser rann ihm in Strömen übers Gesicht, sein Bart saugte sich voll, und die Haare klebten ihm an der Stirn. Und es rann mit eisigen Fingern unter seiner Rüstung an seinem Rücken herab. Er hätte genauso gut ins Fort zurückschwimmen können. Nach einer Weile ließ das Unwetter nach, aber da war der Schaden schon angerichtet. Rig war bis auf die Knochen durchgefroren, und wenn er nicht bald trockene Kleidung und ein wärmendes Feuer fand, würde er sich mit Sicherheit den Tod holen. *Das wäre wirklich der Gipfel*, dachte er. *Da überlebt man die Belagerung und diese blutverzauberten Unterjochten, nur um am Ende an einem Fieber zu krepieren.*

Erst in diesem Moment wurde ihm bewusst, dass er beobachtet wurde.

Er fuhr herum und nahm gleichzeitig den Blutbogen von der Schulter. Ein Reiter stand mitten auf der Straße. Das Gesicht seines Gegenübers war unter einer Kapuze verborgen, doch die Kaskade langen Haars, das der Gestalt über die linke Schulter fiel, deutete darauf hin, dass dort eine Frau im Sattel saß. Und eine schamlose noch dazu, da sie ihr Haar offen trug. Eine Adlige wäre damit vielleicht noch durchgekommen, aber es überraschte Rig, dass die Menschen vom Land so unverfroren sein konnten.

»Hey, da!« Er schwang sich den Bogen wieder über die Schulter, um ihr zu zeigen, dass von ihm keine Gefahr ausging.

Die Frau brachte ihr Pferd näher, wendete es leicht, damit sie einen besseren Blick auf den Fremden werfen konnte. Rig widerstand dem Drang, sich den Schlamm von seiner Brustplatte zu wischen. Das hatte ja alles ohnehin keinen Sinn mehr.

»So begrüßt Ihr also eine Frau, Soldat? Mit ›hey, da!‹?«

Sie sprach mit leicht onnanischem Akzent. Eine Frau aus dem Osten oder gar eine Onnani?, fragte sich Rig. Wie auch immer, er hatte sie offenbar gekränkt. Er setzte sein charmantestes Lächeln auf und verbeugte sich. »Ich bedaure zutiefst, meine Dame, ich wollte Euch nicht beleidigen. Das Militär verdirbt die Manieren eines jeden Mannes.«

»Habt Ihr Euch verirrt?«

»Nein, zumindest nicht mehr. Ich bin nicht mehr weit entfernt von zu Hause, aber der Weg dahin ist etwas mühsam.« Er deutete auf die schlammige Straße.

»Seid Ihr verwundet?«

»Dankenswerterweise nein, obwohl ich die eine oder andere Schwierigkeit zu bewältigen hatte.«

»Das sieht man. Spuren der einen oder anderen Schwierigkeit finden sich überall auf Eurer Brustplatte.«

Rig sah an sich herunter und schluckte. Durchnässt wie ein Straßenköter und blutbefleckt wie ein Metzger. Die Götter waren ihm nicht wohlgesonnen heute.

»Euer Blut oder das eines anderen?«, fragte sie.

»Ein oridianischer Scout.«

»Möge er bei seinen Göttern Frieden finden«, sagte sie ernst.

Darauf fielen Rig eine Reihe möglicher Antworten ein, aber er verkniff sich eine jede.

»Wie es scheint, seid Ihr auf dem Weg zurück zu Euren Kameraden. Mein Pferd kann zwei Reiter tragen, wenn Ihr mögt.«

Eine Frau, die ihr Haar vor aller Augen offen trug, war schamlos. Eine Frau, die einem völlig Fremden anbot, auf ihrem Pferd mitzureiten, war etwas ganz anderes. Zum Glück hatte Rig kein Problem mit schamlosen Frauen, hatte er doch mehr oder weniger selbst eine aufgezogen. »Ein großzügiges Angebot«, sagte er. »Und eines, das ich geneigt bin anzunehmen angesichts der Tatsache, dass mir allmählich die Finger absterben.«

Ihr Pferd tänzelte an seine Seite, und jetzt konnte Rig auch das Gesicht erkennen, das auf ihn herabblickte – dunkelhäutig und dunkeläugig. Und ziemlich attraktiv. Ihre Schönheit betörte ihn, und das musste man ihm auch angesehen haben, weil sie ihren Mund nun zu einem schiefen Lächeln verzog. »Ihr starrt mich an, Soldat.«

»Ich fürchte, das tue ich.« Er lächelte. »Letzte Chance für einen Rückzieher.«

»Mir macht Ihr keine Angst. Die Tugenden sind mit ihren Auserkorenen.« Sie schlug eine Seite ihres Umhangs leicht zurück und enthüllte die Roben einer Priesterin. Als sie Rigs bestürzte Miene sah, lachte sie. Dann beugte sie sich zu ihm herunter, so nah, dass Rig beinahe zurückgezuckt wäre. »Letzte Chance für einen Rückzieher.«

Eine Priesterin. Das hatte Rig nun wahrlich nicht erwartet. Weibliche Ordensleute waren in Alden eine Seltenheit und in Onnan erst recht, und sie waren die Protagonisten zahlreicher unschmeichelhafter Legenden. Unter den Erromanern waren sie als Hexen verunglimpft worden – gehängt und verbrannt, und nicht immer in dieser Reihenfolge. Rig war kein religiöser Mann, und doch hatte er mit eigenen Augen die schreckliche Magie gesehen, derer sich so mancher Priester bediente. So war Madan, der Verrückte aus Oridia, eben nicht nur ein einfacher Priester gewesen und hatte bestätigt, dass in einigen dieser Legenden, selbst in den dunkelsten, ein wahrer Kern steckte.

»Ihr seid ein wenig blass geworden, Soldat. Vielleicht sollten wir uns ein Feuer suchen.« Sie legte ihre Hand auf den Sattel. »Vorn oder hinten?«

»Ich bin größer«, sagte Rig, und er klang nun ein wenig unwirsch. *Reiß dich zusammen, Black. Sie ist doch nur eine Frau. Sie wird dir schon nicht das Blut aussaugen.* »Ich setze mich nach hinten, wenn es Euch nichts ausmacht.«

»Vernünftig. Auf diese Weise könnt Ihr mich im Auge behalten. Man kann ja nie wissen, was für Niederträchtigkeiten eine Priesterin im Sinn hat.«

Rig wusste nicht, was er davon halten sollte.

Wieder lachte die Frau auf. Es war, als weide sie sich an seinem Unbehagen. Er wusste nicht, warum, aber andererseits hatte er wichtigere Dinge zu erledigen, und so schwang er sich kurzerhand hinter sie in den Sattel. Seine Arme um sie zu legen erschien ihm als keine gute Idee, also beschloss er, sich am Hinterzwiesel des Sattels festzuhalten.

Eine Weile ritten sie schweigend. Rig hing seinen eigenen Gedanken nach und fragte sich, was die Oridianer wohl als Nächstes planten, da sie offenbar im Begriff waren, ihre Offensive zu starten. Er hatte geglaubt, mehr Zeit zu haben. Er hätte gar um mehr Zeit gebetet, wäre er ein Gläubiger gewesen. Zwei Wochen früher, das bedeutete, dass sie den Feind zwei Wochen länger in Schach halten und möglicherweise zurückschlagen mussten, während die verdammten Onnani eine Flotte zusammenzimmerten – etwas, zu dem sie offenbar nicht imstande waren. *Das kann ich nicht*, dachte er düster. *Es ist unmöglich.* Und das hatte er Erik auch wissen lassen, nicht dass es irgendetwas an dem Dilemma änderte.

Nach einer Weile durchbrach die Frau seine Grübeleien. »Ich nehme an, der Feind wird bald zuschlagen.«

Er versteifte sich hinter ihr.

Das musste sie gespürt haben, weil sie nun ungeduldig mit der Zunge schnalzte. »Entspannt Euch, Soldat. Gesunder Menschenverstand und nicht Magie haben mir Eure Gedanken enthüllt. Eure Rüstung ist mit dem Blut eines feindlichen Spähers bedeckt. Ganz offensichtlich seid Ihr ein Offizier. Was sonst sollte Euch beschäftigen als der Krieg, in dem Ihr kämpft?« Ihre Stimme bekam einen spöttischen Unterton. »Dies oder die unangenehme Nähe zu einer Priesterin.«

»Woher wisst Ihr, dass ich Offizier bin?«

»Ich spreche Erromanisch gut genug, um den Akzent eines Hochgeborenen herauszuhören.«

Das klang plausibel, nahm er an, aber das hieß nicht, dass er ihre Fragen beantworten musste. Nicht, bevor er wusste, wer genau sie war. »Wie war noch mal Euer Name?«

»Ich glaube nicht, dass ich ihn Euch schon verraten habe.«

Er wartete, doch da kam nichts mehr. Er verdrehte die Augen zum Himmel und fragte: »Wie also heißt Ihr, Tochter?«

»Mein Name ist Vel.« Es lag etwas Melodisches in ihrer Stimme, etwas Intimes, wie ein nur für die eigenen Ohren bestimmtes gesummtes Lied.

Er wartete, dass auch sie ihn nach seinem Namen fragte, doch das tat sie nicht. »Und was führt Euch in diesen Teil des Landes, meine Dame? Es ist nicht sicher so nah an der Front.«

»Ich bin keine Lady. Solche Allüren pflegen wir in Onnan nicht.«

Eine Onnani also, wie er es sich angesichts ihres Akzents schon gedacht hatte. »Aus Onnan also. Nun ist meine Neugier allerdings noch größer. Ich muss Euch jedoch darauf hinweisen, dass es mehr als schnöde Neugier ist. Wir sind im Krieg. Wenn sich Fremde so nahe der Front herumtreiben, nehmen wir das nicht auf die leichte Schulter.«

Sie straffte sich im Sattel und erwiderte: »Wir sind Verbündete, Soldat. Wir kamen auf Einladung Eures Königs.«

»*Wir*? Seid Ihr etwa mit dem onnanischen Regiment hierher gereist?«

»Das bin ich. Ich betreue ihre Truppen und gebe ihnen geistlichen Beistand.«

»Aber das Heer traf doch schon vor zwei Tagen hier ein. Was also tut Ihr so allein hier draußen?«

»Ich bin in den Greylands aufgehalten worden, als ich einer Frau aus einem Dorf dabei half, ein Kind zur Welt zu bringen.«

»Eine mutige Entscheidung«, sagte Rig. *Und eine waghalsige dazu*, dachte er. »Aber allein auf der Kaiserstraße zu reisen ist nicht sicher. Vor allem nicht für eine Frau.«

»Nicht mal für eine Priesterin von Eldora? Würde nicht jeder Bandit aus Alden schon allein aufgrund meiner finsteren Kräfte schreiend das Weite suchen?« Schon wieder dieser Sarkasmus. Es schien ihr Spaß zu machen, in dieser Weise mit ihm zu reden.

»Wenn Ihr Glück habt, ja«, sagte Rig.

»Und wenn ich kein Glück habe?« Sie wandte ihm ihr Gesicht zu, sodass er ihr spöttisches Grinsen sehen konnte. »Würden sie mich vergewaltigen? Oder in Brand stecken? Was denkt Ihr?«

»Höchstwahrscheinlich«, meinte Rig nur. »All das haben sie ihren eigenen Frauen angetan, also würden sie bei einer Fremden wohl nicht lange fackeln.«

Einen Moment lang verfiel sie in Schweigen. Als sie wieder

sprach, war jegliche Ironie aus ihrer Stimme verflogen. »Ist das wirklich wahr? Eure Frauen werden sogar auf ihrem eigenen Grund und Boden angegriffen?«

»Wie auch die Männer, obwohl die gemeinhin das Glück haben zu sterben, bevor ihnen noch Grausameres widerfährt.«

»Könnt Ihr Lords sie denn nicht beschützen? Besteht darin nicht eine Eurer Verpflichtungen, die Ihr eingingt, um Eure Privilegien zu rechtfertigen?«

»Jeder Mann, der ein Schwert halten kann – und auch jede Frau –, sowie diejenigen, die nicht mal das können, wurden eingezogen. Wir bilden aus, was das Zeug hält, doch diese Menschen werden an der Front oder anderswo gebraucht. Wir haben keine Kapazitäten mehr frei, und wenn wir es bis zum Sommer schaffen sollten, dann nur dank der Gnade der Götter.« Es war nicht riskant, ihr das zu erzählen. Es war nichts, was der Kriegsherr nicht ohnehin schon wusste.

Wieder Schweigen. Dann: »Mir war nicht bewusst, dass die Lage so ernst ist.«

»Ich denke, auch Eurer Republicana ist dies nicht bewusst, andernfalls hätte man längst die Flotte zu unserer Rettung ausgesandt.« Ohne ihre Antwort abzuwarten, ergriff er die Zügel und brachte das Pferd jäh zum Stehen. Im nächsten Moment war er aus dem Sattel gesprungen, als auch schon ein paar Bogenschützen aus dem Wald neben der Straße traten.

Die Priesterin zog scharf die Luft ein; ihre Hand fuhr unter den Umhang. Vermutlich auf der Suche nach einem Dolch, dachte Rig. Als ob ihr der jetzt noch viel nützen würde …

»Guten Tag, Männer«, sagte Rig.

Die Männer ließen ihre Bögen sinken und grüßten, indem sie die rechte Faust auf ihre Brust pressten.

»Verbindet der Dame die Augen, bis ihre Identität zweifelsfrei geklärt ist.«

Vel im Sattel geriet außer sich. »Bitte was? Wie könnt Ihr es wagen …«

»Wo sind eure Pferde?«, fragte Rig die Männer und ignorierte das Gezeter.

Einer der Bogenschützen deutete in eine unbestimmte Richtung. »Eine halbe Stunde Fußmarsch entfernt.«

»Ich schicke euch jemanden entgegen, sobald ich das Fort erreicht hab.« Er deutete hinter sich auf die wütende Priesterin von Eldora. »Und bitte mit Gefühl. Sie ist eine Freundin, denke ich jedenfalls.«

»Behandelt Ihr so Eure Freunde?«, fragte Vel mit eisiger Stimme.

»Ja, bis ich weiß, dass sie auch das sind, wofür sie sich ausgeben.« Und an die Bogenschützen gewandt: »Sorgt dafür, dass sie alles bekommt, was sie braucht. Sobald ihre Leute ihre Identität bestätigt haben, kann sie gehen.« Er verbeugte sich. »Ich danke Euch für Eure Hilfe, Tochter Vel, und ich hoffe, Euch irgendwann einmal wiederzusehen. Bis dahin …«

Bis dahin hatte er eine Schlacht zu planen, und, wie es aussah, gerade einmal zwei Tage Zeit dazu.

Die Saison war eröffnet.

10. KAPITEL

»Hier.« Rig zeigte auf die Karte. »Oder vielleicht auch hier.«

Morris grunzte. »Ich weiß nicht, General. Wenn es stimmt, was wir über den Widerstand erfahren haben, wird der Kriegsherr vielleicht vermeiden wollen, ihren Festungen zu nahe zu kommen. Dadurch würde er seine Nachhut angreifbar machen. Ich könnte mir vorstellen, dass er sein Glück weiter westlich versucht.«

»Mit einer Armee auf offenem Feld kann es der Widerstand niemals aufnehmen. Das wäre Selbstmord. Sie werden so verfahren, wie auch wir es vormals getan haben, sich also auf seine Versorgungslinien konzentrieren oder sich auf ihrem eigenen Territorium auf andere weiche Ziel stürzen. Sadik hingegen kann sich seine Angriffsziele aussuchen, und wenn ich an seiner Stelle wäre, würde ich den Gunnar an dieser Stelle durchqueren. Und dann, wenn ich genug Männer am anderen Flussufer hätte, würde ich die Weißfisch-Brücke einnehmen.« Es war die einzige Brücke, die die Königsklingen nicht zerstört hatten, weil sie es einfach nicht konnten. Die Brücke war ein erromanisches Bauwerk, riesig lang, solide und stark und seit Jahrhunderten in Benutzung. Man würde ein oder gar zwei Fässer vom Schwarzpulver der Priester brauchen, um sie einzureißen. Selbst wenn Rig gewillt wäre, seine letzten Vorräte dazu zu verwenden, würden sie niemals auch nur in die Nähe der Brücke gelangen. Jeder, der mutig genug war, es dennoch zu versuchen, wäre mithilfe eines Brandpfeils in Stücke gesprengt worden, lang bevor er die Fässer am richtigen Ort platziert hätte. Die Oridianer hatten schon einmal schlechte Erfahrungen mit Schwarzpulver-Sabotage gemacht; den Fehler würden sie kein zweites Mal begehen.

»Und doch«, fuhr Rig fort, »ist die Brücke ein Flaschenhals. Auf ihr können sich nicht mehr als, ich schätze mal, fünfzehn Mann nebeneinander aufstellen, oder?«

»Fünfzehn wäre schon viel, besonders mit den Katapulten im Rücken, die uns vom anderen Ufer aus beschießen.«

Da hatte er recht, natürlich. »Sadik muss den Fluss gar nicht überqueren«, überlegte Rig laut. »Selbst ein Täuschungsmanöver würde uns teuer zu stehen kommen. Er würde uns einfach in einem Zermürbungsgefecht aufreiben und dann über unsere Leichen hinwegsteigen und in Erroman einmarschieren.«

Sie wechselten einen grimmigen Blick und starrten einmal mehr auf die Karte.

»General.« Ein Wachmann erschien im Türdurchgang. »Das Bataillon von Kommandant Wright ist hier.«

Na, fabelhaft! Das Letzte, was Rig jetzt brauchte, war, das Kindermädchen für einen unerfahrenen onnanischen Kommandanten zu spielen. *Ich hätte mich gar nicht erst darauf einlassen sollen,* dachte er frustriert. Ein dummer Gedanke, wie er im nächsten Moment zugeben musste, denn er brauchte den Mann, auch wenn ihm die ganze Sache quer saß. »Führt ihn rein.«

Kommandant Amis Wright betrat das Kriegszimmer; seine Rüstung schimmerte in all ihrer bisher unerreichten Glorie. Und er kam nicht allein. Mit ihm betrat eine Priesterin den Raum, abweisend und stolz schaute sie in die Runde – und dann: überrascht.

»Ihr?« Mit aufgesperrten Augen und Mund starrte sie Rig an.

»Hallo, Tochter.« Er für seinen Teil war mehr als überrascht, sie zu sehen. Hier. In seinem Einsatzhauptquartier.

Kommandant Wright sah von einer zum anderen. »Ihr kennt Euch?«

»Tochter Vel war so freundlich, mich gestern auf ihrem Pferd mit zurückzunehmen«, sagte Rig und vollführte eine angedeutete Verbeugung. »Nochmals danke dafür«, setzte er hinzu.

Er rechnete schon mit einer schnippischen Entgegnung, doch dazu schien die Priesterin noch immer viel zu verblüfft.

»Aha! Dann wart Ihr also der Soldat, den sie gestern auf der Straße aufgegabelt und hier abgeliefert hat?«

Rig runzelte die Stirn. »Nun, so würde ich's vielleicht nicht formulieren, aber …«

»General.« Wieder erschien die Wache in der Tür. »Die Kundschafter sind zurück.«

»Danke. Ich lasse sie später hereinbitten.«

»General«, sagte Vel langsam, als traute sie dem Wort nicht über den Weg. Sie lachte kurz auf und schüttelte dann den Kopf.

Das gefiel Morris ganz und gar nicht. »Mit allem gebotenen Respekt, Kommandant Wright, aber das hier ist ein Kriegszimmer und kein Ort für eine … Priesterin.«

Die kleine Sprechpause war nicht lang, doch lang genug, um Morris' Einstellung zu offenbaren. Nicht dass Rig es ihm verdenken konnte. Eine Priesterin vermochte jeden Aldener aus der Fassung zu bringen, und Soldaten waren abergläubisch, vor allem, wenn es eine Schlacht zu planen galt. Dabei eine Priesterin an seiner Seite zu haben war, wie einen Fluch auf sich zu ziehen.

»Ich muss Euch widersprechen, Kommandant«, sagte Wright.

»Tochter Vel tut mehr, als nur meinen Männern zu predigen. Sie ist meine Beraterin in allen Belangen, sodass ich sicher sein kann, in meinen Entscheidungen den Lehren der Heiligen Tugenden zu folgen.«

Rig unterdrückte ein Seufzen. Diese verdammten Fischköpfe und ihre verdammte Frömmelei. Aber er konnte nichts daran ändern, wollte er es sich nicht gleich zu Beginn mit seinem neuen Verbündeten verscherzen. Er zwang sich zu lächeln. »Gegen eine Priesterin von Ardin hätte ich mich vielleicht gesträubt, aber eine Tochter Eldoras wird uns zweifellos gute Dienste leisten.«

Die Mundwinkel der Priesterin zuckten verräterisch, als blicke sie direkt in ihn hinein. Was vermutlich auch zutraf. Eine dumme Sache, das alles. Nun, er war vielleicht verpflichtet, ihre Anwesenheit zu dulden, aber nicht dazu, dies auch zu mögen.

Er wandte sich wieder der Karte zu. »Wir haben uns gerade darüber unterhalten, wann und wo der Feind vermutlich als Nächstes zuschlagen wird. Ich denke, dies wird übermorgen der Fall sein, aber das ist natürlich nur eine Vermutung.«

»Aber eine sehr wahrscheinliche, wenn man das bisherige Verhalten des Kriegsherrn betrachtet«, meinte Wright, der sich nun seinerseits über den Tisch beugte. Und als Rig ihn fragend ansah, fuhr er fort: »Wir haben jedes Detail von Sadiks Feldzügen studiert. Obwohl Onnan erst kürzlich in den Krieg eingetreten ist, haben wir seine Strategien sorgsam analysiert, und es kamen genügend Flüchtlinge ins Land, die etwaige Informationslücken zu schließen vermochten. Sadik setzt gern auf Geschwindigkeit und das Überraschungsmoment, um seinem Feind die Chance zu nehmen, groß zu planen.«

»Ganz sicher steht er unter dem Zeichen von Ardin«, fügte die Priesterin hinzu. »Er ist wagemutig und impulsiv, und wenn wir unsere Taktik darauf ausrichten, werden ihm diese Eigenschaften zum Verhängnis werden.«

Rig lächelte dünn. »Zufälligerweise stehe auch ich unter Ardins Zeichen.«

»Das hab ich mir gleich gedacht«, erwiderte sie trocken.

»Wissen wir, ob Sadik mittlerweile den Standort des Forts ausgemacht hat?«, fragte Wright.

Rig schüttelte den Kopf. »Er wird dessen Position vage vermuten, ist sich aber wohl nicht sicher genug, um entsprechend zu handeln. Andernfalls stünden wir wohl kaum hier. Ich habe sämtliche Aufstellungen so geplant, dass er noch eine Weile im Dunkeln tappen wird.«

»Und was ist mit Sadiks Aufenthaltsort?«

»Darüber haben wiederum wir nur eine vage Vermutung«, erklärte Morris. »Aber mit dreißigtausend Mann an unserer Grenze und weiteren zehntausend unten in Andithyri bleibt unseren Kundschaftern nicht viel Raum für umfangreiche Spähmanöver.«

»Steht Ihr in Kontakt zum andithyrischen Widerstand?«, wollte Vel wissen.

Die Frage überraschte Rig. Der Widerstand war ein relativ neues Phänomen, das nicht offen diskutiert wurde. Wenn schon eine onnanische Priesterin davon Kenntnis besaß, war es so gut wie sicher, dass der Kriegsherr noch viel mehr darüber wusste. Keine schönen Aussichten. »Das haben wir versucht«, sagte er, »aber wir können ihn nicht ausfindig machen. Verständlicherweise agiert er nicht vor aller Augen.«

»Sehr bedauerlich«, sagte die Priesterin, doch sie wirkte abgelenkt. Rig konnte das Mühlrad in ihrem Kopf sich förmlich drehen sehen.

»Was ist mit einem Präventivschlag?«, schlug Wright vor.

Morris schnaubte auf. »Wie das? Der Feind besitzt rein zahlenmäßig schon die doppelte Kampfstärke.«

»Tatsächlich«, meinte Rig, »ist das kein übler Vorschlag.«

Die Priesterin hob die Augenbrauen. »Ja, Ihr steht wahrlich unter Ardins Zeichen.«

Rig zuckte die Achseln. »Wäre nicht das erste Mal, dass wir uns dem Feind mit einem Bruchteil seiner Truppenstärke entgegenstellen.«

»So ist es«, sagte Wright, »weshalb ich es auch vorschlug. Die meiste Zeit des letzten Jahres habt Ihr damit zugebracht, mit einer Streitmacht von knapp sechshundert Mann ein oridianisches Heer aufzureiben, und das mit großem Erfolg. Natürlich standen Euch hierzu Eure berühmten berittenen Bogenschützen zur Verfügung, und man sagte mir, einer von ihnen sei so effektiv wie zwei Fußsoldaten.« Als er Rigs Gesichtsausdruck sah, begann er zu lachen. »Nun schaut nicht so überrascht, General Black. Wie ich schon sagte, haben wir diesen Krieg sorgsam studiert. Und uns dabei nicht nur auf die Oridianer beschränkt.«

Rig fragte sich, ob er den onnanischen Kommandanten nicht vielleicht unterschätzt hatte. Was Wright an Erfahrung fehlte, schien er mit Kenntnis wettzumachen. Womit er mehr oder weniger das Gegenteil von Rig darstellte – eine Ergänzung, die durchaus nützlich sein konnte. »Wenn wir sie angreifen, wo sie es am wenigsten erwarten«, sagte Rig, »könnten wir dadurch ihre nächsten Pläne durchkreuzen. Was uns wiederum Zeit verschaffen würde …«

»… aber alles andere als eine nachhaltige Maßnahme wäre«, wandte die Priesterin ein.

»Auf Nachhaltigkeit zu setzen kann ich mir mit dem, was mir derzeit zur Verfügung steht, kaum leisten. Mit einem gut geführten Überraschungsangriff könnten wir einige Tage Planungszeit herausschinden. Und wir erhielten Einblick in ihre Aufstellungen, etwas, das unsere Kundschafter nicht vermochten, weil sie nie nahe genug herankamen.«

Morris studierte mit zusammengezogenen Brauen die Karte. »Und woran denkt Ihr dabei genau, General?«

»An die Weißfisch-Brücke.« Rig zeigte auf die Landkarte. »Wir werden das Ding in die Luft jagen.«

»Aber ich dachte …« Leicht beschämt hielt Morris inne. Dann: »Können wir es uns leisten, Schwarzpulver auf diese Aktion zu verschwenden?«

»Als Verschwendung sehe ich es nicht, Morris. Witzlos, zum jetzigen Zeitpunkt noch irgendwas aufzusparen. Entweder werden wir den kommenden Sommer überleben oder nicht. Und wenn nicht, will ich diesen Tieren nichts, aber auch gar nichts Brauchbares hinterlassen. Nicht ein verwelktes Kohlblatt. Und schon gar nicht ein Fass mit Schwarzpulver.«

Morris murmelte etwas in sich hinein. »Aber wir brauchen diese Kriegsflotte, General.« Als ob Rig das nicht wüsste. Als ob er noch an etwas anderes denken konnte.

»Sie wird bald hier sein.« Wright wirkte plötzlich peinlich berührt, und vermutlich war er es auch.

»Das will ich auch hoffen«, sagte Rig, »oder wir werden mit Beginn der Ernte bereits alle Oridianisch sprechen.«

Gemächlich und mit gleichmäßigen Bewegungen führte Rig sein Schwert über den Schleifstein und lauschte dem wohlvertrauten schmirgelnden Geräusch, während die Schneide gewetzt wurde. Die Tätigkeit hatte etwas fast Meditatives, wie die Atemtechnik eines Priesters, bevor er sich in Trance versetzte. Sie half ihm beim Nachdenken.

Es sei denn, jemand unterbrach ihn dabei.

»Habt Ihr dafür nicht Eure Leute?«

Irgendwie wunderte es ihn nicht, die Onnani-Priesterin im Türrahmen stehen zu sehen.

»Vermutlich schon«, sagte Rig, »aber ein Mann, der einen

anderen seine Blutklinge schleifen lässt, hat diese Waffe nicht verdient.«

»Ach ja, die berühmte Blutklinge. Hab noch nie zuvor eine gesehen. Kannte niemanden, der reich genug war, eine zu besitzen.« Sie betrat seine Kammer – unaufgefordert – und kam näher, um sich die Sache genauer anzusehen. »Meine Güte, was für eine große Waffe. Fast könnte man glauben, ihr würdet damit … etwas anderes zu kompensieren versuchen.«

Rig schnaubte leise auf. »Ihr habt ein ziemliches freches Mundwerk für eine Priesterin.«

»Ihr habt ja keine Ahnung.«

Er widerstand dem Drang, aufzuschauen. Sie reizte ihn, wie schon gestern, versuchte, ihn aus der Reserve zu locken. Und er glaubte auch zu wissen, warum. Vom ersten Augenblick an hatte Vel ihn auf die Rolle des arroganten Adligen festgelegt. Die meisten Onnani hatten weder Zeit noch Lust, sich mit der Aristokratie von Alden zu beschäftigen, und diese Priesterin bildete da keine Ausnahme. Und als er sie dann auch noch mit »meine Dame« angeredet hatte, hatte sie ihr endgültiges Urteil über ihn gefällt. Nun versuchte sie, seine ach so empfindsamen Hochgeborenengefühle bei jeder sich bietenden Gelegenheit zu strapazieren. Das amüsierte ihn. Wie es jeden amüsieren würde, der ihn auch nur ein wenig kannte.

»Was kann ich für Euch tun, Tochter?«, fragte er, während er den Wetzstein durch einen mit feinerer Körnung ersetzte. Dann fuhr er mit dem Daumen darüber, um zu prüfen, ob der Stein ausreichend geölt war, bevor er seine Arbeit fortsetzte.

»Mir schien, Ihr wart vorhin ein wenig … besorgt«, begann sie. »Fühltet Euch wohl unfreiwillig veranlasst, mich an den Planungen teilhaben zu lassen. Ich wollte Euch nur sagen, dass das nicht nötig ist. Wenn Ihr wollt, dass ich gehe, sagt es einfach. Ich werde schon einen Grund finden, um mich aus den Vorbereitungen herauszuziehen. Ich kann mich um das Seelenheil unserer Soldaten im Lager kümmern. Und Ihr und Eure Männer werdet mich nicht mehr wiedersehen.«

Mit federleichtem Druck zog Rig die Klinge über die Schneide. Nicht das einfachste Manöver an einem Großschwert, aber er hatte schon jahrelange Erfahrung damit. »Warum sollte ich Euch nicht dabeihaben wollen?«

Sie lachte freudlos auf. »Nun, daran bin ich gewöhnt, General. In meinem eigenen Land, aber vor allem in Eurem. Ich bin *Priesterin.*« Fast spie sie das Wort aus, und es enthielt so viel ätzende Säure, dass Rig sich fast um den Steinboden zu ihren Füßen sorgte. »Eine Hexe, oder Dirne, oder beides. Furcht und Spott verfolgen mich seit meiner Abreise aus Onnan-Stadt.«

»Es überrascht mich zu hören, dass Euch das was ausmacht. Soweit ich gesehen habe, habt Ihr eher damit kokettiert.«

Ihre Blicke trafen sich, ihre Augen dunkel und unergründlich. »Ich habe auch nicht erwartet, dass Ihr das versteht, *Lord Black.*«

»Gut, denn ich hasse nichts mehr, als den Erwartungen anderer nicht gerecht zu werden.«

Sie runzelte die Stirn. »Welch Schlagfertigkeit.«

»Ja, dafür bin ich bekannt.« Rig schnappte sich einen Lumpen und wischte damit über die Schneide. Dann legte er das Schwert über seine Knie. »Schaut mal, Tochter, ich will nicht leugnen, dass ich überrascht war, als Ihr in mein Kriegszimmer kamt. Ich war noch nie ein religiöser Mann, und es ist in Alden auch nicht an der Tagesordnung, sich einen Priester zu halten, geschweige denn, einen Priester in militärische Planungen einzubeziehen. Aber ich bin auch kein abergläubischer Mann. Ich bin Pragmatiker, und wenn es Kommandant Wright gefällt, Euch an seiner Seite zu wissen, dann sehe ich, abgesehen von einigen praktischen Bedenken, keinen Sinn darin, Euch fortzuschicken.«

»Und was ist mit Kommandant Morris?«

»Ach, der hasst Euch wie die Pest.« Rig grinste. »Aber er hasst eigentlich alles, was ihm Angst macht.«

»Und?«

Rig zuckte die Achseln. »Davon abgesehen ist er ein guter Offizier. Konzentriert sich stets auf das gerade anstehende Problem. Macht Euch keine Sorgen wegen Morris.« Er erhob sich und lehnte das Schwert gegen die Stuhllehne. »Wein? Glühwein, um genau zu sein.«

»Ja, danke. Mir ist schrecklich kalt.«

»Der Frühling kommt spät dieses Jahr. Dachte eigentlich, wir würden aus diesem Grund etwas Zeit gewinnen, aber …« Als Rig sich umwandte, sah er, wie Vel mit dem Finger über den Granat strich, der über der Kreuzstange in sein Schwert eingelassen war. »Hübscher Stein, oder?«

Sie zuckte zusammen und straffte sich, als hätte man sie mit der Hand in einer fremden Geldbörse ertappt. »Er ist riesig«, sagte sie reserviert. »Mit ihm könnte man ein Dorf ein ganzes Jahr lang ernähren.«

»Könnte man, wenn es denn noch irgendwo Weizen zu kaufen gäbe.« Er reichte ihr einen Becher mit Glühwein.

»Und wieder eine schlagfertige Antwort.«

Er hob die Schultern. »Wie ich schon sagte …«

»Ja, dafür seid Ihr bekannt. Langsam verstehe ich.« Sie trank einen Schluck und nickte anerkennend. »Ein andithyrischer Tropfen.«

»Hab ich da etwa eine Weinkennerin vor mir? Und dazu auch noch eine Juwelenliebhaberin. Das solltet Ihr lieber für Euch behalten, Tochter, sonst denkt am Ende noch jemand, Ihr wärt keine aufrechte Republikanerin.«

Das brachte ihm einen vernichtenden Blick ein. »Nur weil ich schöne Dinge zu schätzen weiß, heißt das nicht, dass ich es gutheiße, wenn diese in den Händen nur einiger weniger Privilegierter liegen.«

»Entspannt Euch, Tochter. Ich hab nur Spaß gemacht.«

Aber so leicht ließ sie sich nicht besänftigen. Er hatte an ihrem Stolz gekratzt, nun musste sie zum Gegenschlag ausholen. Sie zeigte auf das Großschwert, dann auf ein Kurzschwert, das in der Ecke des Raums stand. »Gleich zwei Blutklingen? Ich mag nicht mal darüber spekulieren, was die wohl kosten mögen. Derweil Eure Männer nicht mal eine einzige besitzen. Haltet Ihr das etwa für gerecht?«

Amüsiert betrachtete er sie. »Das Militär ist nicht gerade berühmt für seinen Hang zur Gleichmacherei.«

»Also hat es nichts damit zu tun, dass Ihr ein Adliger seid?«

»Einfach alles hat damit zu tun. Aber Ihr wollt mir doch nicht weismachen, dass es in Onnan keine Ränge, welcher Art auch immer, gibt? Das wage ich doch sehr zu bezweifeln, Tochter.«

»Natürlich gibt es bei uns Ränge«, erwiderte sie und hob stolz das Kinn. »Aber die muss man sich verdienen, man wird nicht einfach so hineingeboren.«

»Nun, hier haben wir beides. Würde es Euch überraschen zu erfahren, dass mein Adjutant ein Bürgerlicher *und* im Besitz einer ziemlich feinen Blutklinge ist? Seine Stellung bei der Armee hat er sich allein aufgrund seiner Fähigkeiten erworben und seine Waffe wiederum aufgrund seines militärischen Ranges. Liebend gern würde ich jedem Mann und jeder Frau in meinem Heer eine geben, aber leider haben wir nur einen Blutschmied, und so ist das einfach nicht möglich.« Mit seiner Tasse deutete er auf den Blutbogen, der neben seinem Kurzschwert lag. »Den Bogen besitze ich seit meinem zwölften Lebensjahr, das Großschwert seit ich achtzehn bin. Das Kurzschwert allerdings ist neu. Ein Generalkommandant verbringt die meiste Zeit des Tages auf einem Pferderücken, wodurch sich meine bevorzugte

Waffe als untauglich erwies. Also hab ich mir das Kurzschwert anfertigen lassen.« Er hob eine Augenbraue. »Findet diese Erklärung Eure Zustimmung, Tochter?«

Sie zuckte die Achseln. »Wie es scheint, braucht Ihr meine Zustimmung nicht.« Es sollte gelassen klingen, doch sie hatte dabei einen trotzigen Zug um den Mund, den Rig mehr als nur anziehend fand.

»Brauchen tu ich sie nicht, das stimmt«, erwiderte er grinsend, »aber es wäre nett, sie zu haben. So wie guten Wein.«

»Und wieder macht Ihr Euch über mich lustig.«

Das konnte er nicht leugnen, also machte er ihr ein Friedensangebot. »Vorhin im Kriegszimmer, da hattet Ihr eine Idee. Ich hab's Euch angesehen. Mich würde interessieren, welche.«

Sie kniff die Augen zusammen und sah ihn über den Rand ihrer Tasse an, als fürchtete sie, erneut verspottet zu werden.

»Ich glaube, es hatte was mit dem Andithyrischen Widerstand zu tun«, half er ihr auf die Sprünge. »Erzählt es mir.«

Sie zögerte, trank noch einmal von ihrem Glühwein. »Wenn Ihr es wirklich wissen wollt ... Nun, ich hab mich gefragt, ob ich nicht von größerem Nutzen sein könnte, als ich's derzeit bin.«

»Das bedeutet?«

»Das bedeutet, dass ich versuchen könnte, mit dem Widerstand Kontakt aufzunehmen. Vielleicht hab ich ja mehr Glück.«

Er blinzelte. *Das* hatte er nun wahrlich nicht erwartet. »Und wie wollt Ihr das anstellen?«

Sie sah ihn ausdruckslos an. »Mittels eines dunklen Zaubers vielleicht. Oder einer schamlosen Verführung. Ich bin noch unentschlossen.«

»Ich dachte, wir führen hier eine ernste Unterhaltung.«

»Na ja, indem ich dort *hingehe*! Wie denn sonst?« Sie sah ihm fest in die Augen, auf dass er sich unterstehen möge, sie noch einmal aufzuziehen.

»Indem Ihr dort hingeht? Andithyri ist zwar ein kleines Land, aber so klein nun auch wieder nicht.«

»Wohin habt Ihr denn Eure Spione geschickt?«

»Spione? Ich weiß nicht, wovon Ihr redet? Noch ein bisschen Wein?«

Sie schnaufte leise, reichte ihm aber trotzdem ihre Tasse. »So abwegig ist die Idee nicht. Die Andithyrianer sind stark im Glauben. Sie könnten mir vertrauen, und das, obwohl ich eine Frau bin.«

»Das könnten sie, vorausgesetzt, die Andithyrianer würden Euch überhaupt zu Gesicht bekommen.« Rig ging zum Kamin und goss ihnen mehr Wein ein. »Die oridianischen Besatzer würden sich in dem Moment auf Euch stürzen, in dem sie Euch erblicken. Ihr habt bronzefarbene Haut und schwarzes Haar. Nicht gerade ein Vorteil, wenn man sich im Land der Weißhaarigen als Spionin betätigen möchte.«

»Ich bin sicher, uns wird schon eine überzeugende Geschichte einfallen.«

Er hielt inne, eine Tasse in jeder Hand, während der süße Dampf ihm in die Nase stieg. »Ihr meint das ernst, nicht wahr?«

»Ja, warum nicht?«

Er reichte ihr den Wein. »Nehmt's mir nicht übel, Tochter, aber unsere Beziehung scheint mir noch nicht so weit gefestigt zu sein, um schon gemeinsame Spionageaktionen zu planen.«

Etwas flackerte auf in ihrem Blick, doch Rig vermochte nicht zu sagen, was für eine Reaktion das war. Dann war es auch schon wieder verschwunden, und ein kokettes Lächeln erschien auf ihren Lippen. »Erwartet Ihr denn, dass sich unsere Beziehung noch vertieft, General?«

Rick erkannte einen aufgestellten Schutzschild, wenn er ihn sah. Was immer sie im Begriff gewesen war zu sagen, verbarg sich nun wieder hinter der sinnlichen Priesterinnenmaskerade.

Was nicht bedeutete, dass er bei dem Theater mitspielen musste. »Ich werde darüber nachdenken«, sagte er. Und das würde er – wobei *er* das Tempo bestimmen würde. Er hatte diese Frau und ihren Kommandanten gerade erst kennengelernt. Eine so wichtige Aufgabe durfte man nicht leichtfertig übertragen, und schon gar nicht an jemanden, der ihm so unergründlich war wie diese launenhafte Eldora-Priesterin. »Darüber sprechen wir noch einmal zu gegebener Zeit. Vorausgesetzt, wir überleben den morgigen Tag.«

Sie wandte den Kopf und blickte ins Feuer. Trank ihren Wein. »Glaubt Ihr denn, dass er klappen könnte? Dieser Präventivschlag, meine ich.«

»Defensive Provokation. Mir scheint, Ihr seid mit dieser Taktik wohl vertraut.«

»Ihr wisst nichts über mich.«

»Für heute reicht es mir, danke.« Er lächelte, um das Gesagte zu entschärfen, und nahm ihr die leere Tasse ab. »Und wenn Ihr mich nun entschuldigen würdet, ich muss ins Bett. Morgen ist ein nicht gerade unwichtiger Tag für mich.«

»Für uns alle«, sagte sie feierlich. »Falls ich Euch morgen früh nicht mehr sehen sollte, möge Eldora über Euch wachen, General.«

Rig wollte schon seine übliche Erwiderung darüber loslassen, dass Eldora ihm nicht gerade wohlgesonnen war, aber er verkniff sie sich. Irgendwie bezweifelte er, dass Vel viel Spaß verstand, wenn es um die Heiligen Tugenden ging.

Als sie sein Zimmer verlassen hatte, schob er die frisch geschärfte Blutklinge in die Schwertscheide und stellte sie zu dem Kurzschwert in die Ecke. Voll angezogen ließ er sich auf sein Bett fallen. Das Kaminfeuer zauberte seltsame Schatten an die Decke; sie schienen die Form von Grenzen und Küstenlinien, Bergen und Flüssen anzunehmen. Eine riesige Landkarte, die sich jedes Mal veränderte, sobald er einen bestimmten Punkt fixierte. Als er endlich in den Schlaf hinüberdämmerte, hatte er längst jeden Gedanken an Spionage und kratzbürstige Priesterinnen hinter sich gelassen.

Er träumte vom Krieg.

11. KAPITEL

Der Widder hob den Kopf, seine Nüstern bebten, schnüffelten in die Luft. Ein Prachtexemplar mit langen verdrehten Hörnern, jedes so dick wie der Arm eines Mannes. Seine glänzenden Augen starrten direkt in Eriks Richtung, aber der stand gegen die Windrichtung und war zudem gut getarnt – unmöglich zu wittern für ein Tier. Allein das Knarzen seines Blutbogens hätte auf die drohende Gefahr hindeuten können. Der Widder stand hoch oben auf einer Felszunge; im Hintergrund erhoben sich zerklüftete Gipfel und ein strahlend blauer Himmel. Stolz und stark überschaute er das Tal wie Destans fleischgewordenes Sinnbild. Eriks Arme begannen zu schmerzen, und seine Augen tränten vom Gleißen des schmelzenden Schnees. Noch immer zögerte er. So eine wunderbare Kreatur …

Aber seine Männer litten unter Hunger und Kälte, und dies war die erste anständige Beute, die sie seit Tagen aufgespürt hatten. Mit einem stummen Seufzer schoss Erik den Pfeil ab. Die Verzauberung seines Bogens leitete das Geschoss genau zwischen die Augen des Tiers; begleitet von einem Grunzen knickten ihm die Vorderbeine ein, bevor es einfach umfiel.

Zögernd näherte er sich dem toten Körper, den Bogen noch immer im Anschlag für den Fall, dass ein weiterer Bock auftauchte. Als er das Plateau erreichte, entdeckte er unten im Tal eine ganze Herde der Wildschafe. Nichts ahnend von der drohenden Gefahr hatten sich die Tiere friedlich grasend um ihre Lämmer geschart. Erik erwog, noch ein zweites Exemplar zu erlegen, aber allein der Widder wog mindestens zwanzig Stein und musste irgendwie ins Lager geschafft werden.

»Braucht Ihr Hilfe dabei?«

Er sah sich über die Schulter. Alix hatte schon ihr Messer gezückt; die Schneide funkelte im allgegenwärtigen Sonnenschein der Zerklüfteten Berge. »Danke«, sagte er. »Dann wird's schneller gehen.«

Alix betrachtete den toten Widder. »Ein schönes Tier. Wir hatten einige Trophäen dieser Art in Blackhold.«

»Ja, die Hörner sind beeindruckend.«

»Und nützlich. Die Bergstämme fertigen alles Mögliche aus ihnen. Schmuck, Trinkgefäße, ja, sogar Klingen.«

»Und Kriegshörner«, sagte Erik und bedauerte es sogleich wieder. Auch ohne an die allgegenwärtigen Gefahren durch die Bergstämme erinnert zu werden, war Alix schon angespannt genug. Sie versuchte es nicht zu zeigen, aber sie war inzwischen zu erschöpft, um noch irgendjemanden darüber hinwegzutäuschen, vor allem nicht Erik.

Sie kniete sich hinter den Widder, spreizte die Hinterläufe vom Körper ab und öffnete die Bauchdecke. Das Aufbrechen war eine blutige Angelegenheit, wobei sich eine rote und violette dampfende Masse auf den blütenweißen Schnee ergoss, aber das Ausweiden erfolgte zügig und effizient. Das war auch nötig, denn es galt, mit der Beute so schnell wie möglich wieder ins Lager zurückzukehren; hier oben agierten sie wie auf einem Präsentierteller.

»Das macht Ihr wohl nicht zum ersten Mal«, stellte Erik anerkennend fest.

»Nein, ein oder zweimal bislang. Meistens hab ich Rig dabei zugesehen. Hab ihn auf die Jagd begleitet, so oft er's mir erlaubte. Mir hat das Anschleichen am besten gefallen.« Sie stand auf, betrachtete ihre blutüberströmten Hände. »Dieser Teil dagegen ist weniger erfreulich.«

»Zustimmung.«

Sie trennten den Kopf ab, wuschen die Bauchhöhle mit frischem Schnee aus und banden den Kadaver dann zusammen. Alix versuchte, mit ihrem Messer ein Loch in den Boden zu hacken, doch der war noch gefroren, also häuften sie Schnee über die blutigen Innereien. Mit ein bisschen Glück würden sie erst dann entdeckt werden, wenn ihr Trupp schon längst nicht mehr in der Gegend war. Schon bald würden Aasfresser oder Wölfe die Aufmerksamkeit von umherstreifenden Bergmenschen auf ihre Hinterlassenschaften ziehen – ein Umstand, der ihren Tod bedeuten konnte.

»Das wird nicht einfach werden.« Reuig starrte Erik auf den massigen Schlachtkörper. »Nächstes Mal sollten wir die Pferde mitnehmen.«

»Vor allem sind wir mit dem Ding im Schlepptau schon aus größter Entfernung zu entdecken. Wir werden einen Umweg machen müssen. Ich bin stark genug dafür. Hab immerhin Euch selbst schon durch die Gegend geschleppt, Ihr erinnert Euch?«

Als ob er das je vergessen könnte. »Ich wage mal zu behaupten, dass dieser Widder schwerer ist als ich, selbst ohne Innenleben.« Das stimmte, zumal Alix nicht mehr ganz so kräftig war wie damals. Abgesehen von der allseitigen Erschöpfung litt sie immer noch unter den Folgen des Fiebers. Noch vor zwei Tagen hatte sie kaum ihr Essen bei sich behalten können. Auch das hatte sie zu verbergen versucht, aber Erik war das natürlich nicht entgangen.

Wie sich herausstellte, mussten sie nicht weit laufen. Nach einer knappen halben Stunde Fußmarsch trat plötzlich eine Gestalt hinter einem Felsen hervor und ihnen in den Weg. Und beim Anblick dessen, was Alix und Erik da herbeitrugen, schlug sie die Hände auf eine Weise zusammen, die in einem absonderlichen Gegensatz zu ihrer Aufgabe als getarnter Wachposten stand. »Oh, Euer Majestät, wie wunderbar!«, rief die zarte blonde Kundschafterin namens Kerta entzückt aus.

Erik ließ das erlegte Tier von seinen Schultern gleiten und rollte seinen strapazierten Nacken hin und her. Der würde ihn noch tagelang schmerzen, so viel war sicher. »Wenn's Euch nichts ausmacht, lasse ich mich hier nun ablösen. Wie weit ist's denn noch bis zum Lager?«

»Etwa eine halbe Stunde«, sagte Kerta. »Alix, hilf mir mal, das Vieh hinter einen Felsen zu ziehen, dann hole ich Frida zu Hilfe. Sie steht gleich hinter der Anhöhe dort …«

Doch Alix hörte schon nicht mehr zu. Stattdessen starrte sie verdrossen auf die Fußspuren, die sie im Schnee hinterlassen hatten. »Wäre wohl zu viel verlangt, die Götter um ein wenig Neuschnee zu bitten, was? Unsere Fährte wird noch tagelang zu sehen sein. Wochen gar, falls es wieder friert.«

»Daran können wir nun auch nichts mehr ändern«, sagte Erik. »Deshalb sollten wir uns um die Dinge Sorgen machen, die in unserer Hand liegen.«

»Es gehört aber nun mal zu meinen Pflichten, mich *um alles und jedes* zu sorgen, Majestät.«

Erik war zu müde, um mit ihr darüber zu diskutieren.

Sie gingen hinab ins Tal und zogen sich in den Schutz des Kiefernwaldes zurück. Das Nest des Kondors, wie die Region genannt wurde, war nicht der einfachste Weg durch die Zerklüfteten Berge, obschon derjenige, der von den Bergstämmen eher selten genommen wurde. Bisher hatte sich ihre Aufklärung als effektiv erwiesen; der einzige Hinweis darauf, dass sich hier andere Menschen herumtrieben, war ein zerbrochener Pfeil im Astwerk einer Kiefer gewesen. Wenigstens zwei Jahre alt, Eriks Ansicht nach, oder vielleicht noch älter.

Trotzdem machte er sich Sorgen, und das nicht nur wegen der Bergstämme. Erst fünf Tage war es her, dass sie Blackhold verlassen hatten, und schon hatten sie einen Mann verloren, der auf einer Stelle mit tauendem Eis ausgeglitten und zu Tode gestürzt war. Und dann das Fieber, das Alix und eine Handvoll anderer just in diesem Moment ereilte, da sie die Zivilisation hinter sich gelassen hatten. Die Moral war schlecht, deshalb fühlte sich Erik veranlasst, noch mehr Heiterkeit und Zuversicht im Hinblick auf ihre Mission zu verbreiten, auch wenn er riskierte, sich damit zum Narren zu machen.

Schon jetzt waren sie in Verzug, und Erik konnte förmlich spüren, wie die Zeit ihm durch die Finger rann, und damit jede Chance auf Erlösung. Wenn sie Ost nicht rechtzeitig erreichten …

Er schüttelte den Kopf, mochte gar nicht darüber nachdenken.

Als sie am Lagerplatz ankamen, waren die Zelte schon aufgeschlagen und die Pferde trockengerieben und gefüttert. Die Männer scharten sich um ein einsames Feuer, das in einer Grube entfacht worden war. Hier unten im Kiefernwald war es wärmer, aber die Temperaturen lagen immer noch kaum über dem Gefrierpunkt, selbst bei Tage. »Heute Abend gibt's Hammel, Leute«, rief Erik ihnen zu und wurde mit freudigen Mienen begrüßt. »Genug, um sich mehr als einmal den Bauch vollzuschlagen.«

Einer der Männer brachte ihnen eine Schüssel mit warmem

Wasser, damit sie sich waschen konnten. »Hab Berglöwenspuren unten am Bach entdeckt, Majestät«, sagte er. »Frische.«

Erik lächelte, als würde ihn diese Nachricht freuen. »Wenn Ihr ihn erwischt, kaufe ich Euch den Pelz gerne ab. Würde einen netten Umhang abgeben, was meint Ihr?«

Der Wachmann grinste und versprach, das Fell abzuliefern, falls er Jagdglück hatte.

»Jetzt auch noch Berglöwen?«, sagte Alix mit gedämpfter Stimme zu Erik, als die Wache wieder zu den anderen ging. »Nicht gut …«

»Nein. Ob er es wohl wagen wird, das Lager anzugreifen?«

»Das bezweifle ich, aber jetzt, wo wir frisches Fleisch hier haben, kann man nie wissen. Ein umherstreifender Kundschafter oder ein Soldat, der im Dunkeln austreten geht …«

Erik seufzte. »Und noch eine Sache mehr, die einem Kopfschmerzen bereiten muss.«

Aber nicht heute Abend. Heute Abend gab es gegrilltes Fleisch und Glühwein und vielleicht, mit ein bisschen Glück, auch ein bisschen Freude. Und bei den Göttern, die konnten sie wahrlich gebrauchen.

Alix füllte ihre Lungen mit dem würzigen Kiefernadelduft. Der Geruch der Heimat. Er hatte etwas Wohlvertrautes, Tröstliches. Dieser Forst hätte sich gut und gern irgendwo im Vorgebirge der Blacklands befinden können, wenn er auch ein wenig höher lag als die heiß geliebten heimischen Wälder mit ihren Birken, Silberpappeln und herzförmigen Espen. Jene Wälder, in denen Alix das Schleichen gelernt hatte, das Sichanpirschen über feuchtes Laub und vorbei an widerspenstigen Wildrosensträuchern.

Doch sie war nicht daheim. Stattdessen zogen sie durch feindliches Territorium, durch einen unzähmbaren und unregierbaren Landstrich voll marodierender Barbaren und natürlicher

Gefahren. Einen von ihnen hatte dieses Gebirge schon das Leben gekostet. Und es würden weitere folgen, dessen war sich Alix sicher.

Sie seufzte. Wann bin ich eigentlich so eine Pessimistin geworden? An dem Tag wahrscheinlich, als sie zugestimmt hatte, des Königs Leibwache zu werden. Über Nacht war sie um zehn Jahre gealtert.

So auch Erik. Sie sah zu ihm hinüber, wie er schweigend neben ihr ritt, in Gedanken über den Auftrag nachgrübelnd, der vor ihm lag. Ja, der Krieg hatte ihn ein wenig zermürbt, nicht körperlich – in dieser Hinsicht war er über die Monate sogar noch kräftiger und leistungsfähiger geworden –, sondern im Geiste. Erik trug die Last eines ganzen Königreichs auf seinen starken Schultern. Und obwohl er stets lächelte und ihnen Zuversicht zu spenden suchte, konnte er Alix doch nicht über seine wahren Gefühle täuschen. Er fürchtete sich kein bisschen weniger als sie. Und wie auch nicht, wo doch das Überleben seines Reichs in Frage stand, während ihre Mission sich mit jedem Tag immer weiter verzögerte.

»Das war schön gestern Abend«, sagte sie, um ihn aus seinen Gedanken zu reißen.

»Hm?«

»Unser Nachtmahl. Das war schön.«

»Ja, nicht wahr? Obwohl mir ja unser Vortrupp ein bisschen leidtut. Irgendwie ungerecht, dass sie nicht dabei sein konnten, wo sie doch so hart arbeiten, um unser Fortkommen zu sichern.«

»Macht Euch keine Sorgen um sie. Morgen werden sie abgelöst, und ich hab ihnen ein bisschen was vom Braten aufgehoben. Bei diesen Temperaturen wird das Fleisch wohl kaum verderben.«

Erik lächelte. »Ihr seid eine gute Anführerin, Alix.«

»Hab schließlich beim Besten gelernt.«

Er wandte den Blick ab, starrte in Richtung der Bäume. Wieder trat Schweigen ein, nur unterbrochen von den Hufschlägen der Pferde auf dem halb gefrorenen Boden und dem Tröpfeln des Wassers an den Rändern des dahinschmelzenden Eises. Im Schatten der Nadelwälder blieb der Schnee ein wenig länger liegen, doch auch das würde bald vorbei sein, und dann ging's hinauf in die eisigen windigen Höhen.

»Wie lange noch, bis wir aus dem Gebirge raus sind, was meint Ihr?« Alix glaubte die Antwort zu kennen, aber sie sollte verdammt sein, wenn sie nicht alles unternahm, um diese Grabesstille zu brechen.

»Noch eine Woche etwa, denke ich. Im Sommer braucht man von Blackhold aus ungefähr zehn Tage, also schätze ich, dass wir unter diesen Umständen noch mal fünf Tage aufschlagen müssen.«

Damit hatte sie gerechnet, und doch zog sie ein finsteres Gesicht. Eine Woche noch ... Genauso gut hätte diese Reise ewig dauern können. Und dann noch drei weitere Tage, bis sie endlich Ost erreicht hatten, wenngleich sie am Fuß der Berge eine Eskorte erwartete, die sie bis in die Hauptstadt geleiten würde.

»Ja, noch eine ziemliche Strecke«, sagte Erik, der offenbar ihre Gedanken gelesen hatte, »aber irgendwann werden wir wieder zu Tal reiten, dann sieht die Sache schon anders aus. Wärmere Nächte, mehr Wild.«

»Und weniger lesbare Spuren mangels Schnee.«

Er seufzte. »Alix ...«

»Obwohl sie unsere Fußspuren gar nicht brauchen, um uns aufzustöbern, wenn man Rig glauben darf. Alles könnte uns verraten: Die Flechten an den Felsen, die Kiefernnadeln, das Laub und so weiter ...«

»Ehrlich, Alix, es ist nicht gerade hilfreich, wenn ...«

In der Ferne war ein Donnern zu hören, gefolgt von einem

leisen Rumpeln. Alix fluchte und schaute auf. Das Letzte, was sie jetzt noch gebrauchen konnten, war ein Gewitter. Der Regen würde auf dem Schnee gefrieren und ihr Fortkommen noch mehr erschweren und …

Sie runzelte die Stirn. »Habt Ihr das gehört?«

»Was? Den Donner?«

»Ja, aber seht doch. Keine einzige Wolke am Himmel.«

Er ließ den Blick schweifen. »Vielleicht auf der anderen Seite des Gipfels.«

Eine plötzliche Bö trieb Pulverschnee durch den Pass, weiß und makellos, und überzog ihren Weg mit einer frischen Puderschicht. Dann zerriss weiter vorn das Krächzen von Raben die Stille. Ein ganzer Schwarm der schwarzen Vögel erhob sich wie eine Rauchwolke aus den Baumwipfeln in die Luft.

Alix schaute vom strahlendblauen Himmel in die strahlendblauen Augen ihres Königs.

Als er die Panik in ihrem Blick sah, erblasste er. »Alix, was …«

Das Donnern kehrte wieder – ein dumpfes, anhaltendes Rumoren irgendwo über ihnen. Und diesmal ebbte es nicht ab; schwoll stattdessen an zu einem immer lauteren Grollen, während die Pferde nervös zu tänzeln begannen. Hinter ihnen hörten sie die Männer rufen.

Alix gefror das Blut in den Adern.

»*Reitet, Erik. Fort, fort! Schnell!*«

Aber es war schon zu spät. Ein nie gekanntes Beben und Krachen kam über sie und erstickte alles – die Schreie der Männer und das Wiehern der Pferde und das panische Krächzen der Raben. Die Bäume erzitterten und bogen sich zur Erde, luden jede Menge Schnee ab, und nur einen Herzschlag später wurde ihnen der Boden unter den Füßen fortgerissen.

Alix stürzte vom Pferd, tauchte ein in völlige Dunkelheit, wirbelte umher in einem Strudel aus Triebschnee und Gestrüpp.

Ihre Hüfte knallte gegen einen Felsen, Schnee drang in Augen, Mund und Nase. Sie versuchte, sich an irgendetwas festzuhalten, doch von allen Seiten wirkte ein kaltes, erdrückendes Gewicht auf sie ein und lähmte sie durch und durch. Sie war gefangen in ihrer metallenen Rüstung, in einem Sarkophag aus Eis, während sich die Lawine Schicht um Schicht über ihr auftürmte in ihrem immer undurchdringlicherem Grab. Entsetzen ergriff von ihr Besitz, ein urtümliches, dumpfes Grauen, das ihr jeden klaren Gedanken versagte, sodass sie nur noch zu einem einzelnen, tonlosen Schrei fähig war.

Ihr Kopf schlug gegen etwas Hartes, und ein Blitz explodierte in ihrem Schädel. Das Donnergrollen, das von irgendwo weit über ihr kam, war noch immer allgegenwärtig, wie auch der Druck der eiskalten Last auf ihrer Brust, die sie fast erstickte.

Und dann, nach und nach, erstarb das Rumpeln und das Beben, bis nichts mehr um sie war außer einem schwachen Brausen und der erstickenden ewigen Finsternis.

Es trat Stille ein.

Sie versuchte, den Kopf zu drehen. Irgendwo neben ihr fiel ein Lichtstrahl durch einen Spalt.

Alix begann zu zappeln. Der Riss weitete sich, Schnee stob umher. Trunken vor Panik nahm sie all ihre Willenskraft zusammen. Sie bäumte sich auf, warf sich hin und her, schlug um sich, wühlte sich durch den Schnee und durch einen Wust aus Kiefernzweigen an die Oberfläche. Der Baum, gegen den sie geschleudert worden war, lag halb begraben da. Alix richtete sich auf, fand kaum Halt im Untergrund. Bis zum Bauch im Schnee stehend, ruderte sie ein paar Schritte den Hang hinauf, hatte ihre liebe Not, nicht wieder zurück in die nasskalte Senke gezogen zu werden.

»*Erik!*« Gehetzt sah sie sich um, konnte aber nicht mehr erkennen, als die sanft abfallende und mit abgebrochenen Ästen übersäte Hangseite. Die eigenartigen Windböen hatten sich wieder gelegt. Es war, als hätte sich das Gebirge aus eigener Kraft von allen Eindringlingen befreit, als wäre nie auch nur irgendjemand an diesem Ort gewesen.

»*Erik!*«

Irgendwo weiter unten schrie ein Pferd auf. Alix, noch immer hüfthoch im Schnee versunken, drehte sich um, konnte die Quelle aber nicht ausmachen. Wie auch kein Zeichen ihres eigenen Pferdes. Kurz bevor die Lawine sie erwischte, hatte sie es irgendwie geschafft, ihre Füße aus den Steigbügeln zu ziehen. Sie erinnerte sich noch daran, wie das Tier im nächsten Moment praktisch unter ihr fortgerissen worden war. Sie watete von dem Baum weg und hielt Ausschau nach einem Zeichen von Rüstung, Fleisch oder etwas anderem, das auf den Aufenthaltsort ihrer verschütteten Freunde hindeutete. Wieder und wieder rief sie Eriks Namen, durchschnitt ihre Stimme die Totenstille.

Aus den Augenwinkeln heraus nahm sie eine Bewegung wahr. Alix kämpfte sich zu der Stelle vor und entdeckte eine Hand, die sich aus dem Schnee befreit hatte. Zu klein, um Erik zu gehören. Zu klein, um irgendjemandem zu gehören außer … »Kerta!« Alix buddelte sich durch den Schnee zu ihr vor. »Kerta, ich bin hier!«

Eine weitere Hand erschien. Alix ergriff beide und zog. Plötzlich fiel sie auf den Rücken, und eine nach Luft schnappende Kerta purzelte in ihre Arme.

»… kann Erik nicht finden«, stieß Alix hervor, und bei den Worten schnürte es ihr die Kehle zu.

Kerta kam unsicher auf die Beine und schüttelte den Kopf, um wieder einen klaren Gedanken zu fassen. »Wir werden ihn finden.«

»Er war gleich vor mir.« Alix setzte sich wieder in Richtung ihres Baums in Bewegung und winkte wie eine Betrunkene. »Gleich hier …«

Weiter unten am Abhang hatte sich das panisch wiehernde Pferd aus dem Schnee gekämpft. Zuckend und mit verdrehten Beinen lag es auf der Seite. Alix erkannte in ihm Godwins Stute. Von dem Mann selbst keine Spur.

»Da!« Kerta deutete in eine Richtung. Direkt hinter Alix' Baum kam Bewegung in die Schneeschichten, und ein weiteres Pferd kämpfte sich zurück in die Freiheit. Alix erkannte die prächtige silberfarbene Schabracke, und ihr Herz machte einen Satz.

»Erik!«

Sie stoben durch den Schnee, bis sie Eriks Pferd erreicht hatten. Der Hengst versuchte, sich aus seinem kalten Gefängnis herauszustrampeln, und sah ihnen bebend und schnaubend und mit wild rollenden Augen entgegen. Die rechte Flanke lag schon frei, doch von Erik kein Fitzel zu sehen.

Gleich über dem zappelnden Pferd begannen sie zu graben, versanken fast selbst wieder im Schnee bei dem Versuch, die Massen mit den bloßen Händen beiseite zu schaufeln. Ein schmerzhaft langsamer Prozess, und mit jedem hart erkämpften Meter drohte Alix ein bisschen mehr zu verzweifeln. Wie lange lag Erik schon ohne Luft unter der Lawine verschüttet? Selbst wenn sie ihn fanden … Kalte Tränen ließen ihre Sicht verschwimmen, doch sie kämpften sich weiter vor und buddelten so eine beachtliche Schneise in den Schnee.

Sie erreichten eine kleine Gruppe von Bäumen, drei junge Kiefern, die eng zusammenstanden, und dort, unter einem Haufen Geäst, entdeckte Alix einen schwarzen Pelzfetzen, der aussah wie ein Stück aus Eriks Umhangfutter. Sie grub tiefer, und nach einer gefühlten Ewigkeit stießen ihre Finger gegen Leder. Sie grub weiter, und da endlich tauchte eine Strähne rotgoldenen

Haars auf. Erik hatte den Bereich um seinen Kopf freigeschüttelt und so eine Luftblase zum Atmen geschaffen. Die linke Seite seines Gesichts war böse aufgeschürft, ein Blutrinnsal lief von seiner Schläfe über die Wange.

An den Schultern zogen sie ihn heraus. Schluchzend schlang Alix ihre Arme um ihn. Seine Haut war kalt wie Eis, und er zitterte wie ein frisch geborenes Kälbchen, aber er hatte noch immer die Kraft, sie eng an sich zu drücken. »Den Göttern sei Dank, du lebst«, flüsterte er.

»Seht mal, dort oben!«, rief Kerta und stiefelte schon den Abhang hinauf. Alix schaute ihr nach, dann sah sie zweifelnd zu Erik.

»Geht nur«, sagte er. »Ich bin in Ordnung. Ich brauch nur ein paar Minuten …« Immer noch zögerte sie. »Geht, Alix. Da sind vielleicht noch andere, die eure Hilfe brauchen.«

Widerstrebend tat sie, was der König ihr befahl.

Sechs weitere Menschen bargen sie an diesem Tag aus dem Schnee; keiner von ihnen hatte das Unglück überlebt. Der Rest, Godwin inbegriffen, blieb verschollen. Von den fünfzehn Mann, die Blackhold verlassen hatten, waren nur mehr sechs übrig, einschließlich der drei, welche die Vorhut gebildet hatten, bevor die Lawine niederging. Sie besaßen nun nichts mehr, außer einem Pferd, wenigen Vorräten und dem Wissen um einen langen, heimtückischen Weg, der noch vor ihnen lag.

Mit anderen Worten: Sie hatten keine Chance.

12. KAPITEL

»Und?«, fragte Liam. Er breitete die Arme aus, um sich gebührend zu präsentieren.

Rona lächelte wohlwollend. »Ihr seht prächtig aus, Kommandant.«

Liam dagegen wirkte nicht überzeugt, wandte sich wieder dem Spiegel zu und musterte sich seufzend. »Sicher, dass das Leder-Ensemble nicht besser geeignet wäre?«

»Die Jagd-Weste? Ja, ganz sicher.«

»Ich weiß nicht, worüber du dich beschwerst«, warf Ide von ihrem Platz am Fenster aus ein. »Gutes Essen, guter Wein …«

»Und ein Saal voller Politiker«, ergänzte Liam. »Ja, das verspricht, ein wirklich fröhlicher Abend zu werden …«

»Ob sie euch wohl diese kleinen Schnecken servieren?«, überlegte Ide sehnsüchtig.

Liam verzog das Gesicht. »Hoffentlich nicht!«

»Es wird gegessen, was auf den Tisch kommt«, sagte Rona. »Wir wollen doch unsere Gastgeber nicht beleidigen.«

»Ich dachte, dieser Empfang findet zu meinen Ehren statt? Sollte ich da nicht über die Speisenauswahl entscheiden?«

»So funktioniert das aber nicht, tut mir leid.«

Das wusste Liam auch, aber die Vorstellung, gedämpfte Schnecken aus ihren Gehäusen zu lutschen, half seinem ohnehin gereizten Magen nicht wirklich. Er hasste solche Veranstaltungen, vor allem, wenn sie sich ganz um ihn drehten. Übermäßig viele offizielle Anlässe hatte er zwar noch nicht überstehen müssen, seit er an Eriks Hof gekommen war, aber er war recht schnell zu der Erkenntnis gelangt, dass sie nicht seiner Vorstellung von einem vergnüglichen Abend entsprachen. Tatsächlich hatte er dies schon nach dem ersten Bankett festgestellt, das Erik gegeben hatte, um ihn im Palast willkommen zu heißen. Eher würde er in seiner Unterwäsche durchs vollbesetzte Oratorium flitzen, als noch mal einen solchen Abend ertragen zu müssen. Ein Abend, an dem Alix und Eric sich dabei überschlagen hatten, seine unbeabsichtigten Entgleisungen zu überspielen. Andererseits hatte er sich bei der Gelegenheit ein beeindruckendes Repertoire an »Aber trotzdem danke, vielleicht ein anderes Mal«-Entschuldigungen zugelegt, die wortreich erklärten, warum er gerade jetzt nicht tanzen konnte … Die kamen ihm heute Abend gewiss zustatten.

»Aber lasst, wenn möglich, die Finger von dem Lillet«, warnte Dain. »Kenne nicht einen aus dem Westen, der ihn vertragen hätte.«

»Ich weiß nicht mal, was das ist«, sagte Liam alarmiert.

Dain hielt Daumen und Zeigefinger in einem gewissen Abstand auseinander. »Ein schwarzer Fisch, etwa so lang. Dunkel und ölig und stark genug, dass einem Haare aus den Ohren sprießen.«

»Klingt ja köstlich …«

»Also für mich schon«, meinte Ide. »Sieh zu, dass du uns ein paar Häppchen besorgst, ja?«

Liam sah sie aus dem Spiegel heraus mit ausdrucksloser Miene an. »Vielleicht sollte ich mir die Taschen mit gedämpften Schnecken und öligem Fisch vollstopfen, was meinst du?«

»Ich meine, wir sollten gehen«, sagte Rona geschäftig. Sie strich die Falten ihres Kleides glatt, fuhr mit den Fingern über die eleganten Zöpfe ihres hochgesteckten Haars. Eine unnötige Maßnahme, denn sie war eine makellose Erscheinung. Ja, schön sogar, und so würdevoll und stolz wie Alix. Und wieder dankte Liam den Göttern dafür, dass Rona mitgekommen war. Aufgrund ihres gesellschaftlichen Rangs war es unmöglich, sie von solchen Veranstaltungen auszuschließen, was bedeutete, dass Liam diese Qualen nicht allein erdulden musste. »Nach Euch, Kommandant«, sagte sie und deutete zur Tür.

Dain und Ide begleiteten sie hinaus in den Hof, wo schon eine Kutsche auf sie wartete. Auf den Stufen hielt Liam in einer Mischung aus Betäubung und Bestürzung inne. Die Kutsche selbst war schon eine Zumutung für sich, mit all dem Samt, den hässlichen Troddeln und dem ganzen Goldblatt. Aber die Pferde … »Grundgütige Götter«, zischte er Rona zu und fühlte gleichzeitig unendliches Mitleid für die Tiere. Die armen Geschöpfe waren sprichwörtlich über und über *behängt* mit Spitze. Mit schamvoll gesenkten Köpfen standen sie da und bebten vor Abscheu. Fast schien es, als versteckten sie sich hinter ihren Scheuklappen, um jeden peinlichen Augenkontakt zu meiden. »So was gehört verboten«, sagte Liam.

Rona unterdrückte ein Lachen. »Nun ja, wir schmücken unsere Pferde mit Kriegsbemalung.«

»Ja, aber das ist doch was anderes. Nur ein bisschen Farbe. Um der Tradition willen. Aber das hier …« Mitfühlend schüttelte er den Kopf. »Nein.«

»Ihr solltet Euch geehrt fühlen, Kommandant. Dies ist wahrscheinlich die feinste Kutsche in ganz Onnan.«

»Fast möchte man die armen Dinger losschneiden und auf ihnen bis zurück nach Erroman reiten.« Er grinste Rona an. »Was meint Ihr? Nur Ihr und ich?«

Ihr Lächeln wurde schüchtern. »Schön wär's.«

»Also gut, dann bringen wir's mal hinter uns.«

Die Residenz des Ersten Sprechers lag nicht weit entfernt von Haus Meerblick. Jedermann, der in Onnan-Stadt Rang und Namen hatte, schien im Botschaftsviertel zu leben. Kaum eine Viertelstunde rumpelte die Kutsche über das Kopfsteinpflaster der Oberstadt, bevor sie auch schon wieder anhielt. Als die dicken Samtvorhänge beiseite gezogen wurden, erblickten Liam und Rona eine gepflegte und von Zedern gesäumte Kiesauffahrt. Eine behandschuhte Hand ragte in den Innenraum der Kutsche. Amüsiert beobachtete Liam, wie Rona sie ergriff und mit der anderen den Saum ihres Kleides raffte. Dann ließ sie sich aus dem Gefährt heraushelfen, als wäre sie eine unerfahrene Debütantin. Es fiel schwer, diese Frau mit der Ritterin in Verbindung zu bringen, die sich mit Schwert und Schild durch die Reihen ihrer Feinde gekämpft hatte, wenn Liam diese Verwandlung nicht mehr als einmal bei seiner eigenen Frau miterlebt hätte.

Sie wurden durch das Portal und zu einem großen eleganten Innenhof geleitet, der umgeben war von Arkaden und Zugängen mit aufwendig geschnitzten Flügeltüren, ein Grundriss, der sich auf dem zweiten und dritten Stock wiederholte, wo Glastüren auf weinumrankte Terrassen hinausführten. Rosenstöcke kletterten an den Säulen empor, und ein Trio aus Birnbäumen erhob sich in einer Ecke des Innenhofs, deren Blätter in der sanften Brise raschelten. Im Zentrum brach sich das Mondlicht in den Kaskaden eines prächtigen Brunnens, der die Form eines aus dem Wasser schnellenden Fisches hatte. Überall im Hof standen in kleineren Grüppchen weitere geladene Gäste herum, die gedämpft lachten oder an Getränken nippten, die in ihren Gläsern nicht minder funkelten wie das Wasserspiel. Bislang hatte noch niemand Notiz von den Neuankömmlingen genommen.

»Wie bezaubernd«, murmelte Rona. Als Liam nicht antwortete, blickte sie ihn direkt an. »Kommandant? Alles in Ordnung?«

»Was? Oh, ja, danke. Das alles erinnert mich nur ein bisschen an einen Traum, den ich kürzlich hatte.« Tatsächlich erinnerte ihn das Ganze nicht nur ein bisschen daran, doch er verspürte wenig Lust, Rona seine Alpträume anzuvertrauen. »Also« – er ließ den Blick durch den Innenhof schweifen – »was tun wir jetzt?«

»Wir mischen uns unter die Gäste.« Rona sah erwartungsvoll zu ihm auf.

»Ach ja.« Liam bot ihr seinen Arm an. »Tut mir leid, ich bin nur ein wenig konfus.«

»Das müsst Ihr nicht, und wenn, lasst es Euch zumindest nicht anmerken.«

»Richtig …« Wieder kam sich Liam unglaublich dumm und ungeschickt vor. Er holte tief Luft und eskortierte Rona in den Hof.

Köpfe drehten sich in ihre Richtung – auch dies wie in seinem Traum –, und Liam wand sich innerlich. *Sei nicht töricht*, schalt er sich im Geiste, *du bist nicht auf einer von Eriks Hofgesellschaften. Niemanden hier interessiert es auch nur im Geringsten, dass du ein Bastard bist – im Gegenteil, es könnte dir bei diesen Leuten sogar zum Vorteil gereichen, zumindest, wenn man Alix glauben darf …* Vor allem waren die Blicke, die er erntete, alles andere als feindselig. Einige der wunderschönen Damen lächelten ihm gar schüchtern zu, als hofften sie, er schenke ihnen vielleicht ein wenig Aufmerksamkeit.

»Euer Hoheit, Lady Brown.« Liam wandte sich um und erblickte den Ersten Sprecher Kar, der neben einer höchst attraktiven Frau mittleren Alters stand. »Es ist mir eine Ehre, Euch in meinem Haus begrüßen zu dürfen. Darf ich Euch meine Frau Lyn vorstellen.« Die Frau neigte leicht den Kopf und zeigte dabei einen dicken geflochtenen Zopf, der weit oben auf ihrem Schopf ansetzte. Für eine Onnani war sie sehr hoch gewachsen, und als sie sprach, klang ihre Stimme einschmeichelnd und rauchig.

»Sehr erfreut, Ihrer beider Bekanntschaft zu machen.«

»Die Freude ist ganz auf unserer Seite, verehrte Dame. Ihr habt solch ein schönes Heim.«

»Danke sehr.« Lyn trug ein silberfarbenes Gewand mit Perlenknöpfen, dessen ungewöhnlich hoher Kragen ihre Größe noch unterstrich. Oder vielleicht doch nicht so ungewöhnlich, wie Liam feststellte, als er einen raschen Blick durch den Hof warf. Sämtliche Roben der hier Anwesenden zeichneten sich mehr oder weniger durch aufgestellte Kragen und lange Ärmel aus. Liam hielt sich nicht gerade für einen Modeexperten, aber er konnte sich nicht erinnern, Alix jemals in einem Kleid mit züchtigen Ärmeln gesehen zu haben. Doch, Moment mal, trug nicht auch Rona …? Er warf seiner Begleiterin einen diskreten Blick zu, und tatsächlich, auch ihr Gewand besaß einen hohen Kragen und bedeckte die Arme. Sie hatte also ein Abendkleid gewählt, das die konservativen Onnani nicht brüskieren würde. Natürlich. In stiller Dankbarkeit lächelte er ihr zu, und sie lächelte – wenn auch ein wenig amüsiert – zurück.

»Ihr seht ganz und gar großartig aus, Lady Brown«, sagte Kar und breitete in einer überschwänglichen Geste der Bewunderung seine Arme aus.

»Ihr seid zu freundlich.«

»Ich muss zugeben, ich kann mir eine bezaubernde Frau wie Euch nur schwer als schwertschwingende Kämpferin vorstellen. Hätte ich Euch nicht mit eigenen Augen in voller Rüstung gesehen, ich hätte es nicht für möglich gehalten.«

»Ja, unsere Traditionen sind ein wenig anders«, erwiderte Rona diplomatisch.

»Eine Untertreibung, wenn ich das anmerken darf«, meinte Lyn trocken.

»Zu gern würde ich von Euren Heldentaten hören«, fuhr Kar mit einem öligen Lächeln fort. »Vielleicht zu einem späteren Zeitpunkt?«

Höflich neigte Rona ihr Haupt. »Wie Ihr wünscht, Erster Sprecher.«

Kar winkte nach einem Diener. »Lasst mich Euch etwas zu trinken kredenzen.« Ein Mann mit einem Silbertablett eilte herbei, darauf eine Auswahl an Getränken. Kar wählte zwei Kristallgläser, die mit einer goldfarbenen, süß riechenden Flüssigkeit gefüllt waren. Wein, wie Liam vermutete. »Eine unserer lokalen Spezialitäten«, erklärte er und reichte die Gläser an seine Gäste weiter. »Ich denke, Ihr werdet sie angenehm fruchtig finden.«

»Ist dies Euer erster Besuch in Onnan, Euer Hoheit?«, fragte Lyn.

Liam widerstand dem Drang, am Wein zu schnüffeln. »Ja, sogar meine erste Auslandsreise überhaupt.«

»Wirklich?« Wohlgeformte Augenbrauen hoben sich in Lyns Gesicht. »Man hätte doch angenommen, dass ein Prinz gar viele Gelegenheiten zum Reisen hat.«

War das als spitze Bemerkung gemeint? Gewiss war ihr sein Hintergrund wohl bekannt, wie auch der Umstand, dass er erst seit sechs Monaten ein Prinz des Reiches war. Liam hatte keine Ahnung, was er darauf erwidern sollte, ohne seine Gastgeberin ignorant noch unhöflich oder beides aussehen zu lassen.

»Unter anderen Bedingungen sicherlich«, erklärte Rona, »aber Seine Hoheit ist außerdem auch Kommandant der Weißen Wölfe, sodass er in Zeiten wie diesen dringend zu Hause gebraucht wird.«

»In der Tat«, meinte Kar. »Ich weiß, dass es nicht leicht für Euch gewesen sein muss, hierher zu reisen, Euer Hoheit. Umso dankbarer sind wir, dass Ihr es dennoch einrichten konntet.«

Ja, gewiss … Liam lächelte und nippte an seinem Weinglas. Das Getränk schmeckte fruchtig, ja, und entsetzlich süß. Tatsächlich trank Liam einen besseren Sirup, und er hatte Mühe, nicht das Gesicht zu verziehen.

»Und wie gefällt Euch die Stadt bisher?«, wollte Lyn wissen und lächelte freundlich.

Eine mögliche Falle, auf die Liam allerdings vorbereitet war. »Bisher hatte ich leider wenig Gelegenheit, allzu viel zu sehen, doch Euer guter Mann hat uns vor einigen Tagen zum Meer geführt, und das war etwas, das ich nie wieder vergessen werde. Für Euch mag es nichts Besonderes sein, aber wenn man aus einer von Land umgebenen Gegend kommt … Nun, bei uns daheim findet man dergleichen nicht, so viel ist sicher.«

»Ihr müsst unbedingt mal an Bord eines Schiffes kommen, Euer Hoheit«; sagte Kar.

»Das würde ich nur zu gern.« *Vor allem an Bord einer Kriegsgaleere, die Richtung Oridia ausläuft.*

Kar sah sich über die Schulter. »Bitte entschuldigt mich einen Moment, Euer Hoheit. Ich muss noch ein paar weitere Gäste begrüßen, bin aber schnellstmöglich zurück, um Euch dann allen vorzustellen.« Er reichte seiner Gattin den Arm. »Komm, meine Liebe.«

Liam trank noch einen weiteren Schluck vom Wein, um seine Nerven zu beruhigen.

»Das macht Ihr gut«, raunte Rona ihm zu, als hätte sie seine Gedanken gelesen.

»Wirklich? Die Frage nach meinen Reisen hat mich irgendwie kalt erwischt.«

Sie brummte zustimmend. »Keine Ahnung, worauf sie hinauswollte. Schwer vorstellbar, dass sie Eure Geschichte nicht kennt, andererseits kann ich mir nicht denken, warum sie Euch hätte kränken wollen.« Seufzend schüttelte sie den Kopf. »Es gibt hier so viele innenpolitische Fallstricke, dass man nur allzu leicht stolpern kann.«

»Schön, dass Ihr das sagt. So fühle ich mich nur noch wie ein Halbtrottel.«

»Aber das seid Ihr nicht, Kommandant. Wie ich schon sagte: Jeder wäre von dem hier einfach nur überwältigt. Ich meine, schaut Euch doch nur mal um.« Sie nickte in Richtung der Abendgesellschaft. »Seht Ihr, wie die Leute sich hier versammelt haben? Grüppchen für Grüppchen stehen sie beieinander und mischen sich so gut wie gar nicht.«

Das stimmte, wie Liam feststellte. Wiewohl ein jeder entspannt und jovial wirkte, gab es so gut wie keine Interaktionen der Gruppen untereinander. »Was hat das zu bedeuten?«

»Politik. Jede dieser Fraktionen wird wohl irgendeinen Block im Lande repräsentieren – Bünde vielleicht oder gar Geheimgesellschaften. Auch an unserem Hof lässt sich dieses Phänomen von Zeit zu Zeit beobachten, besonders, wenn eine wichtige Entscheidung ansteht, doch niemals erfolgte die Abgrenzung so strikt wie hier. Ich dachte ja immer, die Aristokratie von Alden wäre gespalten, aber wenn man sich das hier anschaut …«

Liam fasste das Geschehen daraufhin etwas näher ins Auge. Viele Leute hatte er zwar noch nie zuvor gesehen, doch einige erkannte er durchaus wieder. Verteidigungskonsul Welin zum Beispiel stand in der größten Gruppe, und er schien dort so etwas wie eine Führungsrolle einzunehmen, wenn man danach ging, wie die anderen sich um ihn scharten. Auch schien er den größten Redeanteil zu haben, wobei seine Ausführungen gelegentlich mit unterwürfigem Gelächter quittiert wurden. Die zweitgrößte Gruppe wurde vom Vorsitzenden Irtok angeführt. Die »Söhne«

und die »Schilde«, überlegte Liam, oder eine andere, von Saxon und seinen Spitzel-Kollegen bislang undokumentierte Bruderschaft. Das alles bereitete ihm Kopfschmerzen.

Hinter sich hörte er Ronas gedämpfte Stimme, und als er sich umwandte, sprach sie gerade mit einem Diener. »Das dachte ich mir«, murmelte sie, als der Angestellte wieder fort war.

»Was dachtet Ihr Euch?«

»Guckt jetzt nicht hin, aber dort drüben beim Brunnen steht ein Mann, der uns seit unserem Eintreffen unentwegt ansieht. Sprecher Syril, wie es scheint.«

»Der Priester von Eldora?« So unauffällig er konnte, drehte sich Liam in seine Richtung. Doch die Mühe hätte er sich sparen können, denn Syril starrte ihn direkt und unverwandt an. Ohne seine Maske entpuppte er sich als beeindruckende Erscheinung mit silbergrauem Haar und einem ernsten, intelligenten Blick. Ein Blick, der Liam quer durch den Hof verfolgte, und als er sich wieder umwandte, hatte er das Gefühl, bis ins Innerste hinein ausgeforscht worden zu sein.

»Scheint mir der Beginn einer wunderbaren Freundschaft zu sein«, sagte er und nahm einen weiteren Schluck von dem süßen Wein.

Kurz darauf kehrte Kar zu ihnen zurück, und sie begannen ihre Runde. Liam lächelte die ganze Zeit und gab wieder und wieder dieselben Höflichkeiten über schöne Häuser und den bezaubernden Ozean von sich. Schon bald erwog er, sich die Pulsadern mit dem zerschmetterten Kristallglas aufzuschlitzen.

Schließlich erreichten sie Sprecher Syril. Ihm entgegenzutreten war, wie einen Eimer mit Eiswasser ins Gesicht zu bekommen. Liam straffte sich.

»Und das ist Sprecher Syril, dem Ihr ja schon begegnet seid.« Kars Lächeln war glatt und undurchdringlich.

»Sprecher.« Steif verbeugte sich Liam.

»Euer Hoheit. Ich hoffe, Ihr genießt den Abend.« Wie Liam schon in der Republicana vermutet hatte, sprach er perfekt Erromanisch. Diese ganze Übersetzerei war also nichts weiter als Theater gewesen.

»Ja, ganz vorzüglich«, erwiderte Liam. »Ich bin dankbar für diese Gelegenheit, alle kennenzulernen.« Und wenn da ein Hauch von Sarkasmus in seiner Stimme lag, wer wollte es ihm verdenken?

Syrils Ausdruck blieb unverändert, aber in seinen Augen blitzte so etwas wie Belustigung auf. »Die Freude ist ganz auf unserer Seite, Euer Hoheit. Wir haben ja nicht oft Gelegenheit, mit Mitgliedern des Königshauses zusammenzutreffen.«

»Möge das Zusammentreffen nicht allzu hart ausfallen, sonst platzt am Ende noch der Lack ab.«

Kar lachte, und Rona lächelte. Sprecher Syril hingegen neigte sein Haupt, als inspiziere er eine gar eigentümliche Kreatur. »Es ist also Vorsicht geboten?«

»Ja, denn die Farbe ist noch ziemlich frisch.« Liam hielt Syrils Blick trotzig stand.

Die Mundwinkel des Sprechers zuckten. »In der Tat, und man fragt sich, was wohl darunter ist.«

»Nun, hört Euch das an!« Lyn erschien neben Liam und legte eine Hand auf seinen Ellbogen. »Wenn das nicht mal mein derzeit liebstes Musikstück ist.« Auffordernd drückte sie seinen Arm.

Bei den Göttern, zu Hilfe! Diesmal konnte er sich nicht vor dem Tanzen drücken, es sei denn, er wollte das erbauliche Gespräch mit Sprecher Syril fortsetzen. Wie sagten die Onnani noch gleich? *Im Sturm ist jeder Hafen willkommen?* Er schluckte hart und sagte: »Darf ich um diesen Tanz bitten, Lady?«

»Liebend gern, Euer Hoheit.«

»Nun denn, Lady Brown«, sagte Kar, »wollen wir uns nicht anschließen?«

Liam wandte sich von Syril den Tänzern zu. *Vom Regen in die Traufe.*

Nicht dass er ein schlechter Tänzer war. Rein technisch bestand dabei kaum ein Unterschied zu einer Schlacht. Jemand ergriff die Initiative, dann hieß es Zug und Gegenzug. Und immer leichtfüßig bleiben. Allerdings starrte einen im Gefecht auch niemand an. Niemand urteilte. Das Tanzen dagegen fühlte sich an wie eine Prüfung, die man nur allzu leicht in den Sand setzen konnte. Wie so vieles in letzter Zeit.

»Es tut mir leid, falls mein Eingreifen ein wenig abrupt erfolgte«, sagte Lyn, als sie die Stufen hinuntergingen. »Aber ich nahm eine gewisse … Anspannung wahr.«

»Nun, Sprecher Syril und ich schienen nicht eben den besten Start gehabt zu haben, und ich bin mir nicht sicher, wie ich das wieder in die rechten Bahnen lenken kann.«

»Vielleicht gar nicht. Syril ist ein schwieriger Mann.« Sie lächelte zu ihm auf und wiegte sich im Takt der Musik. Aus der Nähe betrachtet wirkte ihre Gesichtsschminke recht dick aufgetragen, als hätte sie mit aller Macht versucht, sich jugendlich herzurichten. »Aber lasst uns nicht über Politik sprechen. Ich denke, wir beide hatten davon schon mehr als genug.« Sie trennten sich, kamen wieder zusammen, drehten sich, fädelten sich zwischen den anderen Paaren ein. Als sie wieder voreinander standen, sagte Lyn: »Lady Brown scheint sehr nett zu sein.«

»Sie ist großartig.«

»Eine Ritterin. Wie außergewöhnlich. Ist sie eine fähige Kämpferin?«

»Sie steht ihren Mann, wie man so schön sagt.« Liam war dankbar, dass nun ein Themenfeld zur Sprache gekommen war, auf dem er sich wohlfühlte. »Sie ist vielleicht nicht so stark wie manch anderer, aber gewitzt. Sie weiß genau, wohin sie ihre Treffer setzen muss und wann.«

»Und doch scheint sie mir eine so liebliche junge Dame zu sein. Empfindsam und kultiviert. Keine klassische Schönheit vielleicht, aber auf ihre eigene Art verlockend.«

Liam schaute hinunter auf seine Tanzpartnerin, verwirrt über die Richtung, die das Gespräch genommen hatte. Dann bemerkte er, wie hölzern Lyns Lächeln war, und folgte ihrem Blick, der in Richtung Rona und ihres Ehemanns ging.

Aha.

Auch ihm war aufgefallen, wie übertrieben Kar in Bezug auf Rona ins Schwärmen geraten war. Und auch Lyn schien dies nicht entgangen zu sein. Auf der anderen Seite hatte sie die Tanzeinlage vorgeschlagen, also bestand auch kein Veranlassung, jetzt die Eifersüchtige zu spielen. »Ich finde, sie ist sehr schön«, sagte er leicht gereizt. »Und darüber hinaus noch viel mehr. Vor allem ist sie mir eine große Hilfe.« Und das sollte er ihr wirklich einmal sagen, wie er dachte.

»Wie wunderbar«, sagte Lyn.

Glücklicherweise endete die Melodie kurz darauf, sodass Liam frei war, sich zu Rona zu gesellen. »Und? Wie hat's Euch gefallen?«, fragte sie und führte das Weinglas zu ihren Lippen.

»Ganz gut. Wenn man davon absieht, dass Lyn nur zu gern Euren Zopf als Trophäe heimtragen würde.«

Rona verschluckte sich fast an ihrem Wein. »Bitte was?«

»Hat ihr wohl nicht gefallen, Euch in den Armen ihres Mannes zu sehen, schätzte ich.«

»*Tsst*«, machte sie. »Das ist ja lächerlich.«

»Andererseits ist er nun mal ein Priester Ardins.«

Ronas Augen weiteten sich, und sie erschauderte vor Abscheu.

»Bitte verzeiht, Euer Hoheit.« Ein Dienstbote trat zu ihnen;

er trug eine kleine Schriftrolle mit sich. »Das hier traf gerade für Euch ein.«

»Traf ein?« Liam runzelte die Stirn. »Von wem?«

»Es tut mir leid, Euer Hoheit, aber das weiß ich nicht.« Nach einer raschen Verbeugung zog sich der Diener zurück.

Liam und Rona sahen sich an. Er brach das Siegel und entrollte die Nachricht.

»Hoffentlich keine weitere Drohung, oder?«, fragte sie leise.

Wenn Ihr die ganze Geschichte erfahren wollt, trefft mich im ›Schiff und Anker‹. Kommt um Mitternacht und wartet an einem der hinteren Tische. Ich werde Euch finden.

»Keine Drohung«, sagte Liam. »Eher eine Einladung.«

»Eine Einladung zu was?«

»Zu einem Treffen, wie es aussieht.«

Sie schüttelte den Kopf. »Ich verstehe nicht. Ein Treffen mit wem? Warum?«

»Keine Ahnung. Hab auch keine Antwort darauf.« Doch die Nachricht ließ vermuten, dass er die schon bald erhalten würde.

13. KAPITEL

»Ich halte das für keine gute Idee, Kommandant«, sagte Rona.

Auch Liam hielt dies nicht für eine ausgesprochen gute Idee, aber es war nun nicht so, als hätte er eine große Wahl. Er brauchte Antworten, und die Nachricht hatte ihm eine in Aussicht gestellt. Und da war er also. Spazierte mit seinen Offizieren über die Bürgersteige der Unterstadt auf der Suche nach einem Kneipenschild mit einem Schiff darauf und vermied es dabei, in Augenkontakt mit den Einheimischen zu treten.

»Dachte, Ihr hättet genug von anonymen Botschaften, Kommandant«, meinte Ide.

»Ja, die schreiben sie hier gern, was? Aber ich hab das dumpfe Gefühl zu wissen, von wem die letzte stammt.«

»Hoffentlich liegt ihr da richtig«, murmelte Rona.

Das hoffte Liam auch.

»Da ist es.« Dain Cooper zeigte auf ein Haus die Straße herunter.

Jetzt konnte Liam es auch sehen, das verblichene Schild, das am Pier in der schwachen Brise baumelte. »Ab hier müsst Ihr

Euch zurückhalten. Und bleibt außer Sicht, bis ich Euch brauche.«

»Und woher sollen wir das bitte wissen?«, fragte Rona irritiert. Sie fühlte sich sichtlich unwohl bei dieser Sache.

»Keine Ahnung«, musste er zugeben. »Ein Hinweis darauf wäre vielleicht, wenn man mich durchs Vorderfenster auf die Straße schmeißt …«

»Noch macht Ihr Witze, Kommandant«, sagte Dain, »aber nach dem, was ich so gehört habe, könnte das durchaus passieren. Das Schiff gilt als die übelste Kaschemme in der ganzen Stadt.«

Ein Ruf, den die Taverne durchaus verdiente, wie Liam eine Stunde später befand, nachdem er den Laden kennengelernt hatte. Er war mit Schenken durchaus vertraut; wie alle Soldaten hatte er den einen oder anderen Abend in Erromans Nachtjackenviertel zugebracht. Dort hatte er auch zum ersten Mal Bekanntschaft mit Seeleuten gemacht – bärbeißige, mundfaule Gesellen, deren Schiffe an der Mündung des Sabri ankerten, und die dann mit kleineren Booten bis nach Erroman geschippert waren. Diese Burschen liebten nichts mehr als Saufen, Prügeln und Herumhuren. Und sie taten das nirgends lieber als an Orten, an denen sich die Männer unter den Tisch tranken, um sich zum dort lebenden Ungeziefer zu gesellen. Solche Orte waren von Übel. Doch diese Spelunke hier übertraf sie alle, zumindest soweit es Liam anging. Angefangen beim Gestank (eine Mischung aus Erbrochenem und Fischinnereien) über den Geschmack des Biers (desgleichen) bis hin zu den undefinierbaren Scheußlichkeiten, die man dort servierte, die verdächtig nach … Nun, man sollte es vielleicht bei dem Hinweis belassen, dass dieser Laden auch in diesem Punkt seinem anscheinenden *Leitmotiv* treu blieb.

Glücklicherweise musste er nur etwas mehr als eine Stunde

warten, bis sein mysteriöser Kontakt in der Tür auftauchte. Sie erkannten sich auf den ersten Blick, hatten sie sich doch schon einmal getroffen.

»Hallo, Meister«, sagte Liam und fühlte sich fast ein wenig stolz. Immerhin hatte er mit seiner Vermutung richtig gelegen, und es war schön, zur Abwechslung mal im Vorteil zu sein. »Gemütliches Plätzchen, das Ihr hier ausgesucht habt.«

Mallik, der Schiffbaumeister der onnanischen Flotte, ließ seinen massigen Körper auf die Bank plumpsen, die Liam gegenüber stand. »Tut mir leid, Euer Hoheit, wollte nur sichergehen, dass uns niemand beobachtet. Seid Ihr allein?«

»Nein, meine Offiziere lungern irgendwo draußen rum.«

Die Miene des Meisters verdunkelte sich. »Aber wir hatten doch abgemacht …«

»Einen Scheiß hatten wir *abgemacht*. Ihr habt mir einen anonymen Brief zukommen lassen. Nicht meine bevorzugte Art der Kommunikation, wenn Ihr es genau wissen wollt.«

Die Kellnerin erschien, doch Mallik wollte kein Bier (offensichtlich war er schon mal hier gewesen). »Ich wusste nicht, wem ich trauen konnte. Ich könnte meinen Job verlieren, nur weil ich mit Euch *spreche*.«

»Warum? Was will Kar vor mir geheim halten?«

Der Schiffbaumeister sah ihn aus dunklen unergründlichen Augen an. »Es ist nicht nur der Erste Sprecher. Niemand will, dass ich mit Euch spreche. Ein jeder will Euch seine ganz eigene Theorie darlegen, Euch für seine Sache gewinnen. Ihr seid ein mächtiger Mann, Euer Hoheit.«

So mächtig, dass die Leute mich mit dem Tode bedrohen. Liam behielt den Gedanken für sich. Wie auch der Schiffmeister wusste er nicht, wem er hier trauen konnte; bislang gab es in dieser Hinsicht nicht gerade viele Kandidaten. »Und was ist mit Euch?«, fragte er. »Ihr müsstet doch mehr als nur Theorien auf

Lager haben; immerhin seid Ihr verantwortlich für den Bau der Flotte. Was um der Neun Domänen willen geht hier vor?«

»Wenn ich das nur wüsste. Ich bin verantwortlich, das stimmt, mithin stehe ich deshalb als inkompetenter Trottel da.«

»In Eurer Nachricht stand, Ihr hättet die *ganze* Geschichte.«

»*Eine* ganze Geschichte. Das bedeutet aber nicht, dass ich auch alle Antworten habe.«

Liam unterdrückte ein Grollen. *Selbst die Zimmermänner in diesem Land salbadern wie die Priester.* Laut sagte er: »Fahrt fort.«

Mallik stützte sich mit den Ellbogen auf dem Tisch ab, als bereite er sich auf eine längere Sache vor. »Ihr müsst verstehen, Euer Hoheit, es begann so schleichend, dass es zunächst niemandem groß auffiel. Ich selbst wurde im letzten Sommer misstrauisch, aber es muss schon vorher begonnen haben, vielleicht sogar vor der Belagerung von Erroman. Zu diesem Zeitpunkt debattierte die Republicana noch darüber, ob Onnan in den Krieg eintreten solle oder nicht. Die Stimmung am Hafen war mies. Die Meinungen der Leute gingen auseinander. Einige von uns fanden, es wäre unsere Pflicht, in den Krieg zu ziehen. Andere … nun.« Er zuckte die Achseln. »Schätze, in Alden war's nicht anders, nachdem die Oridianer in Andithyri einmarschiert sind.«

Sprachlos starrte Liam ihn an. Entweder verkaufte der Mann ihn für dumm, oder er wusste wirklich nicht, dass Prinz Tomald seinen eigenen Bruder hintergangen hatte und wegen dieses Vergehens *hingerichtet* worden war. *Vielleicht hat Erik nicht gewollt, dass dieser Teil der Geschichte rumgeht, wer weiß.* Fast zu spät erkannte er, dass er achtgeben musste, nicht zu viel über die Angelegenheiten im Königreich seines Bruders zu enthüllen. Als gäbe es nicht schon genug, um das er sich den Kopf zerbrechen musste.

»Wie auch immer«, fuhr der Schiffbaumeister fort, »zuerst

war da die Sache mit der *Seelanze.*« Er hob vielsagend die Augenbrauen.

»Mit der … äh … was?«

»Mit der *Seelanze*!« Mallik war sichtlich entrüstet ob Liams Unkenntnis. »Das Flaggschiff der Flotte! Ein prächtigeres Schiff hat man nicht gesehen! Zumindest, bis die Entwürfe der neuen Modelle …«

»Schon gut. Also? Wo ist es, dieses Schiff?«

Der Mann zeigte mit dem Finger auf ihn. »Sehr richtig! Wo ist es?«

»Moment, wollt Ihr damit sagen, dass es … vermisst wird?«

»Ich will damit sagen, dass es weg ist. Sie sind *alle* weg. Ein Dutzend Galeeren, mehr als tausend Ruderplätze insgesamt, alle einfach …« Er spreizte die Hände.

»Aber … *Wie*?«

»Da gibt's eigentlich nur zwei Möglichkeiten.« Mallik zählte sie an seinen dicken Fingern auf. »Erstens, die Schiffe wurden geraubt. Nicht sehr wahrscheinlich, denn dazu bräuchte man zu viele Männer. Zweitens, sie wurden versenkt. Hinab auf den Grund des tiefen Meeres geschickt.« Er schaute über die Maßen bekümmert bei diesen Worten. »Könnte natürlich auch eine Kombination aus beidem sein. Man segelt die Galeeren ein Stück weit hinaus, aber nicht so weit, dass man eine volle Mannschaft braucht, schlägt ein paar Löcher in den Rumpf und lässt sie absaufen. Nicht einfach, aber machbar.«

Liam wusste, seine Kinnlade hing herunter, aber er konnte nichts dagegen tun. »Aber … Hätte das nicht jemand beobachten müssen. Oder davon hören?«

Mallik hob die Schultern. »Die Docks sind nachts ziemlich verlassen.«

»Ihr wollt also behaupten, dass die gesamte Flotte der Onnani …«

»Redet bitte leiser.«

Liams Blick zuckte durch den Gastraum, dann senkte er die Stimme. »Dass die gesamte Onnani-Flotte entweder *versenkt* oder *gestohlen* wurde?«

»Ja, das sage ich doch gerade. Es muss ein paar Tage in Anspruch genommen haben. Wir bemerkten zwar, dass die Zahl der Schiffe schrumpfte, aber niemand dachte sich was dabei. Hielten es für ein Manöver, wisst Ihr? Um sich auf den Kriegseinsatz vorzubereiten, falls die Entscheidung in diese Richtung getroffen werden sollte. Als wir irgendwann kapierten, dass irgendwas nicht stimmt, war es schon zu spät.«

»Was ist denn mit dem zuständigen Generalkommandanten?«

»Admiral. Er wurde vor die Republicana zitiert. Man hielt ihm einen langen Vortrag, dann wurde er entlassen. Er schwor alle Eide, dass er nichts mit der Sache zu tun hätte, wie auch seine Kapitäne.« Wieder zuckte Mallik die Schultern. »Ich glaube ihm, aber wer weiß. Immerhin geschah das Ganze ja praktisch unter seinen Augen.«

Liam ließ sich gegen die Wand zurückfallen. Er war bestürzt. »Das ist …« Er stellte fest, dass es kein Wort dafür gab. »Kein Wunder, dass der Erste Sprecher Kar nicht wollte, dass ich davon erfahre.«

»Das ist vor allem noch nicht alles.« Mallik griff nach Liams Bierkrug, nahm einen Schluck und verzog das Gesicht. Er stieß einen onnanischen Fluch aus und fuhr fort. »Nachdem ich den Auftrag erhielt, mit dem Bau zu beginnen – das war in den letzten Tagen vor der Abstimmung –, geschahen weitere Dinge. Seltsame Dinge.«

»Und zwar?«

»Eine Pechsträhne, dass man so viel Unglück gar nicht fassen kann. Mit dem Bauholz fing's an. Brannte direkt in der Werft nieder. Blitzeinschlag, hieß es. Und jetzt sagt mir, Euer Hoheit, wie wahrscheinlich ist es, dass ein Blitz direkt in einen Holzstapel einschlägt, wo er einen hohen Mast hätte treffen können, der kaum hundert Schritt entfernt war?«

»Nicht sehr wahrscheinlich«, sagte Liam, da dies offenbar die erwartete Antwort war.

»Dann traten die Dockarbeiter in Streik, sodass der Nachschub ins Stocken geriet. Wir brauchten Wochen, um neue Männer anzuwerben, die sie ersetzten. Und dann, als wir endlich die erste neue Galeere fertiggestellt hatten und zu Wasser lassen wollten, da sinkt sie. Sie *sinkt!*« Er schlug so hart mit der Faust auf den Tisch, dass Liams Krug ein gutes Stück in die Luft hüpfte. Er senkte die Stimme zu einem gefährlichen Knurren. »Keines meiner Schiffe *sinkt*, Euer Hoheit, niemals, es sei denn, es wird *versenkt.*«

»Sabotage also.«

Der Schiffbaumeister lehnte sich zurück, verschränkte die Arme vor der Brust und wirkte recht zufrieden mit dieser Schlussfolgerung. »Sabotage also.«

»Aber wer?«

»Das, Euer Hoheit, ist die große Frage. Neben den nicht ganz unwesentlichen Fragen: *Wann schlagen sie wieder zu* und *wie halten wir sie auf.*«

»Die Oridianer«, sagte Liam. »So muss es sein.«

»Möglich, aber dazu hätten sie sich verdammt clever anstellen müssen. Man braucht ein Dutzend Hände, um ein Kriegsschiff auch nur wenige Meilen zu bewegen. Und so viele Blasshäute, die dazu auf den Docks herumgerannt sein müssten, wären gewiss irgendwem aufgefallen. Nein, wenn Ihr mich fragt, so war das ein Angriff aus dem Innern. Vielleicht in Zusammenarbeit mit den Oridianern, aber ausgeführt von einem Einheimischen – und seinen Freunden.«

Liam fluchte leise. Das war so viel schlimmer, als er befürchtet hatte. »Und Ihr habt keine Ahnung, wer es gewesen sein könnte?«

»Nicht die geringste.« Der Schiffbaumeister lächelte, und sein verwittertes Gesicht legte sich in Falten. »Daher zähle ich auf Euch, Euer Hoheit.«

Ich zähle auf dich, Liam. Das waren Eriks Worte am Wegkreuz gewesen. Eine ganze Ewigkeit schien das schon her zu sein. Er hatte versprochen, sein Bestes zu geben, doch er hatte schon im gleichen Augenblick befürchtet, dass sein Bestes in dieser Sache nicht gut genug sein würde.

Zumindest in diesem Punkt hatte er recht behalten.

Liam saß auf dem Balkon, während die Meeresbrise sein Haar zerzauste – inzwischen so etwas wie sein tägliches Abendritual. In der Ferne seufzte der Ozean so rhythmisch wie eine Geliebte, die friedlich neben ihm schlummerte. Hier draußen zu sein entspannte ihn. Es klärte seinen Geist und vertrieb die Stimmen, die meinten, er wäre nicht klug, listig oder erfahren genug, um diese Mission zu meistern. Die Stimmen, die ihn daran erinnerten, dass die beiden Menschen, die ihm jetzt noch hätten helfen können – sein Bruder und seine Frau –, weit fort waren. Dass sie irgendwo weit hinter den Ebenen durch die Zerklüfteten Berge ritten. Gemeinsam.

Welchen Widrigkeiten sie wohl derzeit entgegensahen?

Nein. Tu das nicht. Er wollte nicht darüber nachgrübeln, ob sich Alix und Erik womöglich in Gefahr befanden. Wollte eigentlich gar nicht über die beiden nachdenken, sondern nur über sie. Alix. Die Liebe seines Lebens. Eine Frau so impulsiv und leidenschaftlich, dass sie nicht immer die besten Entscheidungen traf. Sie war eine Black und ein wahres Kind von Ardin. Das liebte er an ihr, und doch fürchtete er es auch. Nicht dass er ihr nicht vertraute. Er vertraute ihr, und er vertraute Erik; ihm vielleicht sogar noch mehr als ihr. Und trotzdem half ihm das alles nicht weiter. Nicht nach dem, was letzten Winter geschehen war. Als sich die beiden so nahegekommen waren …

Er knurrte und rieb sich mit den Fäusten über die Augen. Das klappte nicht. Er brauchte eine andere Art der Zerstreuung, musste etwas *tun*. Er ging hinein, setzte sich an den Schreibtisch, schnappte sich eine Feder und entkorkte das Tintenfass. Dann begann er zu schreiben:

Liebe Allie …

Als er fertig war, faltete Liam den Brief zusammen, steckte ihn in einen kleinen Umschlag und versiegelte ihn. Er würde ihn am Morgen Shef übergeben, damit dieser ihn nach Ost abschickte.

Nun fühlte er sich besser. Er ging wieder hinaus auf den Balkon …

… wo ihm beinahe das Herz stehenblieb.

Vor dem bleichen Mondlicht malte sich die Silhouette einer Gestalt ab. Instinktiv ging Liams Hand zu seinem Schwert, das er natürlich nicht bei sich trug. Gehetzt sah er sich über die Schulter, zählte im Geiste die Schritte bis zur Balkontür.

»Keine Sorge, Euer Hoheit.«

Liam kannte die Stimme nicht. Von drinnen war Rudis Gebell zu hören. *Dafür ist's nun zu spät, du nutzlose Flohschleuder.* Liam machte einen Schritt zurück Richtung Tür. »Wer seid Ihr?«

»Ein Freund.«

»Wessen Freund?«

Ein Lachen im Dunkeln. »Eine kluge Frage.«

»Danke für das Kompliment.« Er machte einen weiteren Schritt zurück …

»Ich bin ein Freund von Saxon, Euer Hoheit, und bin auf sein Betreiben hier.«

Liam entspannte sich ein wenig, aber nicht viel. Spione zählten nicht zu seinen Lieblingsmitmenschen.

»Hab Euch aus der Ferne beobachtet«, sagte die Stimme, in der ein leichter Akzent mitschwang. »Doch nach dem, was ich heute sah, fand ich es an der Zeit, ein wenig … nun, direkter aufzutreten.« Die Person kam so weit näher, dass Liam grob ihre äußere Erscheinung ausmachen konnte. Der Mann war von mittlerer Größe und Statur und, soweit er sehen konnte, ohne besondere hervorstechende Merkmale. Liam fragte sich, ob Alix genau das gemeint hatte, als sie sagte, es sei unmöglich, Saxon zu beschreiben.

»Und was habt Ihr heute gesehen«, fragte Liam lauernd.

»Euch. Am Hafen. Mit dem Schiffbaumeister.« Der Mann machte eine Pause, vermutlich, damit Liam das erst mal verdauen konnte. »Ein informatives Treffen, nicht wahr?«

»Das denke ich, ja.« Mehr wollte Liam dazu nicht sagen, egal, was der Mann vorgab zu sein.

»Dann habt Ihr also die Lage erfasst?«

»So weit würde ich nicht gehen.«

»Hmm«, machte der Mann. »Wie auch immer. Ich gehe davon aus, dass auch Ihr nun davon überzeugt seid, dass die Verzögerungen beim Bau der Flotte keine Zufälle waren. Ich wusste das zwar schon lange, habe aber kaum etwas Neues herausfinden können. Euer Erscheinen hat hier hohe Wellen geschlagen. Hab zu dem Thema allein in dieser Woche schon mehr Theorien gehört als in den letzten sechs Monaten zusammen.«

»Schön, dass ich helfen konnte.«

»Der Erste Sprecher Kar hat Euch aufgesucht.« Es war keine Frage. »Wie auch der Vorsitzende Irtok. Ersterer wird Euch erzählt haben, dass die Opposition schuld ist. Letzterer wird das weit von sich gewiesen und es schlicht als Unfähigkeit dargestellt haben.« Der Mann lächelte. »Nun, wie mache ich mich?«

Liam zuckte die Achseln. »Na ja, das alles lag ja bislang irgendwie auf der Hand.«

»Meister Mallik hingegen wird sich nicht in Schuldzuweisungen ergangen, sondern vielmehr geschlussfolgert haben, dass der Feind es nicht gewesen sein kann. Keine wirklich großartige kombinatorische Leistung, das. Soweit ich weiß, ist Onnan so ziemlich das Letzte, was den Kriegsherrn derzeit interessiert. Für ihn ist die Republik nichts weiter als ein kleiner Kläffer, dem man nur zu leicht einen Fußtritt verpassen kann.«

Liam schaute ihn finster an. »Nehmt's mir nicht übel, aber wenn Saxon Euch geschickt hat, um mir zu helfen, dann lasst Ihr ihn gerade ziemlich hängen. Ich brauche kein Resümee dieser Woche. Ich brauche Informationen. Und deshalb frage ich Euch: Habt Ihr welche?«

»Nicht direkt. Was ich Euch aber bieten kann, sind Intuition und Erfahrung. Und beides sagt mir, dass alles, was Ihr bisher erfahren habt, in die falsche Richtung weist. Da zeigen Männer um ihrer eigenen Interessen willen mit dem Finger auf andere. Opportunisten, welche die Krise als Gelegenheit sehen, ihre Feinde auszuschalten. Doch keiner von ihnen hatte das Rückgrat oder die Absicht, Euch die Wahrheit zu erzählen. Dass nämlich alles, was hier geschieht, weder mit Bündnispolitik noch mit feindlicher Spionage zu tun hat. Hier geht's nicht um Allianz gegen Kongress, oder Oridia gegen Onnan. Nein, hier wird ein ganz anderes Spiel gespielt.«

»Die Geheimgesellschaften?«

»Eine annehmbare These. Die wahren Herrscher im Lande konnten bis jetzt noch immer bis zu den Schilden oder den Söhnen der Revolution oder beiden zurückverfolgt werden.«

»Aber wie soll man das herausfinden? Wenn Männer wie Kar nicht mal zugeben, einer dieser Gesellschaften anzugehören, wie soll man wissen, was sie wirklich planen?« Es war nicht das erste

Mal, dass sich Liam hilflos vorkam, doch das hier besaß eine ganz neue Dimension von Vergeblichkeit. Eigentlich wollte er gar nichts mehr davon hören und hätte sich am liebsten laut singend die Ohren zugehalten.

»Und hier komme ich ins Spiel, Euer Hoheit.« Der Mann vollführte eine leichte Verbeugung. »Ich habe Verbindungen in beide Gesellschaften. Männer von Einfluss. Ich kann versuchen, ein Treffen zu arrangieren.«

»Nur zu«, sagte Liam. Es klang ironischer als beabsichtigt.

»Versprechen kann ich nichts, aber gebt mir ein paar Tage Zeit.«

»Und was wird mich das kosten?«

Der Mann lächelte. »Nichts, Euer Hoheit. Dass Saxon mir einen Gefallen schuldig sein wird, ist mir Lohn genug.«

Liam kam zu dem Schluss, sich über diese Aussage nicht den Kopf zu zerbrechen. »Nun gut, wie kann ich Euch erreichen?«, fragte er. *Und woher weiß ich, dass ich Euch trauen kann?*, wollte er fast hinzufügen.

»Gar nicht. Ich werde mich wieder bei Euch melden. Haltet Euch nur bereit. Es wird keine offizielle Einladung erfolgen. Und was auch immer kommen mag, bringt *niemals* irgendeine Art von Waffe in das Quartier einer Geheimgesellschaft mit. Das wäre Euer Ende.« Mit diesen Worten verbeugte sich der Spion abermals, schwang sich über das Balkongeländer und war verschwunden.

Liam sah ihm nach und fragte sich, ob sich seine Lage nun verbessert oder erheblich verschlimmert hatte.

Kerzenlicht tauchte die Landkarte in ein flackerndes orangefarbenes Licht, das sich gierig durch die Städte und Wälder fraß, als verzehre ein flammendes Inferno das Königreich. Das Bild gefiel Sadik. Wie es ihm gefiel, die letzte Gruppe von roten Blöcken an ihren Platz zu schieben. Sie stand für das Kavalleriebataillon, das er heute Morgen zusammengezogen hatte. Gemeinsam mit der Infanterie bildete es nun einen Halbkreis um das verzweifelte kleine Häufchen von weißen Blöcken an der Grenze – eine blutige gebogene Klinge, die dem bereits knienden Feind schon bald den Kopf abschlagen würde.

Er nahm seinen Bierkrug zur Hand und trank einen großen Schluck von dem schaumigen Gebräu. Für Momente wie diese lebte er, genoss sie wie nichts sonst auf der Welt. Der Geschmack des Sieges war süß, aber die Vorfreude auf den Sieg … das war pure Ekstase. Nichts war damit zu vergleichen, nicht einmal die Berührung einer Frau. Nicht jeder Mann würde ihm da zustimmen, das wusste er, andererseits war er auch nicht wie jeder Mann. Er war ein Trion, höchster Kriegsherr eines Imperiums, das sich von Küste zu Küste erstreckte. Durch Momente wie diesen hatte er sich seinen Rang verdient, hatte diese kleinen Wunder ausgekostet wie kein anderer.

Aus dem armseligen Häufchen von weißen Blöcken griff er sich einen einzelnen schwarzen Stein heraus. *General Riggard Black.* Ein Name, den er erst einige Monate kannte, und einer, der ihm nichts bedeutete. Wer war dieser Black gewesen, bevor man ihn zum Befehlshaber ernannt hatte? Wodurch hatte er sich ausgezeichnet? Gewiss kein Arran Green, dieser Mann.

Sein Mund verzog sich missbilligend, als er an diesen Namen dachte. Um diesen Sieg, wie auch um die Vorfreude darauf, war er gebracht worden. Nur zu gern hätte er den Mann getötet, der sich Greens Kopf geholt hatte. Dieses Recht hatte ihm nicht zugestanden. Greens Kopf hätte über seinen, Sadiks, Kaminsims gehört, wo die zerschmetterten Schädel seiner größten Feinde hingen. Diese Trophäe konnte man nicht ersetzen, weder durch den Kopf von König Erik White noch durch den von diesem Riggard Black.

Eine Sache ohne erhebliche Konsequenzen indes, wenn man das große Bild betrachtete. Schon im Sommer würde alles vorbei sein. Das Trionat von Oridia würde dem armen kleinen Alden seinen ruhmreichen Mantel überwerfen und ihm Schutz anbieten, um es dann gänzlich zu unterwerfen. Und König Varad hätte eine weitere Krone in seiner Sammlung. Ein belangloses Kleinod. Es war Sadik, der von diesem Sieg, von der Eroberung Aldens am meisten profitieren würde. Dann hätten sie Zugriff auf ihr Nutzholz, ihr Gold und ihren einzigen erbärmlichen Blutschmied. Dieser Sieg würde ihn stärken, wie er auch Madan gestärkt hätte, indem er zahlreiche weitere Seelen auf seinem Altar hätte opfern können. Doch Madan hatte sich zu weit vorgewagt und dafür den Preis gezahlt. Was allerdings nicht weiter tragisch war, denn vor seinem Tod hatte der Priester seine Geheimnisse weitergegeben. Dafür hatte Sadik gesorgt. Und er würde diese Geheimnisse einem besseren Nutzen zuführen, als sein Mitherrscher es getan hatte.

Nicht dass er auf solch dunkle Künste angewiesen war. Mit sieben Blutschmieden in seiner Armee und einem neuen Spion in den Reihen seiner Feinde besaß er mehr als genug Schlagkraft, um Aldens Truppen zu zerschmettern. Jedoch machte sich ein kluger General alle Ressourcen zunutze, die ihm zur Verfügung standen. Und Sadik war mehr als nur ein kluger General. Er war der größte Kriegsherr, den das Trionat von Oridia je gesehen hatte.

Behutsam setzte Sadik den kleinen schwarzen Stein nördlich des Flusses wieder ab, wo die Weißfisch-Brücke eingezeichnet war. *Viel Glück, General, mit Eurem Überraschungsangriff. Doch ich fürchte, dass Ihr es sein werdet, der eine böse Überraschung erlebt.*

Mit einem wonnigen Seufzer trank Sadik sein Bier.

14. KAPITEL

»Nun«, sagte Rig. »Das könnte spaßig werden.«

Kommandant Wright lächelte dünn. »Ihr habt eine seltsame Vorstellung von Spaß, General.«

»Ich habe eine seltsame Vorstellung von vielen Dingen.« Seltsam genug, um selbst den Kriegsherrn zu überraschen, wie er hoffte. Das galt es herauszufinden.

Rig wendete sein Pferd und wandte sich an seine Truppen. »Ich will ehrlich zu Euch sein, Männer: Heute wird viel Blut vergossen werden. Der Feind wird nicht lange brauchen, um unsere Strategie zu durchschauen. Und wenn das passiert, wird es hart werden.« Er machte eine Pause, studierte die Gesichter vor sich. Furchtsame Blicke starrten ihm unter den Halbhelmen entgegen; weiße Knöchel umklammerten die Hefte von Piken und Streitäxten. Das Lied eines Singvogels erfüllte die Stille, unangemessen fröhlich in den frostigen Stunden des Morgengrauens. »Das also wird passieren«, fuhr Rig fort. »Das also *soll* passieren. Vergesst das nie, wenn Ihr Eurem Feind gegenübersteht. Vergesst es nicht und zieht Stärke daraus. Wenn der Gegner auf Euch zukommt, wenn Ihr das Weiße in seinen Augen seht, dann sucht Euch einen sicheren Stand, umklammert fest Eure Waffe und lobpreist die Götter dafür, dass dieser oridianische Drecksack genau das macht, was wir wollen.« Rig zog sein Schwert und riss es hoch. *»Und dann holt Euch seinen gottverdammten Kopf!«*

Die Männer brüllten und schwenkten ihre Waffen. Rig ließ ihnen einen Moment, um ihre Anspannung herauszuschreien, bevor er sich auf seinem Pferd wieder Wright zuwandte. »Bereit?«

»So bereit wie nie«, erwiderte Wright, der bemerkenswert beherrscht wirkte für einen Mann, der vor seiner ersten richtigen Schlacht stand.

»Gut, gehen wir.« Rig knallte sein Visier herunter und gab seinem Pferd die Sporen. Dann führte er seine Vorhut durch die Bäume Richtung Weißfisch-Brücke.

Das alte Bauwerk befand sich im Niemandsland zwischen den feindlichen Stellungen und wurde zu beiden Seiten von Bogenschützen ins Visier genommen. Jede Seite wusste, dass die andere sie beobachtete, und war bereit, alle Bemühungen, durch dieses Nadelöhr über den Fluss Gunnar vorzustoßen, zurückzuschlagen. Ja, sie war bereit und doch nicht wirklich darauf gefasst, dass dies auch geschah, weil allein der Versuch als töricht angesehen wurde. Falls Sadik es probierte, würde er sich in einen Flaschenhals begeben, in dem er lediglich seine vorderste Angriffsreihe gegen eine Wand von Verteidigern werfen konnte. Eine Vergeudung von vielen guten Männern. Für Rig hingegen war ein solcher Vorstoß mehr als nur Vergeudung; es wäre Selbstmord. In diesem Fall hätte er die relative Sicherheit einer Stellung auf seiner Seite der Grenze für eine direkte Konfrontation auf Feindgebiet eingetauscht, wobei der Gegner doppelte Mannstärke besaß, und damit besagten Flaschenhals zwischen sich und sein Rückzugsgebiet gebracht.

Und genau deshalb unternahm er diesen Angriff.

Das Trommeln der Hufe hallte in den Schneisen des Waldes wider, als sie auf die Brücke zuritten. Natürlich würden sie auf Widerstand stoßen, doch in welchem Ausmaß? Wie viele von Sadiks Männern bewachten die Brücke und wie viele das Flussufer stromaufwärts? Alles hing von dieser Frage ab. Und die Antwort hatte man nur erraten können. Wenn Rig richtig geraten hatte, würden viele seiner Männer heute sterben. Falls er jedoch falsch gelegen hatte, würden sie alle den Tod finden. Alle und auch er.

Als Erstes gingen die Pfeile auf sie hernieder.

Leise und nahezu unsichtbar im Schatten der Bäume stießen die rotgefiederten Geschosse aus dem Himmel auf sie herab, prallten von den Rüstungen ab und bohrten sich ins Fleisch der Pferde. Rig kauerte tief hinter dem Hals seines Rosses und riss seinen Schild gerade so weit in die Höhe, dass seine Flanke nicht allzu weit geöffnet war. Hinter ihm schrien unglücklichere Männer auf, als die Pfeile auf ungeschützte Stellen ihres Körpers trafen. Die Bogenschützer der Königsklingen erwiderten das Feuer von der anderen Seite des Flusses und schickten eine Pfeilsalve über die Baumwipfel hinweg.

Er konnte nun die Brücke sehen. Sie zu überqueren würde einiges Geschick erfordern, doch Rig hatte seine Kavallerie mit so viel Rüstung ausgestattet, wie es möglich war, ohne zu viel an Beweglichkeit einzubüßen. Sein Pferd dagegen war so stark gepanzert, dass es für sich schon als Waffe durchgehen konnte. Eine Ramme auf vier Beinen, die in der Lage war, durch die Infanterie des Gegners zu brechen wie ein Bär durchs Unterholz. Rig selbst trug einen Vollhelm, was er normalerweise verschmähte, weil dadurch sein Blickfeld zu sehr eingeschränkt wurde, und eine dicke Halsberge, in der er sich fühlte wie ein Sklave mit Halsring.

Doch die Halsberge machte sich bezahlt; ein Pfeil, der normalerweise seine Kehle durchschlagen hätte, prallte wirkungslos ab, und er konnte unbehelligt voranpreschen. So sollte sein Pferd als Erstes die glatten kalten Pflastersteine der Weißfisch-Brücke erreichen, und im Näherkommen stellte er fest, dass das gegenüberliegende Ufer nur schwach bewacht zu sein schien. Natürlich waren da die rotgewandeten Bogenschützen, die einen beständigen Pfeilregen auf die anrückenden Reiter abschossen, aber weit und breit keine Kavallerie, keine Piken und Hellebarden, die ihn vom Pferd holen wollten. Rigs Puls begann zu rasen.

Er erreichte das Flussufer, riss an den Zügeln und spähte durch die Bäume auf der Suche nach Beute. Die Fernkämpfer attackierten ihn noch immer, doch es schien, als habe Sadik hier nicht eine einzige Einheit von Infanteristen Aufstellung nehmen lassen, geschweige denn Kavallerie, um die Brücke effektiv zu verteidigen. Die Königsklingen preschten hinüber und schwärmten aus, um sich über das Südufer des Gunnars zu verteilen. Die feindlichen Bogenschützen waren ohne jede Verteidigung und fielen nun den gleißenden Klingen der berittenen Königsklingen zum Opfer.

Rigs Herzschlag hämmerte in seinen Ohren. *Niemand hier. Jeder einzelne ihrer Männer flussaufwärts beim Fort?* Er hätte erwartet …

»General!«

Wrights Stimme überschlug sich fast vor Aufregung. Rig warf einen Blick über die Schulter und sah, dass der Onnani-Kommandant auf eine Stelle flussabwärts zeigte. Rig duckte sich im Sattel und folgte seinem Blick.

Dort brach eine Wand aus Pferdeleibern donnernd durch die Bäume. Ein ganzes berittenes Bataillon, vielleicht noch mehr, hielt auf sie zu. Rigs Mund wurde trocken.

Und dann war sie da, die Infanterie des Gegners.

Wie aus dem Nichts erhob sie sich aus dem Unterholz wie einst das legendäre Feenvolk, materialisierte aus den Schatten des Waldes mit funkelnden Stangenwaffen, Äxten und Schwertern. Flussabwärts, flussaufwärts waren sie eingekesselt in einem tödlichen karmesinroten Halbkreis. Jeder Gegner, der den Fluss im Westen hätte durchwaten sollen, hatte hier bereits auf der Lauer gelegen, um den Generalkommandanten der Königsklingen in eine Falle tappen zu lassen. Einen Generalkommandanten, der offenbar dumm genug gewesen war, sein Glück auf dieser Brücke herauszufordern. Er drehte sich auf seinem Pferd um die eigene Achse und stieß jeden Fluch aus, den er kannte, und dazu noch einige, die er gerade erfunden hatte. Dann ging sein Blick gen Himmel, und er schickte ein stummes Dankgebet nach oben.

Er hatte es von Anfang an gewusst.

»Reihen schließen!«, schrie er, wohl wissend, dass dieser Befehl für einige zu spät kam. Schon drängte der Feind vor, um ihnen den Rückzug über die Brücke abzuschneiden. Ihre einzige Hoffnung bestand darin, sich zu sammeln, ihre Flanken zu schützen und zu beten.

Auf Rigs Seite näherte sich die Infanterie des Gegners. Der erste Kämpfer, der ihn erreichte, schwang eine Stangenwaffe, wie Rig sie noch nie gesehen hatte. Messerscharf auf der einen und auf der anderen Seite mit Widerhaken bestückt, die einen Mann zu entwaffnen vermochten. Eine nützliche Erfindung, es sei denn, der andere führte eine Blutklinge. Rig konzentrierte sich auf die Stelle zwischen den eng stehenden Haken und stieß dann hinab, wobei er das Blutschwert seine Hand führen ließ. Er landete einen perfekten Schlag, und die Waffe des Gegners wurde glatt durchtrennt. Der Infanterist schleuderte den nun nutzlosen Schaft von sich und trat den Rückzug an. Rig ritt ihn auf seinem Schlachtross in den Dreck.

Sein nächster Gegner hielt ein wenig länger durch, tänzelte leichtfüßig umher und duckte sich unter den Attacken weg wie ein Preisboxer, der gegen einen ungleich stärkeren Gegner antritt. Aber er trug lediglich ein Kurzschwert; eine vergleichsweise schwache Waffe für einen Fußsoldaten. Rig machte ihn einen Kopf kürzer, ohne auch nur einen Schlag abwehren zu müssen.

Gerade wollte er sich dem nächsten Angreifer zuwenden, als etwas unter seinen gepanzerten Arm stieß und ihn aus dem Sattel hob. Er schlug hart auf dem Boden auf, und der Aufprall presste ihm die Luft aus den Lungen. Einen halben Herzschlag lag er da, überwältigt und verwundbar. Dann sah er aus dem Augenwinkel Metall aufblitzen; die sichelförmige Seite einer Hellebarde sauste mit mörderischem Schwung auf ihn nieder. Ein Anblick, der Rig unverzüglich in Bewegung versetzte. Er rollte sich herum und verfluchte einmal mehr seine schwere Rüstung, bevor die Klinge an seinem Ohr vorbeipfiff. Sie blieb ein Stück im halbgefrorenen Boden stecken, was Rig die Zeit verschaffte, sich aufzurappeln. Sein Gegner brachte sich erneut in Stellung und holte aus, wobei er sich erstaunlich flink anstellte. Rig konnte gerade so verhindern, aufgespießt zu werden, und die Spitze prallte an seiner Brustplatte ab. Er stolperte zurück, suchte panisch nach seinem Schild, doch er konnte ihn nirgends entdecken.

Der Oridianer setzte zu einem weiteren Stoß an; das konnte Rig an seiner Haltung erkennen, sodass er abermals rechtzeitig auswich und der Angriff ins Leere ging. Nun, da sein Widersacher aus dem Tritt gebracht und seine Waffenhand schutzlos war, trennte Rig das Ende der Hellebarde mit einem sauberen Schlag vom Schaft, wirbelte herum und stieß dem Soldaten seine Blutklinge in die Schulter. Mit einem Todesschrei brach er auf dem laubübersäten Waldboden zusammen.

Rig sah, dass sein Schlachtross rastlos auf der Stelle scharrte, als dränge es das Pferd danach, endlich weiterzureiten. Er schwang sich in den Sattel, dann flog sein Blick über das Schlachtfeld. Sie wurden von drei Seiten blockiert und standen mit dem Rücken zur Brücke. Gleichwohl konnten sie sich aber nicht zurückziehen, ohne sich zu zerstreuen. Eine ziemlich aussichtslose Lage, ohne Zweifel.

Jetzt wäre ein guter Moment, Morris.

Als wäre sein Gedanke mit dem Wind davongetragen worden, ertönte aus Westen ein Chor aus Rufen. Und da war Morris, südlich des Gunnar, wo er eigentlich nichts zu suchen hatte, und trieb sein Bataillon in die ungeschützte Flanke des Feindes. So präzise stießen sie vor, dass die Männer seines Adjutanten ungehindert durch die Gegnerreihen brechen konnten, die mitsamt ihrer Waffen ausnahmslos in die falsche Richtung schauten.

In den Reihen der Oridianer brach Chaos aus. Offiziere brüllten einander widersprechende Befehle, was dazu führte, dass die Männer in unterschiedliche Richtungen liefen. Morris teilte seine Einheit auf und verwirrte die feindlichen Soldaten noch weiter, indem er sie von zwei Seiten in die Zange nahm. Rig und seine Vorhut unterstützten den Angriff. Und dann öffnete sich ein winziger Spalt zwischen den hinteren Reihen der Königsklingen und dem Fuß der Weißfisch-Brücke. Im Kampf konnte Rig nicht verhindern, sich über die Schulter zu sehen und die so unwiderstehliche und unerwartete Chance abzuwägen. Ein Moment der Unachtsamkeit, der ihn fast die Waffenhand gekostet hätte. Er zog den Arm im letzten Moment aus der Gefahrenzone, wandte sein Pferd, und holte über den Hals seines Rosses hinweg zu einem tödlichen Gegenschlag aus. Zufälligerweise stand er nach diesem Manöver direkt in Richtung der Brücke. Er hielt inne, die Zügel in der einen, das blutverschmierte Schwert in der anderen Hand.

So wagemutig wie ein Black. Dieser Wahlspruch hatte ihn bis hierher geführt, oder nicht? Er gab seinem Pferd die Sporen.

»Morris!« So nah, wie er wollte, kam er zwar nicht heran, aber nah genug, dass ihn sein Adjutant über das Waffengeklirr und die Todesschreie hinweg hören konnte. »Die Brücke! Ich mach's!«

Morris' Lieblingsfluch erreichte seine Ohren über Pferde und Männer hinweg. Und dann: »Jawohl, General!«

»Schafft Ihr's zurück zum Fort?«

Noch mehr Flüche durch das geschlossene Visier. »Muss wohl sein, oder nicht?«

Tatsächlich war das nicht der ursprüngliche Plan. Die Absicht, die Brücke in die Luft zu jagen, war als Täuschungsmanöver gedacht gewesen, um Sadiks Männer vom Fort weg und stromaufwärts zu locken. Mit dieser scheinbar dummen Aktion hatte Rig den Kriegsherrn dazu verleiten wollen, seine eigenen Pläne aufzugeben, um sich stattdessen den Fehler seines Feindes zunutze zu machen. Womit Morris und seinen Männern wiederum der Weg offen gestanden hätte, praktisch unbehelligt überzusetzen. Rig hatte das Schwarzpulver mitgenommen, war wild entschlossen gewesen, es einzusetzen, indes nur, um damit ihren Rückzug zu sichern.

Doch nun starrte sie ihm direkt ins Gesicht: die Chance, die letzte verbleibende Brücke zu zerstören und damit den einzigen Weg, auf dem der Feind Belagerungswaffen über den Gunnar schaffen konnte. Er sollte verdammt sein, wenn er sich diese Gelegenheit entgehen ließ, selbst wenn sie ihn hunderte seiner Männer kosten würde. »Haltet sie so lange wie möglich zurück!«, befahl er Morris, bevor er zurück zur Brücke ritt.

Auf seinem Rückzug traf er auf nur wenig Widerstand. Die Oridianer rannten umher wie aufgescheuchte Hühner und waren kaum mehr in der Lage, ein koordiniertes Manöver auszuführen. Rig ignorierte die Feinde auf seinem Weg, als er in Richtung seiner hinteren Reihen preschte. Er kam an Kommandant Wright vorbei, dem er: »Folgt mir!« zurief. Mit dem Onnani-Befehlshaber im Schlepptau ritt er auf die Brücke zu. Die Hufe ihrer Pferde trommelten ein furioses Crescendo auf dem Kopfstein. Nur noch wenige Herzschläge hatten sie Zeit, bevor sich die allgemeine Verwirrung wieder legen würde und die Chance vertan war.

Am Nordufer standen nach wie vor die Bogenschützen der Königsklingen. Irgendwo hinter ihnen warteten die Lockvogel-Wagen. Die nicht mehr länger nur Köder waren.

»Schwarzpulver bereit machen! Los!«

Kurz zögerten die Königsklingen, als hätten sie sich womöglich verhört. Dann knallte eine Peitsche, und ein Ochsenkarren rumpelte in Sicht, der mit zwei Fässern Schwarzpulver beladen war. Als Rig das Ufer erreichte, hatte man schon eine Fackel entzündet. Der Soldat, der sie hielt, sah sich unentschlossen um, wohl wissend, dass, wenn er die Lunte entzündete, der Rückweg für seine Kameraden abgeschnitten sein würde.

»Tu es! Und ihr anderen: zurück!« In vollem Ritt drückte sich Rig gegen den Nacken seines Schlachtrosses und hoffte, es würde ihn nicht abwerfen.

Ein weiterer Atemzug, dann noch einer. Als die Explosion erfolgte, schickte sie eine Druckwelle gegen Rig, und sein Pferd beschleunigte noch einmal, entfloh dem schrecklichen letzten Todeskampf einer fünfhundert Jahre alten Brücke. Das Krachen und Poltern verfolgte ihn durch die Bäume, tief und grollend übertönte es jedes Kampfgeräusch wie auch das Donnern seiner Hufe. Alles, bis auf das entfernte Triumphgeheul der siegreichen Königsklingen.

»Und noch einen auf Kommandant Morris!«, rief Rollin und hob seinen Krug. »Darauf, dass er das verdammten Fort in vollem Galopp und mit tausend heulenden Oridianern am Arsch tatsächlich *erreicht* hat!«

Die Männer jubelten und prosteten sich zu.

»Und auf Herwin, der unseren Freunden am Nordufer einen so herzlichen Empfang bereitet hat!«

Noch mehr Jubel, und auch darauf wurde getrunken.

Vom anderen Ende des Raums hob auch Rig seinen Bierkrug, obwohl er bezweifelte, dass es jemand sah. Am Ende hatten sie es aufgegeben und ihn einfach ein wenig abseits dasitzen lassen, wo er die Siegesfeier aus der Entfernung betrachtete. Ein Schatten trennte ihn vom Rest seiner Männer. Sprichwörtlich und tatsächlich.

»Sehr beeindruckend, wirklich«, sagte eine melodische Stimme an seinem Ohr. »Dachte schon vor Stunden, den Männern müssten doch allmählich mal die Trinksprüche ausgehen.«

Rig lachte leise auf und sah zu, wie ein offensichtlich betrunkener Rollin einen nicht minder betrunkenen Herwin auf die Schultern nehmen wollte, wobei sie beide zu Boden purzelten. »Wenn's ums Feiern geht, gehen Soldaten nie die Ideen aus.«

Die Priesterin setzte sich neben ihn und strich ihre Robe glatt. »Wenn das so ist, warum sitzt Ihr dann abseits? Warum feiert Ihr nicht mit ihnen? Ihr verdient es sicherlich mehr als jeder andere hier.«

Rig grunzte in seinen Krug. »Hab heute eine Menge Männer in den Tod geschickt, Tochter. Ihre Leben bei einem sehr riskanten Spiel eingesetzt.«

»Aber Ihr habt gewonnen, wie es scheint. Eure List war von Erfolg gekrönt. Es heißt, die Zerstörung der Brücke ist unseren Zwecken mehr als dienlich.«

»Das stimmt. Aber es hätte auch ganz anders ausgehen können.« Tatsächlich *wäre* es ganz anders ausgegangen, wenn er sich geirrt und Sadik sie nicht an der Brücke erwartet hätte. Und doch hatte Sadik ihnen dort aufgelauert. Was hieß, dass er von Rigs Plan gewusst haben musste. Und das wiederum konnte nur eines bedeuten.

Mit einem schwachen Lächeln auf den Lippen sah Vel ihn an. »Aber warum sitzt Ihr hier ganz allein in dieser dunklen Ecke, General. Und brütet.«

»Brüten würde ich es nicht nennen. Ich denke nach.«

»Über das, was als Nächstes kommt?«

»Ich weiß schon, was als Nächstes kommt.«

»Und das wird nichts Gutes sein, wenn man Euch so ansieht.«

Er zuckte die Achseln. »Wir haben heute einen Sieg errungen, der uns maximal eine Woche Aufschub gewährt. Wir haben Sadik vielleicht einen Knüppel zwischen die Beine geworfen, aber das wird nicht reichen. Er wird einen Weg finden, seine Belagerungswaffen über den Fluss zu bringen. Ich jedenfalls würde es.«

Vel sah ihn mit einem seltsamen Gesichtsausdruck an. »Davon bin ich überzeugt, General.«

»Alles läuft darauf hinaus, wie viele Leben jede Seite bereit ist, für diesen Flussübergang aufs Spiel zu setzen. Er, um ihn einzunehmen – ich, um ihn zu halten.«

»Belastet Euch dies? Ich meine all diese Toten? Und Eure Rolle dabei?«

Wieder hob er die Schultern. »Eines Tages bestimmt. Im Moment kann ich mir diesen Luxus nicht leisten. Wie heißt's doch so schön: Wenn der Winter vorbei ist, ziehen die Vögel Richtung Heimat. Irgendwann, da bin ich mir sicher, wird mich das alles einholen. Vielleicht werde ich ja mal einer dieser verbitterten alten Männer, die vor lauter Alpträumen nicht in den Schlaf finden. Aber nicht heute. Hab genug damit zu tun, mich um die Lebenden zu sorgen, als dass ich um die Toten trauern könnte.«

Am anderen Ende des Raums erfreute Morris die Männer gerade mit einer Geschichte – ein ausufernder Bericht über den Tag, an dem Rig einige hundert Schwarzklingen gegen ein weitaus größeres oridianisches Heer geführt hatte, nur um sich als Retter einer anderen zahlenmäßig unterlegenen Truppe wiederzufinden (die da gehörte dem »verdammten König von Alden, jawohl«) und den Feind in die Flucht zu schlagen. Eine leicht übertriebene Darstellung der Ereignisse, und jeder Mann hier hatte sie ohne Zweifel schon dutzende Male gehört, und doch lauschte ein jeder andächtig seinen Worten. Rig dagegen ließ seinen Gedanken freien Lauf; er fühlte sich ein wenig betäubt vom Alkohol und den Nachwirkungen der Schlacht.

»Sadik ist nicht so furchtlos, wie Ihr denkt«, sagte die Priesterin langsam.

»Nein? Er hat es aber nicht zum Kriegsherrn der Oridianer gebracht, weil er sich ganz gut macht in dieser Rolle. Er ist nicht wie die anderen Trions. Wurde nicht in diese Position hineingeboren oder von seinen Standesgenossen dazu ernannt. Er hat sich diese Stellung *verdient*. Hat für sie *töten* müssen.«

»Was macht das für einen Unterschied? Es ist ja nicht so, als müsstet Ihr ihn persönlich zum Kampf herausfordern.«

»Und er ist ein gerissener Hund«, murmelte Rig ergänzend.

»Aber Ihr habt ihn hereingelegt.«

»Heute, ja, aber noch mal wird uns das wohl kaum gelingen. Und die Falle, in die er uns gelockt hat, war brillant. Wenn wir nicht mit diesem Hinterhalt gerechnet hätten …« Rig schüttelte den Kopf; wagte gar nicht darüber nachzudenken. »Sadiks Männer sind wie aus dem Nichts erschienen, getarnt in den Farben des Waldes und mit schlammverschmierten Gesichtern. Das hab ich schon einmal gesehen. Bei den Stämmen der Zerklüfteten Berge. Aber nie habe ich erlebt, dass eine reguläre Armee auf eine solche Taktik zurückgreift.«

»Außer Eurer.«

Ihre Blicke trafen sich. »Aber nur kurz«, sagte er ausweichend. *Nie habe ich mit irgendjemandem offen über diese Strategie gesprochen.* Selbst Morris' volltrunken deklamierte Heldensagen erwähnten dieses entscheidende Detail niemals. Es war kein ausgesprochenes Geheimnis, aber auch keine Information, über die man einfach so stolperte. »Ihr seid gut informiert, Tochter.«

Sie sah zur Seite, trank einen Schluck Wein.

»Ihr wart es«, sagte Rig, als ihm die Wahrheit endlich dämmerte. »Ihr seid diejenige, die all die Schlachten analysiert hat.« Er konnte es nicht leugnen: Er war beeindruckt.

Sie musste es ihm angehört haben, denn sie errötete vor Freude. »Kommandant Wright und ich haben die Berichte gemeinsam studiert. Er bewundert Euch sehr, wisst Ihr. Obwohl«, sie lachte auf, »er heute nicht ganz glücklich mit Eurer Entscheidung war.«

Rig grinste. »Das bedauere ich, aber es war leider nicht anders zu machen.«

»Es war sehr amüsant, ihn nach der Schlacht zu erleben. So wütend, so erleichtert, er hat förmlich gezittert vor Erregung. Wusste wohl nicht, ob er Euch küssen oder zusammenschlagen sollte. Vermutlich beides, schätze ich.«

»Tja, so ist sie wohl, meine Wirkung auf Menschen ...«

»In der Tat, General.« Ihr Mund verzog sich zu einem neckischen kleinen Lächeln, die Art von Ausdruck, welche die Fantasie eine Mannes in ungeahnte Höhen zu katapultieren vermochte.

Ob sie das absichtlich macht? Höchstwahrscheinlich, entschied Rig. Sie provozierte ihn schon wieder, versuchte ihn, mit ihrem aufreizenden Benehmen zu erschüttern. Er betrachtete sie: die klugen dunklen Augen, den herausfordernden Blick, und so darauf versessen, ihn aus der Spur zu werfen. »Warum seid Ihr hier, Tochter?«

»Wo hier? In diesem Raum?«

»Hier in Alden. An der Front. Warum setzt Ihr Euch all dem Spott und den ganzen Gefahren aus? Nur, um die onnanischen Truppen zu betreuen? Das könntet Ihr auch in Eurer Hauptstadt tun. Dann müsstet Ihr Euch auch nicht mit mir in einer dunklen Ecke herumdrücken.«

Wieder das verlockende Lächeln. »Vielleicht sitze ich ja gern mit Euch in dunklen Ecken.«

»Wenn Ihr mit mir schäkern wollt, Tochter, sehr gern, aber damit kommt Ihr nicht um die Beantwortung meiner Frage herum.«

Ihr Blick verdunkelte sich. »Ich schulde Euch keine Antworten, General«, sagte sie kühl und schaute beiseite.

»In Ordnung.« Er machte Anstalten, sich zu erheben.

Ungeduldig schnalzte sie mit der Zunge. »Was seid ihr nur für ein eigenwilliger Mann. Wollt Ihr es wirklich wissen?«

»Das will ich.«

»Dann werde ich's Euch erzählen. Aber falls Euch die Erklärung hoffnungslos romantisch erscheint, wäre ich dankbar, wenn Ihr sie für Euch behalten könntet.«

Die Vorstellung, dass eine scharfzüngige Priesterin hoffnungslos romantisch sein könnte, erschien Rig irgendwie absurd, aber er schwieg. Stattdessen lehnte er sich zurück und bedeutete ihr, zu beginnen.

»Habt Ihr je von *Zan und Adra* gehört?« Als Rig den Kopf schüttelte, fuhr sie fort: »Eine unserer berühmtesten Legenden, die bis zurück ins Erromanische Kaiserreich reicht. Zan ist ein Sklave und Freiheitskämpfer. Zunächst nur ein einfacher Fußsoldat, doch im Verlauf der Geschichte steigt er bis zum Anführer der Rebellion auf. Adra ist seine Frau. Sie bleibt im Dorf zurück, zieht die Kinder auf, findet Wege, um ihrem Mann und den Rebellen Nachrichten und Vorräte zukommen zu lassen.« Vel machte eine wegwerfende Bewegung. »Natürlich endet die Sache tragisch. Zan wird gefasst und gefoltert. Adra muss ohne ihren Ehemann zurechtkommen. Die Rebellion tut für sie, was in ihrer Macht steht, doch am Ende stirbt sie vor Kummer.«

»Was für eine herzerwärmende Geschichte.«

»Davon haben wir viele, wie Ihr Euch vorstellen könnt. Zum Beispiel *Bar und das Meer*, kennt Ihr die?«

»Nicht dass ich wüsste.« Rig begann, sich ein wenig unbehaglich zu fühlen. Natürlich kannte er einige Legenden aus Harram und Andithyri, doch seine Lehrer hatten es nicht für nötig erachtet, ihm auch die Folklore der ehemaligen Sklaven näherzubringen, ein Versäumnis, das ihm bisher gar nicht als solches aufgefallen war. Er konnte sich schon denken, was Vel davon halten würde.

Glücklicherweise war sie zu sehr mit ihrer Märchenstunde beschäftigt. »In dieser Geschichte geht's mal nicht ums Kaiserreich und die Sklaverei. Bar geht auf eine lange Seereise und lässt Frau und Kinder zurück. Er will die verlorene Insel Tarsin und das Wasser des Lebens finden. Falls es ihm gelingt und er das Wasser zurückbringt, kann er Onnan von Hunger und Krankheit erlösen. Yila – das ist die Frau – unternimmt alles in ihrer Macht Stehende, um sich während seiner Abwesenheit um Haus und Hof zu kümmern. Und wieder endet das Ganze tragisch, weil Bars Schiff in einem Sturm mit Mann und Maus untergeht.« Vel schaute ihn an und hob eine Augenbraue. »Erkennt Ihr die Gemeinsamkeiten, General?«

»Sicher. Mann zieht in die Welt hinaus, um große Taten zu vollbringen – Frau kümmert sich derweil um Heim und Herd.«

Als sie antwortete, war ihre Stimme leise und eindringlich: »Seht Ihr. Und *ich* will mich nicht nur um Heim und Herd kümmern, während meine Landsleute für mich und die meinen sterben. *Ich* möchte einen Beitrag leisten, auch wenn es weder Klinge noch Bogen ist. Ich werde meine Pflicht an der Front tun, genauso wie Kommandant Wright.«

»Sehr löblich.«

Vels Augen verengten sich. »Macht Ihr Euch wieder über mich lustig?«

Rig lachte. »Fahrt den Stachel wieder ein, Tochter. Niemand macht sich über Euch lustig. Ich sagte ›sehr löblich‹ und meinte es auch so.«

»Dann lasst mich noch mehr tun«, sagte sie und lehnte sich ein Stück zu ihm vor. »Lasst mich Kontakt mit dem Widerstand aufnehmen.«

Rig sah sie an, kratzte sich den Bart. Bei den Göttern, er war fast so weit, darauf einzugehen. Mehr denn je waren sie auf die Zusammenarbeit mit dem andithyrischen Widerstand angewiesen. Die Unterstützung durch die Flotte würde zu lange brauchen, und die seitens der Harrami noch viel länger. Er benötigte *jetzt* Hilfe, oder sie würden es nicht schaffen. *Und darin besteht das Problem.* Der Widerstand war zu wichtig. Eine Untergrundbewegung von Andithyrianern, die hinter den feindlichen Linien agierte, um ihre Eroberer zu schwächen … Sie zu Verbündeten zu haben, wäre ein unglaublicher Gewinn. Und Rig hatte nur eine Chance, dies auch zu erreichen. Doch wenn er die vermasselte, könnte sich der Widerstand am Ende gänzlich zurückziehen oder – schlimmer noch – in die Hände des Feindes fallen. Rig musste daher absolut sicher sein, dass die Person, die er mit der Kontaktaufnahme betraute, der Aufgabe auch gewachsen war. Vel war eine kluge Frau und sie war entschlossen, aber konnte er ihr auch trauen? *Nach dem, was heute geschehen ist …*

»Ich habe Euch verstanden, Vel.« Er nannte sie bewusst beim

Vornamen, um die Wirkung seiner Worte abzumildern. »Aber dazu bin ich noch nicht bereit.«

»Lasst Euch nur Zeit, General«, erwiderte sie frostig und erhob sich. »Ich bin sicher, Sadik wird gern noch ein Weilchen warten.«

Seufzend sah er sie davongehen und hoffte, er hatte sie sich nicht gerade zum Feind gemacht. Die Götter wussten, davon hatte er schon mehr als genug, zu beiden Seiten der Grenze. Schlimmer noch, nach allem, was er wusste, hatte er sogar Feinde hier im Fort.

Und eines war sicher: Er hatte mindestens einen Spitzel in seinen Reihen.

15. KAPITEL

Erik ließ den dicken Ast zu Boden fallen und griff sich einen neuen. Er spürte, dass seine Schulter aufbegehrte, dass die Finger seiner Handschuhe vom Baumharz zusammenklebten, aber seine Aufgabe war noch nicht erledigt. Er hielt kurz inne, um durchzuatmen. Dann sägte er mit seinem immer stumpfer werdenden Messer die weichen Kiefernwedel von dem Stamm. Er arbeitete mechanisch; der kühle Gebirgswind pfiff ihm um die Ohren, klärte seine Gedanken und jagte die Schatten hinfort. Zu seinen Füßen stapelte sich seine Ausbeute. Stoßweise und in dumpfen Schwaden stieß er den Atem aus. Er dachte an nichts anderes mehr.

Als er glaubte, genug Dämmmaterial zu haben, steckte er das Messer weg, raffte die Äste zusammen und trug sie zur Feuergrube. So nah er konnte, hockte er sich daneben und schichtete die Zweige neben der Glut zu einem behelfsmäßigen Unterbett auf. Er überprüfte sein Werk und stellte zufrieden fest, dass das provisorische Lager sie besser gegen die Kälte der Nacht zu schützen vermochte. Dann wandte er sich dem Pelzhaufen zu, der neben ihm lag.

»Alix.« Sie rührte sich nicht. Erik schüttelte sie sanft. »Alix, komm und leg dich auf diese Unterlage dort.« Noch immer nichts. Er schluckte, und sein Herz machte einen unerfreulichen Satz. Erik zog sich die Handschuhe aus und berührte ihre Stirn. *Besser*, befand er, aber vielleicht war hier auch nur der Wunsch Vater des Gedankens. Der Schweiß, der ihr Haar feucht und stumpf gemacht hatte, zeigte, dass das Fieber noch nicht ganz abgeklungen war. Jeder klare Gedanke, den er eben noch gehabt hatte, verflog, und wie Nebel über einem See kehrten die Schatten zurück.

Alix' Lider öffneten sich flatternd. Mit ihren nussbraunen Augen sah sie ihn an. Ein schwaches Lächeln erschien auf ihrem Gesicht. »Liam.«

Er fiel ein wenig in sich zusammen. »Nein, Alix, ich bin's …«

Sie hob eine Hand, berührte sein Gesicht, fuhr ihm durch das Haar.

Erik kämpfte gegen eine unheilige Mischung aus Empfindungen, Sorge, Schuld und dem untrüglichen Gefühl von Verlangen an. Er nahm sie in den Arm. »*Schscht*«, machte er. »Es ist alles in Ordnung, schlaf weiter.« Er legte sie auf die Bettstatt aus Kiefernwedel und schichtete die Pelze wieder über ihr auf. Dann ging er unter einem Vorwand zur anderen Seite des Lagers.

Kurz darauf kehrte Kerta von der Jagd zurück. »Glück gehabt?«, fragte Erik sie.

Sie hielt den schlaffen Körper eines Hasen in die Höhe. »Es waren zwei, hab aber nicht rechtzeitig einen zweiten Schuss abgeben können. Tut mir leid, Majestät.«

»Seid nicht albern. Hase ist doch eine ganz passable Steigerung zu Eichhörnchen.«

Sie lächelte gequält. »So schlimm, wie ich dachte, war's gar nicht. Ein bisschen zäh vielleicht …«

Alfred, ihr Wachtposten, musterte hungrig den Hasen. Seit

Stunden schon schob der arme Kerl Dienst und wirkte noch erschöpfter als der Rest von ihnen. Doch es half alles nichts; mit der Späherin, die vorausgegangen war, und einer einzigen Nachhut, war er der Letzte, der von der Truppe blieb, um das Lager zu sichern.

Mit dem Kinn deutete Kerta auf das schlummernde Bündel Mensch, das beim Feuer lag. »Wie geht's ihr?«

»Besser, glaube ich, aber immer noch verwirrt. Sie hat mich … mit Liam verwechselt.« Die Worte überraschten ihn selbst; eigentlich hatte er es nicht erzählen wollen.

Doch Kerta wusste Bescheid. Ihr entging nichts, wie Erik klar wurde, das erkannte man an dem mitleidigen Ausdruck, den sie ihm nun zuwarf. »Das tut mir leid.«

»Es ist einfach kein gutes Zeichen«, sagte er schnell. »Ich wünschte, wir hätten das bald überstanden.« *Ich wünschte,* ich hätte das *bald überstanden.*

»Ich verstehe nicht, warum das Fieber zurückgekehrt ist«, sagte Kerta. »Und so plötzlich. Sie schien doch schon vollkommen genesen zu sein, und dann …«

»Die Anstrengung, schätze ich.«

Kerta zückte ihr Messer, um dem Hasen das Fell über die Ohren zu ziehen. »Wenn wir doch nur mehr für sie tun könnten.«

»Sie wird schon wieder.«

»Ich weiß, aber …« *Aber sie hält uns auf.*

Erik wusste, sie hätte es nie laut ausgesprochen, aber das musste sie auch gar nicht. Sie alle waren sich darüber im Klaren. Wie sie sich auch über die Konsequenzen dieser Verzögerung im Klaren waren. Je länger sie sich in diesem verdammten Pass aufhielten, umso größer war die Gefahr, entdeckt zu werden. Derweil Erik keine Ahnung hatte, was zu Hause geschah. Wie nah sie der Kriegsniederlage bereits waren. Im schlimmsten Fall war schon alles vorbei, seine Freunde tot und das Königreich erobert …

Die altbekannte Panik wollte wieder Besitz von ihm ergreifen, aber er unterdrückte sie brutal. »Ein weiterer Tag sollte reichen«, sagte er. »Dann können wir hoffentlich weiterziehen.«

»So Farika will.«

Erik stimmte nicht in das Gebet mit ein; zur Zeit fühlte er sich den Göttern alles andere als nah.

So bereiteten sie in aller Stille ihren bescheidenen Hasenbraten zu. Erik versuchte, Alix zu einem Bissen zu überreden, aber vergebens. Frida, ihre Nachhut, traf ein und setzte sich dazu. Doch von Leola, ihrem zweiten Feldposten, fehlte jede Spur.

»Bestimmt verspätet sie sich nur«, meinte die wie immer hoffnungslos optimistische Kerta.

Doch als die Dämmerung der Nacht wich und Leola noch immer nicht aufgetaucht war, war klar, dass die vermisste Späherin nicht einfach nur überfällig war. Etwas musste passiert sein.

»Wir können es nicht wagen, jetzt nach ihr zu suchen«, sagte Erik. »Der Mond scheint nicht hell genug, und es wäre riskant, Fackeln zu entzünden. Was immer Leola auch zugestoßen sein mag, wir können ihr vor Morgengrauen nicht helfen. Hoffentlich hat sie sich nur verirrt.« Er selbst glaubte keine Sekunde daran. Höchstwahrscheinlich hatte sie sich verletzt, war gestolpert oder auf tauendem Schnee ausgerutscht. Vielleicht war sie auch einem Bären oder etwas anderem in die Quere gekommen, das sie hinauf in die Baumwipfel getrieben hatte.

Und dann war da natürlich noch eine andere Möglichkeit, und die war bei Weitem wahrscheinlicher, aber Erik mochte einfach nicht darüber nachdenken. Nicht dass es seinem Hirn etwas ausmachte, woran er denken mochte. Es hatte für heute mehr als genug Befehle dieser Art erhalten und kümmerte sich einen Dreck um seine Befindlichkeiten. Und so erforschte es jede dunkle Ecke, die ihm beliebte.

Er wurde müde. Und wie jeden Abend erschien vor seinem geistigen Auge ein Stammeskrieger mit bemaltem Gesicht, der drohend über ihm stand und seine gebogene Klinge erhob. Eine Klinge, die in der Luft schwebte wie die kaum lichtspendende Sichel des Mondes.

Im Morgengrauen war Erik wieder auf den Beinen und gab gut gerüstet allerlei Befehle aus.

»Alfred, Ihr bleibt hier und gebt auf Alix acht. Wenn sie aufwacht, soll sie was essen. Kerta und Frida, ihr kommt mit mir. Wenn Leola da draußen ist, werden wir sie finden.« *Es sei denn, jemand anderes hat sie schon gefunden.*

Wäre ihre Situation nicht ganz so heikel, er hätte die vermisste Kundschafterin, wenn auch widerstrebend, zurückgelassen. Zeit war zu kostbar und ihre Aufgabe zu wichtig, um noch weitere Verzögerungen zu riskieren. Aber er konnte nur schwer auf einen weiteren Mann verzichten; insofern war es gerechtfertigt, nach Leola zu suchen, zumindest kurz. »Sie wäre doch nicht einfach hinter jemandem hergejagt, oder?«, fragte Erik, als sie aufbrachen.

»Keinesfalls, Eure Majestät«, versicherte ihm Kerta mit todernster Miene. »Das wäre ja völlig gegen jede Anweisung gewesen!«

Alix hätte es getan, dachte Erik. Nein, sie *hatte* es sogar schon getan und dabei fast sich und Liam getötet. Glücklicherweise waren die meisten Kundschafter vernünftiger.

Als sie die Stelle erreichten, an der Leola hätte Posten beziehen sollen, und diese verlassen vorfanden, teilten sie sich auf. Kerta stieg die Böschung hinauf, Frida suchte weiter unten, und Erik marschierte einfach geradeaus. Mit gezückter Blutklinge suchte er den Wald nach einem Zeichen von … was auch immer ab.

Laut, allzu laut traten seine Stiefel immer wieder gegen Geröll und herumliegende Äste. Im Gegensatz zu seinen Aufklärern war er nicht darin geübt, sich lautlos fortzubewegen. Er konnte keine Spuren lesen oder Bäume erklimmen, oder unzählige andere Dinge, die ihm nun unverzichtbar erschienen. Ja, er bezweifelte, auch nur einen gescheiten Schuss abgeben zu können, wäre diese Bogensehne nicht in seinem eigenen Blut gekocht worden. Er gehörte nicht hierher, erkannte er, so wie sein Bruder in den Hallen der Republicana ganz und gar fehl am Platze war. *Vielleicht hatte Liam am Ende recht, vielleicht sollte er hier und ich dort sein.* Liam war ein ausgebildeter Kundschafter, und ein ziemlich guter dazu, wenn man dem verstorbenen Arran Green glauben wollte. *Er wäre so viel besser hier draußen. Und auch besser darin, sich um Alix zu kümmern.*

Der Gedanke versetzte ihm einen Stich. Der Moment, als sie ihn berührt hatte und mit ihren Finger durch sein Haar gefahren war … *Eine bittersüße Erinnerung.*

Erik verfluchte sich im Stillen. Der Gedanke grenzte an Verrat. Wie so viele seiner Gedanken in letzter Zeit. In seinem Verstand, normalweise ein Hort der Vernunft, tobte ein Kampf aus Zweifel und Schuld. Die Angst kratzte an ihm wie eine Katze an der Schlafzimmertür.

Er hielt inne. Auf seinem Weg lag ein Stein seltsam da. Eine dunkle feuchte Stelle markierte den Ort, wo er einst halb im Moos vergraben gewesen war. Jemand musste ihn erst kürzlich bewegt haben, ob Mensch oder Tier, das vermochte er nicht zu sagen. Er duckte sich, lauschte dem Wispern der Tannen, suchte mit Blicken den Abhang über und unter sich ab.

Dort unten. Ein Abdruck im Moos, der dunkel glänzte, wie vom einem Stiefelabsatz. Erik bewegte sich vorsichtig hinab und machte den Bogen bereit. Seine sämtlichen Sinne waren geschärft. Weitere dieser vermeintlichen Spuren kamen in Sicht, aber er war sich nicht sicher. Der Schnee hier war erst kürzlich geschmolzen und hatte den Untergrund rau und nass zurückgelassen.

Zu seiner Linken krächzte ein Rabe. Erik sah auf und sein Herz sank. Ein halbes Dutzend der schwarzen Vögel hockte in einer einzelnen Pappel, und als er einen Schritt auf sie zumachte, stoben weitere aus dem Unterholz hinauf in die Lüfte. Nun war er sich ganz sicher, was er dort finden würde, und ging weiter.

Es war ein grausiger Anblick. Die Kundschafterin war halb aufgefressen worden, ihr Leib aufgeschlitzt vom Nabel bis zum Hals. Die Eingeweide lagen überall dort verstreut, wo die Aasvögel sie hingezerrt hatten. Der zersplitterte Bogen hing noch immer über ihrer Schulter, das Messer steckte im Gürtel. Was Leola auch den Garaus gemacht hatte, es hatte sie vollkommen überrascht. Auch schien es, als ob die Bestie den Versuch unternommen hatte, ihre Beute zu verscharren, vielleicht um das Mahl zu einem späteren Zeitpunkt fortzusetzen. Das und die tiefe Kratzspur an einem nahegelegenen Baum ließen keinen Zweifel, wer dafür verantwortlich war.

Ihm blieb nichts weiter übrig, als die Raben zu verscheuchen und Leolas sterbliche Überreste so gut wie möglich mit Laub und Zweigen abzudecken. Dann stieg er wieder die Böschung hinauf.

»Erik.«

Mit gezücktem Bogen wirbelte er herum und sah Alix zwischen den Bäumen stehen. Fluchend senkte er die Waffe. »Was um der Neun Domänen willen macht …«

»Ihr solltet hier draußen nicht allein sein.« Sie sah aus wie der wandelnde Tod, blass und erschöpft. Und selbst in dieser

Verfassung war es ihr gelungen, sich unbemerkt an ihn anzuschleichen.

»*Ich* sollte nicht hier draußen sein? Ihr solltet nicht mal auf den Beinen sein!«

»Das war nötig, weil mein König beschlossen hatte, ohne mich in der Gegend herumzulaufen.«

Fassungslos starrte Erik sie an. Nach all der Zeit schaffte diese Frau es immer noch, ihn zu verblüffen. Sie war nicht nur vorlaut, sie war einfach *unmöglich.* »Alfred hätte Euch nicht gehen lassen dürfen«, sagte er überflüssigerweise.

»Ich stehe im Rang über ihm.« Ihr Blick wanderte durch das Unterholz. »Ihr sucht Leo, sagte er mir.«

»Nicht mehr.«

Sie wollte etwas erwidern, doch dann verstand sie, und ihr Gesichtsausdruck wich einem grimmigen Nicken. »Wie?«

»Berglöwe. Gestern Nachmittag, wie's aussieht.«

Sie seufzte. »Bei den Göttern, das ist schlimm.«

»Ja«, stimmte Erik zu. »Das war es. Aber daran können wir nun nichts mehr ändern. Lasst uns zurück ins Lager gehen.«

»Mir geht's gut.«

»Offensichtlich. Deshalb reibt Ihr Euch auch die Augen. Bei den Tugenden, Alix, wäre es zur Abwechslung nicht mal möglich, vernünftig zu sein?«

Sie zog ein finsteres Gesicht. »Das müsst Ihr gerade sagen.«

»Was soll das heißen?«

»Ihr seid der König, Erik. Ihr könnt nicht inmitten von Feindesland davonrennen, um Euch auf eine Rettungsmission zu begeben.«

»Ich renne nicht davon«, sagte er unwirsch. »Ist ja nicht so, als hätten wir stattdessen jemand anderes losschicken können. Falls Ihr's noch nicht bemerkt habt, wir sind derzeit ein wenig unterbesetzt.«

»Als ob ich nicht wüsste, dass wir in einer fast aussichtslosen Lage sind!« Sie machte eine gleichermaßen wütende wie verächtliche Handbewegung. »Natürlich ist mir das klar, Erik! Und obwohl das nie hätte passieren dürfen, ist es nun mal nicht zu ändern. Indes ist es *meine Aufgabe*, dafür zu sorgen, dass wir das alles irgendwie überleben, egal, wie schlecht es mir geht. Wenn sich also mein König allein in die Wälder aufmacht, bin ich gezwungen, ihm zu folgen.«

Mitten auf einem Pfad im Nirgendwo starrten sie einander an. Sie stritten sich selten, und wenn doch, so niemals auf diese erbitterte Weise. Erik für seinen Teil fand es merkwürdig befreiend. »Jetzt ist es also meine Schuld, ja?«

Ihr Blick wurde weicher. »Natürlich nicht. Es ist nur … Ich wünschte, Ihr würdet Euch nicht alles auf die eigenen Schultern laden. Ihr habt einen kompletten Hof zu Eurer Verfügung, Erik. Einen Rat. Botschafter. Und doch sind wir nun hier …« Wieder gestikulierte sie, ein wenig zielloser diesmal, »… inmitten der Zerklüfteten Berge, wo wir noch zugrunde gehen werden.«

»Glaubt Ihr, ich will das?« Seine Stimme bebte fast. Er konnte sich nicht erinnern, wann er das letzte Mal so unfassbar wütend gewesen war. »Glaubt Ihr ernsthaft, ich hätte mich in eine solche Lage gebracht, wenn ich eine andere Wahl gehabt hätte? Könnt Ihr Euch nicht vorstellen, dass ich es leid bin – *so gottverdammt leid* –, immer nur das zu tun, was nötig ist, anstatt das, was mir beliebt?« Er merkte, dass er das Thema in eine neue Richtung gelenkt hatte. Angefangen damit, dass er sich vom Lager entfernt hatte, war er nun drauf und dran, das auszusprechen, was ihm wirklich auf der Seele lag. Als wäre er den unwiderstehlichen Klängen einer Melodie gefolgt, die schon sehr, sehr lange in seinem Kopf widerhallte. Wenn er sich nicht vorsah, würde er etwas sagen, das er nicht mehr zurücknehmen konnte. Etwas, das ihnen ein Leben lang nachhängen würde.

»Warum dann?« Sie kam näher, ergriff ihn unwillkürlich bei der Schulter und sah ihm direkt in die Augen. Er hatte das Gefühl zu fallen. »Warum tut Ihr es dann?«

Wie schafft Ihr es nur, immer so gut *zu sein?* Das waren einst ihre Worte gewesen, die ihn nun aus der Vergangenheit erreichten und über ihn kamen wie ein eiskalter Guss.

»Weil ich es muss.« Er wandte sich ab und ging die Böschung hinauf.

Lange stand Alix einfach nur da, zutiefst erschüttert und sich fragend, was hier gerade geschehen war. Ja, sie war anmaßend gewesen, hatte sich von Furcht und Sorge hinreißen lassen. Etwas – und es schmerzte sie, es zugeben zu müssen –, das für sie nichts Ungewöhnliches war. Aber Eriks Reaktion … Er war immer so beherrscht, so gelassen. Fast immer, wie sie im Geiste hinzufügen musste. So aufgewühlt hatte sie ihn erst einmal erlebt: am Tag des Parley, als er sie wegen ihrer Beziehung zu Liam zur Rede gestellt hatte.

Liam. Etwas zerrte an ihrer Erinnerung, zu undeutlich, um sich in klare Gedanken fassen zu lassen. Konnte es sein? Hatte sie unbewusst alte Wunden wieder aufgerissen? Allerdings war sie sich keiner Schuld bewusst. »Erik«, rief sie. »Bitte wartet …«

Er ignorierte sie. In wenigen Momenten würde er über den Hang verschwunden sein. Alix setzte ihm nach – zumindest versuchte sie es. In ihrem Kopf begann sich alles zu drehen, und ihr Mund fühlte sich an, als hätte etwas Eier darin gelegt. Sie hätte nicht hierherkommen sollen. In dieser Verfassung nützte sie ihm nichts. Solange sie ihre alte Stärke nicht wiedererlangt hatte, nützte sie niemandem was. Sie schleppte sich die Anhöhe hinauf, als watete sie durch knöcheltiefen Schlamm.

Als sie die Kuppe erreicht hatte, entdeckte sie ihn gut zwanzig Schritte vor sich auf dem Pfad. Ihre Schultern sackten herab; so würde sie ihn niemals erreichen. Resignation brach sich Bahn, Schwindel überfiel sie, und die Welt um sie herum begann sich wie verrückt zu drehen. Sie stützte sich an einem Baumstamm ab, während vor ihren Augen schwarze Flecken tanzten. *Nicht das Bewusstsein verlieren. Nicht ohnmächtig werden …*

Da wurde sie plötzlich von einem Paar starker Arme umfangen. »Hab Euch. Hier, setzt Euch hin.«

»Aber wir können nicht … Wir müssen weiter …« Trotz ihres Protests ließ sich Alix gegen seine Brust sinken.

»Gleich. Aber Ihr müsst Euch erst einen Moment ausruhen.« Erik ließ sie behutsam auf den Boden gleiten.

»Bitte entschuldigt …«

Er seufzte, ein warmer Luftzug an ihrem Ohr. »Ihr wisst nicht mal, wofür Ihr Euch entschuldigt, Alix.«

Sie wollte schon etwas erwidern, als ein Geräusch irgendwo zwischen den Bäumen sie aufschrecken ließ. Sie hob die Hand, bat sich absolute Ruhe aus.

Erik sah sie unschlüssig an, dann nahm er leise seinen Blutbogen von der Schulter. Alix lauschte, prüfte die Umgebung. *Es ist Kerta*, dachte sie. *Ihr lieben Götter, lasst es Kerta sein.*

In diesem Moment sauste ein Pfeil über ihre rechte Schulter hinweg. Alix hatte sich weggeduckt, noch bevor er sich in den Baumstamm hinter ihr gebohrt hatte, dann warf sie sich über Erik, wodurch sie beide den Abhang hinunterkugelten. Als sie zum Halt kamen, stieß sie Erik energisch von sich. »In Deckung!«

Er gehorchte und hechtete hinter einen Baum, noch bevor er sich zum Schuss bereit machen konnte. »Stammeskrieger«, knurrte er, als müsste man sie darüber noch in Kenntnis setzen. Sie hatte den Pfeil genau erkannt, die unverwechselbare gestreifte Befiederung mit Falkenfedern.

Furcht befeuerte jeden Nerv in Alix' Körper, schickte einen

Energieschub durch ihre Glieder. Sie krabbelte hinter einen Baum und zückte ihre Blutklinge, wenngleich diese ihr auf die Entfernung wenig nutzte. Nicht zum ersten Mal ärgerte sie sich darüber, Nevyns Angebot, ihr auch einen Blutdolch anzufertigen, nicht angenommen zu haben. Den hätte sie mit tödlicher Präzision werfen können; stattdessen sah sie sich nun der Aussicht gegenüber, mit dem Schwert gegen eine unbekannte Anzahl von Bogenschützen anzugehen.

Sie hielt den Atem an und lauschte. Erik hinter seinem Baum versuchte, durch die Äste ihre Angreifer ausfindig zu machen. Der Wind strich seufzend durch die Tannen, doch ansonsten war alles still. »Geht«, flüsterte Alix. »Ich gebe Euch Deckung.«

Ungläubig starrte er sie an. »Womit?«

»Ich denk mir was aus.«

»Ich werde Euch nicht hier zurücklassen, Alix.« Wie um die Diskussion abzukürzen, widmete er sich wieder seinem Blutbogen, obgleich er noch kein konkretes Ziel hatte.

Alix fluchte unterdrückt. Jetzt zu streiten brachte nichts. Erik besaß viele königliche Eigenschaften, aber der Selbsterhaltungstrieb gehörte nicht dazu. »Dann bleibt eben hier.« Sie legte sich auf den Bauch und kroch auf Ellbogen und Knien die Böschung hoch. Wenn sie ihren Angreifer von der Seite oder von hinten überraschen konnte …

Dann was? Sie hatte keine Ahnung, wie viele es überhaupt waren. Selbst wenn sie einen von ihnen erledigte, würde ein zweiter sie mühelos überwältigen können. Doch welche Wahl hatte sie? Erik würde sich nicht zurückziehen, nicht ohne sie, und sie war nicht in der Verfassung, loszurennen und ihre Verfolger abzuhängen. Also schob sie sich weiter durchs Unterholz voran und betete um ein Wunder.

Über ihr pfiff etwas durch die Luft. Zwei Mal. Pfeile wurden hin und her geschossen. Alix hob den Kopf, hoffte, irgendjemanden zu entdecken. Einen Atemzug später schoss Erik erneut und traf etwa hundert Fuß vor ihr den Stamm einer Kiefer. Quälend langsam kroch Alix in diese Richtung weiter und hielt immer wieder inne wie eine Katze auf der Pirsch.

Sie hatte etwa die halbe Strecke zurückgelegt, als ein Rascheln im Unterholz sie erstarren ließ. Abermals hob sie den Kopf, und diesmal konnte sie zwischen den Bäumen etwas Braunes umherhuschen sehen. Sie wartete. Ihr Schädel summte, und in ihren Ohren hämmerte der Puls.

Das braune Etwas bewegte sich wieder. Sie erkannte einen Ellbogen, der soeben einen Bogen spannte. Alix schätzte die Entfernung ab. Zehn Schritt, vielleicht weniger. Kalter Schweiß tropfte ihr von den Schläfen. Sie spürte, wie mit nachlassendem Schreck auch der Energieschub wieder abebbte. Das Fieber wollte sie wieder packen, jeden Moment konnte sie ihm erneut unterliegen. *Zehn Schritt*, dachte sie. *Das schaffst du.* Sie änderte ihre Haltung, schickte ein Stoßgebet gen Himmel und sprang.

Bei allen Göttern hätte sie schwören können, dass sie dabei kein Geräusch gemacht hatte. Und doch hatte der Schütze sie gehört. Mit gezücktem Bogen drehte er sich in ihre Richtung, und die Spitze seines Pfeils glitzerte in der Sonne. Alix' Herz drohte auszusetzen.

Dann ein stechender Schmerz im Nacken. Sie ignorierte es, ließ sich von ihrem Schwung durchs Unterholz tragen. Aus irgendeinem Grund hatte der Gegner noch keinen Schuss abgegeben; stattdessen stand er einfach nur da und ließ sie herankommen.

Doch sie schaffte es nicht. Schwindel und Übelkeit überfielen sie, und dann wollten ihre Beine nicht mehr. Sie fiel dem Schützen genau vor die Füße; aus ihren tauben Fingern glitt das Schwert zu Boden. Der Stammeskrieger beugte sich über sie, dunkel und fremd und furchterregend. Dann lächelte er spöttisch, bevor er sich umwandte und davonging, als wäre sie nicht der Mühe wert.

Noch immer brannte ihr Nacken. Instinktiv griff sie an die Stelle und streifte dabei ein paar Federn. *Ein Pfeil*, dachte sie. *Sie haben mich erwischt …* Doch nein, das Geschoss war viel zu klein für einen herkömmlichen Pfeil, und überhaupt, sie hätte doch schon längst tot sein müssen …

Hinter ihr raschelte es wieder. Sie wollte sich umdrehen, aber ihr Körper gehorchte ihr nicht mehr. Sie wollte Erik zurufen, er solle fliehen, aber sie konnte den Mund nicht öffnen. Schatten trübten ihre Sicht. *Gift!* Sie erkannte das Phänomen wieder, hatte es schon einmal erlebt. Damals. Auf einem Schlachtfeld. Im Zuge einer Belagerung …

Jemand rief etwas. Erik. Es klang, als wäre er weit, weit fort …

Alix fiel und schlug mit dem Gesicht auf dem Boden auf. Dunkelheit empfing sie. Und dann – nichts mehr.

16. KAPITEL

Der Spion fand ihn auf dem Balkon, als er wieder einmal die frische Seeluft genoss.

Rudi entdeckte den Eindringling durch die Fensterrose und schlug so entfesselt an, dass Liam zusammenzuckte.

»Euer Hund …« Der Spion wich einen Schritt zurück. »Ist er angeleint?« Liam nahm ihm die Frage nicht übel. Durch das verzerrte Prisma des farbigen Glases sah der Wolfshund aus wie eine mythologische Bestie.

»Das wollen wir hoffen. Bin ehrlich gesagt nicht sicher, auf wen von uns beiden er's abgesehen hat.«

Der Spion fand die Antwort offenbar wenig ermutigend; seine Hand griff an die Brüstung. »Warum behaltet Ihr ihn dann?«

»Lange Geschichte.« Liam verschränkte die Arme vor der Brust; eine Geste, die seine Hand wie zufällig in die Nähe seines Dolchs brachte, der im Gürtel steckte. Nach dem letzten Besuch des Spions hatte er sich geschworen, nie wieder unbewaffnet zu sein. »Was kann ich für Euch tun?«

»Ich bin hier, um Euch zu Eurem Treffen zu begleiten, Hoheit.«

Er hob die Augenbrauen. »Ich hab ein Treffen?«

»Vielleicht erinnert Ihr Euch noch, Euer Hoheit, dass Ihr mich um eine Zusammenkunft mit einer der Geheimgesellschaften batet.«

Das war schon Tage her, und Liam war ohnehin nicht davon ausgegangen, dass das Ganze zustandekommen würde. »Dann habt Ihr's also hingekriegt?«

»Euer Vertrauen ehrt mich«, sagte der Spion trocken.

»Nichts für ungut, ich dachte nur, es wäre komplizierter. Ich meine, die operieren immerhin … im Geheimen.«

»Bei allem Respekt, Hoheit, aber Ihr habt ja keine Ahnung, was es mich gekostet hat, dieses Treffen zu arrangieren.«

Davon ging Liam aus. Die Tatsache, dass die Sache einige Tage in Anspruch genommen hatte, ließ auf eine gewisse Anstrengung schließen. »Ich hoffe, Ihr musstet dazu niemanden unter Druck setzen?« *Oder Schlimmeres.* Liam wünschte, er hätte früher danach gefragt.

Der Spion zuckte die Achseln. »Alles, was Ihr wissen müsst, ist, dass der Schild zugestimmt hat, Euch heute Abend in seinem Unterschlupf zu empfangen.«

Unterschlupf … Hätte man nicht einen Namen wählen können, der sich nicht nach einer ranzigen Höhle anhört, in der ein Schuppenbiest auf einem Haufen menschlicher Knochen hockt? Liam kam zu dem Schluss, dass die Onnani einen gewissen Hang zu Dramatik besaßen. »Lasst mich meine Offiziere wecken, dann können wir gehen.«

Der Spion schüttelte den Kopf. »Nur Ihr.«

»Aber den Versuch war's wert«, murmelte Liam.

»Der Dolch, Hoheit. Den müsst Ihr auch hierlassen.«

Liam öffnete den Mund. Schloss ihn wieder. Verzog missbilligend das Gesicht. »Schön. Aber wenn man mich bei diesem kleinen Ausflug ermordet, werde ich sehr, sehr böse werden.«

Der Spion blieb ungerührt.

»Gut, ich bringe ihn eben hinein.« Er quetschte sich durch die Flügeltür und schob Rudi mit seinem Knie in den Raum zurück. Zum ersten Mal war er für die Anwesenheit des Hundes dankbar, lieferte er ihm doch einen Grund, die Tür von innen zu schließen. Sobald er außer Sicht war, schob Liam sich den Dolch in den Stiefel. Er erinnerte sich an die Worte des Spions: Dass es gar böse enden würde, bewaffnet einer Geheimgesellschaft gegenüberzutreten und so weiter und so fort. Vermutlich ebenfalls nichts weiter als überzogene Dramatik.

»Also gut«, sagte er, als er wieder ins Freie trat. »Lasst uns gehen.«

Der Spion schwang sich über die Brüstung. Liam sah ihm nach, befand, dass der Sprung schon nicht so schlimm sein konnte, und trat an die Balustrade. Er kam sich lächerlich vor. Wie ein Knappe, der sich nach der Ausgangssperre aus der Kaserne stahl. (Das hatte er sich nur einmal erlaubt, und Arran Green war *nicht* erfreut darüber gewesen.) Er setzte sich rittlings auf die Brüstung; ein Bein baumelte über dem Abgrund. Er schaute nach unten, und auf einmal wirkte das Vorhaben gar nicht mehr so lächerlich, aber er hatte keine andere Wahl. Und so sprang er.

Mit fürchterlichem Krach landete er in der Böschung, rappelte sich in Windeseile wieder auf und klopfte sich den Dreck von den Hosenbeinen. Wie auf der Suche nach dem letzten Rest seiner Würde blickte er sich um.

»Hier entlang, Hoheit.« In der Stimme des Spions lag nur ein Hauch von Spott.

Liam folgte ihm durch das Gelände, das hinter dem Garten von Haus Meerblick lag. Die Mauern, die das Anwesen umgaben, waren aus rauem Naturstein, und Liam überwand sie so leichtfüßig, dass damit ein Gutteil seines Stolzes wiederhergestellt wurde. Dahinter lagen weitere Gärten und noch mehr Mauern, bis sie endlich die Kernstadt erreichten. Als sie einen alten Wehrgang erreichten, setzten sie ihren Fuß zum ersten Mal wieder auf eine ordentliche Straße.

»Hier«, sagte der Spion und reichte ihm einen Umhang. »Legt den an und schlagt auch die Kapuze hoch.«

Liam gehorchte, auch wenn der Wollstoff roch wie der nasse Hund eines Grabräubers.

»Hier entlang.«

Sie liefen auf ein Tor zu. Liam versteifte sich, als er die Wachen erblickte, doch der Spion nickte ihnen nur zu, und so erreichten sie die Unterstadt ohne Probleme. Kein wirklicher Trost, wie Liam fand. *Dieser Ort hier ist wahrhaftig eine Schlangengrube,* dachte er.

Der Spion führte ihn in eine Gasse. »Halt«, sagte er. Das Laternenlicht der Hauptstraße reichte kaum bis hierher; nur Kinn und Mund des Mannes waren unter der Kapuze noch zu erkennen. »Bleibt jetzt ganz ruhig, Euer Hoheit.«

Hinter Liam bewegte sich etwas, und er fand es schwierig, Ruhe zu bewahren, als man ihm von hinten die Augen verband. »Ach, kommt schon! Eine Augenbinde? Ist das denn wirklich nötig?«

»Ich fürchte, ja.«

Es folgte ein einigermaßen absurdes blindes Vorantasten durch die Gasse, gefolgt von einer sehr langen Fahrt auf einem Karren, gefolgt von einem weiteren Fußweg. Schließlich, nach einer gefühlten Ewigkeit, führte man ihn eine Treppe herauf, und er hörte, wie eine Tür geöffnet wurde. Das Geräusch seiner Schritte wechselte von dumpf zu widerhallend, und durch die Ritze seiner Augenbinde fiel ein wenig Licht. *Farika sei Dank*, dachte er, *wir sind endlich angekommen.*

Er wurde durch einen langen Gang geführt und durch eine

Reihe schwerer Türen. Die Luft hier schien kühler zu werden, und über ihm war die Meeresbrandung zu hören. Sind wir wieder draußen? Doch nein, seine Schritte verursachten noch immer ein – wenn auch anderes – Echo.

Die Hände, die ihn bis hierher geleitet hatten, hielten ihn fest, sodass er nicht mehr weitergehen konnte. Schritte entfernten sich. In Finsternis stand Liam da, wagte nicht zu sprechen oder sich das Tuch von den Augen zu streifen. Eine leichte, salzgeschwängerte Brise zerzauste ihm das Haar. Er spürte, dass man ihn ansah, aus vielerlei Richtungen, so kam es ihm vor, aber es war kein Laut zu hören. Nie im Leben hatte er sich so verlassen und verletzlich gefühlt wie jetzt.

»Ihr dürft die Binde nun abnehmen, Euer Hoheit.«

Zögernd kam Liam der Aufforderung nach. Einige Sekunden konnte er im hellen Fackellicht nur blinzeln. Er befand sich in einer Art Kammer, aber als er nach oben blickte, konnte er die Sterne erkennen. In allen vier Ecken des Raums strebten Säulen aufwärts, als stützten sie eine Decke, doch die gab es hier nicht. Stattdessen schienen sie in den Himmel zu wachsen wie uralte Bäume. Als sich seine Augen an das Licht gewöhnt hatten, fand er sich im Zentrum eines Rings aus Gestalten wieder. Sie waren ausnahmslos in Roben gehüllt und maskiert. Aber nicht nach Art der Priester. Die Masken, die sie trugen, waren der von Olan ähnlich, doch statt der hellen Silberscheibe waren diese hier schwarz und spiegelglatt. *Onyx, vielleicht,* dachte Liam, *oder Gagat.* Das Fackellicht schickte zuckende Reflexe über die glänzenden Oberflächen. Ihre Träger dagegen waren schweigsame, reglose und überaus mysteriöse Erscheinungen.

»Hallo«, sagte Liam.

»Wir entschuldigen uns für die Umstände, unter denen Ihr hergebracht wurdet«, sagte eine samtweiche Stimme. »Aber wir unterhalten nur selten Kontakte zu Außenstehenden.«

»Dann danke ich recht herzlich dafür, dass eine Ausnahme gemacht wurde.« Liam sah sich um, dann wanderte sein Blick über die Robenträger, die ihn eingekreist hatten. Einer von ihnen, so vermutete er, war gewiss Irtok, doch er kannte den Vorsitzenden noch nicht gut genug, um ihn allein anhand seiner Statur zu identifizieren.

»Eine Ausnahme, ja«, sagte die Stimme wieder, »und keine, die uns leicht gefallen ist. Warum also wolltet Ihr uns treffen, Euer Hoheit?«

Ach ja. So viel zum Vorgeplänkel. Liam räusperte sich. »Nun, ich nehme an, Ihr alle wisst, warum ich hier bin. In Onnan-Stadt, meine ich.«

»Wir wissen, warum Ihr hier seid.« Ein Hauch von Ungeduld schwang in den Worten mit.

»Dann wisst Ihr auch, wie wichtig die onnanische Flotte für die Kriegsbemühungen ist. Ich bin der Kommandant der Weißen Wölfe. Ein Offizier, der einem Elite-Bataillon vorsteht. Und wir sollten gerade jetzt im Moment an der Front sein, um Haus und Hof zu verteidigen. Stattdessen bin ich hier und muss herausfinden, warum die versprochene Kriegsflotte, die schon längst in See gestochen sein sollte, erst in drei Monaten fertig sein wird.«

»Wie kommt Ihr darauf zu glauben, die Bruderschaft des Schildes könne Euch diese Frage beantworten?«, fragte eine neue Stimme, die einen viel stärkeren Akzent besaß.

Liam wappnete sich innerlich. Er war sich sicher, dass seine nächste Bemerkung nicht ganz so gut ankommen würde, aber sei's drum, er musste die Karten auf den Tisch legen. »Tatsächlich kenne ich die Antwort schon. Und die ist denkbar einfach: Sabotage.«

Er hatte eine gewissen Unruhe oder Gemurmel erwartet, womöglich sogar empörte Ausrufe. Doch er erntete nichts als

Schweigen, während das Fackellicht in den verspiegelten schildförmigen Masken flackerte.

»Was ich allerdings nicht weiß«, fuhr er fort, »ist, warum das alles passiert oder wer dahintersteckt. Und da hatte ich gehofft, dass Männer Eures Formats mir dabei helfen könnten, es herauszufinden.«

»Und wie sollen wir das tun?«, fragte eine dritte Stimme.

Liam verzog das Gesicht. Das Ganze lief wie ein schlechtes Ballspiel. Sollte nicht er hier die Fragen stellen? »Ich hörte, dass der Schild überall großen Einfluss hat. Wenn das nicht zutrifft, sagt es mir jetzt, und ich vergeude Eure Zeit nicht länger. Doch wenn es stimmt, dann habt Ihr sicherlich eine Vermutung, wer dahinterstecken könnte.«

Das Licht brach sich in den Masken, als die Robenträger einander ansahen. Gedämpftes Flüstern ging durch den Raum. Nach einer kurzen Debatte drehten sich die Männer wieder zu Liam um.

»Es tut uns leid, Euer Hoheit«, sagte der erste Mann und klang dabei so untröstlich, als wäre er Liam vorsätzlich auf den Fuß getreten. »Sehr gern hätten wir Euch geholfen, aber wir können Euch nicht mitteilen, was Ihr wissen wollt.«

Liam merkte, dass sein Kiefer vor Wut mahlte. »Könnt oder wollt Ihr nicht?«

»Nun gut, wir *wollen* nicht.«

»Aber warum denn nicht um der verfluchten Neun Domänen willen?«

Er erkannte seinen Fehler noch im gleichen Moment. Die Robenträger schienen für einen Moment zu erstarren, und im Raum wurde es noch ein bisschen kühler. »Wir wären Euch sehr verbunden, wenn Ihr in dieser heiligen Kammer keine lästerlichen Reden führen würdet, Euer Hoheit.«

Natürlich. Die Hälfte dieser Männer war vermutlich Priester.

»Verzeihung«, sagte Liam und schalt sich im Geiste. »Das wollte ich nicht.«

Nach einer gebührenden Pause fuhr die Stimme fort: »Seid versichert, dass der Mann, der für diese Schandtat verantwortlich ist, bestraft wird. Aber er ist ein Onnani und wird damit onnanischer Gerichtsbarkeit zugeführt.«

Liam spürte, wie er wieder sauer wurde. »Und warum ist das noch nicht geschehen? Worauf wartet Ihr denn?«

»Wir waren über seine Taten nicht vollständig im Bilde, bevor Ihr hier eintraft. Aber durch Euren Besuch in Onnan haben sich verschiedene Seiten zu gewissen Aktionen hinreißen lassen, manche dabei allzu überstürzt, wodurch die ganze Angelegenheit, nun, etwas erhellt wurde.«

Der Spion hatte etwas Ähnliches erwähnt, erinnerte sich Liam. Dass seine Anwesenheit hier hohe Wellen geschlagen hatte. Und doch, so fand er, war an der Geschichte irgendetwas faul.

Laut sagte er: »Aber warum würde jemand so etwas tun wollen? Weiß er denn nicht, dass hunderte, ja tausende Leben davon abhängen. Aldener und Onnani gleichermaßen?«

»Verzweifelte Männer tun verzweifelte Dinge, Euer Hoheit. Das Trionat von Oridia ist der wohlhabendste Staat in Gedona. Für einen Mann, der alles verloren hat, ist ihr Gold genauso gut wie jedes andere.«

»Und damit wäre wohl alles gesagt«, sagte eine weitere, leise mahnende Stimme. Die schwarzen Masken wandten sich im stillschweigenden Einverständnis einander zu. »Mehr haben wir über diese Angelegenheit nicht zu verkünden, Euer Hoheit. Wir wünschen Euch noch einen schönen Abend, und möge Olan Euch behüten.«

Da stand er nun. Machtlos und sprachlos, während sich von hinten wieder jemand näherte. Abermals würde man ihm die Augenbinde anlegen und ihn dann hinauseskortieren, ob er wollte oder nicht. »Darf ich zum Schluss noch etwas sagen?« Er hasste es, wie verzweifelt er bei diesen Worten klang. »Ihr werdet diesen Mann doch stoppen, wer immer er auch sein mag?«

»Wir werden tun, was immer im Rahmen des Gesetzes möglich ist«, sagte eine Stimme, die vielleicht Irtok war.

Und dann legte ihm jemand unmissverständlich eine Hand auf den Arm. Eine Aufforderung, die er schon in der Republicana bekommen hatte. Liams Blut kochte, und einen gefährlichen Moment lang hätte er sich fast gegen diese unverschämte Behandlung zur Wehr gesetzt. Aber die Vernunft siegte, und so ließ er es zu, dass man ihm wieder die Augen verband und aus der dachlosen Halle in die Nacht hinausführte.

Sie verließen ihn am Anfang der Straße, die hinauf nach Haus Meerblick führte. Von dem Spion fehlte jede Spur, und Liam fragte sich, ob er den Mann je wiedersehen würde. Wie ein Leuchtfeuer schien Olan über der Hügelkuppe, als wolle er ihm heimleuchten. Der Anblick verbitterte ihn.

Onnanische Gerichtsbarkeit, dass ich nicht lache! Die einzige Strafe für diesen Saboteur war Vierteilen oder eines der anderen harten Urteile, welche die Erromaner für Schwerverbrecher ersonnen hatten.

Das war sein erster Gedanke. Dann kam ihm das unerträgliche und allzu vertraute Bild eines Onnani in den Sinn, der unter der Folter seiner einstigen Herren unsägliche Qualen zu erdulden hatte. Zu extrem, befand er. Und doch, die Bestrafung sollte schmerzen. Die Vorstellung, dass Alden wegen der Gier eines einzigen Mannes erobert werden könnte, war nur schwer zu ertragen. Sie machte ihn nicht nur unfassbar wütend, sie machte ihn geradezu krank.

Verzweifelte Männer! So ein Schwachsinn! Den Worten des Schild-Bruders hatte er entnommen, dass der Täter einst ein reicher Mann gewesen war. Doch in Armut zu fallen, machte niemanden so verzweifelt, um solch eine Tat zu begehen, zumindest nicht in dem Sinne, wie Liam das Wort »verzweifelt« verstand. Es bedeutete einfach, dass man sich nun durchs Leben schlagen musste wie jeder andere auch.

Er wurde langsamer.

Moment mal.

Ein ehemals reicher Mann, der alles verloren hatte? Onnan war ein kleines Land mit einer noch kleineren Elite. Auf wie viele mochte diese Beschreibung wohl zutreffen? Das müsste sich doch einfach ermitteln lassen, oder nicht? Lediglich einen Grund zu haben, die Flotte zu zerstören, reichte dabei nicht aus; man musste auch in der Position sein, dies in die Tat umzusetzen. Und wenn es am dafür nötigen Geld fehlte, so doch nicht an Beziehungen und anderen Möglichkeiten, um diese Sache durchzuziehen. Das engte den Kreis der Verdächtigen noch weiter ein.

»Ich werde dich finden«, murmelte Liam in die Nacht. »Ich werde dich finden und mit dem Pferd bis nach Erroman hinter mir herschleifen.«

Mit neuem Schwung legte er seinen Weg zurück. Zum ersten Mal seit seiner Ankunft fühlte er sich nicht mehr auf ganz verlorenem Posten. Zumindest hatte er nun so etwas wie eine Spur. Und das war doch auch schon was, oder?

Das erste schwache Licht des Tages fiel zur Erde. Weiter vorn auf der Straße sah Liam eine Gestalt herumlungern. Er ging noch ein paar Schritte weiter, dann kniete er sich wie beiläufig hin, als wolle er die Riemen an seinen Stiefeln strammziehen. Zwar hatte man ihm gesagt, dass die Straßen im Botschaftsviertel bei Tage sicher waren, aber er wollte kein Risiko eingehen. Als er sich wieder aufrichtete, verschwand der Dolch unauffällig in seinem Ärmel. Da tauchte ein weiterer Mann aus den Schatten auf und gesellte sich zu dem ersten. Und es schien, als trage er eine Art Knüppel bei sich.

Da fängt der Tag doch gleich viel besser an ...

»Du hast Nachricht nicht verstanden?«, fragte der kleinere, stämmigere der beiden, als Liam heran war. Er sprach gebrochen Erromanisch mit starkem Akzent.

»Ich komm derzeit nicht viel zum Lesen«, sagte Liam und brachte den Dolch in seinem Ärmel in Position. »Vielleicht möchtet Ihr mir ja sagen, was drinstand?«

»Stand drin, du sollst verschwinden von Onnan«, zischte der Kleine. »Stand drin, du und deine Leute abhauen sollen. Sofort.« Ja, das war zweifellos eine Keule in seiner Hand. Die Stadtwachen des Königs benutzten solche Prügel.

»Wir dich gewarnt«, radebrechte er weiter und deutete auf die Keule. »Nun du bezahlst.«

Liam ließ den Dolch in seine Hand gleiten und sagte: »Bitte geht wieder heim.«

Sie wollten ihn zu zweit erledigen, waren entschlossen, ihm den Schädel einzuschlagen. Einigermaßen optimistisch sah Liam der Sache entgegen, als ein dritter Mann auftauchte. *Jetzt mal ehrlich, Jungs, ist das nicht ein bisschen übertrieben?*

Demjenigen, der zuletzt aus den Büschen gesprungen war, brach Liam die Nase mit seinem Ellbogen und verpasste ihm dann einen heftigen Schlag gegen die Schläfe. Er fiel in den Dreck wie ein nasser Sack. Als Nächstes kam der Dünne dran, der an seinem untersetzten Freund vorbeischoss. Doch Liam duckte sich unter der Keule weg, und der Schlag ging ins Leere. Er brachte sich und den Dolch wieder in Position. Sein Herzschlag ging normal, sein Atem ebenso. Er beherrschte diesen Tanz. Jeden Schritt, jede Variation, jede Drehung. So leicht und vertraut wie ein Spaziergang war er. Politik und Intrigen mochten ihn überfordern, aber das hier, das war sein Metier.

Der erste Mann quälte sich auf die Knie, wirkte noch immer benommen. Liam konzentrierte sich auf die beiden anderen. Sie strebten auseinander, versuchten, ihm von zwei Seiten her ans Leder zu gehen. Liam wartete, bis sie angriffen, dann wirbelte er hinter den Untersetzten und ritzte ihm eine schöne tiefe Schnittwunde in den Rücken. Als der dünne Angreifer ihn daraufhin attackieren wollte, kassierte er dafür einen Schlag, der gemeinhin ein paar Zähne kostete. Der Mann schwankte, dann plumpste er höchst unelegant auf seinen Hintern.

Mit erhobenem Dolch machte Liam ein paar Schritte zurück. »Das führt doch zu nichts, Jungs. Nichts für ungut, aber ihr braucht offenbar ein paar mehr Männer, um die Sache zu erledigen.«

Offensichtlich hatte er sie überzeugt, weil die drei sich nun auf der Straße davontrollten. Zurück blieben ein paar Blutspritzer und eine fallen gelassene Keule.

Liam straffte sich, rollte den Nacken hin und her. Nicht die beste Art, den Tag zu beginnen, aber es hätte schlimmer kommen können. Und es würde vermutlich schlimmer kommen, wurde ihm klar, und das schon bald.

Aber nicht heute.

17. KAPITEL

Erik erwachte mit mörderischen Kopfschmerzen. Einen Augenblick lang konnte er sich nicht erinnern, wo er war oder wie er hierher gelangt war. Dann kehrte die Erinnerung zurück, und er setzte sich kerzengerade auf.

Zumindest hatte er sich das so gedacht, denn als er sich abstützen wollte, stellte er fest, dass seine Hände wie auch seine Füße gefesselt waren.

»Ganz ruhig.«

Erik erstarrte. Sein Blick ging umher, bis er eine hockende Gestalt neben sich ausmachen konnte. Direkt hinter ihm zischte jemand. »Nicht zu schnell bewegen, sonst musst du kotzen.« Die Stimme einer Frau, kühl und sachlich. Sie sprach Harrami, doch mit starkem Akzent.

Eine andere Stimme ließ sich vernehmen; die eines Mannes diesmal. Erik verstand nicht, was er sagte.

»Wer seid ihr?« Erik konnte die Worte kaum durch seinen ausgetrockneten Rachen pressen. Harrami zu sprechen verursachte ihm Halsschmerzen mit all den gerollten R-Lauten und den harten Konsonanten.

Jemand zog scharf die Luft ein. Dann sprach der Mann wieder, und er klang irgendwie überrascht.

»Genau«, sagte die Frau. »Deswegen hab ich's ja benutzt. Ich hörte, wie er im Schlaf redete.«

Erik verfluchte sich im Stillen. Er musste von Ost geträumt haben, obwohl er sich nicht mehr daran erinnerte. *Was hab ich bloß gesagt? Etwas Gefährliches wohl kaum, sonst wäre ich schon tot.*

»Wo hast du das gelernt, du Hund?« Der dunkle Schatten bewegte sich, und Erik konnte in ihm die Gestalt eines Mannes ausmachen. Die neben ihm hockende Frau rührte sich nicht. Er konnte nur ihre Kinnpartie erkennen, die von langem dunklem Haar eingerahmt wurde. »Warum sprichst du in den Zungen der *mustevi*?«

Erik schüttelte den Kopf, versuchte einen klaren Gedanken zu fassen. Die Dunkelheit um ihn herum schien zu verschwimmen. »Alix. Meine Begleiterin. Wo ist sie?«

»Sie schläft«, sagte die Frau.

»Was habt Ihr uns angetan?«

»Du stellst hier nicht die Fragen, du Hund!« Ein Stiefeltritt in Eriks Seite, der ihm einen Schmerzensblitz durch den Schädel jagte. Er kippte hustend nach vorn und kämpfte gegen eine Welle von Übelkeit an.

Mit einem Schwall gereizt klingender Worte sprang die Frau auf. Erik versuchte, etwas zu verstehen, doch auch wenn das Gesagte irgendwie nach Harrami klang, schien es ein ganz eigener Dialekt zu sein.

Harte Schritte auf rauem Untergrund, die sich rasch entfernten. Stille trat ein. Dann wieder die Stimme der Frau: »Das hätte er nicht tun sollen.«

Erik würgte gegen den Brechreiz an. »Kann ich etwas Wasser haben?«

»Hier. Setz dich auf.«

Die schwarze Haarflut streifte sein Gesicht, als sie ihm half, sich aufzurichten. Er spürte ein Gewicht in seinem Schoß, dann ertastete er einen Trinkschlauch aus Leder. Er brachte ihn an seine Lippen und trank.

»Nicht zu viel, sonst wird dir wieder schlecht.«

Widerstrebend gehorchte er und reichte ihr den Trinkschlauch zurück. »Dieser Pfeil, den ihr auf mich abgeschossen habt? War der vergiftet?«

»*Hrak*. Spinnengift. Benutzen wir zum Jagen.«

»Warum habt ihr uns angegriffen? Warum gefangen genommen?«

Die Frau schnaubte leise auf und erhob sich wieder. »Du weißt, warum.«

»Aber wir haben doch nichts Unrechtes getan. Sind doch nur auf der Durchreise.«

»Und genau das dürft ihr nicht. Das ist nicht euer Land. Kaiserliche sind hier nicht erwünscht.«

»Kaiserliche?« Erik schüttelte den Kopf. »Aber ich bin kein … Ich komme aus Alden.«

»Erroman.« Sie spie das Wort förmlich aus. »Die Kaiserstadt.«

»Aber das ist sie doch schon seit Jahrhunderten nicht mehr«, sagte Erik, doch er ahnte, dass er seine Zeit verschwendete. Wenn es um Krieg und Eroberung ging, wurde nichts jemals vergeben und vergessen.

Die Frau ging nicht darauf ein. Sie bewegte sich hinter ihn und hantierte mit irgendetwas beim Feuer.

»Meine Begleiterin«, sagte Erik. »Ihr geht es nicht gut.«

Keine Antwort.

»Sie braucht Wasser. Lass mich sie wecken.«

Ein Zischen wurde laut, als ob Fleisch angebraten wurde.

Kurz darauf konnte er es riechen, und der Magen drehte sich ihm um. »Bitte …«

»Sie schläft. Und das solltest du auch, wenn du willst, dass es dir wieder besser geht. Das Gift wirkt viele Stunden.«

Erik zerrte an den Fesseln um sein Handgelenk, aber die saßen ziemlich stramm. Darüber hinaus hatte man ihm Schwert und Dolch abgenommen, und er konnte nichts entdecken, was als Waffe dienen mochte. Die herumliegenden Steine waren als Geschosse zu klein und würden ihm nichts nützen, selbst wenn er nicht vergiftet worden wäre. *Geduld*, sagte er sich. *Die Gelegenheit wird kommen.* Er drehte sich ein wenig herum, um die Frau anzusehen. Sie hockte beim Feuer und briet ein längliches Stück Fleisch an einem Spieß. Erik kam die Galle hoch, und er wollte sich am liebsten übergeben. Er suchte die Umgebung nach Alix ab, doch es war zu dunkel, um jenseits des Feuerscheins weiter sehen zu können als wenige Fuß. »Was habt ihr mit uns vor?«, verlangte er zu erfahren.

»Ihr werdet vor den *pasha* gebracht. Dort wird man über euer Schicksal entscheiden.«

Pasha. Das Wort war ihm unbekannt, aber es klang nach einer Art Ratsversammlung. »Ist das weit von hier?«, fragte er.

Sie nahm den Fleischspieß vom Feuer. »Schlaf«, sagte sie, dann ging sie davon.

Erik wollte der Aufforderung auf keinen Fall nachkommen, aber er scheiterte. Nachdem sich der Grillgeruch verzogen hatte, beruhigte sich auch sein Magen wieder, und es blieb nichts zurück als grenzenlose Erschöpfung. Und während das Lagerfeuer niederbrannte, fiel er, begleitet vom kalten fernen Wispern der Berge, wieder in einen tiefen Schlaf.

»Erik.«

Er schlug die Augen auf und bereute es sogleich wieder. Das

Sonnenlicht stach ihm wie mit kleinen Dolchen in die Augen und verursachte ihm Kopfschmerzen. Keine wirkliche Verbesserung zu gestern Abend, wie er fand.

»*Erik.*«

Das war Alix' Stimme, kaum mehr als ein Zischen. Sie lag nur wenige Fuß von ihm entfernt und war leichenblass. »Den Göttern sei Dank«, hauchte sie.

Erik sah sich um. Was von dem Lagerplatz zu erkennen war, erschien verlassen. Dem Sonnenstand nach zu schließen war es noch früh am Tag. »Wo sind sie hin?«

»Ich weiß nicht. Sie waren schon weg, als ich erwachte. Glaubt Ihr, sie haben uns hier zurückgelassen?«

Erik bewegte seine Handgelenke. Er war noch immer gefesselt. »Nein, die kommen zurück.«

»Kerta ist auch hier.« Alix deutete mit dem Kinn in eine Richtung und rollte sich herum. Erik entdeckte blonde Locken, die unter einem Berg Pelze hervorlugten. Er rief sie beim Namen, aber sie bewegte sich nicht.

»Was ist mit den anderen?«

»Weiß nicht.« Alix versuchte sich aufzusetzen, doch da bewegte sich etwas zwischen den Bäumen. Sie ließ sich schnell wieder zurückfallen und schloss die Augen. Erik tat das Gleiche.

Jemand sprach; vielleicht der Kerl von gestern Nacht. Erik öffnete seine Augen einen Spalt weit und erkannte zwei Männer, die aus dem Wald auf sie zuliefen. Derjenige, der gesprochen hatte – ein großer Bursche mit rabenschwarzen Haaren und einem Bogen über der Schulter –, deutete in Richtung Lager und sagte etwas in verächtlichem Ton.

»Faul«, sagte der andere, dann lachten sie.

Wieder sprach der erste Mann. Trotz des schweren Akzents konnte Erik das eine oder andere Wort verstehen. Gestern Abend war er einfach zu benommen gewesen, doch nun war er sich sicher, dass sie einen harramischen Dialekt sprachen, der stark vom Hoch-Harrami abwich, das man ihn gelehrt hatte. Die Männer sprachen über ihre Gefangenen; genauer gesagt darüber, wie lange sie noch warten sollten, bis sie das Pack mit einem Fußtritt wecken durften. Erik beschloss, es nicht darauf ankommen zu lassen, und setzte sich wieder auf.

»Der Hund ist wach!«, sagte der Große auf Hoch-Harrami amüsiert. Erik erkannte die Stimme von gestern Nacht. »Glück gehabt. Wollte gerade auf dich pissen.«

Alix öffnete die Augen. Sie lag mit dem Rücken zu den beiden Männern, gespannt und bereit. Erik wusste, dass sie etwas vorhatte. Und er wusste auch, dass das eine ziemlich schlechte Idee war. »Könnt Ihr Euch aufsetzen?«, sagte er zu ihr und durchkreuzte damit ihre etwaigen Pläne.

Sie sah ihn böse an, dann brachte sie sich mit Mühe in eine aufrechte Position. Schon wollte sie etwas sagen, aber der große Mann schlug ihr mit der Hand auf den Hinterkopf. »Klappe halten!«

Wieder zerrte Erik an seinen Fesseln, und wieder ohne Erfolg. Alix erstarrte und senkte den Kopf, sodass ihr das kupferfarbene Haar ins Gesicht fiel. Einen langen, schier unerträglichen Moment lang fürchtete Erik, dass sie etwas Dummes versuchen könnte. Doch sie beschränkte sich auf einen vernichtenden Blick.

Der kleinere der beiden lachte. »Guck mal, Fahran, sie ist …« Es folgte ein Wort in ihrer ganz eigenen Sprache, das Erik nicht erkannte.

Der andere, Fahran, stimmte zu. Grinsend kniete er sich hin und packte Alix unter das Kinn. Dann taxierte er sie eingehend von oben bis unten, wiederholte das Wort, und die beiden lachten wieder.

Erik musste sich abwenden, damit die Stammeskrieger den

Tod in seinem Blick nicht bemerkten. Damit würde er sich nur Prügel einhandeln, wenn nicht Schlimmeres. *Geduld*, ermahnte er sich.

Alix zog ihren Kopf fort. »Wasser«, verlangte sie auf Hoch-Harrami.

Fahran schnaubte verächtlich auf. »Ah, sie spricht also auch die Sprache der *mustevi.*« Dann spie er vor ihr aus.

»Ein wenig, ja«, sagte Alix. »Eure Leute haben meine Heimat überfallen.« Die Worte kamen stockend, waren jedoch verständlich. Erik war erleichtert. Er hatte nicht daran gedacht, sie zu fragen, ob sie Harrami sprach. Aufgrund ihrer Herkunft war er einfach davon ausgegangen.

Fahran jedenfalls hatte keine Probleme, die Bedeutung ihrer Worte zu verstehen. Sein Ausdruck verfinsterte sich, und er bohrte ihr einen Finger in die Brust. »Lügen. Meine Leute sind nie ins Tal hinunter gegangen.«

Alix kräuselte die Lippen, doch sie ging nicht weiter darauf ein. »Wasser«, sagte sie wieder.

»Dabir«, bellte der Stammeskrieger seinem Kameraden über die Schulter zu.

Der andere Mann runzelte die Stirn. »Wo ist deiner?«

Fahran machte eine ungeduldige Handbewegung, und Dabir warf ihm einen Trinkschlauch zu. Fahran entkorkte ihn und hielt ihn Alix hin, tat so, als wolle er ihn an die Lippen führen. Doch dann ließ er das kostbare Nass einfach über ihren Kopf und ihr Kinn laufen. Alix blinzelte, doch sie presste fest die Lippen zusammen.

Was für ein götterverdammter Sturkopf sie doch ist, dachte Erik. »Sei nicht dumm, Alix«, sagte er leise. »Man kann nie wissen, wann die Gelegenheit wiederkommt.«

Sie öffnete den Mund, ließ ein wenig Wasser hineinlaufen. Dann spuckte sie dem Stammeskrieger mitten ins Gesicht.

Erik hatte sich schon aufgerappelt, bevor der Schlag erfolgte und Alix' Kopf brutal zur Seite flog. Doch auch Dabir hatte es kommen sehen; die Spitze seines Messers deutete auf Eriks Brust. »*Hinsetzen.*«

Fahran griff in Alix' rote Haarpracht und schnarrte ihr etwas zu, das Erik nicht verstand. Alix spuckte wieder, doch diesmal tropfte Blut in den Dreck. Fahran ließ sie los und erhob sich. Er erhob einen Finger und sagte: »Und vergiss es nicht. Nächstes Mal mach ich Ernst.«

Alix schüttelte sich das Haar aus dem Gesicht. Blut lief ihr über die bereits geschwollenen Lippen, und auf ihrem Wangenknochen entfaltete sich eine Prellung, die rot hervorstach auf ihrer weißen Haut. Ein fast pervers schön wirkender Effekt.

Erik kämpfte gegen seine Wut an, die sich nicht allein auf den brutalen Stammeskrieger bezog. *Warum musst du nur immer so unbeherrscht sein, Alix?* Wenn sie sich nicht in den Griff kriegte, und das bald, dann könnte das ihr Todesurteil bedeuten. Schon einmal hatten sie deswegen gestritten. Tatsächlich war es ihr erster Streit überhaupt gewesen, der damit geendet hatte, dass sie in seinem Arm gelegen und mit den Fingern in seinem Haar gewühlt hatte …

Fest schüttelte er den Kopf, versuchte die Erinnerung zu vertreiben. *Wieso jetzt wieder diese Gedanken?* Es war denkbar unpassend und verstörend, vor allem in diesem Moment. Offensichtlich war Alix nicht die Einzige hier, die sich nicht unter Kontrolle hatte.

Jetzt gesellte sich Fahran zu Kerta, schaute auf die Schlafende herab. »Zeit, aufzustehen«, sagte er und schüttete ihr das restliche Wasser ins Gesicht. Japsend erwachte sie und wollte sich aufsetzen, fiel stattdessen jedoch ungebremst auf die Seite. Der Bergmensch lachte rau auf. Währenddessen trat Dabir gegen ein anderes Bündel am Boden. Ein Grunzen ertönte.

»Seht mal«, sagte Erik. »Das ist Alfred.«

Alix nickte, spie wieder in den Dreck.

»Geht's Euch gut?«

Wieder nickte sie und schenkte ihm einen schuldbewussten Blick. Sie wusste, sie hatte sich dumm verhalten. Wie sie es immer wusste, nur leider zu spät.

Kerta setzte sich auf. Sie wirkte blass und mitgenommen. »Sind alle wohl-«

»Schnauze halten!« Fahrans Hand ging zu dem Schwert an seiner Hüfte. Eingeschüchtert verstummte Kerta.

Einer nach dem anderen wurden sie von Dabir auf die Beine gezerrt und von ihren Fußfesseln befreit, damit sie laufen konnten. Erik hielt Ausschau nach Frida, konnte sie aber nirgends entdecken. Er hoffte, die Kundschafterin hatte entkommen können. Wie es aussah, hatte sich das Bergvolk fernerhin alles und jedes unter den Nagel gerissen. Ihr Pferd stand am Rand des Lagers, Waffen und Rüstungen lagen auf einem Haufen in der Nähe. *Keine schlechte Ausbeute*, dachte Erik ärgerlich. Somit hatte er nun schon zum zweiten Mal eine Blutklinge verloren.

»Erik.« Alix zeigte zum anderen Ende des Lagers. Dort hing ein gehäuteter Tierkadaver von einem Baum. Ein Berglöwe, schätzte er.

Dabir sah sie an. »Menschenfresser«, sagte er. »Hatte die Wut.«

Höchstwahrscheinlich derselbe, der Leola getötet hat, dachte Erik. »Habt ihr ihn verfolgt?«

Dabir hob die Augenbrauen; das harramische Zeichen von Zustimmung. »Er tötete Uthal. Und dann führte er uns zu euch.«

Verdammter Mist, fluchte Erik. Ein Zusammentreffen mit dem Bergvolk lag zwar immer im Bereich des Möglichen, aber sie hatten jede denkbare Maßnahme ergriffen, um eben dies zu vermeiden. Und fast wäre es ihnen auch gelungen, hätte der verflixte Berglöwe nicht die Tollwut gehabt. Und hätte er nicht einen der Bergmenschen angefallen und damit seine Stammesgenossen auf den Plan gerufen und zu ihrer Gruppe geführt. *Wir hatten es doch fast geschafft.* Der Unfall. Das Fieber. Die Lawine. Und jetzt das ... Kalkulierbare Risiken. Ein jedes von ihnen. Bekannte Gefahren, auf die man sich einstellen konnte. Und doch – gleich so viele Katastrophen am Stück? *Diese Mission hat von Anfang an unter keinem guten Stern gestanden.* Erik fragte sich, was um alles in der Welt er verbrochen hatte, um die Götter so zu erzürnen.

Er betrachtete das, was von seiner Gruppe noch übrig war. Alix, Kerta und Alfred. Sie alle wirkten elend, aber einigermaßen stabil. Er selbst wurde immer noch von den hämmernden Kopfschmerzen gequält, ließ sich aber nichts anmerken. Seine Leute verließen sich auf seine Stärke. Aufrecht stand er da, mit unbewegter Miene und geraden Schultern, und schaute jedem von ihnen mit einem Blick ins Gesicht, der nur eins besagte: *Habt Geduld.*

Fahran hatte das Lager fast vollständig abgebaut und alle Habseligkeiten zusammengepackt. »Wo ist Sakhr?«, fragte er gereizt.

»Hier.« Ein dritter Mann trat aus dem Dickicht, ein paar erlegte Vögel über der Schulter. Wie auch die anderen war er groß gewachsen, dunkelhaarig, dunkelhäutig und bartlos. Zudem war er überraschend gutaussehend und bewegte sich mit einer Eleganz, die Erik an seinen toten Bruder erinnerte. Ähnlich wie bei Tom wirkte sein Körper wie eine gespannte Bogensehne, ähnlich wie Tom weckte er den Eindruck eines mühsam gezähmten Raubtiers, das jeden Moment zum Angriff übergehen konnte.

Ernste goldfarbene Augen taxierten die Gefangenen. »Sind sie bereit?« Erik verstand Fahrans Antwort nicht, er kämpfte immer noch mit dem seltsamen Dialekt, aber sie klang spöttisch. Der Neuankömmling, Sakhr, hörte unbeeindruckt zu. Dann sagte er: »Qhara ist noch immer auf der Jagd nach der anderen. Sie wird später zu uns stoßen.«

Auf der Jagd nach der anderen. Erik hoffte, damit war Frida gemeint, und dass sie sie nie fanden. Qhara, so schloss er, musste die Frau von gestern Nacht sein.

Fahran zeigte auf Erik, sagte etwas über seine harramischen Sprachkenntnisse.

»Ach wirklich?« Sakhrs goldener Blick fiel auf Erik. »Ist das denn üblich in den Kaiserlanden?«, fragte er ihn daraufhin auf Hoch-Harrami.

»Ja«, log Erik, »durchaus.« Es wäre ein Fehler, sie wissen zu lassen, dass er in Alden etwas ganz Besonderes darstellte.

»Tatsächlich?« Sakhr sah ihn skeptisch an. »Dann sprecht ihr also alle unsere Sprache?«

Da meldete sich Kerta zu Wort. »Natürlich, bis auf Alfred hier. Er stammt aus einfachen Verhältnissen und kann weder lesen noch schreiben.«

Erik dankte den Göttern für Kertas Geistesgegenwart und ihr einwandfreies Harrami.

»Und du?« Der Stammeskrieger wandte sich an Alix.

»Genug.«

»Eine erfreuliche Überraschung. Macht die Sache einfacher.« Sakhr wandte sich zu Fahran und ratterte eine Reihe von Anweisungen herunter, wobei er auf das Pferd der Königsklingen zeigte, das nun als Lasttier diente. Fahran zog ein Gesicht, gehorchte aber.

Eine klare Rangordnung herrscht hier, dachte Erik. Fahran stand über Dabir, Sakhr über beiden. Er fragte sich, wie die Frau, Qhara, da hineinpasste. Das würde er schon bald herausfinden, und er würde sich dieser Information gegebenenfalls erinnern.

Sie nahmen den Pfad Richtung Osten, wie Erik am Stand der Sonne ablas. Die Erkenntnis traf ihn wie ein Schlag. Nach allem, was sie durchgemacht hatten … Nach so vielen Verlusten und Verzögerungen … Und nun entfernten sie sich wieder von ihrem Ziel. »Wie weit ist es noch bis zum *pasha*?«, fragte er und musste sich beherrschen, sich seine Unruhe nicht anmerken zu lassen.

Sakhr warf einen Blick über die Schulter. »Spar dir die Mühe. Ich werde dir nichts sagen, was mein Dorf in Gefahr bringen könnte.«

»Wir wollen nichts von eurem Dorf. Wir sind auf dem Weg nach Ost.«

»Ja, klar. Um euch mit den *mustevi* zu verbünden.«

»*Mustevi*.« Erik schüttelte den Kopf. »Ich weiß nicht, was das bedeutet.«

»Es bedeutet ›Die, welche anderen ihren Willen aufzwingen wollen‹. In der Sprache von Ost gibt es kein Wort dafür. Bezeichnend, oder?« Sakhr sah sich wieder zu ihm um, und der Blick, der Erik traf, war klar und tiefgründig.

»Harramische Politik interessiert uns nicht. Wie sind hier, um …«

»Spar dir die Mühe«, sagte Sakhr wieder. »Und spar dir deine Worte für den *pasha* auf.«

Erik ballte die Hände zu Fäusten. Es musste doch etwas geben, was er diesem Mann sagen konnte. Etwas, das ihn zu überzeugen vermochte, dass sie keine Gefahr darstellten. »Der *pasha* … Wie beschließen sie, was mit uns zu tun ist?«

Sakhr zuckte die Achseln. »Sie werden euch Fragen stellen. Und dann beraten. Lange wird's nicht dauern, es gibt nur zwei Möglichkeiten.«

»Tod«, vermutete Erik.

»Das ist die eine Möglichkeit, ja.«

»Und die andere?«

»Falls man zu dem Schluss kommt, dass ihr keine Bedrohung

für uns seid, dass ihr den *mustevi* nicht helfen wollt, dann schicken sie euch wieder zurück nach Hause.«

Erik unterdrückte einen frustrierten Aufschrei. »Aber wir können nicht umkehren. Ihr versteht das nicht, doch es ist eine Frage von Leben und Tod. Nicht nur für uns, sondern …«

Abrupt fuhr Sakhr zu ihm herum, überragte ihn mit seiner immensen Größe. »Ihr könnt froh sein, dass ihr noch lebt. Wir hätten euch töten können. Einige von uns *wollten* euch töten.« Er sah hinüber zu Fahran. »Ihr atmet überhaupt nur noch, weil Qhara darauf bestanden hat. Sie weiß, dass der *pasha* euch sehen will, um zu erfahren, ob ihr allein seid oder nur die Ersten von vielen. Wenn ihr Glück habt, und ich meine *großes* Glück, wird der *pasha* euch verschonen. Und beleidige deine Götter nicht, indem du mehr verlangst.« Sprach's und setzte seinen Weg fort.

Beleidige deine Götter nicht. Erik hatte das dumpfe Gefühl, dass das schon längst geschehen war. Dass, egal, welchen Weg er einschlug, sie es niemals nach Ost schaffen würden. Dass es ihm nie gelingen würde, König Omaïd von Harram zum Kriegseintritt zu überreden. Er war gescheitert, und seine Leute hatten dafür mit ihrem Leben bezahlt.

18. KAPITEL

»Das«, sagte Kommandant Morris und wischte sich mit dem Handrücken über seine blutende Lippe, »war hundsgemein.«

»Der Krieg kennt keine Etikette, Morris. Und auch kein Gejammer.« Gelächter ging durch die Handvoll Zuschauer. Rig schlug mit dem Holzschwert gegen seinen Schild. »Los, weiter!«

Morris spuckte Blut in den Dreck und verschaffte sich einen sicheren Stand. Sein Mund verzog sich zu einem grimmigen Grinsen, ein Ausdruck, den Rig zu fürchten gelernt hatte. Wie sein Vorgesetzter kämpfte auch Morris am besten, wenn er in Rage war. *Sollte ihn vermutlich nicht noch mehr reizen,* dachte Rig jetzt, wo es zu spät war. Doch der Fluch der späten Erkenntnis lastete wohl irgendwie auf seiner Familie.

Morris umkreiste ihn, verringerte mit jedem Schritt den Abstand. Er überragte Rig ein wenig und war mit der Einhandwaffe auch geschickter, zog jeden Vorteil aus seiner größeren Reichweite. Rig hätte sich mit seinem Großschwert besser gefühlt, doch er hatte beschlossen, heute mit Einhand und Faustschild zu kämpfen, einzig und allein aus dem Grund, weil ihm diese

Kombination eben *nicht* sonderlich lag. Jetzt allerdings hatte er den Verdacht, dass er diese Entscheidung bitter bereuen würde.

Morris' Arm schoss vor. Rig wollte den Schlag mit seinem Schild abwehren, doch im letzten Moment konterte Morris und zielte auf den Leib seines Gegners, sodass Rig gezwungen war, zurückzuweichen. Er versuchte, den Schwung auszunutzen, um nach Morris' Nacken zu schlagen, doch der sah das Manöver kommen und tänzelte zur Seite. Rig vollführte eine Drehung, um ihn wieder von vorn anzugreifen und seinen Rücken zu schützen. Doch da war Morris schon herumgewirbelt und attackierte ihn längsseits. Mit einem lauten Krachen trafen die Holzschwerter aufeinander. So kämpften sie eine Weile, wirbelten mit ihren Stiefeln Staub auf, attackierten und parierten. Der Schweiß brannte in Rigs Augen, seine Lippen schmeckten salzig, sein Atem ging stoßweise. Das Bleigewicht in seiner Hand wurde schwerer und schwerer, sein rechter Oberschenkel protestierte gegen die einseitige Belastung.

Ein besseres Training, um am Morgen den Kreislauf in Gang zu bringen, konnte es für Rig nicht geben.

Allerdings büßte das Ganze ein wenig von seinem Reiz ein, als Morris ihn hart am Brustkorb erwischte und der Schmerz seinen ganzen Körper durchzuckte. »Netter Schlag«, presste er hervor. Doch Morris gönnte ihm keine Pause. Er zielte auf Rigs verletzte Seite, hoffte, dieselbe Stelle abermals treffen zu können. Das machte Rig wütend. Zwar lenkte er den Schlag ab, doch es tat immer noch höllisch weh. Er stieß einen Fluch aus und sann auf Rache. Die bekam er in Form eines Hiebs gegen Morris' Arm, der daraufhin zu flattern begann, wodurch sein Schwert einen Moment lang unkontrolliert in der Luft hing. Das war alles, was Rig brauchte. Er rammte seinen Schild gegen Morris' Schulter und hebelte ihn mit einem Fuß von den Beinen. Krachend ging der große Mann zu Boden.

Wieder lachten die Zuschauer und hämmerten anerkennend auf das Geländer.

Rig massierte seinen brennenden Oberschenkel. »War's das?«

»Kommt drauf an, ob Ihr wollt, dass ich heute Abend Blut pisse.«

Rig grinste. »Was Ihr so alles pinkelt, geht mich nichts an, aber wenn man's später noch aufs Pferd schaffen würde, wäre das nicht schlecht.« Er reichte ihm die Hand.

Morris ergriff sie. Kaum dass er wieder stand, stellte er Rig ein Bein und riss ihn zu Boden.

»Hundsgemein kann ich auch«, knurrte er.

Rig verzog das Gesicht und fasste sich an seine geprellte Rippe. »Damit wären wir wohl quitt.«

Sie humpelten zum Regenfass. Morris erfrischte sich als Erster und klatschte sich eine Handvoll Wasser ins Gesicht. Rig wollte es ihm gleichtun, überlegte es sich dann anders und tauchte kurzerhand den ganzen Kopf hinein. Triefend wie ein nasser schwarzer Hund stand er da.

»Das wird den nächsten Mann an der Tonne sicherlich freuen«, sagte Morris trocken.

»Das ist nun mal das Privileg des Generalkommandanten.«

Sie gingen zu den Ställen. Im Vorhof hatten Kavalleristen schon ihre Pferde gesattelt. Sie waren bereit für ihre morgendliche Mission. Rig wollte zum Verteidigungsstützpunkt an der Furt flussaufwärts reiten, um zu sehen, ob seine Befehle korrekt ausgeführt worden waren. Vier Tage lag die Schlacht an der Weißfisch-Brücke nun zurück, und obwohl er bezweifelte, dass der Kriegsherr so bald schon wieder zuschlagen würde, wollte er kein Risiko eingehen. *Nicht dass wir irgendwas tun könnten, falls er so unbarmherzig ist, wie man sagt.* Wenn Sadik entschlossen war, genug Männer zu opfern, mochte ihre Verteidigung noch so stark sein, sie würden schlicht überrannt werden. Rig hatte einfach nicht genug Soldaten, um ihn aufzuhalten. Er brauchte diese verdammte Flotte. Und auch die verdammten Harrami, so sehr ihm der Gedanke missfiel. Er dachte an seinen Schwager in Onnan-Stadt, an Erik und Alix im Gebirge. *Hoffentlich habt ihr Erfolg, Leute, oder wir haben's hinter uns.*

In einer Ecke des Hofs predigte Vel den Soldaten. Die Männer hatten sich um sie geschart und lauschten mit gesenkten Häuptern ihrer melodischen Stimme. Auf die Entfernung konnte Rig nicht viel verstehen, besonders, da die Holzmaske ihre Worte dämpfte, doch es klang Erromanisch. In der Menge konnte er ein paar bekannte Gesichter ausmachen. »Seht Euch das an«, sagte er zu Morris. »Von unseren sind fast genauso viele dabei wie von Wrights Männern.« Am Anfang hatten die Königsklingen einen weiten Bogen um die Onnani-Priesterin gemacht, doch dann war ihre Gefolgschaft immer weiter gewachsen bis zu dem Moment, wo sie sich offenbar gezwungen sah, ihre Predigten in Erromanisch zu halten. Lag es an Vels Überzeugungskraft oder an der Furcht der Männer vor dem, was noch kommen mochte? Vielleicht ein wenig von beidem. »Wenn sie so weitermacht, werden unsere Priester noch eifersüchtig.« Es war nur halb im Scherz dahingesagt. Prediger Son Orton – auch ein Vertreter Eldoras – hatte sich schon bei ihm über Vel beklagt. Offensichtlich mochte er nicht mit einer Fremden um seine Anhängerschaft buhlen.

Morris' Blick verdüsterte sich. »Mir gefällt das alles nicht, General. Es ist nicht recht, eine Priesterin hier zu haben.«

Rig lachte. »Habt Ihr Angst, dass sie uns alle in Ratten verwandelt, oder was?«

»Ich weiß nicht, was daran so lustig sein soll. Wir beide haben doch Priester-Hexenkunst mit eigenen Augen gesehen.«

»Nun ja, aber Madan war auf seine Art schon was Besonderes.«

Morris grunzte. »Mag sein, doch da wäre noch … das andere.«

Rig brauchte einen Moment, um zu verstehen, was er meinte. »Ach so, Ihr fürchtet wohl vielmehr ihre weiblichen Reize.«

»Ihr wisst genau so gut wie ich, was innerhalb der Priesterschaften vor sich geht.«

»Also wirklich, Morris, hätte nicht gedacht, dass Ihr so prüde seid.«

»Mir ist's wirklich herzlich egal, was diese Religiösen während der Nacht so alles anstellen. Sollen sie doch mit ihren Göttern kommunizieren, wie's ihnen gefällt. Aber wenn sie zur Ablenkung für die Männer werden, hab ich ein Problem damit.«

»Aber die männlichen Priester stören Euch nicht?«

Morris sah ihn kopfschüttelnd an. »Ein schwitzender Fettwanst und ein kahlköpfiger alter Knacker. Sehr unwahrscheinlich, dass die unseren Soldatinnen schlaflose Nächte bereiten, geschweige denn den Männern. Kein Vergleich zu *ihr.*« Er deutete auf Vels fraglos anmutige Erscheinung. »Kein Wunder, dass ihre Anhängerschaft mit jedem Tag wächst.«

»Und was soll ich Eurer Meinung nach tun, Morris? Den Männern verbieten, spirituellen Beistand zu suchen? Das würde bestimmt gut ankommen …«

»Schickt die Frau nach Hause.«

»Kommandant Wright wäre sicher entzückt.«

»Es ist mir, mit Verlaub, scheißegal, was er denkt, General. Und das sollte es Euch auch sein.«

Rig hielt an, betrachtete seinen Adjutanten aus zusammengekniffenen Augen. »Das kaufe ich Euch nicht ab. Ihr mögt vielleicht ein übellauniger Bastard sein, aber ein Heuchler seid Ihr nicht. Also, raus mit der Sprache. Worum geht's wirklich?«

Morris sah sich unbehaglich um. Mit gesenkter Stimme sagte er: »Wir haben einen Spion in unserer Mitte, General.«

»Ich weiß.«

Morris runzelte die Stirn. »Aber Ihr habt nichts dergleichen erwähnt.«

»Ich dachte, das wäre offensichtlich. Ich vermute, Ihr denkt, es wäre Vel?«

»Ja, denn ist es nicht seltsam, dass unsere Pläne für den Überraschungsangriff sogleich die Ohren des Feindes erreichten? Sie und Wright waren die Einzigen, die mit im Kriegszimmer waren.«

»Stimmt, das ist mir auch aufgefallen.« Rig warf dem anderen einen vielsagenden Blick zu und schwieg. Morris hatte die Botschaft gewiss verstanden.

Der Stallmeister kam ihnen beim Tor entgegen. »Welches soll's denn heute sein, General?«

»Alger, denke ich. Er hat sich auf der Brücke sehr bewährt.«

Der Stallmeister nickte und ging, um das Schlachtross bereit zu machen. Zwei Knappen eilten mit Rigs Waffen herbei, während ein dritter sich um Morris kümmerte. Kommandant Konrad traf ein, um die heutige Formation zu besprechen. Als alle Vorbereitungen getroffen waren, stellte Rig erstaunt fest, dass auch Vel ihr Pferd aus den Ställen herausführte.

»Guten Morgen, Tochter«, sagte er ein wenig irritiert. »Ihr reitet aus?«

»Ich wollte Euch begleiten.« Sie hob die Augenbrauen. »Es sei denn, Ihr habt Einwände?«

Rig wollte ihr schon mitteilen, dass er durchaus Einwände hatte, als er Morris' finstere Miene sah. Das ärgerte ihn. Er würde sich nicht nötigen lassen, am allerwenigsten von seinem eigenen Stellvertreter. »Keine Einwände«, sagte er daher und starrte Morris nieder. »Solange Ihr nicht vergesst, dass dies eine militärische Operation ist. Ich kann nicht für Eure Sicherheit garantieren, und ich will Euch auch nicht im Weg haben, falls was Unvorhergesehenes passiert.«

Vel verneigte sich leicht. »Verstanden, General.«

Sie verließen das Fort mit einem Geleit von zwanzig Rittern, die denkbar leichteste Formation. Rig sah es nicht ein, gute Männer auf eine Eskorte zu verschwenden; sie waren wertvoller bei strategischen Verteidigungsaufgaben wie der Bewachung des Forts. Morris machte Anstalten, neben Rig zu reiten, doch als Vel zu ihnen aufschloss, hielt sein Adjutant es offenbar für eine gute Idee, die Vorhut zu bilden und gab seinem Pferd die Sporen.

Eine Weile herrschte unbehagliches Schweigen zwischen ihnen, dann sagte Vel: »Hier war es.«

»Wie meinen?«

»Damals auf der Straße. Hier habe ich Euch gefunden.«

Rig sah sich um. »Ja, stimmt.«

»An jenem Tag war es bei Weitem kälter.« Wie um das Gesagte zu unterstreichen öffnete sie ihren Umhang, ließ ihn von den Schultern gleiten und enthüllte … eine ganze Menge. Der obere Saum ihres Gewandes verlief entlang ihrer Schultern hinab zu ihrem Rücken und offenbarte ein gutes Stück ihrer samtigen dunklen Haut.

»Ihr starrt mich schon wieder an, General.«

Da gab es nichts zu leugnen. Es war schon lange her, dass er den nackten Rücken einer Frau gesehen hatte, und schon immer hatte er dieses Körperteil besonders reizvoll gefunden. Der weiche Schwung der Schulterblätter und die Wirbelsäulenfurche, eine verheißungsvolle Fährte bis hinab zu den wundervollen Grübchen an ihrem Ende …

Du starrst sie noch immer an, Black.

Rig lachte und schaute wieder nach vorn. »Verzeihung, aber etwas schien wohl meine Aufmerksamkeit erregt zu haben.«

»Schockiert Euch mein Aufzug?«

Das würde dir gefallen, was? Laut sagte er: »Hoffentlich verkühlt Ihr Euch nicht.«

»Allein Eure Nähe reicht, dass mir warm wird.«

»Bitte.«

»Ich könnte es Euch beweisen, wenn Ihr wollt.« Sie schenkte ihm ein verführerisches Lächeln.

Er ging nicht darauf ein. Irgendwann würde sie schon begreifen, dass ihre Provokationen nur Zeitverschwendung waren.

»Danke, dass ich mitkommen durfte«, sagte sie. »Ich musste einfach mal da raus. Hab's nie lang an einem Ort ausgehalten. Obwohl …« Sie schaute auf die umgebenden Bäume. »… ich nicht sicher bin, ob das hier mir helfen wird. Findet Ihr es nicht auch schrecklich beklemmend in den Wäldern? Ein wenig … wie sagt man noch … erdrückend?«

»Diese Wälder halten uns am Leben, Tochter. Befänden wir uns auf freiem Gelände, wären wir leichte Beute für Sadik.«

»Das weiß ich natürlich. Aber ich vermisse das Meer. Seine Brise auf meiner Haut, sein Seufzen in meinen Ohren. So lange war ich noch nie fort von der See.« Eine kleine Falte erschien zwischen ihren Augenbrauen, als ärgere sie sich darüber, so viel über sich zu enthüllen. »Aber das könnt Ihr wohl nicht verstehen.«

»Mir geht es mit den Bergen manchmal ähnlich.«

»Kann ich nicht nachvollziehen.«

»Nun gut.« Er zuckte die Achseln.

»Die Berge sind ja praktisch das ganze Gegenteil des Meeres.« Sie verstummte, als erwarte sie eine Antwort. Als die nicht kam, fuhr sie fort: »Ein Gebirgszug ist eine Grenze. Eine Mauer. Das Meer dagegen ist ein Pfad in die Unendlichkeit.« Als Rig immer noch nichts erwiderte, runzelte sie die Stirn. »Ihr seid sehr von Euch überzeugt, was?«

Er lachte. »Wie hab ich Euch denn jetzt wieder beleidigt, Tochter? Indem ich nicht mit Euch stritt?«

»Ihr habt mich nicht *beleidigt*. Ich versuche nur, mich zu unterhalten, und Ihr … sitzt einfach nur da.«

»Meine Mutter lehrte mich, einer Dame nie zu widersprechen. Besonders einer, die es einfach nicht ertragen kann, wenn man nicht ihrer Meinung ist.«

»Aha.« Vel straffte sich im Sattel, und Rig hatte das Gefühl, dass er es gerade vermasselte. »Dann nehmt Ihr mich also nicht ernst, weil ich eine Frau bin.«

»Das habe ich nicht gemeint, und das wisst Ihr auch.«

»Nichts dergleichen weiß ich.«

Rig grummelte etwas in seinen Bart. Die Minderwertigkeitsgefühle dieser Frau waren nicht sein Problem, und er würde sich hüten, sich deswegen auf einen Kampf mit ihr einzulassen. »Hört einfach auf damit, ja? Seit wir uns trafen, versucht Ihr mich anzurempeln. Mir vor Augen zu führen, was für ein bornierter Adliger ich doch bin und wie sehr Euch das missfällt. Aber das wird nicht funktionieren. Ihr seid es gewöhnt, dass man über Euch urteilt – so viel hab ich begriffen. Aber das hat nichts mit mir zu tun. Ihr verschanzt Euch hinter dieser selbstgerechten Entrüstung, aber das ist Eure Sache. Also lasst mich dabei aus dem Spiel.«

Den Rest der Reise herrschte eisiges Schweigen. Stur und kerzengerade starrte Vel geradeaus, schien die Umgebung gar nicht mehr wahrzunehmen. Als sie die Furt erreichten, blieb sie auf ihrem Pferd sitzen, während Rig und Morris die Verteidigungsanlagen inspizierten. Sie demonstrierte Desinteresse, als Kommandant Herwin seine Vorbereitungsmaßnahmen erläuterte, und tat so, als bemerkte sie nicht seine nervösen Blicke in ihre Richtung. *Morris hatte recht*, dachte Rig, *sie hätte nicht mitkommen sollen.* Die Männer fühlten sich nicht wohl in ihrer Anwesenheit. Das mochte falsch sein, war aber eine Tatsache. Eine, an die sie gewöhnt war und gegen die sie sich gewappnet hatte. Rig verstand das; es machte die Sache für ihn allerdings nicht leichter.

Auch der Ritt zurück war alles andere als erfreulich, zumal es zu allem Überfluss auch noch zu regnen begann. Angesichts der Kälte, Vels Schweigsamkeit und der traurigen Holzpalisaden, die sie gerade besichtigt hatten, war Rigs Laune auf einem Tiefpunkt, als sie das Fort erreichten. Kaum nachdem er abgesessen war, sich in seinem Quartier umgezogen und einen Glühwein eingegossen hatte, klopfte es auch schon an seiner Tür. »Wer ist da?«

»Vel.«

Er fluchte leise. *Das war's wohl mit der Entspannung*, dachte er. Daher konnte er seine Verstimmung nicht verhehlen, als er die Tür öffnete. »Was gibt's, Tochter?«

»Ich bin gekommen, um Euch mitzuteilen, dass Ihr falsch liegt.« Das sagte sie so nüchtern, als spräche sie über das Wetter.

»Ja, gut. Danke für die Information.« Er wollte die Tür schon schließen, doch sie stellte einen Fuß dazwischen.

»Wartet.«

Erwartungsvoll hob er die Augenbrauen.

Ihre Mundwinkel zuckten, als versuche sie, nicht zu lachen. »Wollt Ihr das wirklich in aller Öffentlichkeit besprechen, General?« Sie warf einen bedeutungsvollen Blick über ihre Schulter; hinter ihr, im Gemeinschaftsraum, liefen die Soldaten geschäftig hin und her.

Seufzend öffnete er die Tür und ließ sie herein.

»Danke sehr.« Sie schien auf irgendetwas zu warten, doch als Rig nicht reagierte, zuckte sie die Achseln und nahm sich einen Becher Glühwein.

»Gewiss, bedient Euch nur«, sagte er trocken.

Sie hatte sich von ihm abgewandt, und der tiefe V-Ausschnitt an ihrem Rücken umrahmte ihre karamellfarbene Haut. »Ihr habt unrecht, wisst Ihr.«

»Ja, das sagtet Ihr bereits.«

»Ich versuche nicht, Euch ständig anzurempeln.« Sie drehte sich zu ihm um, schlürfte ihren Wein, während ihre dunklen Augen ihn über den Rand des Bechers hinweg anstarrten. Als sie die Hand sinken ließ, leckte sie sich mit der Zunge über die Lippen. »Wahr ist, dass ich vielleicht gewisse … Vermutungen über Euch angestellt habe. Darüber, was Ihr wohl von mir denkt. Und wenn ich in diesem Punkt falsch gelegen habe, so entschuldige ich mich dafür.«

Rig rieb sich die Augen. Es war später Nachmittag, aber er war hundemüde und brauchte dringend etwas Ruhe, und dieses Gespräch half ihm nicht eben dabei. »Gut. Ist das alles?«

»Kopfschmerzen, General?« Mit gesenktem Blick kam sie auf ihn zu, und ihr Lächeln wirkte wie die gebogene Klinge eines Barbaren. »Ich kann das ändern, wenn Ihr wollt.«

»Dazu bin ich nicht in der Stimmung, Vel. Was *wollt* Ihr von mir?«

Das neckische Lächeln welkte dahin. »Ich will, dass Ihr mich helfen lasst. Ihr braucht mich, ob Ihr das nun wahrhaben wollt oder nicht. Wir haben doch beide gesehen, in welch schlechtem Zustand die Verteidigungsanlagen sind. Kaum mehr als eine Wand aus angespitzten Baumstämmen. Mit viel Glück hält man den Kriegsherrn damit vielleicht eine Stunde auf.«

»Und wie lautet Euer Vorschlag?« Er griff an ihr vorbei nach dem Weinkrug und roch ihr Parfüm. Er war sich sicher, dass sie vor ihrem Ausritt keines aufgelegt hatte. Der Duft war aufwühlend, und er hätte ihn gewiss bemerkt.

Sie nahm ihm den Krug aus der Hand, wobei ihre Finger die seinen streiften. Sie stand jetzt so nah, dass er das perfekte Tal zwischen ihren Brüsten erblicken konnte. »Wenn es dem andithyrischen Widerstand gelänge, Sadik auf Trab zu halten, hättet Ihr Zeit genug, die Verteidigungsanlagen an der Furt besser zu befestigen.« Durch ihre langen Wimpern sah sie zu ihm auf.

Rig lachte. »Was Hartnäckigkeit anbetrifft, seid Ihr eine wahre Meisterin, Tochter, aber in Sachen Raffinesse müsst Ihr eindeutig noch dazulernen.«

Ihr glutvoller Blick wurde zu einem finsteren Starren. »Ihr glaubt, wirklich alles zu wissen, hab ich recht?«

»Alles vielleicht nicht, aber genug.«

»Ich versuche Euch zu verführen, um das zu kriegen, was ich will, nicht wahr?«

»Sagt Ihr es mir.«

»Vermutlich denkt Ihr auch, ich sei der Spion.«

Rigs Lächeln erstarb. Vorsichtig setzte er seinen Becher ab. »Von einem Spion war doch gar nicht die Rede.«

Sie machte eine wegwerfende Handbewegung. »Natürlich gibt es hier einen Spion. Wie sonst hätte Sadik wissen können, dass Ihr die Brücke in die Luft jagen wollt? Wobei das ja gar nicht der wahre Plan war – eine Information, die Ihr allerdings vor den Fremden geheim hieltet, vermutlich, weil Ihr da bereits wusstet, dass Ihr einen Verräter in Euren Reihen habt.« Sie kam wieder etwas näher, das Kinn trotzig erhoben. »Und was glaubt Ihr, General? Wer von uns ist es? Der Onnani-Kommandant oder sein Schoßhündchen, die Priesterin? *Oh!*« Ihre Augen wurden groß und rund. »Vielleicht ja *beide*!«

»Seid Ihr fertig?«

Sie schnaufte und wandte sich um, füllte ihren Becher nach und kippte sich einen kräftigen Schluck hinter die Binde.

»Seid Ihr sicher, dass Ihr beim richtigen Orden seid, Tochter? Vielleicht würde Ardin ja besser zu Euch passen.«

Ihre Schultern spannten sich an, und einen Moment lang fürchtete Rig, dass sie ihm den Wein ins Gesicht schütten würde. Doch stattdessen stieß sie ein resigniertes Lachen aus. »Wenn Ihr schon glaubt, dass diese Aufmachung skandalös ist, dann solltet Ihr erst mal die Priesterinnen von Ardin sehen.«

»Skandalös? Das da? Wohl kaum.«

»Vielleicht nicht in Alden. Aber meine Leute sind in dieser Hinsicht konservativer. Zu Hause gilt eine solche Robe als nicht gerade sittsam.«

»Weshalb Ihr sie auch tragt, verstehe.«

Sie lächelte schwach. »Defensive Provokation, so habt Ihr es doch genannt.«

Rig nahm ihr den Becher ab und füllte ihn ein letztes Mal. »Ich werde Euch jetzt ein Geheimnis verraten, Tochter. Man mag es mir vielleicht nicht ansehen – ich meine, allein schon wegen meiner vollendeten Manieren und meiner zarten, manikürten Hände …« zur Demonstration hob er seine harten, schwieligen Pranken, »aber in Wahrheit bin ich ein ziemlicher Rohling. Also strengt Euch das nächste Mal ein bisschen an, wenn Ihr mich schockieren wollt. Denn dazu braucht es weitaus mehr als ein tief ausgeschnittenes Kleidchen.«

Wieder grinste sie, diesmal jedoch über beide Ohren. »Klingt nach einer Herausforderung.«

Er schlürfte seinen Wein, ließ das restliche Eis, das zwischen ihnen lag, schmelzen, während er sorgsam seine nächsten Worte wählte. »Und was den Rest angeht, stimme ich mit Euch überein. Ich habe einen Verräter in meinen Reihen und darüber hinaus noch größere Probleme. Wir können die Grenze nicht mit zusammengezimmerten Palisaden und einigen Holztürmen halten.«

»Sadik wird alles, was er hat, gegen Euch ins Feld führen und so viele Männer wie nötig gegen Eure Verteidigung schicken.«

»Und wenn er das getan hat, wird er immer noch in der Überzahl sein, ich weiß.« Rig hielt inne, verschaffte sich damit eine letzte Gelegenheit, einen Rückzieher zu machen. Aber das brachte nichts mehr, er hatte einfach keine andere Wahl. Ihnen waren mittlerweile die Optionen ausgegangen, dafür hatte Sadik gesorgt. Rig konnte entweder hier sitzen und auf den Tod warten, oder er setzte alles auf eine Karte. Wieder einmal. Er holte tief Luft und sagte: »Weshalb ich beschlossen habe, Euch gehen zu lassen.«

Vel starrte ihn an, als könnte sie nicht glauben, was sie gerade gehört hatte. Rig vermochte es ihr nicht zu verdenken, konnte er es ja selbst kaum glauben. »Im Ernst? Ihr lasst mich diese Widerstandsbewegung aufsuchen?«

»Was bleibt mir denn anderes übrig? Meine Spione kommen in dieser Sache nicht weiter, und ich brauche einen Durchbruch, und zwar schnell.«

»Den werdet Ihr bekommen«, versprach ihm Vel mit glänzenden Augen.

»Ich kann Euch über den Fluss bringen, aber danach seid Ihr auf Euch gestellt.« Er schenkte ihr einen langen, ernsten Blick, ein bewusstes Gegengewicht zu ihrem Enthusiasmus. »Seid Ihr Euch dessen ganz sicher. Wenn man Euch schnappt …«

»Das wird nicht geschehen.«

»Keine unnötigen Risiken. Wir brauchen diesen Erfolg, Vel. Brauchen ihn so dringend.«

»Ich werde Euch nicht enttäuschen, General.« Sie stellte sich auf die Zehenspitzen und gab ihm einen Kuss auf die Lippen. Wie ein Kind, das zum Geburtstag bekommen hatte, was es sich am meisten wünschte. »Ich werde sofort mit meinen Vorbereitungen beginnen.«

Sie ließ ihn beim Kamin stehen. Und während er dastand und seinen warmen Wein trank, fragte sich Rig, ob er nicht gerade einen schrecklichen Fehler begangen hatte.

19. KAPITEL

»Mitten in der Nacht«, sagte Rona Brown. »*Allein.*« Sie schüttelte den Kopf, und die dunklen Augen blitzten vor Verärgerung. Und als sie ihn so ansah, da erinnerte sie ihn einmal mehr an Allie.

»Ich hab ihn ja gefragt, ob ich Euch mitnehmen darf.« Der Reihe nach sah Liam seine Offiziere an, die alle drei ihm gegenübersaßen und ziemlich missgestimmt aussahen. »Aber das lehnte der Spion ab. Was hatte ich denn für eine Wahl? Wir müssen hier die Wahrheit herausfinden, was immer es auch kostet.«

Rona verzog das Gesicht. »Selbst wenn es Euch das Leben kostet, weil man Euch irgendwelche Totschläger auf den Hals hetzt?«

»Lasst uns das Ganze nicht überdramatisieren. Wenn sie mich wirklich hätten töten wollen, wären sie bestimmt nicht mit Knüppeln auf mich losgegangen. Das waren nur ein paar Halunken, die geschickt wurden, um mich einzuschüchtern. Damit ich nicht weiter hier herumschnüffle und unbequeme Fragen stelle.«

»Und was ist mit diesem Spion?«, hakte Rona nach. »Wann wolltet Ihr uns von dem erzählen?«

»Ähm …« Liam fuhr sich durch die Haare.

»Ziemlich leichtsinnig, Kommandant«, warf Ide ein. »Fast könnte man meinen, Alix hat 'nen schlechten Einfluss auf Euch.«

»Sehr lustig. Aber schaut mal, das ist die erste gute Spur, die wir haben. Und ich werde bestimmt keine Gewohnheit draus machen.«

»Das habt Ihr auch gesagt, als Ihr Euch mit diesem Schiffbaumeister getroffen habt«, erinnerte ihn Rona.

»Was, wenn der Spion zurückkommt?«, fragte Dain. »Was, wenn er Euch anbietet, Euch zu den Söhnen der Revolution oder den Freien Männern zu bringen?«

»Was, wenn«, sagte Rona, »er zurückkommt, um Euch zu *töten*?«

Liam seufzte. »Also gut, ich bin hinreichend geläutert. Interessiert es nun jemanden zu erfahren, was ich rausgefunden hab, oder soll ich mich mit Rudi darüber unterhalten?«

Die drei sahen sich verdrossen an. »Gut, dann mal raus mit der Sprache«, sagte Ide.

»Der Schild hat es zwar nicht direkt zugegeben, aber sie wissen, wer hinter der Sabotage steckt. Sie haben versprochen, ihn aufzuhalten, aber ich will mich nicht darauf verlassen. Ich sage, wir sollten uns selbst um diese Sache kümmern.«

»Und wer ist es?«, fragte Dain.

»Einen Namen nannten sie mir nicht. Wollen, dass er vor ein Onnani-Gericht gestellt wird, sagen sie. Aber sie haben ein paar Details erwähnt, die uns nützlich sein könnten.« Er fuhr fort zu berichten, was der Schild ihm über den reichen Mann, der alles verloren habe, gesagt hatte. »Überdies bin ich zu dem Schluss gekommen, dass der Täter eine Verbindung zur Flotte oder zu

Schiffen im Allgemeinen haben muss, um einen solchen Plan auszuführen. Wenn man all diese Bruchstücke zusammensetzt, könnte man diesem Hurensohn auf die Schliche kommen.«

Dain knurrte nachdenklich. »Könnte klappen. Vorausgesetzt, wir finden jemanden unter der onnanischen Elite, der gewillt ist, mit uns zusammenzuarbeiten.«

»Ich hab gleich nach dem Aufstehen heute Morgen Shef geweckt und ihm aufgetragen, diesen Ash Bookman herzubitten.«

»Warum glaubt Ihr, er würde Euch irgendwas erzählen?«, fragte Rona. »Er ist doch selbst einer von ihnen.«

»Für den Moment nehme ich Kar beim Wort, als er sagte, dass er diese Sache aufgeklärt wissen will. Immerhin fällt das auch auf ihn und seine Regierung zurück.«

Ide grinste. »Da ist was dran, Kommandant. Bin beeindruckt. Wusste gar nicht, dass Ihr so was draufhabt, dieses ganze Herumjonglieren und so.«

»Wir sollten uns nicht zu früh freuen.« Jetzt sprach der Kommandant der Weißen Wölfe aus Liam, auch wenn er sich *verdammt noch mal* ziemlich über seinen Fortschritt freute.

So guter Laune war er, dass er sogar den Trockenfisch zum Frühstück probiert hatte. Der so schlecht nun auch wieder nicht gewesen war. Geschmacklich natürlich nicht mit gebratenem Speck zu vergleichen, aber genießbar.

Ash Bookman traf ein, als Liam und seine Offiziere im Wintergarten saßen. Kars Sekretär nahm sich adrett und elegant gleichermaßen aus in seinem schlichten Wams und den dazu passenden Kniehosen. Sein weiches jugendliches Gesicht wirkte intelligent, sein Ausdruck ernsthaft. Liam bedeutete ihm, Platz zu nehmen. »Ich dachte mir, wir legen gleich los, wenn Ihr nichts dagegen habt.«

»Keineswegs, Euer Hoheit.« Bookman holte Tintenfass und Feder aus seiner Tasche, platzierte beides auf einem Beistelltischchen und setzte sich mit seinem ledernen Notizblock daneben.

»Ich werde mit ein paar Fragen beginnen; mag sein, dass einige davon Euch ein wenig seltsam vorkommen werden.«

Ash lächelte höflich. »Ich bin sicher, das werden sie nicht, Euer Hoheit.«

»Wie viele Menschen leben Eurer Meinung nach in Onnan-Stadt?«

»Wir schätzen etwa fünfundfünfzigtausend, Euer Hoheit.«

Liam verzog das Gesicht. »Hört mal, wegen dieser Euer-Hoheit-Sache. Das ist nicht … Bitte verzichtet doch darauf, ja?«

Leicht erstaunt blinzelte der Sekretär ihn an. »Wie Ihr wünscht, Euer … äh … Kommandant?«

»So ist's besser. Nun, diese fünfundfünfzigtausend … Ich nehme mal an, die meisten von ihnen sind Fischer, Bäcker, Schneider und dergleichen?«

»Ja, Euer …« Er schluckte. »Ja.«

»Gut. Wie viele Männer in dieser Stadt würdet Ihr als reich bezeichnen?«

Ash zog die Brauen zusammen. »Ich denke, das kommt drauf an. Wie würdet Ihr reich definieren?«

Eine gute Frage. Bevor man ihm einen Nachnamen verpasst hatte, hätte Liam einen Menschen schon als reich bezeichnet, der ein Bett sein Eigen nannte. Er sah hinüber zu Rona Brown, doch für sie war jemand vermutlich wohlhabend, wenn er ein Anwesen in der Größe eines kleinen Landes besaß. Liam kam zu dem Schluss, dass diese Maßstäbe ihm hier nicht weiterhalfen.

Da kam ihm Dain Cooper zur Hilfe. »Wenn er in der Lage ist, sich ein Haus wie dieses zu leisten«, sagte er und machte eine ausladende Geste, die Meerblicks gesamte weiße Pracht umfasste. »Oder zumindest ein Haus im Botschaftsviertel.«

»In diesem Fall, sehr wenige«, sagte Ash. »In diesem Stadtviertel gibt es nur an die fünfzig Anwesen sowie einige wenige Villen im Umkreis. Ich würde sagen, insgesamt also siebzig, aber kaum mehr.«

Das klang plausibel und stand in einem ähnlichen Verhältnis wie die Adligen zu den Bürgerlichen in Alden. »Und von diesen rund siebzig Familien«, fragte Liam, »ist da vielleicht die eine oder andere in irgendwelche Schwierigkeiten geraten?«

Ash Bookman kniff leicht die Augen zusammen. »Ich weiß nicht, was Ihr meint, Kommandant.«

Liam lächelte charmant und lehnte sich in seinem Sessel zurück. »Kein Grund, sich unwohl zu fühlen, Ash. Es ist nur eine einfache Frage. Hat eines der wohlhabenden Häuser in Onnan-Stadt in den letzten Jahren vielleicht finanzielle Probleme gehabt?«

Der Sekretär senkte den Blick auf das Notizbuch, als stünde die Antwort irgendwo dort. »Ich selbst bin kein wohlhabender Mann«, sagte er schließlich. »Solche Männer ziehen mich für gewöhnlich nicht ins Vertrauen.«

»Ihr seid der Sekretär des Ersten Sprechers der Republicana«, sagte Liam, der noch immer lächelte. »Da hört man doch gewiss allerlei Dinge.«

»Diskretion ist eine der Grundvoraussetzungen in meiner Position. Ich verstehe nicht, von welchem Nutzen derlei Gerüchte sein sollten, und würde es als geschmacklos empfinden, sie auch noch weiter zu verbreiten.«

»Dann kennt Ihr also derlei Gerüchte?«, fragte Dain Cooper.

Der Sekretär runzelte die Stirn. »Ich erfahre vieles, das ich sicherlich teilen würde, wenn ich es für relevant hielte.«

»Ich hatte angenommen, Ihr wolltet mir behilflich sein, Ash.«

»Bitte, Euer … Kommandant, ich möchte nicht unhöflich sein, ich glaube nur nicht, dass es mir ansteht, Gerüchte zu verbreiten, besonders, da ich nicht begreife, wie Euch das irgendwie helfen könnte.«

»Nun, das müsst Ihr mir einfach mal glauben. Es sei denn, Ihr wollt, dass ich Kar bitte, mir jemand anderen zur Verfügung zu stellen.« Bedeutungsvoll hob Liam die Augenbrauen.

Ein schmerzvoller Ausdruck trat in Ash Bookmans Blick. Er drehte die Schreibfeder in seinen Fingern. »Also gut.« Er befeuchtete seine Lippen. »Vor zwei Jahren hat eine gewisse Familie sehr viel Geld verloren, als ihre halbe Flotte in einem Sturm unterging, die zu allem Überfluss wertvolle Fracht geladen hatte. Ein ziemliches Unglück. Der Schiffseigner hatte sich hoch verschuldet, um die Fracht zu versichern, und das brachte ihn in eine … nun, heikle Situation.« Er räusperte sich. »Zum Glück erboten sich seine Freunde, ihm sein Haus abzukaufen, sodass er wieder genug Kapital besaß, um sein Geschäft weiterzuführen und irgendwann sein Anwesen zurückzukaufen. Ich bin sicher, dass er sich von diesem Verlust erholen wird.«

»Der Name?«, fragte Liam.

»Könntet Ihr nicht vielleicht den Ersten Sprecher Kar danach fragen? Ich möchte lieber nicht …«

»Der Name, Ash?«

Ein feindseliger Blick aus dunklen Augen traf ihn. »Welin«, sagte der Sekretär. »Sein Name ist Welin.« Er schlug das lederne Notizbuch zu. »Wäre das dann alles, Kommandant?«

Liam erkannte, dass sein Mund ein wenig offenstand. »Äh, ja, danke. Falls ich noch etwas brauche, werde ich nach Euch schicken.« Ash Bookman erhob sich und verbeugte sich steif. Dann wandte er sich zu Dain um und sagte auf Onnani noch etwas zu Dain. Er ging, und die anderen saßen wie vom Donner gerührt da.

»Verdammt«, sagte Ide schließlich.

Liam schloss die Augen und rieb sich die Schläfen. »Nur damit ich das richtig verstehe … Hat er gerade gesagt, dass der Mann, den wir suchen, *Verteidigungskonsul Welin* ist?«

»Das hat er, ja«, sagte Ide. »Und dann noch was. Was hat er zu dir gesagt, Dain?«

Der Onnani-Ritter runzelte die Stirn. »Er sagte: *Ich will nichts damit zu tun haben*. Keine Ahnung, worauf sich das bezog.«

Doch Liam hatte andere Sorgen. »Welin. Wer hätte das gedacht. Und doch ergibt das auf eine Art durchaus Sinn.«

»Und auf eine andere überhaupt keinen«, meinte Rona.

Liam sah sie düster an. Er hatte das Gefühl, dass sie ihm gleich ein riesiges Loch ins Segel reißen würde.

Und damit lag er richtig. »Wenn Ash die Wahrheit sagt«, fuhr sie fort, »war Welin nach der Sache mit dem Hausverkauf doch gar nicht mehr in großen finanziellen Schwierigkeiten. Und er ist der Anwärter auf die Position des Ersten Sprechers Kar. Warum all das riskieren und sich mit dem Feind verschwören?«

Ein guter Einwand. Als Motiv für Landesverrat erschien das alles ein wenig schwach. »Dazu kommt«, sagte Liam, »dass er nun mal Onnans verdammter *Verteidigungskonsul* ist.«

»Ihr sagtet doch, der Verräter bräuchte Zugang«, sagte Ide.

»Aber er hat für meinen Geschmack ein bisschen viel Zugang«, erwiderte Rona. »Er ist doch derjenige, dem man die Schuld als Erstes in die Schuhe schieben würde, schon allein aufgrund seines Amtes. Wenn es da irgendwas gäbe, was man ihm anhängen könnte, hätten seine Feinde dies gewiss schon längst getan.«

Seine Feinde …

Liam hatte das Gefühl, als begänne der Boden unter seinen Füßen zu schwimmen. »Ich hab's.« Er nickte und seine Kiefer fingen an zu mahlen. »Gerade ist's mir klar geworden.«

Rona seufzte; sie war zu dem gleichen Schluss gekommen, wenngleich die anderen Offiziere noch keinen blassen Schimmer zu haben schienen, worauf das Ganze hinauslief.

»Entschuldigung, Kommandant«, sagte Dain. »Was klar geworden?«

Liam griff in seine Innentasche, holte eine kleine Schriftrolle hervor und knallte sie auf den Tisch. »Vorsitzender Irtok. Allianz der Arbeiter, Priester von Olan. *Und passenderweise auch ein Schild.*«

»Sowie ein mächtiger Herausforderer für das Amt des Schild-Anführers«, fügte Rona hinzu.

»Zudem ein Rivale von Kar«, sagte Liam, »oder zumindest ein ehemaliger. Aber Kar hat seine zwei Amtszeiten als Sprecher bald durchlaufen, daher ist Irtok nun«, er deutete auf die Schriftrolle, »ein Konkurrent von Welin.«

»Und es war der Schild, der Euch die Information gab«, sagte Dain, der langsam verstand. »Wie ungeheuer praktisch. Wäre Welin aus dem Weg, könnten sie sicher sein, dass einer ihrer Brüder die Liga anführt.«

»Und damit beste Aussichten auf das Amt des Ersten Sprechers im nächsten Jahr hätte«, endete Rona.

Liam schüttelte den Kopf. Man hatte ihn in die Falle gelockt. Ihm einen kleinen Köder hingeworfen, den er bereitwillig geschluckt hatte. Und nun war Ash Bookman auf dem Weg zurück zum Ersten Sprecher Kar, um ihm zu erzählen, dass der lästige Prinz von Alden seine rechte Hand des Verrats verdächtigte. Liam wäre nicht überrascht, wenn er Ash oder den Ersten Sprecher nie wiedersehen würde.

Für einige Stunden hatte er Wind in den Segeln gehabt. Und er war der Illusion erlegen, dass er vielleicht, aber nur vielleicht, nicht ganz so nutzlos war wie gedacht. So viel dazu.

Ich kann nur inständig hoffen, dass du bei König Omaïd mehr Erfolg hast, Erik, dachte er verbittert. *Weil ich das starke Gefühl habe, dass wir diese verfluchte Flotte so bald nicht sehen werden.*

Das Kinn in die rechte Hand gestützt saß Liam da und formulierte im Geiste einen Brief. Schon vor Tagen hatte er es aufgegeben, wirklich etwas zu Papier zu bringen. Allein die Vorstellung, dass Alix in Ost eintraf und einen Stapel Jammerbriefe von ihrem Ehemann vorfand, war absurd. Doch vor allem war er der Meinung, dass es schlicht besser war, wenn sie so wenig wie möglich über den Fortgang seiner Mission in Onnan erfuhr. Sie musste nun wirklich nicht wissen, dass er ein ums andere Mal versagt hatte, insbesondere, wenn man seine armseligen Bemühungen mit Eriks beispiellosem Verhandlungsgeschick verglich. Das konnte er jetzt nicht brauchen, wenngleich er die vertrauensvollen Gespräche mit ihr schrecklich vermisste. Und so saß er auf dem Balkon, starrte hinaus in die funkelnde Nacht und schrieb ihr in seinem Kopf.

Hinter ihm klopfte es sanft an die Tür. Knurrend sprang Rudi auf. »Sitz!«, sagte Liam und scheuchte den Wolfshund aus dem Weg. Überraschenderweise gehorchte das Tier.

»Kommandant.« Rona Brown stand auf der Schwelle. Sie hatte einen Tonkrug und zwei Becher dabei. »Ich dachte, ihr hättet vielleicht gern einen Abendtrunk.«

»Hoffentlich das Zeug, das einem das Hirn wegfrisst, sodass man am Ende als sabbernder Idiot dasteht?«

Sie lächelte. »Ich glaube nicht.«

»Schade.« Er trat beiseite, um sie einzulassen.

»Nett«, sagte sie mit Blick auf seine Kammer.

»Auf dem Balkon ist's noch netter.« Mit dem Kopf deutete er auf die offene Tür auf der anderen Seite seines Gemachs.

Sie gingen hinaus, und Rona schloss die Augen und atmete tief die salzige Luft ein. »Ihr habt recht, es ist einfach wundervoll. Ich wünschte, mein Zimmer hätte auch so einen. Und dieses Rosenfenster hier … Einfach exquisit.« Sie fuhr mit dem Finger über die kostbare Bleiverglasung des farbigen Fensters.

»Zaubert aber ganz schön unheimliche Schatten auf den Boden, das kann ich Euch sagen. Lasst mich das machen.« Liam nahm ihr den Krug ab. »Wäre ziemlich ungalant von mir, wenn ich Euch das Einschenken überlassen würde.«

Sie lachte und setzte sich auf die Steinbank, von der aus man das Tal überblicken konnte. »Seit wann hab ich Galanterie nötig?«

»Jede Frau braucht ab und zu mal etwas Galanterie.« Er reichte ihr einen Becher mit Wein. »Selbst wenn sie einen mit bloßen Händen ermorden könnte.«

»Ich wage zu bezweifeln, dass ich das könnte. Und am allerwenigsten Euch.«

»Ja, ich bin schon ein toller Bursche, was?« Das kam ernüchterter als beabsichtigt.

»Das seid Ihr«, erwiderte sie und sah zu ihm auf. Der Wind wehte ihr eine Strähne ins Gesicht, die im Mundwinkel hängenblieb. Sie hatte die Augen ihres Vaters, stellte Liam fest. Rund und dunkel mit einer verborgenen Wildheit, die jeden Moment hervorbrechen konnte.

Er ließ sich neben ihr auf der Bank nieder. »Tut mir leid, aber ich schmolle nicht, wirklich.« Ein Grinsen erschien in seinem Gesicht. »Na ja, vielleicht ein bisschen …«

»Ein bisschen Schmollen ist unter diesen Umständen durchaus gerechtfertigt.«

Liam seufzte. »Ich bin ihnen total auf den Leim gegangen, hab alles geschluckt, womit der Schild mich geködert hat. All die sorgsam gestreuten Hinweise, dieses ganze ›Aber Schluss jetzt, ich hab schon zu viel gesagt‹-Getue.«

Rona nickte, schlürfte etwas Wein. Die lose Haarsträhne schmiegte sich nun an die Rundung ihrer Wange. Liam widerstand dem Drang, sie ihr aus dem Gesicht zu streichen. »Jeder wäre darauf reingefallen, zumindest zunächst.«

Erik nicht, dachte Liam. *Und Alix auch nicht*. Nach all den ruchlosen politischen Aktivitäten, die man hier unverhohlen an den Tag legte, hätten sie jede ihnen zugespielte Information erst einmal in Frage gestellt und nach dem Haar in der Suppe gesucht. Das sie höchstwahrscheinlich auch gefunden hätten, und zwar noch bevor sie es sich mit dem Ersten Sprecher der Republicana gründlich verscherzt hätten. *Jeder hätte das getan, nur du nicht, du Einfaltspinsel*. »Diese ganzen Ränkespiele, die sind einfach nicht meine Sache«, murmelte er in seinen Becher.

»Ihr solltet stolz darauf sein. Es bedeutet, dass Ihr ein Mann ohne Falsch und Arg seid.«

»Nette Umschreibung.«

»Aber ich hab's genau so gemeint.«

Etwas in ihrer Stimme machte ihn stutzig. Er sah sie an, und ja, sie wirkte ein wenig verletzt, obwohl er nicht wusste, warum. »Was ist los?«

»Nichts.«

»Seht mal, es nützt doch nichts, noch länger zu leugnen, dass ich unfassbar leichtgläubig bin.«

Dafür erntete er ein Lächeln. Sie schob sich die Haarsträhne aus dem Gesicht, wirkte plötzlich schüchtern. »Es ist nur … Ich mag es nicht, wenn Ihr so über Euch sprecht. Ich weiß, das alles war nicht einfach, aber Ihr dürft Euch davon nicht ins Bockshorn jagen lassen.«

»Leichter gesagt als getan. Ihr kennt diese Welt ja sehr genau. Wisst, wie es ist, in ihr zu leben. Ihr habt das Spiel des Schilds sofort durchschaut.«

»Das ist auch was anderes. Ich wurde bei Hof erzogen. Man kann doch nicht einfach einen Pinsel zur Hand nehmen und erwarten, gleich ein Meistermaler zu sein, oder?«

»Lasst Euch gesagt sein, dass ich ein sehr geschickter Maler bin. Ich hab eine ansehnliche Sammlung von Strichmännchen, die gegen furchterregende Bestien kämpfen. Und sie alle sehen verdächtig nach meinen Hund aus.«

Sie lachte. »Die würde ich wirklich gern mal sehen, Kommandant. Aber was ich meinte, ist, dass Ihr eine Menge wunderbarer Eigenschaften besitzt. Und wenn ihr die Rolle des kaltblütigen Zynikers nun mal nicht zu spielen vermögt, solltet Ihr das vielleicht als Segen ansehen.«

Sie sah ihn unverwandt an, als erwarte sie eine Antwort. Doch Liam fiel nichts anderes ein außer: »Danke.«

Er leerte seinen Becher und füllte ihn nach. Rona tat es ihm gleich. »Es ist so schön hier draußen«, sagte sie wehmütig.

»Viel habe ich während meines Besuchs in Onnan-Stadt ja nicht zu schätzen gelernt, aber am Meer zu sein, das genieße ich wirklich. Irgendwas an seiner schieren Größe fasziniert mich. Diese Indifferenz, schätze ich. Man fühlt sich gleich weniger unbedeutend in seiner Gegenwart, als wäre der Ozean die einzig vernünftige Antwort auf alle Zweifel.« Er runzelte die Stirn. »Ergibt das einen Sinn?«

»Das tut es.«

Liam hatte den Eindruck, er könnte genauso gut blöken wie ein Schaf, und sie würde es immer noch als den Kern aller Weisheit lobpreisen, aber das machte er ihr nicht zum Vorwurf. Sie versuchte nur, ihn aufzuheitern, und das rechnete er ihr hoch an. »Was ist mit Euch?«, fragte er. »Ist der Ozean so, wie Ihr ihn Euch vorgestellt habt?«

»Ich weiß nicht. Hab bis zu unserer Reise hierher nie wirklich darüber nachgedacht. Habe vermutlich nie gedacht, ihn wirklich einmal zu sehen.« Sie lächelte und schüttelte den Kopf. »Und schon gar nicht hab ich erwartet, hier mit Euch zu sein. Und den anderen.« Sie trank etwas Wein.

»Ja, es hat uns wirklich kalt erwischt, was?«

Ein einvernehmliches Schweigen entstand. Seit Tagen war

Liam nicht mehr so entspannt gewesen. *So hätte es schon eine Weile sein können*, dachte er, *wenn du dich nicht von den anderen zurückgezogen hättest.* Da fiel ihm etwas ein, das Alix einmal über Erik gesagt hatte, darüber, dass er es als unabdingbar empfand, seine Last allein zu schultern. Vielleicht hatten er und sein Bruder ja mehr gemeinsam, als er dachte.

Und dann hatte er plötzlich genug von all der Grübelei. Abermals leerte er seinen Becher. Und dann noch einen.

Später dann, als die flackernden Lichter im Tal nach und nach erloschen, sagte Liam: »Ihr habt mich angelogen, Rona Brown.«

»Niemals.«

»Doch, habt Ihr. Das ist nämlich sehr wohl das Zeug, das einem das Hirn wegfrisst, sodass man am Ende als sabbernder Idiot dasteht.«

Sie beugte sich näher zu ihm, tat so, als inspiziere sie ihn eingehend. »Sabber kann ich zwar nicht erkennen, aber einen Hauch von Wahnsinn durchaus.«

»Schenkt dem keine Beachtung. Der kommt und geht.«

»Ide hatte recht, wisst Ihr?«

Liam hob eine Augenbraue. »Inwiefern?«

»Ihr fangt an zu kichern, wenn Ihr trinkt.«

»Blödsinn, meine Lache ist sehr männlich.«

Rona schlug sich zum Gruße mit der Faust gegen die Brust. »Jawohl, Kommandant.«

Kommandant. Fast hätte er es vergessen. Einen Moment lang. Seufzend schwenkte er den Bodensatz in seinem Becher umher.

»Oh nein.« Rona sah ihn hilflos an. »Was hab ich da nur gesagt?«

»Nichts. Es …« Er schüttelte den Kopf. »Ich hab keine Ahnung, was morgen sein wird, Rona. Ich bin wahrlich auf verlorenem Posten.«

Sie bewegte sich neben ihm, dann spürte Liam eine Hand auf

seinem Arm. Er wandte sich um, und sie sah mit einem warmen Ausdruck in den Augen zu ihm auf. »Ihr seid nicht auf verlorenem Posten«, sagte sie. »Zumindest aber seid Ihr nicht allein.«

In den Gärten der Umgebung begannen die Grillen rhythmisch zu zirpen; und irgendwo da hinten, kaum vernehmbar, rauschte das Meer. Plötzlich wurde Liam bewusst, wie benebelt er war. »Ich sollte jetzt zu Bett gehen«, sagte er und stand auf.

Sie schaute weg und nickte. Dann erhob sie sich ebenfalls. »Natürlich. Bis morgen dann.«

»Ja, bis morgen«, erwiderte Liam und begleitete sie zur Tür.

Als er im Bett lag, versuchte er im Geiste seinen Brief an Alix zu beenden, doch er konnte sich nicht erinnern, wo er aufgehört hatte. Tatsächlich hatte er nichts mehr zu sagen.

20. KAPITEL

»Aufwachen!« Eine Stiefelspitze bohrte sich in Alix' Seite. »Zeit aufzubrechen.«

Ohne eine Antwort abzuwarten, ging Sakhr weiter, um die anderen zu wecken. Alix rappelte sich auf und schaute, wie immer, zuerst zu Erik. Er war schon auf, betrachtete mit unergründlichem Blick das Tal zu ihren Füßen. Sie konnte förmlich hören, wie es in seinem Kopf arbeitete, obwohl sie keinen blassen Schimmer hatte, was er wirklich dachte. In den letzten zwei Tagen hatte er kaum mehr gesprochen als Sakhr. Er hielt sich zurück, beobachtete, nahm alles auf und kommunizierte mit den anderen nur mehr mittels eindringlicher und aufmunternder Blicke. Obwohl er innerlich sehr aufgewühlt sein musste, ließ er sich nichts anmerken. Kurz: Er trug wieder seine königliche Maske – äußerlich beherrscht, würdevoll und undurchschaubar. Ja, er war so gut in dieser Rolle, dass er Gefahr lief, als etwas anderes durchzugehen als ein normaler Durchreisender. Falls herauskam, wer er wirklich war, wäre das eine Katastrophe. In diesem Fall würden die Stammeskrieger wohl nicht zögern, ihn auf der Stelle hinzurichten.

Die Bergmenschen bauten das Lager ab. In der Hoffnung, dass sie dadurch hinreichend beschäftigt waren, richtete Alix ein paar Worte an ihren König. »Immer noch kein Zeichen von Frida?«

Den Blick nicht von ihren Entführern abwendend, sagte er: »Diese Frau, Qhara, ist wieder zurück. Ich denke, das bedeutet, dass sie Frida entweder getötet oder es aufgegeben hat, nach ihr zu suchen.«

»Frida ist eine fähige Kundschafterin, aber wenn diese Stammeskrieger auch nur halb so gut sind wie ihr Ruf …«

»Trotzdem sollten wir die Hoffnung nicht aufgeben.«

Alix wusste, dass er recht hatte, trotzdem fiel es ihr schwer, seinem Rat zu folgen. »Wir bewegen uns immer noch in südöstlicher Richtung.«

»Ich weiß.«

»Das hat uns Tage zurückgeworfen. Wenn das so weitergeht …«

»Ich *weiß*, Alix. Wir müssen Geduld haben. Unsere Stunde wird kommen.«

»Mag sein, aber wenn wir zu lange warten, ist es zu spät. Soweit wir wissen, sind wir nur noch wenige Stunden von ihrem Dorf entfernt. Hier draußen dagegen wären wir vier gegen vier …«

Blaue Augen hefteten sich auf sie, und er stieß ungeduldig die Luft aus. »Vier von ihnen bewaffnet mit Bögen und Klingen gegen vier von uns, die an den Händen gefesselt sind und nur ihre Fäuste zum Einsatz bringen könnten. Seid vernünftig, Alix. Wir müssen warten, bis sich die Bedingungen zu unseren Gunsten geändert haben.«

»Und wenn das nie passiert?«

»Dann ändern wir die Bedingungen eben selbst.« Sprach's und ging auf die andere Seite des Lagers. Ein Neuankömmling war eingetroffen. Eine schwarzhaarige Frau, die Alix noch nie gesehen hatte. *Qhara* hatte Erik sie genannt. Etwas an ihr, an dieser dunklen, ernsten Schönheit, kam ihr dennoch bekannt vor. Sie brauchte einen Moment, doch dann sah sie hinüber zu Sakhr und erkannte, dass die beiden Geschwister sein mussten.

»Hast du sie gefunden?«, fragte Erik die Frau. »Unsere Freundin?«

Qhara sagte nichts, sah Erik stattdessen nur an, als überlege sie, ob er einer Antwort würdig sei.

»Ich mache mir Sorgen um sie«, fuhr Erik fort. »Wir haben schon jemanden an den Berglöwen verloren.«

»Sie ist dem Berglöwen nicht zum Opfer gefallen. Sakhr hat ihn erlegt, bevor wir euch geschnappt haben.«

Alix war erleichtert, dass sie dem Gespräch folgen konnte. Wie die meisten Menschen, die eine Sprache zu meistern versuchten, verstand sie mehr als sie sprechen konnte. Allein mit Fahran und Dabir hatte sie noch einige Schwierigkeiten, doch zum Glück sprach Qhara klar und mit weniger schwerem Akzent als die anderen.

Wie beiläufig fragte Erik: »Wie weit ist's denn noch bis zum *pasha*?«

Mit dieser Frage war er bei Sakhr nicht weit gekommen, und auch hier brachte sie ihn nicht weiter. »Du solltest was essen«, sagte die Frau. Dann kniete sie sich hin, um ein Bündel zusammenzupacken.

»Ich kann während unserer Mittagsrast essen. Oder vielleicht jagst du uns ja was zum Abendessen?«

Die Frau lächelte in sich hinein, als sie eine Decke in ihrem Ranzen verstaute. »Du hältst dich wohl für sehr schlau, was, Kaiserlicher? Ich werde dir sagen, was ich dir sagen *will*, und nicht mehr. Mit Tricks kommst du bei mir nicht weiter.«

»Mein Name ist nicht Kaiserlicher, ich heiße Erik.«

Sie zuckte die Achseln.

»Und du bist Qhara.«

Sie schulterte den Ranzen und erhob sich. »Erik. Was bedeutet dieser Name?«

Auf diese Frage war er nicht gefasst gewesen. Das konnte Alix daran erkennen, dass er sich nun sichtlich versteifte. Kein Wunder, denn die Antwort war die wohl denkbar schlechteste unter diesen Umständen. Jemandem, der seinen eigenen König einen Despoten nannte, zu sagen, dass der Name, den man trug, »der allein Herrschende« bedeutete, war vermutlich keine gute Idee.

»Er bedeutet ›ich‹«, sagte Erik.

Die Frau sah ihn abschätzig an. Dann machte sie Anstalten, davonzugehen.

»Weißt du, warum wir nach Ost wollen?«, fragte Erik sie. Er schien zu dem Schluss gekommen zu sein, dass sie hier das Sagen hatte oder zumindest diejenige war, die es galt, bei Laune zu halten. Wie dem auch sei, er redete im Moment jedenfalls mehr als in den letzten zwei Tagen zusammen.

»Das ist mir egal, Kaiserlicher Erik.«

»Das sollte es aber nicht sein.«

Ihr Ausdruck wurde kühl, als sie sich zu ihm umwandte. »Und warum?«

»Weil mein Land in allergrößter Gefahr ist, wie auch das deine.«

»Falls du die roten Männer meinst, die kümmern uns nicht.«

Die roten Männer. Damit war wohl das Trionat gemeint beziehungsweise seine purpurnen Wappenröcke. Die hatten das Gebirge ja schon einmal durchquert, wie Alix sich erinnerte, auf ihrem Weg in die Blacklands. Und die Stämme hatten sie passieren lassen. Hatten zugelassen, dass sie von Westen her in Alden einfielen – brandschatzend und mordend und eine Spur der Verwüstung in Alix' Heimat hinterlassend. Bis zu diesem Moment hatte sie es fast vergessen; und der Gedanke brachte ihr Blut zum Kochen.

»Ein Fehler«, sagte Erik. »Doch wenn ihr ihn erkennt, wird es zu spät sein.«

»Tja, für dich ist's jetzt zu spät zum Essen«, sagte Qhara. »Und wir werden auf unserem Weg nicht mehr anhalten.«

Verdammt!

Da hatte er geglaubt, einen Durchbruch erzielt zu haben, doch das alles schien sie überhaupt nicht zu interessieren. Qhara ließ ihn stehen, als hätte er nur Blödsinn dahergeredet. Unterdessen grinste ihr Bruder – Erik vermutete aufgrund der Ähnlichkeit, dass die beiden Geschwister waren – ihn frech an, als wollte er sagen *Netter Versuch, Blödmann.*

Erik war klar, dass seine Möglichkeiten, zu seinen Entführern durchzudringen, begrenzt waren. *Nur so wenige Pfeile im Köcher, und ich hab schon einen vergeudet.* In Zukunft würde er sorgfältiger vorgehen müssen. Das war schon für ihn allein Herausforderung genug, aber er würde auch die anderen davon überzeugen müssen, mitzuziehen. Um Kerta machte er sich da noch die wenigsten Sorgen; sie war zu pflichtbewusst, um auf eigene Faust zu agieren. Alfred war in dieser Hinsicht nicht einzuschätzen, und dann war da natürlich noch Alix.

An ihrem Gesichtsausdruck konnte er ablesen, dass sie wieder an Blackhold dachte. Daran, wie die Harrami-Stämme – und vielleicht sogar dieser Stamm – es den Oridianern gestattet hatten, unbehelligt die Berge zu passieren, um durch die Blacklands zu marodieren. Alix war von Natur aus heißblütig und hegte vermutlich Rachegedanken. Erik machte sich Sorgen, dass sie schon aus diesem Grund etwas entsetzlich Dummes versuchen könnte. Das galt es um jeden Preis zu verhindern. Selbst wenn sie auf wundersame Weise entkommen könnten, würden sie es nicht weit schaffen. Qharas Sippe würde sie unerbittlich jagen und aufspüren. Und dann würde es für sie keine Gnade mehr geben.

Den ganzen Morgen lang brauchten sie, um hinab ins Tal zu marschieren. Die Bergmenschen hielten sich von den ausgetretenen Pfaden fern und führten die Gruppe stattdessen durch die dichten Fichtenwälder und über steile felsige Hänge. Sie kamen nur mühsam voran, zumindest, was die Aldener betraf. Die verfingen sich in Wildrosenbüschen, stolperten über Wurzeln und schlidderten über loses Geröll. Die Harrami hingegen bewegten sich durch diese unwirtliche Gegend mit der Sicherheit von Bergziegen und hielten nur gelegentlich an, um Fahran, der die Nachhut bildete, einen vorwurfsvollen Blick zuzuwerfen. Der stieß dann denjenigen Nachzügler, den er gerade vor der Nase hatte, ungeduldig in den Rücken, damit das Ganze wieder ein bisschen schneller ging.

Qhara hielt Wort. Bis Sonnenuntergang legten sie keinen einzigen Stopp ein; dann erreichten sie eine Lichtung neben einem kleinen See. Sakhr ging trotz der Dunkelheit auf die Jagd. Die anderen Stammesmitglieder kümmerten sich um das Lager, während Qhara Wache hielt. Sie stand neben Erik, beobachtete ihn mit undurchdringlicher Miene und schwieg.

Er beschloss, einen neuen Versuch zu wagen. »Warst du schon mal in einem anderen Land?«

Sie verzog das Gesicht. »Du möchtest ein bisschen plaudern, Kaiserlicher Erik?«

»Warum nicht? Man hat doch hier sonst nichts zu tun. Es sei denn, du hast Angst, dass ich dich doch noch aufs Kreuz lege.«

»Was interessiert's dich, wo ich schon überall war?«

»Ich hab mich nur gefragt, wie es wohl für dich sein muss. Das Stammesleben, meine ich. Dass man nie hier wegkommt, nichts von der großen weiten Welt da draußen erfährt. Das muss ein sehr …« Er suchte nach dem rechten Wort dafür. »… begrenztes Leben sein.«

»Du hältst uns wohl für Barbaren, was? Für Hinterwäldler, die nichts wissen von der Welt?«

»Warst du schon mal in Ost?«

Die Frage schien sie zu irritieren, und ihre Augen wurden noch dunkler. *Vorsicht, Erik. Du spielst ein gefährliches Spiel, um sie zum Reden zu bewegen. Aber übertreib's nicht, sonst sagt sie am Ende gar nichts mehr.* Früher war es ihm immer leicht gefallen, auf Glatteis das Gleichgewicht zu halten, doch in letzter Zeit fiel es ihm schwerer und schwerer.

»Ich war schon in Ost«, sagte Qhara. »Und auch im Kaiserreich.«

»Natürlich«, mischte sich Alix ein. »Um es zu plündern.«

Qhara sah sie mit kaltem Blick an. »Ich kam, um es mir anzusehen. Geplündert habe ich nichts.«

»Dann warst du also neugierig«, sagte Erik, der sich bemühte, das Gespräch wieder in die ursprünglichen Bahnen zu lenken.

»Selbst Barbaren können manchmal neugierig sein, Kaiserlicher Erik.«

»Bitte nur Erik. Dann warst du also schon mal in Alden und auch in Ost. Wo noch? In Oridia vielleicht?«

»Ich kenne Oridia, war aber noch nie dort.«

»Du kennst Oridia?«, hakte Erik überrascht nach.

Das ärgerte sie. »Nur weil wir uns nicht dem Joch der *mustevi* ausliefern, heißt das nicht, dass wir nichts wissen. Wir haben Karten. Wir haben Erzählungen. Ich kenne die Geschichte.«

»Ja, das hab ich auch schon bemerkt«, sagte Erik. »Du scheinst sehr an Geschichtlichem festzuhalten. An Frühgeschichtlichem, um genau zu sein.« Das brachte ihm ein schiefes Lächeln ein. Er machte Fortschritte, wenn auch kleine. Es war, als versuchte man mit zitternder Hand eine Nadel einzufädeln. Nur dass das Gelingen eine Frage von Leben und Tod war. Wenn er sich die Gunst dieser Frau nicht sichern konnte, waren sie verloren. »Ich war nur deshalb so überrascht zu erfahren, dass du Oridia kennst, weil du zuvor genau das Gegenteil behauptet hast. Die roten Männer, so nanntest du sie. Du sagtest, sie kümmern euch nicht.«

»Tun sie auch nicht.«

Erik schüttelte den Kopf. »Ich bin verwirrt. Du sagst, du kennst das Trionat und dass sie keine Gefahr für euch darstellen. Und doch behauptest du, die Geschichte zu kennen? Eins von beiden kann da nicht stimmen.«

»Pass auf, was du sagst, Kaiserlicher!« Das kam von Fahran, der sich am Feuer niedergelassen hatte und nun aufsprang. Doch Qhara winkte ab.

Sie ließ sich vor Erik auf die Hacken nieder. Selbst im Schatten funkelten ihre grüngoldenen Augen wütend. »Nennst du mich eine Lügnerin?«

Er befand sich auf dünnem Eis, aber er wagte sich sogar noch einen Schritt vor. »Hast du das von Andithyri gehört?«

»Natürlich. Es ist das Land, in das die Weißhaare geflohen sind, nachdem wir euer Reich zerschmettert haben. Die Anführer der Kaiserlichen, die sogenannten Reinblüter.«

»Sie sind Anführer von gar nichts. Nicht mal im eigenen Land. Das Trionat von Oridia hat es ihnen weggenommen. Hat es vor zwei Sommern erobert. Andithyri gibt es nicht mehr.«

»Geschluckt von einem Weltreich? Was für ein passendes Schicksal.«

»Es ist bereits das dritte Land, welches das Trionat innerhalb von zehn Jahren eingenommen hat«, sagte Erik.

Die grüngoldenen Augen verengten sich. »Und jetzt nehmen sie deins, richtig? Weshalb ihr die *mustevi* um Hilfe anflehen wolltet.« Sie zuckte die Achseln. »Aber die hättet ihr nicht bekommen, Kaiserlicher Erik. Sie sind feige, und sie sind schwach. Wären meine Leute nicht gewesen, würde euer Kaiserreich noch immer stehen.«

»Stattdessen liegt's in Trümmern!«, frohlockte Fahran. »Zerbrochen in drei Teile, zerschmettert von der Macht der *sukhadan*!« Er stimmte ein Lied an, schwang seine Arme, als fordere er eine unsichtbare Menge dazu auf, sich erheben. Ein Schlachtgesang offenbar. Pflichtbewusst fiel Dabir darin ein.

Qhara erhob sich wieder. Sie sagte etwas zu Fahran, in dem es darum ging, dass sie im See baden gehen wolle. Erik blickte ihr nach und sah, wie sie im Weggehen an ihren Kleidern zerrte. Ein kalter Klumpen machte sich in seiner Magengegend bemerkbar. Wieder hatte er versagt. Heute würde er sie nicht mehr auf seine Seite ziehen können, was bedeutete, dass ein weiterer Tag vertan worden war. Ein weiterer Tag, der dem Trionat wie auf einem Silbertablett überreicht wurde. Wie viel Zeit würde er noch haben? Wie viele Tage blieben ihm noch, um sie zu überzeugen? *Womöglich keiner mehr*, dachte er düster. *Womöglich habe ich soeben meine letzte Chance vertan.*

Fahran und Dabir sangen noch immer. Einer von ihnen entkorkte eine Feldflasche, die vermutlich etwas Alkoholisches enthielt.

»Hört Euch das an«, knurrte Alix. »Man könnte meinen, die beiden hätten das Kaiserreich persönlich gestürzt.«

»Wobei ich nicht kapiere, was dieses Bergvolk überhaupt damit zu tun hat«, meldete sich nun Alfred fast vorwurfsvoll zu Wort. »Das Reich lag im Sterben lang bevor diese Geier auftauchten. Die Sklavenrevolte war schuld daran. Wenn hier einer vor Freude singen sollte, dann die Fischköpfe.«

Der Gesang brach ab, aber nur so lange, bis sich die Stammeskrieger einen Schluck genehmigt hatten. Als Fahran danach umso lustvoller ein neues Lied anstimmte, wechselten Alix und Alfred wütende Blicke.

»Warum hassen sie uns so sehr?«, flüsterte Kerta. »Wir waren doch damals noch gar nicht da.«

»Schätze, sie betrachten uns als Erben des Kaiserreichs«, sagte Erik.

»Aber das sind wir doch gar nicht. Wir haben die Hauptstadt übernommen, ja, aber die Andithyri waren doch das wahre kaiserliche Volk, und die haben Erroman schon vor Jahrhunderten verlassen. Wir sind nicht mal ihre Nachfahren, wenn man mal von ein paar Halbblütern wie Aldrich dem Weißen absieht.«

Erik verkniff sich ein humorloses Grinsen. Allein dass sich seine Vorfahren in fragwürdiger Weise auf ihr andithyrisches Blut berufen hatten, hatte ihm den Thron eingebracht. Es wäre mehr als eine Ironie des Schicksals, wenn dieser Umstand nun das Ende seines Geschlechts einläuten sollte. Laut sagte er: »Ich glaube nicht, dass dieses Argument unsere Freunde überzeugen kann. Geschichte entspricht nur selten der Wahrheit, Kerta. Sie speist sich aus überlieferten Erinnerungen.«

Der Gesang wurde lauter. Erik schloss die Augen und versuchte, seinen Geist gegen das Gejohle abzuschirmen. Es musste einen Weg geben, zu Qhara durchzudringen. Wenn er nur …

Ein Schrei riss ihn aus seinen Gedanken. Er riss die Augen auf. Ein Schatten huschte vor dem Feuer vorbei – Alfred. Irgendwie war es ihm gelungen, seine Handfesseln loszuwerden, und nun stürzte er sich auf Fahran.

»Nein!« Auch Erik war nun auf die Beine gesprungen, aber Alfred hörte ihn nicht. Mit seinem ganzen Gewicht prallte er gegen Fahran, woraufhin sie beide zu Boden gingen. Dabir zog sein Schwert, doch da hatte Alix ihm schon ihren Stiefelabsatz in die Kniekehle gerammt. Er strauchelte, und sie drosch ihm mit beiden Fäusten gegen die Schläfe. Sie brachte sein Schwert an sich, doch ihre Handgelenke waren noch immer gefesselt, und ehe sie sich versah, hatte Dabir ihre Fußgelenke gepackt und sie zu Fall gebracht.

Erik blieb nun keine andere Wahl; er rannte in Richtung Alix, wobei er gar nicht so recht wusste, was er als Nächstes tun wollte. Was auch keine Rolle spielte, weil er nicht mehr dazu kam. Ein Pfeil bohrte sich von hinten in seine Schulter. Er krachte auf die Knie, während der Schmerz in seiner linken Körperhälfte explodierte. Ein weiterer Pfeil prallte an dem Felsen vor Kerta ab und verfehlte sie nur um Haaresbreite.

Alfred war es gelungen, Fahran zu überwältigen, und nun ließ er Fausthiebe auf dessen Gesicht niederprasseln. Er sah den Pfeil nicht mal kommen, der ihn erwischte, und war tot, noch bevor er auf dem Boden aufschlug.

Auch Alix war sich der Gefahr nicht bewusst. Sie hatte von hinten beide Arme um Dabirs Hals geschlungen und versuchte ihn mit dem Seil, das ihre Hände zusammenhielt, zu erdrosseln.

Da hörte Erik hinter sich einen Bogen knarzen. »Halt!« Strauchelnd kam er auf die Beine und warf sich zwischen Alix und den Pfeil, der auf ihr Herz zielte. *»Alix, hör auf!«*

Im ersten Moment dachte er, sie hätte ihn nicht gehört. Wieder vermeinte er den Bogen knarren zu hören, und er glaubte, sein Herzschlag müsse aussetzen. Dann riss Alix ihre Hände in die Höhe und versetzte Dabir einen Stiefeltritt. Keuchend und spuckend landete er auf allen vieren.

Auf dem felsigen Untergrund näherten sich Schritte. Erik fuhr herum und sah Qhara herankommen. Sie war nackt von der Hüfte bis zum Kopf und trug einen Bogen in den Händen. »Tu ihr nichts«, sagte er. »Bitte. Es war der andere, der damit angefangen hat. Wir hatten keine Wahl. Es war ein Fehler.«

»Ja, es war ein Fehler«, sagte Qhara kalt. »Ein sehr böser Fehler.«

21. KAPITEL

»Nach allem, was wir wissen, vermuten wir sie irgendwo hier.« Rig umkringelte einen bestimmten Bereich auf der Karte. »Aber das ist natürlich alles ziemlich ungewiss.«

Konzentriert starrte Vel auf die Karte. »Natürlich, sonst bräuchtet Ihr mich ja nicht.«

»Unsere Kundschafter hatten auf folgender Route das meiste Glück: Auf der anderen Seite des Flusses führt ein Wildpfad durch das Unterholz. Dem solltet Ihr etwa einen halben Tag Richtung Süden folgen, womit Ihr Euch außer Sichtweite der feindlichen Wachttürme bewegt. Von dort aus könnt Ihr dann etwa hier wieder zurück auf die Überlandstraße.«

»Und von dort an«, warf Morris ein, »seid Ihr nur mehr eine einsame Frau, die sich nachts auf der Straße herumtreibt. Eine einsame Frau mit der falschen Haarfarbe.«

Rig warf seinem Adjutanten einen schiefen Blick zu. »Fast könnte man glauben, Ihr missbilligt dieses Unternehmen.«

»Und ich kann mir gar nicht vorstellen, warum«, ergänzte Vel. »Ist doch die perfekte Gelegenheit, mich endlich loszuwerden.«

Morris trat von einem Bein aufs andere und wandte den Blick

ab. Wright, der neben ihm stand, lachte bemüht auf. »Spaß beiseite, Tochter, der Kommandant hat nicht ganz unrecht.« Ebenso wie Morris stand er ein paar Schritte vom Kartentisch entfernt und hatte die Arme vor der Brust verschränkt. Beide verfolgten die Planung von Vels Einsatz mit einer gewissen Skepsis, wenngleich aus verschiedenen Gründen. »Es tut mir also leid, dass ich an dieser Stelle erneut Protest einlegen muss, aber das Ganze ist einfach zu gefährlich.«

»Der Krieg ist nun mal gefährlich, Kommandant Wright«, sagte Vel. »Davon abgesehen habe ich eine wirklich plausible Geschichte auf Lager. Ich werde wohl kaum die erste Onnani-Missionarin sein, der es ein Bedürfnis ist, den Gläubigen in Kriegszeiten spirituellen Trost zu spenden. Vielleicht will ich aber auch nur nach Timra pilgern, um mir die Reliquien der Heiligen Tugenden anzusehen, wie es einst mein eigener Bruder tat.«

»Das mag Euch vor peinlichen Fragen durch den Feind schützen«, meinte Rig, »aber Halunken und versprengte Soldaten wird das sicherlich nicht davon abhalten, Euch im schlimmsten Fall etwas zuleide zu tun. Darüber hinaus wissen allein die Götter, was diese Leute vom Widerstand eigentlich für Menschen sind. Nein, macht Euch mal keine Illusionen, Tochter. Diese Mission wird gefährlich werden. Hätte ich eine Wahl gehabt, hätte ich Euch gewiss nicht darum gebeten.«

»Habt Ihr auch nicht. Ich hatte Euch deswegen gefragt, schon vergessen?«

»*Ich* jedenfalls hab's nicht vergessen«, murmelte Morris.

Da hatte Rig endgültig genug. »Ihr dürft wegtreten, Kommandant.«

Morris salutierte förmlich und zog sich zurück.

»Er misstraut mir«, sagte Vel, als der Adjutant das Zimmer verlassen hatte. »Warum überrascht mich das nicht?«

»Kommandant Morris wird Euch jegliche benötigte Unterstützung zuteilwerden lassen. Und wenn Ihr erfolgreich zurückkehrt, wird er unter den ersten Gratulanten sein.« *Andernfalls reiße ich ihm den Sack ab und mache mir daraus einen Münzbeutel.*

»Vielleicht nicht gerade unter den ersten, aber sei's drum«, meinte Wright und legte der Priesterin eine Hand auf die Schulter. »Es ist sehr mutig, was Ihr da tut, Tochter. Möge Eldora Euch behüten.«

Sie neigte anmutig den Kopf. »Ich danke euch, Kommandant. Wir sehen uns dann in einigen Tagen.«

Wright hatte die Tür noch nicht ganz hinter sich geschlossen, da kehrte der kindliche Eifer in Vels Blick zurück. Wieder beugte sie sich über die Karte, während ein kleines Lächeln ihre Mundwinkel umspielte. Rig erinnerte sich ihrer leidenschaftlichen Rede und ihres Begehrs, einen »Beitrag« zu leisten. Und doch wünschte er, sie würde sich nicht ganz so sehr für die Aktion begeistern. Ein Verhalten, das seinen nagenden Zweifel nur noch nährte.

»Ihr wirkt besorgt, General.«

»Nun, ich muss sagen, als wir uns damals auf der Straße trafen, hätte ich nie gedacht, dass Ihr und ich einmal hier stehen würden.«

»Hier?« Sie lächelte neckisch. »Allein in Eurer Kammer?« Dann kehrte ihr Enthusiasmus wieder, und das Funkeln in ihrem Blick wurde fast zu einer Feuersbrunst. »Ich hätte es mir auch nicht vorstellen können, wobei ich glaube, dass es leichter gegangen wäre, wenn wir da schon ein wenig voneinander gewusst hätten. Wir sind beide Hasardeure.« Sie hielt inne, sah ihn forschend an. »Sagt mir nur eins. Warum habt Ihr damals auf der Straße Eure Identität vor mir geheim gehalten?«

»Ich habe sie nicht geheim gehalten. Ich hatte nur keine Veranlassung, es zu erwähnen. Ihr hattet ja schon vermutet, dass ich Offizier bin.«

»Und doch wart Ihr ein wenig mehr als das. Ich hatte ja keine Ahnung, dass ich in so prominenter Gesellschaft reiste. Generalkommandant der Königlichen Armee und darüber hinaus auch noch ein Bannerlord!« Sie verzog spöttisch das Gesicht. »Meine Güte, ich erbebe ja förmlich vor Ehrfurcht.«

»Offensichtlich«, erwiderte Rig. »Wenn es mir nur gelänge, dass Ihr fortan im Stillen erbebt, würden wir heute vielleicht noch was schaffen.«

Lüstern wanderte ihr Blick über seinen Körper. »Oh, ich bin mir ziemlich sicher, dass Euch dies gelänge, General.«

Das machte ihn einen Moment lang sprachlos, und er spürte, wie er unter seinem Bart errötete. Dann: »Bei allen Heiligen, Frau, Ihr seid wirklich unerbittlich.«

Sie ließ ein triumphierendes Lachen hören. »Endlich! Ich wusste, dass es möglich ist! Selbst Rohlinge haben ihre Grenzen.« Sie kam näher, brachte spielerisch ihr Gesicht ganz nah an seines und blickte durch die unfassbar langen Wimpern zu ihm auf. Rig wich nicht zurück; diesen Gefallen würde er ihr nicht tun. »Bin ich Euch zu stürmisch«, schnurrte sie, während ihre Hand über seinen Rücken strich.

Er schnaubte leise auf. »Ihr hört einfach nicht auf, was?«

»Ich dachte, Ihr mögt meine Hartnäckigkeit. Davon abgesehen laufen die Dinge heute gut für mich. ›Wenn dir der Wind gewogen ist, segle einfach weiter‹, so heißt es bei uns.«

»Genug davon, Vel. Ich bin nicht …«

Sie verschloss seine Lippen mit einem Kuss.

Rig erstarrte vor Verblüffung. Nie war ihm in den Sinn gekommen, dass sie ihr kleines Spiel so weit treiben würde. Sie hatte doch schon bekommen, was sie wollte. Was wollte sie denn damit beweisen? Sie nahm sein Gesicht in beide Hände und zog seinen Kopf zu sich; ihre Zunge liebkoste seine Lippen. Abermals wollte er Einspruch erheben. Hörte sie denn nie auf, ihn zu provozieren? Was erwartete sie bloß von ihm? Dass er schreiend davonlief?

Er packte ihren Arm, wollte sie von sich schieben, aber die Weichheit ihrer Haut unter seinen schwieligen Händen brachte ihn vom Kurs ab. Seine Finger begehrten auf gegen seinen Verstand, weigerten sich einfach, das Feld zu räumen, ja, feierten nachgerade die samtige Berührung. Ihr Duft, würzig und unverwechselbar weiblich, erfüllte seine Nase. Erst in diesem Moment wurde ihm bewusst, wie lange er schon auf all das verzichtet hatte.

Du hast keine Zeit für so was, sagte er sich. *Und wenn es schon so lange her ist, dann deshalb, weil wir nun mal im Krieg sind. Davon abgesehen will sie dich doch bloß anstacheln, um …*

Ach, was soll's …

Er legte seine Arme um sie, öffnete die Lippen, um ihr Einlass zu gewähren. Sie seufzte leise auf, als sich ihre Zunge den Weg in seinen Mund bahnte. Das war der Moment, in dem sein Verstand aufhörte zu arbeiten. Völlig unvorbereitet überkam ihn die Begierde und loderte in seinem Körper auf wie eine durch Paraffin angeheizte Flamme. Sein Griff verstärkte sich, sein Kuss wurde fordernder. Sie reagierte darauf mit einer Leidenschaft, die ihn noch zusätzlich anfeuerte, was sich durch ein verräterisches Pochen in seinem Unterleib bemerkbar machte. Mit dem letzten vernünftigen Gedanken, den er noch imstande war zu fassen, begriff er, dass die Sache ziemlich schnell aus dem Ruder laufen konnte, wenn er ihr nicht Einhalt gebot. Er machte sich von ihr los; es war, als stoße man kurz vor dem Ertrinken im allerletzten Moment durch die rettende Wasseroberfläche. Auch sie atmete schwer, doch ihr Gesicht glühte vor Genugtuung.

»Die Pflicht ruft«, sagte er schroff und wandte sich ab. Er

beugte sich über die Karte und starrte darauf, bis ihm die Augen tränten.

»Natürlich. Ich sollte jetzt gehen.« Aus dem Augenwinkel heraus sah er, wie sie verwundert mit den Fingern ihre Lippen berührte. *Der Bart*, dachte er. Vermutlich hatte sie noch nie einen Mann mit Gesichtsbehaarung geküsst.

Als er sich wieder halbwegs sicher wähnte, schaute er auf. »Gute Nacht, Vel.«

»Eine gute Nacht auch für Euch, General.«

Dann verließ sie ihn. Wie betäubt starrte er wieder auf die Karte, während in seinen Adern noch immer das Blut kochte. Er wusste nicht zu sagen, was ihn mehr erstaunte – wie schnell sie ihn überrumpelt oder wie sehr es ihm gefallen hatte.

Ja, es war wirklich schon *viel* zu lange her.

Das Klopfen riss ihn aus einem unruhigen Schlaf. Rig konnte sich nicht erinnern, was er geträumt hatte, doch das Herzrasen und der Schweiß auf seiner Stirn ließen vermuten, dass es wohl um den Krieg gegangen war. Entweder das, oder … Er trat die Bettdecke von sich.

Nun gut, dann eben nicht der Krieg …

Er schwang sich aus dem Bett, tapste zur Tür und öffnete sie einen Spalt. Draußen stand Morris und machte ein finsteres Gesicht. »Wie viel Uhr?«, fragte er müde.

»Etwa eine Stunde vor Morgengrauen, General. Tut mir leid, Euch wecken zu müssen, aber wir erhielten soeben neue Nachrichten von unseren Kundschaftern und …« Morris verstummte und presste die Lippen aufeinander. »Nun, sie sind verstörend.«

Augenblicklich fiel alle Müdigkeit von Rig ab. »Ich ziehe mich rasch an.«

Er fand Morris und den Wachoffizier im Gemeinschaftsraum, als sie in gedämpftem Ton mit einigen Kundschafterinnen sprachen. Dem Staub auf ihren Kleidern nach zu urteilen, waren die Frauen geradewegs von ihrem Einsatz zurückgekommen; auch wirkten sie blass und erschöpft. Vermutlich hatten sie sich ziemlich verausgabt, um das Fort noch um diese Uhrzeit zu erreichen; man hatte sie nicht vor Mittag zurückerwartet. Dennoch nahmen sie Haltung an, als Rig sich näherte.

»Was gibt es?«, fragte er.

»Diese Kundschafterinnen sind soeben aus Raynesford zurückgekehrt, General«, erwiderte Morris.

»Raynesford.« Er schloss die Augen, vergegenwärtigte sich die Karte. So lange hatte er sie studiert, dass er bald jeden Stein zu beiden Seiten der Grenze kannte. »Flussaufwärts von Harriston. In der Nähe des Monuments.«

Morris nickte. »Wie es scheint, hat der Feind dort den Gunnar überquert.«

Rig spürte, wie alle Farbe aus seinem Gesicht wich. »Ich dachte, diese Furt ist im Frühjahr unpassierbar.«

»Ist es. Sofern man es zu Fuß versucht.«

»Wir glauben, sie haben ein kleines Boot über den Fluss genommen, General«, warf eine der Kundschafterinnen mit leicht bebender Stimme ein. Zuerst schob Rig es auf ihre nervliche Verfassung, doch dann sah er, dass ihre Augen stark gerötet waren; sie schien geweint zu haben.

»Aber warum sollten sie das tun? Auf diese Weise bräuchten sie Wochen, um eine signifikante Streitmacht ans andere Ufer zu bringen.«

»Jedoch nur wenige Stunden, um mit ein paar Dutzend überzusetzen.« Auch Morris' Stimme zitterte nun, allerdings vor Wut.

»Ein paar Dutzend? Aber was …« Rig schaute in die Gesichter vor ihm, blieb an dem aschgrauen Antlitz der Frau hängen, die zu ihm gesprochen hatte. »Wie heißt Ihr, Kundschafterin?«

»Odile, General.«

»Was habt Ihr gesehen, Odile?«

»Wir sahen … Sie …« Ihre Augen füllten sich wieder mit Tränen, doch sie riss sich zusammen. »Sie haben sie abgeschlachtet, General. Der Feind. Sie überquerten den Fluss und haben …«

»Das ganze Dorf«, setzte Morris hinzu. »Männer, Frauen und Kinder.«

Rig stieß die Luft aus. Unmerklich ging sein Blick zu Boden. »Wie viele?« Die Frage war kaum mehr als ein Flüstern.

Odile schüttelte den Kopf. »Wir konnten nicht … Hundert Seelen, mindestens. Vielleicht mehr. Sie haben sie verbrannt und sie …«

Ihre Kunderschafterkameradin schluchzte auf, schlug die Hände vor das Gesicht.

Kälte ergriff Besitz von Rigs Körper, erfasste jede Ader, jeden Nerv. Auch die Muskeln seines Kiefers und seine Hände, die sich nun zu Fäusten ballten. Er wirbelte herum und durchquerte mit schnellen Schritten den Raum. Und während er sprach, klang seine Stimme seltsam tonlos und düster zugleich. »Bringt mir mein Pferd.«

Als er die Ställe erreichte, wurde er – wie immer – schon von Morris erwartet. Alger war gesattelt und bereit, bereit auch ein gutes Dutzend Kavalleristen. Sie hatten offenbar schon gehört, was geschehen war; wie Mehltau hatte sich ein finsteres Schweigen über den Hof gelegt.

»General.«

Rig vernahm nur am Rande, dass man ihn rief. *Ich sollte jemanden abstellen, der sich um diese Kundschafterinnen kümmert. Brandy, falls möglich …*

»General!«

Er fuhr herum und erblickte Vel, die neben ihrem Pferd stand. Etwas in seinem Blick musste sie erschreckt haben, denn sie erbleichte und trat einen Schritt zurück. »Was … Was ist denn passiert?«

Es war Morris, der antwortete. »Ein Massaker. Flussaufwärts.«

Sie schlug die Hand vor den Mund. »Bei Farikas Gnade. Wo?«

»Raynesford.« Er stieß das Wort mit einem so gefährlichen Knurren aus, dass das Schlachtross unruhig wurde.

»General.« Wieder die Priesterin, die Algers Zaumzeug ergriffen hatte.

»*Was*, Vel?«

Sie schluckte, sprach dann aber tapfer weiter. »Ich muss mit Euch kommen. Jemand muss für die Toten beten.«

»Ihr reitet nach Andithyri. Ihr hättet schon längst auf dem Weg sein sollen.«

»Ich gehe morgen. Ein Tag mehr oder weniger, was macht das für einen Unterschied?« Im Licht der Fackeln glühten ihre Augen wie Kohlen. »Bitte, General. Jemand muss für ihre Seele beten.«

Rig wollte sich hier und jetzt nicht mit ihr darüber auseinandersetzen, konnte sie durch das Rauschen in seinen Ohren ohnehin kaum verstehen. Er gab seinem Pferd die Sporen und sie musste aus dem Weg gehen, als er vorpreschte. »Macht, was Ihr wollt.« Damit ritt er aus dem Tor und hinein in die Dunkelheit.

Die Morgendämmerung tauchte den Himmel in Blut und sickerte hinab in die Rauchsäulen, die von den geschwärzten Ruinen Raynesfords aufstiegen. Die Krähen waren schon eingetroffen, schwebten träge mit den warmen Aufwinden um die schwelenden Trümmer herum. Mit zusammengekniffenen Augen sah Rig zu den Aasvögeln auf, hatte nicht wenig Lust, sie alle miteinander vom Himmel zu schießen. Gleichzeitig wusste er, dass dies seinen Furor nicht lindern würde, nicht mal ein wenig. Es war nicht das Blut der Krähen, nach dem es ihn dürstete.

Der Ort war offensichtlich mehr als nur ein Weiler gewesen. Schien größer gewesen zu sein als alles, was sich sonst noch zwischen diesem Gebiet und der Zitadelle befand. Lehmziegel und Strohdächer zumeist, doch auch einige Pflasterstraßen waren noch zu erkennen, dazu etliche Steingebäude mit Fachwerk. *Hundert Seelen, mindestens,* hatte die Kundschafterin gesagt. Es mussten noch mehr gewesen sein, wie Rig schätzte. Und doch konnte er die Toten nirgendwo entdecken. Er spähte durch die Fenster, betrat Ruine für Ruine und fand … nichts. Die Körper waren offenbar verbrannt worden, und Rig wurde beinahe schlecht von dem beißenden Gestank, doch selbst dann sollte noch etwas von ihnen übrig sein. Verkohltes Fleisch, geschwärzte Knochen, *irgendetwas*. Doch er suchte vergebens. Nichts war hier mehr übrig, nicht mal ein verirrter Hund.

Hier und da loderten noch einige Flammen zwischen den hölzernen Gerippen der Gebäude, doch die Feuer lagen bereits im Sterben. Es musste kurz nach Einbruch der Dunkelheit geschehen sein, dass der Feind in Raynesford eingefallen war. Die Familien hatten sich vielleicht gerade zum Abendbrot zusammengefunden oder im Tempel versammelt, um feierlich den Wachwechsel von Rahl zu Olan zu begehen. Es hatte keine Warnung gegeben. Und kein Entkommen.

»Dort.« Morris' Stimme war kaum mehr als ein Murmeln, doch es hätte genauso gut ein Schrei in der Stille sein können. Mit dem Stiefel zeigte er auf einen dunklen Fleck im Dreck, der von Fliegen umschwärmt wurde.

»Hier auch, General«, sagte Kommandant Gerton, der durch einen verbrannten Türsturz in ein Haus hineinblickte.

Leise pfiff eine eisige Brise durch die entseelte Hülle dieses Ortes, schien ein vielfaches Flüstern an Rig heranzutragen, klagende Echos derer, die hier einst gelebt hatten. Er kniff die Augen gegen den beißenden Rauch zusammen und ging weiter.

Er bog auf eine befestigte Straße ein und bewegte sich ins Zentrum der Stadt. Immer noch keine Leichen, doch die ersten Anzeichen des Grauens, das sich hier ereignet hatte. Blut auf den Mauern und in den Ritzen des Kopfsteinpflasters. Ein Armbrustbolzen, der in einem Fenstersims steckte. Breite Spuren aus geronnenem Blut, die von den Häusern auf die Straße führten. *Sie haben die Körper bewegt*, erkannte Rig wie betäubt.

Sie fanden sie auf dem Dorfanger, dem Epizentrum eines wirbelnden Sturms aus Krähen.

»Habt Erbarmen, ihr Götter.«

Rig sah nicht, wer da betete, doch wer immer es war, die Worte blieben ihm im Halse stecken. Und Rig ging es nicht anders. Scharf und kalt und gallebitter schmeckten sie.

Der Leichenhaufen war so hoch, dass er die Schornsteine der örtlichen Bäckerei überragte. Hätte er ihn erklommen, hätte er von dort auf das Dach eines zweistöckigen Gebäudes steigen können. *Zweihundert*, schoss ihm durch den Kopf. *Vielleicht dreihundert.* Schwer zu sagen, weil die Toten alles andere als menschlich aussahen. Tatsächlich waren ihre Körper kaum mehr als Bündel aus verkohltem Fleisch und verbrannten Knochen, die wie Holzscheite übereinandergeworfen dalagen. Arme, Beine, Schädel mit aufgerissenen, in Agonie erstarrten Mündern. Wie viele von ihnen hatten noch gelebt, als man sie den Flammen übergeben hatte?

»Gütige Götter. Bei den *Göttern* …«

Rig wandte sich um. Und was er sah, erschütterte ihn bis ins Mark, ließ seine Seele nackt und blutend zurück.

Man hatte die Kinder von den Eltern getrennt. Und man hatte sie nicht verbrannt. Stattdessen hatte man sie abgeschlachtet, wie man an ihren Körpern sehen konnte, die mit den schrecklichsten Wunden an Hals, Kopf und Unterleib bedeckt waren. Und doch hätte man sie fast schlafend wähnen können, so friedvoll und makellos waren ihre Gesichter. Knaben. Mädchen. Kleinkinder. Schulter an Schulter lagen sie in einer langen Reihe da, wie um das Zählen zu vereinfachen. Ob man sie nun gezwungen hatte zuzusehen, wie ihre Eltern verbrannt wurden, oder die Eltern, wie man ihre Kinder abgeschlachtet hatte, war schwer zu sagen.

Und über all dem flatterte majestätisch eine Flagge aus schwarzer Seide.

Einer der Männer krümmte sich und übergab sich ins Gras. Ein anderer trat Schritt für Schritt auf die Leichen zu, bevor er wie vom Donner gerührt stehenblieb, unfähig, sich noch einen Millimeter von der Stelle zu bewegen. Rig konnte nur wie gelähmt das schwarze Banner anstarren, das über den toten Kindern im Wind flatterte wie eine riesige hungrige Krähe.

Vel trennte sich von den anderen und schritt, mit geradem Rücken und an die Seiten gepressten Fäusten, über den Anger. Tränen liefen ihr übers Gesicht, doch ihre Miene war beherrscht, ihr Antlitz weich und glatt. Sanft wie der Tod. So kniete sie nieder am Fuß des ersten Kindes, beugte das Haupt und betete.

»Morris.« Wie aus weiter Ferne schien die Stimme zu kommen, und doch war es Rigs wunde Kehle, aus der die Worte nun hervorgepresst wurden. »Schickt einen Mann zurück ins Fort, um Schaufeln zu holen. So viele, wie wir haben.« Ohne eine Antwort abzuwarten, ging er über das Feld. Als er an der Reihe der kleinen Körper vorbeikam, starrte er stur geradeaus, konnte ihnen einfach nicht den Kopf zuwenden. Schon bald würde er sich dem Grauen stellen müssen, doch es gab zuvor noch etwas zu erledigen. Er packte den Fahnenspeer mit beiden Händen und riss das Banner herunter. Dann trug er es zu einer nahegelegenen rauchenden Ruine und warf das verhasste Ding in die Glut.

So stand er da und beobachtete, wie die Fahne verkohlte, ließ zu, dass der Rauch in seinen Augen brannte, als vermöchte er das zu läutern, was er heute hatte erblicken müssen.

Rig beugte sich über die Karte in seinem Zimmer und starrte auf den winzigen schwarzen Punkt, der Raynesford markierte. So gesehen kein strategisch wichtiger Ort. Ein unbelebter, seelenloser Tintenfleck auf einem Stück Papier. Er griff nach dem Fässchen mit roter Tinte und tauchte einen Federkiel ein. Bewegte ihn über die Karte und sah zu, wie sich die purpurne Flüssigkeit an der Spitze sammelte, bis ein einzelner Tropfen auf das Pergament fiel und das Dorf Raynesford unter einem blutigen Tintenfleck verschwand.

»General.«

Er drehte sich nicht um. »Nicht jetzt.«

Sie ignorierte ihn. Natürlich. Sie tat alles, was immer ihr beliebte, diese Frau. Er hörte, wie hinter ihm die Tür geschlossen wurde, dann leise Schritte, die näher kamen. »Es ist nicht Eure Schuld.«

Rig schloss die Augen und biss die Zähne zusammen. »Nicht jetzt, Vel. Ich will es nicht noch einmal sagen müssen.«

»Was da draußen geschehen ist … das war eine unvorstellbare Tragödie. Aber es lag nicht in Eurer Hand.« Ihre Stimme, melodisch wie immer, hatte nun einen beruhigenden Ton angenommen, als bete sie. Wie ein warmer Wasserguss kam sie über ihn, und er merkte, wie seine Haltung entspannte. Nur zu gern würde er sich ganz in diese Fluten werfen, ja, sich von ihnen davontragen lassen, aber wenn er es täte, würde er gewiss dabei ertrinken.

Er bewegte sich fort vom Kartentisch und fort von ihr. Er wollte sie nicht sehen. Wollte die Frau nicht sehen, die mit tränenüberströmtem Gesicht über den Anger gegangen war, um über den geschundenen Körpern von Kindern zu beten. Wollte auch das Feuer in seinem Kamin und das Blut auf der Karte nicht mehr sehen. Und vor allem wollte er das nicht mehr sehen, was vor seinem geistigen Auge erschien, wenn er die Lider schloss.

»Der Verursacher ist Sadik, und niemand anderes«, sagte sie.

»Das Banner«, murmelte Rig mehr zu sich selbst. »Das war eine Botschaft. Für mich.«

»Ja, er provoziert Euch und versucht …«

»Es war eine Nachricht, und ich werde sie nicht unbeantwortet lassen.«

»Aber genau das will er doch damit erreichen.« Rig spürte eine Hand an seinem Arm. »Er will Euren Geist vergiften. Euch mit Hass und blinder Wut erfüllen, sodass Ihr von nichts anderem mehr träumt als Rache …«

Rig fuhr herum und packte sie an den Schultern. *»Und er hat Erfolg damit.«*

Sie sah ihn finster an, wich aber seinem Blick nicht aus. »Das darf es nicht. Das dürft Ihr nicht zulassen. Was sagtet Ihr noch zu mir? Diesen Luxus könnt Ihr Euch nicht leisten. Und das ist auch nicht Eure Art.«

Er presste die Augen zusammen. »Das würdet Ihr nicht sagen, wenn Ihr gerade jetzt in meinen Kopf hineinsehen könntet, Tochter.«

Sanft berührte sie sein Gesicht, strich ihm das Haar aus der Stirn. »Es ist nicht Eure Art«, widerholte sie leise. »Ihr seid der Generalkommandant der Streitkräfte von Alden.«

Der warme Wasserguss spülte seine Wunden, lockerte die Muskeln, die noch vom Ausheben der vielen Gräber schmerzten.

»Wir sehen uns in ein paar Tagen wieder. Doch versprecht mir, dass Ihr nichts Voreiliges tun werdet, während ich fort bin. In diesem Fall darf Ardin Euch auf keinen Fall befehligen, General. *Er darf es nicht.* Ihr müsst Euch von Weisheit, nicht von Leidenschaft leiten lassen.«

»Eldora mag mich nicht«, erwiderte er reflexhaft. Bei den Göttern, er war so müde …

»Das tut sie«, sagte Vel sanft. »Sehr sogar.« Etwas berührte seine Stirn, und als Rig die Augen wieder öffnete, war sie fort.

Er ging durch den Raum, nahm sein Großschwert und den Wetzstein zur Hand. Geräuschvoll zog er einen Hocker über den Boden, ließ sich auf ihm nieder und zog die Klinge aus der Scheide. Sie war scharf genug, um Seide zu zerteilen, doch das war ihm egal.

Und indem er Stahl mit Stein bearbeitete, plante er seine nächsten Schritte.

22. KAPITEL

Hilflos sah Alix zu, wie Qhara sich um Eriks Verletzung kümmerte. Die Frau arbeitete effizient, doch ohne Rücksicht auf seine Schmerzen, zog an seinen Verbänden, ohne zu überprüfen, ob diese nicht über Nacht festgetrocknet waren. Was natürlich der Fall war, sodass Erik mehrmals vor Schmerz zusammenzuckte, als sie sie entfernte. Sie nahm eine irdene Schale und goss den Inhalt über seinen Rücken, reinigte die Wunde mit einer scharf riechenden Flüssigkeit, bei der er gequält das Gesicht verzog. Dann legte sie eine Breipackung auf, die vornehmlich aus Moos zu bestehen schien. Erik ertrug all dies schweigend.

»Warum verschwendest du deine Zeit mit ihm?«, schnarrte Fahran. »Er wird in zwei Tagen tot sein.«

Qhara warf ihm einen missbilligenden Blick zu. »Wenn er stirbt, dann nur, weil der *pasha* es beschlossen hat, nicht wegen einer schwärenden Wunde.«

»Was macht das für einen Unterschied?«

»Wenn du das nicht weißt, bist du ein Dummkopf.« Sie ignorierte Fahran, befestigte Eriks Verband und packte ihre Sachen wieder zusammen.

Sie reisten weiter am Ufer entlang. Sakhr und seine Schwester legten wie immer ein flottes Tempo vor, während Fahran und Dabir die Nachhut bildeten. Alle vier Stammeskrieger marschierten mit dem Bogen im Anschlag. Niemand sprach; das einzige Geräusch, das zu hören war, kam von den Stiefeltritten auf dem felsigen Untergrund. In Alix' Ohren ein bedrohliches Geräusch, denn jeder Schritt ihrem unbekannten Ziel entgegen gemahnte sie daran, wie viele Stunden sie schon verloren hatten und wie wenig Zeit ihnen noch blieb.

Immer weiter ging's am See vorbei durch das Tal. Das Licht der Morgendämmerung warf Schatten über die Hänge im Westen, Sonnenlicht fiel auf den Schnee und die scharfen Felsenkanten. Alix sah sich nach einem Dorf oder einem größeren Lager um, aber hier war nichts außer wilder, unberührter Natur. Wie ein Juwel glitzerte der See in seinem Bett, umkränzt von goldenen Wildblumen, die ihrerseits von einem dichten Kieferngürtel umgegeben wurden. Eine leichte Brise legte die Oberfläche in schimmernde Falten. Die friedvolle Umgebung stand in einem krassen Widerspruch zur allgegenwärtigen Furcht, die an Alix' Nerven zerrte.

Irgendwann zur Mittagszeit hielten sie an. »Ich muss mir deine Wunde ansehen«, informierte Qhara Erik.

»Ich würde lieber nicht anhalten. Möchte keine Zeit verlieren.«

Sie bedeutete ihm, sich hinzusetzen, und Erik gehorchte. Er zuckte wieder zusammen, als sie ihm das Hemd über den Kopf zog. »Wasch das«, sagte Qhara und warf Fahran das Kleidungsstück zu.

Einen Moment lang stand der Krieger nur da; im Blick die nackte Wut. Doch wie schon Erik tat er, was man ihm gesagt hatte, und stampfte Richtung Ufer davon. *Sie bestraft ihn für etwas*, dachte Alix. Und er wusste es auch, hatte es mit seiner

Reaktion auf diese entwürdigende Behandlung klar zum Ausdruck gebracht. Kurz darauf war er zurück und warf Erik einen tropfnassen Klumpen in den Schoß. Dann bemerkte er, dass Alix die Demütigung beobachtet hatte. Sie schaute weg, doch nicht schnell genug, denn nun kam er auf sie zu. »Du«, zischte er. »Zeit zum Pinkeln.«

»Aber ich muss nicht …«

»Jetzt!« Er packte sie grob am Ellbogen und zerrte sie am Ufer entlang. »Später werden wir nicht mehr anhalten, und ich werde dir deine Hosen auch nicht auswaschen.« Alix konnte nichts weiter tun, als ihm seinen Willen zu lassen. Er schleppte sie tief in die Wälder. Alix begann schwerer zu atmen. Selbst, wenn man annahm, dass Fahran sie aus Taktgefühl so weit vom Lagerplatz fortführte, was sie bezweifelte, standen die Fichten hier bereits dicht genug, um völligen Sichtschutz zu bieten. »Hier ist es gut …«, sagte sie, doch Fahran hörte ihr nicht zu.

Als sie eine kleine Lichtung erreichten und er befand, dass sie weit genug von den anderen entfernt waren, zog er ein Messer und zeigte mit der Spitze auf die Schnürbänder ihrer Hose.

Alix schluckte hart. Sie deutete auf einen Busch und sagte: »Du wartest hier, ja?«

Fahran lächelte, und seine grünen Augen funkelten vor Boshaftigkeit. »Du hast versucht, Dabir zu töten.«

»Es war …« Ihre Harrami-Kenntnisse ließen sie im Stich; sie wusste kein weiteres Wort mehr zu sagen. Nicht dass es einen Unterschied gemacht hätte.

»Er ist mein Vetter«, fuhr Fahran fort. »Du musst bestraft werden.«

Irgendwo knackte ein Zweig. Für einen Moment schöpfte Alix Hoffnung, dann trat Dabir aus den Schatten. Er leckte sich die Lippen, schaute sich wachsam um. Im seltsamen Dialekt des Bergvolks sprach er zu Fahran, doch der lachte nur.

»Gut Ding will Weile haben«, erwiderte Fahran, und er sagte es auf Hoch-Harrami, damit Alix es verstand. Wieder zeigte er auf Alix' Schnürbänder und fuchtelte dabei vielsagend mit dem Messer herum.

Panik stieg in Alix auf, schien ihren Brustkorb einzuschnüren. Ihre Beine waren frei; sie konnte Fahran womöglich in den Unterleib treten, ihm vielleicht sogar das Messer entwinden. Doch mit Dabir dort, der mit Bogen, einem Messer *und* einem Schwert bewaffnet war, hatte sie keine Chance.

Fahran missfiel ihr Zögern. Wie eine Schlange schoss er vor, packte sie an der Kehle und drückte sie gegen einen Baum. Mit dem Griff des Messers fuhr er über ihre Schläfe, schob eine Haarsträhne beiseite, flüsterte ihr etwas ins Ohr – es war dasselbe Wort, das er an jenem ersten Morgen benutzt hatte. Er lachte und wiederholte es, diesmal über seine Schulter, auf dass Dabir ihm zustimmte. Sein Vetter indes lächelte nur nervös.

Fahran stieß ihr die Spitze seines Messer gegen die Kehle; seine andere Hand ging hinunter zu ihren Hosenschnüren.

»Warte.« Dabir kam einen Schritt näher, dann sagte er etwas, das halb erstaunt, halb verärgert klang.

»Was glaubst du wohl, was ich vorhabe?«, zischte Fahran. Wie schon zuvor wollte er, dass Alix jedes seiner Worte verstand.

Alix blickte hilflos zu Dabir, der aber schaute betreten beiseite. Wieder zerrte Fahran an ihren Schnürbändern. Alix spannte sich an, verdrehte ihren Oberkörper, brachte ihr Knie in Stellung. Sie hatte keine andere Wahl. Lieber würde sie sterben. Und wenn Dabir schon der Mut fehlte, ihr zu helfen, würde er sich vielleicht aus dem, was nun folgte, heraushalten …

Eine neue Stimme unterbrach die Stille, und sie war so kühl und glatt wie ein Kiesel. Fahran wirbelte herum und erblickte einen seiner Stammesbrüder. Mit dem Bogen in der Hand stand er zwischen den Bäumen und schaute auf die Lichtung.

Goldene Augen trafen Alix' Blick. »Komm weg von dem Baum«, sagte Sakhr zu ihr.

Alix wollte der Aufforderung schon nachkommen, doch Fahran drückte sie weiter gegen den Stamm und blaffte dem Neuankömmling etwas in seiner Sprache entgegen.

»Du bringst Schande über uns alle«, erwiderte Sakhr in erstaunlich ruhigem Ton, wenngleich Alix die kalte Wut dahinter spüren konnte.

Fahran funkelte ihn böse an. »Du hast mir gar nichts zu sagen. Und deine Schwester auch nicht. Offenbar scheint ihr das vergessen zu haben.«

»Das ist wahr. Du bist frei zu tun, was immer du willst. Ich aber auch.« Der Krieger hob seelenruhig seinen Bogen.

Die Hand, die Alix gegen den Baum presste, begann vor Wut zu zittern. Fahran zischte etwas, das vor Gift nur so troff.

»Du beschämst dich selbst. Von mir brauchst du keine Hilfe.« Sakhrs Blick ging zu Dabir, der mit gesenktem Blick dastand. »Was sagst du dazu, Bruder?«

Dabirs Antwort, wie auch immer die lautete, brachte die Entscheidung. Fahran ließ die Hand langsam sinken, doch im letzten Moment knallte er Alix' Kopf gegen den Stamm. Er taxierte sie von oben bis unten und sagte: »Hätte diesen Abschaum ohnehin nie berührt, wollte ihr nur zeigen, wo sie hingehört.« Zur Unterstreichung seiner Worte rammte er sie noch einmal mit dem Schädel gegen den Baum. Dann ging er davon und stieß dabei übelste Verwünschungen aus, die keiner Übersetzung bedurften.

Alix schüttelte ihren Kopf. Als sie wieder geradeaus gucken konnte, fand sie sich allein mit Sakhr auf der Lichtung. Sein Bogen war noch immer gezückt, wenngleich er ihn ein wenig hatte sinken lassen. Der Krieger sagte nichts, deutete nur mit dem Kinn auffordernd in Richtung Ufer.

Ein Zittern befiel Alix' Hände, breitete sich durch ihren Körper bis in ihre Beine aus, sodass sie schon bald ziemlich wacklig auf den Füßen wurde. In ihrem Kopf dröhnte es, und etwas, das sich anfühlte wie ein gefrorenes Schluchzen, drückte ihr auf die Brust. Benommen und schweigend stolperte sie durchs Unterholz zurück zum See.

Qhara wollte Erik das Hemd über den Kopf ziehen, doch der wich zurück. »Das kann ich selbst.«

Amüsiert verzog sie den Mund. »Vielleicht, aber es wird sehr wehtun. Das Hemd ist nass. Es wird an dir kleben.« Sie zuckte die Achseln. »Aber wenn du mich mit deiner Zähigkeit beeindrucken willst, nur zu.«

»Bilde dir nicht zu viel darauf ein. Ich will einfach nicht, dass du mich mehr berührst als nötig, das ist alles.«

»Wie du willst.« Sie erhob sich.

Unter Schmerzen kämpfte sich Erik zurück in sein Hemd, fühlte sich dabei mehr als nur ein wenig wie ein störrisches kleines Kind; doch dann war Kerta zur Stelle, tat ihr Bestes, ihm trotz ihrer gefesselten Hände zu helfen. Sie nutzte die Gelegenheit, um ihm etwas ins Ohr zu flüstern. »Es gefällt mir nicht, dass sie Alix weggebracht haben. Dieser Fahran … hatte so einen Ausdruck in den Augen.« Erik blickte zu den Bäumen hinüber, zwischen denen Alix verschwunden war. Als er zu Kerta hochsah, lag echte Sorge in ihrem Blick.

»Ihr wird schon nichts passieren«, sagte er mit einer Überzeugung, die er nicht fühlte.

»Nicht reden«, zischte Qhara.

Kurz darauf stürmte Fahran auf sie zu, das Gesicht vor Wut gerötet. Dabir folgte ihm kurz darauf. Nur von Alix war weit und breit nichts zu sehen. Mit gerunzelter Stirn sah Qhara, wie ihre Stammesbrüder zum Ufer gingen. Sie stellte Dabir eine

Frage, doch der Krieger hob nur die Schultern und vermied ihren Blick.

Erik erhob sich, sein Puls raste, doch einen Moment später erschien Alix mit Sakhr an ihrer Seite. Erik stieß erleichtert die Luft aus.

Doch die Freude währte nur kurz. In der nächsten Sekunde schon sah er, dass irgendwas nicht stimmte. Sie bewegte sich seltsam, schien wacklig auf den Beinen, und ihr Gesicht war aschfahl. »Alix?«

»Nicht reden«, sagte Qhara wieder.

Erik ignorierte sie, machte sich auf den Weg zu Alix.

»Mir geht's gut«, sagte die mit gesenktem Blick.

»Was ist passiert?«

»Nichts, alles in Ordnung.«

Was offensichtlich gelogen war. »Alix …«

»Lasst es gut sein, Erik.« Ihre Blicke trafen sich, und er sah die unausgesprochene Aufforderung darin, um der Götter willen nicht weiter in sie zu dringen. Und da begriff Erik, warum. *Sie hat Angst vor deiner Reaktion. Angst, dass du dabei dein Leben aufs Spiel setzt.*

Er sah Fahran an und befand, dass ihre Furcht mehr als gerechtfertigt war. Er rührte sich.

»*Nicht.*« Alix ergriff seinen Arm. »Bitte. Es ist nichts geschehen. Ich schwöre es. Sakhr …«

Qhara schob sich zwischen sie. »Nicht reden.« Obwohl sie es zum dritten Mal sagen musste, war ihr Ton überraschend freundlich. Sie nahm Alix am Ellbogen und führte sie fort.

Danach überließen ihre Aufpasser nichts dem Zufall. Fahran, Alix und Erik wurden so weit voneinander gehalten, wie Qhara und Sakhr es einzurichten vermochten. Erik konnte nicht klar denken, so sehr rauschte das Blut in seinen Ohren. Nie zuvor hatte er so gewalttätige Gedanken gehegt wie jetzt, und der

Drang, sie auch in die Tat umzusetzen, war fast übermächtig. Eine kleine, böse Stimme in seinem Kopf schien ihn darin nur noch zu bestärken. Allein Alix' Warnung und die Angst davor, was ihr angetan werden würde, wenn er versagte, hielten ihn davon ab. Zur Abwechslung war sie einmal diejenige, die ihn von etwas abhielt. So viel Verstand war noch übrig in seinem kochenden Hirn, um die Ironie darin zu erkennen.

Bei Einbruch der Abenddämmerung hielten sie an. Wieder prüfte Qhara Eriks Verbände. Sie schien eine Infektion zu befürchten, obschon, was kümmerte es sie eigentlich, wo er doch ohnehin zu seiner Hinrichtung marschierte.

»Die Rothaarige«, fragte sie, als sie ihm die blutigen Stoffstreifen abnahm. »Ist sie deine Frau?«

»Die Frau meines Bruders.«

»Du sorgst dich um sie.« Sie sah ihn an, um seine Reaktion zu beobachten.

»Natürlich, sie ist meine Schwägerin.«

Eine kurze Pause. Qhara tupfte die Wunde ab, bedeckte sie mit einer neuen Breischicht. »Sie versteht zu kämpfen, die da.«

Erik wusste nicht, worauf sie hinauswollte. Diese Frau war viel zu berechnend, um einfach nur daherzuplaudern. Bis er nicht wusste, was sie von ihm wollte, war es wohl besser, sich bedeckt zu halten.

Später, nachdem sie gegessen hatten, kam Dabir zu ihnen, um Qhara abzulösen. Er setzte sich neben Erik, zog seine gebogene Klinge hervor und legte sie sich über die Beine. Dann warf er einen Blick über das Feuer hinweg, als schätze er die Entfernung zum nächsten Paar Ohren ab. Er rutschte ein wenig näher, senkte die Stimme und sagte: »Ich kann dir helfen.«

Erik kniff die Augen zusammen. »Das bezweifle ich.«

»Doch, kann ich. Nur ein bisschen vielleicht, aber du brauchst jede Hilfe, die du kriegen kannst.«

Erik betrachtete den Stammeskrieger. In der Dunkelheit war er kaum mehr als eine Silhouette, unmöglich, in seinem Gesicht zu lesen. *Das ist doch bestimmt eine Falle*, dachte er. *Und doch*, sagte der andere Teil von ihm, *kann es ja nicht schaden, ein Weilchen mitzuspielen. Solange ich nur vorsichtig bin …* »Wie kannst du mir helfen?«

Dabir warf einen weiteren ängstlichen Blick über die Schulter. »Der *pasha* wird sich erst dann ein Urteil bilden, nachdem er jeden einzelnen von uns angehört hat. Danach wird man über euer Schicksal entscheiden. Ich kann gut für dich sprechen, wenn der Preis stimmt. Ihm sagen, dass du ein guter Gefangener warst, der keinen Ärger gemacht hat.«

»Aber das wäre gelogen, und die anderen wissen es besser.«

»Keine Lüge. Nicht für dich. Du hast ja niemanden angegriffen. Du hast nur Angst um deine Frau gehabt.«

»Sie ist *nicht* meine Frau«, stieß Erik zwischen zusammengebissenen Zähnen hervor.

»Ich werde gut für dich sprechen, wenn der Preis stimmt.«

»Ja, das sagtest du schon. Aber was kann ich dir anbieten? Ihr habt doch schon alles genommen, was ich besaß.«

»Nicht alles. Du musst doch noch etwas Gold bei dir haben, irgendwo, vielleicht in einer Tasche versteckt.«

Erik musste fast laut auflachen. »Nein. Ich trage keinen Geldbeutel.« Sein Leben lang hatte er das nie nötig gehabt, aber es wäre der Sache nicht dienlich, dies jetzt zuzugeben.

»Und was ist mit den anderen? Einer von ihnen muss doch was dabeihaben.«

Er hob die Schultern. »Vielleicht ist was im Futter unserer Satteltaschen eingenäht.« Solche Maßnahmen waren unter kämpfenden Männern weit verbreitet. Von dem halben Dutzend geborgener Satteltaschen mochte durchaus die eine oder andere ein paar Münzen enthalten.

Grinsend sprang Dabir auf die Füße. Er ging geradewegs auf das Pferd zu und wühlte unter den Augen der anderen in den Taschen herum. *Und das, nachdem er sich solche Mühe gegeben hat, heimlich mit mir zu sprechen.* Erik hatte das Gefühl, hinters Licht geführt worden zu sein, doch er konnte nicht verstehen, warum. Wenn der Mann hatte erfahren wollen, wo üblicherweise Gold versteckt wurde, hätte er doch nur zu fragen brauchen. Warum es vor den anderen verheimlichen, wo sie doch ohnehin schon alles beschlagnahmt hatten, was er bei sich trug?

»Hier«, rief Dabir triumphierend und hielt eine Handvoll Münzen in die Luft.

»Lass mal sehen.« Sakhr schnappte sich eine und hielt sie nah ans Feuer. Drehte und wendete sie im Schein der Flammen. »Du hattest recht, kleine Schwester«, sagte er und fügte etwas hinzu, dem Erik nicht folgen konnte.

Qhara nahm die Münze und inspizierte sie ebenfalls. Sie schaute zu Erik, dann wieder auf die Münze. Als sie ihn wieder ansah, trafen sich ihre Blicke.

Da verstand er.

Erik, du Idiot.

Er hatte gewusst, dass es eine Falle war, und war doch hineingetappt – *so übermütig wie Alix, und so hirnlos wie einer von Madans Unterjochten. Was ist eigentlich los mit dir, du verdammter Narr?* Erst hatte er kaum seine Wut im Zaum halten können und jetzt das. Wie ein Schiff, das sich losgerissen hatte, trieb er auf einem Meer von Emotionen, die er nicht definieren konnte, durch den Sturm.

Disziplin. Vergiss nicht, wer du bist. Er spürte, wie er sich straffte. Er hob den Kopf und blickte seinen Häschern trotzig entgegen.

»Das ändert einiges«, sagte Qhara.

Fahran war nun ebenfalls zum Feuer getreten. Er schaute von

einem Stammesbruder zum anderen und runzelte die Stirn, schien nicht zu begreifen, was hier eigentlich vor sich ging. »Was ist denn los? Was ändert einiges?«

Qhara beachtete ihn nicht. »Du hättest uns die Wahrheit sagen sollen, Kaiserlicher Erik.« Sie grinste spöttisch und verbeugte sich leicht vor ihm. »Oder soll ich sagen: Euer Majestät.«

23. KAPITEL

Euer Majestät.

Gut, das war der leichte Teil. Und wie weiter? Er schaute hinab zu Rudi auf der Suche nach Inspiration. Doch der Wolfshund gähnte nur und entblößte dabei ein Maul mit seltsam gebogenen Zähnen.

Meine Recherchen schreiten voran. Das entsprach nun nicht ganz den Tatsachen, oder?

Ich bedaure, Euch über mein erbärmliches Versagen in Kenntnis setzen zu müssen. Richtig, aber vielleicht eine Spur zu melodramatisch.

Ich habe entschieden, lieber nackt an den Mast eines Handelsschiffs gebunden zu werden, das sodann jeden Hafen der bekannten Welt anlaufen wird, als in dieser Sache fortzufahren. »Ja.« Liam tippte sich mit der Schreibfeder gegen das Kinn. »Ich denke, das nehme ich.«

Rona Brown sah von der Schriftrolle auf, die sie gerade las. »Entschuldigung, Kommandant?«

»Nichts, ich schreibe dem König nur einen Brief.«

Ide sah ihm über die Schulter. *Euer Majestät.*

»Ich bin allerdings noch nicht ganz fertig.«

Rona seufzte und legte die Schriftrolle beiseite. »Ihr habt recht, Kommandant, hier steht nichts, was wir nicht schon wussten.«

»Trotzdem danke, dass Ihr's noch mal überprüft habt.« Er hatte gehofft, dass Rona in Saxons Aufzeichnungen etwas Nützliches finden würde, das er übersehen hatte. »Ich denke, wir sollten zurück zum Hafen gehen. Uns dort ein bisschen umhören. Vielleicht finden wir ja jemanden, der etwas Ungewöhnliches beobachtet hat.«

»Und wenn uns das nicht weiterbringt«, sagte Dain Cooper, »könnten wir noch mal mit Meister Mallik reden. Man kann nie wissen, vielleicht ist ihm seit letzter Woche noch was eingefallen.«

»Ja«, sagte Liam, »vielleicht. Und vielleicht wachsen Rudi ja auch Schmetterlingsflügel, auf dass er fröhlich im Wintergarten herumflattern kann.«

Shef erschien in der Tür. »Ich bitte um Verzeihung, Euer Hoheit, aber der Erste Sprecher Kar ist hier.«

Liam hob die Augenbrauen. Wenn überhaupt, so hatte er erwartet, dass der Erste Sprecher ihn in einem Brief auffordern würde, freundlichst seinen königlichen Arsch aus dem Land zu bewegen. »Ich lasse bitten.«

»Nun«, meinte Ide. »Das könnte lustig werden.«

Kar betrat den Wintergarten allein. Er sah aus wie ein Mann, der ein tiefgehendes Zerwürfnis mit dem Schlaf hatte. Seine Miene war wie immer unter Kontrolle, doch das Gesicht wirkte wie eine Maske, die schon bessere Tage gesehen hatte und nun mit ausgefransten Ecken, abgeblättertem Lack und ausgeblichener Farbe in der Ecke hing. »Ich hoffe, ich störe nicht, Euer Hoheit.«

»Überhaupt nicht.« Liam bot dem Mann einen Platz an. »Tatsächlich bin ich froh, Euch zu sehen. Ich weiß nicht, ob Ash Bookman es erwähnt hat, aber …«

»Er hat es erwähnt«, sagte Kar. »Kurz bevor er sein Amt niedergelegt hat.«

Liam wand sich innerlich. Offensichtlich hatte es der Sekretär ernst gemeint, als er sagte, er wolle nichts damit zu tun haben.

»Und deshalb bin ich hier, Euer Hoheit«, fuhr Kar fort. »Ich möchte sicherstellen, dass hier kein Missverständnis vorliegt.«

»Tut es nicht. Zumindest nicht, soweit es mich betrifft.« Liam konnte sich nicht überwinden, dem Ersten Sprecher in die Augen zu sehen. »Ich erhielt einige Informationen, von denen ich dachte, sie könnten uns vielleicht helfen herauszufinden, wer für die Verzögerungen mit der Flotte verantwortlich ist. Doch wie es scheint, habe ich mich geirrt.«

»Ihr habt Euch nicht geirrt, Euer Hoheit. Ihr wurdet vorsätzlich in die Irre geleitet. Auch habe ich eine Ahnung, von wem, aber das spielt jetzt keine Rolle. Wichtig ist nur, dass Ihr das Ganze durchschaut habt.«

»Aber gewiss«, sagte Rona Brown. »Uns war gleich klar, dass das alles ein wenig zu gut zusammenpasste.« Was sie anging, so stimmte das, aber Liam sah keine Veranlassung, in diesem Punkt weiter ins Detail zu gehen.

»Verteidigungskonsul Welin ist genauso wenig fähig, die Flotte zu sabotieren, wie ich«, sagte Kar.

Offenbar war es ihm wichtig, das noch einmal klarzustellen. Liam nickte verbindlich.

»Darüber hinaus hätte man ihm ein solches Verbrechen schon vor langer Zeit nachgewiesen. Ihr könnt Euch sicher denken, dass er ständig unter Beobachtung steht. Seit Monaten ist die Opposition auf dem Kriegspfad. Offen gesagt, Euer Hoheit, diese Anfeindungen bringen ihn um.«

»Ja, das kann ich mir vorstellen.« Tatsächlich konnte er das nicht. Nach Liams Erfahrung waren Schmähungen kein Weltuntergang, auch wenn Kinder manchmal grausam sein konnten. *Diese Leute haben keine Ahnung, wie ein wahrer Krieg aussieht.* Denn wenn doch, dann würden sie nicht herumtänzeln wie Paradeponys, während seine Landsleute starben.

»Ich bin froh, dass wir einander verstehen. In Wahrheit treibt mich jedoch weit mehr um als Welin. So bedauerlich die hasserfüllte Kampagne gegen ihn auch ist, meine Priorität als Erster Sprecher ist nun mal das Wohlergehen der Republik. Und das bedeutet, dass herausgefunden werden muss, wer die Flotte sabotiert.«

»Dann stimmt Ihr also zu, dass es sich um Sabotage handelt?«

»Was könnte es sonst sein?«

Liam wusste, er sollte es einfach herunterschlucken und mitspielen, aber er konnte es nicht. »Wenn es das ist, was Ihr glaubt, warum habt Ihr's dann nicht gleich gesagt?«

Kar spreizte die Hände. »Ihr dürft meine Position nicht vergessen, Euer Hoheit. Ein solcher Akt erfüllt den Tatbestand des Hochverrats, das ist ein Kapitalverbrechen. Ich wagte nicht, Anschuldigungen zu erheben, bis ich mir nicht absolut sicher war.«

Absolut sicher vor allem, dass die Schuld nicht bei deinem handverlesenen Nachfolger zu suchen ist, meinst du wohl. Laut sagte Liam: »Und nun seid Ihr also sicher? Was hat sich denn seit unserem letzten Treffen geändert?«

»Das hier.« Kar holte ein gefaltetes Pergament hervor und legte es auf den Tisch zwischen ihnen.

Nachdem er es geöffnet hatte, erblickte Liam eine Reihe unverständlicher Schriftzeichen. War Kar nicht klar, dass er kein Onnani beherrschte? Er spürte, wie er errötete.

Dain rettete ihn, bevor die eintretende Stille peinlich zu werden drohte. »Darf ich, Kommandant?« Er nahm den Zettel an sich und verlas laut seine Übersetzung. »*Ich bin* überaus *zufrieden, dass Ihr es geschafft habt* …« Er brach ab und fluchte leise.

»Lest weiter.« Kar verzog das Gesicht wie jemand, der sich für etwas Schmerzvolles wappnet.

Dain räusperte sich und fuhr fort: *»Ich bin* überaus *zufrieden, dass Ihr es geschafft habt, sie untergehen zu lassen, aber gratuliert Euch nicht zu früh. Das ist erst der Anfang, und nun werden sie sich Euch vorknöpfen. Es wird von Mal zu Mal schwieriger werden. Ich bin sicher, Ihr versteht, warum ich dabei nicht persönlich in Erscheinung treten kann, aber ich kann Euch versichern, dass es Euer Schaden nicht sein wird.«* Er hielt abermals inne, sein Kiefer mahlte vor Wut. »Die Nachricht ist unterschrieben mit …«

Liam sprang auf und schnappte sich das Pergament aus Dains Hand.

Syril.

Der Priester von Eldora. Der Sprecher, der ihn vor der versammelten Republicana gedemütigt hatte. »Warum überrascht mich das nicht?«, knurrte Liam.

»Mich schon.« Kar seufzte und legte eine Hand über seine Augen. »Sehr sogar. Ich wusste ja, dass Syril gegen den Krieg war, aber dass er so weit gehen würde …«

»Verzeiht die Frage, Erster Sprecher«, sagte Rona, »aber warum seid Ihr so sicher, dass dieses Schreiben wirklich von Syril stammt? Könnte es nicht auch eine Fälschung sein?«

»Sehr richtig, dass Ihr das fragt.« Kar zog eine zweite Nachricht aus den Tiefen seiner Robe und reichte sie ihr.

Sie faltete sie auseinander und hielt sie Liam entgegen. Die Handschriften waren identisch.

»Es fehlt nicht an Dokumenten, die man mit dem betreffenden Schreiben vergleichen könnte. Sprecher produzieren dutzende Schriftstücke am Tag. Es ist seine Handschrift, so leid es mir tut. Ich habe es persönlich überprüft. Konnte es selbst nicht glauben, wisst Ihr, auch wenn der Brief in seinem eigenen Papierkorb gefunden wurde.«

»Gefunden?«, fragte Ide. »In seinem Papierkorb? Ziemlicher Zufall, das Ganze.«

»Eine Person in meinen Diensten hat das Schreiben entdeckt.«

Ide grinste. »Ein von Euch bezahlter Spion hat seinen Müll durchwühlt, meint Ihr wohl.« Kar widersprach dem nicht. Er zuckte nur müde die Achseln.

»Also gut«, sagte Liam, »was sollen wir jetzt deswegen unternehmen?«

Kar verzog wieder das Gesicht. Er sah wirklich schrecklich aus. »Sprecher Syril wird festgenommen. Dann macht man ihm den Prozess, und wenn er für schuldig befunden wird, hängt man ihn. Es sei denn, er gibt die Namen seiner Mitverschwörer preis, dann mag es sein, dass er für den Rest seines Lebens in den Kerker kommt.«

Liam hatte einmal einen Kerker von innen gesehen. Vor die Wahl gestellt, würde er sich jederzeit für den Galgen entscheiden. »Wann wird er in Haft genommen werden?«

»Gerade im Moment bereitet ein Richter die entsprechenden Papiere vor.« Der Erste Sprecher schüttelte den Kopf. »Politik ist wirklich ein mieses Geschäft.«

»Dem kann ich nur zustimmen«, sagte Liam, »und nichts davon führt dazu, dass die Flotte schneller fertiggestellt werden wird.«

Kar sammelte seine Schriftstücke wieder ein und erhob sich. »Eine Entschuldigung, die dieser schlimmen Angelegenheit gerecht wird, kann es nicht geben, Euer Hoheit. Doch nun muss ich leider aufbrechen, habe eine höchst unerfreuliche Pflicht zu erfüllen. Ich wünsche Euch und Euren Offizieren noch einen schönen Tag.«

Nachdem er fort war, sagte Rona: »Darf ich mir noch mal

Eure Notizen ansehen, Kommandant? Die von Lady Alix' Spion, meine ich.« Er reichte sie ihr, und Rona überflog die Seiten. »Hier steht es: *Sprecher Syril, frischgebackener Anführer des Volkskongresses. Ein Populist, der in der Republicana zunehmend an Bedeutung gewinnt. Priester von Eldora. Keine bekannten Verbindungen zu einer der Geheimgesellschaften.*«

»Zunehmend an Bedeutung«, knurrte Ide. »Kauft Ihr Kar diese Geschichte ab, Kommandant?«

»Warum nicht? Nur weil er auch einer dieser Politiker ist, die mit dem Finger auf ihren Rivalen zeigen?«

»Also … glaubt Ihr die Geschichte nicht?«, sagte Dain.

»Ich bin nicht sicher. Kar schien die Sache wirklich an die Nieren zu gehen.«

»Das könnte auch Theater gewesen sein«, sagte Ide.

»Dann wäre er aber ein sehr überzeugender Schauspieler«, meinte Rona.

Liam war geneigt, dem zuzustimmen. »Andererseits, warum kommt er ausgerechnet zu mir, wenn er wirklich denkt, dass Syril hinter all dem steckt? Er hätte mich doch auch informieren können, nachdem sie ihn festgenommen haben.«

»Was denkt Ihr also, Kommandant?«, fragte Dain.

»Ich denke, wer immer diesen Brief gefunden hat, wurde angeheuert, um irgendwas Belastendes gegen Syril aufzustöbern, und fand weitaus mehr als erwartet. Kar hätte wohl nicht gedacht, dass ihm etwas Vernichtendes in die Hände fallen würde, und weiß nun nicht, was er damit anstellen soll.«

»Schön und gut, aber was sollen *wir* nun daraus machen?«, wollte Ide wissen.

Liam war schon auf dem Weg zur Tür. »Wir werden dem Lieblingspriester von Eldora einen Besuch abstatten.«

Weit mussten sie nicht reiten. Wie seine Sprecher-Kollegen lebte auch Syril im Botschaftsviertel in einem stattlichen Hause mit Spitzdächern und großen Bogenfenstern. Rosen umrankten das prächtige Gebäude, deren blutrote Blütenblätter sich über den weißen Kies der Auffahrt verteilten. Offenbar hatte auch Populismus seine Grenzen.

»Wie mir scheint, hat sich unser Sprecher auf Gesellschaft eingestellt.« Mit dem Kinn deutete Ide auf die Wachposten, die sich beim Eisentor versammelt hatten.

»Seine Hoheit Prinz Liam White wünscht, zu Sprecher Syril vorgelassen zu werden«, verkündete Rona in ihrer knappen eloquenten Art, als sie näher kamen.

Einer der Männer trat vor, ein stämmiger Bursche mit freudlosem Gesicht. »Sprecher Syril empfängt heute keine Besucher«, sagte er.

Eine kleine Unmutsfalte erschien zwischen Ronas Augen. »Habt Ihr denn nicht gehört? Der Prinz von Alden ...«

»Doch, ich hörte Euch«, unterbrach der Wachmann sie. »Aber bei allem Respekt, meine Befehle waren eindeutig. Ich muss Euch also bitte, wieder zu gehen.«

»Hört, hört, bei allem Respekt ...«, sagte Liam trocken. »Seht mal, ich wage zu bezweifeln, dass Sprecher Syril mit meinem Kommen gerechnet hat, daher muss ich Euch bitten, ihn zunächst darüber in Kenntnis zu setzen, bevor man uns abweist.«

Einer der anderen Wachleute schnaubte auf und murmelte etwas, das seine Kameraden auflachen ließ.

Dain stieg die Zornesröte ins Gesicht. *»Was hast du gerade gesagt?«*

Der Wachmann taxierte ihn von oben bis unten und wiederholte dann seine Worte auf Onnani. Und was immer er sagte, nett klang es nicht. Was Dain ihm wiederum ziemlich übel nahm, denn er machte Anstalten, vom Pferd zu steigen und den Mann zur Rechenschaft zu ziehen.

»Ähm … Dain?« Liam war nicht sicher, ob er die Übersetzung hören wollte.

Sein Adjutant erwiderte mit zusammengebissenen Zähnen: »Kommandant, dieser Hundesohn hat soeben meinen König, meinen Prinz und meine Person beleidigt. Das ist nicht zu tolerieren.«

»Zustimmung.« Ide bewegte sich auf eine Weise im Sattel, bei der sich ihre Hand wie zufällig an den Schwertgriff legte.

Entgeistert sah Liam sie an. »Aber Ihr wisst ja nicht mal, was er überhaupt gesagt hat!«

»Was Dain gesagt hat, reicht mir. Er ist kein Mann, der sich über Nichtigkeiten aufregt.«

Na großartig! Als hätte er nicht schon genug Ärger, schien es, als wollten sich die Weißen Wölfe nun auch noch mit der Hauswache eines hochrangigen Republicana-Sprechers anlegen. »Ich halte das für keine gute Idee«, sagte Liam.

»Nur er.« Mit seinem behandschuhten Finger zeigte Dain auf den Wachmann, der sie beleidigt hatte. »Mann gegen Mann.«

Rona versuchte, die Wogen wieder zu glätten. »Dain, ich glaube nicht …«

»Wenn Ihr wüsstet, was er gesagt hat, Rona, hättet Ihr ihn längst getötet.« Er schenkte ihr einen langen, vielsagenden Blick, den Liam nicht zu deuten wusste.

Er fluchte innerlich. Die Situation entglitt ihm. Er konnte nicht zulassen, dass sein Stellvertreter sich mit der Wache eines Sprechers duellierte. Aber Dain daran hindern, seine Ehre wiederherzustellen, konnte er auch nicht. Dain war ein Ritter, eine seltene Auszeichnung für einen Mann mit onnanischen Wurzeln. Wenn Liam zuließ, dass eine solche Provokation unbeantwortet blieb, könnte der Eindruck entstehen, dass er Dain aufgrund seiner Herkunft nicht so sehr respektierte, wie es ihm zustand. Auch das wäre ein diplomatisches Desaster, und zwar nicht nur in Onnan – die Auswirkungen würden zu spüren sein bis an die Front.

Wann ist die Welt eigentlich so kompliziert geworden? Überall schienen politische Stolperfallen zu lauern, hatten Aktionen Konsequenzen zur Folge, die wiederum weitere Konsequenzen nach sich zogen wie in einem engmaschigen, beständig vibrierenden Spinnennetz. Hatte denn der Krieg alles verändert? Oder war es schon immer so gewesen, und er hatte es bislang einfach nicht gesehen?

Ein Prinz des Reiches zu sein, befand Liam, war einfach Mist.

Er wandte sich an den Anführer der Wachleute. »Hört, ich muss Euch dringend bitten, nunmehr Euren Herrn herbeizuholen, da die Dinge hier offenbar ein klein wenig außer Kontrolle geraten sind.«

Widerstrebend sah der Wachmann zu ihm auf, dann ging er auf dem Kiesweg Richtung Haus.

Die Wölfe warteten. Mit durchgedrücktem Rücken saß Dain im Sattel, den Blick fest auf den Mann gerichtet, der ihn beleidigt hatte. (Und Liam. Und Erik. Und vermutlich das gesamte Königreich Alden.) Mit betretener Miene kam der Wachmann zurück. Wie es schien, war ihm – zu spät – klar geworden, was er getan hatte.

Sprecher Syril erschien in der Tür. Auf den Stufen hielt er kurz inne und nahm die Szenerie auf, bevor er auf die Gruppe zutrat. »Euer Hoheit.« Die weiche Stimme barg nicht den Hauch von Überraschung.

»Sprecher. Ich bedaure, dass Ihr Euch wegen uns aus dem Haus bemühen musstet, aber ich fürchte, wir haben hier gerade einige Probleme.«

»Das sagte man mir.« Er wandte sich an seine Wachmänner.

»Wer von euch war es?« Der Mann, der Dain beleidigt hatte, antwortete auf Onnani, aber Syril fuhr auf Erromanisch fort: »Was hast du gesagt?«

Der Mann starrte auf seine Stiefel und schwieg.

Dain antwortete an seiner Stelle – auf Onnani, vermutlich, damit die anderen Wölfe es nicht mit anhören mussten. Nun starrten alle Wachleute zu Boden. Syrils Miene dagegen blieb ausdruckslos, und einen Moment lang dachte Liam, er wolle die Angelegenheit unter den Tisch fallen lassen. Stattdessen jedoch wandte er sich zum Befehlshaber der Wachmannschaft um und sagte: »Dieser Mann ist eine Schande. Er wird umgehend vom Anwesen entfernt werden. Und jeglicher Lohn, der ihm noch zustehen mag, wird als Strafe einbehalten werden.« Er blickte zu Dain. »Seid Ihr mit dieser Bestrafung einverstanden, Kommandant? Euer Hoheit?«

Liam warf seinem Adjutanten einen Blick zu. Als Dain mit einem knappen Nicken seine Zustimmung kundtat, stieß er unmerklich die Luft aus. »Ja, ich denke, das sind wir.«

»Gut.« Syril machte eine Pause, schien über etwas nachzudenken. Die intelligenten Augen blickten Liam eingehend an. »Es ist wohl das Beste, wenn Ihr nun hereinkommt, Euer Hoheit.«

Der Sprecher führte sie in einen gut erleuchteten Raum, von dem aus man das Tal überblickte. Als sie eintraten, blickte ein kleines Gesicht um die Ecke im Korridor. Ein kleines Mädchen, kaum älter als zwei Jahre, mit runden dunklen Augen und einem Daumen im Mund. Liam zwinkerte ihm zu, und es verschwand.

Syril ließ sich in einen der dick gepolsterten Sessel sinken, faltete die Hände im Schoß und sah seine Besucher schweigend an.

»Danke, dass Ihr uns empfangen habt«, begann Liam überflüssigerweise.

Syril blickte ihn immer noch ausdruckslos an.

»Ein unerfreulicher Vorfall dort draußen am Tor.«

»In der Tat. Bitte entschuldigt, Euer Hoheit.«

»Habt Ihr immer so viele Wachen vor Eurem Haus?«

Syril schenkte ihm ein schwaches Lächeln, das nicht als Ausdruck von Freude gemeint war. »Nein, Euer Hoheit, habe ich nicht. Ich erwarte das Eintreffen der Stadtwache.«

»Tatsächlich?«

»Sie werden jeden Moment kommen, wie Ihr sehr gut wisst. Wenn Ihr also etwas zu sagen habt, dann sagt es schnell.« Im Gegensatz zu seinen Kollegen schien Sprecher Syril die Dinge gern ohne Umschweife auf den Punkt zu bringen.

»Woher wusstet Ihr, dass sie kommen?«, fragte Liam.

Ein verächtlicher Blick, dann: »Geflüster und noch mehr Geflüster. Von Klatsch und Tratsch hinter vorgehaltener Hand nährt sich die Republicana, dieses geistlose Biest.«

»Dann wollt Ihr Euch also Eurer Verhaftung widersetzen?«, fragte Rona. »Deshalb all die Wachen?«

»Und damit indirekt eine Schuld eingestehen? Ich glaube nicht. Nein, die Wachen sind hier, um meine Familie zu schützen gegen … etwaige Übergriffe.«

Liam musste an das kleine Mädchen von eben denken, und sein Magen krampfte sich zusammen. »Glaubt Ihr denn wirklich, jemand würde …«

»Ich weiß es nicht, Euer Hoheit, aber ich möchte es auch nicht darauf ankommen lassen. Die Beschuldigungen gegen mich wiegen schwer und könnten im ganzen Land zu Ausschreitungen führen.« Seine Stimme klang nach wie vor ruhig und sanft, doch in seinem Blick lag Sorge.

»Der Brief war recht belastend«, sagte Liam.

Syril runzelte die Stirn. »Brief?«

»Der Beweis für Eure Schuld.«

»Darüber«, er lehnte sich nun vor, »würde ich gern mehr erfahren.«

»Man hat ihn in Eurem Papierkorb gefunden, wenn ich mich nicht irre. Darin hieß es, Ihr wäret froh, dass es gelungen ist, sie untergehen zu lassen, und dass dies erst der Anfang sei. Und Ihr verspracht, dass jemand dafür entsprechend entschädigt würde.«

Für einen Moment wurde Syrils Ausdruck leer. Dann blitzte so etwas wie Erkenntnis in seinem Blick auf. Er schüttelte den Kopf und murmelte etwas auf Onnani. »Bei Hew, der Mann ist wirklich gerissen.«

»Wer? Kar?«

»Ich war ein Stachel in seinem Fleisch, ja, aber ich hätte nie gedacht, dass er so weit gehen würde, um mich zu vernichten.«

»Bitte entschuldigt«, unterbrach Rona die beiden, »aber ich hatte nicht den Eindruck, dass der Erste Sprecher sonderlich glücklich über diese Entdeckung war.«

»Ja, den Eindruck hatte ich auch«, meinte Liam. »Ich würde sogar sagen, er wirkte regelrecht erschüttert.«

Syril nickte. »Nun, es ist durchaus möglich, dass er die wahre Bedeutung dieses Briefes wirklich nicht verstanden hat.«

»Also ist er echt?«, fragte Liam. »Ihr habt ihn wirklich verfasst?«

»Falls wir von demselben Brief reden, ja.«

»Dann ging es bei dem ›Untergang‹ also gar nicht um die Flotte?«, schlussfolgerte Liam, der so etwas schon vermutet hatte angesichts der ganzen Seefahrermetaphern, die hierzulande kursierten.

»Nein, Euer Hoheit. Das bezog sich auf die Antragsteller eines Gesetzentwurfs an die Republicana. Die Allianz der Arbeiter wollte ein neues Gesetz einbringen, nach dem alle männlichen Personen ab 13 Jahren verpflichtet werden sollten, in den Militärdienst einzutreten. Massenmusterung nennen sie es. Es hieß, dies sei der einzige Weg, auf dem Onnan effektiv am Krieg teilnehmen könnte.« Syrils Augen glühten nun vor Entrüstung.

»Kaum besser als Sklaverei. Ein Verrat an allem, für das diese Republik steht, an allem, für das unsere Vorfahren gelitten haben und gestorben sind. Und das von der Allianz der Arbeiter, wohlgemerkt.«

»Gut«, sagte Liam. »Aber was ist mit dem Teil, in dem Ihr schriebt: *Und nun werden sie sich Euch vorknöpfen?*«

»Dass ich mich gegen den Krieg ausgesprochen habe, hat mich bei vielen meiner geschätzten Kollegen … nicht gerade beliebt gemacht. Ich konnte es mir einfach nicht leisten, als Drahtzieher in dieser Sache ausgemacht zu werden und das letzte bisschen politisches Kapital aufs Spiel zu setzen, über das ich noch verfüge. Also warb ich ein anderes Gesicht für diese Kampagne an, eines, das im Hintergrund gegen die Liga aktiv wurde. Im Gegenzug sagte ich zu, in gewissen anderen Fällen vor der Republicana als Fürsprecher aufzutreten.«

»*… aber ich kann euch versichern, dass es Euer Schaden nicht sein wird.*«, zitierte Rona.

»Genau.« Das traurige Lächeln kehrte zurück. »Ihr seht also, Euer Hoheit, in dem Brief stand nichts Ruchloses, zumindest soweit es die Flotte betrifft. Der Erste Sprecher Kar hat das Schreiben einfach … zu freizügig interpretiert. Allerdings glaube ich nicht, dass er viel Mühe darauf verwenden wird, eine andere Erklärung für diese Mitteilung zu suchen, andernfalls hätte er sie schon längst gefunden.«

»Das«, sagte Liam, »denke ich mir allerdings auch.«

Syril verzog das Gesicht. »Was für ein stolzes Bild doch diese Republik abgeben muss. Welch leuchtendes Beispiel für gelebte Demokratie. Ihr müsst wahrlich tief beeindruckt sein.«

Liam schüttelte den Kopf. »Ich weiß nicht, was ich denken soll. Ich weiß nur, dass ich wieder einem imaginären Kaninchen in seinen imaginären Bau nachgejagt bin. Ich wurde hierher entsandt, weil mein Volk in einer verzweifelten Lage ist. Seit zwei Jahren schon sterben tausende und abertausende in diesem Krieg. Ohne Hilfe werden wir untergehen. Und Hilfe habe ich hier bisher nicht gefunden. Nicht vom Ersten Sprecher Kar, nicht von Verteidigungskonsul Welin, nicht vom Vorsitzenden Irtok. Weder von den Schilden noch von den Söhnen oder der Allianz der Arbeiter …« Er hielt inne, blickte Syril direkt in die Augen. »Und leider auch nicht von Euch.«

Der Sprecher erwiderte ruhig seinen Blick. »Das trifft zu. Stattdessen wurdet Ihr manipuliert und als weitere Spielfigur in einem gewaltigen politischen Wettstreit eingesetzt, mit dem ihr nicht das Geringste zu tun habt. Ich bin angewidert und beschämt gleichermaßen, Euer Hoheit.«

Als ob mir das was nützt! Liam erhob sich.

»Wartet.« Syril sah zu ihm auf. »Eine Sache kann ich dennoch für Euch tun.«

»Und die wäre?«

»Ich kann ein Treffen mit der Führung der Hafenarbeitervereinigung arrangieren. Mit den Dockies, wie wir sie hier nennen.«

Liam erinnerte sich an die Dockies von seinem ersten Besuch in der Werft und an ihre feindseligen Blicke. »Warum sollte ich mich mit ihnen treffen wollen?«

Syril zögerte, als wolle er seine Worte sorgfältig auswählen. »Ich bin nicht sicher, Euer Hoheit. Aber wenn ich an Eurer Stelle wäre, würde ich es in Betracht ziehen.«

Draußen wurde es plötzlich laut. Als Liam einen Blick durchs Fenster warf, sah er eine Person, die durch das Tor huschte, und eine weitere, die sich auf den Weg hinter das Haus machte.

»Wie es scheint, ist meine Eskorte eingetroffen.« Syril stand auf, glättete sein Priestergewand. »Danke, dass Ihr gekommen seid, Euer Hoheit.«

Liam betrachtete ihn resigniert. Man konnte über Syril sagen, was man wollte, aber er war der aufrichtigste Mann, den er bisher in Onnan-Stadt getroffen hatte. Er hatte es nicht verdient, dass man ihn aufgrund eines Missverständnisses hinrichtete. Er konnte nur hoffen, dass es um die onnanische Justiz besser bestellt war als um die onnanische Politik. »Viel Glück Euch, Sprecher.«

»Das wünsche ich Euch auch, Euer Hoheit. Ich würde sagen, wir können es beide brauchen.«

24. KAPITEL

»Wie sind sie nur darauf gekommen?« Alix hatte sich über Erik gebeugt und tat so, als klaube sie ihre Decke vom Boden auf.

Die Stammeskrieger standen auf der anderen Seite des Lagers zusammen und unterhielten sich in gedämpftem Ton. Seit letzter Nacht ging das schon so. Unter ihrem Gemurmel war Alix irgendwann eingeschlafen und am frühen Morgen auch wieder erwacht. Sie wusste, sie sollte dankbar dafür sein, dass sie miteinander debattierten, anstatt Erik und seine Gruppe kurzerhand zu töten. Doch das permanente Getuschel ging ihr inzwischen auf die ohnehin schon strapazierten Nerven. Das, was gestern im Wald geschehen war, versuchte sie zu verdrängen, doch sie wurde jedes Mal, wenn sie Fahran ansah, wieder daran erinnert. Der Gedanke an das Ereignis ließ sie sich verwundbar fühlen, doch für Selbstmitleid blieb ihr keine Zeit, denn ihr König brauchte sie.

»Es gibt etliche Möglichkeiten, wie sie es herausgefunden haben könnten«, sagte Erik, wobei er die Bergmenschen nicht aus dem Auge ließ. »Aufgrund meines Namens oder meines Auftretens. Ich war unbesonnen, und jetzt müssen wir alle dafür bezahlen.«

»Ihr wart nicht unbesonnen, habt Euch im Gegenteil so diszipliniert verhalten wie eh und je.«

»Aber ich war naiv. Qhara hatte recht – wir haben diese Menschen für unzivilisiert, isoliert und uninformiert gehalten. Offensichtlich haben wir uns geirrt. Und wenn ich aufmerksamer hingesehen hätte, wäre es mir auch aufgefallen. Stattdessen habe ich zugelassen, dass meine Vorurteile mein Urteilsvermögen trüben.«

»Ihr seid zu hart zu Euch selbst.«

Er lachte ein freudloses Lachen. »Das glaube ich nicht, Alix. Diesmal nicht. Ich muss leider zugeben, dass ich in letzter Zeit …« Er brach ab, schüttelte den Kopf. »Ach, das ist nun auch egal.«

Sakhr kam zu ihnen herüber. »Zeit aufzubrechen«, teilte er ihnen mit.

»Wohin?« Erik sprach mit fester Stimme und mit stolz erhobenem Haupt. Die königliche Maske war wieder an ihrem Platz. Und ihm blieb nichts anderes übrig, als sie zu tragen wie eine Rüstung.

»Ihr werdet vor den *pasha* gebracht. Wir sind nur zwei Stunden vom Dorf entfernt. Eigenhändig über euch zu richten, wo wir ihnen und ihrem weisen Urteil schon so nahe sind, wäre einfach nicht recht.«

Noch zwei Stunden bis ins Dorf. Und wenigstens würde man ihnen dort eine Art Prozess machen. Paradoxerweise war Alix darüber fast erleichtert. Ein weiterer Tag, an dem sie die verlorenen Stunden zählte und die Mauern ihres Geistes einzureißen versuchte, hätte sie sicherlich um den Verstand gebracht.

Erik musste etwas Ähnliches durch den Kopf gehen, weil er nur stumm nickte. Dann erhob er sich und klopfte sich, so gut es mit den gefesselten Händen ging, den Staub von den Sachen. Trotz aller Strapazen wirkte er nur leicht mitgenommen, als wäre er lediglich in seinen Kleidern eingeschlafen. Seit über einer Woche hatte er sich nicht mehr rasiert, doch der rotgoldene, kurze Bart wirkte noch immer gepflegt. Natürlich half es, dass sein Hemd zwischenzeitlich gewaschen worden war, und dennoch bewunderte Alix ihn für seine fast übernatürliche Souveränität. Selbst Kerta, mit ihren tadellosen Locken und dem perfekten Teint, konnte da nicht mithalten.

Dann ging es weiter, wobei sie nach wie vor am Ufer des Sees entlangliefen. Qhara hielt sich nah bei Erik, woraufhin sich Alix zwischen die beiden schob. Kerta lief an Eriks anderer Seite.

Das blieb nicht unbeachtet. »Du bist seine Leibwächterin«, verkündete Qhara plötzlich.

Alix warf Erik einen Blick zu, doch der zuckte nur mit den Schultern, als wolle er sagen: Nur zu, es ist doch ohnehin schon egal. »Ich wusste nicht, dass das so offensichtlich ist«, erwiderte sie.

»Jedes Kind hörte doch die Geschichte von der rothaarigen Frau, die dem König das Leben gerettet hat. Von der Frau aus den einsamen Hügeln, die sich so nah unseres eigenen Landes befinden.«

»Allein aufgrund meiner Haarfarbe hast du das geschlussfolgert?«, fragte Alix bestürzt.

»Es gab viele Hinweise. Bin aber erst so spät darauf gekommen, weil er nicht so ist, wie ich's erwartet hab.« Sie blickte zu Erik. »Du bist nicht so, wie ich erwartet hab.«

Er tat so, als hätte er sie nicht gehört, ging einfach weiter, den Blick starr nach vorn gerichtet.

»Hatte erwartet, der König der Kaiserlichen wäre verweichlicht und träge«, fuhr Qhara fort.

»Und wie kommt ihr darauf?«, fragte Kerta spitz.

»Weil Menschen nun mal so werden, wenn alles für sie getan wird.«

Kerta zog ein finsteres Gesicht. »Ja, du bist wahrlich eine Expertin in Sachen Monarchie.«

»Ihr hattet eure Vorstellungen über uns, wir hatten unsere über euch. Wie's scheint, haben wir beide falsch gelegen.«

»Und doch bist du dir sicher, dass wir euch feindlich gesinnt sind«, sagte Alix.

Qhara ging nicht darauf ein; sie war zu beschäftigt damit, Erik anzustarren. »Warum bist du selbst gekommen, Kaiserlicher Erik? Du hättest doch jemanden an deiner Stelle schicken können?«

Diesmal antwortete er, doch er schaute sie noch immer nicht dabei an: »Weil ich weder verweichlicht noch träge bin, und weil König zu sein heißt, dass man persönlich die Verantwortung für die Dinge übernimmt, die wirklich wichtig sind.«

Der Rest der Reise verlief schweigend. Alix suchte immer wieder den Horizont ab, konnte aber weit und breit kein Dorf entdecken. Und dann konnte sie es plötzlich doch. Wie aus dem Nichts tauchten mit einem Mal braune, grüne und goldfarbene Hütten vor ihnen auf, die sich so perfekt in ihre Umgebung einfügten, dass man das Dorf erst sah, wenn man fast davorstand. Durch einen schmalen Fluss zweigeteilt, der aus einem plätschernden Wasserfall gespeist wurde, verschmolz die Ansiedlung mit den umgebenden Hügeln und Wäldern, sodass ihre Ausmaße wie auch die Anzahl der Bewohner unmöglich zu schätzen waren. Auf den Hängen über den Baumwipfeln waren terrassierte Felder zu erkennen, und darüber grasten auf Weideflächen Schafe und Ziegen. Das entfernte Bimmeln von Glöckchen waberte zusammen mit den Nebeln des Wasserfalles über die Baumwipfel zu Tal.

Fahran war schon vor ihnen im Dorf eingetroffen, sodass sich bereits eine kleine Menge im Zentrum versammelt hatte. Alix und Kerta tauschten einen beunruhigten Blick. Erik hingegen sah aus, als kehre er nach Monaten an der Front nach Erroman zurück: ruhig und gefasst nach außen, doch im Innern angespannt wie eine Bogensehne.

Die Bergmenschen umringten sie mit gezückten Waffen. »Legt euch eure Worte schon mal zurecht«, sagte Qhara. »Viel Zeit werdet ihr nämlich nicht haben. Der *pasha* kommt.«

Sprach's, bahnte sich einen Weg durch die Menge und verschwand.

»Hinsetzen.«

Der Befehl kam von einer beeindruckenden Frau mit tiefer, autoritärer Stimme. Die Art und Weise, wie die versammelten Bergmenschen sie ansahen, ließ vermuten, dass sie irgendwie wichtig war. Eine Älteste vielleicht, obwohl das schwer zu beurteilen war. Den Falten um Mund und Augen nach zu urteilen, konnte sie schon Großmutter sein, doch ihr Haar war pechschwarz bis auf eine einzelne Silbersträhne an ihrer Schläfe. Alix und die anderen zogen nicht einmal in Betracht, sich ihrem Befehl zu widersetzen; artig ließen sie sich auf den mit Ziegenhaut bespannten Hockern nieder, die man für sie in der Mitte der Menge aufgestellt hatte.

Alix tat ihr Bestes, um Eriks Haltung nachzuahmen: gerader Rücken, hoch erhobener Kopf und ein so gesammelter Gesichtsausdruck, als wohne er einer Predigt bei anstatt einem Prozess, in dem sein Schicksal verhandelt wurde. Fest hielt er den Blick auf die Frau gerichtet und ignorierte die Menschenschar, die sich eingefunden hatte – das gesamte Dorf, wie Alix annahm.

»Ihr sprecht unsere Sprache nicht«, sagte die Frau auf Hoch-Harrami, »also werde ich, was ich zu sagen habe, für euch übersetzen.« So wie schon vorhin, erhob sie abermals die Stimme und wandte sich in ihrem eigenen Dialekt an die Anwesenden. Dann: »Wir sind heute Morgen hier zusammengekommen, um die Aussagen dieser Kaiserlichen anzuhören, die in unser Land eindrangen. Von der Gemeinschaft erbitte ich Ruhe. Vom *pasha* erbitte ich Weisheit. Und von euch Gefangenen erbitte ich Respekt.«

»Der soll euch gewährt werden.« Erik neigte sein Haupt vor den sechs Frauen und Männern, die im Halbkreis vor ihm saßen und den *pasha* bildeten.

Alix sah sich ihre Richter genauer an. Eine grimmig dreinblickende Versammlung, allesamt dunkelhaarig, die sie mit durchdringenden Blicken in Augenschein nahm. Und doch waren die Mitglieder dieses Rates jünger, als sie vermutet hatte. Zwei von ihnen schienen über sechzig zu sein, doch die anderen waren kaum älter als ihre Eltern, würden diese heute noch leben; einer gar mochte an Wintern nicht viel mehr zählen als Erik. Warum ausgerechnet diese sechs in solch eine Funktion gewählt worden waren, war ihr nicht ersichtlich.

Der älteste Mann unter ihnen sprach als Erstes: »Wo sind die Krieger, die diese Eindringlinge aufgegriffen haben?«

»Hier, *pashanai.*« Sakhr trat aus der Menge auf sie zu. »Meine Schwester und ich leiteten die Expedition, um den Pass zu beobachten.« Er deutete hinter sich in die Menge, und Qhara, Fahran und Dabir senkten ehrerbietig die Köpfe.

»Wie kam es, dass ihr auf sie getroffen seid?« Die Stimme des Alten klang brüchig und zitterte beim Sprechen, als bereiteten ihm seine Lungen Probleme, doch die Augen, die Erik anblickten, waren hell und wach.

»Uthal ging auf die Jagd, *pashanai,* als er von einem Berglöwen angefallen wurde. Wir haben das Tier verfolgt. Dabei fanden wir die dort. Es waren vier Eindringlinge, doch einer aus ihrem Gefolge wurde getötet, als er Fahran angriff, und eine andere, eine Späherin, haben wir verfolgt, aber nicht finden können. Ich glaube nicht, dass sie dort draußen lange überleben wird.«

Ein anderes Mitglied des *pasha*, die älteste der Frauen, wandte sich an Sakhr. »Der, welcher getötet wurde – hat er versucht zu fliehen?«

»Ja, *pashanai.*«

»Und was taten die anderen?«

»Die Rothaarige hat Dabir angegriffen. Qhara hat die anderen ruhiggestellt, bevor sie etwas unternehmen konnten.«

»Ich hab dem König in den Rücken geschossen«, sagte Qhara lachend.

Ernst sah die alte Frau aus ihren goldenen Augen Erik an. »Also hat er auch versucht zu fliehen?«

Qhara dachte darüber nach. »Das würde ich so nicht sagen, *pashanai*. Ich würde sagen, er hat versucht, diese Frau zu beschützen.«

Erik seufzte und richtete den Blick gen Himmel. Alix spürte, wie ihre Wangen heiß wurden. Die Alte grunzte nachdenklich.

»Dann stimmt es also.« Wieder der alte Mann, der sich nun an Erik wandte. »Du bist der König von Alden?«

»Ich bin Erik White.« Ein Raunen ging durch die Menge wie Wind durch die Baumwipfel. Alix versuchte, in den Mienen der Versammelten zu lesen, doch außer unverhohlenem Interesse war nichts darin zu finden.

»Dann solltest du eigentlich wissen, dass die Durchquerung unserer Stammesgebiete mit dem Tode bestraft wird. Warum also hast du unsere Gesetze gebrochen, Erik White?«

»Ich bin dankbar für die Frage, *pashanai*, weil Ihr der Erste seid, der sie stellt.« Vorwurfsvoll ging Eriks Blick in Richtung Sakhr und Qhara. »Es geschah nicht aus mangelndem Respekt. Und hätte ich im Vorfeld um eine Genehmigung ersuchen können, so wäre dies gewiss geschehen. Genauso, wie ich liebend gern eine andere Route genommen hätte, wenn es denn möglich gewesen wäre. Ich bin sicher, Ihr wisst, dass die Länder im Süden vom Trionat von Oridia überrannt wurden, mit dem wir uns im Krieg befinden.«

»Das wissen wir. Und es ist nicht unser Problem.«

Erik nickte langsam. »Ihr seid nicht der Erste, der das zu mir sagt, *pashanai*, aber ich muss mit allem gebotenen Respekt widersprechen. Das Trionat von Oridia ist das Problem *aller* freien Völker von Gedona.«

Alix entging nicht, wie die Menschen in der Menge sich amüsierte Blicke zuwarfen. »Soweit ich weiß, sind wir das einzige freie Volk in Gedona«, sagte der alte Mann, »mit Ausnahme vielleicht unserer Brüder aus Onnan. Warum also sollten wir die Trions fürchten?«

»Weil sie Eroberer sind, und Eroberer lassen sich nicht aufhalten. Und wenn der Rest Gedonas erst von ihnen geschluckt und unterworfen wurde, dann werden sie sich euch vornehmen.«

Der alte Mann lächelte, und seine Züge verschwanden hinter einer Schicht aus gerunzelter Haut. »Ich werde dir nun was über mich erzählen, Erik White. Ich heiße Ghous und habe zweiundsiebzig Jahre auf diesem Land gelebt. In dieser Zeit gab es vier Könige in Ost und drei in Alden. Es gab zwei Könige in Andithyri, und ich würde dir auch sagen, wie oft unsere Brüder in Onnan einen König gewählt haben, aber« – er machte eine wegwerfende Geste – »deren System ist für mich leider nicht zu verstehen.« Die Menge lachte. »Wieder und wieder kamen die Armeen der *mustevi*, und wir schlugen sie zurück, so wie eure Armeen die Stämme zurückschlugen, die um ihr Land im Vorgebirge kämpften. Diese Dinge ändern sich nie. Der Mond nimmt zu, der Mond nimmt ab. Die Ernte kommt und geht. Kinder werden geboren und alte Männer sterben. Das ist der Lauf des Lebens, und so wird es immer sein.«

Die Mitglieder des *pasha* murmelten zustimmend.

»Dann ist es also einerlei, ob ihr vom Trionat beherrscht werdet oder nicht?«, fragte Erik.

Ghous zuckte die Achseln. »Sie werden uns nicht mehr beherrschen als Omaïd es tut. Warum sollte es uns kümmern, wessen verzärtelter Hintern auf dem Thron von Ost sitzt?« Mehr Gelächter. »Aber du hast meine Frage nicht beantwortet, Erik White. Warum bist du hergekommen?«

»Wir waren auf dem Weg nach Ost«, sagte Erik. »Um König Omaïds Hilfe bei diesem Krieg zu erbitten.«

Nun mischte sich der Jüngste aus dem *pasha* in die Befragung ein, und er wirkte ehrlich verwirrt. »Aber welche Art Hilfe könnten die *mustevi* euch bieten? Sie sind keine Krieger.«

»Stärke wird nicht allein mit dem Schwert gemessen«, erwiderte Erik.

»Wie auch immer man sie misst, in Ost werdet ihr sie nicht finden«, sagte die alte Frau.

»Ich habe keine andere Wahl, als sie überall dort zu suchen, wo ich kann. Ich bin König, verehrte *pashanai*. Ich bin verantwortlich für das Leben meines Volkes. Ich muss alles, was nötig ist, unternehmen, um es zu beschützen.«

»Ein ehrenwerter Gedanke«, sagte Ghous, »und gleichzeitig auch ein sehr selbstgefälliger. Ist es für euer Volk denn wirklich von Belang, wer in einer fernen Hauptstadt das Sagen hat? Ist ihr Leben denn nicht dasselbe, egal, ob nun ein Erik White oder ein anderer sich zum König ernennt?«

Erik senkte den Blick, und für einen Moment schien es, als ginge er in sich. Die Mitglieder des *pasha* beobachteten ihn genau, stellte Alix fest, wie auch Qhara. *Er fasziniert sie*, dachte sie.

Dann schüttelte Erik den Kopf, wie um seine Gedanken zu klären. »Es liegt Wahrheit in dem, was Ihr sagt.« Er sprach langsam, als überlege er sich seine Worte sehr genau. »Wären die

Eroberer an unserer Türschwelle nicht diejenigen, die sie nun mal sind, würde ich vielleicht auf meine Krone verzichten, um den Menschen meines Landes weiteres Leid zu ersparen. Aber ich habe gesehen, wozu das Trionat imstande ist. Ich habe sie gesehen …« Er hielt inne, runzelte die Stirn, schien ein wenig mit der fremden Sprache zu hadern, wie Alix vermutete. »Ich habe gesehen, wie sie dunkle Magie benutzten, um den Geist von Männern zu versklaven – und auch ihre Körper. Wir konnten den Priester vernichten, aber ich bin nicht sicher, ob seine finstere Magie mit ihm gestorben ist. Wenn ich also kapituliere, wer soll dann mein Volk vor dieser schrecklichen Macht beschützen?«

Stille legte sich über den Ort. Die Menge tauschte unbehagliche Blicke, sprach aber kein Wort. Die Mitglieder des *pasha* steckten die Köpfe zusammen und begannen in ihrer eigenen Sprache zu tuscheln.

»Dann ist es also wahr«, sagte Ghous dann. »Was unsere Krieger im letzten Winter beobachtet haben. Die Oridianer verfluchen ihre Soldaten.«

»Einige von ihnen«, sagte Erik. »Vor aber allem verfluchen sie ihre Feinde und Gefangenen.«

Die alte Frau zeichnete einen Schutzzauber in die Luft. Ein paar der Zuschauer taten es ihr gleich.

Erik spürte, dass der Wind sich ein wenig gedreht hatte, und erhob leicht die Stimme. »Bitte, ehrenwerter *pasha.* Alles, worum ich bitte, ist freies Geleit durch die Berge. Ich bringe kein Leid über die Menschen hier. Wir haben schon so viel Zeit verloren, doch es besteht noch immer eine Chance, und wenn ich Erfolg habe, dann kann auch ich für euch eines Tages von Nutzen sein.«

Seine Worte lösten in der Menge hier und da nervöses Gelächter aus. Ghous warf einen missbilligenden Blick über die Schulter. »Das ist«, begann er mit rasselnder Stimme und räusperte sich, »keine Option für uns.«

»Warum nicht? Was habt ihr denn zu verlieren?«

»Viel«, sagte die jüngste *pashanai.* »Wenn wir euch passieren lassen, könntet ihr die *mustevi* direkt zu unserem Dorf führen.«

»Euch gehen zu lassen würde unsere Treue zu den anderen Stämmen in Frage stellen«, sagte ein anderer.

»Kaiserliche durchqueren das Gebirge nicht«, sagte ein dritter. »Niemals.«

Erik runzelte die Stirn. »Mit Verlaub, *pashanai*, aber gerade eben habt ihr zugegeben, dass eine oridianische Armee im letzten Winter hier durchgezogen ist.«

Die Ratsmitglieder tauschten unbehagliche Blicke. »Das ist richtig«, sagte Ghous. »Aber wir sagten euch auch, dass wir nicht im Streit mit Oridia liegen. Sie sind keine Verbündeten von Ost. Und auch keine Kaiserlichen wie ihr.«

»Kaiserliche.« Sichtlich frustriert schüttelte Erik den Kopf. »Eure Krieger nannten uns schon so. Es scheint in Eurer Sprache eine Art Schimpfwort zu sein. Ihr hasst ein Kaiserreich, das es schon lange nicht mehr gibt und das euch nie beherrscht hat.« Er deutete auf Qhara, die immer noch hinter den *pasha*-Mitgliedern stand. »Selbst eure jungen Kämpfer kennen die Geschichte. Kennen die Erromaner und die Weißhaarigen, von denen sie regiert wurden. Warum ist das so, frage ich mich? Warum diese Besessenheit eine Ära betreffend, die schon so lange vorüber ist?«

»Es ist keine Besessenheit«, sagte Ghous. »Es ist uns eine Lehre.«

Eriks Blick war noch immer auf Qhara gerichtet. »Mit Eurer Erlaubnis, *pashanai*, würde ich dieser Kriegerin gern eine Frage stellen.«

Überrascht versteifte sich Qhara. Die *pasha*-Mitglieder sahen einander an. »Es ist deine Entscheidung, Enkelin«, sagte die alte Frau schließlich.

Enkelin. Alix hatte gleich eine gewisse Familienähnlichkeit im Gesicht der alten Frau ausgemacht; es waren dieselben herben und gleichzeitig schönen Züge, die auch Qhara und ihrem Bruder zu eigen waren.

»Er soll fragen«, sagte Qhara unsicher.

»Als wir miteinander sprachen, zeigtest du großes Interesse an Geschichte. Wie auch Fahran und Dabir. Ihr habt mich als Kaiserlichen verspottet und wart sehr stolz auf die Rolle, die euer Volk bei der Niederwerfung Erromans gespielt hat. Warum?«

»Weil es beweist, dass wir stark sind.«

Es war nicht die Antwort, die sich Erik erhofft hatte; ungeduldig schüttelte er den Kopf. »Das erklärt vielleicht euren Stolz, aber nicht eure Verachtung für mich. Ich bin sicher, es gibt viele Geschichten, in denen die Stärke des Bergvolks gepriesen wird. Warum ist nun ausgerechnet dieses Ereignis so wichtig, dass ihr es noch Jahrhunderte später in euren Liedern besingt?«

»Weil …« Qhara geriet ins Stocken, die grüngoldenen Augen verengten sich, als versuche sie herauszufinden, was Erik eigentlich von ihr wollte. »Weil wir sie zerschmettert haben, die *mustevi.* Die Weißhaarigen, die sich für etwas Besseres hielten und unsere Brüder an der Küste versklavten – sie wurden bezwungen von unseren Kriegern. Ihre Mauern stürzten ein unter unserem Ansturm, und dann – dann waren sie nicht mehr.«

Eriks Augen glühten. Das war die Antwort, die er gesucht hatte. »Die Erromaner haben alles und jeden erobert, bis auf Harram. Auf dem ganzen Kontinent blieb einzig und allein euer Land verschont. Und trotzdem haben sich die Bergvölker erhoben. Haben sich zusammengetan und sich selbst mit dem Feind in Ost verbündet, um das Kaiserreich zu vernichten.«

»Ja und?«, fragte Ghous.

Erik sah zu dem alten Mann. »Nun, ich wundere mich nur, *pashanai*, inwiefern sich nun unsere Situation von der euren damals unterscheidet?«

Die Augenpartie des Alten legte sich in Falten, und er kicherte, als amüsiere er sich über die Ausführungen eines altklugen Enkelkindes. »Sehr gut, Erik White, du hast gesagt, was du zu sagen hattest. Aber wir sind nicht hier, um über die Oridianer zu beraten. Der *pasha* wurde einberufen, um über *dich* zu richten. Was Grenzübertritte betrifft, so haben wir gemäß dem Rat der Zwölf zwei Möglichkeiten. Die übliche Strafe dafür ist der Tod. Dennoch ist es uns auch möglich, euch zu begnadigen, woraufhin ihr zurück in euer Land gebracht werden würdet.«

»Den Rat der Zwölf kenne ich nicht«, sagte Erik. »Haben die hier das Sagen?«

Gelächter aus der Menge. »Das haben sie nicht«, sagte Ghous. »Der Rat der Zwölf setzt sich zusammen aus den Ältesten eines jeden Stammes. Ich sitze selbst im Rat, in Vertretung meiner Sippe.«

»Ich verstehe«, sagte Erik. »Ich war davon ausgegangen, dass jeder Stamm sich selbst verwaltet.«

»Dem ist auch so, Erik White. Wir treffen unsere eigenen Entscheidungen, aber der Wille der Zwölf darf nicht auf die leichte Schulter genommen werden.« Er winkte Qhara und die anderen herbei. »Lasst uns nun eure Aussagen hören.«

Alix' Blick ging von einem *pashanai* zum nächsten. Es schien ihr unwahrscheinlich, dass der *pasha* an diesem Punkt noch ihre Hinrichtung beschließen würde, aber das war nur ein kleiner Trost. Wenn man sie zurück nach Alden schickte, war das so gut wie ein Todesurteil, denn ohne die Hilfe ihrer Verbündeten konnten sie nicht mehr hoffen, Sadiks Armeen standzuhalten. Und doch vermeinte Alix so etwas wie einen kleinen Hoffnungsschimmer zu erkennen, dem Eriks wohl gewählte Worte den Weg bereitet hatten.

»Dabir, was hast du zu diesen Kaiserlichen zu sagen?«

Dabirs Blick ging zu Alix, blieb einen Moment an ihr hängen, bevor er ihn senkte. Aufgrund seiner dunklen Haut war sie sich nicht sicher, doch sie glaubte zu sehen, wie er errötete. »Danke, dass ich sprechen darf, ehrenwerter *pasha*. Ich denke, diese Leute verhielten sich, wie sich Gefangene nun mal verhalten. Sie verdienen nicht zu sterben.«

Fahran schnaubte und warf seinem Vetter einen verächtlichen Blick zu.

»Du stimmst nicht zu, Fahran?«, sagte Qharas Großmutter. »Nun, was sagst du?«

»Ich sage, die da hat mich beleidigt.« Er zeigte mit dem Finger auf Alix. »Ich sage, sie hat Dabir beinahe getötet!«

Die Mundwinkel der alten Frau zuckten. »Und das scheint dich in eben dieser Reihenfolge zu bekümmern.«

Alix sah, dass die anderen des *pasha* und auch die Umstehenden Fahran argwöhnisch beäugten. Auch er schien dies zu bemerken, weil er nun von einem Bein aufs andere trat. »Die sind gefährlich, *pashanai*. Das sind keine gewöhnlichen Kaiserlichen. Was ihr auch hier entscheidet, die anderen Stämme werden davon erfahren. Und dann werden *sie* über *uns* richten, darüber befinden, ob wir stark oder schwach sind, ob wir treu zu ihnen stehen oder unseren Eid brachen.« Seine Worte zeigten Wirkung; einige Zuschauer nickten und murmelten zustimmend. Das schien Fahran wieder ein wenig zu bestärken; er straffte sich und beugte leicht den Kopf. »Danke, dass ich sprechen durfte, ehrenwerter *pasha*.«

»Und du, mein Enkelsohn?« Die goldenen Augen der Frau richteten sich auf Sakhr. »Was hast du zu sagen?«

»Danke, dass ich gehört werde, ehrenwerter *pasha*. Ich stimme

Dabir zu. Unter den gegebenen Umständen haben sich die Kaiserlichen annehmbar verhalten. Aber Fahran hat nicht unrecht: Was immer wir heute tun, wird nicht ohne Konsequenzen bleiben. Doch ich weiß, dass der *pasha* all dies sorgsam abwägen wird.«

Die alte Frau hob die Augenbrauen. »Qhara?«

»Danke, dass ich sprechen darf, ehrenwerter *pasha.*« Sie sah Erik an. Grüngoldene Augen schauten hinein in blaue, ein langanhaltender Blick, durchdrungen von etwas, das Alix nicht zu deuten vermochte. »Ich stimme mit meinem Bruder und Dabir überein. Sie haben sich so verhalten, wie ich es auch tun würde. Vielleicht gar besser.«

Kerta flüsterte ein Dankesgebet. Alix wusste, sie sollte sich dem anschließen, doch sie konnte es nicht. Eine Vertreibung aus dem Territorium des Bergvolks bedeutete Versagen, bedeutete, dass sie ohne Hilfezusage in ein Reich zurückkehren mussten, das sich im Krieg befand.

Aber Qhara war noch nicht fertig. »Und ich denke auch …« Sie zögerte einen Herzschlag lang. »… dass man ihnen erlauben sollte, nach Ost weiterzureisen, ehrenwerter *pasha.*«

Sakhrs Kopf ruckte herum, und er starrte seine Schwester an. Die Menge rührte sich, wirkte erstaunt. Qhara schenkte dem keine Beachtung, hatte vielmehr den Blick noch immer auf Erik gerichtet.

Ihre Großmutter dagegen sah sie schweigend an. Dann: »Habe ich mir fast gedacht, dass du so denkst.«

»Unmöglich.« Der jüngste *pashanai* machte eine entschlossene Handbewegung. »Der Rat der Zwölf hat seinen Willen unmissverständlich klargemacht.«

»Wir könnten ihn einberufen«, sagte Qharas Großmutter. »Dieses Recht steht uns zu.«

»Das wäre ein Fehler«, sagte ein anderes *pasha*-Mitglied. »Die

Zwölf einzuberufen sollte nicht leichtfertig geschehen, und in dieser Sache wurde ja schon entschieden. Kaiserliche dürfen das Gebirge nicht durchqueren. Zumindest in dieser Frage sind sich die Stämme einig.«

Ghous grunzte. »Einigkeit verheißt noch lange keine Wahrheit, Temur.«

»Ich kann nicht glauben, dass wir das überhaupt besprechen!« Der mit Namen Temur gestikulierte verärgert in Richtung Erik. »Was kümmert uns das, ob er sich selbst einen König nennt? Warum sollten wir für ihn eine Ausnahme machen?«

»Nicht den Mann finde ich außergewöhnlich«, sagte Qharas Großmutter, »sondern vielmehr die Umstände.«

»Wir stehen im Wort«, gab Temur zurück, »und das müssen wir halten. Der Friede hängt davon ab.«

Qharas Großmutter lächelte. »Wir alle schätzen den Frieden, Temur, aber wir sollten nicht so tun, als führe lediglich ein Weg dorthin.«

»Wir wissen doch, was den Arsuk widerfahren ist, als sie den Oridianern gestatteten, durch ihr Gebiet zu ziehen«, gab Temur zurück. »Möchtest du, dass auch unser Stamm zur Rechenschaft gezogen wird? Dass unser Ältester« – er zeigte auf Ghous …«aus dem Rat entfernt wird und wir künftig keine Stimme mehr haben?«

Alix' Blick ging zwischen den Debattierenden hin und her. Offensichtlich gab es hier ein Generationenproblem, wobei überraschenderweise die jüngeren *pasha*-Mitglieder die konservativere Haltung vertraten. Bedauerlicherweise waren diese aber auch in der Überzahl.

»Ich verstehe nicht, was wir gewinnen, wenn wir eidbrüchig werden, sehe vielmehr nur, was wir zu verlieren haben.« Das kam vom jüngsten *pashanai*. Bislang hatten sich nur vier von ihnen an der Diskussion beteiligt, während der Rest den Schlagabtausch genauso angespannt verfolgt hatte wie die Gefangenen.

Ghous seufzte und legte seine Hände auf die Oberschenkel. »Wie es scheint, dauert das hier länger als gedacht.« Er erhob sich langsam. »Kommt. Es ist nicht gut, vor den Augen des ganzen Dorfes zu streiten. Lasst uns etwas zusammen trinken und als Freunde sprechen.« Mit diesen Worten führte er seine Amtskollegen durch die Menge und verschwand.

Nach einer ganzen Weile löste sich auch die Schar der Dorfbewohner auf, lediglich Qhara und die anderen aus ihrer Gruppe blieben; sie sollten offenbar Wache halten. Jemand brachte ihnen Wasser und warmes Brot. Die Sonne versank hinter den Gipfeln.

Die Dämmerung brach herein, als sich die Menge wieder wie Wolken vor einem Sturm versammelte. Und jetzt betete Alix, wenn auch nur im Geiste.

Gesegnete Farika, Göttin der Gnade, bitte lass sie ein Einsehen haben.

Der *pasha* erschien; die Mitglieder wirkten erschöpft, aber gelöst. Einer nach dem anderen nahmen sie wieder Platz. »Der *pasha* hat entschieden, Erik White.« Es war Ghous, der sprach und seine brüchige Stimme erhoben hatte, damit ihn auch die Umstehenden verstanden. »Hast du noch irgendetwas zu sagen?«

Erik schüttelte den Kopf.

»Nun gut«, sagte Ghous. »So höre nun unseren Beschluss.«

25. KAPITEL

»General.«

Rig drehte sich um. Morris stand im Türrahmen und wirkte irgendwie verstimmt. »Die Priesterin ist zurück.«

Den Göttern sei Dank für die kleinen Wunder. Nach fünf Tagen hatte Rig sich fast schon damit abgefunden, dass Vel nicht mehr zurückkehren würde. Dass man sie geschnappt hatte. Dass sie ihn hintergangen hatte oder dass sie gar selbst dem Widerstand beigetreten war. Alles davon schien möglich zu sein. Ihre Rückkehr war die erste gute Nachricht seit dem Tag an der Weißfisch-Brücke. »Ihr könntet wenigstens so tun, als würdet Ihr Euch darüber freuen, Morris.«

Doch sein Adjutant blieb stur. »Ich freue mich, wenn sie was Brauchbares für uns hat, General. Irgendwas, dem wir *vertrauen* können.« Er hob vielsagend eine Augenbraue.

»Verständlich. Aber ich hab sie wissen lassen, dass Ihr zumindest *dankbar* sein würdet. Und mir habe ich geschworen, dass ich Euch anderenfalls … Na ja, das wollt Ihr nicht wissen.«

Morris verzog das Gesicht. »Ich vermute, dass meine … Familienjuwelen irgendwas damit zu tun hatten?«

»Was für ein schlauer Bursche Ihr doch seid, Morris. Und genau deshalb seid Ihr auch mein Adjutant. Und nun, wärt Ihr so freundlich, sie hereinzuholen?«

Vel erschien in Begleitung von Bataillonskommandant Wright. »Guten Tag, General«, sagte der Onnani-Ritter, als er durch die Tür schritt, während in seinen Augen so etwas wie väterlicher Stolz lag.

»Willkommen zurück, Tochter«, sagte Rig. »Ich hab mir schon Sorgen gemacht.«

»Wie reizend.« Sie trug denselben Gesichtsausdruck wie in der Nacht vor ihrer Abreise – ein fast kindlicher Eifer, gepaart mit glänzenden Augen und freudig geröteten Wangen.

»Erfolg, vermute ich?«, fragte Rig.

»Das will ich doch hoffen. Wie wäre es mit einem Schluck Glühwein?«

Man konnte über Vel sagen, was man wollte, aber Nerven hatte sie. Kopfschüttelnd nahm Rig den Krug vom Herd und schenkte ihr ein.

Sie legte eine effektvolle Pause ein, nippte an ihrem Wein. »Hmm«, sagte sie dann nickend. »Ihr könnt es Euch kaum leisten, Fleisch auf den Tisch zu bringen, und doch habt Ihr stets den besten Wein zur Hand.«

»Vel.«

»Ich strapaziere Eure Geduld, General. Nun gut.« Sie setzte ihren Becher ab. »Ich nahm Kontakt zum Widerstand auf. Oder vielmehr: Sie haben Kontakt mit mir aufgenommen. Sie nahmen mich gefangen, sobald ich den Fluss Gunnar überquert hatte. Sie hatten erfahren, dass Spione von der Front eintreffen sollten. Feindliche Spione, wie sie vermuteten, also stellten sie eine Falle. Und ich tappte geradewegs hinein. Wäre ich keine Onnani, hätten sie mich wohl auf der Stelle getötet. Eine Ironie des Schicksals, nicht wahr?« Sie lächelte Morris liebenswürdig zu.

»Ironie und verdammtes Glück«, sagte Rig. »Den Göttern sei Dank.«

»Glück ist keine Heilige Tugend«, sagte Vel leichthin.

»Was habt Ihr getan?«, wollte Wright wissen. »Ich meine, wie habt Ihr sie davon überzeugt, Euch am Leben zu lassen?«

»Ich erzählte ihnen die Wahrheit. Dass ich von General Black entsandt wurde, um Kontakt zu ihnen aufzunehmen. An meiner Hautfarbe konnten sie ja erkennen, dass ich keine Oridianerin bin. Und sie wussten, dass ein Bataillon aus Onnan sich an der Front mit den Königsklingen vereinigt hatte. Ich zeigte ihnen meine Priestermaske, erklärte ihnen, wie ich nach Alden gelangt war, und bat darum, zu jemandem gebracht zu werden, der befugt ist, im Namen des Widerstandes zu sprechen. Auch bot ich ihnen an, mir die Augen zu verbinden, damit ich später nicht ihren Aufenthaltsort verraten kann.« Nun lächelte sie Rig zu. »Ein Trick, den ich von Euch gelernt habe, General.«

Ist es denn die Möglichkeit … Rig spürte, wie seine Mundwinkel amüsiert zuckten. »Fahrt fort.«

»Sie nahmen mich beim Wort. Durchsuchten mich, verbanden mir die Augen und brachten mich zu einem baufälligen Bauernhof irgendwo im Nirgendwo. Und dort traf ich ihn.« Sie nahm ihren Becher und trank noch einen Schluck Glühwein. *Sie kostet jeden Moment davon aus*, dachte Rig. *Ihr Triumph. Ihr Beitrag.*

Wright konnte es kaum noch aushalten. »Wen?«

»Er nennt sich selbst ›Geist‹.«

Rig zog die Augenbrauen hoch. »Wie bitte?«

»Natürlich ist das nicht sein richtiger Name, aber seine Männer nennen ihn so. Er ist eine Art Führungsoffizier des Widerstandes, hat jedenfalls eine ziemlich hohe Position innerhalb dieser Organisation inne. Obwohl«, ihre Stimme wurde nachdenklich, »ich gar nicht mal sicher bin, ob der Widerstand wirklich eine in sich geschlossene Struktur besitzt. Ich vermute, es gibt diverse Gruppen, die über ganz Andithyri verstreut sind, und ob sie unter einem einzigen Anführer operieren oder nicht, ist mir während meines Aufenthalts nicht ganz klar geworden.«

»Wie nützlich«, knurrte Morris spöttisch.

An Vels Ausdruck konnte Rig erkennen, dass ihr eine sarkastische Bemerkung auf der Zunge lag, die sie allerdings ausnahmsweise für sich behielt. »Ich musste darauf achten, nicht zu neugierig zu wirken, um keinen Verdacht zu erregen. Ich war ja nicht dort, um zu spionieren, sondern um Vertrauen aufzubauen, also konnte ich an Informationen nur das sammeln, was man mir freiwillig verriet.«

»Kluge Entscheidung«, meinte Rig. »Und was war nun mit diesem … Geist? Was hat er Euch erzählt?«

»Er ist ein sehr wortkarger Mann. Seine Leute haben mir viele Fragen gestellt, bevor etwas von ihm zurückkam, und ich musste sehr darauf achten, was ich ihm erzählen konnte und was nicht. Gleich zu Beginn stellte ich klar, dass ich ihm zum Beispiel niemals den Standort des Forts verraten würde, und auch keine Truppenstärken oder sonstige militärische Dinge. Dafür hatte er Verständnis. Tatsächlich wäre er wohl misstrauisch geworden, wenn ich ihm derartige Informationen gegeben hätte. Doch was ich ihnen mitteilen konnte, schien sich mit dem zu decken, was sie selbst herausgefunden hatten, was meine Glaubwürdigkeit unterstrich. Nachdem er dann einen Tag lang über mir gekreist hatte wie ein Habicht, hat er wohl akzeptiert, dass ich tatsächlich die war, die ich behauptete zu sein. Also ging er das Risiko ein.«

»Und?«

»Wie es schien, wollte er genauso dringend mit Euch in Kontakt treten wie Ihr mit ihm.«

»Und warum hat er's dann nicht getan?«, hakte Wright nach.

»So schwer ist es für eine Einzelperson nun auch nicht, sich über die Grenze zu stehlen – das habt Ihr ja gerade bewiesen.«

»Er wusste nicht, was für ein Mann unser Generalkommandant ist. Und ob er ihm trauen kann.«

»Und was habt Ihr ihm dazu gesagt?«, fragte Rig.

»Ich sagte ihm, was für ein Mann Ihr seid.« Sie lächelte ein rätselhaftes Lächeln.

Morris verdrehte ungeduldig die Augen. »Gut, und was ist nun dabei rausgekommen? Kommt doch mal zum Punkt, Tochter.«

Vel zog eine Schriftrolle aus den Falten ihrer Robe. »Hier steht alles drin, was der Widerstand über den Kriegsherrn in Erfahrung bringen konnte. Viel ist es nicht – Sadik agiert dieser Tage noch vorsichtiger als ohnehin schon. Geist glaubt, dies geschehe aus einem neuerlich entwickelten Respekt vor dem Feind.«

Rig überflog das Pergament. Sie hatte recht: Viel war es nicht. Der Widerstand schien allerdings einen guten Überblick über Sadiks Versorgungslinien zu haben. Das war wenigstens etwas. »Hier steht, sie bauen neue Belagerungswaffen. Die alten scheinen den Winter nicht allzu gut überstanden zu haben.«

»Das sind gute Nachrichten«, meinte Morris. »Dadurch geraten sie ein wenig ins Hintertreffen.«

»Wichtiger noch ist«, sagte Vel, »dass er mir ein Mittel in die Hand gab, um ihn zu kontaktieren. Ein Falke, der auf seinen Herrn abgerichtet wurde und ihm jede Nachricht überbringen kann, die ihr ihm übermitteln wollt. Ich habe den Vogel bereits unserem Ersten Kurier übergeben.«

»Ihr habt einen Falken über die Grenze geschmuggelt?« Rig musste lachen.

»Nein, eigentlich ist er mir hinterhergeflogen. Ein wirklich bemerkenswertes Tier.«

»Dafür sind die Weißhaarigen berühmt«, sagte Morris. »Die

Falknerei war ein beliebter Zeitvertreib des erromanischen Adels.«

»Wenn wir eine Nachricht mit diesem Vogel schicken«, fragte Wright, »wie erhalten wir dann Antwort. Kann er denn allein den Weg zurück nach Alden finden?«

»Das weiß ich nicht mit Sicherheit. Aber wie Ihr schon richtig festgestellt habt, Kommandant, ist es für eine einzelne Person nicht allzu schwer, sich über die Grenze zu stehlen. Geist hat mir noch nicht so sehr vertraut, um seinen Standort zu offenbaren oder mir den Schlüssel für ihre Chiffrierung zu verraten. Noch nicht. Aber er ist gewillt, sich mit uns auszutauschen und abzustimmen.«

»Auch wenn er Euch seinen Standort nicht verriet, so bedeutet es doch viel, dass er Euch seinen Vogel anvertraute«, sagte Rig. »Wenn wir wollten, könnten wir den Weg des Falken zurückverfolgen. Das muss ihm klar gewesen sein. Ihr habt offensichtlich gute Arbeit geleistet, Tochter.«

Sie errötete vor Freude und blickte hinunter auf die Landkarte, die auf dem Tisch lag.

»Wir sollten ihm sofort eine Nachricht zukommen lassen, General«, meinte Wright. »Das Eisen schmieden, so lange es heiß ist, sozusagen.«

»Zustimmung. Aber ich will diesen Weg des Nachrichtenaustauschs nicht für ein simples Begrüßungsschreiben verwenden. Wir sollten ein paar Stunden darüber nachdenken. Aber eins ist klar: Wir müssen in Erfahrung bringen, wie lange der Widerstand brauchen würde, um mobilzumachen. Ich kann mir einige Angriffsziele vorstellen, aber dazu muss ich wissen, wozu sie technisch und personell imstande sind.«

»Das sind sensible Informationen«, gab Morris zu bedenken. »Wir müssten ihnen dafür etwas im Austausch liefern.«

»Auch darüber sollten wir genau nachdenken. Bis dahin muss

für die Sicherheit des Falken gesorgt werden. Ich will, dass nur die Leute von ihm erfahren, die es unbedingt müssen.«

»Sehr wohl, General.« Morris salutierte und zog sich zurück.

»Wollt Ihr mit mir beten, Tochter?«, fragte Wright. »Den Göttern für Euren Erfolg danken?«

Vel lächelte ihn müde an. »Das würde ich sehr gern tun, Kommandant, aber wenn es Euch nichts ausmacht, möchte ich mich zuvor ein wenig ausruhen. Ich bin doch sehr erschöpft.«

»Das kann ich mir vorstellen. Ich lasse Euch dann allein. Ihr wisst ja, wo Ihr mich findet.«

Der abgekämpfte Gesichtsausdruck schwand in dem Moment, da Wright den Raum verlassen hatte, und wurde von unverhohlener Genugtuung abgelöst. Sie nahm sich ihren Weinbecher, leerte ihn und schenkte sich noch einmal nach. Ihre Wangen, zuvor schon leicht gerötet, verfärbten sich noch dunkler. Es stand ihr gut, und im gedämpften Licht von Rigs Kammer wirkte sie einfach nur wunderschön.

»Vorsicht«, sagte Rig. »Ihr braucht einen klaren Kopf, wenn wir später zur Beratung zusammenkommen.«

»Hört, hört«, erwiderte sie. »Wie kommt's, dass Ihr auf einmal Wert legt auf meine Meinung?«

»Ihr habt gute Arbeit geleistet«, Rig prostete ihr mit seinem Becher zu. »Verdammt gute Arbeit, wenn ich das so sagen darf.«

»Ihr dürft alles zu mir sagen, General.« Die dunklen Augen betrachteten ihn über den Rand ihres Bechers hinweg.

»Ich meinte das nicht im Scherz, Vel. Ich danke Euch sehr für Euren Einsatz. Allein die Götter wissen, wie sehr ich ein paar gute Nachrichten gebrauchen konnte.« Es fiel ihm schwer, sein Lächeln bei diesen Worten aufrechtzuerhalten, daher verließ es ihn auch schon wieder wie ein süßer Traum.

Auch Vel wirkte plötzlich ernüchtert. »Wie geht's den Männern?«

»So, wie man's nach dem Vorfall in Raynesford erwarten würde. Sie gieren nach oridianischem Blut und murren, weil wir noch keinen Vergeltungsschlag geführt haben. Selbst die Offiziere, wie Morris mir berichtete.«

»Das Abschlachten von Frauen und Kindern kann jedermanns Urteilsvermögen trüben.«

»Wem sagt Ihr das.« Rig fuhr sich mit der Hand über die Augen, wie um die Erinnerung fortzuwischen. »Ich musste mich selbst ziemlich zusammenreißen, um sie nicht geradewegs über den Fluss zu führen an jenem Morgen, als Ihr zu Eurer Mission aufbracht. Allein der Gedanke an ein zweites Raynesford hat mich davon abgehalten. Und was Ihr mir an jenem Tage sagtet.« Er sah sie an. »Auch dafür möchte ich Euch danken, Vel. Gewiss hab ich mich an diesem Tag dafür nicht besonders erkenntlich gezeigt, aber Ihr hattet natürlich recht. Und einer musste mich ja mal zur Raison bringen.«

»Nein, dankbar wart Ihr nicht, und nein, niemand musste Euch zur Raison bringen.« Sie setzte ihren Weinbecher ab und kam näher. »Was ich sagte, diente dazu, Euch zu trösten, aber mir war immer klar, dass Ihr nichts Dummes unternehmen würdet. Ardins Flamme brennt hell in Euch, aber da ist noch mehr als das. Eure Leidenschaften werden durch irgendetwas gedämpft.«

»Ja, vom Alter«, erwiderte er trocken.

Sie lachte. »Eigentlich hatte ich vermutet, dass Destan dahintersteckt.«

Er grunzte skeptisch. »Und ich dachte, es wäre in diesem Fall Leidenschaft gepaart mit Ehrgefühl.«

»Sag ich ja, Ehre ist Destans primäre Eigenschaft, aber er steht auch für Pflichtgefühl.« Etwas in der Stimme der Priesterin jagte Rig einen Schauer über den Rücken. »Pflichtgefühl bedeutet, über das hinauszuschauen, was man möchte, um zu erkennen, was von einem erwartet wird. Es war Destan, der Euch einflüsterte, über Eure Wut hinwegzusehen und zum Wohle Eures Landes zu entscheiden. Destan – und natürlich Eldora.« Sie streckte ihre Hand nach ihm aus, strich ihm über die Augenbrauen. »Sie hat Euch wirklich sehr, sehr gern.«

Rig seufzte. »Ich weiß nicht, was Ihr eigentlich von mir wollt, Vel.«

»Das gereicht Euch nun aber nicht zur Ehre. Ich war doch in diesem Punkt mehr als eindeutig.« Sie biss sich auf die Lippen, starrte ihm tief in die Augen.

»Gut, und *darüber* hinaus?«

Dunkle Pupillen sahen ihn an. »Warum muss es denn immer ein ›darüber hinaus‹ geben?«

Das, so musste Rig feststellen, war eine gute Frage. Also kam er ihr etwas entgegen, als sie sich nun auf die Zehenspitzen erhob.

Diesmal war ihr Kuss zurückhaltender, weniger fordernd als beim letzten Mal. Und doch entflammte ihn diese Zartheit nur noch mehr, weil er dabei jede Liebkosung ihrer Lippen, Zunge und Fingerspitzen umso deutlicher spüren konnte. Sie streichelte sacht seinen Nacken, und er seufzte auf wie ein Mann, der von peinigendem Schmerz erlöst wurde. Es war, als tauche er ein in warmes Wasser, in eine seidige Dunkelheit, die ihn in erregenden Wellen umfloss. Er küsste sie, bis er vergaß, wo er war, und sein Blut in alle Richtungen strömte, nur nicht in seinen Kopf.

Zumindest, bis sie begann, an seinen Kleidern zu zerren. Das brachte ihn wieder auf den Boden der Tatsachen zurück. Wie es schien, hatte er eine Entscheidung zu treffen, für die allerdings sein Körper schon lange vehement votierte. »Vel …«

Sie beachtete ihn nicht, trieb ihn so entschlossen an, dass er nicht anders konnte als mitzuziehen. Also hob er die Arme, damit sie ihm das Hemd über den Kopf ziehen konnte. Schmerzvoll wurde ihm klar, dass die Möglichkeit, noch selbst zu entscheiden, mit jedem Moment schrumpfte.

Mit den Fingernägeln strich sie sanft über seinen Bauch, machte dasselbe zustimmende »Hmmm« wie schon zuvor beim Wein. »Genauso, wie ich's mir vorgestellt hab ...«

Er lachte nervös auf. »Moment mal, Ihr habt ... Euch das vorgestellt? All die Avancen waren nur dazu gedacht ...«

»Wie dumm Ihr doch seid, General.« Sie schlang ihre Arme um seinen Hals, zog seinen Kopf zu sich herab.

Sein Blut wallte wieder auf, schickte seine Hände auf ihre ganz eigene Erkundungsmission. Seine Finger strichen über den großzügigen V-förmigen Ausschnitt am Rücken ihrer Robe, über das weiche Tal zwischen ihren Schulterblättern. Er spürte, wie sie in seinen Armen erbebte. Die Robe glitt ihr von den Schultern, eröffnete ein weiteres Feld, das es zu erforschen galt, Satin unter seinen schwieligen Händen. Noch ein Stück weiter, und ihre Brust war freigelegt. Und das letzte bisschen Verstand, das noch übrig war, sagte ihm, dass es an diesem Punkt kein Zurück mehr gab.

Er hielt inne, ließ gerade so viel Abstand zwischen ihnen, dass er Luft holen konnte.

»Wollt Ihr, dass ich gehe?« Ihre Stimme war nur mehr ein Wispern.

»Nein.«

»Habt Ihr Angst vor dem, was geschehen wird, wenn ich bleibe?«

»Ich weiß, was geschehen wird.«

»Gut.« Sie drängte sich gegen ihn, ein entschlossener letzter Vorstoß. Presste ihre Lippen auf seinen Mund, umfasste sein Gesicht mit den Händen, schmiegte sich mit jeder Kontur ihres Körpers an ihn.

Der letztverbliebene Widerstand bröckelte dahin, und Rig kapitulierte.

Er bog gerade um die Ecke, um in den Hof zu gehen, als er fast mit Morris zusammenstieß. »General. Ich wollte Euch soeben aufsuchen. Es ist etwas geschehen.«

Rig, noch immer aufgewühlt von der gemeinsam mit Vel verbrachten Stunde, gefror das Blut in den Adern. »Was genau?«

»Ein Kampf.«

Er stieß erleichtert die Luft aus. »Verdammt noch eins, Morris, und ich dachte schon, es wurde ein weiteres Massaker angerichtet!«

»Verzeihung, General.«

»Männer raufen nun mal«, fügte Rig hinzu. »Wozu braucht Ihr mich dazu?«

»Ich kann das regeln, wenn Ihr wollt, aber ich dachte, Ihr würdet gern davon erfahren. Es war kein normales Geplänkel, General. Der Mann, der den Kürzeren zog, wird diese Nacht vielleicht nicht überleben.«

»*Was?*« Als hätten sie nicht schon genug Probleme, prügelten sich seine Männer nun auch noch gegenseitig zu Tode? »Was um der Neun Domänen willen war denn der Auslöser für einen solchen Streit?«

Morris vermied seinen Blick. »Soweit ich das mitbekommen hab, General …« Er räusperte sich. »… ging's wohl um Euch.«

Rig starrte ihn an.

»Ja, genauer gesagt um den Vorfall in Raynesford.«

Insgeheim fluchend sagte Rig: »Führt mich hin.«

Der Soldat, der die Prügelei angefangen hatte, war ein dicker grobschlächtiger Kerl mit baumstammdicken Armen. Er stand umringt von Soldaten mitten im Hof und starrte auf den Boden, als läge dort die Wurzel allen Übels. Der grimmige Gesichtsausdruck schwand, als Rig sich näherte, und wurde von einem Blick abgelöst, der sowohl rebellisch als auch dümmlich wirkte. »General«, sagte er und salutierte.

Rig schenkte ihm einen langen, unerbittlichen Blick – einen, von dem er hoffte, dass selbst Arran Green ihn goutiert hätte. »Name?«

»Hagan, General.«

»Würdest du mir sagen, was passiert ist?«

Wie ein trotziger Bengel zuckte Hagan die Achseln. »Soldaten prügeln sich nun mal, General. Das ist alles.«

»Aha, Soldaten prügeln sich also, verstehe. Hast also gemeint, der Feind hätte unsere Reihen noch nicht genug gelichtet, und bei dir gedacht, dass man dem gewiss abhelfen könne?«

Der Mann lief rot an und schaute weg. In der Nähe tuschelte eine Gruppe Soldaten wütend miteinander; einer spuckte gar vor Hagan in den Staub. Freunde des Opfers vermutlich.

»Wie kam es dazu?«

Hagan stieg von einem Fuß auf den anderen. »Will ich lieber nicht sagen, General.«

»Was du lieber sagen willst oder nicht, ist mir scheißegal. Ich hab dir eine Frage gestellt.«

Wieder lief Hagan rot an. »Es ist nur … Was Arch gesagt hat … Was mich wirklich sauer gemacht hat … ich meine … Es war respektlos Euch gegenüber, General. Will's wirklich nicht wiederholen.«

»Wirke ich so zart besaitet auf dich?«

Der Mann lächelte nervös. »Nicht wirklich, General. Hab mehr Sorge, dass Ihr mich gleich in zwei Hälften teilen werdet, General.«

»Wenn ich mein Schwert poliert haben wollte, hätte ich's gesagt. Also lass mich nicht noch einmal fragen müssen.«

Hagans Blick wanderte durch den Hof. Mit gesenkter Stimme

sagte er dann: »Er nannte Euch einen Feigling, General. Sagte, wir hätten's diesem Kriegsherrn zeigen sollen, nach dem, was er getan hat. Sagte, Ihr hättet wohl dafür nicht das Rückgrat.«

»Und das war's?«

»Mehr oder weniger.«

»Und dafür, glaubtest du, verdiente er den Tod?«

Der Mann druckste herum. »Wollte ja nicht, dass es so weit kommt. Bin nur irgendwie durchgedreht.«

Rig ließ den Mann abführen und in den Gefängnistrakt bringen. Über sein Schicksal würde er später entscheiden. Im Moment hatte er Wichtigeres zu tun. Er wandte sich wieder dem Hof zu und winkte Morris näher heran. »Was meint Ihr. Kommt hier gerade richtig schlechte Stimmung auf?«

»Die Männer lieben Euch, General.«

»Ihre Liebe schert mich nicht im Geringsten, Morris. Was ich brauche, ist ihre Loyalität, und die nicht nur mir gegenüber. Wir können uns keine Spaltung in unseren Reihen erlauben. Das ist Gift für die Moral.«

»Dem stimme ich zu, General.«

»Ist das nur ein Einzelfall, was meint Ihr?«

»Schwer zu sagen. Wir sprachen von den Offizieren, aber was in den unteren Rängen los ist, kann ich nur schwer beurteilen, tut mir leid.«

Rig nickte zerstreut. Er wünschte, Dain Cooper wäre hier. Der Onnani-Ritter, erst kürzlich in diesen Rang befördert, hatte immer noch starke Verbindungen zu den einfachen Soldaten und konnte stets ein Stimmungsbild dort einholen. Erst jetzt wurde Rig klar, wie sehr er sich darauf verlassen hatte. Ein Kommandant konnte es sich nicht leisten, die Stimmung unter seinen Leuten zu ignorieren. Das konnte fatale Folgen nach sich ziehen – für sie alle.

»Eine Spaltung innerhalb der Reihen ist schon übel genug«,

sagte Morris. »Hinzu kommt aber auch nachlassende Disziplin. Besonders bei Herwin. Er ist ein guter Mann, aber ein Hitzkopf. Und so ganz allein dort oben bei der Furt, dazu noch die Sache in Raynesford …«

»Ja.«

»Wenn er sich in den Kopf setzt, Rache für das Massaker zu nehmen, werden die Oridianer mit ihm dem Boden aufwischen, und danach wird Sadik die Furt einnehmen.«

»Und wir werden dort an die tausend Mann verlieren.« Rig fluchte wieder und strich sich durch den Bart. Er fühlte sich so verdammt nutzlos, indem er einfach hier saß und auf Sadiks Angriff wartete. Und darauf, dass seine Männer in den Tod marschierten. Zudem er nicht mal wusste, ob Hilfe auf dem Weg war, ob Liam oder Erik die Unterstützung erhalten hatten, welche die Königsklingen so dringend brauchten. Genauso gut hätte man ihn an einen Pfahl binden und zwingen können, dabei zuzusehen, wie der Feind durch ihr Königreich marschierte. Mordend und brandschatzend.

Eine einzige, gloriose Stunde lang hatte Rig sich wirklich frei gefühlt – mit Vel in seiner Bettkammer. So viel dazu.

Als hätten seine Gedanken sie herbeibeschworen, erschien die Priesterin soeben im Hof. Sie nahm die Szenerie in sich auf, sah, wie die Soldaten in Gruppen zusammenstanden und aufgebracht miteinander flüsterten. »Was ist passiert, General?« Dann senkte sie die Stimme. »Haben wir ein Problem?«

»Ja«, sagte Rig niedergeschlagen. »Das haben wir in der Tat.«

26. KAPITEL

Mit einem Kloß im Hals überblickte Alix das Tal. Unter ihnen schien die Welt zu zerfließen, flach und weit erstreckte sie sich bis zum Horizont. In ihrem Rücken drängten sich die Gipfel der Zerklüfteten Berge zusammen wie die Mitglieder des *pasha*, ragten über ihr auf und drängten sie, von dannen zu ziehen.

Wie aufs Stichwort sagte Sakhr: »Geht nun.« Er nickte mit dem Kopf in Richtung Tal wie ein Hütehund, der einem zögerlichen Schaf den Weg weist.

Nach allem, was wir durchgemacht haben, dachte Alix. Sie sah zu Erik. Auch er schaute mit unbewegter Miene hinab in die Niederungen westlich des Gebirges. *Was ihm wohl gerade durch den Kopf gehen mag?*

Qhara trat neben ihn. »Dort ist es also, Kaiserlicher Erik. Bereitet dir der Anblick denn gar keine Freude?«

»Unter anderen Umständen vielleicht. Im Moment jedoch ist alles, was ich fühle, Entschlossenheit.«

»In diesem Fall wünsche ich dir Glück. Ich denke, du kannst es gebrauchen.«

Sie reichte ihm den Arm und er ergriff ihn zum Abschied. »Da hast du wohl recht.«

»Ich kann eure Eskorte schon sehen«, sagte Sakhr, der seine Augen beschattet hatte, um in die Ferne zu blicken. »Fünfzig Pferde.« Er schnaubte verächtlich. »Als ob fünfzig *mustevi* ausreichen würden, wenn wir euch wirklich ans Leder wollten.«

Er gab ihnen ihre Waffen zurück. Erleichtert stieß Alix die Luft aus, als sie sich den Gürtel mit ihrer Blutklinge umschnallte. Augenblicklich fühlte sie sich stärker mit dem vertrauten Gewicht an ihrem Körper. »Danke sehr«, sagte sie, und mit leiser Stimme fügte sie hinzu: »Auch für deine Hilfe an jenem Tag.«

Sakhr hob die Schultern. »Ich hab getan, was nötig war, um eine hässliche Situation zu verhindern. Hätte ich nicht eingegriffen, hättest du ihn getötet.«

Das war nicht die Antwort, mit der sie gerechnet hatte. »Ich hätte es gewiss versucht«, gab sie zu.

»Vielleicht hätte er's verdient, aber er ist immer noch mein Stammesbruder.«

Darauf gab es nichts mehr zu erwidern, also nickte Alix nur. »Sollen wir aufbrechen, Euer Majestät? König Omaïd erwartet uns.«

»Richtet ihm unsere Grüße aus«, sagte Qhara trocken.

»Wenn ihr zurückreist«, sagte Sakhr, »werden wir euch sicheres Geleit durch unser Territorium zusichern, ganz wie der *pasha* es beschlossen hat.«

»Und was ist mit den anderen Stämmen«, fragte Erik. »Ich nehme an, es wird Konsequenzen haben, wenn man sich dem Rat der Zwölf widersetzt.«

»Das ist richtig«, sagte Sakhr. »Aber das soll nicht euer Problem sein. Wenn ihr auf dem Rückweg wie beschrieben den unteren Pass nehmt, werdet ihr euch bis zur Grenze nach Alden ausschließlich durch unser Stammesgebiet bewegen.«

»Wenn das so ist«, sagte Erik, »freue ich mich, euch wiederzusehen.«

Doch Sakhr hatte sich schon abgewandt. »Uns werdet ihr nicht mehr sehen, aber wir sehen euch.« Im nächsten Augenblick waren er und seine Schwester fort.

»Ich kann kaum glauben, dass wir wirklich hier sind«, meinte Kerta. »Ich dachte schon, wir würden niemals …« Sie brach ab und schluckte hart.

»Noch sind wir nicht da«, sagte Erik. »Und jetzt Beeilung, wir haben schon viel Zeit verloren.« *Vielleicht zu viel.* Er musste den Gedanken nicht zu Ende denken. Er lag in der Luft wie der Gestank von Aas.

Fast drei Stunden benötigten sie, um die Talsohle zu erreichen, und als das endlich geschafft war, fühlten sich Alix' Beine an wie aus Biskuit. Das Reiten fiel ihr schwer und schmerzte, aber verglichen mit dem, was sie in den letzten Tagen durchgestanden hatten, wollte sie sich nicht beschweren.

Sie ritten aus den Wäldern des diesseitigen Vorgebirges hinaus auf die Ebene und erreichten das Ufer eines wild schäumenden Flusses, den die Schneeschmelze zum Anschwellen gebracht hatte. Ihre Eskorte musste sie bereits am Hang erspäht haben, weil sie am Wasser nun von zwei Reitern in Empfang genommen wurden. Sie führten drei frische Pferde mit sich. Die hochgewachsenen Männer stiegen ab, als das erschöpfte Trio näher kam, dann verbeugten sie sich. »Euer Majestät«, sagte der größere der beiden auf Erromanisch. »Wir hatten schon das Schlimmste befürchtet.« Grüne Augen wanderten über die mitgenommen wirkende Reisegesellschaft. »Wenngleich es scheint, als ob unsere Befürchtungen nicht ganz unberechtigt waren.«

»In der Tat«, erwiderte Erik. »Wir durchlebten im Gebirge eine schwierige Zeit.«

Eine schwierige Zeit. Fast hätte Alix laut aufgelacht.

»Mit fünfzehn Mann überquerten wir die Grenze.« Er deutete auf Alix und Kerta. »Vor Euch seht ihr nun das, was von ihnen übrig blieb.«

»In diesem Fall, Euer Majestät, freut es uns umso mehr, dass Ihr wohlbehalten eingetroffen seid. Im Namen von Hochlord König Omaïd heißen wir Euch herzlich willkommen im Königreich Harram.« Der Mann legte eine Hand auf die Brust und neigte das Haupt. »Darf ich Euch einen Schluck Wasser anbieten. Etwas zu essen?«

Erik ignorierte das Angebot; er hatte im Moment andere Sorgen als ihr leibliches Wohl. »Habt Ihr Neuigkeiten aus Alden?«

»Keine Veränderung gemäß der letzten Nachricht, Euer Majestät. Die erhielten wir vor zwei Tagen.«

Erik fiel vor Erleichterung fast in sich zusammen, was ihn nur noch müder wirken ließ.

»Mein Name ist Aarash«, sagte der Harrami. »Und ich habe die große Ehre, Euch nach Ost zu geleiten. Hier entlang, bitte.«

Am späten Nachmittag erreichten sie das für ihren Zwischenstopp errichtete Harrami-Lager westlich des Flusses, und da sie nur noch wenige Stunden Tageslicht zur Verfügung hatten, war es kaum sinnvoll, die Zelte abzubrechen und direkt weiterzuziehen. Und obwohl Erik nichts lieber wollte, als Ost schnellstmöglich zu erreichen, war er um diese Zwangspause nicht böse. »Wir sollten so viel schlafen, wie wir können«, sagte er zu Alix und Kerta. »So schwierig die letzten Wochen auch waren, könnte das, was noch vor uns liegt, eine ziemliche Herausforderung werden. Diplomatie ist ein schwieriges Geschäft.«

»Macht Euch keine Sorgen, Euer Majestät«, meinte Kerta. »Aufgrund der brillanten Art und Weise, in der Ihr mit dem *pasha* verhandelt habt, bin ich mir ziemlich sicher, dass Ihr auch in Ost grandios sein werdet.«

»Das wollen wir hoffen, weil das einfach nicht schiefgehen *darf*.«

»Kerta hat recht.« Alix legte ihm ihre Hand auf den Arm. »Niemand auf dieser Welt kann jedwedem Druck mit einer solchen Würde standhalten wie Ihr.«

Ein seltsamer Ausdruck trat in Eriks Gesicht. »Dabei habe ich mich in letzter Zeit alles andere als würdevoll gefühlt. Ich bin froh, dass die Sache mit dem *pasha* so gut ausgegangen ist, aber ich muss zugeben, dass es nicht leicht für mich gewesen ist. Ich fühlte mich …« Er schüttelte den Kopf. »Egal, ich bin nur müde. Ich begebe mich jetzt wohl besser zur Ruhe.« Er wünschte den beiden Frauen eine gute Nacht und zog sich in sein Zelt zurück – ein großer Pavillon aus Seide und besticktem Leder, in den gut und gern eine ganze Rinderherde hineinpasste. Für Alix und Kerta musste ein Lager unter freiem Himmel reichen.

»Morgen wird es ihm schon besser gehen«, sagte Kerta, als sie dalagen und auf den Schlaf warteten. »Er wird wie immer einfach wundervoll sein, da bin ich mir sicher.«

»Das hoffe ich. Denn wenn nicht …« Sie beendete ihren Gedanken nicht, aber das war auch nicht nötig. Sie wussten beide, was auf dem Spiel stand. Die traurige Wahrheit war, dass sie genauso gut im Gebirge hätten zugrunde gehen können, wenn Erik in Ost keinen Erfolg hatte. Denn ohne Harram war das Reich verloren.

»Und Ihr werdet diesen Flügel im Palast bewohnen, Euer Majestät«, sagte der Haushofmeister und deutete in einen langen Gang mit kunstvoll geschnitzten Türen. Alix wusste, dass die Harrami einen exklusiven Geschmack besaßen, besonders, wenn es um Inneneinrichtung ging. Jeder hochherrschaftliche Haushalt in Alden besaß zumindest einen Harrami-Schrank mit elegantem Gitterwerk und kostbaren Einlegearbeiten aus Perlmutt, doch solch fantastische Steinmetzarbeiten hatte sie noch nie zuvor gesehen. Die prächtigsten Torbögen spannten sich unter den hohen Decken von Wand zu Wand, ein jeder aufwendig bearbeitet, sodass sich das flackernde Fackellicht in jedem Detail verfing und seltsame Schatten warf. Allein in die Gestaltung dieser Durchgänge mussten hunderte von Arbeitsstunden investiert worden sein. Sie wünschte, Liam könnte all dies sehen.

»Was Eure Leibwache betrifft, so vermute ich, dass Ihr sie in Eurer Nähe wissen möchtet«, fuhr der Haushofmeister fort. »Neben Eurem Salon gibt es eine kleine Dienerkammer. Ich hoffe, sie wird ausreichen.«

»Ausgezeichnet, ich danke Euch«, sagte Erik. »Und Lady Middlemarch?«

»Sie wird im Nordflügel einquartiert. Bei den Hofdamen. Es sei denn, Ihr wünscht ein anderes Arrangement?« Der Haushofmeister, Paiman, hob die Augenbrauen.

»Nein, ich denke, es ist gut so«, sagte Erik.

»Soll ich Euch kurz durch Eure Räumlichkeiten führen?«

»Das wird nicht nötig sein, danke schön. Zeigt mir nur rasch, wo sich das Schlafgemach befindet.«

»Gleich am Ende des Korridors, Euer Majestät. Hinter der großen bogenförmigen Tür. Der Waschraum grenzt gleich daran an. Kann ich sonst noch etwas für Euch tun?«

»Nein, vielen Dank.«

»Dann werde ich Euch jetzt verlassen. Hochlord König Omaïd erwartet Euch zum Abendessen. Ein Diener wird Euch zu gegebener Zeit abholen. Ich wünsche gute Erholung, Euer Majestät.« Der Haushofmeister verbeugte sich und ging, sodass Alix und Erik allein im Gang zurückblieben. Zu jeder Seite des Korridors befand sich ein schweigender Diener; sie standen zur Entgegennahme weiterer Wünsche seitens der königlichen Gäste bereit.

»Werdet Ihr schlafen?«, fragte Alix.

»Bei den Göttern, nein. Ich werde auf der Stelle ein Bad nehmen.« Er rieb sich über den Bart und lachte reumütig. »Und mich rasieren.«

»Ich auch«, meinte Alix. »Zumindest, was das Bad anbetrifft.« Nie hatte sie sich mehr danach gesehnt.

Umso enttäuschter war sie, als sie die Tür zu ihrer Kammer öffnete. Dort fand sie lediglich ein Bett, einen Eimer und eine Waschschüssel vor.

Ein wenig ungläubig stand sie im Türrahmen. Eine kleine Dienerkammer hatte der Haushofmeister diesen Raum genannt, und er hatte nicht übertrieben. Wäre Alix nur wenige Zentimeter größer gewesen, wäre ihr Kopf an die Decke gestoßen. Und legte sie sich mit ausgestreckten Armen und Beinen auf den Boden, würden Zehen und Fingerspitzen die Wände berühren. Selbst ihr Plumpsklo auf Blackhold war größer. Und dort musste sie sich nicht mal in einen *Metalleimer* erleichtern.

Wut kochte in ihr hoch. Wissen die eigentlich, wer ich bin? Natürlich taten sie das; Erik hatte sie angekündigt – als seine Leibwächterin, weil sie darauf bestanden hatte. Nicht als Lady Alix Black, weil der Name Geschichte war und mit ihm alles, was mit ihm einhergegangen war. Sie gehörte nun zu Erik – und zu Liam. Und soweit es ihre Gastgeber betraf, war sie insofern niemand Wichtiges mehr.

Die Harrami, so hatte Albern Highmount gesagt, *sind sehr stolz.* Offenbar war das noch untertrieben. Paiman und die anderen Diener hatten ihr im Hof nicht einmal ins Gesicht geblickt. Da hatten sie selbst Eriks Pferd mit mehr Ehrerbietung behandelt. Alix wusste, sie sollte sich das nicht so zu Herzen nehmen, aber es war schwer zu akzeptieren, dass man sie anscheinend als eine Art Lakai betrachtete.

Sie wusch sich so gut es ging mit dem, was sie vorfand, zitterte am ganzen Körper, als sie sich mit einem eiskalten nassen Lappen einseifte. Eine gute halbe Stunde brachte sie damit zu, mit den Fingern das feuchte Haar zu bändigen, da sie bei der Lawine einen großen Teil ihres Gepäcks und somit auch ihren Kamm verloren hatte. Gerade hatte sie sich den Zopf frisch geflochten, als es leise an ihrer Tür klopfte. Als sie öffnete, stand dort ein Hausdiener, der ihr ein Bündel Briefe überreichte. »Für Euch«, sagte der Mann. »Außerdem bat Paiman mich, Euch auszurichten, dass die Dienerschaft ihr Frühstück in der Küche einnimmt, und zwar eine Stunde vor Morgengrauen.« Ohne eine Antwort abzuwarten, machte er auf dem Absatz kehrt und ging davon.

Alix blinzelte vor Erstaunen. *Frühstück in der Küche? Mit den Dienern?*

Doch als sie die Handschrift auf den Umschlägen sah, war ihre Wut schlagartig verflogen. *Liam.*

Es war ein halbes Dutzend Briefe, jeder in einem winzigen Couvert, die von den Brieffalken an den Hof von Ost transportiert worden waren. Er musste schon kurz nach seiner Abreise nach Onnan begonnen haben zu schreiben. Wie eine Närrin grinsend riss sie den ersten Umschlag auf. Dann fiel ihr etwas ein, und ihr Lächeln welkte dahin. Am Tag ihrer Trennung hatte Liam ihr eine Schriftrolle in die Hand gedrückt. *Heb sie dir* für eine eiskalte Nacht auf, hatte er gesagt. Und das hatte sie auch wirklich tun wollen, doch dann war die Lawine gekommen … Ihr wurde das Herz schwer. Sie hatte auch Liams Schriftrolle bei dem Unglück verloren.

Plötzlich erschienen ihr die winzigen Briefumschläge umso wertvoller. Sie öffnete sie alle und überflog den Inhalt, um zu sehen, wann jede einzelne Nachricht verfasst worden war. Das erste Schreiben war über einen Monat alt. Ein weiterer Stich durchzuckte ihr Herz. *Ist es wirklich schon so lange her?* Und gleichzeitig war es, als läge ihr letzter gemeinsamer Tag schon eine Ewigkeit zurück.

Liebe Allie.
Ich schreibe dir aus einem Gasthof namens »Eberzahn«, der irgendwo in den Greylands liegt, wie man mir sagte. Das bedeutet, dass die Grenze nicht mehr weit ist. Bis jetzt ist nichts Aufregendes passiert, was vermutlich eine gute Sache ist. Wie's scheint, wird das wohl die langweiligste Reise, die ich je unternommen hab.
Wie dem auch sei, heute lernte ich meinen neuen Adjutanten kennen. Er heißt Dain Cooper. Ein anständiger Bursche, soweit ich das bis jetzt beurteilen kann, auch wenn sich nur schwer vergessen lässt, dass er Ide ersetzen musste. Die dir übrigens ihre besten Grüße ausrichten lässt. Und Rona auch. Sie hat begonnen, sich ihr Haar so zu flechten, wie du es immer tust. Meinst du, sie ist heimlich verliebt in dich?

Alix musste laut auflachen. Manchmal konnte Liam so unfassbar ahnungslos sein.

Wie du feststellst, habe ich nicht viel zu berichten. Wir sind ja auch gerade erst aufgebrochen, und es ist kaum mehr als einen Tag her, dass wir uns sahen. Jedenfalls vermisse ich dich schon jetzt, Allie. So sehr. Und ich wünschte, du könntest hier bei mir sein. Oder ich bei dir. Oder noch besser: Dass wir beide in einem Häuschen irgendwo tief in den Wäldern leben könnten, um Bärenjunge aufzuziehen. Klingt das nicht toll? Vermutlich hätte ich dir vor unserer Heirat gestehen sollen, dass dies ein langgehegter Traum von mir ist, aber ich bin sicher, du verstehst das.
Ich sollte jetzt besser zu Bett gehen. Diese Lampe hat bald kein Öl mehr, und ich möchte den Gastwirt nur ungern darum bitten,

sie nachzufüllen. Ich bin nämlich nicht sicher, ob ich's ertragen kann, seinen Schnurrbart noch mal zu sehen. Der ist wahrlich angsteinflößend. Den ganzen Nachmittag hat mich das Ding verfolgt, selbst beim Abendessen hat es mich nicht aus den Augen gelassen, und als der Wirt hinter dem Tresen einnickte, da hat er sich – und dessen bin ich mir sicher – bewegt! Deshalb fürchte ich, dass er mich nun des Nachts heimsuchen wird. Vielleicht sollte ich mir einen Dolch unters Kopfkissen legen …

Ich könnte dir jetzt sagen: »Pass gut auf Erik auf«, aber ich bin sicher, das wirst du. Das tust du ja immer. Ich hoffe, es gefällt dir in Ost und dass du in einem dieser großen Himmelbetten mit geschnitzten Pfosten schlafen wirst.

Gehab dich wohl, meine Geliebte.

Liam.

Alix konnte seine Stimme fast hören. Bei den Göttern, wie sie ihn vermisste. Lächelnd nahm sie den zweiten Brief zur Hand. Doch ihr Lächeln verblasste schon, als sie den ersten Absatz gelesen hatte.

Liam erzählte von der abrupten Zurückweisung in der Republicana. Und von seiner Entdeckung, dass die Flotte noch nicht einmal halb fertiggestellt war. Und nicht zuletzt von den zynischen Machtspielen der Politiker, deren Ziele er einfach nicht durchschaute. Keine Spur von Humor, keine Liam-typischen Albereien. Nur der untrügliche Verdacht, dass er im Begriff stand zu scheitern, wieder und wieder und wieder.

Der darauffolgende Brief klang sogar noch alarmierender, und als sie endlich auch die übrigen gelesen hatte, hatte Alix das Gefühl, einen Stein verschluckt zu haben.

Ich weiß nicht, was ich machen soll, Allie.

Der letzte war nicht einmal unterschrieben. Als könne er es nicht ertragen, seinen Namen unter diese eingestandene Niederlage zu setzen, die er ihr in jedem schmerzhaften Detail geschildert hatte. Er war keinen Schritt weitergekommen, und auch seine Freunde – weder Rona noch die anderen – konnten ihm nicht dabei helfen. Er war ganz allein dort draußen, verwirrt und frustriert, und er hatte nicht mal einen einzigen Brief von ihr erhalten, der ihn zu beruhigen vermochte. »Oh, Liam«, flüsterte sie. »Es tut mir so leid.«

Sofort würde sie um Pergament und Feder bitten, beschloss sie. Wenn sie schon nicht bei ihm sein konnte, sollte sie ihm zumindest aus der Ferne ein wenig Trost spenden. Sie überlegte gerade, wie lange ein Falke wohl brauchen würde, um die Strecke über das Gebirge zurückzulegen, als über ihr ein verhaltenes Bimmeln erklang. Sie schaute hoch und entdeckte eine kleine Messingklingel, die an einer Kordel hing, welche wiederum in der Wand verschwand. Erik, wie sie vermutete, der die Dienstbotenglocke bedient hatte. Sie legte die Briefe beiseite und begab sich zu seinen Gemächern.

Ich frage mich, wie viel ich ihm erzählen soll, dachte sie, als sie an seine Tür klopfte. *Vielleicht ist es besser, wenn ich …*

Der Ausdruck auf Eriks Gesicht reichte, um selbst jeden Gedanken an Liam zu vertreiben. »Gütige Götter, geht's Euch nicht gut?«

»Kommt rein.« Er trat beiseite und schloss die Tür hinter ihnen. Er hatte einen Brief in der Hand, den er zu einem Ball zusammengeknüllt hatte.

»Was ist denn passiert?«

Er war frisch rasiert, unter seinem glatten Kinn war jeder angespannte Muskel zu sehen, und seine Wangen färbten rote Zornesflecken. Zitternd hob er die Hand mit dem Brief. »Ein Massaker. Nahe der Grenze.«

»Bei Farikas Gnade.« Alix sank auf einen der Sessel. »Wo denn?«

»In einem Dorf namens Raynesford.«

»Das kenne ich nicht.«

Doch er schien sie kaum noch zu hören. Aufgebracht ging er im Raum auf und ab, wobei die dicken Harrami-Teppiche seine Schritte dämpften. »Ich habe schon nach Kerta geschickt. Soweit ich erfahren habe, liegt Raynesford nicht weit von Harriston entfernt, das heißt in der Nähe ihres Familiensitzes. Möglicherweise hat sie Freunde oder Verwandte verloren.«

Alix hatte plötzlich einen Kloß im Hals. »Von wem ist der Brief?«

»Von Rig.« Er reichte ihn ihr.

Als Alix die wohlvertraute Handschrift sah, traten ihr Tränen in die Augen. Und das lag nicht nur an der Nachricht selbst, die schon schlimm genug war, sondern auch an der Wut ihres Bruders, seiner Trauer, die aus jeder Zeile troff. *Ich wünschte, ich könnte Euch zusichern, das Verbrechen zu rächen, Euer Majestät, in Eurem Namen. Aber die Wahrheit ist, dass ich ohne Verstärkung nur wenig ausrichten kann. Mir einzugestehen, dass ich Euch enttäuschen muss, schmerzt mich mehr, als ich sagen kann.*

Vergeblichkeit. Versagen. Derselbe bittere Beigeschmack wie in Liams Briefen, und wie er auch Alix während ihrer gesamten Reise durch die Zerklüfteten Berge auf der Zunge gelegen hatte.

Gesegnete Farika, gibt es denn gar nichts, was wir tun können, um all das zu beenden?

Leise klopfte es an der Tür. »Herein«, rief Alix. An Kertas Gesichtsausdruck war abzulesen, dass sich die Freundin schon auf schlechte Neuigkeiten eingestellt hatte. Wortlos reichte Alix ihr den Brief. Kerta schlug sich eine Hand vor den Mund und weinte lautlos, als sie ihn las. Dabei hielt sie das Schreiben so weit von sich, wie sie konnte, als könne sie sich mit dem Abstand auch den Schmerz vom Leibe halten.

»Hattet Ihr Verwandtschaft dort?«, fragte Erik.

Kerta schüttelte den Kopf. »Aber die Raynesfords … Sie sind Freunde unserer Familie …«

Alix legte ihr einen Arm um die Schulter. Und wie sie so dastand, ihre schluchzende Freundin neben sich und den wütenden Schritten ihres Königs lauschend, während ihre Augen noch immer brannten vom nachempfundenen Kummer ihres Bruders, da geschah etwas mit ihr. Alix spürte, wie etwas in ihrem Kopf einrastete – ein Geräusch so scharf und spröde wie ein brechender Hühnerknochen. Ein einzelner Gedanke, feuerrot und glühend heiß, nahm in ihrem Kopf Gestalt an.

Die Oridianer würden *bezahlen*.

Ja, sie würde heute noch einen Brief verfassen. Aber nicht an Liam. Noch nicht.

Falls Ihr etwas von mir benötigt, zögert nicht, mir Nachricht zu geben.

Eine raue Stimme in einem Rosengarten. Wie eine lang zurückliegende Erinnerung klang sie in ihrem Kopf nach. Ja, sie benötigte etwas von Saxon, etwas, das seine ganz besonderen Fähigkeiten erforderte. *Nur selten werden Kriege durch ein Attentat beendet*, hatte er gesagt. Das mochte stimmen, doch gewiss würde der Tod eines Trions dem Feind einen empfindlichen Schlag versetzen. Je länger Alix darüber nachdachte, umso schneller schlug ihr Herz – vor Wut und Entschlossenheit und etwas, das sie nicht in Worte fassen konnte –, ein Zustand, der irgendwo zwischen Hochgefühl und nacktem Grauen lag.

Erik würde dem niemals zustimmen. Das wusste sie, und es war ihr egal. Er musste es ja nicht erfahren.

Und auch wenn Saxon keinen Erfolg hatte, ja, wenn er ihr Ansinnen gar zurückwies, so musste sie es doch zumindest versuchen. Immerhin war sie keine einfache Bedienstete. Sie hatte Kontakte, verfügte über Ressourcen. Sie konnte die Ereignisse beeinflussen. Nach Wochen der Frustration und Hilflosigkeit, nach Wochen in der Opferrolle hatte Alix endlich einen Weg gefunden, das Ruder doch noch herumzureißen.

Den Weg des Blutes.

27. KAPITEL

Liam warf sich im Bett herum und blies ungeduldig die Luft aus. Rudi rührte sich zu seinen Füßen und knurrte vorwurfsvoll. Seit Kurzem schlief der Wolfshund in Liams Bett, was diesem nichts ausmachen würde, wenn das nicht bedeutet hätte, dass er es sich *auf* seinen Füßen bequem machte. Ein Arrangement, das vielleicht mitten im Winter in einem zugigen Unterstand in den Zerklüfteten Bergen nützlich sein mochte, ihn hier aber schrecklich ins Schwitzen brachte.

»Wenn wir wieder in Erroman sind, hört mir das aber auf«, informierte er den Hund missvergnügt. Rudi zuckte nicht mal mit den Ohren.

Liam seufzte. Das brachte nichts; die ganze Nacht hatte er sich hin und her gewälzt, und das würde sich auch jetzt, kurz vor Morgengrauen, nicht mehr ändern. Er zog die Füße unter dem Biest hervor, sprang in seine Hosen und trat auf den Balkon hinaus.

Er beschloss, ein paar Rumpfbeugen zu machen. Schon lange hatte er sich nicht mehr körperlich ertüchtigt, und er wollte verflucht sein, wenn er bei seiner Heimkehr an Gewicht zugelegt hatte. Seine Frau liebte seinen kantigen, muskulösen Körper, weshalb er ihn sich schon um ihretwillen erhalten wollte.

Er näherte sich gerade der Hundert, als er ein Geräusch von der anderen Seite des Balkons wahrnahm. Mit den Ellbogen auf den Knien hielt er inne und lauschte schwer atmend. Nichts. Er machte weiter, hörte wieder auf. War da nicht was? Er kam auf die Füße und blinzelte über die Brüstung hinweg in den Garten. Die Dunkelheit ergoss sich bis ins Tal hinab, ließ im schwachen Mondlicht die Silhouette der Stadt kaum erahnen. Die Morgenlampen waren noch nicht entzündet; es musste früher sein als gedacht. Von der Küste wehte eine scharfe Brise heran und ließ die eingetopften Zedernbäume erzittern. *Was soll's*, dachte Liam und wandte sich ab.

In diesem Moment explodierte ein Schmerz an seinem Hinterkopf. Hinter seinen Augen flammten weiße Blitze auf; er stolperte, schnitt sich die nackten Füße an den Scherben der zerbrochenen Pflanzenkübel auf. Instinktiv warf er sich auf den Bauch und schaffte es so, einem metallenen Gegenstand auszuweichen, bei dem es sich nur um einen Dolch handeln konnte. Aus den Augenwinkeln heraus bekam er mit, wie sich jemand über ihn beugte. Das reichte. Er rammte seine Ferse in das Knie seines Angreifers und riss ihn von den Beinen. Das verschaffte ihm die Zeit, sich auf den Rücken zu rollen, wodurch er einen verstörend deutlichen Blick auf das Schwert erhielt, das auf seine Brust gerichtet war. Er warf sich herum, und die Klinge prallte funkenschlagend am Steinboden ab. Liam sprang auf die Beine.

Von jenseits der Balkontür wurde aufgeregtes Gebell laut. Liam hoffte, es rief Helfer auf den Plan, denn wie es aussah, würde er die auch brauchen.

Sie waren zu dritt, wie schon beim letzten Mal. Doch heute waren sie gut bewaffnet, wohingegen Liam halbnackt vor ihnen stand. Die ersten beiden hatten sich wieder aufgerappelt;

der dritte schwang sich soeben mit einer Klinge in der Hand über das Balkongeländer. Liam sah sich somit zwei Schwertern und einem Messer gegenüber. Das, was einer Waffe am nächsten kam, waren die Scherben der zerschmetterten Blumentöpfe, von denen sich einige Splitter in seiner Kopfhaut befanden, aber damit würde er nicht weit kommen.

Sie verteilten sich auf dem Balkon. Liam suchte sich einen sicheren Stand und duckte sich ein wenig vor ihrem Angriff. Jeder wartete darauf, dass der andere den Anfang machte.

Eine Schwertspitze schoss auf ihn zu. Liam bog den Oberkörper zurück, sodass der Hieb ins Leere ging. Weit konnte er nicht mehr zurückweichen, nicht mit der Balkonbrüstung in seinem Rücken. Wenn es ihnen gelang, ihn ans Geländer zu drücken, hatte er den Kampf verloren. Er könnte springen, doch die Böschung unter der schmalen Seite des Balkons bestand aus felsigem Untergrund – ideal, um sich die Knöchel zu brechen. Danach wäre er ein leichtes Opfer. Andererseits war es ihm unmöglich, unbeschadet bis zur Längsseite zu gelangen, über die er mit dem Spion in den Garten des Anwesens gesprungen war.

Wieder wurde er von dem Schwert attackiert, und auch der zweite Mann stieß seine Klinge in seine Richtung. Liam wich zurück, verlor kostbaren Raum. Seine Kniekehlen berührten die Kante der Steinbank. Wenn er die umrundete, hatten sie ihn in die Ecke getrieben. Was sein Ende bedeuten würde. Auch seine Angreifer wussten das; er konnte sehen, wie sich die Erkenntnis auf ihren Gesichtern abzeichnete. Schon bald würden sie sich mit vereinten Kräften auf ihn stürzen, und dann war es das gewesen.

Liam sprang auf die Bank und von dort auf die seitliche Balkonbrüstung. Er stieß sich mit dem rechten Fuß ab, stürzte sich auf den erstbesten Angreifer und riss ihn zu Boden, bevor der Mann auch nur reagieren konnte. Was er als Nächstes tun wollte, wusste er nicht, daher war es gut, dass nun ein weiterer Akteur die Szene betrat.

Glassplitter ergossen sich auf den Balkon, als Rudi durch das Rosenfenster krachte. Die Pfoten des Wolfshundes hatten den Boden kaum berührt, da sprang er auch schon den Mann mit dem Messer an. Der arme Tropf versuchte, das Tier mit dem Arm abzuwehren, wodurch Rudi erst recht etwas hatte, in dem er sich verbeißen konnte. Angstschreie vermischten sich mit Schmerzgeheul. Doch Liam hatte keine Zeit, um die Wendung der Ereignisse gebührend zu feiern. Er knallte den Kopf seines Angreifers auf den Steinboden, entwand ihm das Schwert und war wieder auf den Beinen, als sich der dritte im Bunde gerade von seinem Schrecken erholt hatte. Doch Liam hatte ihn bereits aufgespießt, bevor er begreifen konnte, was geschehen war.

Ein Attentäter war noch übrig, der betäubt auf dem Boden des Balkons lag. Liam zauderte noch einen Atemzug lang, doch Rudi nahm ihm die Entscheidung ab und ging dem Mann mit schrecklichem Enthusiasmus an die Kehle. Als Liam ihn von seinem Opfer fortzog, war es schon zu spät.

»Verdammt noch eins, Hund, musstest du ihn denn gleich – *igitt.*« Er hatte in seinem Leben mehr als genug vom Tod gesehen, aber einen Mann zu erblicken, dem man den Schlund herausgerissen hatte, war ein neues Level an Grausamkeit. Das Mondlicht schimmerte in der Blutfontäne, die aus der Wunde heraussprudelte. Argwöhnisch beäugte Liam den Hund, fürchtete schon, der Nächste zu sein, doch Rudi wedelte nur mit seinem Stummelschwanz und setzte sich mit einem Schnaufen hin, als hätte er einen besonders befriedigenden Spaziergang hinter sich.

»Kommandant!« Mit einem Schwert in der Hand und im flatternden Nachthemd platzte Rona Brown durch die zertrümmerte Tür auf den Balkon hinaus. Dain Cooper folgte ihr auf dem Fuße, auch er war bewaffnet und fast splitternackt. Kurz darauf erschien Ide, die war dankenswerterweise vollständig bekleidet.

»Mir geht's gut«, sagte Liam, der gerade Rudi abtastete, um zu sehen, ob das Tier nicht durch das Messer verletzt worden war. »Uns geht's gut.«

»Was zum – oh.« Rona verzog das Gesicht. »Igitt …«

»Ja, das hab ich auch gesagt.«

»Guter Junge, Rudi!« Ide ließ sich auf die Hacken nieder und rubbelte dem Wolfshund über den Kopf. »Was für ein feiner Junge.«

»Können wir ihn bitte nicht auch noch ermutigen?«

»Wer waren sie?«, fragte Dain, der mit gezückter Klinge zwischen den Toten herumging, als könne sich einer von ihnen doch noch einmal erheben. Auch ohne Kehle. Ja, Rudi hatte dafür Sorge getragen, dass selbst der Mann, den Liam erledigt hatte, auch wirklich tot war. Was für ein tüchtiges Tier.

»Bin nicht sicher.« Liam sah sich die Toten genauer an. »Der da kommt mir bekannt vor. Könnte einer von denen sein, die mich beim letzten Mal überfallen wollten. Wie es aussieht, hat er's diesmal ernst gemeint.«

»Er hat eine Tätowierung.« Mit ihrem Schwert zeigte Rona auf die betreffende Körperstelle.

Ide kniff die Augen zusammen. »Ist das ein Tau oder eine Schlange?«

»Ein Seemannsknoten«, sagte Dain.

Ide verdrehte die Augen. »Wie dumm, sich Tinte unter die Haut spritzen zu lassen.«

»Maritime Tätowierungen sind hierzulande recht verbreitet«, erwiderte Dain trocken.

Shef erschien in der Tür; er wirkte bleich wie ein Gespenst im

Schein seiner Laterne. »Euer Hoheit! Bei den Göttern, ist alles in Ordnung?«

»Mehr oder weniger, danke. Nichts, mit dem wir nicht fertig würden. Allerdings haben wir hier draußen eine rechte Sauerei …«

Bei Anbruch des Morgens war Liams Zimmer hoffnungslos überbevölkert. Diener huschten umher, trugen Leichen davon, beseitigten Blut und Glassplitter und Scherben. Ein besonders unerschrockener unter ihnen schlug sogar vor, Rudi zu baden, was der Hund mit einer Reihe gefletschter Zähne quittierte. (Liam versprach, sich selbst darum zu kümmern, allerdings nur in voller Plattenrüstung.) Die Wölfe rührten sich nicht vom Fleck. Dain hatte sich ein Paar Hosen von Liam übergestreift, doch Rona trug noch immer ihr verwirrend durchscheinendes Nachtgewand. Nie zuvor hatte Liam größere Anstrengungen unternommen, den Blickkontakt *unter allen Umständen* aufrechtzuerhalten.

»Gut«, meinte Ide, »es müssen dieselben Kerle gewesen sein, die Euch diese Nachricht zukommen ließen, aber was sagt uns das? Wir wissen immer noch nicht, wer sie sind, oder?«

»Oder was sie wirklich wollen«, ergänzte Dain. »Neben dem Offensichtlichen, meine ich. Wie's scheint, war diese Todesandrohung kein Scherz. Aber warum haben sie's auf das Leben des Kommandanten abgesehen?«

»Damit er nicht noch mehr Staub aufwirbelt, was die Sache mit der Flotte angeht«, vermutete Rona.

»Was bedeutet, dass sie höchstwahrscheinlich mit unserem Saboteur unter einer Decke stecken«, schlussfolgerte Liam. »Entweder das, oder sie hassen *Monarchistenbastarde* wirklich bis aufs Blut.«

Rona runzelte die Stirn. »Bitte, Kommandant. Ihr solltet keine Witze darüber machen. Wenn Euch etwas zugestoßen wäre …«

»Hab ich Euch je gesagt, wie sehr Ihr nach meiner Frau klingt?«

Rona blickte hinab auf ihre Füße und kaute an der Innenseite ihrer Backe herum.

»Wie dem auch sei«, mischte sich Dain ein, »diese Kerle mit dem Saboteur in Verbindung zu bringen, hilft uns nicht weiter, weil wir ja auch in diesem Punkt keinen Schritt vorangekommen sind. Nichts plus nichts ergibt nun mal nichts.«

»Das ist wohl wahr.« Liams Blick schweifte durch den Raum, und er gelangte zu dem Schluss, dass die Dienerschaft von Haus Meerblick bis auf Weiteres beschäftigt war. »Aber mir kam da so eine Idee …«

Die Wölfe scharten sich eng um ihn.

»Etwas, das Syril kurz vor seiner Festnahme sagte, will mir nicht mehr aus dem Kopf. Erinnert Ihr Euch an die Bewegung, die er erwähnte. Es ging dabei um – wie nannte er es noch gleich? – Massenmusterung.«

»Diese Gesetzesänderung, die von der Allianz eingebracht wurde?«, fragte Rona. »Ja, was ist damit?«

»Für Syril kam das einem Verrat gleich. Er meinte, so etwas wäre kaum besser als Sklaverei.«

Rona zuckte die Achseln. »Er ist nun mal ein Populist.«

»Richtig, und offensichtlich hält er nichts davon, onnanische Männer in den Krieg der anderen ziehen zu lassen.«

»Wird aber nicht mehr lange der Krieg der anderen bleiben«, stellte Ide klar.

»Der Punkt ist doch, dass Syril es für falsch hält, seine Landsleute zu den Waffen zu rufen. Er hat versucht, die Kriegserklärung abzuwenden, und nun versucht er, die Massenmusterung zu verhindern.«

Die Wölfe sahen einander ratlos an, allein Ide äußerte sich zu Wort, wobei sie wohl für sie alle sprach: »Ja und?«

»Was, wenn es so einfach ist. Was, wenn der Saboteur gar nicht in den Reihen des Feindes zu suchen ist oder die Regierung bloßzustellen sucht oder etwas ähnlich Kompliziertes? Was, wenn jemand schlicht und einfach alles daransetzt, zu verhindern, dass Onnans Söhne in die Schlacht ziehen müssen?«

»Schön und gut«, sagte Dain. »Damit wissen wir aber immer noch nicht, *wer*?«

»Dazu hab ich auch eine Idee. Ich glaube nämlich, dass Syril an jenem Tag versucht hat, mir was mitzuteilen.«

Rona sah ihn zweifelnd an. »*Versucht* hat, Euch etwas mitzuteilen?«

»Dain, was weißt du über diese Dockies?«

»Nicht viel. Eine Vereinigung wie jede andere auch, schätze ich. Obwohl ...« In seine Miene trat so etwas wie Erkenntnis. »Der Knoten.«

»Wie bitte?«

»Die Tätowierung. Dieser Seemannsknoten. Den hab ich schon mal gesehen!« Dain schüttelte den Kopf. »Hatte ich ganz vergessen, bis Ihr die Dockies erwähntet. Erinnert Ihr Euch, dass ich erzählte, wie mein Vater und ich am Hafen herumhingen, als ich noch ein kleiner Junge war? Da haben wir auch die Dockies bei der Arbeit beobachtet. Zweimal am Tag kam ihr Vorarbeiter vorbei, um nachzusehen, ob alles in Ordnung war. Er trug eine Art Uniform, eine leuchtendgelbe Weste mit einem Symbol auf dem Rücken. Und ich bin mir ziemlich sicher, dass auch ein Seemannsknoten darin enthalten war.«

»Aber Ihr sagtet, viele Männer in Onnan haben Tätowierungen dieser Art«, sagte Ide.

»Trotzdem, ein ziemlicher Zufall«, warf Rona ein.

Liam ging in guter alter Erik-Tradition im Raum auf und ab. »Wir haben ja mit den Dockies bereits bei unserem Besuch in der Werft Bekanntschaft gemacht, als wir die Flotte inspizierten.

Da starrten sie uns ziemlich giftig an, erinnert Ihr Euch? Dann, ein paar Tage später, hat Meister Mallik sie erwähnt. Dass sie in Streik getreten waren und die Arbeiten aufgehalten hatten. Ich hab mir damals nichts dabei gedacht, aber dann schlug Syril ein Treffen mit ihnen vor …«

»Und jetzt das«, sagte Rona. »Bei Hew, Kommandant, glaubt Ihr etwa …«

»Ich glaube …« Liam hielt inne, schüttelte den Kopf. »Nein, wisst Ihr was? Das ist nicht mal eine Glaubensfrage. Es *fühlt* sich einfach richtig an.« Entschlossen machte er sich auf Richtung Tür.

»Wo wollt Ihr hin?«

»Ich muss Syril eine Nachricht zukommen lassen. Er schien überzeugt, ein Treffen arrangieren zu können, selbst aus dem Gefängnis heraus. Ich habe vor, ihn beim Wort zu nehmen.« Zu spät erkannte Liam, dass er verfolgt wurde. Er stoppte und schaute nach unten. Rudi stand neben ihm, wedelte mit dem Schwanz und sah ihn erwartungsvoll an. »Das ist ja mal was ganz Neues …«, murmelte Liam.

»Das heißt somit was?«, fragte Ide. »Ihr wollt Euch zu einem netten Plausch mit den Typen treffen, die versucht haben, Euch zu ermorden?«

»Ja, so könnte man's zusammenfassen.«

»Kommandant, auf ein Wort.« Etwas an dem Tonfall der Stimme ließ ihn aufhorchen. Es schwang eine gute Portion Zweifel, ja, Fassungslosigkeit mit, was ihm bestätigt wurde, als er Rona Brown mit in die Hüften gestemmten Händen dastehen sah.

»Ja, gut«, erwiderte er unsicher und bedeutete ihr, mit ihm in den Gang zu kommen, um unter vier Augen zu sprechen. Dort angekommen: »Was gibt es denn?«

Sie verschränkte die Arme über der Brust, senkte den Blick. »Darf ich offen sprechen, Kommandant?«

»Immer.«

»Ich glaube nicht, dass Ihr den Ernst der Lage wirklich begriffen habt?«

Liam hob die Augenbrauen. »Soll das ein Witz sein? Ich nehme die Sache außerordentlich ernst, Rona, das könnt Ihr mir glauben. Wenn ich das nicht hinbiegen kann …«

Sie unterbrach ihn mit einem Kopfschütteln. »Das meine ich nicht. Ich spreche davon, was heute Morgen hier passierte. Nicht davon, was hier seit Eurer Ankunft alles geschehen ist. Ich glaube nicht, dass Ihr versteht, in welcher Gefahr Ihr schwebt, Kommandant. Diese Männer wollten Euch *töten.*«

»Ja, den Eindruck hatte ich auch. Ich meine, wenn man sich vor Augen führt, dass sie mit Schwertern und Dolchen auf mich losgegangen sind, könnte man durchaus zu diesem Schluss gelangen …«

»Seht Ihr, genau das meine ich …«

»Schaut mal, ich hab's doch kapiert. Ihr haltet mich für großmäulig, und vielleicht bin ich das ja auch, aber so gehe ich nun mal um mit diesen Dingen. Aber vergesst nicht, dass das nicht mein erstes Pferderennen ist. Seit meinem dreizehnten Lebensjahr bin ich nun schon Soldat. Und ich hab in dieser Zeit unzähligen Männern gegenübergestanden, die mir ans Leder wollten. Doch normalerweise sind es weit mehr, und sie sind auch besser bewaffnet und ausgebildet, so viel ist sicher.«

»Aber diese Gegner, von denen Ihr sprecht, konfrontieren Euch für gewöhnlich auf offenem Felde, stehen gleich vor Eurer Nase. Sie sind sichtbar und berechenbar, sind also alles, was Eure Feinde hierzulande nicht sind.« Sie blickte ihn an, und er entdeckte unverhohlene Furcht in ihren Augen. »Ich bin auch Soldatin, Kommandant. Aber ich bin auch bei Hof aufgewachsen, und dort habe ich sehr schnell begriffen, dass die Feinde, die man nicht sieht, die gefährlichsten sind. Was immer hier auch vorgeht, es spielen mächtige Leute mit ihren ganz eigenen Plänen eine Rolle dabei. Sie sind entschlossen und skrupellos, und sie werden alles daransetzen, dass Ihr ihnen nicht in die Quere kommt. Es ist ein Spiel, das lange vor Eurem Eintreffen hier begonnen hat und auch noch lange nach Eurer Abreise weitergehen wird. Bitte sagt, dass Ihr versteht, was ich Euch klarzumachen versuche.«

»Ich verstehe.«

»Wenn Euch irgendwas zustoßen sollte …«

»Ich verstehe, Rona.« Und das tat er wirklich, vielleicht zum ersten Mal überhaupt. Sie hatte ihm nichts wirklich Neues gesagt, und doch hatte sie recht. Er war so damit beschäftigt gewesen, sich um die Flotte zu sorgen, dass er sich selbst dabei völlig aus den Augen verloren hatte. Es war allzu einfach, so zu tun, als würde eine Gefahr, die man nicht sah, gar nicht existieren, und sich einzureden, dass man sich darüber den Kopf schon nicht zu zerbrechen brauchte. Einfach und gefährlich. Ja, auch in diesem Punkt hatte sie recht. Er seufzte. »Ich werde versuchen, vorsichtiger zu sein. Aber wisst Ihr, ich kann nicht einfach die Segel streichen. Nicht, bevor ich meine Aufgabe hier erledigt hab.«

»Ich weiß, und das verlange ich auch gar nicht. Ich möchte nur … Ich möchte nur, dass Euch nichts zustößt, Kommandant.«

»Das möchte ich auch. Komisch, oder?« Er legte ihr eine Hand auf die Schulter, drückte sie zuversichtlich. »Doch nun muss ich mich mit einem Mann bei den Docks unterhalten.«

Die Antwort ließ nicht lange auf sich warten: Man würde Liam und seine Offiziere am Kai erwarten. Keine Eskorte, keine Waffen. Sollten sie sich nicht an diese Absprache halten, würde ihr Kontaktmann nicht erscheinen. Und es würde auch kein zweites Treffen mehr geben – so stand es in der Nachricht.

Liam konnte gut damit leben. Immerhin waren ihm seine »Freunde« in der Republicana bisher keine große Hilfe gewesen. Und obwohl er gern noch einmal kurz mit Ash Bookman gesprochen hätte, blieb keine Zeit mehr, mit dem ehemaligen Sekretär Kontakt aufzunehmen, der einer Einladung vermutlich ohnehin nicht mehr gefolgt wäre. Was die Sache mit den Waffen anbetraf, so interpretierte Liam diese Forderung wie schon zuvor bei seinem Besuch bei den Schilden: flexibel. Also steckte sein Messer abermals im Stiefel, und obwohl er sie nicht direkt danach fragte, war er sicher, dass seine Offiziere das genauso handhabten.

Der Treffpunkt stellte sich als Lagerhaus aus rotem Backstein heraus, dessen Fenster vernagelt waren. Ein einzelner, ungeschlacht wirkender Mann lungerte vor der Tür herum und kaute etwas, das seine Zähne ungesund rot verfärbte. Wortlos taxierte er Liam und die Wölfe von oben bis unten, stieß dann die Tür auf und forderte die Ankömmlinge mit einem Kopfnicken auf, ihm zu folgen.

Als sie über die Schwelle traten, wurden sie von rauen Händen gründlich abgetastet. Das hatte Liam erwartet, daher ließen er sowie Rona und Dain die Leibesvisitation klaglos über sich ergehen. Ide dagegen stieß eine Reihe von Flüchen aus, die Liam die Schamesröte ins Gesicht trieben.

»Die Kleine macht einem Seemann alle Ehre.«

Die Stimme kam von irgendwo aus den Schatten. Daher richtete Liam seine Antwort über seine Schulter: »Ja, nicht wahr? Ich trage mich mit dem Gedanken, in einer von Erromans großen Tavernen einen Schimpfwort-Wettbewerb auszurichten. Sie wird uns alle reich machen, da bin ich mir sicher.«

Ein amüsiertes Schnauben. »Dann setzt mich gleich mit auf die Teilnehmerliste. Allerdings werd ich wohl einen Übersetzer brauchen.«

»Euer Erromanisch ist doch ganz passabel.«

»Ich komme durch. Nicht jeder von uns kann mit einem so noblem Akzent aufwarten wie Ihr.«

Das brachte Ide zum Lachen. »Nobler Akzent? Für einen Schmied aus der Unterstadt vielleicht.« Sie warf Liam einen Blick zu. »Nicht bös gemeint, Kommandant.«

»Schon gut.«

Metall kratzte, dann erhellte der Schein einer Laterne das harte, kantige Gesicht eines Mannes. »Stimmt ja. Wie konnte ich das nur vergessen. Ihr stammt aus einfachen Verhältnissen, nicht wahr, Euer Hoheit? Da haben wir was gemeinsam.« Seine Mundwinkel verzogen sich zu einem spöttischen Grinsen, nur für den Fall, dass Liam sein Sarkasmus entgangen sein sollte.

»Mag sein«, meinte Liam. »Andererseits weiß ich nichts von Euch, genauso, wie Ihr nichts von mir wisst.« *Und trotzdem hast du beschlossen, dass ich es verdiene zu sterben.* Doch er behielt seinen Gedanken für sich. Dafür war jetzt nicht der richtige Zeitpunkt; er hatte andere Sorgen.

Der Mann sprach weiter, als hätte er die Worte gar nicht gehört. »Und genau deshalb haben sie Euch auch geschickt, stimmt's? Weil Ihr ja dem *einfachen* Mann ach so nahesteht und so weiter und so fort.«

»Dafür haltet Ihr Euch also? Für den einfachen Mann? Nun, ich frage mich, wie viele von den Dockhelfern eine Fremdsprache sprechen können.«

Ein Grinsen zerteilte das kantige Gesicht. »Jetzt habt Ihr's mir aber gegeben, Euer Hoheit. Aber es stimmt, meine Brüder wissen es zu schätzen, dass ihr Anführer ein bisschen Bildung mitbekommen hat.«

»Dann seid Ihr also Gir?«

Er vollführte eine angedeutete Verbeugung. »Vorsitzender der Dockies, zu Euren Diensten, Euer Hoheit.«

»Können wir die ›Hoheit‹ einfach weglassen, bitte? Ich mag den Titel nicht besonders, und vor allem dann nicht, wenn er sich wie ein Schimpfwort anhört. Ihr habt ja keinen Zweifel daran gelassen, wie Ihr über mich denkt. *Monarchistenbastard,* so habt Ihr mich wohl genannt, wenn ich mich recht erinnere.« Ein Schuss ins Blaue, aber mehr traute er sich im Moment auch nicht.

Gir starrte ihn ausdruckslos an, als hätte das Gesagte keinerlei Bedeutung für ihn. »Fen«, rief er in die Dunkelheit hinein. »Bitte mehr Licht.« Von unsichtbarer Hand wurde die Flamme einer weiteren Laterne hochgedreht, und dann noch eine. Die schummrige Beleuchtung offenbarte einen einfachen Holztisch umringt von Stühlen. Gir forderte sie auf, Platz zu nehmen. »Also«, sagte er. »Syril sagte, Ihr wolltet sprechen. Nun, ich höre.«

»Ich bin dem Sprecher dankbar, dass er dieses Treffen arrangiert hat, vor allem, wenn man bedenkt, wie er zu mir steht.«

»Ihr seid dankbar? Das überrascht mich.« Gir lächelte dünn. »Wenn man bedenkt, wie er zu Euch steht.«

»Er muss gute Gründe dafür gehabt haben, uns zusammenzubringen. Ich erwarte, dass wir dies als unseren Ausgangspunkt betrachten.« Liam machte eine Pause, um diesen Worten mehr Gewicht zu verleihen, und betrachtete das eckige Gesicht vor sich genau. Es war von Sonne und Salzluft verwittert. Außerdem hatte der Mann einen kräftigen Hals, der fast übergangslos in die breiten Schultern mündete. Gir sah aus wie einer, dem man nicht im Dunkeln begegnen wollte. Auf der anderen Seite blitzte in seinen kleinen dunklen Augen unzweifelhaft eine gewisse Gewitztheit auf.

Liam beschloss, die Karten auf den Tisch zu legen. »Vermutlich gibt es hundert elegantere Arten, dies zum Ausdruck zu bringen, aber ich bin müde und frustriert, und mir läuft die Zeit davon, also möchte ich Klartext reden: Ich weiß, dass jemand den Bau der Flotte sabotiert, und ich habe den dringenden Verdacht, dass Ihr dieser Jemand seid.« Weitere Beschuldigungen verkniff er sich für den Moment.

Der Mann ihm gegenüber zwinkerte nicht einmal. Er würde einen guten Spieler abgeben, so viel war klar.

Liam legte nach. »Und ich glaube, dass Ihr alles Erdenkliche unternehmt, um zu verhindern, dass Onnan in den Krieg eintritt. Und das verstehe ich auf eine Art sogar. Aber das muss aufhören. Zum Wohle meines Landes und auch des Euren. Es muss aufhören.«

Kurz trat Stille ein, so kühl und ausdruckslos wie die Schatten, die sie umgaben. Girs Gesicht zeigte keine Regung, bis auf einen spöttisch verzogenen Mundwinkel. »Das war alles?«

»Das ist alles.«

Gir legte die Hände auf die Tischplatte und lehnte sich vor. »Nehmen wir mal an, die Dockies hätten was zu tun mit den Verzögerungen – und ich sage nicht, dass es so ist –, wäre das doch Verrat, oder sehe ich das falsch? Gegen unsere Regierung, die vom Volk frei gewählt wurde.« Er lächelte schwach. »Wenngleich von keinem der Dockies oder jedem anderen Mann mit Stolz und gesundem Menschenverstand.«

»Ja, ich schätze, das wäre es«, sagte Liam langsam.

»Dann sagt mir eins: Wenn die Dockies tatsächlich bereit wären, ihrer eigenen, frei gewählten Regierung zu trotzen, warum um der Neun Domänen willen sollten sie Anweisungen vom *Prinz von Alden* entgegennehmen? Die Zeiten des Kaiserreichs sind vorbei, Euer Hoheit. Oder habt Ihr das noch nicht mitgekriegt?«

Liam konnte nicht anders, als aufzulachen und für ein stummes Stoßgebet den Blick Richtung Decke zu heben.

»Was ist so lustig, Euer Hoheit?«

»Ach, mir wurde gerade die Ironie des Ganzen bewusst. Die letzten sechs Monate habe ich damit zugebracht, den Prinzen zu spielen. Bin in Samt und Seide im Palast herumspaziert und hab die Leute mich *Euer Hoheit* nennen lassen. Man schenkte mir sogar einen Hund in Erinnerung an meinen Großvater, damit die Menschen wenigstens für einen Augenblick vergessen, dass ich nur ein Bastard bin. Bei Hof bin ich der Bankert und werde es immer sein.« Er spürte Rona Browns Blicke auf sich, wie auch die der beiden anderen. »Und jetzt bin ich hier, in einem Land, das noch immer einen tiefgehenden Hass auf die Monarchie des alten Kaiserreichs pflegt, und plötzlich ist alles, was in mir gesehen wird, der Prinz des Reiches.«

»Mein Beileid«, sagte Gir. »Ein Taschentuch?«

»Der Punkt ist, was ich eben bereits sagte: Es war kein Befehl. Es war eine Bitte. Mein Land befindet sich im Belagerungszustand.«

»Das tut mir leid. Aber das gibt Euch nicht das Recht, Sklaven für Eure Sache zu rekrutieren.«

Unter dem Tisch ballten sich Liams Hände zu Fäusten. »Nicht Sklaven, Verbündete.«

»Nein, Sklaven«, beharrte Gir. »Das ist nicht unser Krieg. Die Oridianer haben uns niemals bedroht. Und sie hätten auch euch nicht bedroht, wenn euer König ihnen nicht den Krieg erklärt hätte. Aber das hat er getan, und anstatt die Suppe selbst auszulöffeln, die er sich eingebrockt hat, will er mein Land nun dazu zwingen, ihm dabei zu helfen. Jawohl: Erroman will Onnan dazu zwingen, die Drecksarbeit zu machen.«

»Niemand hat die Republicana zu irgendwas gezwungen«, mischte sich Dain jetzt ein. »Sie haben frei darüber abgestimmt, in den Krieg einzutreten.«

Gir grinste ihn höhnisch an. »Seid doch nicht so naiv. Erromans Pressionen mögen heutzutage in anderer Form erfolgen –

Zölle und Embargos statt Kerker und Folter –, und doch sind es Pressionen, die uns in die Knie zwingen sollen.«

»Ihr scheint aber keine sonderlich hohe Meinung von Eurer Staatsführung zu haben«, sagte Rona. »Könnte es nicht sein, dass sie nicht aus Feigheit, sondern aus Weisheit so entschieden hat? Oder glaubt Ihr ernsthaft, dass die Oridianer an unserer Grenze Halt machen und sich Euren Hafen durch die Lappen gehen lassen?« Sie neigte den Kopf, als betrachte sie ein bockiges Kind. »Der legendäre Hafen von Onnan, der beste Naturhafen in Gedona. Wen nennt Ihr also naiv?«

Stille trat ein, und Liam vermeinte, Gir ein wenig erröten zu sehen, obgleich dies aufgrund seiner dunklen Haut und des hier herrschenden Zwielichts schwer zu sagen war. »Doch nichts davon spielt noch eine Rolle«, ergänzte er. »Die Entscheidung ist gefallen. Euer Land befindet sich im Krieg mit dem Trionat. Insofern ist alles, was Ihr tut, Eure eigene Position zu schwächen und Eure eigenen Leute unnötig zu gefährden.« Er ging noch einen Schritt weiter, stützte sich dabei auf das, was er in den Augen des Mannes zu sehen geglaubt hatte. »Und ich denke, das wisst Ihr auch, sonst hättet Ihr Euch gar nicht erst mit uns getroffen.«

Gir sah ihn an, und da erkannte Liam es wieder in seinem Blick: Resignation, wenngleich Resignation der erbitterten Sorte. Die jetzt gepaart war mit Furcht. »Massenmusterung nennen sie es«, presste der Anführer der Dockies zwischen den Zähnen hervor. »Ich bin kein Feigling. Mich können sie haben. Auch meinen Bruder und gar meinen Vater, wenn sie denn seine alte Knochen brauchen können. Aber meine Söhne … meine Neffen …«

Wieder senkte sich Stille über den Raum, erdrückender diesmal. »Wie alt sind sie?«, fragte Liam. »Eure Söhne.«

»Dreizehn und fünfzehn. Noch *Knaben.*« Vorwurfsvoll kam

dieses Wort. »Syril tut, was er kann, doch jetzt, wo er im Gefängnis sitzt …« Er brach ab und schüttelte den Kopf.

»Ich verstehe.« Und wie Rona es sagte, schien dies auch wirklich zuzutreffen. »Ihr habt damit begonnen, um Onnan vom Kriegseintritt abzuhalten, aber das klappte nicht. Und jetzt kämpft Ihr einen neuen Kampf und benutzt die Flotte als Druckmittel, ist es nicht so?«

»Knaben.« Es klang nicht nach einem Eingeständnis, war aber nahe dran.

Zu jung, dachte Liam. *Da hat er recht.* Selbst in Alden, das sich mitten im heftigsten Krieg seiner Geschichte befand, begann der verpflichtende Militärdienst erst ab einem Alter von sechzehn Jahren.

Girs Blick war noch immer fest auf ihn gerichtet, und es lag eine Botschaft darin. Irgendwann auf seinem Weg hatte Liam gelernt, dergleichen richtig zu deuten. »Das ist Erpressung«, knurrte er.

»Ganz recht«, stimmte Gir ohne den leisesten Hauch von Scham zu.

»Selbst wenn ich mich dafür hergeben würde, bin ich nicht sicher, ob es gelingen kann. Ich bin ein Fremder hier in Onnan. Mein Wort hat nicht eben viel Gewicht in diesem Land.«

»Habt Ihr nicht eben selbst gesagt, dass alle hier immer nur den Prinzen in Euch sehen?« Gir lächelte ohne jede Spur von Belustigung. »Höchste Zeit, ein bisschen von diesem politischen Kapital einzusetzen, Euer Hoheit.«

Liam zögerte. Die Sache war gefährlich, und zwar außerordentlich. Falls Alden sich einfach in die Politik seiner ehemaligen Sklaven einmischte … Ja, dazu müsste er politisches Kapital einsetzen, eine Menge davon. Vielleicht mehr, als Erik sich leisten konnte. Und das würde er, Liam, für einen Mann tun, der versucht hatte, ihn zu ermorden. *Aber welche Chance haben wir denn noch? Du kannst ihm nichts nachweisen, und selbst wenn, so hat er immer noch eine ganze Gewerkschaft im Rücken, die genau da weitermacht, wo er aufgehört hat.* »Wenn ich es tue«, sagte Liam langsam, »und ich kann nicht versprechen, dass ich Erfolg haben werde, aber wenn ich's versuche, verlange ich mehr von Euch als nur die Zusicherung, den Bau der Flotte künftig nicht mehr zu sabotieren. Ich brauche Euch, um Mallik zu unterstützen. Euch alle. Diese Kriegsflotte muss so schnell wie möglich bereitstehen. Könnt Ihr mir das zusichern?«

Gir nickte feierlich und reichte Liam die Hand.

28. KAPITEL

Ein leises, fast zurückhaltendes Klopfen riss Alix aus dem Schlaf. Sie setzte sich auf, rieb sich den Nacken und löste ihre Zunge vom trockenen Gaumen. *Wie viel Uhr ist es denn?* Ohne Fenster in ihrer kleinen Dienstbotenkammer war das schwer zu sagen. Sie hoffte, sie hatte nicht verschlafen, so erschöpft, wie sie beim Zubettgehen gewesen war.

Sie öffnete die Tür ihrer Kammer. Draußen stand Paiman, der Haushofmeister, und wrang seine Hände in ähnlicher Weise wie sein Kollege in Erroman. »Eure Hoheit«, sagte er und machte eine absurd tiefe Verbeugung. »Es tut mir so leid, so unendlich leid! Das ist einfach demütigend! Ich bitte untertänigst um Entschuldigung. Ich kann mich gar nicht oft genug entschuldigen. Hätte ich gewusst … aber man hat mich nicht informiert, wisst Ihr, und ich …«

Einige Zeit ging das so weiter, sprudelten die Worte hervor und in Alix' umnebeltes Hirn, bis sie mechanisch eine Hand erhob. Der Haushofmeister verstummte.

»Entschuldigung, aber …« Sie rieb sich über die müden Augen. *»Was?«*

»Man sagte mir, Ihr seid des Königs Leibwache«, sagte er fast jämmerlich. »Wie sollte ich's denn besser wissen?«

Aha. Offensichtlich hatte sich inzwischen herumgesprochen, dass Alix die Tochter eines Bannerhauses war. Wenngleich nicht irgendeines Bannerhauses, sondern eines, das eng mit dem Königshaus verbunden war und im Rang gleich nach dem Hause Green kam. Unwillkürlich zuckten ihre Mundwinkel.

»Eine Hochgeborene offensichtlich«, fuhr Paiman fort, der sich offenbar bemüßigt fühlte, die Sache zu erklären. »Ansonsten wäre eine Position so nah bei Seiner Majestät ja auch gar nicht möglich. Aber letztendlich immer noch eine Bedienstete.«

Alix kniff die Augen zusammen. »Hochgeborene, ganz recht. Tatsächlich aus dem Hause Black, um genau zu sein.«

Bei der Nennung dieses Namens erfasste Paiman ein Zittern. »Aber woher hätte ich denn wissen sollen, dass Ihr die Gemahlin von Seiner Hoheit dem Prinzen von Alden seid? Der Kanzler hätte es mir sagen sollen! Es ist seine Sache, sich um solche Dinge zu kümmern, nicht meine! Bitte, Eure Hoheit, ich bitte Euch demütigst um Vergebung.« Wieder die alberne tiefe Verbeugung, sodass das über die Glatze gekämmte Resthaar an Halt zu verlieren drohte.

Kühl betrachtete Alix sein lichtes Haupt. »Nur damit ich das richtig verstehe: Ihr entschuldigt Euch nicht etwa bei mir, weil Ihr der Tochter eines Bannerhauses eine Dienstbotenkammer zugewiesen habt, sondern weil Ihr nicht realisiert hattet, dass ich Liams *Frau* bin?«

Zustimmend hob der Haushofmeister die Augenbrauen.

Nie würde er erfahren, wie kurz er in diesem Moment davor gestanden hatte, ein paar Zähne einzubüßen.

»Ich verstehe«, sagte Alix kalt. »In diesem Fall wird Eure Entschuldigung akzeptiert.«

Der Sarkasmus in ihrer Stimme erreichte ihn nie. »Danke,

Eure Hoheit. Oh, untertänigsten Dank! Gerade im Moment wird ein angemesseneres Quartier für Euch hergerichtet. Auch wird Euch ein heißes Bad eingelassen und ein Frühstück zubereitet … Oh nein, Eure Hoheit, lasst alles stehen und liegen! Jemand wird sich um Euer Gepäck kümmern.«

Und in dieser Weise katzbuckelte er in einem fort, auch als sie von ihm durch die Gänge geleitet wurde, während Alix mit jedem Schritt wütender wurde. Nichts von seiner plötzlichen Sorge und Beflissenheit galt ihr. Nicht dem Hauptmann der Königlichen Wache, nicht einmal Lady Black. Sie galt einzig und allein Liam. Offensichtlich war sie für König Omaïds Hof nicht mehr als ein Anhängsel ihres Gatten.

So sehr brachte sie das in Rage, dass sie, als Paiman die Tür zu ihren neuen Räumen öffnete – die großzügig, opulent ausgestattet und einfach wunderschön waren –, am liebsten das teuerste Ding im Zimmer an die Wand geschmissen hätte. Das würden sie ihr gewiss verzeihen. Der Frau von Liam White.

Es gelang ihr nur mit Mühe, ihre Wut während des Frühstücks für sich zu behalten. Auch während des warmen, entspannenden Vollbades, das sie daraufhin nahm. Dann traf Erik ein, der nur einen Blick auf ihre gereizte Miene zu werfen brauchte, um in schallendes Gelächter auszubrechen. »Oh, meine arme Alix.« Man hatte ihm nicht mal sagen müssen, warum sie so verdrießlich war – er kannte sie nur zu gut. »Eine ganze Nacht lang im Stillen leiden zu müssen. Warum im Namen der Neun Domänen habt Ihr's ihnen denn nicht einfach gesagt?«

»Was gesagt? Dass mir, als Gemahlin eines Mitglieds des Königshauses, eine bessere Unterbringung zustünde?«

Die blauen Augen wurden wieder ernst. »Ach du liebe Güte.«

»Oja! Sie wussten es, Erik. Wussten, dass ich eine Hochgeborene bin, und es war ihnen scheißegal. Ich bin nur wegen Liam in diesem Trakt des Palasts!«

Mit einem interessierten Lächeln betrachtete er sie. »Ich muss sagen, ich bin überrascht. Wusste gar nicht, dass Ihr ein so stolzes Geschöpf seid, zumindest nicht, wenn es um Ränge geht.«

»Bin ich nicht!« Erschreckenderweise spürte sie, wie sie errötete. »Zumindest normalerweise nicht. Aber nachdem sie mich so behandelt haben … Wie jemanden, den sie unter den Füßen Eures Pferdes hervorgezogen haben …«

Wieder lachte er.

»… und jetzt haben sie mich nur deshalb hier einquartiert, weil ich Liams Angetraute bin. Es ist ihnen völlig einerlei, wer ich bin oder was ich erreicht habe. Alles, was zählt, ist, mit wem ich verheiratet bin *und würdet Ihr bitte aufhören zu lachen*!«

»Aber Ihr habt doch darauf bestanden, dass wir ihnen nur Euren militärischen Dienstgrad nennen.«

»Ich weiß.«

»Auf ausdrückliche Anweisung hat Lord Sommersdale ihnen nichts von Eurem gesellschaftlichen Rang mitgeteilt, ließ sie lediglich wissen, dass Ihr der Hauptmann der Königlichen Wachen seid. Wenn wir ihnen zumindest gesagt hätten, dass Ihr eine Black seid, hättet Ihr in Kertas Unterkunft Platz gefunden.«

»Ich *weiß*, Erik, aber …«

Er legte ihr seinen Arm um die Schulter. »Es ist ganz richtig, dass Ihr auf Eure Leistungen stolz seid, Alix, aber das bedeutet nicht, dass Ihr nicht auch auf Eure Blutlinie stolz sein könnt. Und das seid Ihr, sonst wärt Ihr nicht so beleidigt. Warum es leugnen?«

Er hatte recht. Natürlich. Wenn sie nicht bereit war, wie eine Bürgerliche behandelt zu werden, hätte sie sich auf ihren Namen berufen müssen. Dann hätten die Harrami es niemals gewagt, sie in diese kleine Zelle zu verbannen. Andererseits hätte man sie auch nicht in dieser Suite untergebracht. Allein Liams Namen hatte sie dieses Privileg zu verdanken. *Und das ist der springende*

Punkt, erkannte Alix ernüchtert. Liam sticht dich aus. Liam, der ihr stets gefolgt war, der je kaum sichtbar war in ihrem Schatten. Und nun war sie es, die in seinem Schatten kaum mehr in Erscheinung trat.

Noch immer hielt Erik sie im Arm. »Schön, dass ich Euch wenigstens zum Lachen gebracht hab«, sagte sie zähneknirschend.

»Ja, obwohl ich, bei den Göttern, wenig Grund dazu hab.« Noch immer schmunzelnd zog er sich von ihr zurück. Allerdings ruhte eine Hand noch immer auf ihrer Schulter, und für einen Moment – mit dem schiefen Grinsen und dem Schalk in seinem Blick – sah er ganz wie Liam aus. »Aber dieses Wunder habt Ihr vollbracht.« Sie könnte es sich eingebildet haben, doch sie vermeinte zu spüren, wie sich der Druck unter seinen Händen bei diesen Worten kurz verstärkte.

Das war der Augenblick, in dem sie den Boden unter den Füßen verlor. Als hätte jemand die Zügel einer schnell fahrenden Kutsche angezogen, eine Wende vollzogen und würde nun in eine völlig neue, gefährliche Richtung davonpreschen. Wie er sie ansah … Lang war es her, dass er sie zum letzten Mal auf diese Weise angeblickt hatte. Doch nicht lang genug, wie es schien, um bei ihr eine angemessene Reaktion hervorzurufen. Hitze durchflutete sie. Er bemerkte es, und sie erfuhr davon, weil sich seine Wangen nun ebenfalls leicht verfärbten. Schutz- und hilflos war sie ihm ausgeliefert. Ja, er kannte sie nur zu gut.

Zeitgleich wandten sie sich erschrocken voneinander ab. Kurz legte sich Stille über den Raum. »Ich werde gleich in die Große Bibliothek gehen«, sagte er schließlich in einem Ton, den Alix nicht zu deuten wusste. Er ging zur Anrichte, fummelte ganz Erik-untypisch mit dem Stopfen des Kristalldekanters herum. Und einmal mehr wurde Alix bei diesem Anblick an Liam erinnert. »Ich wollte sie immer mal sehen, und ich weiß nicht, wann ich noch einmal die Gelegenheit dazu erhalten werde. Wenn heute Abend etwas schiefläuft, könnte das ein sehr kurzer Aufenthalt in Ost werden.«

»So dürft Ihr nicht reden«, sagte Alix, die krampfhaft versuchte, einen Punkt im Raum zu finden, auf den sie ihren Blick lenken konnte. Etwas, das nicht Erik war und sie nicht an den Mann erinnerte, den sie liebte. »Ich nehme an, Ihr habt gestern Abend noch nichts Geschäftliches ansprechen können?« Von ihrem Wachposten auf der anderen Seite der Tür aus hatte sie nichts mitbekommen.

»Bei unserem ersten Nachtmahl? Bei den Göttern, nein. Dergleichen wäre selbst in Alden unangemessen. Ich schätze, das Thema wird heute Abend aufs Tapet kommen. Ihr werdet ja vermutlich auch anwesend sein, nun, da sie wissen, wer Ihr seid.«

»Vermutlich. Bisher hat mir jedenfalls noch niemand den mir gebührenden Platz zugewiesen.« Wieder schlich sich ein Hauch von Bitterkeit in ihre Stimme.

»Ich werde mich darum kümmern.« Er verstummte, dann senkte er die Stimme. »Ich brauche Euch dort, Alix.«

Auch das hatte sie schon lang nicht mehr gehört, und Alix war erstaunt, wie sehr sie diese Worte berührten. Sie schluckte hart und nickte.

»Bis dann also.«

»Wartet …« Sie wandte sich um, wollte ihre Rüstung aufnehmen.

Er hob eine Hand. »Die Palastwachen können mich begleiten. Ihr solltet Euch ausruhen.« Ohne eine Antwort abzuwarten, verließ er eilends den Raum.

»Müde?«

Sein Kopf ruckt hoch von dem aufgeschlagenen Buch, in dem er gelesen hat. Verschlafen reibt er sich die Augen und wirft einen ver-

schämten Blick auf die Tür zur Bibliothek. »Ich hoffe, Ihr seid die Einzige, die das gesehen hat.«

»Keine Sorge.« Sie huscht unter dem mit prächtigen Schnitzereien verzierten Türsturz auf ihn zu, ihre Schritte sonderbar lautlos auf dem marmornen Boden. »Wir sind allein.« Sie steht nun hoch aufragend neben ihm. Durch den Feuerschein wirkt ihr Haar wie geschmolzenes Kupfer, das sich schimmernd abhebt von der weichen, weißen Haut ihrer Wangen. Er verspürt den fast überwältigenden Drang, sie zu berühren.

Sie wendet den Kopf ab, beißt sich auf die Lippen. Eine seltene nervöse Geste, die er insgeheim an ihr liebt.

Oder vielleicht doch nicht so insgeheim. »Wegen dem, was vorhin passiert ist …«, sagt sie.

»Nicht.« Er kann sich dem im Moment nicht stellen. Nicht jetzt. Später vielleicht. Wenn sich die Wogen seines seltsam aufgewühlten Blutes wieder gelegt haben, aber nicht jetzt. Es gibt da etwas Wichtiges, das er erst erledigen muss – obwohl er sich ums Verrecken nicht mehr daran erinnern kann, was es war.

Eine warme Berührung auf seinem Arm. Sie zupft an ihm herum in dem Wunsch, dass er sich erheben möge. Widerstrebend tut er ihr den Gefallen. Er versucht, ihrem Blick auszuweichen, aber sie lässt es nicht zu – ihre Hände umrahmen sein Gesicht, zwingen ihn dazu, sie anzusehen. Im Licht der Fackeln funkeln ihre Augen wie flüssiges Feuer.

»Ich kann nicht so tun, als ob nichts ist«, sagt sie. »Nicht mehr.« Zart berühren ihre Lippen seine, als besiegelten sie ein Versprechen. Dort verharren sie, während ihr Atem stoßweise seinen Mund streift.

Angst und Begierde kollidieren in einem Funkenregen – ein Hammerschlag gegen rotglühenden Stahl. Er will sich zurückziehen, aber er kann es nicht; sein Körper ist wie gelähmt. Und doch vibriert jeder Nerv unter dem Atem auf seiner Haut, unter den sanften Be-

rührungen ihrer Fingerspitzen in seinem Nacken. Ihm entfährt ein Laut, der irgendwo zwischen Pein und Leidenschaft liegt.

»Erik«, flüstert sie.

Das Wort hat die Wirkung eines Zaubers. Er bewegt sich – schmerzlich, widerwillig –, und trotzdem legen sich seine Arme wie von selbst um sie. Er ist so hilf- und machtlos wie einer von Madans Unterjochten. Er versucht zu sprechen, doch sie verschließt seine Lippen mit einem Kuss, bewegt ihre Zunge sanft und gekonnt in seinen Mund. Er steht im Begriff zu ertrinken, hat kaum mehr Kontrolle als ein Mann, der gegen die Wellen ankämpft, schluckt sie und immer wieder sie, als wäre sie die kostbare Luft, die er zum Atmen braucht. Irgendwo in seiner Brust öffnet sich eine Wunde, schmerzhaft und blutend. Sein Hals wird eng, seine Augen brennen, aber er küsst sie weiter, und es ist Herrlichkeit, Feuer und alles, wonach es ihn begehrt. Sie biegt sich zurück auf den Tisch, wischt die darauf liegenden Bücher einfach zu Boden, während sie sich weiterküssen. Seine Lippen wandern hinab zu dem süßen weißen Grübchen an ihrem Hals, wieder hoch zu ihrem Kinn, über ihre Wangen und hin zu der weichen Stelle hinter ihrem Ohr. Zur Antwort hebt sich ihm ihr Körper entgegen.

Und dann taucht er ein in sie, und in das Vergessen, und er schmeckt das Salz ihrer Tränen.

Erik schrak aus dem Schlaf, riss seine verschwitzte Wange von dem Buch los, auf dem sein Kopf gelegen hatte. Panisch warf er einen Blick zum Türdurchgang, doch die Palastwachen waren nirgends zu sehen. Er war allein.

Wir sind allein …

Er stützte sein Gesicht auf den Händen auf und stieß einen langen Seufzer aus. *Was ist nur los mit mir? Gesegneter Rahl, verleihe mir Stärke.*

Schon früher hatte er von ihr geträumt, doch noch nie auf

diese Weise und auch nicht mehr, seit sie geheiratet hatte. *Meinen Bruder.*

Eine Welle aus Schuldgefühlen schlug über ihm zusammen, kalt und giftig, die ihn in ihren dunklen Sog zu ziehen drohte. Es war nur ein Traum, doch die Wunde in seinem Innern war real, so real wie an dem Tag, als seine Blutklinge Toms Kopf von seinem Körper getrennt hatte. An dem Tag, als er das Leben des einen Bruders beendet hatte in der Hoffnung, dass er ein neues mit dem anderen beginnen konnte. Der andere, von dessen Frau er gerade geträumt hatte.

Gesegneter Olan, schenke mir Mut. Gesegneter Ardin, nimm deine Hand von meinem Herzen.

Unsicher kam er auf die Beine. Die vergoldete Wasseruhr über dem Kamin zeigte an, dass es bereits später Nachmittag war. Das Schicksal des Königreichs konnte sich schon an diesem Abend entscheiden, abhängen von einer Handvoll Worte, die über geschmortem Lamm, Safrankartoffeln und exquisitem Südwein gesprochen wurden. Omaïd war stolz und berühmt für seine Reizbarkeit. Erik wusste, er musste heute Abend alles geben. Vielleicht mehr als alles.

Er versuchte, sich zusammenzureißen, griff im Innern nach seiner Disziplin, die er heute mehr denn je brauchen würde. Auf sie hatte er sich stets verlassen können, auch in den schlimmsten Zeiten. Doch stattdessen fand er … ein wachsendes Krebsgeschwür, dunkel und brodelnd, ein sich windendes Fauchen aus Flamme und Wispern …

Gesegnete Farika, hab Erbarmen mit mir …

»Bist du sicher?«, fragte Kerta flüsternd, als wären die Mauern in König Omaïds Palast zu dünn, um ein Geheimnis für sich zu behalten. Tatsächlich war die Gefahr, dass sie belauscht wurden, äußerst gering: Sie saßen im Wohnraum von Alix' Suite, umgeben von dämmenden Wandteppichen, dicken Läufern und Holzpaneelen. Einschließlich eines umlaufenden Frieses, auf dem detailgetreu der Fall Erromans dargestellt war. Unter den gegebenen Umständen höchst unangemessen, wie Alix fand.

Nicht dass sie momentan ein Auge dafür hatte. »Ja, ich meine, nein.« Sie wedelte frustriert mit den Händen. »In Wahrheit weiß ich es nicht genau. Ich bin ja keine Gedankenleserin.« Sie vermied es, der anderen ins Gesicht zu sehen. Einen tadelnden Blick würde ihr das nicht einbringen, nicht von Kerta, und doch schämte sie sich, fühlte sie sich schuldig. »Er hat nichts Ungehöriges gesagt. Es war eher …« Sie brach ab, schüttelte den Kopf.

»Die Umarmung?«

»Nein, nicht mal das.« Wie sollte sie es nur erklären? Dass es nichts gewesen war, was Erik gesagt oder getan hatte. Dass es eher ein Gefühl war, eine unausgesprochene, aber unmissverständliche Verbindung, die zwischen ihnen bestand. Wenn sie das zugab, musste sie gleichzeitig zugeben, dass auch sie es gespürt hatte, so verworren und komplex das Ganze auch war. Und dazu war sie einfach *nicht* bereit. Sie bezweifelte zudem, dass sie es je sein würde. Der einzige Grund, warum sie überhaupt darüber sprach – mit Kerta, der sie rückhaltlos vertraute –, war ihre Befürchtung, dass dies alles auf etwas Grundlegenderes hindeutete. Auf etwas Bedeutenderes als den unterschwelligen Schmerz einer halbverheilten Wunde. »Sieh mal, was immer es auch war, es schien ihn völlig überrascht zu haben. Und eben das bereitet mir Sorge. Das sieht ihm nicht ähnlich. Er ist doch immer so beherrscht, so …«

»Perfekt?« Kerta lächelte traurig.

»Genau!« Ein Phänomen, das Alix immer ein bisschen verrückt gemacht hatte, wie es *jedermann* ein bisschen verrückt gemacht hatte. »Es ist so untypisch für ihn, dass er sich so leicht aus der Bahn werfen ließ. Aber in diesen letzten Wochen, da hat er sich verändert. Irgendwie. Er ist jetzt weniger zurückgenommen als früher. Er ist jetzt mehr …« *Mehr wie ich.* Kein wirklich tröstlicher Gedanke.

»Vor dem *pasha* hat er sich aber ganz wacker geschlagen«, bemerkte Kerta.

»Aber er musste zugeben, dass es ihm sehr schwergefallen ist.«

»Er ist auch nur ein Mensch, Alix. Und er hat viel durchgemacht, besonders in den letzten Wochen.«

»Ich weiß, und es ist ja auch nicht so, dass ich ihn noch nie schwächeln gesehen habe, aber …« Seufzend ließ sich Alix auf einen der Sessel fallen. »Vielleicht liegt's ja an mir. Vielleicht bin ich ja das Nervenbündel. Wenn man bedenkt, was heute Abend auf dem Spiel steht …«

»So wie beim Parley mit dem Raben.«

»Ja, damit hat es viel gemein.« Sie lächelte reumütig. »Obwohl wir hoffen wollen, dass heute weniger Waffengeklirr dabei sein wird.«

Kerta tätschelte Alix das Knie. »Alles wird gut, du wirst schon sehen. Er steht unter unglaublichem Druck und fühlt sich momentan sehr angreifbar, das ist alles. Wenn es vorbei ist und die Harrami entschieden haben, uns zu helfen, wird er wieder ganz der Alte sein und uns aus diesem schrecklichen Krieg herausführen.«

Alix betrachtete den Wandfries, die sorgfältig geschnitzten Figuren, die in einen Malstrom des Todes gerissen wurden. Und obwohl die dargestellten Ereignisse sich vor Jahrhunderten abgespielt hatten, war Erroman auf den Bildern gut zu erkennen. Das Ältestentor, das bei der Belagerung im letzten Sommer zerstört wurde, erhob sich standhaft im Hintergrund, während die berittenen Harrami-Bogenschützen auf die Kaiserlichen Mauern zielten.

Kerta musste einfach recht haben. Und Erik musste einfach wieder er selbst sein. Und König Omaïd musste einfach ein Einsehen haben und dem Kampf beitreten. All diese Dinge wünschte sich Alix verzweifelt, und doch fürchtete sie sie auch. Aus Gründen, die sie nicht in Gedanken zu fassen vermochte, geschweige denn in Worte.

29. KAPITEL

Im Schutz der Dunkelheit ein paar Banner über die Grenze schmuggeln. Und vielleicht auch ein paar Waffen, wo wir schon mal dabei sind. Aber können sie genug Männer zusammenziehen? Nach dem, was Sadik in Raynesford angerichtet hat … Wenn sie sich bisher noch nicht in die Hosen gemacht haben, dann tun sie es jetzt. Aber ohne entsprechenden Anreiz wird er den Köder nicht schlucken, und dann sind wir erledigt …

»Wieder schlaflos, mein General?«

Rig drehte den Kopf auf dem Kissen. Vel lag auf den Ellbogen gestützt da; eine Kaskade schwarzen Haars ergoss sich über ihre karamellfarbene Haut. »Tut mir leid«, sagte er. »Hab ich dich vom Schlafen abgehalten?«

Selbst im Dunkeln konnte er den sinnlichen Schwung ihrer Lippen erkennen. »Nein, aber das darfst du gern tun, wenn du willst.«

Er schnaubte leise auf. »Du bist wirklich unersättlich, Frau.«

»Hast dich bis jetzt noch nicht darüber beschwert.«

»Ich bin ein sehr duldsamer Zeitgenosse.«

»Gewiss«, erwiderte sie trocken. Sie rutschte ein Stück näher und rollte sich über seiner Brust zusammen. Rig schob seinen Arm unter ihren Körper. Sie hier zu haben, fühlte sich gut an, musste er zugeben. In vielerlei Hinsicht war das Zusammensein mit Vel so, wie es aus seiner Sicht sein sollte – falls er sich überhaupt je Gedanken darüber gemacht hatte. Sie war eine erfrischende Gesellschaft, gelinde ausgedrückt, denn auch Rig entwickelte in ihrer Gegenwart eine beschämende Maßlosigkeit. Möglicherweise lag es an der enormen Anspannung, unter der er stand, oder vielleicht war es auch einfach zu lange her, dass er mit einer Frau zusammen gewesen war; wie dem auch sei, wie seit Jahren schon nicht mehr freute er sich auf seine freien Abende. Andererseits blieb ihm auch nichts anderes übrig, als sich Vels überbordender Leidenschaft anzupassen, wollte er mit ihr Schritt halten. Schon in der Vergangenheit hatte er feurige Geliebte gehabt – für ihn so etwas wie eine Grundvoraussetzung, wenn er ehrlich war –, doch Vel war in diesem Punkt eine Klasse für sich. Für sie schien der Liebesakt eine Art Wettbewerb zu sein, ein Kampf um die Vorherrschaft, bei dem jedes Stückchen Fleisch als möglicher Austragungsort in Frage kam. Ja, sie hätte ihm die Schamesröte ins Gesicht getrieben, wäre sein Kreislauf nicht damit beschäftigt gewesen, das Blut in andere Körperregionen zu pumpen.

Ja, so sehr er den eher athletischen Aspekt ihrer noch jungfräulichen … Beziehung … genoss, so sehr genoss er die stillen Momente der Intimität. Das war etwas, das er nicht erwartet hatte, und er wusste noch immer nicht, was er davon halten sollte. Jemanden an seiner Seite zu haben, dem man sich anvertrauen konnte, war zweifellos sehr tröstlich; eine willkommene Erleichterung am Ende eines Tages. Insbesondere wenn dem unausweichlich eine eher kathartische Form der Erleichterung folgte. Und doch konnte er die stetige Besorgnis, dass er diese Frau im Grunde gar nicht kannte, nicht gänzlich abschütteln.

Und dann war da immer noch der Spion.

»Willst du mir nicht sagen, was dich umtreibt?«

Rig stellte fest, dass er schon eine Weile nichts mehr gesagt hatte. »In meinem Kopf geht's gerade drunter und drüber, ehrlich.« Beruhigend drückte er ihre Schulter.

Doch sie war zu klug, um sich damit abspeisen zu lassen. Sie erhob sich von seiner Brust, sah ihn mit einem Ausdruck an, der halb besorgt, halb verärgert war.

Bevor sie ihm seine Ausflüchte vorhalten konnte, setzte er hinzu: »Hauptsächlich habe ich mich gerade mit der Priesterschaft beschäftigt.« Das war nur halb gelogen.

Sie hob eine Augenbraue. »Willst du in einen Orden eintreten, oder was?«

»Wie ist es da so? Treffen die ganzen Gerüchte eigentlich zu?«

Sie verzog das Gesicht. »Ich schätze, ich brauche nicht zu fragen, auf welche Gerüchte du gerade anspielst.«

»Ich bin nur neugierig.«

Sie schmiegte sich wieder an ihn und zuckte die Achseln. »Wir sind alle drogenabhängig und sexbesessen, meinst du das?«

»Das ist es, was man so hört.«

»Und jetzt, wo du selbst einige Erfahrungen sammeln konntest, was meinst du?«

Er lachte. »Ich meine, dass du mir mit dieser Frage gerade eine Falle gestellt hast.«

»Und du wärst ein schlechter Generalkommandant, wenn du hineingetappt wärst. Und ich würde dich nicht halb so interessant finden.« Ihre Finger wanderten an seiner Brust abwärts, so sachte, dass seine Bauchmuskeln zuckten. Es hatte sie außerordentlich gefreut festzustellen, wie kitzlig er war. Und Rig wiederum war außerordentlich überrascht festzustellen, was eine Frau mit diesem Wissen so alles anzustellen vermochte. »Der Orden von Ardin wird diesem Ruf ganz sicherlich gerecht.« Sie fuhr mit dem Finger über seinen Hüftknochen und über die hässliche violett verfärbte Prellung, die er sich gestern im Ring zugezogen hatte. »Besonders deren Priesterinnen. Wenn man weiß, wie wenige sie sind, kann man sich denken, wie es um ihre Bedürftigkeit bestellt ist.«

»Ja, das kann ich mir vorstellen.« Jeder heißblütige Mann aus Alden konnte sich das vorstellen – und hatte es, mehr als für ihn gut war, auch getan.

»Für sie stellt der leidenschaftliche Geschlechtsakt eine Art Andacht dar, mittels der sie die Tugend ihrer Wahl lobpreisen.«

»Dann ist ihr Orden wohl der beliebteste von allen«, meinte Rig grinsend.

»Von außen betrachtet, ja, aber Leidenschaftlichkeit als Bestimmung ist nicht für jeden.«

»Verzeih, wenn ich das aus deinem Mund wenig überzeugend finde.« Er sah ihr offen ins Gesicht. »Warum hast du dich für die Grauen und nicht für die Roten entschieden? Ardin scheint so viel besser zu dir zu passen.«

Eine Weile erwiderte sie nichts, und als sie endlich sprach, klang sie ungewöhnlich ernst. »Nicht alle wählen die Tugend, die ihrer Natur am meisten entspricht. Einige von uns ziehen es vor, sich den Lehren jener Tugend zu verschreiben, die für sie am erstrebenswertesten ist.«

»Und du strebst Weisheit an.«

Sie hob leicht die Schultern. Es war eine so ungewöhnlich befangene Geste, dass es Rig erstaunte. Es faszinierte ihn, wie wandelbar diese Frau doch war. Verführerin im einen, selbstbeherrschte Priesterin im anderen Moment. Und gelegentlich auch dieses eher verletzliche Wesen, das stets damit rechnete, dass die Welt über es richtete. »Scheint mir der eher schwierige Weg zu sein«, sagte er, »wenn man ganz gegen seine Natur entscheidet.«

Er hoffte, dass seine Antwort ihr gefiel, und das tat sie, denn sie entspannte sich spürbar in seinen Armen. »Glaube sollte auch nicht einfach sein«, sagte sie. »Er sollte eine Herausforderung darstellen und uns besser machen, als wir sind.«

»Durch eine enorme Menge an Sex.«

Sie lachte. »Das betrifft nur den Orden von Ardin. Der Rest von uns lebt seinen Glauben mit etwas mehr Würde.«

»Sicher? Ich hab da auch das eine und andere über den Orden von Eldora gehört. Über gewisse Kräuter und Pilze und Tränke.«

»Bei dir klingt das so hedonistisch. Aber so ist es überhaupt nicht. Wenn im Rahmen der heiligen Riten richtig angewendet, erlauben sie einem, die Tore zu Eldoras Domäne zu durchschreiten, wo wir einen kleinen Blick auf ihre Weisheit erhalten können.«

»Das passiert mir auch, wenn ich zu viel Bier trinke.«

»Ts«, machte Vel. »Willst du nun was lernen, oder hast du vor, die ganze Zeit kindische Bemerkungen zu machen?«

»Geht denn nicht beides?« Dafür bestrafte sie ihn, indem sie mit ihren Nägeln über seinen Bauch fuhr. Er packte ihr Handgelenk, doch nicht bevor sich sein Körper unter ihrer Berührung zusammenzog.

»Ich persönlich habe es nie geschafft, die Schwelle zu überschreiten. Mein Mentor meint, mir fehlt die innere Disziplin dazu.«

»Das glaub ich gern.« Wieder schlug sie ihre Nägel in sein Fleisch, doch diesmal war er gewarnt und drehte sich rechtzeitig zur Seite. »Es muss dir auf die Nerven gehen, dass immer nur von den bewusstseinsverändernden Substanzen und vom Sex die Rede ist. Die Leute klatschen nie über … na ja, ich weiß nicht, den Orden von Garvin zum Beispiel.«

»Der Orden von Garvin ist aber auch unfassbar langweilig. Sie schulen ihre Empathie, indem sie Gebetskreise abhalten, in denen sie sich gegenseitig ihr Herz ausschütten, und das fünf Mal am Tag.«

»*Fünf Mal?*«

»Ja, ein nervtötender Haufen. Und dann ständig dieses Rumgeheule …«

Rig musste lachen. »Fast könnte man den Eindruck haben, ihr mögt einander nicht sonderlich.«

»Es herrschen durchaus Rivalitäten.« Weiches Haar ergoss sich auf seine Brust, als sie sich mit den Lippen Richtung Bauchnabel vortastete. Rig spürte, wie ihn das aufwühlte. »Und doch gibt es einige Orden, die über diesen Dingen stehen. Der Orden von Hew etwa. Den mag irgendwie jeder.«

»Wirklich? Ich fand sie immer einigermaßen abstoßend. Besonders diese Piercings. Die erscheinen mir immer wie eine schrecklich getreue Umsetzung von Hews blendender Zunge.«

»Oh, aber die tragen ungemein zu ihrer Beliebtheit bei.« Langsam und aufreizend arbeitete sie sich an seinem Körper nach unten.

»Wie das?« Seine Stimme klang mit einem Mal rau.

»Die Piercings machen sie zu ganz besonders kreativen Liebhabern.« Ihr Kopf verschwand unter der Bettdecke.

»Was? Wieso … *Oh …*«

In diesem Moment klopfte – natürlich! – jemand an der Tür.

Rig fluchte leise. Vel seufzte nur und kam unter der Zudecke hervor. »Die Bürde der Macht«, sagte sie verdrossen.

Er rollte sich vom Bett und suchte im Dunkeln nach seinen Hosen.

»Soll ich mich verstecken?«

Rig lachte. »Meine Liebe, glaubst du wirklich, es gibt im Fort auch nur einen Menschen, der noch nicht von uns weiß? Abgesehen von der Tatsache, dass Soldaten mehr als jede andere Kreatur auf dieser Welt tratschen, bist du nicht gerade die diskreteste Bettgefährtin.«

»Tatsächlich?«, sagte sie eingeschnappt.

»Vielleicht denken sie ja, du betest. Dass du laut und inbrünstig die Götter anrufst oder so.« Er duckte sich, und das Kissen flog an seinem Kopf vorbei. »Ich mach nur Spaß.« Lachend hob er die Hände, um sich zu ergeben. »Aber im Ernst, dass du Tag für Tag an meiner Tür erscheinst, hat die Männer nun mal ihre ganz eigenen Schlussfolgerungen ziehen lassen …«

»Ja?«

Er deutete vage zum Bett.

»Wie wortgewandt du doch bist.« Es folgte eine nachdenkliche Pause. Dann: »Machst du dir wirklich keine Gedanken darüber, was deine Männer denken könnten?«

Rig zuckte die Achseln, während er sich die Hose überzog. »Mich um Sitte und Anstand zu sorgen war noch nie mein vorrangigstes Problem.« Er konnte seine Mutter förmlich ausrufen hören, dass das ja wohl die Untertreibung des Jahrzehnts sei. *Wenn sie mich jetzt sehen könnte … sie wäre entsetzt.*

Apropos entsetzt … Ahnend, welch sauertöpfische Miene ihn nun erwarten würde, öffnete Rig die Tür. Und Kommandant Morris enttäuschte ihn nicht. Sein Adjutant warf einen unbehaglichen Blick in das dämmrige Innere des Zimmers, als befürchte er, selbiger könne ungewollt auf die Priesterin fallen, die sich dort verbarg. »Tut mir leid, Euch um diese Zeit stören zu müssen, General«, sagte er steif, »aber ich habe dringende Neuigkeiten zu überbringen.«

»Dann mal raus mit der Sprache.«

»Der Falke, den wir nach Süden ausgesandt hatten, ist mit einer Nachricht zurück.«

»Vom Widerstand?«

»Das ist es ja, General. Sie ist nicht unterschrieben. Vermutlich eine Vorsichtsmaßnahme, falls der Vogel von einem Zivilisten abgefangen wird oder so. Aber wir sollten uns versichern, dass die Nachricht auch wirklich von ihnen stammt, damit wir nicht in eine Falle gelockt werden.«

»Zustimmung.« Es wäre bedeutend besser gewesen, wenn der Widerstand ihm in Bezug auf ihre Nachrichtenverschlüsselung vertraut hätte. Er wusste, warum er es nicht getan hatte, doch so standen sie immer wieder vor dem Problem, sich der Echtheit von Nachrichten rückversichern zu müssen. »Irgendwelche Vorschläge?«

»Die Handschrift vielleicht. Ich dachte …« Morris hüstelte, trat von einem Bein aufs andere. »Vielleicht könntet Ihr die … aber nur, wenn's Euch um diese Uhrzeit recht ist …« Langsam aber sicher wechselte Morris' Gesichtsfarbe in ein sattes Rosa.

»Ihr meint, ich soll Vel fragen?«

Ein schmerzensreicher Blick trat in Morris' gerötete Miene. »Ja, General.«

»Einen Moment.« Rig schloss die Tür.

Vel entzündete eine Kerze. Mit wallendem Haar und wie hingegossen lag sie auf dem Bett, während ihre bronzefarbenen Kurven einladend im orangefarbenen Licht schimmerten. »Ich hab ernsthaft darüber nachgedacht, splitterfasernackt hinauszugehen.«

»Bei den Göttern, das wäre interessant geworden.« Noch immer fragte sich Rig wenigstens einmal am Tag, ob dieses … *wie auch immer man es nennen wollte* … nicht nur ein weiterer Akt der Rebellion ihrerseits war. Und wenn ja? Wie viel würde ihm das ausmachen? Rig wusste es ehrlich nicht. Was er allerdings wusste, war, dass es ihn jede Unze seiner Disziplin kostete, ihre verlockenden Rundungen jetzt nicht zu berühren, Morris und seine mysteriöse Nachricht seien verdammt!

Sie trafen Rigs Adjutanten im Gemeinschaftsraum, wo er mit

dem Ersten Kurier herumstand. »Hier ist die Schriftrolle, General«, sagte Morris.

Rig reichte sie an Vel weiter. »Was denkt Ihr? Habt Ihr während Eures Aufenthalts irgendwas von diesem ›Geist‹ Geschriebenes gesehen?«

»Das schon, aber ich kann nicht behaupten, dass ich auf die Schrift besonders geachtet hab. Ohne ein Muster zum Vergleich muss ich mich ganz auf mein Erinnerungsvermögen verlassen.« Sie entrollte das Dokument und überflog es. »Ich glaube ...« Sie nickte. »Ja, es ist seine Handschrift.«

»Seid Ihr sicher?«

Fest presste sie die Lippen aufeinander. Ganz so sicher war sie sich offenbar nicht.

Rig seufzte. »Nun, einen Versuch war's wert. Also gut, dann wollen wir mal lesen, was da steht.« Sein Blick wanderte über den Inhalt der Nachricht.

Morris und Emric, der Erste Kurier, warteten geduldig, bis er fertig war. Nicht so Vel. Er war mit seiner Lektüre gerade mal fünf Zeilen weit gekommen, da fragte sie: »Und?«

Er hob die Augenbrauen lang genug, um sein Missfallen zum Ausdruck zu bringen, bevor er weiterlas. »Interessant«, sagte er schließlich und gab Morris das Dokument zurück.

Vel zappelte fast vor Ungeduld. »Wollt Ihr mich absichtlich auf die Folter spannen? Was steht denn nun da, General?«

»Zunächst einmal behauptet unser Freund Geist, er habe Spione an den Grenzen des Trionats und – wenn man ihm Glauben schenken darf – sogar in Varadast selbst.«

»Möglich wäre es«, überlegte Emric und rieb sich über das bartlose Kinn. »Die Andithyrianer halten sich für sehr gebildet, also mag es durchaus einige geben, die so gut Oridianisch sprechen, dass sie als Eingeborene durchgehen würden. Sie dürfen eben nur kein weißes Haar haben.«

»Schreibt er auch, was diese Spione in Erfahrung gebracht haben?«, fragte Vel.

»Nichts, was wir nicht schon wissen«, sagte Rig. »Varad ist nicht bei bester Gesundheit, die öffentliche Akzeptanz für den Krieg sinkt und derlei Sachen. Aber er ist zuversichtlich, dass sich einer seiner Leute dort schon bald in eine äußerst wichtige Stellung hocharbeiten kann. Er geht zwar nicht ins Detail – ohne Verschlüsselung wäre das auch zu riskant –, aber wenn diese Person dem Zentrum der Macht so nahe kommt, wie Geist andeutet, wäre das für uns ein wahrer Segen.«

»Habt Ihr denn keine eigenen Spione in Varadast?«

»Natürlich. Der Kontaktmann meiner Schwester besitzt ein ausgezeichnetes Netzwerk. Aber wie heißt es so schön: Man kann nie genug Spione haben.«

»Oder Soldaten«, ergänzte Morris den Satz. »Und was ist mit der anderen Sache, General? Die Sabotage der Belagerungswaffen, meine ich?«

»Zu riskant. Davon abgesehen bin ich nicht sicher, ob das zu unserem Vorteil ausgehen würde. Die schweren Belagerungswaffen könnten das Einzige sein, was Sadik noch auf der Südseite des Flusses hält. Wie es aussieht, hat er sich mit der Vorstellung, sie am Einsatzort ein weiteres Mal bauen zu lassen, noch nicht so ganz anfreunden können, aber wenn er sie jetzt verliert, wird er wohl nicht zögern, mit seinem Heer überzusetzen. Nein, ich würde es vorziehen, dass sich Geist auf die Versorgungslinien konzentriert.«

»Das tut er doch schon«, sagte Vel mit gerunzelter Stirn.

»Genau, und ich will, dass er das auch weiterhin tut und damit eine Art Verhaltensmuster schafft.«

»Ich bitte um Verzeihung, General, aber kann ich Euch kurz unter vier Augen sprechen?« Morris straffte sich, wie um sich für einen Tadel zu wappnen.

Rig konnte sich schon denken, worum es ging. Und auch Vel, wie er an ihrem wütenden Gesichtsausdruck ablas. Rig nickte und bedeutete Morris, ihm zu folgen. Als er und sein Adjutant außer Hörweite der anderen waren, sagte er. »Lasst mich raten, Morris: Ihr wollt, dass ich vor Vel meinen Mund halte, hab ich recht?«

Morris wich seinem Blick aus, stand aber noch immer kerzengerade da – der Inbegriff von sturer Entschlossenheit. »Ich beschuldige niemanden, General, aber es steht zu viel auf dem Spiel, um ein Risiko einzugehen, und wir können nicht ausmachen, dass sie *nicht* der Spion ist.«

»Wenn sie der Spion ist, habe ich schon längst zu viel gesagt.«

Nun blickte ihn der ältere Ritter geradeheraus an. »Dem muss ich, General, mit Bedauern zustimmen.«

Rig rang eine reflexartige Woge von Ärger nieder. Morris fasste lediglich Zweifel in Worte, die ihm selbst schon gekommen waren, irgendwo in einer dunklen Ecke seines Verstandes. Einem Ort, den er gut abschirmte vor dem dröhnenden Inferno, das Nacht für Nacht über ihn hereinbrach und das jeden rationalen Gedanken hinwegfegte. Und doch, dass sein Stellvertreter sein Urteilsvermögen in einer Zeit in Frage stellte, wo auch viele seiner Offiziere schon herummurrten wegen seiner Untätigkeit nach dem Massaker von Raynesford, das war mehr als schlecht. Es war gefährlich.

»Ihr habt Eure Meinung gesagt«, knurrte Rig. »Und ich muss Euch zustimmen. Die Details unserer Planungen werden von nun an unter uns bleiben. Das bedeutet nur Ihr und ich, niemand sonst wird eingeweiht, zumindest soweit es die Königsklingen betrifft. Aber ich muss Euch wohl nicht daran erinnern, dass wir in dieser Sache schon bis zum Hals drinstecken. Es war Vel, die den Kontakt zu Geist hergestellt hat. Wenn sie auf der falschen Seite spielt, dann tut er es auch. Egal, wie man es dreht oder wendet, wir werden den Stein ins Rollen bringen müssen.«

Morris nickte. »So ist es, und weil wir auf kein Wunder hoffen dürfen, ist das derzeit alles, was wir tun können. Ich weiß das, General. Und ich vertraue auf Euren Instinkt. Und was das andere betrifft«, er sah sich vielsagend über die Schulter, »da seid Ihr wahrlich nicht der Erste.«

... der von seinen Trieben auf Abwege geführt wurde. Morris musste den Gedanken nicht zu Ende bringen. »Das lasst mal meine Sorge sein«, sagte Rig. »Fürs Erste haben wir eine Schlacht zu planen. Wir sollten die anderen nun ins Bett schicken, was meint Ihr?«

Die Kerzen waren fast zu unförmigen Wachsklumpen zusammengeschmolzen, als Rig seinem Adjutanten seine Pläne bis ins kleinste Detail dargelegt hatte. Ideen, über denen er in den letzten Tagen gebrütet, die er verworfen und wieder neu geschmiedet hatte. Es mochte inzwischen bereits Morgen sein, obwohl es in dem fensterlosen Raum unmöglich zu sagen war. Aufmerksam hatte ihm Morris mit teilnahmsloser Soldatenmiene zugehört und sich weitestgehend zurückgehalten. Erst als sich Rig schweigend auf seinem Stuhl zurückfallen ließ und ihn erwartungsvoll ansah, reagierte er auf das Gehörte.

»Das«, sagte er, »ist vollkommener Wahnsinn.«

Bleich und müde lächelte Rig ihn an. »Und ich dachte, der Plan gefällt Euch.«

»Ich weiß, Ihr geht gern auf volles Risiko, General, aber das ...« Morris schüttelte den Kopf. »Das ist mehr als kühn, das ist verrückt. Wenn es nicht funktioniert – und ich sehe nicht, wie es das sollte –, werden wir alles verlieren. Nicht nur die Grenze. Nicht nur das Fort. Den *Krieg*, General. Wir hätten dann nichts mehr, auf das wir zurückgreifen könnten.«

»Alles richtig.«

»Aber warum dann …«

»Weil wir keine andere *Wahl* haben!« Rig schlug mit der Faust auf den Tisch, und die Kerzen hüpften in die Höhe. »Der Feind ist uns zahlenmäßig um das Doppelte überlegen, und wenn man seinen Vorteil in Bezug auf die Anzahl der Blutwaffen hinzunimmt, sieht es noch düsterer aus. Und dabei hat er noch nicht einmal Verstärkung herbeigerufen, was ihm ein Leichtes wäre, weil das Trionat von Oridia *den halben verdammten Kontinent* besetzt hält. Sadik könnte sich jederzeit in Bewegung setzen, sich zu jedem Zeitpunkt sein Schlachtfeld gewissermaßen aussuchen, und wäre dabei stets auf der sicheren Seite, kurz: Er könnte uns zerschmettern, wann und wo es ihm beliebt. Der einzige Grund, warum er es noch nicht getan hat, ist, dass wir ihn unvorbereitet erwischt haben, und unsere einzige Chance besteht darin, genau das noch einmal zu tun.«

Morris begegnete dieser Tirade mit derselben grimmigen Miene, die er auch aufs Schlachtfeld trug. »Der Grund, warum Sadik uns noch nicht angegriffen hat, ist, dass wir die Brücke in die Luft gejagt haben und er seine brandneuen Belagerungswaffen nicht ans andere Ufer bekommt. Und jetzt denkt er darüber nach, wie er es vermeiden kann, noch mal von vorn anzufangen.«

»Das stimmt, und wenn er zu dem Schluss kommt, dass es zu viel Mühe kostet, wird er den Fluss überqueren, und dann sind wir am Ende.«

»Er hat alle Zeit der Welt, General. Was, wenn er nur darauf wartet, dass wir etwas in dieser Art versuchen, General? Nach dem, was an der Weißfisch-Brücke geschehen ist, wird ihm klar geworden sein, dass Ihr bereit seid, alles aufs Spiel zu setzen. Wenn wir Euren Plan in die Tat umsetzen, spielen wir ihm folglich direkt in die Hände.«

»Könnte sein«, stimmte Rig ihm zu. »Und wir könnten verlieren. Aber ich frage Euch nochmals, Morris: Was für eine Wahl haben wir denn?«

Ein heftiges Klopfen an der Tür ließ die beiden Männer aufspringen. »Herein«, rief Rig.

Kommandant Rollin stand zögernd im Durchgang, das Gesicht ernst und fahl unter dem Bart. »Habe gerade Nachricht vom Stützpunkt am Fluss erhalten, General.«

Morris fluchte. »Wurde Herwin angegriffen?«

Rollin schüttelte den Kopf, und Rig wusste – wusste mit tödlicher Gewissheit –, was er nun sagen würde.

Morris hatte versucht, ihn zu warnen. *Er ist ein guter Mann, aber ein Hitzkopf. Und so ganz allein dort oben bei der Furt, dazu noch die Sache in Raynesford …*

»Herwin hat seine Männer zusammengezogen, General«, sagte Rollin, »und mit ihnen den Fluss überquert.«

30. KAPITEL

»Was für eine große Freude, Euch endlich kennenzulernen«, sagte König Omaïd der Dritte und erhob seinen Weinkelch. »Schon gestern Abend sagte ich zu Seiner Majestät, wie sehr ich mich darauf freue, Eure Bekanntschaft zu machen.«

Alix lächelte schwach. Sie fragte sich, wie Erik ihm ihre Abwesenheit beim gestrigen Essen erklärt hatte. Vermutlich hatte er ihm nicht die Wahrheit gesagt, andernfalls hätte er wohl irgendwie sein Bedauern zum Ausdruck gebracht. »Wie großzügig von Euch, Mylord«, erwiderte sie und befolgte damit die Anweisungen, die ihr Botschafter Sommersdale gegeben hatte. *Mylord, nicht Euer Majestät, und zeigt beim Lächeln auf keinen Fall Eure Zähne. Das wird hierzulande als vulgär angesehen.* »Auch ich habe mich schon sehr darauf gefreut, Euch kennenzulernen und die sagenhafte Schönheit Eures Palastes bewundern zu dürfen.«

»Und? Findet er Eure Zustimmung?« Omaïd lächelte, wobei er kaum merklich den Mund verzog – eine Mimik, an der seine klaren grünen Augen nicht beteiligt waren. Er war kleiner, als Alix erwartet hatte – klein schon nach Aldener Maßstäben, geschweige denn im Vergleich mit den legendären hochgewachsenen Harram. Auch wirkte er recht jung, fast bubenhaft. *Ein Bart würde ihm nicht schlecht zu Gesicht stehen*, dachte Alix, obwohl das unmöglich war, denn den Harrami-Männern wuchs nun mal keiner. Doch so jugendlich er auch erschien, sein Blick verriet ihn: klug, aufmerksam und reserviert.

Und dieser Blick war nun erwartungsvoll auf sie geheftet. »Meine Zustimmung?«, wiederholte sie leise. »Hätte ich doch je etwas Vergleichbares erblickt, um meiner Meinung Glaubhaftigkeit zu verleihen. Die Wahrheit ist, dass wir in Bezug auf die hier herrschende meisterliche Baukunst in Alden nichts Entsprechendes zu bieten haben, und ich hoffe, mein König vergibt mir diese Worte.«

»Dem kann ich nur beipflichten«, sagte Erik und nippte an seinem Wein. »Bei allem Respekt unseren Architekten gegenüber, sind wir doch dem alt-erromanischen Stil noch immer sehr verhaftet. Nach wie vor hält man Andithyri für den Hort aller Kultur und scheut den Blick gen Westen.«

»Oder auch nach Osten«, sagte Kanzler Kader und gestattete einem Diener, ihm Kartoffeln auf den Teller zu löffeln. »Unsere onnanischen Vettern erschaffen einfach vorzügliche Holzarbeiten, und doch arbeiten nur wenige als Handwerker. Mir scheint, ihre Schnitzereien finden in Eurem Land keinen sonderlich großen Anklang.«

Ein Stich, wenn auch nur ein kleiner; der übliche Seitenhieb die Vorurteile eines Kaiserreichs betreffend, das schon lange untergegangen war. Ein paar solcher Bemerkungen hatte Alix durchaus erwartet; die Harrami waren notorisch selbstgerecht, wenn es um erromanische Geschichte ging. Sie lächelte ausdruckslos. Ihr gegenüber tat Lord Sommersdale das Gleiche im Sinne einer schmerzfreien Diplomatie.

Nicht so Erik. »Ist es nicht seltsam?«, begann er, »wie man

doch dazu neigt, die Früchte im eigenen Garten gering zu schätzen. Nehmen wir doch nur mal die völlige Abwesenheit der Kunst der Bergvölker in Eurem wunderschönen Palast.«

Lord Sommersdales Hand, eben noch im Begriff, den Weinkelch zu erheben, erstarrte in der Luft. Alix umklammerte ihren eigenen Pokal und trank hastig einen Schluck, wobei sie sich dazu zwang, Erik nicht anzusehen.

»Und die Große Bibliothek?«, kam Omaïd wieder zum ursprünglichen Thema zurück. »Wie hat sie Euch gefallen?«

»Exquisit«, sagte Erik mit einem sehnsüchtigen Seufzen. »Hätte ich nur ein paar Wochen Zeit, ich würde jede Stunde meines Aufenthaltes die Regale dort durchstöbern. Nicht nur die Bücher, sondern auch die Karten, die Wandteppiche – einfach alles. Selbst die Architektur ist einfach umwerfend.«

»Es freut mich, das zu hören«, erwiderte Omaïd mit seiner weichen unergründlichen Stimme. »Wir sind auch außerordentlich stolz darauf. Es heißt, die Halla-Könige brauchten vier Generationen, um sie zu errichten.«

»Und vermutlich mehr als nur ein paar Münzen.« Erik erhob seinen Weinkelch. »Auf die so vortrefflich eingesetzten Mittel.«

Omaïd hob zustimmend die Augenbrauen und trank ebenfalls.

Ein wenig hilflos starrte Alix auf ihren Teller. Das Essen roch köstlich und sah lecker aus, aber sie konnte einfach keine Möglichkeit entdecken, es halbwegs würdevoll zu sich zu nehmen. Es war eine Sache, ein Stück Brot oder Hühnchen in die Hand zu nehmen. Aber dieses Essen schwamm förmlich in Soße – eine Art Eintopf –, und sie konnte weit und breit keinen Löffel entdecken. Allein die Diener machten von dergleichen Gebrauch, um den Gästen nachzulegen. Unauffällig sah sie zu Lord Sommersdale hinüber, beobachtete, wie er das ungesäuerte Brot in Stücke riss und damit die Fleischstücke aufnahm und den Bratensaft auftunkte. Er hatte Soße an den Fingern. Wie sie alle. Und man musste sich an Omaïds Hof offenbar nicht dafür schämen. Aber sie konnte die Stimme ihrer Mutter einfach nicht aus ihrem Kopf verbannen: *Eine Lady leckt sich bei Tisch nicht die Finger ab, Alix Black!*

»Wie ich hörte, hattet Ihr im Gebirge eine schlimme Zeit«, sagte der Kanzler. »Mein Beileid zu Euren Verlusten.« Omaïd brachte sein Mitgefühl dadurch zum Ausdruck, dass er abermals die Augenbrauen hob. Alix hatte sich an diese Ausdrucksform der Gefühlsregung noch immer nicht so recht gewöhnt. Warum konnten die Harrami nicht einfach nicken wie jeder andere auch?

»Es war eine arge Prüfung, ja«, gab Erik zu. »Und ehrlich gesagt gab es Momente, da bezweifelte ich, es jemals heil hierher zu schaffen. Als hätten sich sämtliche Götter gegen uns verschworen.«

»Das kann man sich vorstellen«, meinte Kader. »Welch eine Serie von Unglücken. Auch wir bangten um Eure sichere Ankunft, so verspätet, wie Ihr wart.«

»Einige Desaster sind vorhersehbarer als andere«, sagte Omaïd und schob sich ein Stück Kartoffel in den Mund. »Man ist schlecht beraten, den Pass während der Lawinenzeit zu überqueren. Ich hätte ja bis zum Frühling damit gewartet.«

Hätte ich gern gemacht, wenn du uns nicht dazu verdonnert hättest, selbst zu kommen. Alix war klug genug, diesen Gedanken nicht laut zu äußern.

»Das haben wir nicht gewagt«, sagte Erik. »Zur Schneeschmelze hätte es bereits zu spät sein können.«

Und vielleicht ist es ja schon zu spät, dachte Alix.

»Selbst eine Woche kann schon einen gewaltigen Unterschied machen«, fuhr Omaïd fort. »Ihr werdet feststellen, dass der Pass bei Eurer Heimreise schon wesentlich einfacher zu überqueren ist. Davon abgesehen mag man sich gar nicht ausmalen, was aus Eurem Königreich geworden wären, wenn Ihr diese Lawine nicht überlebt hättet.«

»Alles wäre beim Alten geblieben, und mein Bruder hätte die Regierungsgeschäfte übernommen.«

Alix krümmte sich innerlich. *Oh, Erik, wenn Liam dich nur reden hören könnte … Er würde ohnmächtig werden, oder sich übergeben, oder beides.*

Schweigen trat ein. Dann sagte Omaïd: »Natürlich werden die Stämme bestraft werden. Ich werde mich darum kümmern.«

»Ich halte das nicht für notwendig«, sagte Erik.

Einmal mehr musste Alix an sich halten. Eine solch anmaßende Bemerkung machte man einem Staatsoberhaupt gegenüber nicht, geschweige denn einem König, dessen Empfindlichkeit fast legendär war. Omaïds jungenhaftes Gesicht blieb reglos, aber Kader rutschte unbehaglich auf seinem Stuhl hin und her, und Lord Sommersdale starrte auf seinen Teller.

»Sie haben uns ja am Ende passieren lassen«, ergänzte Erik. »Natürlich ist es Euer gutes Recht, aber …«

»Ich bin erfreut, dass Ihr es so seht«, sagte Omaïd milde.

»Vergebt mir«, erwiderte Erik angemessen kleinlaut. »Es würde mir nur Kummer bereiten zu sehen, dass wegen mir Männer ihr Leben riskieren müssten, wo sich die Angelegenheit doch bereits von selbst erledigt hat.«

»Die Stämme sind in letzter Zeit recht frech geworden.« Sanft wie immer sprach der König, doch es lag ein Hauch von Frost in seiner Stimme. »Sie beschränken sich nicht mehr allein darauf, Landesverrat im Gebirge zu begehen. Jetzt kommen sie aus den Bergen ins Tal und in die Dörfer.«

»In die Dörfer, wirklich?«, fragte Sommersdale. »Das ist in der Tat frech.«

»Sie versuchen uns zu provozieren«, sagte Kader in seinen

Kelch hinein. »Wollen uns vor Augen führen, wie schwach wir sind, indem sie kommen und gehen, wie es ihnen beliebt.«

»Vielleicht wollen sie ja nur mit der Landbevölkerung Handel treiben?«, sagte Erik.

Alix verspürte den fast übermächtigen Wunsch, ihm unter dem Tisch gegen das Schienbein zu treten. Erik war dafür bekannt, aus einem intellektuellen Ansporn heraus polemische Reden zu führen – doch nur unter seinen engsten Vertrauten. Hier und jetzt jedoch war das kontraproduktiv. Was dachte er sich nur dabei?

Omaïd lächelte dünn und richtete seinen Blick auf Alix. »Ist es denn das, was sie in den Blacklands tun, Eure Hoheit? Mit den Dörflern Handel treiben?«

»Nein, Mylord«, sagte sie ein wenig zu schnell und zu laut. »Sie kommen, um zu rauben und zu plündern.«

»Obwohl man gerechterweise sagen muss«, warf Erik ein, »dass sie das Vorgebirge als das Land ihrer Vorfahren ansehen.«

Alix blieb der Mund offen stehen. Und dann – was sonst hätte sie auch tun können – lachte sie auf. »Ach so, Ihr treibt wieder mal Eure Späße, Majestät.« Sie griff nach ihrem Weinkelch und hoffte, dass ihre Hand nicht dabei zitterte. »Einen Moment lang dachte ich schon, Ihr meint es ernst.«

Mit einem gequälten Lächeln sah Sommersdale Erik erwartungsvoll an. Der wiederum erbleichte, als hätte er erst jetzt begriffen, welch gefährliche Wendung das Gespräch genommen hatte. Er umklammerte seinen eigenen Weinkelch und hob ihn halb an die Lippen, dachte offensichtlich darüber nach, wie er seinen Fauxpas ausbügeln konnte. Dann endlich nahm er den Ausweg, den Alix ihm mit ihrer Äußerung eröffnet hatte: Er zwinkerte und ein jungenhaftes Lächeln umspielte seine Lippen. »Ihr kennt mich wahrlich nur zu gut.«

»Aber unsere sehr geschätzten Gastgeber tun das nicht, Euer

Majestät«, erwiderte Alix mit dem notwendigen Maß an Betroffenheit. »Sie verstehen womöglich nicht, dass Ihr beliebt zu scherzen.«

»Da habt ihr recht, natürlich«, sagte Erik. »Bitte vergebt mir, Mylord.«

Omaïd lächelte, aber seine grünen Augen verengten sich leicht.

»Was für eine grauenhafte Erfahrung das gewesen sein muss«, sagte Kader in dem Versuch, das Gespräch weiterzuführen, um die eisige Stille zu überbrücken, doch Alix wünschte, er hätte das Thema gleich ganz gewechselt.

Und so antwortete sie, bevor Erik es tun konnte. »Ja, das war es. Einfach entsetzlich. Ich dachte wirklich, sie würden uns umbringen. Besonders einer von ihnen – Fahran hieß er –, der ganz darauf versessen war. Und einen von unseren Leuten haben sie ja getötet, ein Mitglied meiner Königlichen Wachtruppe.«

»Man wird sie bestrafen, seid versichert.« Omaïd wischte sich die Finger an einer kunstvoll bestickten Serviette ab.

»Wilde.« Kader schüttelte seinen Kopf voller Abscheu. »Gottlose, rechtlose Kreaturen, die sich auch noch untereinander bekriegen. Sie erbauen nichts, erschaffen nichts. Keine Ordnung, keine Führung. Sie suhlen sich in ihrer Ignoranz und fristen ihr Dasein wie einst unsere Vorfahren zu einer Zeit, als so etwas wie Zivilisation noch lange nicht Einzug gehalten hatte …«

»Also ich fand sie recht beeindruckend, wirklich«, sagte Erik.

Diesmal konnte Alix nicht anders, sie musste ihn anstarren, und was sie erblickte, verwirrte sie fast genauso, wie es sie ängstigte. Ein zorniges Funkeln lag in seinem Blick, und auch seine Gesichtsfarbe hatte merklich gewechselt.

»Ach, tatet Ihr das?« Nur mäßig interessiert beugte Omaïd sein Haupt. Das samtene Tuch, das eine teuflisch scharfe, gebogene Klinge bedeckte. Alix kannte die Vorzeichen. Sommersdale kannte sie. Jeder, der sich in diesem Raum befand, und vor allem ein ausgefuchster Diplomat wie Erik, hätte hören müssen, wie das Eis unter seinen Füßen knackte und knirschte.

Und doch trampelte er noch darauf herum. »Auch ich dachte mal so wie Ihr, Kanzler, doch ich musste erkennen, dass mein Urteil auf Unkenntnis beruhte.«

Es klang leichthin, als plaudere er mit seiner Familie zu Hause in Erroman, anstatt dem *König von Harram* gegenüber dessen ärgsten Feind zu lobpreisen. Schlimmer noch, Alix konnte sehen, dass seine Nonchalance nur aufgesetzt war. Unter der verbindlichen Maske brodelte es. Erik war *stinksauer*. Aus irgendeinem Grund hatte er sich die Bemerkungen des Kanzlers zu Herzen genommen, als hätte er sie auf ihn gemünzt und nicht auf die Leute, die ihn gefangen genommen hatten.

Allerdings war er nicht der Einzige, der seine Wut mühsam unterdrückte. König Omaïds Augen funkelten wie Smaragde. »Wir kennen also unsere eigenen Leute nicht?«

»Ich kann da nur für mich sprechen, aber mir erschienen sie wesentlich weltoffener, als ich erwartet hatte, und auch prinzipientreuer. Dazu sind sie auch keineswegs so unorganisiert, wie der Kanzler nahelegte. Sie agierten im Gegenteil sehr geordnet und ihren gewählten Anführern gegenüber äußerst respektvoll.« Erik riss ein Stück vom Fladenbrot ab und wischte damit die Soße von seinem Teller auf. »Es ist schade, dass sich niemand die Zeit genommen hat, sie besser kennenzulernen. So hätte man womöglich das eine oder andere Missverständnis vermeiden können.«

»Missverständnis.« König Omaïd hob eine seiner rabenschwarzen Augenbrauen. »Bitte erleuchtet mich, Euer Majestät, welche Art von Missverständnis sich hätte vermeiden lassen können. Die Demarkation unserer gemeinsamen Grenze vielleicht?«

»Habt Ihr schon einmal eine Art Autonomie in Betracht gezogen? Eine Konzession an ihre lokale Regierungsform?«

Alix kämpfte die aufsteigende Panik nieder. Krampfhaft versuchte sie ein Manöver zu ersinnen, das vom unausweichlichen Desaster, auf das Erik zusteuerte, abzulenken vermochte. Doch sie hatte den einzigen Trick, den sie für solche Fälle auf Lager hatte, bereits angewandt. Sommersdale war auch keine große Hilfe; er starrte über den Tisch wie ein erschrecktes Kaninchen. Sie fühlte sich wie in einem Alptraum gefangen, unfähig zu handeln und zu sprechen, während Erik sich vor aller Augen die Pulsadern aufschnitt.

Kanzler Kader stieß ein bellendes Lachen aus, wie um seine Aufgewühltheit zu kaschieren. »Also, nun treibt Ihr wohl wieder Eure Späße mit uns, Eure Majestät! Ihre lokale Regierungsform? Die haben keine Regierung! Das sind Barbaren, ganz einfach. Nun ja, ich sehe, dass die Schlichtheit ihrer Traditionen durchaus einen gewissen ... skurrilen Reiz auf Außenstehende auszuüben vermag. Einige Tage in ihrer Mitte zu verweilen mag einem durchaus die Illusion vermitteln, dass diese Leute so etwas wie vernunftgesteuerte Wesen sind, mit denen man verhandeln kann. Aber ich versichere Euch, Euer Majestät, das *ist* eine Illusion. Sie sind hoffnungslos gewalttätig, ein Haufen armseliger Kriegsherren, die nicht mal ihre eigenen Konflikte lang genug beilegen können, um sich für irgendein übergeordnetes Ziel zusammenzusetzen.«

»Aber das taten sie schon einmal«, sagte Erik. »Als sie Erroman überfielen. Ich legte ihnen daher nahe, es noch einmal zu tun – sich zusammenzutun und sich zu erheben, wie es schon ihre Ahnen taten.«

Da war er also, der alles vernichtende Schlag. Alix wusste es, noch bevor Erik das letzte Wort gesprochen hatte und König Omaïd in seinem Stuhl der Kragen platzte. Sie schloss die Augen.

»Ihr habt versucht, sie davon zu überzeugen, sich zusammenzutun?« Der König von Harram sprach langsam, betonte dabei jedes einzelne Wort. »Um sich zu erheben?«

»Ja, gegen das Trionat«, setzte Erik rasch hinzu. »Nicht gegen Ost. Natürlich nicht gegen Ost.« Alle Wut war aus seinem Blick gewichen und hatte einer ehrlichen Bestürzung Platz gemacht. Er wusste, was er getan hatte, doch es war zu spät.

Omaïd warf die Serviette auf seinen Teller. »Dann, Euer Majestät, kann ich Euch nur viel Glück dabei wünschen, Eure neuen Freunde davon zu überzeugen, Euch zur Hilfe zu kommen. Vielleicht könnt Ihr ja nach dem Krieg noch ein Weilchen unter ihnen verbringen und uns zu gegebener Zeit an den Früchten Eurer Studien teilhaben lassen.« Er erhob sich und zwang so auch alle anderen, es ihm gleichzutun. Erik konnte dem anderen König nicht mal mehr in die Augen schauen; stattdessen starrte er auf den Tisch, als erwache er gerade aus einer schlimmen Ohnmacht und wüsste nicht, wo er sich eigentlich befand.

König Omaïd wandte sich um und schritt anmutig an den erschrockenen Dienern und ihren wunderschön angerichteten Desserttellern vorbei und aus dem Speisesaal.

»Bei den Göttern, was hab ich getan?« Das Gesicht in den Händen saß Erik auf dem Bett, während in seiner Stimme ein Hauch von Verzweiflung lag.

Alix wusste nicht, was sie sagen sollte, konnte immer noch nicht ganz begreifen, was gerade geschehen war. Es war zu unwirklich, unbegreifbar. Nie hatte sie einem größeren diplomatischen Desaster beigewohnt. Und dass es auch noch von Erik – ausgerechnet von Erik – heraufbeschworen worden war, dem vorsichtigsten, taktvollsten Mann, den sie kannte, war unfassbar. »Warum wart Ihr denn so wütend?« Eine irrelevante Frage, gewiss, aber zu mehr war sie derzeit nicht in der Lage.

»Ich weiß es nicht.« Fassungslos schüttelte er den Kopf. »Weiß einfach nicht, was über mich gekommen ist. In einem Moment – ich habe kaum noch zugehört – habe ich noch nach einer eleganten Möglichkeit gesucht, das Thema Krieg anzuschneiden, und im anderen ... Ich kann es einfach nicht erklären. Als Kader sich so abfällig über die Bergstämme äußerte ...«

»Natürlich muss das seine Sicht der Dinge sein!« Alix schrie die Worte fast heraus, obwohl sie wusste, dass damit nichts gewonnen war, aber sie konnte nicht anders. »Seit Generationen sind die Krone und die Bergvölker erbitterte Feinde. Omaïd, sein Vater und der Vater seines Vaters. Seit Jahrhunderten geht das schon so. Natürlich hasst er sie. Meine Güte, selbst Rig hätte in diesem Fall solche Dinge von sich gegeben!«

»Und er hätte damit falsch gelegen.«

»Was soll –?« Sie brach ab, schüttelte den Kopf. Streiten brachte nun auch nichts mehr; der Schaden war angerichtet. Sie fuhr sich mit den Fingern durch ihr sorgfältig aufgestecktes Haar, lief auf dem Teppich hin und her. *Denk nach, Alix. Es muss einen Weg geben, die Sache wieder in Ordnung zu bringen. Gütige Götter, bitte, helft uns.*

»Ich hab uns dem Untergang geweiht«, sagte Erik düster.

Alix ließ sich vor ihm auf die Knie nieder, ignorierte, dass dabei der Saum einriss. »Sagt das nicht. Wir kriegen das wieder hin. Ihr und ich, wir kriegen das wieder hin.«

Er nahm ihr Gesicht in seine Hände, legte seine Stirn an ihre. »Meine wunderschöne Alix. So unerschütterlich. Wenn es doch nur so einfach wäre.«

Unmöglich, aber die Welt schien noch ein wenig mehr aus den Fugen zu geraten. *Meine wunderschöne Alix.* Nie hatte er in dieser Weise mit ihr gesprochen, nicht einmal in der Zeit vor Liam.

»Es tut mir leid«, flüsterte er. »Es tut mir so leid, Alix.«

Sie wich ein Stück zurück und sah ihn an. Er hatte Tränen in den Augen. Reflexartig schlang sie die Arme um ihn und stellte fest, dass er zitterte. *Gesegnete Farika, was ist nur mit ihm geschehen?* Sie verstärkte den Griff um seine Schultern, als könne sie ihn so zusammenhalten, ihn vor den Dämonen beschützen, die danach trachteten, seinen Geist zu zerfressen.

Dämonen. Ein flüchtiger, eher bildhafter Vergleich. Doch irgendetwas hier war entsetzlich falsch, etwas, das sie nicht in Worte fassen, geschweige denn bekämpfen konnte. Kalt schnitt ihr die Furcht ins Herz, verdrängte für einen Moment gar den Kummer. Sie klammerte sich an ihn, betäubt und angstvoll und vollkommen hilflos.

Seine Schultern hoben und senkten sich in einem lautlosen Schluchzen. Alix spürte, wie auch ihr die Tränen über das Gesicht liefen und auf den gebrochenen König fielen, auf seinen perfekten Sonntagsstaat und in sein perfektes rot-goldenes Haar.

»Wo ist Seine Majestät jetzt?«, fragte der Kanzler reserviert.

»Er schläft«, erwiderte Alix. »Ich bat einen der Diener darum, ihm ein Tonikum zu bringen. Dass er es eingenommen hat, zeigt, dass er wirklich krank ist. Normalerweise weigert er sich, Medizin zu nehmen, die sein Denkvermögen beeinträchtigt.«

»Vielleicht hätte er sie vor dem Abendessen einnehmen sollen.«

Alix seufzte. »Ich weiß, Ihr seid verärgert, Kanzler, und Ihr habt jedes Recht dazu.«

»Meine Gefühle tun nichts zur Sache. Es ist Seine Lordschaft König Omaïd, der beleidigt wurde, und zwar empfindlich.«

»Ich weiß, und Seine Majestät bedauert dies aus tiefstem Herzen. Aber es geht ihm wirklich nicht gut, Kanzler. Er ist nicht er selbst.«

»Und worin genau besteht die Natur seiner Erkrankung?«

Wenn ich das nur wüsste. »Etwas, das er sich im Gebirge zugezogen hat. Viele von uns wurden krank dort, auf unterschiedlichste Weise. Ich zum Beispiel bekam ein schreckliches Fieber und konnte wochenlang kaum mein Essen bei mir behalten. Wie es scheint, hat es Seine Majestät nur ein wenig später erwischt, das ist alles.«

»Sehr bedauerlich.« Der Kanzler schlug ein Bein über das andere und schwenkte in dem Kristallglas seinen Weinbrand. Hinter ihm im Kamin sackte ein Holzscheit in die Glut und verursachte einen Funkenregen.

Alix holte tief Luft und sagte so beherrscht wie möglich: »Ich denke, Ihr werdet mir zustimmen, dass es töricht wäre, wenn etwas derart Triviales die Beziehung langjähriger Freunde und Verbündeter überschatten würde. So etwas kommt doch in den besten Familien vor.«

»Das ist wahr, wobei ich nicht der Meinung bin, dass die Angelegenheit trivial zu nennen ist. Es gibt in diesem Land wohl kein heikleres Thema als die Bergstämme.« Das letzte Wort war kaum mehr als ein Flüstern.

»Ich weiß dies. Und König Erik weiß es auch. Wie ich bereits sagte, er ist derzeit nicht er selbst.«

»König Omaïd ist sehr aufgebracht. Dennoch, mit genügend Zeit, da bin ich mir sicher, wird er die Angelegenheit schon vergessen.«

»Und das ist genau der Punkt, Kanzler. Zeit ist das Einzige, was wir nicht haben. Oridias Armee kann jeden Tag über unsere Grenze marschieren. Wir *brauchen* Harram. Es wäre unvorstellbar, wenn ein paar unbedachte Worte, gesprochen im Zustand einer Erkrankung, zum Untergang meines Landes führen sollten.«

Zum ersten Mal sah sie so etwas wie echte Anteilnahme in den Augen des Kanzlers. Er seufzte, schwenkte in Gedanken seinen Weinbrand. »Ich mag Seine Hoheit, wirklich. Und es wäre in der Tat schrecklich, wenn die heutigen Ereignisse ein solches Schicksal nach sich ziehen würden. Aber unser guter König ist kein Mann, der in dieser Hinsicht seine Meinung schnell ändert. Es tut mir leid, aber …« Er wirkte unbehaglich, trank einen Schluck Weinbrand. »Aber ich fürchte, eine Unterstützung durch die Armee Harrams ist derzeit ausgeschlossen.«

Genauso gut hätte er ihr den Schnaps ins Gesicht schütten können. *Nach allem, was wir durchgemacht haben. Nach allem, was wir verloren haben …*

»Aber vielleicht wird sie ja auch gar nicht gebraucht«, fuhr Kader fort, als versuche er unpassenderweise, noch etwas Tröstliches hinzuzufügen. »Unser Botschafter in Varadast sagt, dass die dortige Unterstützung des Krieges ihren Tiefpunkt erreicht hat. Die Leute sind müde. Selbst Varads Berater drängen ihn, es jetzt zu beenden. Sie sagen …« Der Kanzler brach ab, stellte fest, dass sie gar nicht mehr zuhörte. Er seufzte wieder schwer. »Kann ich noch etwas für Euch tun, Eure Hoheit?«

»Nein«, sagte Alix tonlos. »Nein, Kanzler, wie es scheint, könnt Ihr das nicht. Wie es scheint, kann niemand mehr irgendetwas tun.«

31. KAPITEL

»Ich danke Euch für Eure Offenheit, Euer Hoheit«, sagte der Erste Sprecher Kar, als Liam fertig war. Zumindest waren das seine Worte, aus seinem Blick sprach vielmehr so etwas wie *Was bildest du dir eigentlich ein?* »Es ist ein Beleg für die Stärke unserer Allianz, dass wir so aufrichtig miteinander über die hiesige Politik sprechen können«, fügte er hinzu, wobei er wohl eher *Kümmert euch gefälligst um euren eigenen Dreck* meinte.

»Ich hätte es früher erwähnen sollen«, sagte Liam, »aber ich war so sehr mit den Angelegenheiten rund um die Flotte beschäftigt …« Er spreizte die Hände und lächelte. Die beiden Männer, die ihm gegenübersaßen, erwiderten das Lächeln nicht.

»Völlig verständlich«, sagte Verteidigungskonsul Welin. »Immerhin seid Ihr ja deswegen hier.« *Und nicht, um dich in unsere Gesetzgebung einzumischen, du anmaßendes Prinzlein.* Liam fand, es hatte etwas überaus Befriedigendes, die Sprache der Diplomatie zu durchschauen und die wohlgesetzten, blumigen Worte auf ihre eigentliche Bedeutung herunterzubrechen.

»Seine Majestät war zutiefst besorgt, als er von dieser Maßnahme erfuhr«, sagte Rona Brown mit nicht minder zutiefst besorgter Miene, während sie bei diesen Worten nicht minder zutiefst besorgt klang. »Es belastet ihn sehr, dass Jungen von vierzehn oder fünfzehn Jahren bei der Verteidigung von Alden eingesetzt werden könnten. Das kann er mit seinem Gewissen einfach nicht vereinbaren, meine sehr geschätzten Sprecher.«

Zumindest nicht, wenn er davon wüsste, dachte Liam. *Wenn er auch nur einen blassen Schimmer davon hätte, was hier gerade besprochen wird.* Aber wie sollte er auch? Die Gesetzesvorlage war aufs Tapet gekommen, als Erik und Alix schon längst Richtung Ost aufgebrochen waren. Aber das konnten die Sprecher nicht wissen, und Rona hatte ihren Trumpf vorbildlich ausgespielt und ihn mit gerade so viel heiligem Ernst auf den Tisch gelegt, dass jeder daran erinnert wurde, welche Macht dahintersteckte. Liam hätte es nicht halb so souverän hinbekommen. Aus seinem Mund hätte die Einschüchterung einfach nur kindisch geklungen. Als hätte ein kleiner Junge damit gedroht, seinen großen Bruder zu rufen, um die bösen Buben in die Flucht zu schlagen.

Kar rutschte unbehaglich auf seinem Stuhl hin und her. Wechselte einen Blick mit Welin. Liam glaubte zu wissen, was sie dachten: Wie riskant war diese Sache?

Auch Rona wusste die unausgesprochene Frage zu lesen. »Natürlich versteht Seine Majestät, dass die Allianz der Arbeiter diese Entscheidung nicht allein auf ihre Schultern nehmen kann. Eure geschätzten Kollegen in der Republicana haben dabei natürlich auch ein Wort mitzureden und sollen deshalb über Seiner Majestät Einstellung in Kenntnis gesetzt werden. Es ist ja nur gerecht, dass sie ihren Teil der Verantwortung hierbei übernehmen, meint Ihr nicht auch?«

Für den Fall, dass euch eure Situation nicht klar sein sollte, lasst mich euch vor diese fahrende Kutsche stoßen. Wenn der Volkskongress und die anderen Ligen erst einmal Wind von Eriks Widerstand gegen die Gesetzesvorlage bekamen, würden es schon bald die Spatzen von den Dächern pfeifen: Selbst der König von Alden, dessen eigene Grenzen angegriffen werden, ist dagegen! Unterstützung aus dem Volk – wenn die überhaupt je vorhanden war – wäre damit nicht mehr zu erwarten. Die Allianz wäre isoliert und geschmäht. Und das alles vor dem Hintergrund der anstehenden Wahlen.

Im Geiste schüttelte Liam den Kopf. Ja, er hatte die Sprache der Diplomatie durchschaut, aber das reichte bei Weitem nicht aus. Es war eine Sache, ein Schwert zu kennen, aber eine andere, es auch perfekt zu führen. Zum wiederholten Male dankte er den Göttern für Lady Rona Brown.

Der Erste Sprecher Kar indes schätzte die Adlige nicht halb so sehr. »Natürlich, Mylady«, sagte er, und die unterdrückte Wut in seiner Stimme war kaum zu überhören. »Das ist immerhin eine sehr ernste Angelegenheit. So ernst, dass ich bezweifle, dass die Gesetzesvorlage überhaupt je zur Abstimmung kommt. Es gibt so viel zu diskutieren, so viele Faktoren zu berücksichtigen. Es könnte daher sein, dass im Zuge dieses Prozesses bestimmte Änderungen erfolgen.«

»Möge Eldora Euren Weg erleuchten«, erwiderte Rona gravitätisch.

So hastig, wie es das Protokoll gerade noch erlaubte, wurden sie aus Kars Amtsstube hinauskomplimentiert. Unten an der Treppe wurden sie schon von Dain und Ide erwartet. Als sie außer Sicht der Republicana waren, drehte sich Liam um und küsste Rona auf die Stirn. »Einfach verdammt *brillant*!«

Sie lief rot an, und ihr Lächeln war weit entfernt von der versteinerten Miene, mit der sie eben noch den Sprechern gegenübergesessen hatte.

»Dann lief alles glatt?«, fragte Ide, während Dain einen Arm um Rona gelegt hatte und sie herzlich an sich drückte.

»Ich denke schon«, sagte Liam. »Wir haben zwar kein klares

Ja erhalten, aber ich verwette meinen Kopf darauf, dass sie die Gesetzesvorlage jetzt bis zur Unkenntlichkeit verwässern werden, bevor sie zur Abstimmung kommt, insbesondere, was die Altersfrage anbetrifft.«

»Wird das denn reichen, um Gir zufriedenzustellen?«, fragte Dain.

Liam nickte mit dem Kopf in Richtung der Docks. »Das wollen wir doch gleich mal feststellen.«

Der Anführer der Dockies und ein paar seiner Männer lungerten an der Tür des Lagerhauses herum, als Liam und seine Offiziere herankamen. Die Wölfe mussten recht zufrieden dreingeschaut haben, denn Gir sah ihnen mit einem Grinsen entgegen. Wie unangenehmerweise auch der Schläger mit den rot verfärbten Zähnen, der neben ihm stand. »Nun, Euer Hoheit?«

»Ihr könnt davon ausgehen, dass das Gesetz zur Massenmobilisierung bis auf Weiteres nicht zur Abstimmung gelangen wird. Es ist mithin sehr unwahrscheinlich, dass Eure Söhne einberufen werden.«

»Dann habt Ihr's also nicht geschafft, diese Vorlage ganz vom Tisch zu fegen?«

»Nicht direkt, nein. Wie ich schon sagte, ich bin ein Fremder. Den Onnani ihre Gesetze zu diktieren liegt nun mal jenseits meiner Möglichkeiten.«

»Also habt Ihr die Angelegenheit erst mal hinausgezögert?«

»Das, und ich werde verlautbaren lassen, dass der König von Alden sehr verstimmt wäre, wenn das Alter für eine Einberufung in Onnan geringer wäre als in seinem eigenen Land. Das ist das Beste, was ich erreichen konnte, und wenn ich ehrlich bin, erscheint mir das mehr als genug.«

Gir grunzte. »Wie wollt Ihr wissen, dass sie die Wahrheit sagen?«

»Ihr habt offensichtlich Eure Quellen«, sagte Liam, »andernfalls hättet Ihr gar nicht erst von dem Gesetzesentwurf erfahren. Zapft sie an. Andererseits könntet Ihr aber auch darauf vertrauen, dass ich kein *kompletter* Idiot bin. Hätte ich Euch angelogen, würdet Ihr das ziemlich schnell herausfinden. Euch für nur einen Tag an meiner Seite zu wissen nützt mir nichts. Ich benötige Euren Tatwillen für mindestens drei Monate – für die Zeit also, die es braucht, um diese Schiffe fertigzustellen.«

Das musste den Dockie überzeugt haben, denn nun trat so etwas wie Erleichterung in seinen Blick, und er nickte. »Danke«, sagte er.

»Für Eure Dankbarkeit hab ich das nicht getan«, schnappte Liam und ließ seinem Ärger freien Lauf. »Wir hatten eine Vereinbarung. Ich erwarte, dass sie umgehend umgesetzt wird. Und wenn Ihr Eure Männer noch heute zurück an die Arbeit bringt, werde ich Euch sogar die ganzen Mordversuche vergeben, und das ohne jede Gegenleistung.«

Gir runzelte die Stirn. »Wie meinen?«

»Ich schätze, ich sollte mich geschmeichelt fühlen, dass Ihr dachtet, man würde drei Mann brauchen, um mich in unbewaffnetem Zustand zu erledigen. Nun, wenn man darüber nachdenkt, könnte man zu dem Schluss gelangen, dass dazu ein bisschen mehr nötig ist, nicht wahr?« Es war kindisch, aber – bei den Göttern – so befriedigend. »Egal, was geschehen ist, ist geschehen. Ich bin ein toleranter Zeitgenosse und hab einen dickeren Fisch im Auge« – ja, er hatte tatsächlich »Fisch« gesagt –, »doch lasst Euch gesagt sein, dass ich sehr verstimmt sein werde, wenn so was noch mal vorkommt.«

Gir sah ihn schweigend an, als warte er auf die Pointe. Als die nicht kam, wandte er sich zu Rotzahn um und fragte: »Hast du irgend 'ne Ahnung, wovon er …«

»Ja, hab ich«, sagte stattdessen ein anderer Mann, und bevor

Liam überhaupt verstand, was geschah, bohrte sich ein Messer in Girs Rippen. Er keuchte auf und stolperte in Rotzahns geöffnete Arme.

Instinktiv wollte Liam den Dolch, der in seinem Stiefel steckte, ziehen – was sich als dumme Idee erwies, weil dadurch sein Kopf in genau die richtige Höhe gelangte, sodass Rotzahn ihm einen Tritt dagegen versetzen konnte. Ihm verging Hören und Sehen; er ging zu Boden, während das Hirn in seinem Schädel herumzuwirbeln schien, als wäre es in einen Strudel geraten. Einen Moment lang kämpfte er darum, nicht das Bewusstsein zu verlieren. Er hörte Rona aufschreien, hörte wie Dain brüllend in jemanden hineinkrachte. Als er sich wieder aufgerappelt hatte, halb benommen und mit dem Dolch in der Hand, fand er sich zusammen mit den anderen Wölfen von einem halben Dutzend Männern umringt wieder. Gir lag mit dem Gesicht nach unten in einer sich stetig vergrößernden Blutlache. Rotzahn kämpfte mit Dain, und Ide hatte ihren Arm um den Hals eines dritten Mannes geschlungen – es war derjenige, der Gir erstochen hatte. »Ich denke, es ist Zeit aufzugeben, Leute«, rief sie den Dockies zu, »es sei denn, ihr wollt hören, wie ein Genick bricht.«

Unentschlossen standen die Männer da. Die meisten hatten ihren Blick auf Dain und Rotzahn gerichtet, wollten den Ausgang des Kampfes um keinen Preis verpassen. Einer jedoch, ein Bursche von kaum vierzehn Jahren, ging zögernd auf Ide zu. »Fen?«, sagte er unsicher.

Fen. Liam erinnerte sich, dass Gir diesen Namen gestern im Lagerhaus gerufen hatte – die unsichtbare Hand, welche die Laternen angedreht hatte.

»Mein Leben nicht wichtig«, sagte Fen auf Erromanisch mit schwerem Akzent, wobei er seine Worte an die Wölfe richtete, nicht an den Jungen. »Das hier ist größer als ein Mann. Liebend gern ich dafür sterbe. Damit meine Brüder nicht müssen sterben.« Im Gegensatz zu seinem Anführer beherrschte er die Sprache der ehemaligen Herren nur schlecht.

Im Gegensatz zu seinem Anführer. Liam rief sich die anonyme Nachricht ins Gedächtnis, die verquere Ausdrucksweise in der Todesdrohung. *Gir hätte dergleichen nie verfasst,* erkannte er jetzt. *Kein Wunder, dass er so* überrascht *wirkte. Er hatte keinen blassen Dunst, wovon ich sprach.*

Als hätte er Liams Gedanken gelesen, fuhr Fen fort: »Gir betrog uns. Wir nicht verhandeln mit Euch, Prinz von Alden. Wir niemals kapitulieren.« Ide verstärkte ihren Griff, und bevor sie ihn zum Schweigen brachte, rief er noch etwas auf Onnani.

Es war, als hätte man ein unsichtbares Seil durchtrennt. Die Dockies drängten vorwärts. Ide lockerte den Griff um ihren Gefangenen, zog den Dolch aus ihrem Stiefel und schlitzte ihm die Kehle auf.

»Nein!« Mit erhobenem Messer und wutverzerrter Miene stürmte der Junge auf Ide zu. Bevor sie reagieren konnte, trat Liam dazwischen und schlug den Burschen aus dem Weg, bevor etwas Schlimmeres geschah.

»Hätte ihm nicht den Hals durchschneiden müssen«, sagte Ide wütend, doch mehr Zeit zu reden hatten sie nicht mehr. Schon musste sie sich unter dem Schlag eines ausgewachsenen Dockies wegducken, und der Tanz begann.

In Handgemengen wie diesen war es fast wichtiger, den Gegner kampfunfähig zu machen, als zu versuchen, ihn um jeden Preis zu töten. Zu warten, bis man einen vernichtenden Schlag landen konnte, war keine gute Idee, wenn man von wenigstens zwei Gegnern flankiert wurde. Geschwindigkeit hieß das Zauberwort, und Platz, und dazu musste man so viele Angreifer wie möglich so schnell wie möglich aus dem Spiel nehmen. Mit Ellbogen und Fäusten und dem einen oder anderen gezielt platzierten Kniestoß versuchte Liam daher die Oberhand zu gewinnen.

Wann immer er die Gelegenheit dazu erhielt, setzte er natürlich auch die Klinge ein, und er schämte sich nicht zuzugeben, dass er dabei vorzugsweise auf die weichen Körperteile zielte. Er blendete einen der Männer mit einem gezielten Stich, schlitzte einem anderen das Gesicht von der Lippe zum Ohr auf. Mittels eines Aufwärtshakens bohrte er einem weiteren seinen Dolch ins Kinn und erledigte ihn sauber und schnell.

Erst als jeder Dockie in Reichweite entweder im Dreck lag oder sich am Boden krümmte, gönnte er sich eine Verschnaufpause und sah sich nach seinem Rudel um. Ide, die sämtliche Gegner um einen Kopf überragte, blies gerade einem der Männer mit einem knallharten Schlag gegen die Schläfe das Licht aus und bückte sich nach seinem Schwert. Die Dockies, die um sie herumstanden, machten ein paar Schritte zurück, um die Lage zu überdenken, was vermutlich eine weise Entscheidung war. Derweil zog Rona Rotzahns leblosen Körper von Dain. Gleich daneben hockte ein Dockie heulend und zähneklappernd am Boden, der aus einer ihm von Liam beigebrachten Wunde blutete.

Der Junge, den Liam aus dem Weg geschlagen hatte, rappelte sich gerade wieder auf. Doch Liam war nicht der Einzige, der es sah; schon rief irgendjemand dem Burschen einen eindringlichen Befehl zu. Er zögerte einen Moment lang, dunkle Augen fixierten Liam, dann stürzte er davon.

Er mochte nun fliehen, und gewiss war das im Moment die richtige Entscheidung. Doch Liam hatte ihm ins Gesicht geblickt, und was er darin gesehen hatte, war keine Furcht gewesen. Es war vor allem Entschlossenheit gewesen. Wo auch immer er nun Schutz suchte, an Mutters Rockzipfel war es nicht.

Liam zögerte, warf den Wölfen einen Blick zu. Dann plötzlich rief Dain: »Haltet ihn auf, Kommandant!«, und jeder Zweifel war ausgeräumt. Er nahm die Verfolgung des Jungen auf.

Als er Laufschritte hinter sich wahrnahm, legte der Bursche noch einmal an Tempo zu. Sprang behände wie ein Reh über einen Kistenstapel und wich einer riesigen Taurolle aus. Mit eingezogenem Kopf schoss er durch eine Gruppe von Seeleuten, bog dann bei einem Lagerhaus links um die Ecke und verschwand aus Liams Sicht.

Ein ungutes Gefühl breitete sich in Liams Magengegend aus, doch erst als er das Lagerhaus umrundet hatte, wusste er auch, warum. Der Junge rannte direkt auf die Werft zu. Sie waren fast da, und der Flüchtende schwang beide Arme, wie um jemandem zu signalisieren. Das flaue Gefühl steigerte sich zu einem Anflug von Panik. Er wusste genau, was der Junge da machte, wusste, was gleich passieren würde. Also tat Liam das Einzige, was ihm auf die Schnelle einfiel: Er hielt an, nahm Ziel und warf sein Messer.

Wie eine Marionette, der man die Fäden durchtrennt hatte, fiel der Flüchtende in sich zusammen. Jemand schrie. Liam stürzte auf den leblosen Körper zu – der Anflug von Panik hatte sich zu purem Grauen gewandelt.

Er hatte auf die Schulter gezielt, doch die hatte er verpasst. Der Dolch hatte sich genau in den Hinterkopf gebohrt und den Jungen getötet, noch bevor er auf dem Pier aufgeschlagen war. Leicht schwankend stand Liam über dem erschlafften Körper und kämpfte gegen eine plötzliche Übelkeit an. Irgendwo in der Nähe begann eine Frau zu weinen. Liam sank auf die Knie, drehte den Jungen auf den Rücken und zwang sich, ihn anzusehen. Ein weiches, rundes Gesicht. Das Antlitz eines Kindes. Er hatte ein Kind getötet. Ihm wurde wieder schlecht, doch in diesem Moment griff ein Paar starker Arme nach ihm, und dann waren um ihn herum plötzlich überall Menschen. Hände zerrten ihn mal in die eine, mal in die andere Richtung, was nur zu verständlich war. Schreie wurden laut, er hörte, wie sie ihn beschimpften, und wer konnte es ihnen auch verdenken? Schließlich hatte er soeben ein Kind gemordet.

Er wurde auf die Beine gezogen. Und dann sah er den Rauch, schwarz und wolkig stieg er über den Docks auf. Der Geruch verbrannten Holzes stach ihm in die Nase. In der Ferne ertönte eine Glocke.

Sie hatten es tatsächlich getan. Das, was er in einem verzweifelten Moment schon geahnt und zu verhindern gesucht hatte. Das, was ihn dazu getrieben hatte, ein Kind zu töten. Sie hatten die halbfertigen Schiffe angezündet. Und mit ihnen Aldens große Hoffnung vernichtet.

Er hatte versagt. Der Tod des Jungen, alles, was sie in den letzten zwei Wochen durchgestanden hatten – umsonst. Alles vom Winde verweht wie die Asche der verbrannten Kriegsflotte.

Liam schloss die Augen und ließ sie ihr Werk an ihm verrichten.

Die Brise, die von der Bucht herüberwehte, trug einen beißenden Rauchgeruch zu ihm herauf. So sehr er sich auch bemühte, Liam konnte das Meer nicht mehr riechen. Konnte das Rauschen der Gezeiten nicht mehr hören. Lediglich ein paar aufgeregte Gesprächsfetzen wurden ab und an mit dem Wind herangetragen.

»Kommandant.«

Er drehte sich nicht um, konnte selbst dazu nicht mehr die Kraft aufbringen.

»Kann ich Euch etwas Eis für das Auge bringen?«

»Nein, danke.« Er hatte diese Verletzungen verdient. Jeden Kratzer, jede Prellung, die ihm die wütende Menge beigebracht hatte.

Ein Seufzen. »Sprecher Syril ist hier.«

»Syril …« Geistesabwesend strich Liam durch Rudis Fell. Als

der Name endlich zu ihm durchdrang, runzelte er die Stirn. »Warum ist er gekommen?«

»Ich … bin nicht sicher, Kommandant.« Es lag Schmerz in Rona Browns Stimme, ein Hauch von Hilflosigkeit. All das bemerkte Liam wie nebenbei, so als registriere er die Farbe ihres Kleides.

»Will er mit mir sprechen?«

»Das nehme ich an. Soll ich ihn hereinbitten?«

»Ja, gut.«

Zeit verging. Liam streichelte weiterhin seinen Hund und sah zu, wie sich der Ozean am Horizont durch die hereinbrechende Dämmerung verfärbte. Schließlich trat jemand neben ihn. »Ein schwieriger Tag.«

Die sonore Stimme riss Liam ein wenig aus seiner Benommenheit. Er sah auf. Mit hinter dem Rücken gefalteten Händen blickte Syril über das Tal von Onnan-Stadt. Die Abendbrise zerzauste sein Haar, spielte mit dem Priesterschal über seiner Robe.

In diesem Moment erinnerte sich Liam daran, dass man Syril ja eigentlich ins Gefängnis geworfen hatte. Wann war das gewesen? Vor drei Tagen? Es schien eine Ewigkeit her zu sein. »Man hat Euch freigelassen?«

Er nickte. »Nachdem die Stadtwache Euch festgenommen hatte, haben sie so viele Dockies zusammengetrieben, wie sie konnten. Haben sie einer peinlichen Befragung unterzogen, wie es so schön heißt. Auch so eine Praxis, die das derzeitige Regime vom alten Kaiserreich übernommen hat.«

»Und haben sie gestanden?«

»Nicht ohne eine gewisse … Ermunterung, wie man mir sagte.« Syrils Kiefer mahlten. »Das ist eine hässliche Sache, Euer Hoheit, wenn man sich seine Freiheit um den Preis der Schmerzen eines anderen erkämpfen muss. Das nagt doch ein wenig am Selbstbewusstsein. Aber andererseits« – er schenkte Liam einen fast mitleidigen Blick – »denke ich, Ihr wisst, wie sich das anfühlt.«

»Wie sich was anfühlt? Das Blut eines Unschuldigen an den Händen zu haben?«

»Der Junge war nicht unschuldig, Euer Hoheit. Wie auch die Männer nicht, die man gefoltert hat.«

»Er war noch ein Kind.«

»Und sie waren erwachsene Männer. Niemand von ihnen hat verdient, was er bekam, doch das macht Euch noch lange nicht dafür verantwortlich. Oder mich, wiewohl uns das nur ein kleiner Trost sein dürfte.«

»Und was sagen die Leute?«, fragte Liam so leise, dass er sich selbst kaum hörte. »Über den Jungen, meine ich.«

Einen Moment lang schwieg Syril, dann: »Sie sagen eine Menge Dinge. Das Volk von Onnan ist in dieser Sache mehr denn je gespalten, Euer Hoheit. Dieser Krieg hat Zwietracht in unsere Herzen gesät. Einige nennen die Dockies Helden, anderen schimpfen sie Verräter. Und so ist es auch mit Euch und dem, was Ihr getan habt. Einige verfluchen Euch dafür, andere sagen, Ihr hattet keine andere Wahl.«

Liam nickte abwesend. »Und Ihr. Was sagen die Leute zu Eurem Fall?«

Er vernahm ein seltsames Geräusch und brauchte einen Moment, um zu begreifen, dass Syril humorlos auflachte. »Die heutigen Ereignisse liegen gerade mal ein paar Stunden zurück, die Tinte auf meinem Entlassungspapier ist noch nicht mal getrocknet, und doch haben mir schon etliche Kollegen versichert, wie vorteilhaft sich das alles auf meine Chancen bei der Wahl im nächsten Jahr auswirken würde. Jene, die mit den Dockies sympathisieren, betrachten mich als ihren Schutzheiligen; jene, die das nicht tun, als einen Mann, der aufgrund ihrer beschämenden Taten fast hingerichtet worden wäre. Ich allein kann mir des

Respekts beider Seiten des politischen Spektrums sicher sein, sagt man. Als ob ich diesen Umstand feiern sollte.« Er schüttelte den Kopf. »Noch einmal, Euer Hoheit, in Eurer Gegenwart sehe ich mich nichts als beschämt.«

Nun war es Liam, der ebenso humorlos auflachte. »Ich verstehe nicht ganz, warum, Sprecher. So wie ich das sehe, seid Ihr recht gut aus der Sache herausgekommen. Ich dagegen muss in Schande nach Alden zurückkehren. Muss meinem Bruder ins Gesicht blicken und ihm sagen, dass ich versagt habe.« Tatsächlich stimmte das nur halb, denn Erik würde noch vor seiner Rückkehr nach Erroman von dem Fehlschlag erfahren. Insofern hatte der König Zeit genug, sich zu überlegen, wie er seine Abscheu am besten verbergen konnte. Glücklicherweise war Erik in diesen Dingen ein Naturtalent.

Syril seufzte. »Es tut mir leid, Euer Hoheit. Wie auch immer ich zu diesem Krieg stehe, so war es doch nie mein Wunsch, Euer Volk leiden zu sehen.«

»Danke.«

Lange Zeit sagte niemand ein Wort. Und als Liam wieder aufsah, war der Sprecher nicht mehr da. Gedankenverloren zupfte er an Rudis Ohren. Der Wolfshund hatte sich nicht gerührt, als Syril eingetroffen und wieder gegangen war. Es hätte Liam überrascht, wenn er dazu die Kraft hätte aufbringen können.

Nach einer Weile trat Rona wieder zu ihm auf den Balkon. »Ihr solltet etwas essen, Kommandant.«

»Sehr unwahrscheinlich, das.«

Sie trat vor ihn hin, versperrte ihm die Sicht. »Seit Stunden sitzt Ihr nun schon hier«, sagte sie. »Ihr macht mir Angst.«

»Kann man sich denn nicht mal in Ruhe seiner Verzweiflung hingeben?«

Ein schwaches Lächeln überzog ihr Gesicht. »Das klingt schon besser.«

»Ernsthaft, Rona, so leid es mir tut, aber ich möchte lieber allein sein.«

»Kann ich nicht zulassen, Kommandant, so leid es *mir* tut.«

Nun gut, jetzt wurde er richtig sauer. Und es fühlte sich großartig an, das erste echte Gefühl seit Stunden, das seine Stumpfheit durchdringen konnte. »Ich weiß das wirklich sehr zu schätzen. Und ich weiß auch, was Ihr sagen werdet: dass es nicht meine Schuld war, dass ich keine andere Wahl hatte und so weiter und so fort. Aber können wir damit das Thema jetzt nicht einfach beenden?«

Sie ließ sich vor ihm auf die Hacken nieder, und wieder hatte sie diesen unerbittlichen Blick, den sie schon Kar und Welin gegenüber aufgesetzt hatte. »Es war nicht Eure Schuld, und nein, Ihr hattet in der Tat keine andere Wahl.«

»Ja, gut, sehr geistreich …«

»Ihr seid Soldat, und dieser Junge, der war das auf seine Art irgendwie auch. Er hat entschieden, für das zu kämpfen, an das er glaubte – oder jemand ließ ihn für diese Sache kämpfen, aber das ist jetzt auch egal. Ihr tatet, was Ihr tun musstest und was jeder von uns auch getan hätte. Und was die Flotte betrifft …«

»Rona, bitte …«

»Und was die Flotte betrifft, hätten wir nichts, aber auch gar nichts tun können, um es zu verhindern. Gir hatte das Vertrauen seiner Männer schon verloren, noch bevor Ihr überhaupt hier eintraft. So viel ist sicher, andernfalls hätten sie Euch hinter seinem Rücken keine Morddrohungen geschickt. Die Dockies waren wild entschlossen, diese Schiffe zu vernichten, und es gibt hundert andere, die es an ihrer Stelle auch getan hätten. Selbst wenn Ihr den Jungen hättet aufhalten können – obgleich Ihr ihn ja aufgehalten habt –, dann hättet Ihr sie in diesem Moment lediglich eines öffentlichkeitswirksamen Aktes beraubt. Und sie hätten es Stunden später dennoch getan. Oder am nächsten Tag.

Oder nach einer Woche. Kurzum: Ihr hattet niemals auch nur die geringste Chance, Kommandant.«

Je länger sie sprach, umso größer wurde der Kloß in seinem Hals, bis er seine Worte nur noch hervorpressen konnte. »Wenn ich nie eine Chance hatte, hätte ich den Jungen auch nicht töten müssen.«

»Es war nicht Eure Schuld«, sagte sie wieder, und aus irgendeinem Grunde waren nun Tränen in ihren Augen, als wäre sie diejenige, die ein Kind aus dem Leben gerissen hatte. Ein Kind, das dafür gesorgt hatte, dass die neue Onnani-Flotte ein Raub der Flammen wurde.

»Wie soll ich ihm das nur beibringen, Rona? Bei den Göttern, wie soll ich's *ihr* nur sagen?«

Rona ließ den Kopf sinken. Er konnte ihr Gesicht nun nicht mehr sehen, nur den langen Zopf, der quer über ihren Hinterkopf geflochten war. So verharrte sie eine Weile, mit gesenktem Haupt und beschattetem Gesicht, und schwieg. Doch im schwindenden Licht des Tages sah Liam, wie ihre Tränen auf den Balkonboden fielen.

Er wollte etwas sagen, etwas, das sie beide sich besser fühlen ließ, aber ihm wollte nichts einfallen. Wie immer.

Als sie ihn schließlich wieder ansah, waren ihre Augen klar und trocken. Sie holte tief Luft, bevor sie sprach. »Ihr könnt es ihnen sagen, Liam, weil sie beide Euch lieben. Und das ist alles, was zählt.« Sie erhob sich, berührte seine Schulter. Und dann war sie fort und ließ Liam allein zurück – allein mit seinem Hund, seinem Scheitern und dem rauchgeschwängerten Wind.

32. KAPITEL

Also den da hinten hab ich schon mal gesehen.« Alix zeigte auf den Gebirgszug am Horizont. »Die Leute aus dem Dorf nennen den Berg ›Ochsenkopf‹.«

Kerta kniff die Augen zusammen. »Ja, jetzt sehe ich's auch. Die Gipfel zu beiden Seiten sehen aus wie riesige Hörner.«

»Ich denke, innerhalb einer Tagesreise haben wir die Grenze erreicht. Vielleicht dauert's auch ein wenig länger, falls es wieder regnet.«

»Zwei Tage, schätze ich. Und damit liegen wir wirklich gut in der Zeit.« Lächelnd wandte sich Kerta auf ihrem Pferd zu Erik um. »Das ist doch auch schon was, nicht wahr, Majestät?«

Schweigend starrte er sie an, der Blick aus seinen blauen Augen leer und abwesend, so wie jedes Mal, wenn sie versuchte, ihn in ein Gespräch zu verwickeln.

Kertas Lächeln welkte dahin. »Nun, ich denke, wir sollten weiterreiten.«

Sie machten sich auf den Weg zu Tal. Die Serpentinen hier waren weniger steil und beschwerlich und grüner, auch wenn hier und da noch ein paar Schneereste zu sehen waren. *Bald sind wir da,* sagte sich Alix zum inzwischen hundertsten Mal. *Bald sind wir zu Hause.*

Der Gedanke hatte etwas Tröstliches, doch nicht so sehr wie erhofft. Mit der Rückkehr nach Alden würde ihr Versagen in Harram amtlich. Im Moment erschienen die Konsequenzen ihres Scheiterns noch abstrakt. Und solange sie sich auf fremdem Boden befanden, würde das auch so bleiben. Es war, als läge der Rest der Welt im Tiefschlaf. In dem Moment allerdings, da sie die Grenze überquerten, würde er wieder erwachen. Das Stundenglas würde herumgedreht, die Zeit würde unbarmherzig verrinnen, bis der Moment ihres Untergangs gekommen war.

Auf halbem Wege drosselte Kerta ihr Reittempo und sah zum Himmel hinauf, an dem sich hässliche graue Wolken zusammenballten. »Wie es aussieht, kriegen wir doch noch Regen.«

»Ein Sturm«, stimmte Alix ihr zerstreut zu. Ungewöhnlich zu dieser Jahreszeit, aber sie mochte nicht mehr über ihre Pechsträhne nachsinnen. Auf dieser Reise hatte eine Art Fluch gelegen, seit sie dieses verdammte Land betreten hatten; warum also sollte sich das ausgerechnet jetzt ändern? »Da hinten scheint es ein paar Höhlen zu geben«, sagte sie und zeigte in die betreffende Richtung. »Vielleicht sollten wir uns dort unterstellen. So ein Unwetter kommt in den Bergen recht schnell.«

Es waren zwar keine Höhlen, sondern vielmehr niedrige Spalten auf einem Felsvorsprung, aber sie würden sich als Unterschlupf ebenso gut eignen. Alix legte sich auf den Bauch und schob sich rückwärts in die Felsöffnung hinein, bis ihre Stiefel einen Widerstand verspürten. So hatten sie im Fall der Fälle ein gut drei Fuß breites natürliches Steindach über ihren Köpfen, das sie hoffentlich vor dem Regen schützen würde. »Man könnte darin sogar übernachten«, sagte sie, als sie wieder herauskrabbelte.

»Aber die armen Pferde«, sagte Kerta.

»Es sind Harrami-Stuten«, erwiderte Alix und tätschelte ihrem Reittier den Hals. »Die haben ein dickes Fell. Und jetzt lasst uns ein Feuer machen, solange es noch geht.«

Teilnahmslos und mit übergeschlagenen Beinen saß Erik auf dem Felsvorsprung, während Alix und Kerta Holz und Moos sammelten. Er sah zu, wie die Flammen aufloderten, starrte hinein, als sie tanzten und flackerten. Er ignorierte das Trockenfleisch, das Alix ihm darbot. »Nehmt wenigstens einen Schluck Wasser«, sagte sie und war bemüht, dabei nicht so ungehalten zu klingen wie sie war. Schweigend kam er ihrer Aufforderung nach.

Kerta warf ihr einen besorgten Blick zu, einen von zahllosen in den vergangenen Tagen. Sie versuchte nicht mal mehr, sie vor Erik zu verbergen. Aber sie konnte auch nicht aus ihrer standesgemäßen Haut, also versuchte sie wieder einmal, Konversation zu machen. »Glaubt Ihr, unsere Eskorte ist noch da? Wir sind ja so schrecklich in Verzug.«

»Sie werden da sein. Unsere Briefe haben Erroman mittlerweile sicherlich erreicht, und man wird die Wachposten entsprechend instruiert haben. Wenn wir an der Grenze angekommen sind, wird jeder Bescheid wissen.« *Wird jeder wissen, dass wir in Ost gescheitert sind.* Alix musste es nicht laut aussprechen; so wie Eriks Schweigen sprach das Gesagte für sich selbst.

»Man wird so erleichtert sein, dass Seine Majestät wohlbehalten zurück ist.« Kerta unterstrich ihre Worte mit einem weiteren vergeblichen Lächeln in Eriks Richtung. Seine Lippen zuckten, und fast sah es auf, als stöhnte er verächtlich auf. »Vermutlich wird sogleich eine neue Ratsversammlung einberufen werden.«

Sei gesegnet, liebe Kerta, dachte Alix. *Selbst wenn es dich das Leben kosten sollte, würdest du dieses Gespräch weiterführen.* Es war, als versuche sie inmitten eines Regenschauers eine dürftige Flamme anzufachen.

»Daran hab ich noch gar nicht gedacht«, erwiderte Alix, doch in Wahrheit hatte sie nicht gewagt, darüber nachzudenken. »Schätze, wir werden dort eine Menge ›Hab ich doch gleich gesagt‹ hören.«

»Das will ich mal lieber nicht hoffen!« Eine leichte Zornesröte überzog Kertas Wangen. »Nicht nur wäre das schrecklich ungezogen, es war auch absolut dumm. Hierherzukommen mag vielleicht ein Risiko gewesen zu sein, aber es war alles, was wir tun konnten. Jeder weiß das nur zu gut.«

»Das mag ihnen vielleicht mal klar gewesen sein«, sagte Alix, »aber das heißt nicht, dass sie sich bei unserer Heimkehr noch daran erinnern. Hinterher ist man immer schlauer. Und im Nachhinein lässt sich dann nur allzu leicht ein Urteil fällen.« Sie hob müde die Schultern. »Das liegt wohl in der menschlichen Natur. Wir möchten alle nur zu gern glauben, dass es möglich sein muss, drohende Katastrophen abzuwenden, wenn man nur das Richtige tut. Es lebt sich einfach ruhiger mit dieser Einstellung.«

»Aber es ist eine kindische Einstellung. Manchmal gibt es eben keine ›richtige‹ Wahl.«

»Weise Worte, liebe Freundin.« Alix lächelte schwach. »Wie schon so manches Mal aus deinem Mund.«

Sie war bemüht, wieder eine gewisse Leichtigkeit in die Unterhaltung zu bringen, aber Kerta hatte dafür keinen Sinn. »Ich denke nicht, dass man besonders weise sein muss, um die Wahrheit zu erkennen. Es ist ganz einfach, wirklich. Es bestand die Möglichkeit, Harram für einen Kriegseintritt zu gewinnen. Wir haben versucht, sie zu nutzen. Und wir scheiterten. Na und? Ist das jetzt wirklich so viel schlimmer, als wenn wir untätig zu Hause geblieben wären? Gewiss, wir haben ein paar gute Leute verloren, und das ist freilich ein sehr trauriger Umstand, aber auch nur die geringste Aussicht auf Erfolg war doch dieses Opfer wert. Immerhin befinden wir uns im Krieg. Tagtäglich verlieren Menschen ihr Leben für ihr Vaterland.«

Es war wahr. Jedes einzelne Wort – das wusste Alix. Aber wusste Erik das auch? Bevor die Verzweiflung von ihm Besitz ergriffen hatte, bestimmt. Alix wünschte sich so sehr, dass er sich dessen entsann, sich in Erinnerung rief, warum er diese Entscheidung getroffen hatte, aber sie war sich nicht mal sicher, ob er ihnen überhaupt zuhörte. Viel zu beschäftigt schien er damit, ins Feuer zu starren und eine Zukunft zu weissagen, die in den Flammen geschrieben stand.

»Wie dem auch sei«, sagte Kerta, »ich glaube nicht, dass die Lage so ernst ist, wie sie uns im Moment vorkommt. Gewiss erscheint uns alles in einem etwas hoffnungsfroheren Licht, wenn wir erst alle Nachrichten von der Front und aus Onnan erfahren haben.«

Erik schnaubte wieder wortlos auf. Also hörte er ihnen doch zu.

Ausnahmsweise fühlte Alix sich bemüßigt, Kerta in ihrem rückhaltlosen Optimismus zu unterstützen. »Das ist durchaus möglich«, sagte sie tapfer. »Wir sind nun schon so lange fort – selbst die Nachrichten, die man uns in Ost übergab, waren schon Wochen alt. Wer weiß, was sich währenddessen alles ereignet hat?« *Die Ermordung eines Trions zum Beispiel?* Hier war definitiv der Wunsch Vater des Gedankens – es war eine nahezu unmögliche Aufgabe, selbst für einen Spion von Saxons Format –, doch zumindest waren die Räder in Bewegung gesetzt worden. Wer konnte schon wissen, wie viele andere Maßnahmen – vielleicht durch Rig oder Highmount initiiert – zwischenzeitlich noch ergriffen worden waren?

»Sehr richtig«, pflichtete ihr Kerta bei. »Eine Woche ist in Kriegszeiten so etwas wie eine halbe Ewigkeit.«

Der Wind frischte auf, strich seufzend durch die Bäume. Vom

Himmel über ihnen war ein Grollen zu vernehmen. *Nun wird es nicht mehr lange dauern*, dachte Alix.

»Ich denke, Kanzler Kader hatte recht«, fuhr Kerta fort. »Das Trionat kann nicht ewig so weitermachen, nicht, wenn die dortige Bevölkerung den Krieg nicht mehr unterstützt, wie jeder sagt. Außerdem glaube ich, dass König Omaïd seine Position noch einmal überdenken wird, wenn der Kriegsherr erst an seiner Grenze steht. Immerhin ist es nur eine Frage der Zeit, bis …«

»Um der Götter willen, würdet Ihr verdammt noch mal endlich den Mund halten!«

Die Worte kamen über sie wie ein Peitschenschlag. Und es waren die ersten, die Erik seit Tagen gesprochen hatte – mit einer Stimme, so rau und grollend, dass Alix sie kaum wiedererkannte. Er hatte den Blick nicht mal vom Feuer abgewandt, starrte es vielmehr an, als wäre es das hassenswerteste Ding, das er je gesehen hatte.

Kerta erbleichte. »Ich … Es tut mir leid, Majestät. Ich wusste nicht …«

»Was wusstet Ihr nicht?« Jetzt blickte er sie böse an. »Dass es mich *mitnichten* erfreuen würde, Eurem endlosen Geschwätz darüber zu lauschen, wie sich am Ende doch noch alles in Wohlgefallen auflösen wird?«

»Ich denke, wir sollten uns jetzt wieder beruhigen, was meint Ihr?« Alix' Wangen brannten, teils vor Schreck, teils wegen der Demütigung ihrer Freundin. Sie sah, dass Kerta mit den Tränen kämpfte. Vermutlich hatte noch niemand in ihrem ganzen Leben auf diese Weise zu ihr gesprochen. *Und vermutlich hat Erik noch nie im Leben auf diese Weise zu irgendjemandem gesprochen …*

Doch er schien sie gar nicht zu hören. »Wisst Ihr, Kerta, es gibt da eine schmale Grenzlinie zwischen Optimismus und Blödheit, doch die habt Ihr schon vor Tagen überschritten.«

Alix sog erschrocken die Luft ein. »Das ist *genug*, Erik.«

Sein wütender Blick richtete sich nun auf sie, schweigend und unerbittlich. Als sie sich weigerte, wegzuschauen, kam er auf die Beine und rief ihr zu: »Mitkommen.« Ohne eine Antwort abzuwarten, sprang er von dem Vorsprung und verschwand zwischen den Bäumen.

Alix starrte ihm nach, vermochte kein Wort herauszubringen. Sie streichelte Kerta über die Schulter und machte sich dann auf, Erik zu folgen.

Weit war er nicht gegangen. Mit verschränkten Armen stand er da, in den Augen noch immer der feindliche Blick. »Im nichtöffentlichen Bereich toleriere ich Eure Frechheiten, Alix, aber nicht vor den Augen anderer. Ihr mögt vielleicht meine Schwägerin sein, aber ich bin immer noch Euer König.«

Noch vor einem Jahr – ja, vor einer Woche – hätten sie diese Worte mitten ins Herz getroffen. Nun jedoch fühlte sie sich durch sie einfach nur provoziert. »Ihr mögt vielleicht mein König sein, aber Ihr benehmt Euch wie ein royaler Scheißkerl.« Sie ließ ihm nicht mal Zeit für einen Wutanfall und fuhr fort: »Seit wir Ost verließen, habt Ihr kein Wort mehr gesprochen, kaum gegessen, fast nicht geschlafen und uns damit fast zu Tode erschreckt. Da ist es doch kein Wunder, dass Kerta sich verpflichtet sah, die eine oder andere optimistische Rede anzustimmen in der Hoffnung, Euch damit wieder ein wenig aufzurichten. Ausgerechnet Ihr solltet doch ein tapferes Herz erkennen, wenn Ihr es seht, und jetzt greift Ihr sie dafür an? Was um der Neun Höllen ist denn nur in Euch gefahren?«

Schon wollte er zu einer bösartigen Antwort ansetzen, doch dann hielt er inne, und für einen Moment schien es, als wären ihre Worte zu ihm vorgedrungen. Dann jedoch kehrte das finstere Starren wieder zurück. »Eine ziemlich törichte Frage, findet Ihr nicht?«

»Nicht wirklich. Ihr habt jedes Recht, wütend zu sein, aber das ist noch lange kein Grund, seine Klauen in jemanden zu schlagen, der nur helfen will. Es ist nicht richtig, und es sieht Euch auch nicht ähnlich. Ganz und gar nicht …« Alix spürte, wie ihr Ärger mit jedem Wort ein bisschen mehr verflog und durch Verwirrung und Furcht ersetzt wurde. Gefühle, die sie seit jener schrecklichen Nacht in Ost verfolgten, seit der Nacht, in der ihr König in ihren Armen zusammengebrochen war. »Im Ernst, Erik, ich weiß nicht mehr, was ich davon halten soll. Es ist, als ob … als ob Ihr plötzlich jemand ganz anderes seid. Ich kannte Euch einmal so gut, und jetzt …« *Und jetzt erkenne ich dich kaum wieder.*

Er fuhr sich mit den Fingern durch das Haar, verzog das Gesicht, als hätte er entsetzliche Kopfschmerzen. »Seid doch nicht so dramatisch. Ich kann mir diese zuckrige Endlos-Schwadronade nur einfach nicht mehr länger anhören. Es bringt mich um. Seht Ihr das denn nicht? Alles, was sie von sich gibt, hat nichts, aber auch gar nichts mit der Realität zu tun, und ich kann's einfach nicht mehr ertragen.«

»Schön, aber Kerta ist Eure Freundin. Sie würde sich für Euch in Stücke hacken lassen, selbst wenn …«

»Selbst wenn ich sie enttäusche? Selbst wenn ich aufs Schändlichste versage?« Der vorwurfsvolle Blick kehrte zurück, ein Blitz, der jeden Moment einschlagen konnte.

»Ich wollte sagen, selbst wenn Ihr ganz und gar unansprechbar seid. Was vergleichsweise angenehm war, wenn man es mit Eurem jetzigen Verhalten vergleicht …«

Er blinzelte, und einen Moment lang war sich Alix sicher, dass er wieder explodieren würde. Stattdessen stieß er so etwas wie ein kurzes Lachen aus. »Bei den Göttern, Frau, Ihr seid einfach unverbesserlich.«

Und plötzlich, wie aus heiterem Himmel, lächelte er sie an, als wäre nichts gewesen. Als hätte er nicht soeben um sich geschlagen wie ein verwundeter Berglöwe. Und es hätte Alix auch nicht mehr gewundert, wenn er sie jetzt hochgehoben und im Kreis herumgeschwenkt hätte.

»Schaut mich nicht so an«, sagte er, plötzlich wieder ernst. »Ich werde mich bei Kerta entschuldigen. Aber bitte, für unser aller Seelenheil, nehmt sie beiseite und erklärt es ihr. Ich kann diese Kindermärchen unmöglich noch zwei weitere Tage ertragen.«

»Ich werde es ihr sagen.« Was sollte sie auch sonst darauf erwidern?

»Gut.« Erik sah auf. »Wir wollen besser zurückgehen. Das Unwetter wird jeden Moment runterkommen.«

Die ersten Tropfen klatschten schon auf die Steine, als sich Alix an dem Felsvorsprung zu ihrem provisorischen Lager hochzog. Kerta hatte sich schon in die Felsspalte zurückgezogen und sich mit abgewandtem Gesicht in ihre Decke eingerollt. Alix legte sich nah neben sie, ließ der Freundin ansonsten jedoch ihre Ruhe, etwas, die sie im Moment offenbar alle benötigten.

Der Wolkenbruch kam wie erwartet, fegte über sie hinweg und erfüllte die Luft mit Kiefernnadelduft. Windböen rauschten durch die Bäume; die Pferde prusteten und stampften. Dann kamen Blitz und Donner, die den Himmel entzweirissen und den vollen Furor der Wolken entfachten. Erik starrte hinaus in den Sturm auf etwas, das nur er zu sehen vermochte. Neben ihm zitterte Alix mit regennassem Gesicht auf dem kalten Stein, während ihre leisen kummervollen Seufzer untergingen in dem ohrenbetäubenden Unwetter.

Aradok legte den Finger an den Abzug der Armbrust, presste die unvertraute Waffe gegen seinen Körper und nahm Ziel. Einige Male hatte er sie schon benutzt, und so schwer war es nun auch wieder nicht. Aber es war eine Sache, sie in der Abgeschiedenheit seiner Zelle in aller Ruhe auszuprobieren und die Bolzen auf einen Heustapel abzufeuern, und eine andere, dies in den Weiten eines heiligen Tempels zu tun, um einen Trion zu erschießen.

Er schluckte hart, um den Kloß in seiner Kehle loszuwerden. So wenig Zeit sich zu schulen, so wenig Zeit, die ganze Sache zu durchdenken. Was er vorhatte ... Es war fast unvorstellbar. Hochverrat, Königsmord ... damit konnte er leben. Das waren menschliche Dinge, Belanglosigkeiten im Gefüge des großen kosmischen Ganzen. Ja, diese Tat konnte sein Land ins Chaos stürzen. Der Priester war schon ermordet worden, und seine Handlanger stritten noch immer darüber, wer ihn beerben sollte. Einen zweiten Trion zu verlieren wäre ein schrecklicher Schlag, beispiellos in der Geschichte des Trionats von Oridia. Doch all das kümmerte Aradok nicht. Wie so viele seiner Landsleute missbilligte er inzwischen des Trionats unersättlichen Hunger nach Eroberung und Unterwerfung. Wenn es einer Krise bedurfte, um das Ganze zu stoppen und sie wieder auf den Pfad der Rechtschaffenheit zu führen, dann sollte es so sein.

Aber das hier war mehr als ein Verbrechen gegen sein Land. Das hier war Blasphemie. Die Ermordung eines Trions, der von den Göttern selbst gesalbt worden war ... Allein der Gedanke daran verursachte ein schier unerträgliches Hämmern im Kopf. Ein Jahr müsste vergehen, ein ganzer Sonnenzyklus, bevor Varads Seele wiedergeboren würde, und dann noch einmal viele Monate, bevor der neue Priester – vorausgesetzt, es war ein solcher wieder im Amt – bestimmen konnte, welches Neugeborene tatsächlich die Reinkarnation des Königs war. Eine solche Reise musste von den Göttern in Gang gesetzt werden, nicht von den Menschen. Sie in seine eigenen Hände zu nehmen würde Aradok im nächsten Leben nicht zum Vorteil gereichen, so viel war sicher.

Aber hier geht's nicht um dich, ermahnte er sich. *Es geht um sie.*

Das Gold, das man ihnen versprochen hatte, war mehr als genug. Eine so große Summe, dass er das Angebot fast nicht hatte glauben können und eine Falle gewittert hatte. Doch als man ihm gesagt hatte, wer hinter dem Auftrag steckt, da war ihm klar geworden, dass sie es ernst meinten. Die Königliche Familie von Alden musste über ein unermessliches Vermögen verfügen, und sie war verzweifelt. Und von Verzweiflung verstand Aradok eine Menge.

Einen Monat hatten ihm die Heiler noch gegeben. Vielleicht weniger, wenn das Geschwür erst einmal seine Luftröhre erreicht hatte. Schon jetzt wandten sich die Leute auf der Straße von ihm ab, angewidert durch die schiere Größe der Krebsgeschwulst, die nach und nach das Leben aus ihm herauspresste. Caria hingegen tat ihr Bestes, um stark zu bleiben, aber er wusste, sie hatte schreckliche Angst. Nicht genug damit, dass sie für den Rest ihres Lebens als Hure gebrandmarkt war, wer sollte sich um das Baby kümmern? Niemand würde Mitleid haben mit dem Bastard eines Mönchs, dieser fleischgewordenen Schande, die von Göttern wie Menschen gleichermaßen verachtet wurde.

Sich nähernde Schritte aus dem Gang rissen Aradok aus seinen Gedanken. Übelkeit stieg in ihm auf. *Die Stunde ist gekommen.* Der König war eingetroffen, so wie jeden Tag, um in den geheiligten Wassern des Brunnens zu baden. Und er würde allein dort sein. Die Rote Wache würde vor den Tempeltoren warten und ihren Trion in Sicherheit wähnen innerhalb der Mauern der heiligen Quelle. Es gab nur einen Weg hinein und hinaus, und von der heiligen Kammer abgesehen enthielt der Tempel lediglich einen weiteren Raum. Die Zelle des Hüters. Die Zelle, in der Aradok lebte.

Wieder schluckte er, und wieder tat es weh. Er legte den Finger fester an den Abzug und setzte sich in Bewegung.

Als er aus dem engen Gang heraustrat, fiel sein Blick auf den König. Varad war gerade dabei, sich zu entkleiden – unter einigen Schwierigkeiten, denn er war schon recht gebrechlich. Halb verschlungen in den Stoff, das Gesicht bedeckt durch einen losen Ärmel, kämpfte er sich aus seinen Roben. Aradok legte an.

Der König wandte sich um. Und er war nicht allein.

Aradok registrierte es in dem Moment, in dem er abfeuerte, und da war es schon zu spät. Der Abzug schnappte. Ein paar Hände griffen zu, um den kränklichen Trion umzudrehen und ihm aus dem Gewand herauszuhelfen. Ohne es zu ahnen trat der Diener dabei in Aradoks Schussbahn.

Jemand schrie. Es war Aradok. Mit erhobenem Schwert stürmte ein Mitglied der Roten Wache in die Kammer der Heiligen Quelle.

Ein Diener. Warum um alles in der Welt ist heute ein Diener dabei?

Die Armbrust fiel aus seinen tauben Fingern. Aradok sank auf die Knie. Sah seinem Trion in die Augen, sah darin nichts als grenzenlose Überraschung. Ein Schatten fiel über ihn; auf dem weißen Marmorfußboden spiegelte sich ein roter Schein wider.

Caria, dachte er.

Dann sauste das Schwert herab.

33. KAPITEL

»Verluste?«, fragte Rig.

»Zwei Drittel etwa, darunter Herwin selbst.« Morris' Blick war fest, seine Stimme so unbeteiligt wie die von Rig. Jetzt war keine Zeit für Emotionen. Die sollten sie sich besser fürs Schlachtfeld aufsparen. Für Sadik.

»Wohin haben sich seine Männer zurückgezogen?«

Mit seinem langen Finger zeigte Morris auf die Karte. »Nehme an, der Feind hat die Verfolgung nicht aufgenommen aus Furcht, sich dabei zu zerstreuen. Zieht es wohl vor, die Stellung an der Furt zu halten, damit wir sie nicht zurückerobern können.«

»Können wir denn?«, fragte Vel leise. »Sie zurückerobern?«

Es war Kommandant Wright, der ihr antwortete. »Nicht beim derzeitigen Stand der Dinge, Tochter. Einen Flaschenhals wie diesen stürmen zu wollen ist vergleichbar mit der Belagerung einer Burg. Allein aus diesem Grund hat General Black den Flussübergang so lange gegen einen viel stärkeren Gegner verteidigen können.

Er versuchte nicht belehrend zu klingen, und doch kam es bei Vel genauso an. »Mir sind die taktischen Grundlagen durchaus bekannt, Kommandant. Ich fragte mich nur, ob General Black eine seiner unkonventionellen Lösungen ins Auge gefasst hat, die Ihr ja bekanntlich so sehr bewundert.«

Rig berührte sie diskret am Arm, und sie verstummte. Wright für seinen Teil versteifte sich unter der Zurechtweisung wie ein Soldat, der von einem Vorgesetzten zusammengestaucht worden war. Und das trotz der Tatsache, dass der Mann doppelt so alt war wie sie. *Die Macht des Klerus*, dachte Rig. Auch bei den Oridianern besaß die Priesterschaft einiges Gewicht. Nicht zum ersten Mal fragte er sich, ob er das nicht irgendwie zu seinem Vorteil nutzen konnte.

Aber nicht heute. Für heute hatte er sich etwas anderes vorgenommen. »Wir machen weiter wie geplant«, verkündete er. »Lasst uns den Falken in die Luft bringen.«

Morris fluchte leise, schüttelte den Kopf. Aber sie hatten das Thema nun schon so oft durchgekaut; darüber hinaus würde er Rigs Entscheidungen vor Dritten niemals in Frage stellen. Also sagte er: »Sehr wohl, General.«

»Kopf hoch, Morris. Der Verlust des Flussübergangs könnte Euch am Ende gar in die Hände spielen.«

»Wenn Ihr es sagt, General.« Er verließ den Raum.

Schweigen folgte auf seinen Abgang. Kommandant Wright stieg unbehaglich von einem Fuß auf den anderen. Dann räusperte er sich und sagte: »Ich würde mir nicht anmaßen, Euch zu widersprechen, General Black … Die Götter wissen, Ihr habt Euch ein ums andere Mal bewiesen, besonders in vermeintlich aussichtslosen Situationen …«

Rig schaute von der Karte auf. »Aber?«

»Aber Ihr habt heute wenigstens siebenhundert Mann weniger zu Eurer Verfügung als noch vor einigen Tagen. Dazu der Verlust eines Offiziers. Die Furt in der Hand des Feindes. Welchen Plan Ihr auch immer verfolgt – und ich verstehe nur zu gut, warum Ihr diesbezüglich nicht ins Detail gehen wollt –, er stützt sich offenbar ganz auf den Widerstand, andernfalls hättet Ihr nicht diesen Falken entsandt. Und doch wissen wir so wenig über diese Bewegung – was sie imstande ist zu tun oder ob wir diesen Leuten überhaupt vertrauen können. Daher muss ich fragen, General, war das eine kluge Entscheidung?«

»Vermutlich nicht, aber ich hoffe, Eldora wird uns allen gewogen sein.«

»Das wird sie«, sagte Vel sofort.

Wright nickte, als befriedige ihn diese Antwort wirklich. »Sollen wir beten, Tochter?«

»Natürlich«, sagte sie. »Und was ist mit Euch, General? Werdet Ihr mit uns beten?«

Rig schaute wieder auf die Karte, studierte darauf all die unsichtbaren Schlachtlinien, die sich nur in seinem Kopf befanden. Noch vor zwei Tagen, im gnädigen Zustand des Halbschlafs, hatten sie so viel Sinn ergeben. Aber heute, in der dunklen Stunde vor dem Morgengrauen …

»Wisst Ihr was, Tochter? Ich glaube, das werde ich.«

Aufgewühlt lief Rig auf dem hölzernen Wehrgang hin und her. Wie sehr er sich danach sehnte, jetzt dort draußen zu sein, unter andithyrischem Himmel die andithyrische Brise auf seiner Haut spürend. Es hätte sich wie ein Sieg angefühlt, mit den anderen den Fluss zu überqueren, wenn auch heimlich, und einen Fuß hinter die Linien des Gegners zu setzen. Seite an Seite mit Morris zu reiten, während sie dem Feind ihre Piken in den Arsch rammten. Aber es sollte nicht sein. Ein Generalkommandant konnte nun mal nicht jede Mission persönlich anführen, besonders, wenn sie so riskant war wie diese. Er musste flexibel sein, schnell reagieren, und das konnte er nicht, wenn er sich auf einem Schlachtfeld seiner Haut erwehren musste.

Er beneidete Morris. Gerade jetzt im Moment würde sein Adjutant auf seinem Schlachtross an der Kampflinie entlangreiten und den Königsklingen mit erhobener Stimme seine Visionen vom nahenden Triumph in die Köpfe einpflanzen – dies trotz oder gerade wegen der mehr als zweifelhaften Erfolgsaussichten. Er würde dabei so ehrlich wie möglich sein, damit die Männer ihm glaubten, aber nicht so ehrlich, dass sie den Mut verloren. Eine hoffnungslose Schlacht war eine verlorene Schlacht, das wusste Rig.

Er lief auf dem Wehrgang um die Ecke des südwestlichen Wachturms, während die Bohlen unter seinen Stiefeln knarzten. Eine Handvoll Bogenschützen wandte sich von den Schießscharten ab und lächelte ihm nervös zu. Sie hatten keine Ahnung, was sie erwartete, und doch sorgten sie sich genau so sehr wie alle anderen auch. Immerhin war das Fort fast geräumt; die zweitausend Soldaten, die es beherbergt hatte, waren im Morgengrauen von dannen geritten und hatten lediglich das Onnani-Bataillon und ein paar Fernkämpfer zurückgelassen. Bezeichnenderweise hatte ihr Generalkommandant das Fort zweimal großräumig umrundet, um die Befestigungen und mögliche Schwachstellen in Augenschein zu nehmen – als gäbe es irgendetwas, das er nun noch daran ändern konnte. Rig wusste, er machte sie alle verrückt damit, aber er konnte nicht anders. Er hatte mit den Jahren gelernt, seine Gefühle unter Verschluss zu halten – nicht so gut wie Erik vielleicht, aber besser als manch anderer –, und wusste, dass man dies besonders vor einer Schlacht beherzigen sollte. Aber alle Selbstbeherrschung hatte ihre Grenzen, und die waren nun erreicht. Es stand einfach zu viel auf dem Spiel.

So viel, dass, als der Ausruf kam (den er ja erwartete), ihm für einen Moment die Knie weich wurden.

»Feindsichtung am Kontrollpunkt!«

Rig konnte die Läuferin nicht sehen, ihren Schrei jedoch klar und deutlich über das Gelände schallen hören. Wie auch alle anderen. Köpfe ruckten herum, Körper spannten sich an. Von der anderen Seite des Forts warf ihm ein Kommandant einen langen, entschlossenen Blick zu. Rig fluchte leise. »Läuferin, hier rauf! Sofort!«

Sie rutschte von ihrem dampfenden Pferd und stolperte fast die Stufen hinauf, entbot ihrem General einen flüchtigen Gruß.

»Ihr berichtet an mich«, knurrte Rig. »Nicht an das gesamte Fort.«

»Ja, General. Es ist nur …« Sie schluckte, warf einen Blick über die Palisade. »So nah wie jetzt waren sie noch nie.«

»Tja, dann schnallt besser Eure Rüstung fest, weil sie nämlich noch ein gutes Stück näher kommen werden.«

Sie erbleichte. »General?«

»Ich vermute, sie haben den Falken abgeschossen?«

»Richtig«, erwiderte sie verwirrt. »Aber woher wusstet Ihr das? Ich dachte, ich bringe Neuigkeiten. War jemand schneller als ich?«

»Kümmert Euch nicht darum. Was hatten die Kundschafter zu berichten?«

»Nur dass der Feind den Vogel offenbar erwartet hatte; so als ob sie wussten, dass er kommt.«

Rig nickte. »Gut.«

»Ich …« Sie blinzelte. »Ich bitte um Verzeihung, General, aber inwiefern ist das gut?«

Er öffnete den Mund, um es ihr, nein, um es allen zu erklären, doch er kam nicht mehr dazu. Ein Brandpfeil flog über die Palisade. Ein Distanzschuss, der Flugbahn nach zu urteilen; der Pfeil landete gefahrlos mitten im Hof. Doch er kam nicht allein: Ein ganzes Geschwader folgte ihm, ein Himmel voller feuriger Sternschnuppen regnete auf sie herab.

Überall im Fort wurden Rufe und Schreie laut. Die Männer

im Hof rannten umher. Der Rest, einschließlich Rig, kauerte sich nieder und legte ihrerseits Pfeile ein.

»Sie sind hier«, keuchte die Läuferin mit angstgeweiteten Augen. »Wie konnten sie uns hier nur finden?«

Doch Rig hatte keine Zeit für Geplauder. Er hob den Kopf und schaute über die Palisaden. Durch die angrenzenden Bäume konnte er nicht viel erkennen, doch wenn das Fort in Bogenreichweite war, dann war der Feind auch in Reichweite von Wurfgeschützen. Über seine Schulter hinweg schrie er: *»An die Katapulte, große Reichweite, los!«*

Ein hölzernes Rumpeln ertönte, dann ein *Wuuusch*. Eine Ladung Steine flog über die Befestigung. Stille kehrte ein. Dann war aus der Ferne das Krachen von Zweigen zu hören. Indes kein Geschrei. Wieder schaute Rig durch die Ritzen der Barrikade, doch die Antwort des Feindes war schon auf dem Weg. Ein weiterer Flammenregen ging über dem Fort nieder. Pfeile bohrten sich in die Palisade, die Türme und die Dächer der Unterkünfte. Die Katapulte standen unter schwerem Beschuss, aber die Königsklingen waren darauf vorbereitet und eilten schon mit Wasser zum Löschen herbei, während andere die Pfeilschäfte abbrachen, damit der Mechanismus nicht irgendwann blockierte. Infanteristen sprangen vom Wehrgang, um die Brände auf den Dächern zu ersticken, die Bogenschützen schütteten eimerweise Wasser von den Türmen. Unterdessen wechselte sich ein halbes Dutzend Onnani-Soldaten an der Brunnenkurbel ab, damit der Nachschub nicht versiegte.

»Katapulte, mittlere Reichweite, los!« Rig schickte ein stilles Stoßgebet zu den Göttern, als etwas Dunkles über ihn hinwegzog, flink und zielsicher wie der Schatten eines Falken. Dann hörte er Schreie und wusste, dass die Götter ihm geantwortet hatten. *»Das ist es! Gebt alles!«*

Nun, da sie sicher sein konnten, keine wertvolle Munition

zu verschwenden, hielten sich die Königsklingen nicht mehr zurück; die drei Wurfarme schnellten im raschen Wechsel vor, schleuderten ihrem Ziel Steine in der Größe von Schafen entgegen. Weitere Schreie ertönten aus dem Wald. Aber auch von den Wällen, wo von Pfeilen durchbohrte Königsklingen von der Brüstung oder dem Wehrgang stürzten. Verschmerzbare Verluste für den Moment, aber sehr viel länger würden sie kaum durchhalten können. Ein hölzernes Fort war keine Zitadelle und dazu ein leichter Raub der Flammen. Schon stieg vom südwestlichen Turm eine Rauchfahne auf.

Rig beschloss, auf Feuer mit Feuer zu reagieren. *»Kurze Reichweite, heizt ihnen ein!«*

Er fragte sich, ob die vorrückenden Oridianer das Pech riechen konnten. Das hoffte er. Hoffte, dass sie es rochen und sahen, wie es an den Bäumen herabfloss, sodass sie genau wussten, was als Nächstes auf sie zukam. Wenn die Brandpfeile in ihre Richtung flogen.

Und so war es ein fast schöner Anblick, als sie einen perfekten Bogen beschrieben und den Wald in Brand setzten. Sie hätten das Feuer auch ohne die Hilfe von Pech legen können, aber es war Frühling, und es lag Feuchtigkeit in der Luft; da wollte Rig lieber kein Risiko eingehen. Fünfzig Männer hatte er vor Morgengrauen für die Vorbereitungen abgestellt. Selbst das Unterholz hatten sie mit Pech präpariert. Wie auch die Barrikade aus angespitzten Pfählen, die am Grund eines Grabens, der das ganze Fort umgab, errichtet worden war. Auch sie würde Rig im Fall der Fälle in Brand setzen lassen.

Doch im Moment verließen sie sich noch ganz auf die Bogenschützen und Katapulte, nahmen die Reihen des Feindes unter Beschuss, während Sadiks Männer versuchten, einen Weg durch den brennenden Wald zu finden. All das würde sie, die unter Belagerung standen, nicht retten, aber es würde ihnen Zeit verschaffen. Und Zeit war alles, was Rig brauchte. Zeit, damit Morris seine Männer in Stellung bringen konnte.

Rig holte tief Luft und legte einen weiteren Pfeil in seinen Blutbogen ein. Er suchte sich eine Lücke in der Palisade, nahm Ziel und feuerte.

Morris hob das Visier seines Helms und spuckte in den Matsch. Eine alte Gewohnheit, die bis in seine ersten Jahre in Königlichen Diensten zurückreichte. *Das ist jetzt mehr als zwanzig Jahre her*, stellte er nicht wenig überrascht fest. Zwanzig Jahre hatte er in den Dreck gespuckt und sich für die Schlacht gewappnet. Er konnte sich gar nicht mehr erinnern, wann das angefangen hatte, aber es spielte keine Rolle; nie würde er ohne dieses Ritual in einen Kampf ziehen. Es war ebenso ein Brauch wie die Kriegsbemalung seines Schlachtrosses, und jeder Soldat würde sich hüten, an solchen Traditionen zu rütteln.

Er schaute sich im Sattel über die Schulter, vergewisserte sich ein letztes Mal, dass die Männer bereit waren. Viertausend an der Zahl. Keine übermäßig große Einheit, doch wenn die Götter ihnen gewogen waren, mochte es vielleicht reichen. Nicht dass Morris übermäßig viel göttliche Gnade erwartete. Zu oft hatte Riggard Black sein Glück schon herausgefordert, und das mit Erfolg. Doch niemand hatte das Glück auf ewig gepachtet. Schon gar nicht, wenn es darum ging, einen Plan wie diesen in die Tat umzusetzen. Zu neunmalklug und mit zu vielen Unbekannten. Damit er funktionierte, musste sich der Spion so verhalten, wie sie es erwarteten, und der Widerstand ebenso. Musste Sadik den Köder schlucken. Das Fort war ein verlockendes Ziel, keine Frage; Morris war sicher, dass der Kriegsherr sich diese Chance nicht entgehen lassen würde – und die Götter wussten, er hatte mehr als genug Kämpfer, um ihren Stützpunkt im Wald einzunehmen. Er konnte also das Fort angreifen, den Widerstand bei den Getreidespeichern zurückschlagen, und hatte auf der andithyrischen Seite des Flusses noch immer eine ansehnliche Zahl Soldaten in Stellung. Er konnte sich also genau so verhalten, wie die Königsklingen es sich erhofften. Allerdings musste der Feind nur einen seiner Späher in Morris' Richtung aussenden, und die Aktion war gescheitert. Ihr Überraschungsangriff wäre gescheitert. Das Fort würde fallen. Flagge einholen und gute Nacht.

Sinnlos, sich jetzt darüber den Kopf zu zerbrechen. Entweder es funktioniert oder nicht. Und wenn nicht, dann lebe ich ohnehin nicht lange genug, um mir darüber Sorgen zu machen.

»Kommandant.« Rollin zeigte mit einem behandschuhten Finger in den Himmel. »Rauch. Es ist Zeit.«

Morris schloss beherzt sein Visier. »Dann lasst uns den König mal stolz machen. Könnte die letzte Gelegenheit sein.«

Er zwang sein Pferd in den Trab. Hinter ihm verdoppelte die Infanterie ihr Tempo, hastete so geräuschlos durch den Wald, wie es eine viertausend Mann starke Einheit in Rüstung vermochte. Sie hatten ein gutes Stück Weg zurückzulegen, und sie mussten sich beeilen. Lange konnte das Fort gegen einen Sturmangriff nicht bestehen. Wenn Morris die hinteren Reihen des Feindes nicht in Kürze erreichte, würden die Männer des Generals überwältigt werden.

Er vertrieb den Gedanken aus seinem Kopf. Das war nicht seine Aufgabe. Er hatte seine Befehle, und allein das zählte.

Sie hatten kaum eine halbe Meile zurückgelegt, als die Sache fehlschlug.

»*Scheiße!* Habt Ihr das gesehen?« Rollin zog sein Schwert.

»Was?«

»Feindlicher Späher! Dieses verdammte Gesindel ist auch auf dem Pferd unterwegs!«

Eine Bewegung irgendwo vor ihnen. Geraschel im Unterholz. Morris stieß einen Fluch aus. »Bogenschützen!«

Pfeile zischten durch die Luft. Sie hatten ihre Bögen umgehend bereit gemacht, und Morris war stolz auf sie, aber das reichte nicht. Der Späher war durch die Bäume entwischt.

»*Rollin!*«

Doch der Jüngere brauchte keine Extraaufforderung; schon machte er sich bereit, dem Fliehenden auf seinem Pferd nachzusetzen. »Jarold! Searle! Mitkommen!«, rief er.

Dann waren die drei Ritter im Dickicht verschwunden. Doch der feindliche Kundschafter hatte ein gutes Stück Vorsprung und einen Wald voller Bäume, um unterzutauchen. Zu allem Überfluss wussten sie nicht, ob er allein gewesen war und wie weit er laufen musste, um seine Leuten zu warnen …

Soll keiner behaupten, ich hätte Euch nicht gewarnt, General, dachte Morris, als er sein Pferd in den Galopp trieb. *Soll keiner behaupten, ich hätte nicht geahnt, wie das ausgehen würde.*

Flagge einholen und gute Nacht.

34. KAPITEL

»Wir kriegen es nicht gelöscht, General!« Der panische Schrei kam aus Richtung des nordwestlichen Turms. Zwar war es ihnen gelungen, das Feuer im Süden zu löschen, doch die Männer in der Wassereimerkette kamen einfach nicht schnell genug hinterher, nicht mal, obwohl Rig schon die Ställe abgeschrieben hatte. Ein verschmerzbarer Verlust; die Kavallerie war draußen im Feld, und die Stallungen befanden sich in sicherer Entfernung zu den Hauptgebäuden im Fort. Nicht so der Turm oder die anderen Befestigungen entlang der Palisade, die inzwischen lichterloh brannten. Wenn ihnen dieses Bollwerk wegbrach, wäre das Fort leichte Beute, selbst wenn es dann immer noch durch einen Feuerring vom Feind getrennt war.

»Versucht es weiter!«, brüllte Rig zurück, wohl wissend, dass er damit womöglich ein Dutzend Männer in den Tod schickte. Sie mussten noch ein bisschen durchhalten. *Nur noch ein wenig länger …*

Zum wohl hundertsten Mal dankte er den Göttern dafür, dass sie die Weißfisch-Brücke hatten zerstören können. Wenn es dem Feind gelungen wäre, Belagerungswaffen über den Fluss zu schaffen, wäre das Fort im Handumdrehen gefallen. Wobei die Königsklingen nun durch Zermürbung in die Knie gezwungen werden sollten. Schon vor Längerem hatten die Oridianer ihren Vormarsch auf den Stützpunkt gestoppt; selbst der Beschuss durch die Brandpfeile war eingestellt worden. Vermutlich war ihnen das Pech dafür ausgegangen. Nicht dass es noch etwas ausmachte; der Schaden war angerichtet. Schlimmer noch: Der Wind hatte gedreht und trieb die kriechende Feuerwand nun auf ihre nordöstliche Seite zu. Schon waren die Flammen drauf und dran, sich über die ausgedehnte Lichtung auszubreiten, die das Fort schützte. Alles, was Sadik tun musste, war warten.

Rig hob seinen Blutbogen, zwang seinen Arm, ihn zu spannen, griff mit seinen blutenden Finger um die Sehne, doch es hatte keinen Sinn. Schon lange hatte er kein feindliches Ziel mehr erblickt. Die Oridianer hatten sich im Wald mithilfe der Bäume, ihrer Schilde und wer weiß was noch verschanzt. Einen Blindschuss abzufeuern, wäre zwecklos. Warum einen guten Pfeil verschießen? Und so blieb auch Rig nichts weiter übrig, als abzuwarten.

Er sah hinauf zum Himmel, auf die unbarmherzig langsame Bahn der Sonne. *Komm schon, Morris.* Zu allem Überfluss konnte er nicht wirklich sagen, wie viel Zeit inzwischen vergangen war, ja, er konnte nicht mal sicher sein, dass sich genug Männer auf dem Feld in Andithyri befanden, um die Schlacht noch zu drehen. So viele Unbekannte …

Morris hatte ihn gewarnt. Alle hatten sie ihn gewarnt. Und Rig hatte ihnen zugehört, zumindest hatte er so getan, doch im Grunde hatte er sich längst entschieden. Manchmal schien es ihm, als hätte er seine Entscheidung schon in der Wiege getroffen. *So wagemutig wie ein Black.* So hatte es immer geheißen, und er hatte diesen alten Wahlspruch stets wie eine Rüstung mit sich getragen. Doch er hatte gleichzeitig immer geahnt, dass ihn dieser sprichwörtliche Wagemut eines Tages das Leben kosten würde. »Was glaubt Ihr, Morris«, murmelte er vor sich hin, während um ihn herum das Feuer wütete, geschrien und die Katapulte bestückt wurden. »Ist heute der Tag gekommen?«

Hinter ihm ertönte ein langgezogenes, gequältes Ächzen. Rig wirbelte herum und sah, wie ein Teil des nordwestlichen Turms ins Wanken geriet. Das angrenzende Stück der Außenwand brach in einem Schauer aus brennenden Trümmern aus der Palisade heraus und riss eine Handvoll schreiender Soldaten mit sich. Männer und rauchende Holzstücke stürzten in die Tiefe und auf die Barrikade mit den angespitzten Pflöcken zu. Die Innenwand der Befestigung jedoch war intakt geblieben; lediglich ein paar Flammen züngelten jetzt noch an den Resten des Turms. Das wiederum konnte schnell gelöscht werden. *Was für ein Glücksfall*, dachte er. Der Einsturz hat einen Großteil des Turms gerettet. Eine solche Kaltschnäuzigkeit hätte ihn noch vor Jahren erschreckt, aber der General der königlichen Truppen konnte sich keine Sentimentalitäten erlauben.

»General!« Die Stimme kam von unten. Eine Läuferin kletterte die Leiter zur Brustwehr hinauf. »Nachricht aus Andithyri!«

Das ist sie. Die Botschaft, auf die er gewartet hatte. Der bittere Geschmack auf seiner Zunge bewies ihm, wie sehr er sie gleichzeitig fürchtete. Er hatte zwei Kundschafter mit Langlinsen in einen Baum gesetzt, um die feindlichen Truppenbewegungen auf der andithyrischen Seite des Flusses im Auge zu behalten. *Und wenn sie auch nur Richtung Osten* blicken, *will ich davon erfahren.* Es wäre der einzige Hinweis darauf, dass Morris seine Männer ungesehen in Stellung gebracht hatte. Falls er nicht … Falls die Oridianer ihn nicht entdeckt und sich rechtzeitig neu formiert hatten …

»Die hinteren Reihen des Feindes sind ausgeschert«, sagte die

Läuferin. »Fast die Hälfte von ihnen marschiert nun in eine andere Richtung!«

Rigs Gliedmaßen fühlten sich plötzlich taub an. »Wohin denn genau?«

»Wir haben hinter dem Hügel Königsklingen-Banner erspäht, auf der andithyrischen Seite. Keine Ahnung, wie Ihr diese Männer über den Fluss geschmuggelt habt, General, aber die Oridianer haben sie entdeckt. Und als ich hierher loslief, bewegten sie sich direkt auf sie zu. Ich denke, dass sie in der Zwischenzeit aufeinandergestoßen sind.«

Rig nickte. Ungläubig. Doch er zwang sich, einen Fuß vor den anderen zu setzen, bis er den südwestlichen Turm erreicht hatte. Die Bogenschützen traten beiseite, damit er durch die Schießscharten schauen konnte, doch es war vergebens. Durch den dichten Rauch war nichts zu erkennen. Der Wind hatte das Feuer weiter nordwärts getrieben, langsam, aber sicher auf das Fort zu. *Wenn das so weitergeht, werden sie um das Feuer herummarschieren können und die Palisaden erreichen.*

»Wie geht's nun weiter, General?« Die leise gestellte Frage kam von einer der Bogenschützinnen. Ein zartes Mädchen, kaum älter als achtzehn, mit großen braunen Augen, die ihn an Alix erinnerten.

Ich weiß es nicht.

Doch eine derart ehrliche Antwort war er noch nicht bereit zu geben. Er dachte immer noch darüber nach, was er sagen sollte, als das Horn ertönte.

Rig schloss die Augen und murmelte etwas, das zwischen Gebet und Fluch lag. »Besser spät als nie, Morris.« Wieder schaute er durch die Schießscharte, obwohl es natürlich noch zu früh war, um etwas zu entdecken. In seinem Kopf drehte sich alles. Es hatte tatsächlich funktioniert. »Macht eure Bögen bereit«, sagte er zu den Fernkämpfern. »Sie kommen.«

»Der Feind?« Die braunen Augen wurden noch größer. »Aber das Feuer … werden sie denn nicht direkt in die Flammen marschieren?«

»Mit achttausend Königsklingen im Rücken?« Rig lächelte böse. »Das will ich schwer hoffen, denn wenn nicht, schulde ich Kommandant Morris das, was von meinem Besitz noch übrig ist.« Ein düsterer Scherz, da niemand von ihnen noch am Leben sein würde, um die Wette einzulösen.

Es sind zu viele, General, hatte Morris gesagt. *Ihr wollt also die Männer vom Widerstand in Rüstungen stecken und sie das Banner der Königsklingen schwenken lassen. Gut, aber was dann? Selbst wenn Sadik darauf hereinfällt, werden dadurch doch nur ein paar Einheiten vom Hauptheer abgezogen. Damit hätte er immer noch fünfzehntausend Mann zu seiner Verfügung, und sie kontrollieren noch immer den Flussübergang.*

Es sei denn, man konnte mehr als die Hälfte von ihnen über den Gunnar locken. Mit dem Fort der Königsklingen in Sicht würde Sadik nicht widerstehen können. Er würde sie hart treffen wollen, nur ein paar tausend Mann zurücklassen, um seine Stellung auf der andithyrischen Seite zu sichern. Aber sobald er die Banner der Königsklingen auf eben dieser Seite entdeckte, wäre er gezwungen, sein Heer aufzuteilen und die hinteren Reihen angreifbar zu machen. Sadik würde nicht lange fackeln in der Annahme, dass Rig unmöglich zwei Fronten gleichzeitig aufmachen konnte. Niemals erwarten würde er einen Angriff von hinten, der seine Männer zwischen den anrückenden Königsklingen und dem Fort in die Zange nehmen würde. Zwischen achttausend Mann und einer Wand aus Feuer.

»General!« Kommandant Wright, der auf der Brustwehr stand, klang dringlich.

Bewegungen zwischen den Bäumen, umherhuschende Schatten, geisterhafte Schemen hinter dem Vorhang aus Rauch. Ein

Pferd wieherte panisch auf. Rig verließ den Turm und stieg wieder hinauf auf den Wehrgang. Jenseits der Feuerwand war oridianische Kavallerie zu erkennen, die einen Weg um die Flammen herum suchte. Es war ihr erster guter Blick auf den Feind, seit sie die Umgebung in Brand gesetzt hatten, und Rig verlor keine Zeit. Er legte einen Pfeil ein und holte einen der berittenen Gegner vom Pferd.

Schon bohrte sich von irgendwoher ein zweites Geschoss in einen der geisterhaften Reiter. Die braunäugige Bogenschützin erschien neben ihm und nahm bereits wieder Ziel. Auch an seiner anderen Seite tauchten Fernkämpfer auf, und ein Stück weiter zog auch Kommandant Wright seinen Bogen. Überall um ihn herum wagten sich nun Königsklingen und Onnani aus der Deckung, um den Feind dafür zu bestrafen, dass er sich so nah ans Fort herangewagt hatte. Aus der Ferne vernahm er Waffengeklirr, nachdem sein Süd-Bataillon dem Feind in den Rücken gefallen war. Im Norden, das wusste er, leitete ein zweites Bataillon ein Kneifzangenmanöver ein, angeführt von Morris selbst. Von zwei Seiten bedrängt, zwischen Fluss, Feuer und Fort eingekesselt, hatten die Oridianer somit keine Ausweichmöglichkeit mehr.

So viele Unbekannte, so viele Risiken. Und doch hatten sie es geschafft. Zum ersten Mal in diesem götterverdammten Krieg hatten sie alles richtig gemacht.

Rig machte einen tiefen, zufriedenen Atemzug. Nie hatte Rauch so köstlich gerochen, waren Flammen ein so willkommener Anblick gewesen. Der Schmerz in seinen Armen und Fingern war vergessen und wurde ersetzt durch das subtile Vibrieren des Blutpakts zwischen Waffe und ihrem Besitzer, als er den nächsten Feind ins Ziel nahm.

Für Raynesford, Sadik, du Hurensohn.

Als Rig zu dem Schluss kam, dass das Fort außer Gefahr war, überließ er Wright das Kommando und ließ sich sein Pferd bringen. Zu diesem Zeitpunkt waren nur noch eine Handvoll Gegner von der Palisade aus zu sehen, und sie bezahlten teuer dafür. Alle anderen waren entweder gefallen oder geflohen. Leichen übersäten den Waldboden, verkohlt oder blutig oder beides. Einige hatten es sogar durch die Flammenwand geschafft, nur um in die im Graben errichtete Falle aus angespitzten Pflöcken hineinzustolpern. Durch den Rauch waren ihre verkrümmten Körper kaum von den Pfählen zu unterscheiden, die ihnen den Garaus gemacht hatten.

Sorgsam suchte sich Rig einen Weg durch die Wälder; die nackte Klinge seines Blutschwerts glitzerte im gelegentlichen Licht, das durch die Bäume fiel. Seine Ritter flankierten ihn, achteten auf jeden Schatten und auf jedes Anzeichen von Gefahr. Auf dem blindwütigen Höhepunkt einer Schlacht konnte selbst ein Freund zum Feind werden. Doch es war niemand zu sehen, weder Freund noch Feind, zumindest nicht lebend. Hier und da zog ein Rascheln im Unterholz oder das Klirren von Metall ihre Aufmerksamkeit auf sich, doch diese vereinzelten Gefechte, diese kleinen Dramen konnten Rig nicht mehr ablenken. Stattdessen folgte er dem entfernten Stakkato von hunderten Waffen, die aufeinander einschlugen. Es wurde ihnen aus Richtung Süden vom Wind und Rauch herangetragen. Die Schlacht um den Flussübergang war noch in vollem Gang, wenngleich sie nicht mehr lange dauern konnte. Mit dem Eindringen der Königsklingen aus dem Westen, die dem Feind den Rückzug abschnitten, war Rig im Vorteil. Vielleicht gewann er auf diese Weise nicht die Kontrolle über die Furt zurück, aber verlieren würde er sie auch nicht.

Er bog auf den Pfad ein, der parallel zum Ufer verlief, und zwang Alger in den Galopp. Schon bald stießen sie auf fliehende

Oridianer, die versuchten, über den Fluss oder stromaufwärts zu ihren Kameraden zu gelangen. Rig machte jeden nieder, der dumm genug war, sich ihm in den Weg zu stellen.

Die Furt lag nun direkt vor ihnen, und schon an der Geräuschkulisse konnte Rig erkennen, dass sie gewonnen hatten; das dunkle Hornsignal trieb die Königsklingen vorwärts, während schrille Trompetenstöße anzeigten, dass der Feind sich zurückzog. *Verdammt gute Arbeit, Morris.* Rig wich nach Norden aus und ritt auf die hinteren Linien der Königsklingen zu, während er mit Blicken nach der weißen Standarte suchte.

Als er sie endlich entdeckte, verwandelten sich seine Innereien in Blei.

Das Banner stand weit hinter der letzten Linie und wurde schwer bewacht. Morris führte seine Truppen nie von der letzten Linie aus an. Rig gab seinem Schlachtross die Sporen.

»Habt Euch aber ganz schön Zeit gelassen«, ächzte Morris, als Rig sich durch den Ring aus Rittern bis zu ihm vorgeschoben hatte. Sein Adjutant lag auf dem Rücken, bleich wie der Tod, die Hände über dem Bauch gefaltet. Rig sah nicht auf seine schwere Verletzung, und das musste er auch nicht.

»Lustig, wollte gerade dasselbe sagen.« In Rigs Ohren tönten seine eigenen Worte seltsam dünn. *Nicht sehr respekteinflößend, diese Stimme*, dachte er zerstreut. *Seltsam, wie einem in solchen Momenten die absurdesten Dinge in den Sinn kommen …*

Er kniete sich neben seinen Adjutanten. Unter Mühen hob Morris den Oberkörper ein wenig vom Boden, betrachtete die Wunde. »Speer«, sagte er und lehnte sich mit schmerzverzogenem Gesicht wieder zurück. »Natürlich mit Widerhaken, diese verdammten Wilden. Sollte vermutlich dankbar sein, dass er nicht auch noch vergiftet war.«

Rig räusperte sich, wollte etwas sagen, verstummte wieder.

»Tja«, meinte Morris, »dieser Tag wird ganz sicher in die Geschichte eingehen. Der Tag, an dem es Riggard Black die Sprache verschlug.«

Rig lachte – ein fremd und erstickt klingendes Geräusch. »Nun ja, ich bin ziemlich erledigt. Jemand musste den Gegner ja auf Trab halten, während Ihr hier ewig rumgemurkst habt.«

»Tut mir leid, General. Da wird meine Ansprache wohl ein wenig zu lang ausge…« Er zog scharf die Luft ein und schloss die Augen.

Rig sah sich über die Schulter. Die letzten Reihen hatten sich inzwischen sogar noch weiter entfernt. Auf der anderen Seite des Flusses wurde noch immer zum Rückzug geblasen.

»Wie's scheint, schulde ich Euch ein hübsches Sümmchen Gold«, presste Morris hervor.

»Verdammt richtig, also denkt nicht mal daran zu sterben, bevor Ihr Eure Schulden bezahlt habt.« Immer noch vermied Rig es, in Richtung der Wunde zu blicken. Stattdessen betrachtete er die Rüstung, die man Morris abgenommen und beiseite gelegt hatte, aber das war auch nicht besser, denn sie erzählte die ganze Geschichte gleichermaßen. Der Speer hatte ihn zwischen Brustplatte und Hüftschutz erwischt und den Kürass durchbohrt. Dann war er, wie es schien, wieder herausgezogen worden und musste dabei Morris' Eingeweide zerfetzt haben. Es war ein Wunder, dass er überhaupt noch lebte.

Sein Adjutant musste ihm die Verwunderung angesehen haben, denn nun sagte er: »Bald hab ich's überstanden, denke ich, aber zuvor müsst Ihr mir noch genau zuhören.«

Rig riss sich von der zerstörten Rüstung los und zwang sich, stattdessen dem zerstörten Mann zuzuhören.

»Ihr habt ihn heute gekriegt, General …«

»Wir haben ihn gekriegt.«

Ungeduldig verzog Morris das Gesicht. »Würdet Ihr bitte ruhig sein und mich zu Ende reden lassen? Er wird Euch beim nächsten Mal umso stärker zusetzen wollen, das wisst Ihr. Aber was Ihr heute hier geleistet habt, wird diese Armee stärker denn je daraus hervorgehen lassen. Macht Euch dies zunutze. Ihr könnt …« Er verstummte und verschluckte, was immer er noch hatte sagen wollen.

Mit schmerzhaft zusammengepressten Zähnen ergriff Rig seine Hand. »Genug jetzt, ruht Euch etwas aus.«

Morris' Körper entspannte sich ein wenig. Er schluckte hart, wieder und wieder, während sein Blick über den Himmel ruckte, als suche er dort etwas. Noch einmal versuchte er zu sprechen, brachte jedoch nur mehr ein Husten zustande.

Er starb mit der Hand im zitternden Griff seines Generals, dem einmal mehr kein einziges verdammtes Wort einfiel.

»Er war ein guter Mann«, sagte Kommandant Wright, wie es sich gehörte. Rig murmelte zustimmend, wie man es von ihm erwartete. In Gedanken war er längst woanders, versuchte sich auf das einzustimmen, was als Nächstes kam, und grübelte darüber nach, wie lange der Kriegsherr wohl brauchte, um seine Truppen neu zusammenzustellen. Er wünschte, Morris wäre hier.

In nur einem Zug hatte er ein Glas Wein heruntergestürzt und auf das Wohl des besten Mannes getrunken, den er in seinen Reihen gehabt hatte.

»Er war schon sehr lange bei Euch, oder?«, fragte Wright, und Vel neben ihm krümmte sich innerlich. Sie kannte Rig schon gut genug, um zu wissen, dass er nicht mehr weiter darüber sprechen wollte.

Also versuchte sie, das Thema zu wechseln. »Wie lange wird es dauern, das Fort instand zu setzen?«

»Wochen.« Rig füllte seinen Becher erneut. »Aber die gute Nachricht ist, dass auch Sadik seine Zeit brauchen wird, um sich neu zu formieren. Er hat heute viele Männer verloren.«

»Irgendeine Nachricht von Geist?« Als Rig den Onnani-Kommandanten erstaunt ansah, zuckte der nur die Achseln. »Hab von dem Ablenkungsmanöver gehört, das der Widerstand plante. Das halbe Fort schien davon gewusst zu haben. Und so war es wohl auch gewollt, wie es den Anschein hatte.«

Rig mochte dem nicht widersprechen. »Ich erhielt Nachricht von ihnen, ja. Sie verloren ein paar Leute bei dem Angriff auf die Kornspeicher, aber die Lockvögel sind unbeschadet davongekommen. Sind in die Felder verschwunden, als sich Sadiks Männer in ihre Richtung aufmachten.« Der Gedanke, dass der Feind auf einen Haufen Bauern in zusammengestückelten Rüstungen zumarschiert war, nur um Zeuge zu werden, wie sie Pusteblumen gleich in alle Richtungen davonstoben, reichte, um Rig ein kleines Lächeln ins Gesicht zu zaubern.

Wright hingegen wirkte einigermaßen verwirrt. »Aber ich dachte, der Angriff auf die Kornspeicher *war* die Finte?«

»Ja, das wollte er uns glauben machen«, erwiderte Vel, wobei sie aussah, als sei sie zwischen Stolz und Groll hin- und hergerissen. Auch ihr hatte Rig nicht die ganze Wahrheit gesagt. Und er wusste, er würde das später noch bereuen.

»Es *war* eine Finte«, sagte Rig, »aber eben nicht die einzige. Es gab auch noch eine Einheit an Widerstandskämpfern, die unter dem Banner der Königsklingen auf andithyrischer Seite aufmarschierten. Aus der Ferne ein überzeugender Anblick. Sadik musste also annehmen, dass ich irgendwo flussabwärts ein Bataillon über den Gunnar geschmuggelt hatte. Und ganz nach Sadik-Manier hat er dann zweimal so viele Männer ausgesandt, um es zu vernichten.«

»Ihr habt die Information über die Kornspeicher absichtlich durchsickern lassen«, sagte Vel. »Das machte die falschen Königsklingen umso überzeugender, als Sadik sich nun ganz auf sie konzentrieren und von dem abwenden würde, von dem Ihr ihn ablenken wolltet. Und Ihr habt auch die genaue Lage des Forts durchsickern lassen. Habt einkalkuliert, dass der Vogel mit der Nachricht vom Himmel geholt würde. All die ganzen Vorbereitungen – uns habt Ihr erzählt, die würden nur für den Fall der Fälle getroffen. Aber das stimmte nicht. Ihr habt ihn von Anfang an erwartet. Habt von Anfang an gewollt, dass er kommt.«

»Köder und Finten und Fallen.« Wright schüttelte den Kopf. »Was für ein ausgefuchster Plan, General.«

Es war nicht als Kompliment gemeint, das wusste Rig. Wright mochte es an Erfahrung fehlen, aber man musste kein Kriegsveteran sein, um zu wissen, dass, je komplizierter ein Plan war, er umso leichter scheitern konnte. »Es gab viele Teile in diesem Spiel«, gab er zu, »aber ich sah keine andere Lösung. Wie Ihr vielleicht inzwischen begriffen habt, habe ich einen Spion in meinen Reihen. Und das habe ich zu meinem Vorteil genutzt.«

»Ja, es ist offensichtlich, dass es hier einen Spion gibt«, sagte Wright. »Die Frage ist nur, was unternehmen wir dagegen?«

Rig bemerkte sehr wohl, dass er »wir« sagte. »In diesem Fort sind zweitausend Mann stationiert, und weitere siebentausend tun Dienst in der Umgebung. Da einen einzelnen Verräter zu ermitteln – vorausgesetzt, es ist nur einer –, scheint mir ein Ding der Unmöglichkeit zu sein.«

»Ist es?« Gedankenverloren rieb sich Wright über sein bartloses Kinn. »Nun, der Spion muss die Möglichkeit haben, mit Sadik zu kommunizieren. Da bleiben nicht viele Wege. Was, wenn wir noch einmal die eine oder andere verlockende Information unter die Leute bringen würden – zum Beispiel über den Widerstand –, und dann den Fluss und den Himmel auf verdächtige Aktivitäten hin beobachten würden?«

Rig schüttelte den Kopf. »Nach dem, was heute geschehen ist, wird der Spion wissen, dass wir ihm draufgekommen sind. Wenn er nicht ganz dumm ist, wird er für eine Weile die Füße still halten. Im Moment können wir also nichts tun, als damit zu leben.«

»Nicht sehr tröstlich«, sagte Wright.

»Das ist noch freundlich ausgedrückt.« Tatsächlich belastete ihn dieser Zustand, wog schwer wie ein zusätzlicher Stein auf seinen ohnehin beladenen Schultern.

Seufzend sagte Wright: »Immerhin wissen wir jetzt, dass der Widerstand eine Kraft ist, auf die wir uns verlassen können. Hätte nicht gedacht, dass sie so zahlreich sind, um gleich zwei separate Ablenkungsmanöver durchzuführen. Sehr ermutigend.«

Rig hätte seine Zuversicht dämpfen und ihm erzählen können, dass weniger als die Hälfte der bannerschwenkenden »Königsklingen« vollwertige Mitglieder des Widerstands gewesen waren –, doch es erschien ihm klüger, diese Information bis auf Weiteres für sich zu behalten. Stattdessen hob er nur die Schultern und sagte: »Ja, wie's scheint, haben die Weißhaarigen doch noch Eier in der Hose.« So viel zumindest konnte er in Destans Namen zugeben.

Nachdem Wright gegangen war, goss sich Vel großzügig von dem Wein nach. Es war das erste Mal, dass sie nach der Schlacht allein waren, und Rig machte sich auf ein Donnerwetter gefasst.

Das auch prompt folgte.

»Du hast mich angelogen. Mir frech ins Gesicht gelogen. Wirst du mich nun wieder anlügen und mir versichern, dass du mich nicht für den Spion hältst?«

»Ich glaube nicht, dass du der Spion bist.«

Sie zog eine Schnute und leerte ihren Becher. »Aber du hast es in Erwägung gezogen, sonst hättest du mir ja die Wahrheit erzählt.«

»Nein, hätte ich nicht.« Er packte sie an den Schultern und drehte sie zu sich um. Nicht das riskanteste Manöver heute, aber auch nicht ungefährlich. Glücklicherweise beschränkte sie sich darauf, ihm nur einen stummen Blick zuzuwerfen. Einen vielversprechenden stummen Blick, wie er zugeben musste. Fast hätte er das auch gesagt, doch sie war nicht in der Stimmung für Flachsereien, und ausnahmsweise war er es auch nicht. Davon abgesehen würde ein besserer Moment nicht mehr kommen, also konnte er es auch gleich hinter sich bringen. »Was immer das auch zwischen uns sein mag, Vel«, begann er, »ändert es nichts an der Tatsache, dass ich der Generalkommandant der Königsklingen bin. Ich trage Verantwortung und das beinhaltet auch die Geheimhaltung. Das mag sich nach dem Krieg ändern, oder auch nicht. Und wenn du das nicht akzeptieren kannst, verstehe ich das.« Den Rest ließ er unausgesprochen.

Vel wandte sich von ihm ab, umfasste ihren Becher mit beiden Händen. »Hast du auch nur die geringste Ahnung, wie es ist, sich hinter Mauern zu verstecken und auf das Ende der Welt zu warten?«

Die hatte er – diese unschöne Erfahrung hatte er während der Belagerung von Erroman machen müssen. Aber das war nicht die Antwort, die sie hören wollte, also hielt er den Mund.

»So machtlos zu sein, während du da draußen bist …«

»Du bist nicht machtlos. Du hast deinen Teil geleistet. Du hast uns den Kontakt zu Geist hergestellt. Ohne dich hätte nichts von dem, was heute geschehen ist, in die Tat umgesetzt werden können.«

Sie lachte bitter auf. »Du bist ein Narr, Riggard Black, weißt du das?«

»Der Gedanke kam mir auch schon mal.«

»Du denkst, hier geht's um meinen Stolz?« Sie wandte sich wieder zu ihm um, die dunklen Augen brannten. »Ja, ich wollte meinen Beitrag leisten, mich nach Kräften dem Kampf anschließen. Aber meinst du, all das kümmert mich heute noch? Glaubst du wirklich, dass ich, wenn ich in diesem Raum, wenn ich auf deinem Bett sitze, an etwas anderes denken kann als …« Sie brach ab, schlang die Arme um sich, als schütze sie sich vor einem schneidenden Wind.

Rig schwieg. Sie gestand ihm gerade etwas Wichtiges, vielleicht mehr, als sie eigentlich wollte. Ihre Worte standen im Raum wie ein Geschenk. Doch Rig war nicht bereit, es entgegenzunehmen. Noch nicht. War noch nicht bereit für das, was es nach sich ziehen mochte. Schon vor dem Krieg, als er einzig seinem Bannerhaus verpflichtet war, wäre das alles mehr als kompliziert gewesen. Doch jetzt …

Sie las die Antwort in seinem Gesicht und wandte sich wieder ab.

Eine Welle von Erschöpfung schlug über ihm zusammen. Erschöpfung und noch etwas anderes – eine Art Verlust. Und er wusste, eines Tages würde er sich diesem Verlust stellen müssen. Aber der Schmerz, der damit einherging, war mehr, als er hier und jetzt ertragen konnte. Und obwohl ihm klar war, wie egoistisch das war, konnte er nicht anders: Er schlang seine Arme um sie, zog sie an sich und küsste ihre Halsbeuge. Sog ihren Duft ein, lauschte ihrem langsamen, schweren Atmen. Es war wie eine Zuflucht, wenn auch nur eine vorübergehende. Es war Frieden.

Nach einer Weile entspannte sie sich; ihre Hände glitten über seine Arme, hielten ihn ganz, ganz fest.

»Danke«, flüsterte er und fragte sich im gleichen Moment, ob sie verstand, was er meinte.

Eine lange Pause entstand. Dann sagte sie leise: »Wie geht es nun weiter?«

Rigs Blick ging zu dem Kaminfeuer, zu den tanzenden unergründlichen Schatten, das es an die Wände warf. »Ich weiß es nicht«, sagte er und vergrub sein Gesicht in ihrem Haar.

35. KAPITEL

Alix zog die Zügel so abrupt an, dass ihr Pferd ein Stück nach hinten ausbrach und protestierend wieherte. Sie wartete nicht einmal darauf, dass das Tier ganz zum Stehen kam, rutschte aus dem Sattel und warf sich in die Arme ihres Mannes.

»Allie. Farika sei Dank, du bist sicher zurückgekehrt.« Er musste von dem Vorfall bei den Bergmenschen erfahren haben; so viel konnte Alix heraushören, und es zeigte sich auch daran, dass er sie so fest an sich drückte, dass es sogar durch die Rüstung hindurch schmerzte.

In Liams Armen fiel es ihr schwer, ihre Tränen zurückzuhalten. Doch wieder einmal waren sie von Menschen umgeben, und so musste sie sich – wieder einmal – zusammenreißen. Sie unterdrückte alles – den Kummer, die Furcht, die Wellen der Erleichterung –, obwohl es sie förmlich zerriss.

Liam sah sie von oben bis unten an, suchte nach möglichen Blessuren. »Alles in Ordnung mit dir?«

»Ja, mir geht's gut, aber …« Sie blickte sich über die Schulter; hinter ihr stand Erik in gebotenem Abstand und wartete. *Nicht jetzt, du Närrin*, schalt sie sich in Gedanken, *nicht ausgerechnet jetzt.*

»Euer Majestät«, sagte Liam. »Ich hoffe, Ihr vergebt uns den Protokollverstoß.«

»Ausnahmsweise.« Erik trat auf seinen Bruder zu, doch ein Knurren ließ ihn innehalten. Leicht erstaunt blickte er zu Boden und stellte fest, dass Rudi sich mit gebleckten Zähnen zwischen ihn und Liam geschoben hatte. »Was soll das? Ich dachte, wir wären Freunde?«

Peinlich berührt packte Liam den Hund am Halsband und zog ihn zurück. »Tut mir leid, ich weiß nicht, was in ihn gefahren ist. Es braucht wohl nur ein paar Wochen, damit er Euch vergisst. Er ist eine Kampfmaschine, dieser Hund.« Er warf Alix einen Blick zu. »Ähm, könntest du …«

Sie zögerte, rechnete damit, dass Rudi auch nach ihr schnappen würde, doch der Wolfshund ließ sich ohne Protest an ihre Seite ziehen und setzte sich sogar brav hin.

»An Euch scheint er sich hingegen nur zu gut zu erinnern«, bemerkte Erik trocken.

»Gut, Euch zu sehen«, sagte Liam und umarmte seinen Bruder. »Als ich erfuhr, was geschehen ist …«

»Es ist vorbei. Wir sind wieder zu Hause.«

»Ja, und gerade rechtzeitig.« Liam grinste. »Zwei ganze Wochen bin ich jetzt hier zuständig und dabei kurz vorm Verrücktwerden. Du kannst von Glück sagen, den Palast nicht bis auf die Grundmauern abgebrannt vorgefunden zu haben, während ich halbnackt und irgendwas von Bankettspeisefolgen brabbelnd durch die Gegend irre.«

Erik lachte, doch es klang irgendwie angestrengt in Alix' Ohren. »Was soll das heißen, Ihr wart hier *zuständig*, Bruder?«

»Das habe ich veranlasst, Eure Majestät.« Albern Highmount kam die Stufen der Festung herunter und verbeugte sich leicht vor dem König. »Ich hielt es für das Beste, das Haus White so schnell wie möglich wieder in die Regierungsverantwortung zu bringen.«

»Ach, hieltet Ihr das? Wodurch ein Wechsel auf den anderen folgt? Nun, auf diese Weise wird man eine stabile Amtsführung gewiss gewährleisten …« Kopfschüttelnd ging Erik an seinem Ersten Berater vorbei und stieg die Treppe zur Burg hinauf.

Liam hob die Augenbrauen, während er zusah, wie sein Bruder durch die Palasttüren entschwand. »Donnerwetter, da ist aber jemand ziemlich empfindlich heute.«

Alix schürzte die Lippen, aber es war nicht der rechte Augenblick. Was sie über Eriks Stimmungswandel zu sagen hatte, war nicht für fremde Ohren bestimmt. Davon abgesehen hatte Liam gerade Kerta entdeckt und machte sich schon über den Burghof auf den Weg, um sie zu begrüßen.

Highmount starrte noch immer in die Richtung, in die Erik verschwunden war. Dann setzte er wieder seine altbekannte ausdrucklose Miene auf, doch Alix wusste, dass er an dem Vorfall zu kauen haben würde. Vor noch nicht allzu langer Zeit hätte es sie nicht gestört, wenn er öffentlich getadelt worden wäre, aber nicht in diesem Fall. Und vor allem nicht auf diese Weise. *Ob ich es ihm sagen soll?* Sie beschloss, erst mit Liam darüber zu sprechen.

Als er bemerkte, wie sie ihn ansah, wandte sich Highmount zu ihr um. »Ich bin erfreut, Euch bei guter Gesundheit anzutreffen, Eure Hoheit. Wir waren alle über die Maßen erschrocken, als wir erfuhren, was in den Zerklüfteten Bergen geschehen ist.«

»Ich danke Euch, Kanzler.«

»Und unsere Neuigkeiten? Haben Sie Euch auf Eurer Rückreise denn erreicht?«

Alix legte den Kopf schief. »Ich glaube nicht. Von welchen Neuigkeiten sprecht Ihr?«

»Varad wurde ermordet.«

Ächzend stieß Alix die Luft aus. Mit offenem Mund stand sie eine gefühlte Ewigkeit da, bevor sie sich wieder in den Griff bekam. *Das ist Saxons Werk! Er hat es tatsächlich getan!*

»Ihr habt ihr gerade von Varad erzählt, nicht?« Liam war wieder an ihrer Seite erschienen und klang seltsam besorgt.

»Wann?«, stieß sie atemlos hervor.

»Vor einer Woche«, sagte Highmount. »Im Tempel der Heiligen Quelle. Einer der Mönche hat es getan, ist das zu glauben?« Wie schon Liam sprach auch er mit gedämpfter Stimme, und als er zur Tür des Palasts blickte, tat er das mit einem Ausdruck von Sorge im Gesicht. »Seine Majestät wird nicht erfreut sein.«

Ungläubig lachte Alix auf. »Weshalb um der Neun Domänen willen denn nicht? Wir haben einen weiteren Trion erledigt. Das ist doch ein empfindlicher Schlag gegen den Feind.«

»*Wir*, Eure Hoheit?« Highmount hob seine buschigen grauen Augenbrauen.

»Ich meine … Ich nahm an, einer unserer Verbündeten …« Alix schluckte, wandte den Blick ab. »Wie auch immer, wir sind doch diejenigen, die davon profitieren.«

»Ich sehe nicht inwiefern. Varad war der schwächste der Trions und hat sich nie wirklich mit diesem Expansionskurs der anderen anfreunden können. Und das schon, bevor er kränklich wurde. Durch seinen Tod haben wir nichts gewonnen. Auf der anderen Seite hat diese Tat dem Trionat einen weiteren Grund für etwaige Aggressionen geliefert. Man muss bedenken, dass die oridianische Öffentlichkeit und sogar einige hochrangige Berater die Führung zuletzt dazu gedrängt hatten, den Krieg zu beenden. Nun aber gelüstet es sie wieder nach unserem Blut, weil natürlich jedermann annimmt, dass Alden hinter dem Anschlag steckt.«

»Dumme Sache, was?«, meinte Liam. »Der alte Mann wird ermordet, und alle Welt schiebt uns die Schuld in die Schuhe.«

»Als ob wir uns auf dieses Niveau begeben würden.« Empört schüttelte Highmount seinen Kopf. »Einen *König* ermorden! So etwas tut man einfach nicht!«

»Nun ja«, sagte Alix. »In Kriegszeiten jedoch ...«

»In diesem Fall könnte man mich vielleicht umstimmen, Eure Hoheit, aber es geht nicht nur um die moralische Seite dieser Angelegenheit. Ein Staatsoberhaupt aus dem Spiel zu nehmen ist immer unklug, weil man nie weiß, was darauf folgt, ob der Feind daraus nun geschwächt oder gestärkt hervorgeht und so weiter. Und in diesem Fall – wen wundert es – sind sich die Oridianer einig wie selten zuvor. In ihren Augen ist Varad ein lebendiger Gott, eine himmlische Seele im Körper eines Sterblichen. Ihn zu töten, das war nicht einfach nur Mord, sondern Blasphemie. In den Augen der Oridianer haben wir damit bewiesen, dass wir tatsächlich die Heiden sind, für die Madan uns immer gehalten hat und die es um jeden Preis zu zivilisieren gilt. Hat der Tod des Priesters noch ihre Entschlossenheit erschüttert, so hat der Tod des Königs sie wieder vollends in dieser Ansicht bestärkt.« Noch immer kopfschüttelnd erklomm Highmount die Stufen zum Palast.

»Allie, alles in Ordnung?« Liam berührte sie am Arm. »Du siehst elend aus, Liebes.«

»Ich ...« *Bei den Göttern, was hab ich getan ...* Sie presste eine Hand auf die Magengegend, versuchte, ihre Atmung zu kontrollieren. »Ja, alles bestens, es ist nur ... der Schock, sonst nichts.«

»Wem sagst du das. In dem einen Moment sah es so aus, als könnte dieser Alptraum schon bald enden, doch dann ... Und zu allem Überfluss war ich auch noch derjenige, der zufällig im Amt war, als sich diese Katastrophe ereignete.«

»Oh Götter ...« Alix beugte sich vor und war darauf gefasst, sich jeden Moment zu übergeben.

»Ach herrje. Komm doch, Liebes. Wir reden drinnen weiter.« Liam nahm sie bei den Schultern, warf nervöse Blicke in den Burghof.

Er hat Angst, dass du ihn in aller Öffentlichkeit unmöglich machst. Liam, an dem jede Form von Peinlichkeit stets wirkungslos abgeprallt war. Ihr Ehemann, der mögliche politische Verwicklungen nicht mal dann erkannte, wenn sie ihm auf die Füße fielen. *Gesegnete Farika, die Welt ist aus den Fugen.*

Widerstandslos ließ sich Alix von ihm in den Palast geleiten.

Wie im Nebel kamen Menschen an ihnen vorbei, salutierten und verbeugten sich, lächelten ihnen zu. Liam führte sie weiter, und seine Stimme klang seltsam entfernt, als er den Gratulanten gegenüber Höflichkeiten und Entschuldigungen aussprach. Alix folgte ihm wie betäubt. Erst als Liam den Riegel ihrer Tür vorschob, kam sie wieder zu sich und blinzelte, als wäre sie gerade aus einem schlechten Traum erwacht. »Liam …«

Er verschloss ihren Mund mit einem Kuss, der in seiner Dringlichkeit fast verzweifelt anmutete. Alix wurde schwach in seinen Armen. *Ich bin zu Hause.* Für einen Moment verdrängte dieses Gefühl jeden anderen Gedanken, und sie ließ sich nur zu gern in den Kokon von Liams Liebe sinken – wo es weich und warm und sicher war. Dann zog er sich zurück, und die Sorge in seinem Blick holte sie wieder in die Realität zurück.

Sie schluckte. »Du hast gehört, was in Harram geschehen ist?«, fragte sie.

Er nickte. »Und du? Hast du gehört …?« Er senkte den Blick.

Sie fuhr mit den Fingern durch sein widerspenstiges Haar. »Es war nicht deine Schuld.«

»Auf eine Art weiß ich das.« Er seufzte. »Man sollte meinen, dass einem das irgendwie hilft, oder?«

»Gib der Sache Zeit. Noch ist die Erinnerung zu frisch …«

»Siehst du, und deswegen brauche ich dich an meiner Seite.« Er zog sie wieder an sich. »Du weißt immer, was zu sagen ist.«

»Ich wollte dir einen Brief schreiben …« Ein Schmerz bahnte sich einen Weg durch ihre Brust, schnitt ihr das Wort ab. »Du hast mir stets berichtet in deinen Briefen …«

»Was?«

Ihre Augen füllten sich mit Tränen. »Den ersten, den du mir noch persönlich gegeben hast … ich hab nie … hab ihn verloren.« Schließlich brach sie doch zusammen und das Schluchzen riss sich von ihr los wie ein Gewächs, das mitsamt seiner Wurzeln aus den Boden gerupft wurde und nur ein gähnendes Loch zurückließ.

Liam verstärkte seinen Griff um sie. »Aber was ist denn nur los, Liebes? Alles wird gut. Es war doch nur ein Brief …«

Natürlich war es nur ein Brief, aber es war *sein* Brief. Seine zu Papier gebrachte Liebe, die ihr auf allen Wegen Trost und Kraft hatte spenden sollen. Die Vorstellung, dass der Brief nun irgendwo dort draußen unter Schnee begraben war, verloren und verlassen … Das Ganze erschien ihr in diesem Moment als eine solche Tragödie, als ein solch schwerer Verlust, dass sie es kaum ertragen konnte. Es war der Tropfen, der das Fass zum Überlaufen brachte. Und so weinte sie bitterlich, während Liam sie sacht in seinen Armen wiegte und ihr Zärtlichkeiten ins Ohr flüsterte und zweifellos denken musste, dass sie nun völlig verrückt geworden war.

Später dann, als sie zusammengerollt auf einem ausladenden Polstersessel lag, eine Tasse Tee in der Hand und Rudi zu ihren Füßen, da machte sich Liam daran, nach dem Grund für ihren Zustand zu forschen.

»Was ist da draußen geschehen, Allie?«

»So viel«, flüsterte sie, während sie auf die sich kräuselnde Oberfläche ihres Tees starrte.

Er wartete darauf, dass sie fortfuhr, doch als das nicht geschah, sagte er: »Was war mit König Omaïd. Konnte Erik nicht zu ihm durchdringen?«

Seine Wortwahl reizte Alix fast zum Lachen – das zweifellos und unvermittelt in einen Heulkrampf übergegangen wäre. Sie blies in ihre Teetasse, versuchte sich zusammenzureißen. Seit Tagen hatte sie über diesen Moment nachgedacht, darüber, wie sie die Ängste, die zu haben sie sich selbst kaum gestattete, in Worte fassen sollte. »Erik hat einen Fehler begangen«, sagte sie. »Einige, um ehrlich zu sein, und jeder schlimmer als der andere. Am Ende hat Omaïd kaum noch mit ihm gesprochen. Ich war mir nicht mal mehr sicher, ob er uns persönlich verabschieden würde, als wir nach Hause aufbrachen.«

»Du meine Güte. Was hat er denn bloß *gesagt*?«

»Er hat unter anderem gesagt, dass sich die Bergstämme seiner Meinung nach zusammenschließen und erheben sollten.«

Liams Kinnlade fiel herab.

»Allerdings gegen das Trionat, wie er später noch hinzufügte, aber das spielte keine Rolle mehr. Allein die Vorstellung, dass sich die Stämme, aus welchem Grund auch immer, zusammenrotten könnten, ist in Ost nun mal tabu. Dass Erik sich öffentlich dafür aussprach, sie dazu auch noch zu ermutigen, war mehr, als Omaïd ertragen konnte.«

»Nun ja … *natürlich* war es das! Selbst ich hätte mir das denken können, und ich bin der Mann, der fast die Hälfte des onnanischen Volks vor den Kopf gestoßen hat. Was hat sich Erik nur dabei gedacht?«

Alix schlürfte ihren Tee. Erst einmal ausgesprochen, konnte sie das Gesagte niemals wieder zurücknehmen. Aber sie musste es jemandem erzählen, und Liam vertraute sie mehr als jedem anderen auf der Welt. Doch als sie schließlich sprach, bebte ihre Stimme. »Etwas stimmt nicht mit ihm, Liam. Ganz und gar nicht. Ich glaube …« Sie schluckte. »Ich glaube, Erik steht kurz davor, dem Wahnsinn zu verfallen.«

Liam wich ein Stück vor ihr zurück. Eine Weile starrte er sie nur an, furchtsam und eindringlich gleichermaßen. Dann: »Allie …«

»Ich weiß, das ist ein schwerer Brocken …«

»Es ist Hochverrat, das ist es.« Seine Stimme, ohnehin nur mehr ein Flüstern, wurde noch leiser. »Warum sagst du so was?«

»Weil es das ist, was ich glaube.« Wieder füllten sich ihre Augen mit Tränen, aber sie behielt sich im Griff. »Du hast ihn doch im Burghof selbst erlebt. Und so ist er schon eine ganze Weile. Nicht nur launisch, sondern vollkommen rätselhaft und … fremd. Es fing in Harram an und ist seitdem immer schlimmer geworden. Es schien, dass er mehr und mehr die Selbstkontrolle verlor, je näher wir der Heimat kamen. Und als die Eskorte uns schließlich in Empfang nahm, hat er wirklich jeden angeblafft. Du hättest mal die Blicke der Soldaten sehen sollen, als sie uns schließlich wieder verließen. Als hätten sie ihn nicht mehr wiedererkannt. Und ich konnte es ihnen nicht verdenken, denn mir geht es ganz genauso.«

Liam ergriff sie an den Schultern. »Alix, Erik ist der wohl wachste Verstand, den ich je kennengelernt hab.« Mit fester Stimme unterstrich er diese Worte, schaute ihr dabei tief in die Augen, als wäre sie diejenige, die verrückt geworden war.

»Ich weiß, und ich kann mir gut vorstellen, wie sich das für dich anhören muss. Aber ich sage dir, ich kenne ihn besser als jeder andere, und irgendwas stimmt mit ihm nicht.«

»Nun gut, vielleicht fühlt er sich nicht wohl, oder vielleicht …« Liam erhob sich, fuhr sich mit der Hand durchs Haar. »Erinnerst du dich noch an den Raben? An seine Launen. Und an ihren Vater … unseren Vater … es hieß, er war am Ende geistig umnachtet. Vielleicht liegt es ja in der Familie?«

»Vielleicht, das ändert aber nichts an der Tatsache, dass er wie ausgewechselt ist.«

Liam ging zum Kamin und wieder zurück. Rudi gähnte nur, als habe er das schon öfter erlebt. »Und was machen wir jetzt?«

»Ich weiß es nicht. Ihn beobachten, schätze ich. Versuchen, ihm zu helfen.«

»Schön und gut, aber wie?«

»Ich *weiß* es nicht, Liam. Wir sollten … nur versuchen, für ihn da zu sein. Ihn wissen lassen, dass er nicht allein ist, was immer auch geschehen mag.«

Liam hielt inne, stieß langsam die Luft aus. Rudi erhob sich und ging zu ihm, wedelte mit dem Schwanz und rieb sich an seinem Herrchen. Gedankenverloren tätschelte Liam den Kopf des Tiers.

»Das ist neu«, sagte Alix mit einem schwachen Lächeln.

Aber Liam war nicht nach einem Themenwechsel zumute. »Wenn es so schlimm um ihn steht, wie du sagst, wird er die Neuigkeiten wegen Varad nicht sonderlich gut aufnehmen.«

Alix drohte wieder schlecht zu werden. Einen Moment lang hatte sie die Ermordung des Trions fast vergessen. Die Ermordung, die sie in Auftrag gegeben hatte. *Oh Alix, was hast du nur getan?* Sie sah Liam an, der besorgt die Stirn in Falten gelegt hatte. Sie konnte es nicht übers Herz bringen, ihn damit noch zusätzlich zu belasten. Noch nicht. Irgendwann würde sie es ihm sagen müssen, aber im Moment war dadurch nichts gewonnen. Zumindest für heute musste sie allein damit zurechtkommen. »Ich werde jetzt ein Bad nehmen«, sagte sie. »Und danach, wenn du nichts dagegen hast, werde ich mit Rudi einen Spaziergang unternehmen.«

Doch er hörte ihr kaum noch zu. »Ich denke, ich gehe Highmount suchen und schaue mal, ob ich was unterzeichnen muss oder so, jetzt, wo Erik wieder zurück ist …«

Alix führte die Tasse an ihre Lippen, aber der Tee war längst kalt geworden.

Wie erwartet fand sie Saxon im Rosengarten. Er besaß einen guten Instinkt; einer der Gründe, die ihn zu einem exzellenten Spion machten.

Rudi knurrte die unvertraute Person auf der Bank an, aber Alix legte ihm beruhigend eine Hand auf den Kopf. »Der berühmte Rudolf«, sagte Saxon mit seiner rauen Stimme, und seine Kapuze rutschte ihm noch tiefer ins Gesicht, als er sich hinabbeugte, um den Wolfshund zu betrachten. »Ziemlich groß.«

»Und ein wenig nervös, leider. Ich würde also an Eurer Stelle hastige Bewegungen vermeiden.«

»Mit Euch wird es nie langweilig, Lady Black. Wären nur alle meine Klienten so interessant.«

»Ich glaube, keine Zivilisation könnte überleben, gäbe es zu viele Klienten meines Schlags«, sagte sie matt und setzte sich neben ihn.

Saxon ließ das unkommentiert. Er starrte unverwandt geradeaus, wobei sein Gesicht wie immer unter der unvermeidlichen Kapuze verborgen blieb.

»Wie habt Ihr es gemacht?«

»Also wirklich, Lady Black, was für eine Frage. Überflüssig zu erwähnen, dass jeder eine Schwachstelle hat, und es ist nun mal das Geschäft eines guten Spionagenetzwerks, beizeiten eben solche Schwachstellen wie auch Personen in Schlüsselpositionen ausfindig zu machen. Sollte man jemals darauf zurückgreifen müssen.«

»Ich nehme an, es ist egal. Der Auftrag wurde erledigt, wenngleich ich es mittlerweile wohl bedaure, ihn erteilt zu haben.« Viel Bedauern lag indes nicht in ihrer Stimme, vielmehr klang sie fast apathisch. Es war so unfassbar trostlos. *Das ist wirklich das Schlimmste, was du je getan hast.* Wie sollte sie das Erik nur erklären? Wie konnte sie das *irgendjemandem* erklären?

Er wandte sich um und sah sie an, schwieg aber immer noch. *Ich sehe bestimmt genauso schrecklich aus, wie ich mich anhöre,* dachte Alix, *wenn er freiwillig darauf verzichtet, mir ein »Ich hab's Euch ja gleich gesagt« an den Kopf zu werfen.*

Sie beschloss, es an seiner Stelle zu tun. »Ihr habt mich gewarnt.« Sie schüttelte den Kopf, malte mit der Spitze ihres Stiefels Muster in den Kies. »Habt mir gesagt, es sei der falsche Weg, um einen Krieg zu beenden.«

»Ihr tut mir zu viel der Ehre an. Ich sagte, dass Kriege nur selten auf diese Weise enden – nicht, dass es nicht möglich ist oder sein soll. Ich konnte nicht wissen, welche Auswirkung Varads Tod auf den Kriegsverlauf haben würde.«

»Aber ich hätte es wissen können. Ich wusste, dass der König der schwächste der Trions ist. Ich wusste, es war der Priester, der das Trionat auf diesen Eroberungsfeldzug geschickt hat, und der Kriegsherr, der sich mit Freuden in den Kampf stürzte. Highmount hat recht, durch Varads Tod ist nicht viel gewonnen. Und natürlich würde seine Ermordung nur sein Volk gegen uns aufbringen.« All das hätte sie erkennen können, wenn sie nur einen Moment darüber nachgedacht hätte. Doch stattdessen hatte sie getan, was sie immer getan hatte: überstürzt gehandelt, sich von nichts als ihren Gefühlen leiten lassen anstatt von gesundem Menschenverstand. Sie war so wütend gewesen, so müde, hatte sich so unendlich machtlos gewähnt …

Eines Tages wird Euch Euer Leichtsinn teuer zu stehen kommen. Uns alle womöglich. Das waren Eriks Worte gewesen, gesprochen vor einer Ewigkeit. Schon damals hatte er gewusst, dass sie sich einmal zu einer solchen Handlung würde hinreißen lassen. Die Erinnerung verstärkte nur ihre Scham.

»Ich kann nicht sagen, was Ihr hättet wissen können oder nicht«, sagte Saxon. »Ich bin kein Diplomat, nur ein bescheidener Spion.«

»Aber ein sehr gründlicher, wie es scheint.«

Er schnaubte auf. »Wie ich mir dachte, scheinen Euch die Gerüchte noch nicht zu Ohren gekommen zu sein.«

»Welche Gerüchte?«

»Die Sache könnte sich als nicht ganz so effektiv erweisen, wie Ihr annehmt. Mein Netzwerk in Varadast hat Grund zu der Annahme, dass das Attentat fehlgeschlagen ist.«

Sie runzelte die Stirn. »Ich verstehe nicht.«

»Und ich auch nicht. Niemand kann bestätigen, ob an den Gerüchten was dran ist, aber es heißt, der Mönch sei von einem Mitglied der Roten Wache getötet worden, bevor er sein Werk beenden konnte.«

»Aber das ergibt doch keinen Sinn. Varad ist tot. Wenn es der Mönch nicht war …«

»Ich versuche immer noch herauszufinden, was genau geschehen ist. Varad war alt und krank. Vielleicht starb er an einem Herzanfall oder einem anderen Gebrechen. Vielleicht sah jemand die Gelegenheit für gekommen, der Öffentlichkeit gegenüber einfach zu behaupten, er sei ermordet worden.« Er zuckte die Achseln. »Ich weiß es ehrlich nicht. Noch nicht. Aber ich schwöre, ich werde alles in meiner Macht Stehende tun, um es herauszufinden.«

Alix nickte, aber in Wahrheit war es ihr gleich. Ob der Anschlag, für den sie bezahlt hatte, nun erfolgreich ausgeführt worden war oder nicht, Varad war tot, und Erik wurde dafür beschuldigt, also lief alles am Ende aufs selbe hinaus. *… das Schlimmste, was du je getan hast.* Sie musste es Erik erzählen. Und wie er in seinem gegenwärtigen Zustand darauf reagieren würde, mochte sie sich gar nicht ausmalen.

Als hätte Saxon ihre Gedanken gelesen, sagte er: »Und da gibt es noch was, was Ihr erfahren solltet. Ein weiteres Gerücht.«

»Fahrt fort.«

»Eure Ankunft ist gerade mal zwei Stunden her, und schon erzählt man sich allenthalben, dass Seine Majestät … unpässlich sei. Dass das Martyrium in den Zerklüfteten Bergen seinen Nerven übel mitgespielt habe.«

Alix' Muskeln spannten sich an, und zu ihren Füßen wurde Rudi unruhig, als spüre er ihre Nervosität. »Der König ist unpässlich, das stimmt«, sagte sie in wohlgesetzten Worten. »Ein Fieber, wie es viele von uns ereilte. Ich erkrankte selbst daran, und es war eine ernste Sache. Es … beeinträchtigt die Gefühlslage. Macht einen reizbar und nervös. Aber es wird vorübergehen.«

Der Spion dachte darüber nach. »Was Ihr mir gerade erzählt habt – ist das etwas, von dem Ihr wünscht, dass es sich herumspricht?«

Alix schützte Gleichgültigkeit vor. »Macht es, wie Ihr denkt. So wichtig ist es nun auch nicht.«

Er sah in ihre Richtung, schaute aber weg, bevor sich ihre Blicke treffen konnten. So konnte sie nicht sagen, ob er ihr glaubte oder nicht. »Kann ich sonst noch etwas tun, Mylady?«

»Man möchte meinen, wir hätten schon genug getan«, sagte sie resigniert, »denkt Ihr nicht auch?«

Saxon erhob sich. Er wollte schon davongehen, doch dann hielt er noch einmal inne und sah sie an. »Ich hab Euch schon einmal gesagt, dass es kein einfaches Geschäft ist, Spion zu sein. Aber mir scheint, es ist nicht halb so schwer wie Lady Alix Black zu sein. Bestraft Euch nicht unnötig.«

Alix sah ihm nach und wünschte bei allen Göttern, sie könne diesen Rat annehmen.

»Es war ein schwerer Schlag«, sagte Highmount, »und ein ziemlich erfolgreicher dazu. Lord Black schätzt, dass die Oridianer dabei mehrere tausend Mann verloren haben. Immer noch ein langer Weg bis zu einem ungefähren Gleichstand im Kräfteverhältnis, aber dennoch ein unschätzbarer Sieg. Es wird eine Weile dauern, bis sich der Feind wieder neu formiert haben wird. Überflüssig zu erwähnen, dass es zu keinem besseren Zeitpunkt hätte passieren können, wenn man die Entwicklungen in Harram und Onnan betrachtet.«

»Die Harrami waren immer ein unsicherer Kandidat«, sagte Erik, »aber der Verlust der Flotte ist vernichtend.«

Liam schaute zu Boden. »Zumindest haben wir die Sabotageakte gestoppt.« Ein kleiner Trost, aber mehr hatte er nicht zu bieten. »Der Bau sollte nun zügig vonstattengehen.«

»Sechs Monate nenne ich nicht zügig«, sagte Erik. »Aber immerhin etwas. Bis dahin müssen wir einen Weg finden, unsere Reihen aufzufüllen.«

Highmount hob seine berühmte Augenbraue. »Und was schwebt Euch da so vor, Euer Majestät?«

»Ich bin nicht sicher, muss noch drüber nachdenken. Fürs Erste müssen wir aber das Einberufungsalter senken. Auf vierzehn vielleicht.«

Liam verkniff sich ein bitteres Auflachen. Die Ironie dieser Maßnahme war kaum zu glauben.

Was Highmount betraf, so hob sich seine linke Augenbraue noch ein Stückchen höher. »Vielleicht wäre es angebracht, sich zunächst mit Lord Black zu besprechen, bevor irgendwelche militärischen Entscheidungen getroffen werden, Majestät.«

Vielleicht wäre es angebracht, wenn Ihr Euch diese wirklich grauenvolle Idee noch einmal überlegt, *Majestät.* Liams jüngst erworbene diplomatische Sprachkenntnisse kamen ihm auch in diesem Moment zupass.

Erik zuckte die Achseln. »Da habt Ihr natürlich recht. Rig mag ja durchaus eine weitere brillante Idee haben, von der er uns noch nie erzählt hat. Er ist ja immer für eine Überraschung gut.« Er lächelte Liam zu. »Wir müssen uns unbedingt eine angemessen Belohnung für Euren Schwager überlegen.«

Liam versuchte, das Lächeln zu erwidern, doch er hatte den Verdacht, dass es ihm irgendwie entglitt. Er tat sein Bestes, seinen Bruder sorgsam zu beobachten, ohne dass es zu sehr auffiel, aber er war sich nicht sicher, ob ihm das auch immer gelang. Schon einige Male war ihm aufgefallen, dass Erik ihn irgendwie seltsam angestarrt hatte, aber vielleicht litt er ja schon an Verfolgungswahn. Gewiss eine Folge all der treulosen Gedanken, die ihn umtrieben.

»Riggard Black ist Bannerlord und Generalkommandant von Aldens Streitkräften«, erwiderte Highmount trocken. »Da fällt es nicht leicht, noch eine angemessene Belohnung für ihn zu finden.«

»Gold ist immer gern gesehen. Rig hat nicht wenig davon verloren, als Blackhold fiel, wenn ich mich recht entsinne.«

»In der Tat, doch die Königliche Schatzkammer ist bedauerlicherweise nicht mehr ganz so gut gefüllt wie sie einmal war.«

»Das ist noch höflich ausgedrückt«, sagte Liam. »Vor ein paar Tagen haben wir sie uns mal angesehen, und es sei nur so viel gesagt: Es ist dort sehr geräumig geworden. Man könnte fast ein ganzes Bataillon dort einquartieren.«

Erik schaute ihn kalt an. »Das findest du wohl auch noch lustig, was?«

Liam rutschte unbehaglich auf seinem Platz hin und her. »Nun … Nein, natürlich nicht. Wollte nur ein wenig die Atmosphäre auflockern.«

»Zu einem gänzlich unangemessenen Zeitpunkt. Aber so kennt man dich ja.«

Süße Farika. Derlei vernichtende Blicke hatte sich Liam vielleicht seinerzeit von Arran Green eingefangen, aber von Erik? Niemals. Wie er auch niemand anderem gegenüber jemals unhöflich gewesen war. Alix hatte recht. Etwas stimmte hier ganz und gar nicht. Selbst Highmounts Augenbraue zuckte gerade so sehr in die Höhe, um Verwunderung auszudrücken. »Tut mir leid«, sagte Liam. »Ich neige dazu, unbedacht vor mich hin zu plappern, wenn ich nervös bin.«

Die eisblauen Augen verengten sich. »Warum solltest du nervös sein?«

Weil du mich allmählich an den Raben erinnerst, und schon sein Anblick mich herumwinseln ließ wie ein getretenes Hündchen. »Hab Euch eben schon so lange nicht mehr gesehen, das ist alles.«

Highmount räusperte sich. »Vielleicht könnten wir nun zu der Angelegenheit den Tod von Varad betreffend übergehen.«

»Was gibt's da zu diskutieren?«, fragte Erik. »Ist ja nicht so, als ob wir irgendwas daran ändern könnten.«

»Wir sollten eine Proklamation verfassen, in der wir jegliche Beteiligung an dem Vorfall dementieren.«

»Ich wüsste nicht warum. Es würde uns nichts nützen. Davon abgesehen könnten wir von diesem Gerücht sogar profitieren.«

Highmount öffnete den Mund, brachte aber keinen Ton heraus.

»Entschuldigung, aber …«, Liam schaute auf den sprachlosen Highmount, »… inwiefern könnten wir von diesem Gerücht profitieren?«

»Es lässt uns nach außen hin stark erscheinen«, erwiderte Erik. »Erst haben wir uns Madan vorgenommen. Dann Varad. Und schließlich haben wir Sadiks Armee am Gunnar zerschmettert. Schlag auf Schlag auf Schlag. Zwei Trions tot, und der letzte bis ins Mark gedemütigt. Das wird unseren Feinden zu denken geben.«

»Der Kriegsherr ist nun aber kein Mann, der lange in sich geht, Euer Majestät«, wandte Highmount trotz seiner offensichtlichen Irritation ruhig ein. »Varads Tod hat ihn, den nun einzigen verbliebenen Trion, im Gegenteil sehr gestärkt. Ein neuer König kann nicht vor Ablauf eines ganzen Jahres bestimmt werden, und die Priester scheinen nicht gewillt, diese Regel zu brechen und Madans Nachfolger früher zu ernennen. Auf absehbare Zeit wird Sadik also allein herrschen, und ohne Varads hemmenden Einfluss wird er blutdürstiger denn je vorgehen.«

»Ich muss zugeben, Erik, dass ich diese Einschätzung teile.« Liam bedauerte seine Worte in dem Moment, da er sie ausgesprochen hatte. Erik warf ihm einen weiteren *dieser* Blicke zu, doch diesmal lag auch die Andeutung einer Drohung darin. Eine Drohung nach dem Motto: *Mach noch einmal den Mund auf und dein Kopf steckt auf einer Lanze.*

»Danke für deine Meinung, Liam«, sagte Erik. »Darf ich dich nun bitten, uns allein zu lassen? Der Kanzler und ich haben noch viel zu besprechen.«

»Kein Problem«, sagte Liam, der schon halb aufgesprungen war. »Viel Vergnügen.«

Auf direktem Wege lief er zu den königlichen Gemächern, und das gerade so schnell, dass er keine unerwünschte Aufmerksamkeit auf sich zog. Er musste Allie finden. Sie mussten reden.

Und vor allem: Sie mussten etwas *unternehmen.*

»Ich glaube, ich brauche Euch wohl nicht zu sagen, dass ich nicht sehr erfreut bin über Eure Entscheidung, Liam in meiner Abwesenheit die Regierungsgeschäfte zu übergeben«, sagte Erik, als sein Bruder gegangen war.

Highmount fegte sich ein imaginäres Stäubchen von seinen Kniehosen. »Ja, Ihr habt Eure Ansichten darüber klar zum Ausdruck gebracht, Euer Majestät. Ich bedauere den Fehler. Offensichtlich hatte ich Eure Bedenken nicht vorausgesehen.«

»Ehrlich gesagt, Kanzler, das erstaunt mich. Nach dem Fiasko, das Liam hinsichtlich der Onnani-Situation angerichtet hat, kann ich nicht begreifen, wieso Ihr annahmt, es wäre eine gute Idee, ihn zum Regenten meines Landes zu ernennen.«

»Der Rat hatte dieser Regelung zugestimmt. Seine Hoheit ist sehr beliebt, und vor allem ist er ein White.«

»Ein halber.«

Highmount schwieg einen Moment. Dann: »Bei allem Respekt, Euer Majestät, aber das nun nicht mehr. Dies habt Ihr im vergangenen Jahr sehr deutlich gemacht.«

Erik schloss die Augen und massierte sich die Schläfen. Seine Kopfschmerzen wurden schlimmer. »Obwohl es mich bekümmert es zugeben zu müssen, Highmount, aber ihr hattet recht. Ich hätte Liam nicht inmitten eines Krieges offiziell anerkennen dürfen. Das war eine ausgemachte Dummheit. Meine Position ist zu schwach, um mir einen solchen Destabilisierungsfaktor leisten zu können.«

Der alte Mann grunzte leise. »Aber das ist nun nicht mehr zu ändern. Es gibt keinen Weg zurück.«

»Das würde ich so nicht sagen.«

»Ich … ähm, Verzeihung?« Highmount beugte sich ein wenig in seinem Stuhl vor, als hätte er nicht recht verstanden.

Und vielleicht hatte er sich ja wirklich verhört; er war schon sehr alt. Jenseits seiner besten Jahre, aber womöglich auch schon weit darüber hinaus. *Ich muss ihn schleunigst ersetzen,* dachte Erik. Aber wem konnte er noch vertrauen? Tom hatte so viele ehemalige Getreue gegen ihn aufgebracht …

Laut sagte er: »Ich bin sicher, wir werden einen diskreten Weg finden, meinen Halbbruder künftig von jeglichem Ärger fernzuhalten.«

»Ich glaube, ich kann Euch nicht folgen.«

»Er ist ja erst seit Kurzem im Palast. Niemand würde bemerken, wenn er für eine gewisse Zeit … fort wäre.«

»Fort, Majestät?«

»Es gefällt mir genauso wenig wie Euch, aber die Situation droht uns zu entgleiten. Egal, es muss ja nichts Drastisches sein. Er soll es gut haben, wo auch immer wir ihn hinschaffen.«

»Hinschaffen?«

»Bei den Göttern noch eins, Mann, haben wir etwa ein Echo im Raum, oder was?«

»Ich bin nur erstaunt, Majestät. Wo schlagt Ihr denn vor, ihn *hinzuschaffen*? Und was um der Domänen willen wollt Ihr denn mit seiner Frau machen?«

»Um Alix werde ich mich schon kümmern.«

Der Kanzler gab ein irgendwie irre klingendes Kichern von sich. »Ich bin nicht sicher, warum das alles überhaupt sein muss, aber jetzt ist definitiv der schlechteste Zeitpunkt, sich mit dem eigenen Bruder zu überwerfen. Allein, wie das nach außen wirken muss …«

»Ich weiß nur zu gut, wie das nach außen wirken wird«, schnappte Erik. Und er wusste ebenfalls nur zu gut, wie Liam ihn angeschaut hatte – hatte sie sehr wohl bemerkt, diese verstohlenen kleinen Blicke, denen er sich in den letzten Stunden ausgesetzt gesehen hatte. Dieselben Blicke, die ihm auch schon ein anderer Bruder zugeworfen hatte, obwohl er sich dessen damals nicht bewusst gewesen war. Er hatte Tom blind vertraut und dafür fast mit seiner Krone bezahlt. Diesen Fehler würde er kein zweites Mal begehen.

In einer flehentlichen Geste presste Highmount die Handflächen zusammen. »Euer Majestät. Erik. Ihr könnt nicht gegen

Euren Bruder vorgehen, ohne gleichzeitig auch gegen seine Frau vorzugehen. Die zufälligerweise auch Eure Leibwache ist …«

»Leibwachen können ersetzt werden, wenn nötig.«

Highmount krümmte sich innerlich. »… und Ihr könnt nicht gegen Lady Alix vorgehen, ohne Euch gleichzeitig gegen ihren Bruder zu stellen. Welcher nun mal der *Generalkommandant Eurer Streitkräfte* ist!«

Er versteht es einfach nicht, dachte Erik. *Sieht einfach nicht die Gefahr*. Oder sah er sie durchaus? Vielleicht war Highmount ja auch schon korrumpiert. Liam hatte den Kanzler ganze zwei Wochen für sich allein gehabt. Wer wusste, was er ihm im Tausch für seine Loyalität angeboten hatte?

Erik zwang sich zu einem Lächeln. »Ich sehe, dass Euch das Gespräch bekümmert hat, Kanzler. Lassen wir das Thema für heute fallen; wir können es ja ein andermal wieder aufgreifen. Es ist schon spät; Ihr solltet versuchen, ein wenig zu schlafen.«

Highmounts durchbohrender Blick blieb auf Erik geheftet, als versuche er, ihn zu ergründen. Schließlich erhob er sich doch. »Ich werde mich in der Tat ein wenig ausruhen und möchte vorschlagen, Euer Majestät, dass Ihr das Gleiche tut.«

»Das werde ich«, sagte Erik. Und das würde er – später. Doch im Moment hatte er keine Zeit dazu. Die Lage spitzte sich zu; er musste wieder die Kontrolle zurückerlangen, und das schnell.

Er musste Pläne schmieden.

36. KAPITEL

Möglicherweise hast du recht«, sagte Alix. »Vielleicht leidet Erik unter derselben Krankheit wie Tom.« Sie hatte sich eng an Liam geschmiegt, als könne sein Körper sie vor allem Übel dieser Welt abschirmen. Aus irgendeinem Grund lag Rudi quer über ihren Füßen, eine Angewohnheit, über die sie demnächst einmal mit ihrem Mann reden musste.

»Ich bin mir dessen nicht mehr so sicher«, erwiderte Liam. »Als ich als Knappe in Diensten von Arran Green stand, hatte ich viel Kontakt zum Raben, doch das hier fühlt sich für mich irgendwie anders an. Prinz Tomald war launisch, keine Frage, und konnte manchmal wirklich bösartig sein, aber was ich heute erleben musste … Ich weiß nicht mal, wie ich's beschreiben soll. Nicht nur, dass Erik wirres Zeug von sich gab, er schaute mich auch ständig so seltsam an. Als vertraue er mir nicht mehr …«

»Bist du sicher, dass du nicht derjenige bist, der paranoid zu werden droht? Am Ende hab ich dich mit meinem Gerede an diesen Punkt gebracht …«

Liam schwieg, hing seinen eigenen Gedanken nach. Alix, von

seinen regelmäßigen Atemzügen ein wenig eingelullt, war gerade dabei, einzunicken, als er sagte: »Mir kam da so ein Gedanke.«

»Ich höre.«

»Aber er wird dir nicht gefallen.«

»Unter den gegebenen Umständen würde mich das nicht wundern.«

»Was, wenn es mit dem Blutpakt zusammenhängt?«

Die Worte kamen über sie wie ein eiskalter Wasserguss. Alix schnellte hoch und konnte ihn einen Moment lang nur fassungslos anstarren.

Liam stützte sich auf den Ellbogen auf. »Was, wenn Highmount sich irrt und Madan sein Geheimnis am Ende doch weitergegeben hat?«

»Aber das hier … das ist doch was völlig anderes und hat rein gar nichts mit der Magie des Priesters gemein. Erik benimmt sich doch ganz und gar nicht wie ein Unterjochter.«

»Gut. Aber was wäre, wenn es sich dabei um eine Abwandlung dessen handelt, was der Priester getan hat?«

»Das ergibt doch keinen Sinn. Wie sollen sie denn an sein Blut gekommen sein?«

»Ja, darüber hab ich auch schon nachgedacht.« Mit todernster Miene setzte er sich auf. »Erinnerst du dich an Boswyck? Erik verlor seine Blutklinge. Könnte es nicht sein, dass die Oridianer sie fanden? Was, wenn sie sich das Blut in seinem Schwert irgendwie zunutze gemacht hätten? Das könnte auch erklären, warum sich der Effekt bei ihm auf eine andere Weise zeigt.«

»Unmöglich«, sagte sie reflexartig. Aber in Wahrheit konnte sie das nicht mit Gewissheit sagen. Sie hatte keine Ahnung, ob der Blutpakt oder eine andere unbekannte Magie dafür in Frage kam. Ein Teil von ihr wünschte es sich sogar, weil das bedeutete, dass Erik für das, was in Harram geschehen war, nichts konnte. Für nichts davon wirklich verantwortlich war.

»Es mag weit hergeholt klingen«, sagte Liam, »und vielleicht ist es das auch. Doch alles, was ich weiß, ist, dass ich Erik noch nie so erlebt habe wie heute, und es erschreckt mich zu Tode.«

»Mich auch.«

Sie schlüpften wieder unter die Decke und verfielen in ein unbehagliches Schweigen. Alix schob ihre Beine zwischen seine und presste sich an seinen warmen Leib. Doch in ihrem Kopf herrschte Chaos, und sie bewegte sich unruhig hin und her. Sie konnte sich gar nicht nah genug an ihn anschmiegen, konnte es nicht verhindern, dass ihre Hände über seinen Körper wanderten, als wäre sie verzweifelt auf der Suche nach einem Anker. Er antwortete ihr, kam über sie und küsste zart ihre Augenbrauen.

Es war schon lange her, dass sie sich geliebt hatten, und noch viel länger, dass sie sich auf diese Weise geliebt hatten: langsam und behutsam, ein eher tröstender denn leidenschaftlicher Akt. Genau wie am Abend vor der Belagerung Erromans lagen sie auch jetzt eng aneinandergeklammert da. Und wie in jener Nacht schlief Alix auch heute mit tränennassem Gesicht in den Armen ihres Mannes ein.

»Guten Morgen, Hoheiten.« Nevyn erhob sich von seinem Frühstückstisch und schenkte ihnen ein warmes Lächeln. »Es freut mich, Euch wieder im Palast zu sehen.«

»Selbst zu dieser frühen Stunde?« Alix bemühte sich, das Lächeln zu erwidern. »Bitte entschuldigt, dass wir Euch so unangemeldet überfallen.«

»Ja, ein schrecklich ungezogenes Verhalten«, setzte Liam hinzu. »Vor allem von meiner Seite.«

»Bitte beendet doch in Ruhe Euer Frühstück«, sagte Alix. »Wir treffen Euch dann an der Schmiede.«

»Aber das ist doch nicht nötig, Eure Hoheit. Darf ich Euch einen Tee anbieten?«

»Nein, danke. Und wir werden Euch auch nicht lange aufhalten. Wir haben nur ein paar Fragen. Es geht um den Blutpakt.«

Nevyns Blick begann zu flackern. So war es immer, wenn es um das erwähnte Thema ging. Nicht zum ersten Mal fragte sich Alix, ob es in Gedona eine Art universellen Blutschmiedekodex gab, der besagte, dass man die Geheimnisse dieser uralten Kunst mit niemandem zu teilen hatte. Nevyn war eine freundliche Seele und hatte stets bereitwillig all ihre Fragen beantwortet, aber seltsamerweise hatte sie danach immer das Gefühl beschlichen, nicht wirklich schlauer zu sein als zuvor. »Möchtet Ihr Euch nicht setzen?«, fragte der Priester höflich.

»Danke sehr.«

»Der Grund, warum wir hier sind«, begann Liam, »ist, dass mir auf meiner Reise nach Onnan ein paar beunruhigende Gerüchte zu Ohren gekommen sind. Also dachten Alix und ich, dass Ihr bei diesem Thema der beste Ansprechpartner seid.«

»Ich verstehe.« Unsicher ging Nevyns Blick von Liam zu Alix und wieder zurück. *Er scheut sich, in Eriks Abwesenheit mit uns* über seine Arbeit *zu sprechen.*

Auch Liam war das nicht entgangen. »Indem wir alle möglichen Informationen einholen, lässt sich das Bild vielleicht abrunden, bevor wir unsere Erkenntnisse Seiner Majestät präsentieren.« Geschmeidig kamen ihm die Worte über die Lippen, begleitet von seinem liebenswürdigsten Lächeln. Wie es schien, hatte er in Onnan doch das eine oder andere gelernt. »Wie ich hörte – und es ist, wie gesagt, nur ein Gerücht –, soll der Priester nicht der einzige Blutschmied gewesen sein, der wusste, wie man Männer an seinen Willen kettete.«

Nevyn seufzte. »Das wäre gewiss möglich. Wird eine Sache erst einmal entdeckt, kann man sie kaum mehr geheim halten. Madan mag andere seine Kunst gelehrt haben, oder aber sie sind von ganz allein hinter das Geheimnis gekommen.«

Am liebsten hätte Alix ihn geradeheraus gefragt, ob auch er von ganz allein darauf gekommen war, aber jetzt war nicht der rechte Zeitpunkt dafür. Stattdessen sagte sie: »Aber das ist noch nicht alles. Erzähl es ihm, Schatz.«

Und so gab Liam die Geschichte zum Besten, die er und Alix sich für ihn ausgedacht hatten. »Das ist natürlich nur Kneipengeschwätz, aber es steht nun mal der Verdacht im Raum, dass die Oridianer nach dem Massaker im Boswyck-Tal das Schlachtfeld nach Blutwaffen durchkämmt haben.«

»Könnte sich das als Gefahr für uns erweisen?« Alix musste sich zwingen, sich nicht begierig im Stuhl nach vorn zu beugen. »Könnte das Wesen einer Blutwaffe irgendwie ausgebeutet und missbraucht werden, um ihren Besitzer aus der Ferne zu kontrollieren?«

Nevyn schmunzelte auf eine Weise, wie Eltern die verrückten Ideen ihres Kindes belächelten. »Ganz bestimmt nicht, Eure Hoheit. Damit eine Blutklinge funktioniert, muss das Blut bei seiner Verschmelzung mit dem Material, aus dem die Waffe gefertigt wird, gänzlich unverfälscht sein. Ist sie einmal geschmiedet, ist der Vorgang nicht mehr umkehrbar, weshalb das enthaltene Blut auch nicht mehr in irgendeiner Weise weiterverwendet werden kann. Es kann von verlorenen Blutklingen also keine Gefahr ausgehen.«

»Seid Ihr absolut sicher?«

»Absolut. Mehr noch: Um einen Pakt zu schmieden, der mächtig genug ist, einen Mann aus der Ferne zu kontrollieren, hätte Madan wirklich außerordentlich viel Blut benötigt. Viel mehr, als für eine Blutklinge je zum Einsatz kommt. Selbst wenn es also einen Weg gäbe, das Blut wiederzuverwenden – und ich versichere Euch, dass es den nicht gibt –, würde man in einer Waffe niemals die dafür benötigte Menge vorfinden – selbst in einem Großschwert nicht.«

Alix und Liam tauschten einen Blick. Das waren gute Nachrichten, denn sie bedeuteten, dass Liams Theorie höchstwahrscheinlich falsch war. Doch sie bedeuteten auch, dass sie keinen Schritt weiter waren bei ihrer Suche nach den Gründen für Eriks mysteriöses Verhalten.

»Was, wenn man eine andere Quelle mit älterem Blut auftun könnte?«, hakte Liam nach. Eine absurde, verzweifelte Frage, und natürlich reagierte Nevyn verdutzt.

»Altes Blut, Euer Hoheit? Ich kann nicht ganz folgen …«

»Ach, vergesst es. Ich bin schon paranoid. Wollte nur alle Möglichkeiten verstehen, wisst Ihr? Alle Risiken.«

»Gewiss, Euer Hoheit. Die Perversion, die Madan geschaffen hat, ist eine erschreckende Sache. Die Götter wissen, ich hab manch schlaflose Nacht deswegen verbracht. Aber wir können uns mit dem Gedanken trösten, dass ein Mensch immer noch in die Hände des Feindes fallen muss, um aus ihm einen Unterjochten zu machen. Der einzige Weg, einen Blutpakt zu schmieden, ist nun mal, Zugriff auf eine beträchtliche Menge Blutes dieser Person zu haben.« Er zuckte die Achseln. »Oder auf das Blut seines Zwillings.«

»Gut«, sagte Liam. »Vielen Dank.«

Nevyn bedachte ihn mit einem amüsierten Lächeln. »Ich hatte den Eindruck, ich hätte Euch ein paar gute Nachrichten überbracht, und doch seht Ihr aus wie ein Mann, den man zum Galgen führt.«

»Entschuldigt.« Liam lächelte schwach. »Es ist nur … dieses ganze Gerede über Unterjochte bedrückt mich doch sehr.«

»Absolut verständlich.«

Alix erhob sich. »Danke für Eure Zeit, Nevyn.«

»Nun«, sagte Liam, als sie durch den Gang liefen. »Das hat uns kein bisschen weitergebracht.«

»Du weißt, was wir nun zu tun haben, oder?«

»Spielst du auf das Gespräch mit Highmount an? Bitte nicht …«

»Aber wir müssen es ihm sagen. Er ist Kanzler des Reichs, er muss Bescheid wissen.«

Liam seufzte. »Es fühlt sich an wie Verrat. Immerhin reden wir hier über *Erik*. Er ist mein Bruder, Allie.«

»Ich weiß, aber das darf uns nicht davon abhalten, die Wahrheit erfahren zu wollen. Wir befinden uns im Krieg. Wir können es uns nicht leisten, die Sache für uns zu behalten.« Die Worte schienen von einer anderen Frau zu kommen, von einer Frau, deren Herz nicht mit jedem Schritt schwerer und schwerer wurde.

»Du hast recht, natürlich, aber …«

Aber das könnte das Ende von allem bedeuten.

Unter einem kühlen gleißenden Himmel überquerten sie den Burghof, um sich auf den Weg zu Albern Highmounts Gemächern zu begeben.

»Ich verstehe«, sagte der Kanzler. Aufmerksam und ohne Unterbrechungen hatte er ihnen zugehört, wobei seine Miene keine Rückschlüsse auf seine Gedanken zuließ. Alix tat ihr Bestes, es ihm gleichzutun, obwohl ihr Herzschlag in den Ohren hämmerte und sich ihr Kopf unangenehm schwerelos, ja, leer anfühlte. Liam wiederum starrte zu Boden, rutschte gelegentlich unruhig auf seinem Stuhl hin und her, hatte sich aber ansonsten im Griff.

»Wir hätten Euch nicht aufgesucht, wenn wir uns nicht schreckliche Sorgen um Erik machen würden«, sagte Alix nun schon zum zweiten Mal. »Aber was immer es auch ist, was immer ihn auch … belastet, er benötigt unsere Hilfe. Und …« Sie holte tief Luft. *Jetzt bloß keinen Rückzieher machen, es ist doch ohnehin schon zu spät dafür.* »… und Alden kann sich einen derart … leidenden König nun einmal einfach nicht leisten.«

Hochverrat. Schnöder Hochverrat. Ihr Kopf fühlte sich an, als würde er jeden Moment davonschweben.

Highmounts Blick durchbohrte sie wie eine Lanze. Noch immer wirkte seine Miene gänzlich ausdruckslos, während die Hände auf der Tischplatte ruhten. Schließlich jedoch sagte er: »Ihr habt das Richtige getan, Eure Hoheit.« Er erhob sich, ging zu einem Servierwagen und nahm eine Wasserkaraffe zur Hand. »Bitte«, sagte er, als er ihr einen gefüllten Becher reichte. Mit zitternder Hand nahm Alix ihn entgegen. »Die Wahrheit ist, dass ich selbst zu den gleichen Schlüssen gelangt bin. Ich kenne Erik White, seit er ein kleiner Junge war, und man kann ihm sicherlich eine Menge Verfehlungen zum Vorwurf machen, aber Paranoia gehört ganz gewiss nicht dazu. Wenn überhaupt, dann war es seine oftmals gefährliche Nonchalance, die mir mehr als einmal auf den Magen geschlagen ist.«

»Ich habe nie behauptet, er sei paranoid …«

»Aber ich. Sein gestriges Verhalten war extrem untypisch für ihn. Frei heraus, es war alarmierend. Ich möchte jetzt nicht ins Detail gehen, doch es erscheint zweifelsohne so, dass sein Urteilsvermögen empfindlich getrübt ist. Und ich habe die ganze letzte Nacht nicht geschlafen, weil ich nicht wusste, was ich deswegen unternehmen soll. Hättet Ihr mich nicht aufgesucht, Eure Hoheit, hätte ich Euch aufgesucht. Ihr habt mehr Zeit mit ihm verbracht als jeder andere im Palast. Wenn Ihr mir sagt, dass er geistig umnachtet ist, dann glaube ich Euch, auch wenn Ihr allen Grund hättet, mich anzulügen.«

»Bitte was?«, entfuhr es Alix, die merkte, wie ihr das Blut in die Wangen schoss. *»Was habt Ihr da gerade gesagt?«*

Highmount hob beschwichtigend die Hand. »Gemach, gemach, Eure Hoheit. Ich meinte nur, dass Prinz Liam offensichtlich sehr vom Niedergang seines Bruders profitieren würde.«

»Ach so, na dann …«, schnappte Liam. »Aber jetzt im Ernst:

Glaubt Ihr wahrhaftig, ich würde meinen eigenen Bruder hintergehen?«

Highmount sah ihn ausdruckslos an. »Wenn ich das wirklich täte, wärt Ihr beide schon längst im Roten Turm. Bitte, Euer Hoheit, beruhigt Euch wieder. Wir sind auch ohne Gefühlsausbrüche in einer mehr als heiklen Lage. Also gut, habt Ihr irgendwelche Erklärungen zu bieten?«

»Keine«, sagte Alix, wobei sie immer noch ein wenig verschnupft klang. *Dieser Mann hat vielleicht Nerven …* »Zunächst dachten wir, es könnte am Blutpakt liegen, aber Nevyn konnte diesen Verdacht ausräumen.«

Entsetzt riss Highmount die Augen auf. »Ihr habt mit Dritten über dieses Problem gesprochen?«

»Natürlich nicht. *Gemach, gemach*, Kanzler. Wir haben ihm lediglich einige gezielte Fragen zum Blutpakt gestellt, um vielleicht etwas zu erfahren, das Eriks Verhalten erklären könnte.«

»Und?«

»Nichts, wie ich schon sagte. Um eine Blutklinge zu schmieden, braucht man Zugriff auf den Mann selbst, und bekanntlich ist es dazu ja nie gekommen. Ich bin Erik nicht von der Seite gewichen, nachdem wir Erroman verlassen hatten.«

»Um genau zu sein«, ergänzte Liam, »er erklärte uns, dass man viel Blut von diesem Mann benötigen würde – oder von seinem Zwilling. Aber wie Alix bereits sagte, sie war die ganze Zeit bei ihm, und einen Zwilling hat er auch nicht, also …«

»Tatsächlich hat er einen«, warf Alix ein. »Oder vielmehr, er *hatte* einen.« Liams Kopf ruckte in ihre Richtung, wohingegen Highmount leichenblass geworden war. *Es macht ihn fassungslos, dass du davon weißt.* Unpassenderweise verschaffte ihr diese Erkenntnis eine gewisse Genugtuung. »Eine Schwester«, fuhr sie fort. »Allerdings eine Totgeburt. Erik hat mir im letzten Jahr auf Greenhold davon erzählt.«

»Uff.« Liam sank auf seinem Stuhl zurück. »Das kommt unerwartet. Hilft uns aber trotzdem nicht weiter. Es funktioniert ja nur mit identischen Zwillingen, und sie war ja ein Mädchen.«

»Tatsächlich«, sagte Highmount und fuhr sich mit der Hand über die Augen, »war er es nicht.«

Schweigen.

Lange konnte Alix nichts anderes tun, als Albern Highmount mit klingelnden Ohren anzugaffen, als wäre sie vom Blitz getroffen worden. »Was meint Ihr, *er* war es nicht?«

Highmount schüttelte den Kopf. »Ich hab ihn gewarnt«, murmelte er wie zu sich selbst. »Habe Osrik gesagt, dass man so etwas nie ganz aus der Welt wird schaffen können, dass es die Familie für immer verfolgen würde, wenn er nicht die Kraft aufbrächte, das zu tun, was nötig ist. Aber er war ein sentimentaler Mann, unser König Osrik. Ganz wie sein Sohn …«

»Highmount, worüber redet Ihr da?« Alix war schon halb von ihrem Stuhl aufgesprungen, mit geballten Fäusten und bebender Stimme. Und als er nicht sofort antwortete, packte sie den Kanzler ganz nach Art ihres Bruders am Kragen und zog den Alten ein Stück zu sich heran. »Redet endlich, verdammt noch mal!«

»Bitte senkt Eure Stimme, Eure Hoheit.« Er entwand sich ihrem Griff. »Was ich Euch zu sagen habe, ist das wohl bestgehütete Geheimnis im Reich. Selbst König Erik kennt es nicht.« Er ging wieder zum Servierwagen, doch diesmal hielt er sich an den Wein und füllte drei große Becher auf. Obwohl es noch früh am Morgen war, dachte Alix nicht im Traum daran, das Getränk zurückzuweisen. Sie hatte es bitter nötig, das wurde ihr jetzt klar.

»Rodrik White wurde gleich nach seinem Bruder geboren. Sofort sah die Hebamme, dass irgendwas nicht stimmte. Sein rechter Arm war verkümmert, nur halb so lang wie der linke. Und er soll sich angeblich durch die Nabelschnur fast stranguliert haben, aber wer weiß. Glücklicherweise besaß die Hebamme so viel Geistesgegenwart, dass sie sofort Seine Majestät herbeirufen ließ, und natürlich beriet sich König Osrik daraufhin mit mir.

Identische Zwillinge. Erstgeborene identische Zwillinge und dazu noch männliche Kinder. Ein schicksalhafteres Ereignis kann es für einen König kaum geben. Selbst Osrik, der mich stets wegen meiner Übervorsicht aufzog, sah die Gefahr. Und doch zog er nie die offensichtliche Lösung in Betracht. Königin Hestia hätte es ihm nie verziehen, sagte er. Also willigte er ein, dass man den Jungen fortbrachte – so weit entfernt, dass man niemals wieder von ihm hören würde. Als ob es dafür jemals eine Garantie geben könnte, aber na ja …« Kummervoll schüttelte der Kanzler den Kopf und trank einen großen Schluck Wein. »Eine Sache allerdings musste er mir versprechen: dass er das Kind aus Alden herausschaffen lassen würde. Keine narrensichere Lösung zwar – nur die Beseitigung des Knaben wäre tatsächlich eine solche gewesen –, doch zumindest würde der Junge in einem völlig fremden Land aufwachsen. Womit die Chance, dass seine Identität eines Tages enthüllt werden könnte, erheblich sank.

Um jedoch für seine Sicherheit zu garantieren, versicherten wir uns der Hilfe des Königs von Andithyri. Er sollte dafür Sorge tragen, dass der Junge fernab jeglicher Zivilisation leben würde. Wachen, die sich, als gewöhnliche Bauern getarnt, in der Nähe aufhielten, wurden beauftragt, jeden zum Schweigen zu bringen, der die Wahrheit über den Jungen erfuhr. Überflüssig zu erwähnen, dass es ein großes Risiko darstellte, eine solche Aufgabe einem Verbündeten zu übertragen, zumal einem, mit dem man sich erst kürzlich ausgesöhnt hatte. Und natürlich verlangte König Berendt dafür im Gegenzug etwas von uns. Etwas

Bedeutendes. Wieder erhob ich Einsprüche, und wieder wurde ich überstimmt.«

»Der Vertrag von Imran«, flüsterte Alix mit erstickter Stimme. »Bei den Göttern …«

Im Geiste reiste sie zurück in der Zeit, erinnerte sich der Worte eines verblichenen Freundes vor einem knisternden Lagerfeuer. … *Und ich weiß auch, dass sich Gelehrte allerorten noch immer den Kopf darüber zerbrechen, was der alte König Osrik sich wohl dabei gedacht hat«,* hatte Gwylim damals gesagt. *Es erscheint einfach nur dumm, Aldens Sicherheit für Andithyri aufs Spiel zu setzen, vor allem, da sich der Oridianische Dreierbund seinerzeit bereits auf Expansionskurs befand. Wäre es umgekehrt gewesen, hätte uns Andithyri wohl kaum beschützen können – was also hatten wir durch diesen Vertrag zu gewinnen?*

»Ein törichter Handel«, sagte Highmount. »Ich sagte ihm, dass der Preis dafür zu hoch sei, aber er wollte nicht auf mich hören. Und so hat dieser vor fast dreißig Jahren geschlossene verdammte Vertrag unser Schicksal besiegelt.« Er sah zu ihnen auf, schüttelte abermals den Kopf. »Ein schlechter Witz, oder? Der Preis dafür, Rodrik Whites Identität geheim zu halten, war ein Abkommen, das uns verpflichtete, in diesen Krieg einzutreten, und genau wegen dieses Krieges und der Invasion von Andithyri muss das Geheimnis um Prinz Rodrik irgendwann aufgeflogen sein. Ich habe ja diese Wachen in Verdacht. Vielleicht sind sie bei einem Gefecht in oridianische Gefangenschaft geraten und gefoltert worden, vielleicht haben sie diese wertvolle Information aber auch von sich aus preisgegeben, um ungeschoren davonzukommen.« Er seufzte. »Wir werden es vermutlich nie erfahren.«

»Und Erik weiß nichts davon?« Liams Stimme war rau, seine Wangen gerötet.

»Ihm erzählte man, er habe eine Zwillingsschwester gehabt, die bei der Geburt gestorben sei. Auch schärfte man ihm ein, dies sei ein großes Geheimnis, das niemals verraten werden dürfe. Offensichtlich hat er sich das nicht sehr zu Herzen genommen.« Highmount warf Alix einen flüchtigen Blick zu.

»Und die Königin?«, fragte Liam.

»Sie kannte die Wahrheit, hatte das Kind ja bereits erblickt, es im Arm gehalten und ihm einen Namen gegeben. Sie flehte Seine Majestät an, es nicht fortzubringen, doch vergebens. Sie hat den Kummer über den Verlust niemals überwunden, die arme Frau. Und ich glaube, an ihm ist sie letztendlich auch zugrunde gegangen.«

Doch Alix hörte kaum mehr zu. »Das muss es sein«, sagte sie tonlos. »Die Oridianer haben Rodrik, und sie benutzen ihn, um Eriks Verstand zu verdrehen.« Wie sie es laut aussprach, hörte es sich fast lächerlich an, aber es gab keine andere Erklärung.

Sie spürte, wie Schuldgefühle sie überkamen. Liam musste es bemerkt haben, denn er sagte: »Es ist nicht deine Schuld, Allie. Das konntest du doch nicht wissen.«

»Konnte ich nicht?« Erinnerungen fluteten ihren Verstand, dutzende Momente, in denen Erik sich seltsam verhalten hatte. Sein Wutausbruch, bevor sie gefangen genommen worden waren. Seine Selbstverachtung, als er sich ungewollt verraten hatte, und später, als er zugeben musste, wie sehr ihm das Verhör durch den *pasha* zugesetzt hatte. Die Art, wie er sie angesehen hatte, die Berührung ihres Arms … Und das alles noch vor dem Desaster an König Omaïds Hof. Wie viele andere augenfällige Hinweise hatte sie wohl übersehen? »Ich hätte es bemerken müssen. Und ich hätte ihm helfen müssen.«

»Selbst wenn Ihr es gewusst hättet«, sagte Highmount, »hättet Ihr ihm gar nicht helfen *können*.«

Aber so ganz stimmte das nicht. Sie hätte mitfühlender und für Erik da sein können. Stattdessen hatte sie sich mit ihm gezankt und war ihm später gar aus dem Weg gegangen. Er hätte einen Vertrauensbonus verdient, hatte sich dessen unzählige Male als würdig erwiesen, aber sie hatte ihm diesen verweigert.

Doch es ist zu spät, sagte sie sich und holte tief Luft. Der Blick zurück half niemandem mehr weiter. »Was sollen wir nun tun?«

»Wir müssen ihn finden«, sagte Liam, als wäre das die einfachste Sache der Welt. »Rodrik. Den Blutschmied. Den einen retten und den anderen töten.«

»Wie?«

»Wir wissen doch, wo Rodrik aufwuchs, oder nicht. Dort können wir mit der Suche beginnen. Ich nehme das Rudel mit und ...«

Doch Highmount schüttelte nur den Kopf. »Ihr könnt die Hauptstadt nicht verlassen, Hoheit. Nicht jetzt.«

»Warum zu den Höllen denn nicht?«

Highmount sah Alix an. Sie wusste, was er nun sagen würde, und es machte sie krank.

»Seid bitte ehrlich, Eure Hoheit. Wenn Ihr der Meinung seid, dass er es kann, werde ich Euch glauben.«

Hilflos blickte sie zu ihrem Mann.

Einen Moment lang starrte Liam sie verständnislos an. Dann schien es ihm allmählich zu dämmern. »Nein!« Wie von der Tarantel gestochen sprang er von seinem Stuhl auf. »Auf keinen Fall.«

»Liam ...«

»Auf keinen Fall, Allie. Wie kannst du nur ... Wie könnt ihr nur ... Habt ihr beide denn den Verstand verloren?«

Sie stand auf, hob beschwichtigend die Arme, als gelte es, ein wildes Tier zu beruhigen. »Es wäre doch nur vorübergehend. Du hast es ja schon einmal getan. Es wäre kein Unterschied.«

»Kein Unterschied?« Er blickte sie an wie ein zu Tode erschrecktes Pferd. »Es waren *zwei Wochen*, und Erik war nicht mal hier. Und überhaupt: Worüber reden wir hier eigentlich? Es wäre Hochverrat. Ein schlimmerer Hochverrat als alles zuvor. Es wäre *wirklich und wahrhaftig* Hochverrat. Ein *riesiger Hochverrat.*«

»Ich würde es vorziehen, wenn Ihr dieses Wort nicht fortwährend in dieser Lautstärke herausposaunen würdet, Euer Hoheit«, presste Highmount hervor. »Es sein denn, Ihr wollt, dass wir alle enthauptet werden.«

»Siehst du?« Liam zeigte mit dem Finger auf den Kanzler. »Ganz genau! Enthauptet, Alix! Also für mich klingt das nicht nach einem glücklichen Ende!«

Sie ließ sich wieder auf den Stuhl fallen und stützte das Gesicht in die Hände. »Setz dich bitte hin, wir müssen nachdenken.«

»Ja, das musst du in der Tat. Ihr beide. Lang und sorgfältig.«

Alix ignorierte ihn. »Was sollen wir den Menschen erzählen?«, fragte sie Highmount.

»Die Wahrheit. Dass Seine Majestät erkrankt ist und Zeit für die Genesung benötigt. Nach seinem Martyrium in den Zerklüfteten Bergen wird das niemanden wundern.«

Liam funkelte seine Frau und Highmount an. »Und während ich den König spiele, wer soll sich auf die Suche nach Rodrik machen? Oder habt ihr etwa vor, noch jemandem von diesem netten kleinen Arrangement zu erzählen?«

»Das werde ich tun«, sagte Alix. »Aber zunächst reite ich hinunter zur Front. Rig muss erfahren, was los ist.«

»Dem stimme ich zu«, sagte Highmount. »Es darf keine Verwirrung darüber aufkommen, wer hier die Befehle gibt.«

»Ach so«, meinte Liam. »Du reitest also allein? Mitten hinein in feindliches Gebiet? Glaubst du ernsthaft, dass ich das erlauben würde?«

Sie zog eine Schnute. »Siehst du? Und schon hast du den

Bogen raus, wie man als König so mit seinem Untergebenen spricht.«

»Allie …«

»Komm mir nicht mit *Allie*. Gesetzt den Fall, du willst mich nicht wieder vergiften, wirst du mich nicht aufhalten können.«

Liam verfiel sichtlich und schlug die Hände über dem Kopf zusammen, als mache er sich bereit für einen Einschlag. »Das ist ein Alptraum.«

»Ja«, sagte Alix. »Und wir leben ihn. Wenn du also keinen besseren Vorschlag hast, wird es so gemacht.«

Das Schweigen, das eintrat, schien sich wie Mehltau über den Raum zu legen, machte Alix das Atmen schwer, hüllte ihre Gedanken ein wie in klebrige Watte, während sie sich bemühte, wieder einen klaren Kopf zu bekommen. Highmount starrte auf seinen Schreibtisch. Liam saß immer noch wie ein Häufchen Elend da und hatte das Gesicht in seiner Armbeuge vergraben. Noch immer in dieser Haltung, war er es jedoch schließlich, der die Stille durchbrach. »Was ist mit Erik?«

Ein schmerzlicher Ausdruck trat in Highmounts Gesicht. »Die königlichen Gemächer können vom Rest des Palastes abgeriegelt werden. Eine Art Quarantäne, wenn man so will.« Er sah Alix an, und sie war erschrocken, wie unglaublich alt der Kanzler in diesem Moment wirkte. »Eure Wachleute? Kann man ihnen vertrauen?«

»Hab einige meiner besten Leute in den Bergen verloren. Aber ja, es sind immer noch ein paar Getreue übrig.«

»Wenn wir das wirklich machen«, sagte Liam, »dann will ich, dass die Wölfe dich begleiten. Gesteh mir wenigstens das zu, Allie.«

Sie nickte schwach.

»Also gut.« Highmount straffte sich auf seinem Stuhl. »Dann wissen wir ja, was zu tun ist.«

EPILOG

Fackellicht leckte über die rauen Mauersteine, während die an der Wand hängenden Hirschgeweihe seltsame Schatten auf den Esstisch warfen. Die Gestalt, die darauf lag, war totenbleich, ihre Hand- und Fußgelenke schrecklich aufgerissen von den Fesseln, doch die Brust hob und senkte sich in einem gleichmäßigen Rhythmus. Friedlich sah er aus, wie er so dalag, während er mithilfe von gewissen Substanzen in Schlaf versetzt worden war. Ihn anzusehen, versetzte auch Sadik in eine fast friedvolle Stimmung. Allzu leicht hätte man glauben können, dass dort Erik White lag, gefangen und gebrochen, restlos der Gnade des Trionats ausgeliefert. Ja, Sadik empfand den Anblick dieses Mannes als tröstlich, selbst wenn er wünschte, es würde an seiner Stelle ein anderer dort liegen. Einer mit dunklerem Haar. Erik White in seiner Gewalt zu haben war ein gutes Gefühl, aber Riggard Black zu haben, das wäre einfach herrlich gewesen.

Auf der anderen Seite konnte er nicht verleugnen, dass es ihn auf eine Art ergötzte, einen solchen Feind draußen im Feld zu haben. Es versüßte die Vorfreude ungemein. Als man ihn um Arran Greens Kopf gebracht hatte, hatte er sein Glück verflucht, doch vielleicht hatte er sich zu früh geärgert. Greens Nachfolger hatte sich als recht unterhaltsamer Gegner erwiesen. Vielleicht erwies er sich ja als würdig, einen Platz auf Sadiks Kaminsims zu erhalten.

Ja, die Dinge liefen wirklich hervorragend, beschloss er. Die Schlacht am Flussübergang hatte sich als unglücklicher Wendepunkt erwiesen, doch das Schicksal hatte ihn mit dem verpfuschten Anschlag auf Varads Leben mehr als entschädigt. Dass ein solcher Plan existierte, war ein wahrer Glücksfall gewesen, doch das Unvermögen des Möchtegernattentäters ein noch viel größerer. Aber dass es ausgerechnet Kurya gewesen war, der scharfsinnigste und ehrgeizigste Mann seiner Roten Gardisten, der in die Ereignisse verwickelt worden war – was für eines Beweises bedurfte es denn noch, dass die Götter seine Pläne guthießen. Kurya hatte lang genug in der Roten Garde gedient, um zu wissen, was für ein Mühlstein um ihren Hals Varad geworden war. Mehr noch, Sadik hatte ihm befohlen, nach einer geeigneten Lösung für dieses Problem zu suchen – obwohl er zugegebenermaßen dabei eher an ein Kissen im Gesicht des alten Mannes gedacht hatte.

Und nun war er, Sadik, frei. Der letzte überlebende Trion, und wenn alles wie gewünscht lief, auch der letzte Trion überhaupt. Es war Zeit, ein neues Kapitel aufzuschlagen – allerhöchste Zeit –, und nun, dank der Gnade der Götter, konnte er es auch. Er hatte es fast geschafft. Was zählte da noch das armselige Geplänkel bei einem unwichtigen Fort?

»Mein Herr.« Die leise Stimme an der Tür riss Sadik aus seinen Gedanken. »Ich habe nicht erwartet, Euch hier vorzufinden.«

Sadik blickte zu dem Mann auf dem Tisch. »Ich sehe ihn mir einfach gern an, Dargin. Es stimmt mich froh.«

Leichte Schritte näherten sich durch den Raum. »Es ist Zeit für sein Tonikum.« Dargin griff über den Tisch, legte seine Finger unter das Kinn mit dem rotgoldenen Bart, fühlte den Puls. Dann nickte er zufrieden.

»Und Erik White. Was könnt Ihr mir über seinen Zustand sagen?«

Der Blutschmied lächelte, entblößte seine unangenehm weißen Zähne. »Es ist nun sehr viel einfacher, Herr, jetzt, wo er wieder zurück in Erroman ist. Als er sich noch in allzu großer Entfernung zu uns befand, konnte ich nicht mehr tun, als seine Emotionen anzufachen. So wie ein Blasebalg es mit Kohlen tut, wenn Ihr mir diese Analogie gestattet. Ich konnte keinen Funken schlagen, konnte die Glut nur immer und immer wieder anschüren.«

»Ich habe wenig Geduld für Analogien«, knurrte Sadik. In Wahrheit hatte er wenig Geduld mit dem Blutschmied – für seine weichen, teigigen Züge, seine Unterwürfigkeit –, doch es stand außer Zweifel, dass er von Nutzen war.

Der Blutschmied beugte leicht sein Haupt. »Ich bitte um Verzeihung, Herr. Es lag nicht in meiner Absicht, Euch zu langweilen. Was ich sagen wollte, war, dass die effektive Entfernung einen Einfluss auf den Blutpakt hat. Es ist einer von verschiedenen Faktoren, welcher sich auf die Macht der Verzauberung auswirkt – neben der Frische des Blutes, seiner Menge und dem Können des Blutschmieds natürlich. Je weiter die Entfernung zum Subjekt, desto schwächer sind die Effekte des Blutpakts. Erik Whites Reise nach Harram hat meinen Einfluss vorübergehend entkräftet.«

»Wie das?«

»Meine Kontrolle über ihn war eingeschränkt. Ich konnte seine Aktionen nicht beeinflussen und ihm auch keine Gedanken einpflanzen. Aber ich war imstande, seine Emotionen zu steigern, sie ungeheuer zu verstärken.«

»Und was wurde dadurch erreicht?«

Dargin zuckte die Achseln. »Das kann keiner sagen, Herr. Auf diese Entfernung bietet der Blutpakt keine Möglichkeit, einen Blick in den betreffenden Geist zu werfen. Ja, ich konnte seine Gefühlslage erspüren – Furcht, Wut oder Begierde –, aber ich erfahre nichts über die jeweils aktuellen Umstände, kann nicht sagen, ob es ihm nutzen oder schaden würde, diese Gefühle weiter zu befeuern.«

Sadik machte ein finsteres Gesicht. »Und wozu soll das gut sein?«

»Ganz allgemein habe ich festgestellt, Herr, dass ungezügelte Emotionen selten hilfreich sind. Derart angeheizt, wäre seine Selbstbeherrschung empfindlich gestört und damit auch sein Urteilsvermögen. Selbst wenn ich keinen aktiven Einfluss auf ihn nahm – zum Beispiel, weil ich schlief –, wirkte mein Einfluss immer noch nach, sodass sich der Effekt über die Zeit allmählich steigert.« Dargin deutete auf die Gestalt auf dem Tisch, auf die blutenden Handgelenke. »Nicht unähnlich den brennenden Wunden, die ein Strick hinterlässt, falls Ihr versteht, was ich meine. Bekommt man die Handfesseln zum ersten Mal angelegt, empfindet man es allenfalls als ein bisschen lästig. Doch jedes Mal, wenn man sich bewegt, schneiden sie sich ein Stück tiefer ins Fleisch. Und mit der Zeit entsteht dann eine offene Wunde.«

»Und welchen Plan verfolgt Ihr mit diesem … aktiven Einfluss?«

»Nun, ihn zu vernichten natürlich. Wir können sicher annehmen, dass er eine Reihe von schlechten Entscheidungen treffen wird, darunter hoffentlich einige von großer Tragweite. Vielleicht nahm er unnötige Risiken auf sich, oder er sah davon ab, nötige Entscheidungen zu treffen. Vielleicht hat er einen Verbündeten verprellt oder das Vertrauen in seine Führungsqualitäten erschüttert. Vielleicht sogar das Vertrauen in seine Person selbst. Was ich mit Sicherheit sagen kann, ist, dass er Angst bekam, weil er spürte, dass etwas nicht mit ihm stimmte, es sich aber nicht zu erklären vermochte. Aber nicht nur wuchs seine Furcht, sondern, wie ich bemerkte, auch seine Verzweiflung, sodass ich sagen kann, dass meine Bemühungen nicht vergeblich waren. Etwas hat sich während seines Aufenthaltes in Harram geändert, etwas, das ihn zerrüttete.«

Sadik grunzte. Furcht und Verzweiflung waren immer nützlich. Und doch war ihm das alles noch viel zu vage, viel zu unberechenbar. Kriege gewann man nicht mit *vielleicht* und *wahrscheinlich*. »Nun, ich hatte mir mehr davon versprochen«, sagte er.

»Das tut mir leid, Herr.« Wieder zeigte Dargin auf den Tisch. »Wenn wir den hier früher gefunden hätten, also bevor der feindliche König die Hauptstadt verließ … Aber, wie gesagt, nun sieht die Sache schon wieder anders aus. Jetzt, wo er wieder in Erroman ist und näher bei uns, kann ich … zielführender zu Werke gehen. Schon habe ich damit begonnen, ihn auf gewisse Ideen zu bringen. Ihn Gedanken anstellen zu lassen, auf die er zuvor nie gekommen wäre, die ihm nun aber so plausibel erscheinen, dass er ihre Ursache gar nicht hinterfragt. Das ist auch der Punkt, an dem er nicht mal mehr erkennt, dass irgendetwas mit ihm nicht stimmt.«

»Und?«

Wieder blitzten die weißen Zähne auf. »Er fühlt sich von Feinden umzingelt, und mit ein wenig Glück wird er beschließen, gegen sie vorzugehen.«

»Gegen seine Freunde vorzugehen, meint Ihr.«

»Mit ein wenig Glück, Herr.«

Sadik ging zum Kamin und nahm seinen Krug Bier vom Sims. »Sagt mir, Dargin, was wäre, wenn ich Euch noch ein wenig näher an Erik White heranbringen könnte? Nach Erroman selbst sogar?«

»Dann müssten wir den hier aber mitnehmen«, erwiderte er. »Ich brauche stets frisches Blut.«

»Das dürfte kein Problem sein.«

»Nun, in diesem Fall hätte ich Zugriff sowohl auf seinen Körper wie auch auf seinen Geist. Er würde dann ganz und gar mir gehören. Was hieße« – Dargin verbeugte sich – »ganz und gar Euch, Herr.«

»In diesem Fall macht Euch für einen Umzug bereit. Allerdings nicht zu hastig. Die Götter haben uns mit diesem Moment beschenkt, Dargin. Es wäre eine Sünde, ihn nicht entsprechend zu würdigen.«

Der Blutschmied verneigte sich erneut. Er ging zu seinem Instrumententisch, nahm ein Messer und eine flache Silberschale zur Hand. »Wollt Ihr bleiben, Herr?«

Was für eine törichte Frage. Wie konnte man sich in einem solchen Moment abwenden, wo die Klinge das Fleisch berührte, wo silber und weiß zusammenkamen – einem Moment der Verheißung. Wie konnte man nicht mit angehaltenem Atem und geweiteten Pupillen näher treten, verzaubert von der bedächtigen, schimmernden Liebkosung, die das widerstrebende Blut überredete. *Wunderschön*, dachte Sadik, als die karmesinrote Flüssigkeit in die Schale strömte und die Runen umfloss.

So wunderschön, dass er fast weinen wollte.

GLOSSAR

DAS KÖNIGREICH ALDEN
Hauptstadt: Erroman

Feudale Monarchie. Das Reich wird seit dem Zusammenbruch des Erromanischen Imperiums vor mehr als vierhundert Jahren von der Familie White regiert. Aldrich der Weiße, der von sich behauptete, in direkter Blutlinie von den Herrschern Erromans abzustammen, ergriff brutale Maßnahmen, um das zusammenzuhalten, was vom Kaiserreich übrig geblieben war. So begründete er das Königreich Alden, das er nach sich selbst benannte. Seinem engsten Verbündeten Konrad verlieh er ein Banner aus grüner Seide. Dieses historische Ereignis markiert die Geburtsstunde der erlauchten Bannerhäuser von Alden, und Konrads Nachkommen sollten als das Haus Green in die Geschichte eingehen. Seither wurden nur vier weitere Banner verliehen, womit die Adelsgeschlechter Black, Grey, Brown und Gold begründet wurden.

König Erik White
Prinz Liam White (Kommandant der Weißen Wölfe)
Prinz Tomald White (genannt »Der Rabe«; verstorben)
Riggard Black (Bannerträger des Hauses Black und Heerführer der Königlichen Armee)
Alix Black (Leibwache des Königs)
Raibert Green (Bannerträger des Hauses Green)

Arran Green (ehemals Heerführer der Königlichen Armee; verstorben)
Sirin Grey
Roswald Grey (verstorben)
Rona Brown (Bannerträgerin des Hauses Brown und Weißer Wolf)
Aina Brown
Adelbard Brown (verstorben)
Norvin Gold (Bannerträger des Hauses Gold)

DAS TRIONAT VON ORIDIA
Hauptstadt: Varadast

Theokratie, die von einem Triumvirat angeführt wird. Oridias vorrangiges Ziel ist es, das eigene Territorium im Zuge eines religiösen Glaubenskrieges zu vergrößern und die eroberten Gebiete zu unterwerfen. Vom König heißt es, er sei ein lebender Gott (Varad), dessen Seele durch die Jahrtausende immer wiedergeboren wird. Stirbt der Körper des amtierenden Königs, fährt dessen Seele in den Himmel auf, um genau ein Jahr später in einem Neugeborenen zu inkarnieren. Dem Priester und seinem Gefolge obliegt es, den wiedergeborenen Varad ausfindig zu machen. Dazu werden am Stichtag alle männlichen Neugeborenen versammelt und verschiedenen Prüfungen unterzogen, bis der legitime Nachfolger ermittelt ist. Der Kriegsherr erringt sich seinen Status durch glorreiche Kämpfe und siegreiche Schlachten.

Der König, Varad
Der Priester, Madan (verstorben)
Der Kriegsherr, Sadik

DIE REPUBLIK ONNAN
Hauptstadt: Onnan

Demokratische Republik. Die politischen Parteien des Landes, auch als Ligen bekannt, werden von den Distrikten gewählt. Jeder Distrikt wird durch einen Sprecher repräsentiert. Der Liga mit den meisten Sitzen kommt die Regierungsverantwortung zu, ihr Anführer steigt zum Ersten Sprecher auf. Viele Sprecher amtieren auch als Priester; in dieser Funktion tragen sie den tiefen religiösen Überzeugungen der onnanischen Gesellschaft Rechnung. Jedoch heißt es, dass die wahre Macht im Staate bei den Geheimgesellschaften liege. Viele nahmen als revolutionäre Untergrundbewegungen in der Kaiserzeit ihren Anfang, als das Volk der Onnani von den Erromanern versklavt worden war. Diese Sklavenrevolte – in Onnan auch als die Große Revolution bekannt – läutete das Ende des Kaiserreichs ein.

Erster Sprecher Kar (Allianz der Arbeiter)
Erster Vorsitzender Irtok (Allianz der Arbeiter)
Verteidigungskonsul Welin (Allianz der Arbeiter)
Sprecher Syril (Volkskongress)

DAS KÖNIGREICH VON HARRAM
Hauptstadt: Ost

Feudale Monarchie, regiert von Hochlord König Omaïd. Von allen Seiten durch Berge, Wasser, Eis und Schnee geschützt, hält das Land sich weitestgehend heraus aus den Angelegenheiten des Kontinents Gedona. Während die politische Situation im Land relativ stabil ist, ist es Harram jedoch nie gelungen, seine kriegerischen Bergstämme zu kontrollieren, die als barbarisch angesehen werden. Aufgrund seiner geografischen Lage war Harram das einzige Königreich, das sich dem erromanischen Herrschaftsanspruch nie gebeugt hat, wiewohl es eine wichtige Rolle beim Niedergang des Kaiserreichs gespielt hat. So waren es seine Bergvölker, die dem Kaiserreich den Todesstoß versetzten, indem sie sich vor mehr als vierhundert Jahren zum ersten (und letzten) Mal zusammenschlossen und Erroman plünderten und brandschatzten.

DAS KÖNIGREICH VON ANDITHYRI
Hauptstadt: Timra

Feudale Monarchie. Bis zu seiner Hinrichtung durch den Kriegsherrn von König Berendt regiert, nun unter der Führung von Gouverneur Arkenn aus Oridia. Die Andithyri behaupten, in direkter Linie vom Alt-Erromanischen Adel abzustammen. Während der Kaiserzeit konnten diese sogenannten Reinblüter leicht an ihrem weißen Haar erkannt werden. Als das Imperium zusammenbrach, wurde dieses körperliche Merkmal jedoch zu einer tödlichen Gefahr, da die Andithyri umso mehr Repressalien ausgesetzt waren, je weiter die Anarchie im ehemaligen Imperium um sich griff. Das Kaiservolk floh in Scharen und begründete sein eigenes kleines Reich an der Südgrenze des heutigen Alden. Bis auf den heutigen Tag besitzen die Andithyri weißes Haar, wiewohl sich dies durch die Vermischung mit anderen Völkern allmählich ändert. Andithyri ist das bislang letzte Reich, das vom Trionat von Oridia erobert wurde, doch es geht das Gerücht, dass sich bereits eine geheime Widerstandsbewegung formiert hat.

DIE NEUN TUGENDEN

RAHL (Stärke) – Symbol: Die Sonne. Steht für Macht und Herrschaft.

OLAN (Mut) – Symbol: Der Mond. Steht für Entschlossenheit.

ELDORA (Weisheit) – Symbol: Das allsehende Auge. Steht für Besonnenheit und Erfahrung.

DESTAN (Ehre) – Symbol: Der Widder. Steht für Pflichtgefühl und Rechtschaffenheit.

FARIKA (Güte) – Symbol: Gefaltete Hände. Steht für Barmherzigkeit.

ARDIN (Leidenschaft) – Symbol: Die Flamme. Steht für Impulsivität und Kühnheit.

HEW (Verstand) – Symbol: Die Krähe. Steht für List und Schläue.

GARVIN (Barmherzigkeit) – Symbol: Tränen. Steht für Verbundenheit und Großzügigkeit.

GILENE (Treue) – Symbol: Der Stern. Steht für Hingabe und Wahrheit.

DANKSAGUNG

Als ich mit der Arbeit an *BLOODBOUND – Der Weg der Wölfe* begann, war mir bewusst, dass dieses Buch der herausforderndste Trip werden würde, auf den ich mich bis dahin begeben hatte. Insofern war ich durchaus auf das eine oder andere Schlagloch gefasst, das auf meinem Weg liegen mochte. So dachte ich zumindest. Tatsächlich geriet die Reise dann doch ein wenig abenteuerlicher als erwartet. Es gab Straßensperren und Umleitungen, Momente, in denen mir das Benzin ausging oder in denen ich versucht war, eine Abkürzung zu nehmen. Und vielleicht würde ich noch immer am Straßenrand stehen, wäre nicht der geduldige, wenngleich energische Zuspruch von Lisa Rodgers und Joshua Bilmes gewesen. Dafür bin ich den beiden außerordentlich dankbar, und ich hoffe, sie sind auf das Ergebnis so stolz wie ich.

Lesern, die ein paar zusätzliche Informationen zu den handelnden Personen sowie den vorkommenden Orten und Völkern zu schätzen wissen, steht am Ende dieses Buches ein Glossar zur Verfügung.

Lesejury